大秦帝國

第五部《鐵血文明》上

孫皓暉 著

全新增訂版

目錄

第三章　乾坤合同

第四章　風雲三才

第五章　術治亡韓

第六章　亂政亡趙

第七章　迂政亡燕

楔子

秦王政十年深秋時節，紅霾籠罩秦川經月不散。

太陽堪堪爬上東方遠山，瘦硬的秋風蕩起了輕塵，渭水兩岸橘紅的土霧彌天而起，蒼蒼茫茫籠罩了山水城池田疇林木行人車馬。大咸陽的四門箭樓巍巍拔起，拱衛著中央王城的殿宇樓閣，在紅光紫霧中直是天上街市。連綿屋脊上高聳的龜麟雀蛇神獸仙禽，高高俯望著碌碌塵寰，在漫天飄浮的紅塵中若隱若現。河山紅顏，天地眩暈，怪異得教人心跳。然則，無論上天如何作色，曙光一顯，大咸陽還是立即蘇醒了過來。最後一陣雞鳴尚未消散，城內大道已是車馬轔轔市人匆匆。官吏們乘車走馬，匆匆趕赴官署。日出而作的農夫百工們荷工出戶，奔向了作坊，奔向了市中，奔向了城外郊野的農田。長街兩側的官署會社作坊商鋪酒肆民宅，也業已早早打開了大門，各色人等無分主僕，都在灑掃庭除奔走鋪排，操持著種種活計，開始了新的一日。

長陽街的晨市開張了。

這是咸陽南門內的一條長街。北口與王城隔著一片胡楊林遙遙相望，南北長約三里餘，東西寬約十多丈，兩廂店鋪作坊相連，是秦國本邦商賈最為集中的大市。長陽街東面，隔著一片鱗次櫛比的官邸坊區，便是天下聞名的尚商坊大市。兩市毗鄰，國府關市署將長陽街定名為國市，將山東商賈聚集的尚商坊定名為外市。咸陽老秦人卻從來不如此叫，只依著自家喜好，逕自將長陽街呼為勤市，將尚商坊呼為懶市。個中緣由，卻也是市井庶人的感同身受。若比貨物，尚商坊外市百物俱備，長陽街國市則只能經營秦國法令允許的民生貨物。諸如兵器鹽鐵珠寶丹砂座車戰馬等等，長陽街決然沒有。若比店堂氣魄，長陽街多為三五開間的小店鋪面，縱有幾家大店，也不過八九開間，至多兩層木樓一片庭院而已。尚商坊則不然，六國大商社無不飛簷高挑樓閣重疊庭院數進，家家都比秦國大臣的官邸豪闊。便是尚商坊的散賣店鋪，也動輒十數開間，銅門銅櫃精石鋪地，其華貴豪闊，其大店作派，都與長陽街不可同日而語。

老秦人還是喜愛長陽街。

質樸的秦市，有獨到的可人處。勤奮敬業，方便國人，白日從不停業，入夜則一直等到淨街方關門歇息。若沒有戰事，大咸陽不在午夜淨街，長陽街總有店鋪通宵達旦地挑著風燈，等候著不期而至的漂泊孤客。每每是五更雞鳴，曙色未起，尚商坊還是一片沉寂，六國商賈們還在夢鄉，長陽街的晨市早已經是紅紅火火了。早起的老秦人趁著朦朧天光緊步上市，或交易幾件物事，或猛咥一頓鮮香之極的鍋盔羊肉，完事之後立即去忙自己的生計。即或官府吏員遊學士子，也多相約在長陽街晨市說事，吃喝間鋪排好當日要務，便匆匆離市去應卯任事。日久成習，長陽街晨市不期然成了大咸陽一道誘人的黎明風物。

清晨相遇，市人的第一個話題大多是天氣。

連日紅霾，人們原本已經沒有了驚詫，相逢搖頭一歎，甚話不說便各自忙碌去了。今日不同，誰見了誰都要停下來嘀咕幾句，說的也幾乎都是同一則傳聞：齊國有個占候家進了咸陽，占秦國紅霾曰：「霾之為氣，雨土霏微，天地血色，上下乖戾也。」不管生人熟人，相互嘀咕得幾句，便爭相訴說起一連串已經多日不說似乎已經遺忘了的驚詫疑問。有人忙著解說，甚叫霾，天象家陰陽家叫作「雨土」，老秦人說法是天上下土。有人便問，天上下土也得有個來由，秦川青山綠水溫潤多雨，何方來得如此漫天紅塵整日作雨飄灑？有人便驚詫，老哥哥也，莫非秦國當真又要出事了？不管誰說誰問，話題都是一色的霾事。

「快去看了！南門懸賞！一字千金——！」

市人相聚私語之時，突然一個童僕從街中飛奔而過，清亮急促的稚嫩喊聲一路灑落。無論是店中市人還是當街灑掃的僕役，一時紛紛驚訝。一老者高聲急問：「甚甚甚，一字千金？說明白也！」有人遂高聲大笑：「碎崽子沒睡醒，你老伯也作夢麼？一字千金，我等立馬丟了掃把，讀書認字去！」

街中店中，頓時一片哄然大笑。

「南門懸賞！一字千金！快去看了——！」童僕依舊邊跑邊喊。

隨著稚嫩急促的喊聲一路飛濺，市人漸漸把持不定了。先是幾個好事者拔腿奔南門而去，接著店堂食客們丟下碗筷去了，接著，灑掃庭除者也拖著掃把抱著銅盆抹布紛紛向南門去了。不消片刻，連正在趕赴官署的吏員與遊學士子們，也紛紛回車跟著去了。

南門東側的車馬場，大大地熱鬧起來了。

城牆下立起了一道兩丈餘高的木板牆，從城門延伸到車馬場以東，足足兩箭之地。木板牆上懸掛著一幅幅白布，從兩丈多高的大板頂端直至離地三尺處，匹練垂空，壯觀之至。最東邊第一幅白布上，釘著四個斗大的銅字——呂氏春秋。銅字下立著一方本色大木板，板上紅字大書：呂氏春秋求天下斧正，改一字者賞千金！一幅幅大白布向西順次排開，上面寫滿了工整清晰的拳頭大字。茫茫白牆下，每隔三丈餘擺有一張特大書案，案上整齊排列著大硯、大筆、大羊皮紙。每張大案前站定兩名衣飾華貴的士子，不斷高聲宣示著：「我等乃文信侯門客，專一督察正誤之功！大著求錯，如商君徙木立信。無論何人，但能改得一字，立賞千金！」

如此曠世奇觀，潮水般聚攏的人群亢奮了。

不消半個時辰，南門東城牆下人如山海。護城河兩岸的大樹上，掛滿了頑皮的少年。車馬場停留的車馬，被紛紜人眾全部擠了出去。識字的士子們紛紛站上了石墩，站上了土丘，高聲念誦著白布牆上的文章。人群中時不時一片哄然驚歎，一片譁然議論，直比秦國當年的露天大市還熱鬧了許多。大字不識一個的農夫工匠，此時則分外地輕鬆舒暢，遇見尋常難謀一面的老熟人，哈哈大笑著一嗓子撂過去：「老哥哥能事！快去改，一個字夠你走遍天下！」對面老熟人也笑呵呵一句撂過來：「該你老兄弟改！一個字，夠你老鰥夫娶一百個老妻！」呼喝連連，陣陣哄然大笑不斷隆隆蕩開在漫無邊際的人海。那些讀過書識得字者，則無論學問高低根基深淺，都被鄰里熟人攛掇得心下忐忑，各個紅著臉盯著白布黑字的大牆，費力地端詳著揣摩著，希圖弄出一個兩個自家解得清楚的字，好來幾句說頭。老秦人事功，你做甚得像甚，平日讀書被人敬作士子，交關處卻給不上勁，就像整日練武卻從不打仗一樣會被人看扁看矮的；改得改不得，不必當真，但有個說頭，至少在人前不枉了布衣士子的名頭。

突然，一個布衣整潔的識字者跳上了一個石墩，人海頓時肅靜了。

「諸位，在下念它幾篇，改它一字，平分賞金如何？」

「采——！」人群哄然喝了一聲。

布衣士子一回身，指點著白牆大布銳聲念了起來：「這是〈貴公篇〉，云：昔先聖王之治天下也，必先公，公則天下平矣！……天下非一人之天下也，天下之天下也。陰陽之和，不長一類。甘露時雨，不私一物。萬民之主，不阿一人。」

「高論！好！」人群中一片掌聲喊聲。

「改得改不得？」

「改不得——！」萬眾一吼，震天動地。

布衣士子無可奈何地做一個鬼臉，又指點著大牆：「再聽！這是〈順民篇〉，云：先王先順民心，故功名成。夫以德得民心，以立大功名者，上世多有之矣！失民心而立功名者，未曾有之也。得民心，必有道。萬乘之國，百戶之邑，民無有不悅。取民之所悅，而民取矣！民之所悅，豈非終哉！此取民之要也。」

「萬歲！」

「改得改不得？」

「一字不改——！」萬眾吼聲熱辣辣再度爆發。

布衣士子搖搖頭，又回身指點：「再聽，這是〈蕩兵篇〉，云：古聖王有義兵，而無有偃兵。兵之所自來者久矣，與始有民俱。凡兵也者，威也。威也者，力也。民之有威力，性也。性者所受於天也，非人之所能為也，武者不能革，工者不能移。……天下爭鬥，自來者久矣！不可禁，不可止，故聖王有義兵，而無有偃兵矣！……義兵之為天下良藥也，亦大矣！兵誠義，以誅暴君而振苦民，民悅之也。」

「義兵萬歲！」

「改得改不得？」

「改不得——！」

「不要賞金麼？」

「不要——！」山呼海嘯般的聲浪淹沒了整個大咸陽。

布衣士子跳下石墩，回身對著白布大牆肅然一躬，高誦一句：「大哉！文信侯得天下之心也！」一臉欽敬又神采飛揚地淹沒到人群中去了，似乎比當真領了賞金還來得舒坦。

熙熙攘攘之際，一隊人馬護衛著一輛華貴的軺車駛到了。

軺車馬隊堪堪停在車馬場邊，已經下馬的幾個錦繡人物從車上抬下了一口紅綾纏繞的大銅箱。其餘錦繡人物，簇擁著一個散髮無冠的白髮老者來到了大白牆下。

書案旁門客一聲長喝：「群眾讓道（註：群眾，戰國話語，出《呂氏春秋·不二》：「聽群眾之議治國，國危無日矣！」），綱成君到——」

人群嘩地閃開了。大紅錦衣鬚髮雪白的蔡澤，大步搖到了一方大石前，推開前來扶持的門客，一步登上石墩。人群情知有事，漸漸平息下來。蔡澤的公鴨嗓呷呷迴盪起來：「諸位，老夫業已辭官，將行未行之際，受文信侯之托，前來督察徵詢一字師。《呂氏春秋》者，文信侯為天下所立治國綱紀也。今日公諸於咸陽市門，為的是廣告天下，萬民斟酌！天下學問士子，但有目光如炬者盡可正誤。正得一字，立賞千金，並尊一字師！老夫已非官身，決以公心評判。來人，擺開賞金！」話音落點，兩名錦繡人物解開了紅綾，打開了箱蓋，碼排整齊的一層金餅燦燦生光，赫然呈現在了人們眼前。

萬千人眾驟然安靜了。

百餘年來，商君的徙木立信已經成為老秦人津津樂道的久遠傳奇。老秦人但說秦國故事，徙木立信便是最為激動人心的篇章。無論說者聽者，末了總有一句感喟：「移一木而賞百金，商君風采不復見矣！」不想，今日這文信侯一字千金，手筆顯然是大多了。然則，商君作為是立信於民，這文信侯如此舉動，所為何來？一部書交萬民斟酌，自古幾曾有過？那諸子百家法墨道儒，皇皇典籍如滿天群星，誰個教老百姓斟酌過？再說，老百姓有幾個識得字，能斟酌個甚，只怕能聽明白的都沒幾個。要老百姓說好，除非你在書裡替老百姓說話，否則誰說你好？噢，方才那個布衣士子念了幾篇，都是替老百姓說話的。怪道交萬民斟酌，圖個甚來？還不是圖個民心，圖個公議。可是，赫赫文信侯權傾朝野，希圖這庶民公議又是為甚？老秦人原本木訥厚重，商鞅變法之後的秦人，對法令官府的篤信更是實實在在；凡事只要涉及官府，涉及國事，秦人素來都分外持重，沒有山東六國民眾那般議論風生勃勃火熱。荀子入秦，感慨多多，其中兩句評判最是扎實：「民有古風，官有公心。」要使民眾聽從一書之說而懷疑官府，老秦人自要先皺起眉頭揣摩一番了。今日這一字千金，不像徙木立信那般簡單，小心為妙。世間事也是奇特，若蔡澤不說，老秦人還圖個熱鬧看個稀奇，盡情地呼喝議論；蔡澤氣昂昂一宣宗旨，萬千人海一時倒有了忐忑之心。

「天下文章豈能無改？在下來也！」

陡然一聲破眾，人海一陣騷動叫好，譁然閃開了一條夾道。

一個紅衣士子手持一口長劍，從人海夾道赳赳大步到了大牆之下。蔡澤走下石墩，遙遙一拱手道：「敢問足下，來自何國？高名上姓？」紅衣士子一拱手，昂然答道：「魯國士子淳于越，孟子門下是也！」蔡澤不禁失笑道：「魯國已滅，足下寧為逸民乎？子當楚人或齊人才是。」紅衣士子斷然搖手：「世縱無魯，民心有魯！綱成君何笑之有？」蔡澤搖搖頭不屑與之爭辯地笑了笑，虛手一請道：「此非論戰之所，足下既有正誤之志，請做一字師。」

「校勘學問，儒家當仁不讓。」淳于越冷冷一笑，一步跨上石墩，劍指白布大牆，「諸位且看，此乃《仲秋紀》之〈論威篇〉，其首句云：『義也者，萬事之紀也，君臣上下親疏之所由起也，治亂安危過勝之所在也。』可是如此寫法？」

「正是！」周邊士子同聲回應。

「在下要改這個『義』字！」淳于越的劍鞘不斷擊打著白布大牆，「義字，應改為禮字！萬事之紀，唯禮可當。孔夫子云：悠悠萬事，唯此為大，克己復禮也。禮為綱紀，不可變更。以義代禮，天下大道安在！」

人群出奇的冷漠，沒有拍掌，沒有叫好，紅濛濛混沌天空一般。淳于越一時驚愕，頗有些無所措手足。突然，一個白髮老者高聲問：「敢問魯國先生，你說的那個禮，可是孔夫子不教我等庶民知道的那個禮？那句話，如何說來著？」

「禮不下庶人！」有人高聲一應。

「對對對，禮不下庶人！」老人突然紅了臉，蒼老的聲音顫抖著，「萬千庶人不能禮，只一撮世族貴冑能禮，也作得萬事之本？啊！」

「說得好！老伯萬歲——」

眾人一片哄笑叫好，粗人索性罵將起來：「我當小子能拉出個金屎，卻是個臭狐子屁話！」「直娘賊！禮是甚？權貴大棒槌！」「孔老夫子好陰毒，就欺負老百姓！」「還孟子門下，還魯國，光腚一個，醜！不睬！」「鳥！還來改書，回去改改自家那根物事去！」

一片哄哄然嬉笑怒罵，淳于越羞愧難當，黑著臉拔腳去了。

「好！民心即天心，評判得當！」

蔡澤分外得意，長笑一陣，高呼一聲：「《呂氏春秋》人皆可改，山東士子猶可改！」又吩咐下去，教門客們站上石墩，齊聲高呼：「《呂氏春秋》人皆可改！山東士子猶可改！」蔡澤本意，是明知山東士子多有才俊，只有山東士子們服了，《呂氏春秋》才能真正站穩根基，所以出此號召之辭。但是，這句話此時在萬千老秦人聽來，卻認定這是對六國士子叫陣，不由分說便跟著吼了起來，一時聲浪連天，要將大咸陽城掀翻一般。如此直到過午，直到暮色，也沒有一個士子來做一字師。

將燈之時，一個錦衣門客匆匆來到南門，擠到了蔡澤身邊。門客幾句低語後，蔡澤大為驚愕，立即登上軺車淹沒到紅光紫霧中去了。

第一章 初政颶風

一、歧路在前　本志各斷

月黑風高，一隻烏篷快船離開咸陽逆流西上。

李斯接到呂不韋的快馬密書，立即對鄭國交代了幾件河渠急務，從涇水工地兼程趕回咸陽。暮色時分正到北門，李斯卻被城門吏以「照身有疑，尚須核查」為由，帶進了城門署公事問話。李斯一時又氣又笑，又無從分辯。照身制是商鞅變法首創，一經在秦國實施，立時對查奸捕盜大見成效，山東六國紛紛仿效。百年下來，人憑照身通行已成了天下通制。所謂照身，是刻畫人頭、姓名並烙有官府印記的一方手掌大的實心竹板。本人若是官吏，照身還有各式特殊烙印，標明國別以及官爵高低。秦法有定：庶民照身無分國別，只要清晰可辨，一律如常放行；官身之人，除了邦交使節，則一定要是本國照身。李斯從楚國入秦，先是做呂不韋門客，並非官身，一時不需要另辦秦國照身；後來匆忙做了河渠丞，立即走馬到任忙碌正事心無旁騖，忘記了及時辦理秦國新照身。加之李斯與鄭國終日在山塬密林間踏勘奔波，腰間皮袋中的老照身被擠劃摩擦得溝痕多多，實在是不太明晰了。照身不清而無法辨認，原本不能通行，李斯又是秦國官服楚國照身，分明違法，又該如何分辯。說自己是秦國河渠丞，忙於大事而疏忽了照身麼？官吏不辨照身，本身便是過失，任何分辯都是越抹越黑。李斯對秦法極是熟悉，對秦吏執法之嚴更是多有體味，心知有過失之時絕不能狡口抗辯，否則，被罰十日城旦（註：城旦，先秦至漢代通用刑罰之一。刑名取「旦（清晨）起行治城」之意，即自備衣食，清晨起來修筑城牆或服工程苦役。被罰者一般是修葺本地城池，為輕度違法之刑）豈不大大誤事？

「如何處置，但憑吩咐。」

在山岳般的城牆根的城門署石窟裡，李斯淡淡說得一句，甘願認罰。不想，城門吏壓根沒公事問話，只將李斯撂在幽暗的石窟角落，拿著他的照身便不見了蹤跡。李斯馳騁一日疲憊已極，未曾挺得片刻，已靠著冰冷的石牆鼾聲大起了。不知幾多辰光，李斯被人搖醒，睜眼一看，煌煌風燈之下竟是蒙恬那張生動快意的臉龐。

「李斯大哥，今夜兄弟借你。走！」

一句話說罷，尚在愣怔之中的李斯被蒙恬背了起來，大步走出石窟，鑽進了道邊一輛篷布分外嚴實的輜車飛馳而去。一路轔轔車聲，李斯已經完全清醒，卻只作睡意矇矓一言不發。已經是咸陽令兼領咸陽將軍的蒙恬，以如此奇特的方式借自己，實在是蹊蹺之極。蒙恬不說，李斯自然也不會問。可是，究竟所為何來？李斯卻不得不盡力揣摩。大約小半個時辰，輜車徐徐停穩，李斯依然矇矓混沌的模樣，聽任蒙恬背了下車。

「李斯大哥，醒醒。」

「阿嚏！」李斯先一個噴嚏，又伸腰打了個長長的呵欠，再揉了一陣眼睛，這才操著北楚口音驚訝地搖頭大笑，「呀！月黑風高，陰霾嗆鼻，如此天氣能吃酒麼？」

「這是西門塢，吃甚酒，上船再說。」

「終究咸陽令厲害，吃酒也大有周折。」

蒙恬又氣又笑，壓低了聲音：「誰與你周折，上船你自知道！」

「不說緣由，拉人上船，劫道麼？」

「非常之時，非常之法，大哥見諒。」

「好好好，終究三月師弟，劫不劫都是你了。」

淡淡一笑，李斯跟著蒙恬向船塢西邊走去。連日紅霾，尋常船隻都停止了夜航，每檔泊位都密匝匝停滿了舟船，點點風燈搖曳，偌大船塢撲朔迷離。走得片刻，便見船塢最西頭的一檔泊位孤零零停泊著一隻黑篷快船，李斯心頭驀然一亮。這只船風燈不大，帆桅不高，老遠看去，最是尋常不過的一隻商旅快船而已，如何能在泊位如此緊缺之時獨占一檔？在權貴層疊大商雲集律法又極其嚴明的大咸陽，蒙恬一個咸陽令有如此神通？

「李斯大哥，請。」

方到船橋，蒙恬恭敬地側身虛手，將李斯讓在了前面。

正在此時，船艙皮簾掀起，一個身著黑色斗篷挺拔偉岸的身軀迎面大步走來，到得船頭站定，肅然一躬道：「嬴政恭候先生多時了。」李斯一時愣怔又立即恍然，也是深深一躬：「在下李斯，不敢當秦王大禮。」嬴政又側身船頭，恭敬地保持著躬身大禮道：「船橋狹窄，不便相扶，先生穩步。」對面李斯心頭大熱，當即深深一躬，方才大步上了船橋。一腳剛上船頭，嬴政便雙手扶住了李斯：「時勢跌宕，埋沒先生，嬴政多有愧疚。」

「！」李斯喉頭猛然哽咽了。

「先生請入艙說話。」嬴政恭敬地扶著拘謹的李斯進了船艙。

「撤去船橋，起航西上。」蒙恬一步上船，低聲發令。

快船蕩開，迅速消失在沉沉夜霧之中。船週六盞風燈映出粼粼波光，船上情形一目了然。船艙寬敞，厚氈鋪地，三張大案不分尊卑席次按品字形擺開。嬴政一直將李斯扶入臨窗大案坐定，這才在側案前入座。一名年輕清秀的內侍捧來了茶盅布好，又斟就熱氣蒸騰清香撲鼻的釅茶，一躬身輕步去了。嬴政指著年輕內侍的背影笑道：「這是自小跟從我的一個內侍，小高子。再沒外人。」

李斯不再拘謹，一拱手道：「斯忝為上賓，願聞王教。」

嬴政笑著一擺手，示意李斯不要多禮，這才輕輕叩著面前一摞竹簡道：「先生既是荀子高足，又為文信侯總纂《呂氏春秋》。嬴政學淺，今日相請，一則想聽聽先生對《呂氏春秋》如何闡發，二則想聽聽先生對師門學問如何評判。倉促間不知何以得見，故而使蒙恬出此下策。不周之處，尚請先生見諒。」

「禮隨心誠。秦王無須介懷。」

「先生通達，嬴政欣慰之至矣！」

簡潔利落卻又厚實得體的幾句開場白，李斯已經掂量出，這個傳聞紛紜的年輕秦王絕非等閒才具。所發兩問，看似閒適論學，實則意蘊重重，直指實際要害。你李斯既是荀子學生，如何為別家學派做總纂？是你李斯拋棄了師門之學另拜呂門，還是學無定見只要藉權貴之力出人頭地？《呂氏春秋》公然懸賞求錯，轟動朝野，你李斯身為總纂，如何評判此書？此等問題雖意蘊深銳，然迴旋餘地卻是極大。大禮相請，虛懷就教，說明此時尚寄厚望於你。若你李斯果然首鼠兩端，如此一個秦王豈能不察？更有難以揣摩者，秦王並未申明自己的評判，而只是要聽聽你李斯的評判，既給你一種選擇，也給你一種冒險。也就是說，秦王目下要你評判學問，實際便是要你選擇自己的為政立足點，若這個立足點與秦王之立足點重合，自然可能大展抱負，而如果與秦王內心之立足點背離，自然便是命蹇事乖。更實在地說，選擇對了，未必壯志得遂；選擇錯了，卻定然是一敗塗地。然則，你若想將王者之心揣摩實在而後再定說辭，卻是談何容易！秦王可能有定見，也可能當真沒有定見而真想先聽聽有識之士如何說法。秦王初政，尚無一事表現出為政之道的大趨向，你又如何揣摩？少許沉吟之際，李斯心下不禁一歎，莫怪師弟韓非寫下〈說難〉，說君果然難矣！儘管一時感慨良多，然李斯更明白一點：在此等明銳的王者面前虛言周旋，等於宣告自己永遠完結。無論如何，只能憑自己的真實見解說話，至於結局，只能是天意了。

思忖一定，李斯擱下茶盅坦然道：「李斯入秦，得文信侯知遇之恩，故而不計學道軒輊，為文信侯代勞總纂事務。此乃李斯報答之心也，非關學派抉擇。若就《呂氏春秋》本身而言，李斯以為：其書備采六百餘年為政之成敗得失，以王道統合諸家治國學說，以義兵、寬政為兩大軸心，其宗旨在於緩和自商君以來之峻急秦法，使國法平和，民眾富庶。以治學論之，《呂氏春秋》無疑皇皇一家。以治國論之，對秦國有益無害。」

「先生所謂皇皇一家，當是何家？」

「非法，非墨，非儒，非道。亦法，亦墨，亦儒，亦道。或可稱雜家。」

「雜家？先生論定？文信侯自命？」

「雜家之名，似有不敬，自非文信侯說法。」

「先生可知，文信侯如何論定自家學派？」

「綱成君曾有一言：《呂氏春秋》，王道之學也。」

「文信侯嘗言：《呂氏春秋》便是《呂氏春秋》，無門無派。」

「文信侯自己，如何認定？」

「自成一家。可是此意？」

「言外之意，李斯向不揣摩。」

「本門師學，先生如何評判？」嬴政立即轉了話題。

「李斯為文信侯效力，非棄我師之學也。」李斯先一句話申明了學派立場，而後侃侃直下，「我師荀子之學，表儒而裡法，既尊仁政，又崇法制。就治國而言，與老派法家有別，無疑屬於當世新法家。與《呂氏春秋》相比，荀學之中法治尚為主幹，為本體。《呂氏春秋》則以王道為主幹，為本體，法治只是王道治器之一而已。此，兩者之分水嶺也。」

「荀學中法治『尚』為本體，何意？」

「據實而論，荀學法治之說，仍滲有三分王道，一分儒政，仍有以王道仁政御法之意味。李悝、商君等老派正統法家，則唯法是從，法制至上。兩相比較，李斯對我師荀學之評判，便是『法治尚為本體』。當與不當，一家之言也。」李斯謙遜地笑笑，適時打住了。

「何謂一家之言？有人貶斥荀學？」嬴政捕捉很細，饒有興致。

「他家評判，無可厚非。」李斯從容道，「斯所謂一家之言，針對荀派之內爭也。李斯有師弟韓非，非但以為荀學不是真法家，連李悝、商君也不是真法家，唯有韓非之學說，才是千古以來真正法家。是故，李斯之評判，荀派中一家之言也。」

「噢——？這個韓非，倒是氣壯山河。」

「秦王若有興致，韓非成書之日，李斯可足本呈上。」

「好！看看這個千古真法家如何個真法？」嬴政拍案大笑一陣，又回到了本題，「先生一番拆解，已然剖析分明。然嬴政終有不解：仲父已將《呂氏春秋》足本送我，如何又以非常之法公諸於天下？」

李斯一時默然，唯有艙外風聲流水聲清晰可聞。嬴政也不說話，只在幽幽微光中專注地盯著李斯。沉吟片刻，李斯斷然開口：「文信侯此舉之意，在於以《呂氏春秋》誘導民心。民心同，則王顧忌，必行寬政於民，亦可穩固秦法。如此而已，豈有他哉！」

「秦法不得民心？」

又是片刻默然，李斯又斷然開口：「秦法固得民心。然則，庶民對秦法，敬而畏之。對寬政緩刑，則親而和之。此乃實情，孰能不見？敬畏與親和，孰選孰棄？王自當斷。」

「敢問先生，據何而斷？」

「據秦王之志而斷，據治國之圖而斷。」

「先生教我。」嬴政霍然起身，肅然一躬。

李斯粗重地喘息了一聲，也起身一拱手，正色道：「秦王之志，若在強兵息爭，一統天下，則商君法制勝於《呂氏春秋》。秦王之志，若在做諸侯盟主，與六國共處天下，則《呂氏春秋》勝於商君法制。此為兩圖，李斯無從評判高下。」

「先生一言，掃我陰霾也！」驟然之間，嬴政哈哈大笑快意之極，轉身高聲吩咐，「小高子，掌燈上酒！蒙恬進來，我等與先生浮一大白！」

河風蕭蕭，長槳搖搖，六盞風燈在漫天霧霾中直如螢火。這螢火悠悠然逆流西上，漫無目標地從豐京谷漂進漂出，又一路漂向秦川西部。直到兩岸雞鳴狗吠曙色濛濛，螢火快船才順流直下回到了咸陽。

燈明火暖的廳堂，呂不韋聽完了蔡澤敘說，沉吟不語了。

蔡澤已經有了酒意，一頭白髮滿面紅光地呷呷笑著：「文信侯怪亦哉！書不成憂之，書成亦憂之，莫非要作憂天杞人不成？老夫明告，今日咸陽南門那轟轟然殷切民心，是人便得灼化！《呂氏春秋》一鳴驚天下，壯哉壯哉！」呂不韋卻沒有半點兒激昂亢奮，只把著酒爵盯著蔡澤，一陣端詳，良久淡淡一笑：「老哥哥，《呂氏春秋》當真有開元功效？」「然也！」蔡澤以爵擊案，呷呷激昂，「民心即天心。得民擁戴，夫復何求矣！」呂不韋微微搖頭輕輕一歎：「綱成君呵綱成君，書生氣也。」蔡澤驀然瞪圓了一雙老眼：「文信侯此言何意？莫非王城有甚動靜？有人非議《呂氏春秋》！」「沒有。」呂不韋搖搖頭，「然則，恰恰是這動靜全無，我直覺不是吉兆。」

「豈有此理！」

「老哥哥少安毋躁。」呂不韋笑得一句，說了一番前後原委。

還在蔡澤一力辭官又奔走辭行之際，呂不韋依照法度，將《呂氏春秋》全部謄刻足本交謁者傳車

（註：謁者，秦官，職司公文傳遞。傳車，有謁者署特殊旗幟與標記的公文傳送車輛），以大臣上書正式呈送秦王書房。呂不韋之所以沒有親自呈送——那樣無疑可直達秦王案頭，並使秦王不得不有某種形式的回覆——意圖在於不使秦王將《呂氏春秋》看作一己私舉，而看作一件重大國事。謁者當日回覆說：秦王不在王城書房，全部二十六卷上書已交長史王綰簽印妥收。三日後，呂不韋奉召入王城議事，年輕的秦王指著旁案高高如山的卷宗，順帶說了一句，文信侯大書已經上案，容我拜讀而後論了。後來直至議事完畢，秦王再也沒有提及此事。月餘過去，年輕的秦王依然沒有任何說法。後來，呂不韋在王城之內的丞相專署不意遇見長史王綰，這位昔日的丞相府屬官默然相對，最後略顯難堪地說了一句，秦王每夜都在讀書，只不知是不是《呂氏春秋》？說罷便抱著幾卷公文匆匆去了。直到三日之前，《呂氏春秋》一入王城泥牛入海。

「於是，你決意公開這部大書？」

「時也，勢也。」呂不韋喟然一歎，「依秦王之奮發與才具，決然不是沒讀此書。沉沉擱置，分明大有蹊蹺。反覆思忖，呂不韋晚年唯此一事，此事則唯此一途，若是不為，老夫留國何用？倒不如重回商旅。」

「文信侯，不覺疑心過甚麼？」

「老夫一生陽謀，何疑之有？此乃時勢直覺也，老哥哥當真不明？」呂不韋啪啪拍著大案站了起來，在厚厚的地氈上徘徊感慨著，「倏忽半年，朝局已是今非昔比矣！今日王城，竟能對你我這等高爵重臣封鎖了聲氣，要你不知道，你便不知道。僅此一節，目下之秦王便得刮目相看。說到頭，誰也駕馭不了他。你，我，《呂氏春秋》，都不行。唯有借助民心之力，或可一試。」「既然如此，老夫更是不明！」蔡澤呷呷嚷著也站了起來，「你老兄弟看得如此透徹，何須擺這迷魂陣也？又是著書立說，又是公然懸賞，驚天動地，希圖個甚來！若無這般折騰，以文信侯之功高蓋世，分明是相權在握高枕無憂。要藉民心，多行寬政便是。一部書，能有幾何之力？書既公行，民心又起，你卻還是憂心忡忡，怪亦哉！老夫如何看不明白？」

「非老哥哥不明也，是老哥哥忘了化秦初衷也。」呂不韋突然笑了，幾分淒然幾分慨然，「若欲高枕無憂，呂不韋何須拋棄萬千家財？今日剖說時勢，非呂不韋初衷有變也，有備而為也。將《呂氏春秋》公諸天下，先化民心，藉民心之力再聚君臣之心，而後將寬政義兵之學化入秦法，使秦法剛柔相濟，真正無敵於天下……說到底，此乃一步險棋，不得已而為之也。」

「明知不可而為之！」蔡澤搖著頭嚷了一句。

「不爭也罷。」呂不韋淡淡一笑突然低聲道，「今日老哥哥已打過了開場，《呂氏春秋》從此與你無涉。不韋將老哥哥請回，只有一事：立即打點，盡速離開咸陽。」

「哎——！卻是為何？」蔡澤頓時黑了臉。

「綱成君！」呂不韋第一次對蔡澤肅容正色，「你也是老於政事了，非得呂不韋說破危局麼？三個月來，被太后嫪毐罷黜的大臣紛紛起用。山雨欲來，一場風暴便在眼前。秦國已經成了山東士子的泥沼，走得越早越好。你走，王綰走，王翦走，李斯走，鄭國也走。凡是與呂不韋有涉者，都走！實不相瞞，陳渲、莫胡、西門老爹與一班門客幹員，半個月前已經離開了咸陽。綱成君，明白了？」

「嘿嘿，我等都走，獨留你一人成大義之名？」

「糊塗！」呂不韋又氣又笑，「你我換位，我拔腳便走。換不得位，糾纏個甚？我在咸陽斡旋善後，你等在洛陽籌劃立足。兩腳走路，防患未然。」

「啊——」蔡澤恍然點頭一笑，「兩腳走路，好！老夫明晨便走。」

「不。今夜便走。」

蔡澤愕然片刻又突然呷呷一笑：「也好，今夜。告辭。」

望著蔡澤大步搖出庭院，呂不韋長吁一聲軟倒在座榻之上。

次日清晨醒來，沐浴更衣後進得廳堂，呂不韋沒了往日食欲，只喝得一盅清淡碧綠的藿菜羹，不由自主地走進了書房。這座裡外兩進六開間的書房，實際上是他這個領政丞相的公務之地，被吏員們呼為大書房。真正的書房，只不過是寢室庭院的一間大屋罷了。多少年來，清晨卯時前後的丞相府都是最忙碌的。各署屬官要在此時送來今日最要緊的公文，人來人往如穿梭；長史將所有公文分類理好，再一案一案地抬入這間大書房，以使他落座便能立即開始批閱公文部署政務。曾幾何時，清晨的大書房不知不覺的安靜了，裡外六只燎爐的木炭火依然通紅透亮，幾個書吏依然在整理公文，除了書吏衣襟的窸窣之聲，木炭燎爐時不時的爆花聲，整個大廳幽靜得空谷一般。從專供自己一人出入的石門甬道進入書房，一直信步走到前廳，呂不韋第一次覺得，朝夕相處的大書房竟是這般深邃空闊。晨風掀動廳門布簾，他情不自禁地哆嗦了一下。徜徉片刻，呂不韋還是坐到了寬大的書案前。事少了也好，他正要清醒冷靜地重新咀嚼一遍《呂氏春秋》，再重讀被秦人奉為圭臬的《商君書》。終有一日，有人要拿這兩部書比較。直覺警示他，這一日近在眼前。

「文信侯，王城密件！」一個親信書吏匆匆走了進來。

呂不韋接過書吏從銅管中抽出的一卷羊皮紙，王綰的工整小篆撲入眼中：

門人王綰頓首：得尊侯離秦密書，綰心感之至。然，綰蒙尊侯舉薦事王，業已十年，入國既深，又蒙知遇，今身在中樞，何能驟然撒手而去？綰不瞞尊侯，自追隨秦王以來，親見王奮發惕厲，識人敬士，勤政謀國，其德其才無不令綰折服備至。綰敬尊侯，亦敬秦王，不期卒臨抉擇，綰心不勝唏噓矣！然，綰回思竟夜，終以為貴公去私為士之節操根基。綰事秦王為公，綰事尊侯為私。貴公去私，《呂氏春秋》之大義也，綰若捨公而就私，何以面對尊侯之大書？綰有私言，願尊侯納之：國事幽幽，朝野洶洶，尊侯若能收回《呂氏春秋》而專領國政，誠補天之功也！

「怪亦哉！」羊皮紙拍在案頭，呂不韋長歎了一聲。

王綰錯了麼？沒錯。自己錯了麼？也沒錯。這心結卻在何處？依著呂不韋謀劃，公示大書若不能奏效，諸士離咸陽便是第二步。呂不韋很清楚，王綰、王翦、李斯、蒙恬、鄭國，還有丞相府一班能事幹員，都是目下秦國的少壯棟梁。王綰已經職掌長史樞要，王翦、蒙恬已經是領軍大將都城大員，李斯、鄭國則正在為秦國籌劃一件驚世工程。此中要害在於，除了蒙恬，這幾個少壯棟梁都是呂不韋門下親信。王綰是呂不韋屬下年輕的老吏，王翦是呂不韋一力舉薦的上將軍備選人，更是奉了呂不韋祕密兵符入雍勤王才有了大功。李斯更是呂不韋最器重的門客，鄭國是呂不韋一己決斷任命的總水工，兩人都是涇水工程的實際操持者。如此等等，呂不韋看得清楚，相信秦王政也看得清楚。若《呂氏春秋》不能被當作治秦長策，屆時這幾個少壯棟梁一齊離開秦國，便將對秦王造成最直接最強大的壓力，若秦王政要請回這些棟梁人物，必然得承認《呂氏春秋》的治國綱要地位。

從謀事成敗說，這一步棋甚至比民心更為重要。

民心不能不顧，然也不能全顧。蓋民心者，有勢無力也，眾望難一也。推行田制之類的實際法度要倚賴民心，然推行文明大義之類的長策偉略，民心便無處著力了。唯其如此，公示《呂氏春秋》而爭民心之勢，虛兵也。少壯棟梁去職離秦，實兵真章也。然則，令呂不韋預料不到的是，最牢靠的王綰第一個拒絕離秦，而理由竟是《呂氏春秋》宣導的貴公去私！更為蹊蹺者，王綰最後還有「私言」，要他收回《呂氏春秋》而專一領國。第一眼看見這行字，呂不韋心頭便是一跳。王綰雖忠秦王之事，然在治學上卻歷來推崇呂不韋的義兵寬政之說，斷無此勸之理；出此言者，得秦王授意無疑。果真如此，便是說，年輕的秦王政向自己發出了一個明確消息：收回《呂氏春秋》，文信侯依然是文信侯，丞相依然是丞相。雖然沒說否則如何，可那需要說麼？這個消息傳遞的方式，教呂不韋老大不舒坦。年輕的秦王政與呂不韋素來親和，往昔艱難之時，老少君臣也沒少過歧見，甚或多有難堪爭辯。然無論如何，那時候的嬴政從來都是直言相向，呂不韋不找他去「教誨」，他也會來登門「求教」。即或是最艱危的時刻，嬴政對呂不韋也是決然坦言的，哪怕是冷冰冰大有憤然之色。曾幾何時，如此重大的想法，嬴政卻不願直面明言了，因由何在？

驀然之間，呂不韋心頭一沉。

自嫪毐之亂平息，嬴政突兀患病，臥榻月餘。呂不韋與秦王政的會晤，已經少得不能再少了，大體一個月一次，每次都是議完國事便散，再也沒有了任何敘談爭辯袞夜聚酒之類的君臣相得。呂不韋反覆思忖，除了自己與嫪毐太后的種種牽連被人舉發，不會有別的任何大事足以使秦王政如此冷漠地疏離自己，而自己只能默默承受。然則，果真如此，這個殺伐決斷強毅凌厲的年輕秦王如何又能忍了？半年無事，呂不韋終於認定：秦王政確實是忍下了這件事，然也確實與自己割斷了曾經有過的「父子」之情，只將自己作丞相文信侯對待了。如果說，別的事尚不能清晰看出秦王的這種心態，目下這件事卻是再清楚不過——年輕的秦王再也不想見自己，再也不願對自己這個三安秦國的老功臣直面說話了。

雖無酒意唏噓，心頭卻酸楚朦朧。

呂不韋素來矜持潔身，不願在書房失態，扶著座案搖晃著站了起來。走到了廊下，迎著清冷的秋風一個激靈，呂不韋精神頓時一振。轉到那片紅葉遍地枝幹猙獰的胡楊林下，呂不韋已經完全清醒了。平心而論，呂不韋對嬴政是欣賞備至的。立太子，督新君，定朝局，輔國家，呂不韋處處呵護嬴政，事事督導嬴政，從來沒有任何顧忌，該當是無愧於天地良知的。嬴政不是尋常少年，對他這個仲父也是極為敬重的。每每是太后趙姬無可奈何的事，只要呂不韋出面，嬴政從來沒有違拗過。若非嫪毒之事給自己烙下了永遠不能洗刷的恥辱，呂不韋相信，秦王政與自己會成為情同父子的真正的君臣忘年交，即或治國主張有歧見，也都會坦坦蕩蕩爭辯到底，最終也完全可能是相互吸收協力應事。此前二十餘年，一直是呂不韋領政，顯然的一個事實是：寬政緩刑在秦國已經開了先例，而且不是一次，足證呂不韋之治國主張絕非全然不能在秦國推行。年輕的秦王親政以來，也從來沒有公然否定過寬政緩刑。然則，自嫪毐叛亂案勘審完畢，老少君臣便莫名其妙地疏離了僵持了……

「稟報文信侯：李斯從涇水回來，沒有來府，上了王船。」

「李斯？上王船了？」

呂不韋愣怔良久，逕自向霜霧籠罩的林木深處去了。

暮色時分，李斯匆匆來到了丞相府。

暖廳相見，呂不韋一句未問，李斯便坦然地簡約敘說了不意被請上王船的經過。末了，李斯略帶歉意地直言相勸，要呂不韋審時度勢，與秦王同心協力共成大業。呂不韋笑問，何謂同心協力？李斯說得簡潔，萬事歸法，是謂同心協力。呂不韋又是一笑，足下之意，老夫法外行事？李斯答得明白，《呂氏春秋》關涉國是大計，不經朝會參酌而公然張掛懸賞一字師，委實不合秦國法度；寬政緩刑之說，亦不合秦法治國之理；文信侯領政秦國，該當恪守秦法，專領國事。呂不韋不禁一陣大笑：「足下前擁後倒，無愧於審時度勢也！」李斯神色坦然道：「當日操持《呂氏春秋》，報答之心也；今日勸公收回《呂氏春秋》，事理之心也；棄一己私恩，務邦國大道，時勢之需也，李斯不以為非。」

「李斯呵，言盡於此矣！」呂不韋疲憊地搖了搖手。

一番折辯，李斯隻字未提呂不韋密書，呂不韋隻字未問李斯的去向謀劃。兩人都心知肚明，門客與東公的路子已經到了盡頭。呂不韋一說言盡於此，李斯便知趣地打住了。畢竟，面前這位已顯頹勢的老人曾經是李斯非常崇敬的天下良相，如果不是昨夜之事，自己很可能便追隨這個老人走下去了。

「李斯呵，老夫最後一言，此後不復見矣！」

「願聞文信侯教誨。」

默然良久，呂不韋歎息了一聲：「足下，理事大才也。認定事理，審時度勢而追隨秦王，無可非議。然則，老夫與足下，兩路人也，不可同日而語矣！既尚事功，更尚義理，事從義出，義理領事，老夫處世之根基也。老夫少為商旅，壯入仕途，悠悠六十餘年，此處世根基未嘗一刻敢忘也！寬政緩刑，千秋為政之道也。《呂氏春秋》，萬世治國義理也。一而二，二而一。要老夫棄萬世千秋之理而從一時之事，違背義理而徒具衣冠，無異死我之心也，老夫忍能為哉！」

「文信侯……」李斯欲言又止，終於起身默默去了。

踽踽回到寢室，呂不韋渾身酸軟內心空蕩蕩無可著落，生平第一次倒頭和衣而臥，直到次日午後才醒轉過來。寢室女僕唏噓涕淚說，大人昨夜發熱，她夜半請來府中老醫，一劑湯藥一輪針灸，大人都沒醒轉，嚇死人也；夫人不在，莫胡家老也不在，大人若有差池，小女可是百身莫贖。呂不韋笑了，莫哭莫哭，你侍寢報醫有功，如何還能胡亂怪罪，生死只在天命，老夫已經沒事了。說罷霍然起身，驚得女僕連呼不可不可。呂不韋卻呵呵笑著走進了浴房，女僕顧不得去喊府醫，連忙也跟了進去。半個時辰的熱湯沐浴，呂不韋自覺輕鬆清爽了許多。府醫趕來切脈，說尚需再服兩三劑湯藥方可退熱。呂不韋笑著搖搖手，喝了一鼎濃濃的西域苜蓿羊骨湯，出得一身大汗，又到書房去了。

「稟報丞相：咸陽都尉（註：都尉，秦國郡縣設置的兵政武官，職掌徵兵治安事，亦分別簡稱郡尉、縣尉，隸屬郡縣官署。都城設官等同於郡，故有咸陽都尉。軍中亦有都尉，為中級將領）請見。」

「咸陽都尉？沒看錯？」

「在下識得此人，是咸陽都尉。」書吏說得明白無誤。

「喚他進來。」呂不韋心頭一動，臉色沉了下來。

片刻之間，廳外腳步騰騰砸響，一名頂盔貫甲鬍鬚連鬢的將軍赳赳進來，一拱手昂昂然高聲道：「末將咸陽都尉嬴騰，見過丞相。」

「何事呵？」

「末將職司咸陽治安，特來稟明丞相：南門外人車連日堵塞，山東不法流民趁機行竊達六十餘起，車馬擁擠，人車爭道，踩踏傷人百餘起。為安定國人生計，末將請丞相出令，罷去南門外東城牆《呂氏春秋》懸賞之事。」

「豈有此理！」呂不韋頓時生出一股無名怒火。依著法度慣例，一個都尉見丞相府的屬署主官都是越級。咸陽治安縱然有事，也當咸陽令親自前來會商請命，一個小小都尉登堂入室對他這個開府丞相行使「職司」，豈非咄咄怪事？明知此事背後牽涉甚多理當審慎，呂不韋終究還是被公然蔑視他這個三朝重臣的方式激怒了，冷冷一笑拍案而起，「南門之事，學宮所為。學宮，國命所立。都尉盡可去見學宮令，休在老夫面前聒噪。」

「如此，末將告辭。」都尉也不折辯，一拱手赳赳去了。

呂不韋臉色鐵青，大步出門登車去了學宮。在天斟堂召來幾位門客舍人，呂不韋簡約說了咸陽都尉事，並明白做了部署：無論生出何種事端，南門懸賞都不撤除，除非秦王下書強行。舍人們個個憤然慨然，立即聚集門客趕赴南門外守書去了。

二、大道不兩立　國法不二出

奇異的事情接二連三，呂不韋實在驚訝莫名。

在他做出部署兩日之後的午後時分，主事懸賞的門客舍人匆匆來報，咸陽令蒙恬在張掛大書的城牆下車馬場豎立了一座商君石像。呂不韋大奇，商君石像如何能矗到車馬場去？門客舍人憤憤然比劃著，說了一番經過。將及正午時分，正是東城牆下人山人海之際，箭樓大鐘轟鳴三響，一大隊騎士甲士從長陽街直開出南門，護著一輛四頭牛拉的大平板車，轟隆隆進了車馬場。牛車上矗立著一座紅綾覆蓋的龐然大物，牛車後一輛青銅軺車，車蓋下是高冠帶劍的咸陽令蒙恬。甲士並未喝道，人群已亂紛紛譁然閃開。馬隊牛車來到車馬場中央，蒙恬跳下軺車，看也不看兩邊的護書門客，一步跨上專為改書士子設置的大石墩，高聲宣示起來：「國人士子們，我乃咸陽令蒙恬，今日宣示咸陽署官文：應國人所請，官府特在咸陽南門豎法聖商君之石刻大像，以昭變法萬世之功！」蒙恬話音落點，城頭大鐘轟鳴六響，甲士們喊著號子將牛車上紅綾覆蓋的龐然大物抬下，安置在車馬場中央一座六尺多高的碩大石臺上，穩穩當當堪堪合適，分明是事先預備好的物事。龐然大物立好，大鐘又起轟鳴。蒙恬親自將紅綾掀開，一尊幾乎與城牆比肩的巍峨石像赫然矗立，直如天神，威儀氣度分明是老秦人再熟不過的商君。人海一陣驚愕端詳，終於湧起了商君萬歲秦法萬歲的連天聲浪。守護《呂氏春秋》的門客們一時懵然，不知如何應對，舍人便急忙回來稟報。

「死人壓活人，理他何來？」呂不韋冷冷一笑。

於是，舍人又匆匆趕回了南門。一番部署，門客們紮起帳篷輪流當值，依舊前後奔波著，照應圍觀人眾讀書改書，鼓呼一字師領取賞金，將龐大石像與守護甲士視若無物。如此過得三五日，門客舍人又趕回丞相府稟報：車馬場被咸陽都尉劃做了法聖苑，圈起了三尺石牆，一個百人甲士隊守護在圍牆之外，只許國人與遊學士子在苑外觀瞻，不許進入石牆之內。如此一來，民眾士子被遠遠擋在了「法聖苑」之外，根本不可能到城牆下讀書改書。

呂不韋又氣又笑：「教他圈！除非用強，《呂氏春秋》不撤！」

出人意料的是，都尉率領的甲士根本沒有理睬聚集在法聖苑圍牆內的學宮門客，也沒有強令撤除白帛大書，更沒有驅趕守書門客。兩邊井水不犯河水，各司其職地板著臉僵持著。門客舍人不耐，與都尉論理，說城牆乃官地，立商君像未嘗不可，然圈牆阻擋國人行止，便是害民生計。都尉卻高聲大氣說，官地用場由官府定，知道麼？聖賢都有宗祠，堂堂法聖苑，不該有道牆麼？本都尉不問你等堵塞車馬滋擾行人，你等還來說事，豈有此理！如此僵持了三五日，守法成習的國人士子們漸漸沒有了圍觀興趣，南門外人群便漸漸零落了。門客們冷清清守著白花花一片的《呂氏春秋》，尷尬之極，長吁短歎無可奈何。

「若再僵持，教人失笑。」門客舍人氣餒了。

「小子，也是一策。」

終於，呂不韋吩咐撤回了大書。

秋分這日，呂不韋奉書進了王城，參加例行的秋藏朝會。

秋藏者，秋收之後清點匯總大小府庫之賦稅收入也。丞相領政，自然不能缺席。呂不韋清晨進入王城，下得輜車，見大臣們駐足車馬場外的大池邊，時而仰頭打量時而紛紜低語。有意無意一抬頭，呂不韋看見大池中的銅鑄指南車上的高大銅人遙指南天，手中托著一束青銅製作的簡書。怪亦哉！這是黃帝麼？再搭涼棚仔細打量，卻見粗長的青銅簡書赫然閃光，簡面三個大紅字隱隱可見——商君書！

呂不韋一時愕然。這殿前大池的石山上矗立的指南車，原本是一輛人人皆知的黃帝指南車，車上銅人自然是大戰蚩尤劍指南天的黃帝。這指南車，是秦惠王第一次與六國合縱聯軍決戰前特意鑄造安放的，當年還行了隆重的典禮。秦以耕戰立國，尊奉黃帝戰陣指南車，以示不亡歧路決戰決勝之壯心，自然再正常不過。百餘年下來，黃帝指南車也成了秦王宮前特有的壯麗景觀。陡然之間，黃帝變成了商鞅，青銅長劍變成了竹簡《商君書》，如何不令人錯愕？

「小子，又是一策。」呂不韋淡淡一笑，逕自進了大殿。

秋藏朝會伊始，嬴政先向大臣們知會相關事項道：「諸位，得十三位老臣上書，請改黃帝指南車為商君指南車，以昭商君法制為治秦指南之大義。本王思之再三，商君之法經百餘年考驗，乃成強國富民之經典，須臾不可偏離。是以，准在王城改鑄黃帝指南車為商君指南車，並特准咸陽南門立商君石刻，筑法聖苑。兩事之意，無非昭明天下：商君法制，乃大秦國萬世不易之治國大道。諸位若有他意，盡可論爭磋商。」

殿中一時默然，大臣們的目光不期然一齊聚向了呂不韋。

秦王的申明說辭，令呂不韋大出所料。依常情忖度，年輕的秦王與他年輕的謀士們目下只能與他暗中鬥法，而不會將此事公然申明於國。理由只有一個：假若年輕的秦王果真維護商君法治，公然論戰於秦王不利。亙古至今，大國一旦確立了行之有效的治國理念，便絕不會輕易挑起治國主張之爭端，以免歧義多生人心混亂。目下情勢，《呂氏春秋》儘管已經引起朝野矚目天下轟動，但距被秦國接受為治國經典，尚有很遠距離。唯其如此，呂不韋一門期望公開，期望論戰，以收說服朝野之功效。而年輕秦王的護法派，則必然要遏制《呂氏春秋》流播，遏制公開論戰。否則，咸陽令蒙恬為何要逼迫呂不韋撤除《呂氏春秋》？今日，年輕的秦王公然將此事申明於朝會，並許「盡可論爭磋商」，卻是何意？尚無定見麼？不對！方才秦王說辭顯然是一力護法。是護法派沒想明白此舉對自己不利？也不對！縱然秦王想不到，李斯、蒙恬、王綰這幾個才智之士都想不到麼？呂不韋一時揣摩不透其中奧祕，但卻明白目下局勢：此刻自己若不說話，非但失去了大好時機，反而意味著承認《呂氏春秋》與秦國格格不入，而轟動天下的張掛懸賞便成了居心叵測的陰謀。

當此之時，無論如何都得先昌明主張。

「老臣有言。」呂不韋從首座站起，一拱手肅然開口，「秦王護法，無可非議。然孝公商君治秦，其根本之點在於應時變法，而不在固守成法。老臣以為，商君治國之論可一言以蔽之：求變圖存。說到底，應時而變，圖存之大道也。若視商君之法為不可變，豈非以商君之法攻商君之道，自相矛盾乎？唯其求變圖存，老臣作《呂氏春秋》也。老臣本意，正在補秦法之不足，糾秦法之缺失，使秦國法統成萬世垂範。據實而論：百餘年來，商君法制之缺失日漸顯露，其根本弊端在刑治峻刻，不容德政。當此之時，若能緩刑、寬政、多行義兵，則秦國大幸也！」

「文信侯差矣！秦法失德麼？」老廷尉昂昂頂來一句。

呂不韋從容道：「法不容德，法之過也。德不兼法，德之失也。德法並舉，寬政緩刑，是為治國至道也。法之德何在？在親民，在護民。今秦法事功至上，究罪太嚴。民有小過，動輒黥面劓鼻，赭衣苦役，嚴酷之餘尤見羞辱。譬如，『棄灰於道者，黥』，便是有失法德。老臣以為，庶民縱然棄灰，罰城旦三日足矣，為何定然要烙印毀面！山東六國嘗云：秦人不覺無鼻之醜。老夫聞之，慨然傷懷。諸位聞之，寧不動容乎！《易》云：坤厚載物。目下之秦法失之過嚴，可成一時之功，不能成萬世之厚。唯修寬法，唯立王道法治，方可成大秦久遠偉業。」

「文信侯大謬也！」老廷尉又昂昂頂上，「秦法雖嚴，然卻不失大德。首要之點，王侯與庶民同法，國無法外之法。唯上下一體同法，所以根本沒有厚民、薄民、不親民之實。假若秦法獨殘庶民，自然失德。惜乎不是！便說肉刑，秦人劓鼻黥面者，恰恰是王公貴胄居多，而庶民極少。是故，百姓雖有無鼻之人，卻是人無怨尤而敬畏律法。再說棄灰於道者黥，自此法頒行以來，果真因棄灰而受黥刑者，萬中無一！文信侯請查廷尉府案卷，秦法行之百年，劓鼻黥面者統共一千三百零三人，因棄灰而黥面者不過三十六人。果然以文信侯之論，改為城旦三日，安知秦國之官道長街不會污穢飛揚？」

「老臣附議廷尉之說！」國正監霍然站起，「文信侯所言之王道寬法，山東六國倒是在在施行。

然則結局如何？賄賂公行，執法徇情，貴冑逃法，王侯私刑，民不敢入公堂訴訟，官不敢進侯門行法。如此王道寬法，只能使貴冑獨擁法外特權，民眾飽受律法盤剝。唯其如此，今日之山東六國，民眾洶洶，上下如同水火。如此王道寬法，敢問法德何在？反觀秦法，重刑而一體同法，舉國肅然，民眾擁戴，寧非法治之大德！」

「兩公之論，言不及義也。」呂不韋淡淡一笑，「老夫來自山東，豈不知山東法治實情？老夫所言王道法治，唯對秦國法治而言，非對山東六國法治而言。秦法整肅嚴明，惟有重刑缺失，若以王道厚德統合，方能大見長遠功效。若是以山東六國之法為圭臬，老夫何須在此饒舌矣！」

「即便對秦，也是不通！」老廷尉又昂昂頂上，「商君變法，本是反數千年王道而行之，自成治國範式。若以王道統合秦法，侵蝕秦法根基，必將使秦法漸漸消於無形。」

「除了秦法，對於秦國更有不通者！」最年輕的大臣出列了。咸陽令蒙恬厚亮的嗓音迴盪起來，「在下兼領咸陽將軍，便說兵事。《呂氏春秋》主張大興義兵，以義兵為天下良藥，以誅暴君、振苦民為用兵宗旨。這等義兵之說，所指究竟是甚？幾千年都沒人說得清楚。懲罰暴政而不滅其國，是義兵，譬如齊桓公。弔民伐罪而滅其國，也是義兵，譬如商湯周武。而《呂氏春秋》究竟要說甚？不明白！果真依義兵之說，大秦用兵歸宿究竟何在？是如齊桓公一般只做天下諸侯霸主，聽任王道亂法殘虐山東庶民？還是聽任天下分裂依舊，終歸不滅一國？若是大秦興兵一統華夏，莫非不是義兵了？！」

「對！小子一口吞到屌尖子上也！」

老將軍桓齕粗俗響亮而又竭力拖出一聲文雅尾音的高聲讚歎，使大臣們忍俊不禁，又不得不死勁憋住笑意，個個滿臉通紅，喀喀喀一片咳嗽噴噓之聲。

呂不韋正襟危坐，絲毫沒有笑意，待殿中安靜，才緩慢沉穩道：「義兵之說，兵之大道也，與興兵圖謀原是兩事。大如湯武革命，義兵也。小如老夫滅周化周，義兵也。故義兵之說，無涉用兵圖謀之大小，唯涉用兵之宗旨也。目下之秦國，論富論強，皆不足以侈談統一華夏。少將軍高遠之論，老夫以為不著邊際，亦不足與之認真計較。若得老成謀國，唯以王道法治行之於秦，使秦大富大強，而後萬事可論。否則，皇皇之志，赳赳之言，徒然莊周夢蝶矣！」

殿中肅然無聲，急促的喘息聲清晰可聞。呂不韋話語雖緩，然卻飽含著誰都聽得出來的譏刺與訓誡。這譏諷，這訓誡，明對蒙恬，實則是對著年輕的秦王說話——稚嫩初政便高言闊論統一華夏，實在是荒唐大夢。秦王年輕剛烈且雄心勃勃，若是不能承受，豈非一場暴風雨便在眼前？大臣們一時如芒刺在背，舉殿一片惶惶不安。

「本王以為，丞相沒有說錯。」

聽得高高王座上一句平穩扎實的話語，殿中大臣們方才長長地鬆了一口氣。

一王族老臣突然冷笑：「文信侯之心，莫非要取商君而代之？」

「此誅心之論也！」呂不韋霍然離開首相座案，走到中央甬道，直面發難老臣，一種莫名的沉重與悲哀滲透在沙啞的聲音之中，「老夫以為：無人圖謀取代商君，更無人圖謀廢除商君之法。呂不韋所主張者，唯使大秦治道更合民心，更利長遠大計。如此而已，豈有他哉！」呂不韋說罷，踽踽獨立而不入座，釘在王階下一般，大殿氣氛頓時一片肅殺。眼看一班王族老臣還要氣昂昂爭辯，王座上的嬴政淡淡一揮手：「文信侯之心，諸位老臣之意，業已各個陳明。其餘未盡處，容當後議。目下之要，議事為上。」

於是，擱置論爭，開始議事。

呂不韋又是沒有想到，幾個經濟大臣沒有做例行的府庫歸總。也就是說，秋藏決算根本就沒有涉及。而朝會所議之事，也沒有一件丞相不能獨自決斷的大事。片刻思忖，呂不韋再度恍然，秦王政的這次朝會其實只有一個目標——要他在朝堂公然申明《呂氏春秋》所隱含的實際政略，再度探察他究竟有無「同心」餘地。是啊，王綰一說，李斯二說，咸陽都尉三說，蒙恬四做，今日第五次，是最後一次麼？

「小子好頑韌，又是一策也。」

至此，呂不韋完全明白：嬴政已經決意秉持商君法制，決意捨棄《呂氏春秋》，同時卻仍在勉力爭取他這個曾經是仲父的丞相同心理政。然則，自今日朝會始，一切都將成為往昔。雙方都探知了對方根基所在，同心已經不能，事情也就要見真章了。呂不韋有了一種隱隱預感，這「真章」不會遠，很快就要來臨了。

九月中，秦王特急王書頒行：立冬時節，行大朝會。

大朝會者，每年一次或兩次之君臣大會也。戰國時期大戰連綿，各國大朝會很少，國事決策大都由以國君、丞相、上將軍三駕馬車組成的核心會商決斷，至多再加幾位在朝重臣。戰國後期，山東六國對秦國威脅大大減小，只要秦國不主動用兵，山東六國根本無力攻秦。也就是說，這時候的秦國，是唯一能從容舉行大朝會的國家。舉凡大朝會，郡守縣令邊軍大將等，須得一體還國與會。這次大朝，是年輕的秦王親政以來第一次以秦王大印頒行王書，沒有了以往太后、仲父、假父的三大印，自然是意味深遠。各郡守縣令與邊軍大將無不分外敬事，接書之日，安置好諸般政事軍事，紛紛兼程趕赴咸陽。期限前三五日，遠臣邊將業已陸續抵達咸陽，三座國賓驛館眼看著一天天熱鬧起來。新朝初會，官員們之所以先期三五日抵達，一則是敬事王命，再則也有事先探訪上司從而明白朝局奧妙之意。

秦國法度森嚴，朝臣素無私相結交之風，貴胄大臣也沒有大舉收納門客的傳統。然則，自呂不韋領政幾二十年，諸般涉及「瑣細行止」的律條，都因不太認真追究而大大淡化。秦國朝臣官吏間也漸漸生出了敬上互拜、禮數斡旋的風習，雖遠不如山東六國那般殷殷成例，卻也是官場不再忌諱的相互酬酢了。尤其在呂不韋大建學宮大舉接納門客之後，秦國朝野的整肅氣象，漸漸淡化為一種蔚為大觀的鬆動開闊風習。此次新王大朝非比尋常，遠臣邊將們都帶來了「些許敬意」，紛紛拜訪上司大員，再邀上司大員一同拜訪文信侯呂不韋，自然而然地便成了風靡咸陽的官場通則。

呂不韋稟性通達，素有山東名士貴胄之風，從來將官員交往視作與國事無涉的私行，收納門客也沒有任何忌諱。在呂不韋看來，禮儀結交風習原本是文華盛事，秦國官場的森森然敬業之氣，有損於奔放風華，在文明大道上低了山東六國一籌。唯其如此，呂不韋大設學宮，廣納門客，默許官員私相交往，確實是漸漸破了秦國官場人人自律戒慎戒懼的傳統風習。呂氏商社原本豪闊巨商，嫻熟於斡旋應酬，府中家老僕役對賓客迎送得當。呂不韋本人更是酬酢豪爽，決事體恤，官場煩難之事往往在酒宴快意之時一言以決之。如此長期浸染，官員們森嚴自律漸漸鬆動，結交之意漸漸蓬勃，對文信侯更是分外生出了親和之心，人人以在文信侯府邸飲宴決事為無上榮耀。

此次新王大朝，關涉朝局更新，遠臣邊將來到咸陽，自然更以拜訪文信侯為第一要務。嫪毐之亂後，遠臣邊將們風聞文信侯受人厚誣，秦川又出了紅霾經月不息的怪異天象，心下更是分外急切地要探察虛實。人各疑竇一大堆，而又絕不相信年輕的秦王會將赫赫巍巍的文信侯立馬拋開，更要在文信侯艱難之時深表撫慰與擁戴。在國的大臣們雖覺察出呂不韋當國之局可能有變，然經下屬遠臣的諸般慷慨論說，又覺不無道理，便也紛紛備下「些許敬意」，懷著謹慎的試探，陪伴著下屬遠臣們絡繹不絕地拜訪文信侯來了。如此短短三五日，呂不韋府邸前車馬交錯，門庭若市，冠帶如雲，庭院林下池邊廳堂，處處大開飲宴，各式宴席晝夜川流不息，成了大咸陽前所未有的一道官場風景。

依然是一團春風，依然是豪爽酬酢。滿頭霜雪的呂不韋分外矍鑠健旺，臧否人物，指點國事，談學論政，答疑解惑，似乎更增了幾分豁達與深厚。一時間人人釋懷，萬千疑雲在快樂的飲宴中煙消雲散了。

「輔秦三朝，老夫足矣！」呂不韋的慨然大笑處處迴盪著。拜訪者們無不異口同聲：「安定秦國，捨文信侯其誰也！」

誰也沒有料到，三日後的大朝，竟是一場震驚朝野的風暴。

立冬那日，朝會一開，長史王綰便宣示了朝會三題：其一，廷尉六署歸總稟報嫪毒謀逆罪結案情形；其二，議決國正監請整肅吏治之上書；其三，議決秦國要塞大將換防事。如此三事，事事皆大，如何文信侯飲宴中絲毫未見消息？遠臣邊將們一陣疑惑，紛紛不經意地看了看首相大座正襟危坐的文信侯。見呂不韋一臉微笑氣度如常，遠臣邊將們油然生出了敬佩之心——事以密成，文信侯處高而守密，公心也！

進入議程，白髮黑面的老廷尉第一個出座，走到專供通報重大事宜的王座階下的中央書案前，看也不看面前展開的一大卷竹簡，字字擲地。備細稟報了嫪毒罪案的處置經過、依據律條並諸般刑罰人數。大朝會法度：主管大員稟報完畢，朝臣們若無異議，須得明白說一聲臣無異議，而後國君拍案首肯，此一議題便告了結。嫪毒亂秦人神共憤，誰能異議？老廷尉的「本案稟報完畢」話音一落點，殿中哄然一聲：「臣無異議！」

秦王政目光巡睃一周，啪地一拍王案，便要說話。

「臣有異議！」一人突然挺身而起。

「何人異議？」長史王綰依例發問。

「咸陽令兼領咸陽將軍，蒙恬。」年輕大臣自報一句官職姓名。

「當殿申明。」王綰又是依例一句。

蒙恬見錄寫史官已經點頭，示意已經將自己姓名錄好，向王座一拱手高聲開說：「臣曾參與平亂，親手查獲嫪毒在雍城密室之若干罪行憑據。查獲之時，臣曾預審嫪毒心腹同黨數十人，得供詞百餘篇。亂事平息，臣已將憑據與供詞悉數交廷尉府依法勘定。今日大朝，此案歸總了結，臣所查獲諸多憑據之所涉罪人，卻隻字未提。蒙恬敢問老廷尉：秦國可有法外律條？」

「國法不二出。」老廷尉冷冰冰一句。

「既無法外之法，為何迴避涉案人犯？」

「此事關涉重大，執法六署議決：另案呈秦王親決。」

「六署已呈秦王？」

「尚未呈報。」

「如此，臣請准秦王。」蒙恬分外激昂，轉身對著王案肅然一躬，「昭襄王護法刻石有定：法不阿貴，王不枉法。臣請大朝公議涉案未究人犯！」

老廷尉肅然一躬：「既有異議，唯王決之。」

嬴政冷冷一笑：「嫪毒罪案涉及太后，本王尚不敢徇私。今日國中，寧有貴逾太后者？既有此等事，准咸陽令蒙恬所請：老廷尉公示案情憑據。」

「老臣遵命。」老廷尉磨刀石般的沙沙聲在殿中迴盪起來，「平亂查獲之書信物證等，共三百六十三件，預審證詞三十一卷。全部證據證詞，足以證明：文信侯呂不韋涉嫪毒罪案甚深。老臣將執法六署勘定之證據與事實一一稟報，但憑大朝議決。」

舉殿驚愕之中，磨刀石般的粗糲聲音在大殿中持續彌漫，一件件說起了案件緣由。從呂不韋邯鄲始遇寡婦清，到嫪毒投奔呂不韋為門客，再到呂不韋派女家老莫胡祕密實施嫪毒假閹，再到祕密送入梁山。全過程除了未具體涉及呂不韋與太后私情，因而使呂不韋製作假閹之舉顯得突兀外，件件有據，整整說了一個時辰有餘。

舉殿大臣如夢魘一般死寂，遠臣邊將們尤其心驚肉跳。如此等等令人不齒的行徑，竟是文信侯所為？果真如此，匪夷所思！在秦國，在天下，嫪毐早已經是臭名昭著了。可誰能想到，弄出這個驚世烏龜者，竟然是輔佐三代秦王的曠世良相？隨著老廷尉的沙沙磨刀石聲，大臣們都死死盯住了皇皇首相座上的呂不韋，也盯住了高高王座上的秦王政。

「敢問文信侯，老廷尉所列可是事實？」蒙恬高聲追問。

面色蒼白的呂不韋，艱難地站了起來，對著秦王政深深一躬，又對著殿中大臣們深深一躬，一句話沒有說，逕自出殿去了。直到那踽踽身影出了深深的殿堂，大臣們還是夢魘一般寂然無聲。

初冬時節，紛擾終見真章。

秦王頒行朝野的王書只有短短幾句：「查文信侯開府丞相呂不韋，涉嫪毐罪案，既違國法，又背臣德，終使秦國蒙羞致亂。業經大朝公議，罷黜呂不韋丞相職，得留文信侯爵，遷洛陽封地以為晚居。書發之後，許呂不韋居咸陽旬日，一俟善後事畢，著即離國。」王書根本沒有提及《呂氏春秋》，更沒有提及那次關涉治國之道的朝堂論爭。

到丞相府下書的，是年輕的長史王綰。宣讀完王書，看著倏忽之間形同枯槁的呂不韋，默然良久，王綰低聲道：「文信侯若想來春離國，王綰或可一試，請秦王允准。」呂不韋搖搖頭淡淡一笑：「不須關照。三日之內，老夫離開咸陽。」王綰又低聲道：「李斯回涇水去了。鄭國要來咸陽探訪文信侯，被在下擋了。」呂不韋目光一閃，輕聲喘息道：「請長史轉鄭國一言：專一富秦，毋生他念，罪亦可功。」王綰有些困惑：「此話，何意？」呂不韋道：「你只原話帶去。言盡於此，老夫去矣！」說罷一點竹杖，呂不韋搖進了那片紅葉蕭疏的胡楊林，一直沒有回頭。王綰對著呂不韋背影深深一躬，匆匆登車去了。

暮色之時，呂不韋開始了簡單的善後。

之所以簡單，是因為一切都已經做了事先綢繆。呂不韋要親自操持的，只有最要緊的一宗善後事宜——得體地送別剩餘門客。自蒙恬在南門豎立商君石刻，門客們便開始陸續離開文信學宮。月餘之間，三千門客已經走得庭院寥落了。戰國之世開養士之風，門客盈縮便成了東公的時運表徵。往往是風雨未到，門客便開始悄然離去，待到奪冠去職之日，門客院早已經是空空蕩蕩了。若是東公再次高冠復位，門客們又會候鳥般紛紛飛回，坦然自若，毫不以為羞愧。養士最多且待客最為豪俠的齊國孟嘗君，曾為門客盈縮大為動怒，聲言對去而復至者「必唾其面而大辱之！」趙國名將廉頗，對門客去而復至更是悲傷長歎，連呼：「客退矣！不復養士！」

此中道理，被兩位天下罕見的門客說得鞭辟入裡。

一個是始終追隨孟嘗君的俠士門客馮驩，一個是老廉頗的一位無名老門客。馮驩開導孟嘗君，先問一句：「夫物有必至，事有固然，君知之乎？」孟嘗君看著空蕩蕩冷清清的庭院，氣不打一處來，黑著臉回了一句：「我愚人也，不知所云！」馮驩坦然地說：「富貴多士，貧賤寡友，事之固然也。譬如市人，朝爭門而暮自去，非好朝而惡暮，在暮市無物無利也。今君失位，賓客皆去，不足以怨士也。」孟嘗君這才平靜下來，接納了歸去來兮的門客們。

廉頗的那個無名老門客，卻是幾分揶揄幾分感喟，其說辭之妙，千古之下尤令人拍案叫絕。在老廉頗氣得臉色鐵青大喘氣的時候，老門客拍案長聲：「吁！君何見之晚也？夫天下以市道交，君有勢，我則從君，君無勢，我則自去。此固其理也，有何怨乎！」用今日話語翻譯過來，更見生動：啊呀，你才認識到啊！當今天下是商品社會，你有勢，我便追隨你，你失勢，我便離開你。這是明明白白的道理，你何必怨天尤人！赤裸裸說個通透，老廉頗沒了脾氣。

呂不韋出身商旅，久為權貴，對戰國之士的「市道交」卻有著截然不同於孟嘗君與廉頗的評判，對門客盈縮去而復至，也沒有那般怨懟感喟。呂不韋始終以為：義為百事之本，大義所至，金石為開。當年的百人馬隊，為了他與子楚安然脫趙，全部毀容戰死，致使以養士驕人的平原君至為驚歎。僅此一事，誰能說士子門客都是「市道交」的市井之徒？門客既多，必然魚龍混雜，以勢盈縮原本不足為奇，若以芸芸平庸者的勢利之舉一言罵倒天下布衣士子，人間何來風塵英雄？然則，儘管呂不韋看得開，若數千門客走得只剩一兩個，那定然也是東公待士之道有差，抑或德政不足服人。從內心深處說，呂不韋將戰國四大公子的養士之道比作秦法——勢強則大盈，但有艱危困頓，則難以撐持。其間根本，在於戰國四大公子與尋常權臣是以勢（力）交士，而不是以德交士，此於秦法何其相似乃爾！呂不韋不然，生平交往的各色士子不計其數，而終其一生，鮮有疏離反目者。

呂不韋堅信，即或自己被問罪罷黜，門客也決然不會寥寥無幾。

公示《呂氏春秋》的同時，呂不韋已開始了最後的籌劃，祕密地為可能由他親自送別的門客們準備了大禮。每禮三物：一箱足本精刻的《呂氏春秋》，一只百金皮袋，一匹陰山胡馬。反覆思忖，呂不韋將這三物大禮只準備了一百份。他相信，至少會有一百個門客留下來。主事的女家老莫胡說，三十份足夠了，哪裡會有一百人留下？西門老總事則說，最多五六十份，再多白費心了。呂不韋堅持說一百份，還加了一句硬邦邦的話，世間若皆市道交，寧無人心天道乎！那日，離開舉發他罪行的大朝會，心如秋霜的呂不韋沒有回府，拖著疲憊的身軀去了文信學宮，又去了聚賢館。時當晚湯將開，他要親自品咂一番，看看這最是「以市道交」的門客世事能給他何等重重一擊？

「晚湯開得幾案？」呂不韋穩住自己，淡淡一笑。

「幾案？已經三百案了，還有人沒回來哩！」

總炊執事亢奮的話語未曾落點，呂不韋已經軟倒在了案邊。片時，呂不韋在總炊執事的忙亂施救中醒來，一臉舒展的笑意。老執事不勝唏噓，竟不知如何應對了。當晚，呂不韋一直守候在聚賢館，親自陪著陸續回來的門客們晚湯，直到最後一個人歸來吃飯。沉沉丑時，呂不韋方回到丞相府。雖然已經是三更之後，呂不韋還是立即吩咐總執事：再另備兩百六十份三物之禮，一馬、百金、一匹蜀錦。吩咐一罷，呵呵笑著蒙頭大睡去了。

「天人之道，大矣！」三日之後醒來，呂不韋慨然一歎。

今夜善後，呂不韋是坦然的，也是平靜的。

他親自會見了最後的三百六十三名門客，親自將不同的三禮交到了每個人手上，末了笑歎一聲：「諸位襄助老夫成就《呂氏春秋》，無以言謝也！老夫所愧者，未能將《呂氏春秋》躬行踐履。今日，誠托諸位流布天下，為後世立言，呂不韋死則瞑目矣！」門客們感慨欷歔不能自已，參與《呂氏春秋》主纂的三十多個門客更是大放悲聲。將及五更，每個門客都對呂不韋肅然一躬辭行，舉步回頭間都是昂昂一句：「呂公若有不測，我聞訊必至！」

次日暮色降臨之時，一行車馬轔轔出了丞相府。

三日之後，呂不韋抵達洛陽。意料不到的是，蔡澤帶著大群賓客迎到了三十里之外。賓客中既有六國使臣，也有昔日結識的山東商賈，更有慕名而來的遊學士子，簇擁著呂不韋聲勢浩蕩地進了洛陽王城的封地府邸。陳渲、莫胡、西門老總事等不勝欣喜，早已經預備好了六百餘案的盛大宴席。呂不韋無由推託，只好勉力應酬。

席間，山東六國使臣紛紛邀呂不韋到本國就任丞相。趁著酒意，各色賓客們紛紛嘲笑秦國，說老秦原本蠻戎，今日卻作假聖人，竟將一件風流妙曼之事坐了文信侯罪名，當真斯文掃地也！六國特使們一時興起，爭相敘說本國權臣與王后曾經有過的妙事樂事，你說他補，紛紛舉證，爭執得面紅耳赤不亦樂乎。呂不韋大覺不是滋味，起身朗聲答道：「敢請列位特使轉稟貴國君上：呂不韋事秦二十餘年，對秦執一不二。今日解職而回，亦當為秦國繼續籌劃，決然無意赴他國任相。老夫此心，上天可鑒。」

呂不韋言之鑿鑿，山東使臣們大顯難堪，一時沒了話說。雖則如此，在蔡澤與一班名士的鼎力斡旋下，大宴還是堂皇風光地持續了整整三日。賓客流水般進出，名目不清的賀禮堆得小山也似，樂得老蔡澤連呼快哉快哉。

倏忽冬去春來，三月啟耕之時，秦王王書又到洛陽。

特使蒙武將王書念得結結巴巴：「秦王書曰：文信侯呂不韋以罷相之身，與六國使臣法外交接，誠損大秦國望也。君何功於秦，封地河南十萬戶尚不隱身？君何親於秦，號稱仲父而不思國望？著文信侯及其眷屬族人，立即徙居巴蜀，不得延誤。秦王政十一年春。」

「屆時矣！」呂不韋輕輕歎息了一聲。

「文信侯，何，何日成行？」蒙武艱難地吭哧著。

「國尉稍待一時。」呂不韋淡淡一笑，進了書房。

良久悄無聲息，整個大廳內外如空谷幽幽。突聞一聲輕微異響，蒙武心頭突兀大動，一個箭步推門而入，里間景象教他木樁般地愣怔了——書案前，肅然端坐著一身大紅吉服的呂不韋，白髮黑冠威嚴華貴，嘴角滲出一絲鮮紅的汁液，臉上卻是那永遠的一團春風……

蒙武深深三躬，飛馬便回了咸陽。

三、人性之惡　必待師法而後正

嬴政沒有料到，呂不韋之死激起了軒然大波。

三川郡守緊急密報：文信侯突兀飲鴆而死，散去門客紛紛趕赴洛陽，早年與呂氏商社過從甚密的大商巨賈也聞訊奔喪，不便公然出面的六國君主與權臣則派出各式名目的密使私使前來弔唁；那個奄奄一息的衛國最是不可思議，竟派出了首席大臣宗卿（註：宗卿，衛國執政大臣，權力同他國丞相）為特使，率濮陽吏員百餘人身著麻衣喪服，打著「祖國迎葬文信侯」的大幡旗進入洛陽，公然叫嚷衛國要將呂不韋屍身迎回濮陽安葬！旬日之間，呂不韋的洛陽封地已經雲集了數千人之眾。

原來，秦王特使赴洛陽之事，三川郡守一無所知。本打算在宣書後再拜會郡守的特使蒙武，又星夜回了咸陽。三川郡守對呂不韋之死大覺意外，得到消息立即親赴文信侯府邸查勘虛實。一見呂不韋屍身，郡守深為驚愕，當即派定郡都尉與郡御史（註：郡御史，秦國郡署官吏，職掌一郡監察）率兩百步卒甲士，晝夜守護文信侯府邸與屍身所在的書房，同時飛報咸陽定奪。這是秦國法度：大臣猝死，須待廷尉府勘驗屍身確定死因，再經秦王書定葬禮規格，方可下葬；高爵君侯死於封地，地方官須守護其府邸與屍身，並立即報咸陽如上決事。

郡守依法處置之際，情勢卻發生了意外的突變。

依照久遠成俗的喪葬禮儀，無論死者葬禮規格將如何確定，死後都有必須立即進行的第一套程序。這套程序謂之「預禮」，主要是四件事：正屍、招魂、置屍、奠帷。四件事之後，死者家族才能正式向各方報喪，而後再繼續進行確定了規格的喪葬禮儀。正屍，是立即將死者屍身抬回府邸的正房寢室，謂之壽終正寢死得其所。移屍正寢之後，立即請來大巫師依照程序招魂。大巫師捧著死者衣冠，從東邊屋簷翹起的地方登上府邸最高屋脊，對著北方連呼三遍：「噢呵——某某歸來也！」而後將死者衣冠從屋前拋下，家人用特備木箱接住，再入室覆蓋在死者身上，魂靈方算回歸死者之身。招魂之後的置屍，是對死者屍身做最初處置，為正式入殮預為準備。一宗是楔齒：為了防止屍體僵硬時突然緊閉其口，一旦確認人死，立即用角質匙楔入死者牙齒之間，留出縫隙，以便按照正式確定的葬禮規格入殮時在死者口中放置珠玉；再一宗是綴足：將死者雙足併攏扶正，用死者生前用過的燕几（矮几）壓住雙足並以麻線繩捆縛固定，拘束雙足使之正直，以便正式入殮時能端端正正穿好皮靴。

置屍就緒，家人立即設乾肉、肉醬、醴酒做簡樸初祭，並用帷幕將死者尚未正式入殮的屍身圍隔起來，帷幕之外先行設置供最先奔喪者們哭祭的靈室（屍身正式入殮棺槨之後，始設與葬禮規格相應的大靈堂），此為奠帷。如此這般第一套程序完成之後，家主方正式向各方報喪，漸次進入正式的喪葬程序。

然則，奔喪者們看到的，卻是對死者的大不敬。

山東各方人士趕赴洛陽，原本只是為奔喪而來。也就是說，只是要參加由秦國操持的葬禮，對呂不韋作最後的送行。奔喪者們一腔傷痛一路唏噓地趕到洛陽，非但沒有大型喪事對於賓客下榻、服喪、祭奠、守靈等諸般事宜的有序安置，且連預設的靈室也沒有一個，淤積壓抑的哀傷竟沒了噴湧的去處。絡繹紛紜聚來的奔喪者們，在文信侯府邸內外相互探聽，方知呂不韋死在了書房，夫人陳渲與老總事西門也絕望飲鴆，先後死在了呂不韋屍身之旁，此時連屍身還冷冰冰原樣擱置原地，預禮四事竟一事未行！對此，秦國郡守的文告宣示的理由只有一個：護持屍身，依法勘驗，一應葬禮事宜報王待決。

「如此秦法，禽獸行也！」奔喪者們憤怒了。

自遠古以來，葬禮從來都是禮儀之首，最忌擅改程序，最忌省儉節喪。古諺云，死者為尊。又云，儉婚不儉葬。說的便是這種已經化為久遠習俗的葬禮之道。到了戰國，喪葬程序雖已大為簡化，然其基本環節並沒有觸動，人們對葬禮的尊崇也幾乎沒有絲毫改變。時當戰國中晚期的大師荀子有言：「禮者，謹於治生死者也。生，人之始也。死，人之終也。終始俱善，人道畢矣！故，君子敬始而慎終。事生不忠厚，不敬文（程序禮儀），謂之野。送死不忠厚，不敬文，謂之瘠（刻薄）。送葬者不哀不敬，近於禽獸矣！喪禮者，以生者飾死者也，大象其生以送其死也。故，如死如生，如亡如存，終始一也！（註：見《荀子・禮論》）」荀子亦法亦儒，理論之正為當世主流所公認，其葬禮之說無疑是一種基於習俗禮儀的公論——葬禮的基本程序是必須虔誠遵守的，是不能輕慢褻瀆的。

奔喪者們憤慨哀痛之心大起，一時群情洶洶，全然不顧三川郡守的禁令，逕自在文信侯府邸外的長街搭起了一座座蘆席大棚，聚相哭祭，憤憤聲討，號啕哭罵之聲幾乎淹沒了整個洛陽。六國各色密使推波助瀾，衛國迎葬使團奔走呼號，大洛陽頓時一片亂象。紛亂之際，與呂不韋淵源甚深的齊國田氏商社挺身而出，祕密聚集奔喪者們商議對策。奔喪各方眾口一詞：秦王嬴政誅殺假父、撲殺兩弟、囚居生母、逼殺仲父，其薄情殘苛亙古罕見，若得候書處置，文信侯必是死而受辱不得善終。一夜聚議，多方折衝，衛國使團放棄了迎葬主張，贊同了奔喪者們的義憤決斷：同心合力，竊葬文信侯！

竊葬者，不經國府發喪而對官身死者逕自下葬也。一旦竊葬，意味著死者及其家族從此將永遠失去國家認可的尊榮。尋常時日，尋常人等，但有三分奈何，也不願出此下策。然則，呂不韋終生無子，夫人陳渲與西門老總事又先後在呂不韋屍身旁飲鴆同去。呂府一片蕭瑟悲涼，只留下一個女總管莫胡與一班僕役執事痛不欲生地勉力支撐，對秦王恨得無以復加，誰信得秦王嬴政能厚葬呂不韋？自然對眾客密議一拍即合。於是，闔府上下與奔喪各方通力同心，竟在屍身停留到第六日的子夜之時，用迷藥迷醉了郡都尉、郡御史及兩百甲士，連夜將呂不韋屍身運出了洛陽。及至三川郡守覺察追來，呂不韋已經被下葬了。慮及掘墓必將引起眾怒公憤而招致事端，郡守只得快馬飛書稟報咸陽。

呂不韋的墓地，是奔喪者們一致贊同的大吉之地。

倉促竊葬，奔喪者們無法依據公侯葬禮所要求的程序選擇墓地，而呂不韋這樣的人物，又絕不能埋葬在被陰陽家堪輿家有所挑剔的地方。就在一切議定、唯獨在墓地這個最實在的事項上眾口紛紜莫衷一是的時候，魯國名士淳于越高喊了一聲：「北邙！」眾人聞聲恍然，頓時一口聲贊同，立即通過了公議：在洛陽北邙山立即開掘建造墓地。

北邙者，北邙山也。之所以人人贊同，根由在這北邙大大的有講究。

洛陽，是西周滅商後由周公主持營建起來的東部重鎮，西周時叫作洛邑。洛邑在當時的使命，主要是統禦鎮撫東部由殷商舊部族演變成的新諸侯。正是基於如此重大的使命，洛邑修建得器局很大，城方七百二十丈，幾乎與西周在關中的都城鎬京不相上下。論地利，洛邑南依洛水，北靠巍巍青山，是天下公認的祥瑞大吉之地。這道巍巍青山，當時叫作郟山，東周時隨著洛邑更名為洛陽（註：洛陽更名，幾經反覆，從頭為：西周「洛邑」，東周至戰國、秦為「洛陽」，西漢改名「雒陽」（東漢同），曹魏再改回「洛陽」。據《水經注》引《魏略》，更名原因在五行國運之說，其云：「漢火行忌水，故去其『氵』而加『隹』；魏為土德，土水之牡也，水得土而流，土得水而柔，除『隹』加『氵』。」），郟山也更名，叫作了邙山。這道邙山，東西走向，西起大河三門（峽），東至洛陽之北，莽莽數百里一道綠色屏障。邙山雖長，其文華風采卻集中在東部洛陽一段。洛陽這段邙山，時人呼為「北邙」。從東周都城遷入洛陽開始，歷代周王及公侯大臣以及外封的王族諸侯，死後幾乎都葬在了北邙。周人最重葬禮，選定的安葬地肯定是天下堪輿家尊奉的上吉之地了。於是，春秋戰國時期許多匆忙死去而來不及仔細堪輿墓地的中原諸侯，紛紛葬在了北邙山。風習浸染，流傳後世，「北邙」已經成了墓葬之地的代稱。

唯其如此，北邙山得享赫赫大名，安葬呂不韋自然是毫無爭議。

一番祕密操持，數千賓客在洛陽北邙山隆重安葬了呂不韋夫婦主僕，一座大塚起得巍巍然山陵一般。為迷惑秦國，主葬的田氏商社與衛國使團宣稱：大墓只葬了呂不韋夫人陳渲一人，文信侯已經被迎回衛國安葬了。消息傳開，洛陽民眾便將這座大墓呼為「呂母塚」，以致傳之後世，呂不韋陵墓仍然被叫作呂母塚。

「山東士商可恨！六國諸侯可惡！」

嬴政接報震怒不已。以法度論，縱然自裁，呂不韋也還是秦國有封地的侯爵重臣。山東士子商賈竟與列國合謀，公然在秦國郡縣以非法伎倆竊葬秦國大臣，豈非公然給秦國抹黑，置他這個秦王於恥辱境地？盛怒之下，嬴政飛車東來，路過藍田大營，親點了六千鐵騎連夜趕赴洛陽，決意依法查究竊葬事件，洗刷秦國恥辱，以正天下視聽。

將出函谷關之時，蒙武、王綰飛馬趕來了。

「我王留步──」

身為特使，親見呂不韋慘烈死去的蒙武說得很是痛心：「君上初政，此舉有失魯莽。文信侯人望甚重，不期而死，老臣亦戚戚不勝悲切，況乎呂氏舊人？門客故人憤激生疑，以致竊葬，情可鑒也。人去則了矣！我王親政已無障礙，若執意查究違法竊葬之罪，誠越抹越黑，王當三思也。」

年輕的王綰更是坦然相向：「臣原為文信侯屬吏，本不當就此事建言，然謀國為大，臣不得不言：目下秦國朝局半癱，吏治未整，百事待舉，徒然糾纏文信侯喪葬之事，分明因小失大，臣以為不妥。」一說罷垂手而立，一副聽候處置的模樣。

嬴政臉色鐵青，終於一揮手回車了。

畢竟，就本心而論，嬴政沒有賜死呂不韋之意，更無威逼呂不韋自裁之心。只是在得到山東名士貴胄流水般趕赴洛陽，策動呂不韋移國就相的密報時，嬴政有了一種直覺，必須對這個曾經的仲父有所警示，也必須使呂不韋離開中原是非之地；否則，他仍然可能對秦國新政生出無端騷擾，甚至釀出後患亦未可知。基於此等思慮，嬴政才派出了與呂不韋世交篤厚的蒙武，下了那道有失厚道的王書。有意刻薄，也是嬴政從少年時便認定這個仲父闊達厚實，很少能被人刺痛說動，不重重刺上幾句，只怕他聽罷也是淡淡一笑渾不上心。及至蒙武星夜趕回稟報，業已悔之晚矣！嬴政這才覺得，自己顯然低估了呂不韋在嫪毐事變中遭受的深深頓挫，更沒有想到，這個曾經的仲父會將自己的幾句刻薄言辭看得如此之重。

就實而論，以呂不韋的巨大聲望，縱然遷徙到巴蜀之地，完全可能依舊是賓客盈門。呂不韋若堅執無休止地傳播《呂氏春秋》，嬴政縱然不能容忍，又能奈何？以戰國之風，這幾乎是必然可能發生的未來情勢。一個力圖完全按照自己的意志推行新政的國王，豈能沒有顧忌之心？若得全然沒有顧忌，除非這個享有巨大聲望以致嬴政不能像處死嫪毐那樣輕易問他死罪的曾經的仲父死了。然則，呂不韋心胸豁達，體魄厚實，豈能說死便死？呂不韋若是活得與曾祖父昭襄王一般年歲，嬴政的隱憂極可能還要再持續二十餘年。恰恰此時，呂不韋卻自己去了，使嬴政的未來隱憂以及有可能面對的最大麻煩頓時煙消雲散，可謂想也不敢想的最好結局。

這，是天意麼？

乍接呂不韋死訊，嬴政可謂百味俱生。如釋重負，歉疚自責，空蕩蕩若有所失，沉甸甸憂思泛起，痛悔之心，追念之情，亂紛紛糾葛心頭無以排解。呂不韋以死讓道，使他能夠大刀闊斧地親政領國麼？果真此心，因由何在？恍惚之間，嬴政心頭電光石火般閃過一個從來沒有過的念頭——莫非流言是實，呂不韋當真是我生父？不！不可能！果真如此，母親豈能那般匪夷所思地痛恨呂不韋，將狂悖的嫪毐抬出來使呂不韋永遠蒙羞？但無論如何，對他這個秦王而言，呂不韋之死，這件事本身都是難以估價的「義舉」。身為秦王，唯有厚葬呂不韋，方可心下稍安。若是沒有山東奔喪者們的竊葬事件，在法度處置之後，嬴政原本是要為曾經的仲父舉行最隆重的葬禮的。

然則，竊葬之報猶重重一錘，嬴政頓時清醒了過來。

事關國家，唯法決之。這是嬴政在近十年的「虛王」之期錘鍊出的信念，更是在與《呂氏春秋》周旋中選擇的治國大道。呂不韋既然長期執掌秦國大政，呂不韋便不是呂不韋個人，而是關聯天下的秦國權力名號，是秦國無法抹去的一段極為重要的歷史；對呂不韋喪葬的處置，也不是對尋常大臣的個人功過與葬禮規格的認定，而是關聯秦國未來大局的國事政事。若非如此，山東奔喪者們豈能如此上心？

百年以來，秦國大臣貴胄客死山東者不可勝數。秦國每次都是依照法度處置，何以山東人士沒有過任何異議？嬴政很熟悉國史，清楚地記得：當年秦昭王立的第一個太子，也就是嬴政的祖父孝文王嬴柱的哥哥出使魏國，吐血客死於大梁，隨行副使不敢對屍身做任何處置，立即飛報咸陽。那時候，山東六國朝野非但沒有咒罵秦國，反倒是一口聲的讚頌：「秦國之法，明死因，消隱患，防冤殺，開葬禮之先河，當為天下仿效矣！」這次，呂不韋屍身擱置得幾日，如何突然便成了不能容忍的罪孽？山東士商與六國官府是針對葬禮還是秦國？若是旁個大臣客死洛陽而依法處置，山東諸侯會有如此大動靜麼？其中奧祕不言自明，是可忍，孰不可忍！聽任山東奔喪者們竊葬，秦國何以立足天下？

儘管思緒憤激，連夜東出，嬴政終究還是忍下了這口氣。面對蒙武與王綰的攔路強諫，多年磨練出的冷靜稟性，使嬴政心頭立即閃出了第一個念頭：兩位都是敦誠大臣，不妨想想再說。回到函谷關幕府，蒙武王綰又是各自陳說備細，嬴政終於從憤激中真正擺脫出來。君臣三人計議了整整一宿，決意大度地處置震動天下的竊葬事件。處置方略是：第一步，秦王對朝野頒行緊急王書，以「文信侯猝死，實出本王意外，亦致各方多生錯解，情可鑒也」為根基說辭，承認對呂不韋的竊葬，申明對預謀各方不予追究；第二步，蒙武再度為秦王特使，趕赴洛陽北邙山，以公侯大禮隆重祭奠呂不韋，並以秦國王室名義，為被草草竊葬的呂不韋修建壯闊的文信侯陵園。

「此事如此告結，我心亦安矣！」嬴政長吁了一聲。

「王有大度，宣洩人心，事端自平。」蒙武寬慰地笑了。

「餘波一平，整肅國政便可著手。」王綰也是精神大振。

次日，君臣三人趕回咸陽，立即分頭行事。三日之後，秦王王書頒行秦國各郡縣，並同時知會山東六國；特使蒙武則率領著隆重的國葬儀仗車馬，轔轔出了大咸陽奔赴洛陽。諸事妥當，嬴政立即召來王翦、蒙恬、王綰三位新朝幹員，開始商議如何著手整肅吏治理清國政的大計。然則，誰也沒有想到的是，這次小朝會尚未結束，大咸陽便亂了。

竊葬餘波不僅沒有完結，反而彌漫為舉國亂象。

特急王書頒行之後，朝野議論不但沒有體察秦王，反倒是傳聞紛紛流言叢生。一說秦王「著意賜死」文信侯，一說秦王「威逼」文信侯自裁。與此等流言相連，秦王嬴政的種種「劣跡暴行」也在巷閭鄉野流傳開來。最為神祕驚人的傳聞是：太后原本是文信侯鍾愛的歌伎，嫁給莊襄王嬴異人時已有身孕，目下秦王原本是文信侯親子，子逼父死，天理不容！流言紛紜之時，咸陽尚商坊的六國商旅與遊學名士同聲相應，搭起了一座高大肅穆的靈棚，晝夜祭奠文信侯。老秦人感念呂不韋寬政緩刑，流水般麻衣哭臨，在靈前虔誠匍匐。一時間祭呂之風大起，咸陽城麻衣塞道，哭聲日夜不斷，比國喪有過之而無不及。

正在小朝會之時，奉命大祭並督造呂不韋陵園的蒙武從洛陽趕回，憂心忡忡地稟報了洛陽事態。山東六國及一班諸侯，非但不體察秦國處置舉措，反倒處處藉機滋事。在蒙武以王使之身代秦王祭奠呂不韋時，山東人士也大舉趕來公祭，還要與蒙武爭奪主祭。不僅如此，山東人士又散布種種惡毒流言蠱惑洛陽民眾，以致三川郡人心浮動，已經有民眾開始悄悄逃往三晉。更有甚者，洛陽老王城的周室遺族與魏韓兩國通謀，聲言三晉乃周室宗親諸侯，三川郡該當「回歸」三晉！目下，三川郡守業已對各方謀劃探察清楚，深感洛陽有脫秦之危，大為不安，特意敦請蒙武速回咸陽，稟報秦王定奪。

蒙武心緒沮喪之至，說到末了，一聲沉重地歎息：「老臣原主從寬處置，然則，樹欲靜而風不止。老臣慚愧，無話可說矣！」當初同樣主張大度安撫，以盡早使國事進入正軌的長史王綰，在旁邊也是面色通紅，一時默然無對。

「兩位將軍以為如何？」嬴政沒有發作，反倒笑了。

王翦眉頭鎖成了一團：「國人心亂，六國覬覦。此等局面，螳螂捕蟬黃雀在後，萬不可造次處置。我等宜待大局清楚，再定處置之策。」

「等不起！」蒙恬一拍案站了起來，「此等亂象得寸進尺，豈能容忍？說到底，全然是呂氏門客與在秦山東士商內外勾連，再加六國多方策應所致！我若靜觀等待，分明是示弱，後果難以預料。」

「足下之見，該當如何？」老成厚重的王翦認真追了一句。

「我……尚未想好。」年輕的蒙恬一時語塞。

蒙武瞪了兒子一眼，一拱手道：「老臣贊同王翦之見。」

「長史以為該當如何？」嬴政輕輕叩著書案。

王綰沉吟著：「兩說各有其理，臣一時無斷。」

「也好。本王斷之。」嬴政拍案而起，「事有此變，天賜良機。國府善意在先，卻得惡意回報。本王無愧於庶民，無愧於天下。善舉不能了，自有法治了。荀子曾說：人性之惡，必待師法而後正。斯言大哉！」喟然一歎，嬴政些許緩和，「等是不能等。與此等卑劣猥瑣之事作曠日持久糾纏，何事可為？須得當下便斷。」

「王有良策？」蒙武有些驚愕了。

「長史書令。」嬴政雙目炯炯精神分外振作，對王綰一揮手，清晰口授，「其一，王翦將軍率三萬鐵騎，兼程進入三川郡，駐紮洛陽通往三晉之要道，杜絕山東諸侯進出洛陽，著力護持三川郡守依法查究叛秦罪犯，限期一月，務必結案；其二，咸陽令官署將國中祭呂始末、往祭之人以及諸般流言，旬日內備細查實，稟報廷尉府；其三，行人署於旬日之內，將在秦山東士商之諸般謀劃、舉措及參與之人，一一查勘確鑿，稟報廷尉府；其四，廷尉府會同執法六署，依據各方查勘報來的事實憑據，依法議處。」略一喘息，嬴政輕輕問了一句，「如此四條，諸位可有異議？」

「合乎法度，臣無異議！」王翦蒙恬王綰異口同聲。

「老國尉以為不妥？」

「老秦人往祭呂不韋，也要查究治罪？」蒙武皺起了眉頭。

「國法不二出。老秦人違法，不當治罪？」

「老臣嘗聞：法不治眾。老秦人受山東士商蠱惑，往祭文信侯並傳播流言，固然違法。然人數過千過萬，且大多是茫然追隨，若盡皆治罪，傷國人之心太甚也。老臣以為，此等無心違法之眾，宣示訓誡可也，不宜生硬論法。」

嬴政略一沉吟，淡淡笑道：「諸位誰可背得《商君書》？」

「法家典籍，臣等不如君上精熟。」多才好學的蒙恬先應了一句。

「也好，我給老國尉念幾句。」嬴政一擺手，大步來回鏗鏘吟誦起來，「知者而後能知之，不可以為法，民不盡知。賢者而後能知之，不可以為法，民不盡賢。故聖人行法，必使之明白易知。」略一停頓，嬴政解說道，「商君是說，國府立法行法，須得教庶民百姓聽得懂，看得明。今日秦國有法在先，人人明白，若國府放縱違法言行，罰外不罰裡，罰重不罰輕，百姓豈不糊塗？天下豈不糊塗？」說罷，嬴政又鏗鏘念誦起來，「法枉治亂。任善言多，言多國弱。任力言息，言息國強。政作民之所惡，民則守法。政作民之所樂，民則亂法。任民之所善，奸究必多。仁者能仁於人，而不能使人仁。義者能愛於人，而不能使人愛。是以，仁義不足治天下也！故，殺人不為暴，寬刑不為仁。」秦人特有的平直口音，將每個字咬得又重又響，一如釘錘在殿堂敲打。末了，嬴政一聲粗重的歎息，「商君之道，說到底，大仁不仁。」

「我王崇尚商君，恪守秦法，老臣原本無可非議。」

蒙武沉吟躊躇一句，終是鼓勇開口：「老臣只是覺得，老秦人往祭文信侯，細行也，民心也。當年，國人大舉私祭武安君白起。昭襄王非但不責，反倒允准官民同祭。今日譬如當年，老臣唯願我王念及民心，莫將國人往祭與山東士商同等論罪。老臣前議有差，本不當再言。然事關國家安危，老臣不敢不言。」

「辯駁國事，自當言無不盡，我等君臣誰也無須顧忌。」

年輕的秦王笑了笑，又沉下了臉色：「老國尉前議，無差。長史前議，同樣無差。若無國尉長史趕赴函谷關勸阻，本王之舉，必然有失激切褊狹。事態有如此一個反覆，不是甚壞事。它使我等體味了商君對人心人性之洞察，也說明，只有法治才是治國至道。」嬴政喘息一聲放緩了語調，又倏忽凝重端嚴起來，「然則，老國尉以文信侯比武安君，卻是差矣！武安君白起有功無罪，遭先祖昭襄王無由冤殺，其情可憫。國人雖是私祭，卻是秉承大義之舉。文信侯不然，偽做閹宦，密進嫪毒，致生國亂，使大秦蒙受立國五百餘年前所未有之國恥，其罪昭然！況其業經執法六署勘審論罪，而後依法罷黜，既無錯罰，更無冤殺，何能與武安君白起相提並論？秦法有定：有功於前，不為損刑；有善於前，不為虧法。文信侯縱然有功於秦，又何能抵消此等大罪？至於念及民心，枉法姑息，正是文信侯寬法緩刑之流風，本王若亦步亦趨，呂規我隨，必將國無寧日，一事無成。老國尉呵，治國便是治眾，法若避眾，何以為法也！」

默然良久，蒙武深深一躬：「老臣謹受教。」

半月之後，老廷尉領銜的聯具上書呈進了東偏殿。

清晨時分，嬴政進了書房，依著習慣，先站在小山一般的文案前，仔細打量了迭次顯露在層層卷宗外的白字黑布帶，一眼瞥見廷尉卷，只一注目，悄無聲息地跟在身後的趙高立即將廷尉卷抽出來，攤開在了旁邊書案。待嬴政在寬大的書案前落座，那枝大筆已經潤好了朱砂架在了筆山，一盅彌漫著獨特香氣的煮茶也妥帖地擺在了左手咫尺處。一切都是細緻周到的，目力可及處卻沒有一個人影。

「長史可在？」嬴政頭也不抬地叩了叩書案。

「臣在。」

外廳應得一聲，王綰踩著厚厚的地氈快步無聲地走了進來，依著嬴政的手勢捧起了王案上的文卷。雖是掌管國君事務的長史，對於大臣上書，王綰的權力卻只是兩頭：前頭接收呈送——督導屬吏日每將上書分類登錄，夾入布標擺置整齊，以三十卷為一案送王室書房；後頭錄書督行——國君閱批之後，立即由兩名書吏將批文另行抄出兩份，一份送各相關官署實施，一份作副本隨時備查，帶批文的上書作正本存入典籍庫。也就是說，在國君批示之前，他這個長史是無權先行開啟卷宗的。這卷廷尉上書昨夜子時收到，王綰以例歸入今日文卷呈送，也料到了必是秦王今日批閱的第一要件，自然早早守候在了東偏殿外廳等待錄書分送。如今見秦王未做批示召喚自己，心下一怔，料定是這個鐵面老廷尉又「斟酌」出了令秦王犯難的題目。然捧卷瀏覽，王綰卻頗覺意外。

老廷尉將竊葬之後的事件定為「外干秦政，私祭亂法，流言惑國」三罪，分為五種情形論定處罰：其一，在秦山東客商與呂氏門下的山東門客、舍人（註：舍人，古代官名，始見《周禮・地官》，職掌各種具體事務。春秋戰國，舍人為大臣府吏之通稱，多為親信門客擔任，尋常稱門客舍人。唐宋之後，舍人成為貴公子的別稱，不再是實職官吏），無論發動、參與私祭或傳播流言，皆以「外干秦政」論罪，一律逐出秦國；其二，秦國六百石（祿米）以上官員哭臨者，以「私祭亂法」論罪，奪爵位，舉族遷房陵（註：房陵，今湖北房縣地帶，當時為秦國之險山惡水地區）；其三，秦國六百石以下官員哭臨私祭者，同前罪，削爵兩級，舉家遷房陵；其四，凡呂氏門客中的秦國吏員士子，只散布流言而未哭臨六國客商所設之靈棚者，以「流言惑國」論罪，保留爵位，舉家遷房陵；其五，舉凡秦國庶民，哭臨私祭並傳播流言者，兩罪並處，罰十金，並為城旦、鬼薪（註：鬼薪，秦國刑罰，自帶衣食為王室太廟打柴）一旬。

「並無不妥。臣以為可也。」王綰明朗回話。

「可在何處？」

「刑罰適當：官吏重罰，庶民輕治。」

「只要依法，輕重無須論之。」

「君上以為不可？」

「不，大可也！」嬴政大笑拍案，「照此批下，一字不改。」搖了搖手，又輕鬆地長吁了一聲，「我是說，老廷尉行法之精妙，不僅在輕重適當，那是法吏當有之能罷了。難在既全大局，又護法制，治眾而不傷眾，堪稱安國之斷也。只可惜也，鐵面老廷尉年近七旬，秦國後繼行法，大匠安在哉！」

「君上遠憂，臣深以為是。」王綰一點頭，稍許沉吟又道，「臣還得說，此次受罰者涉及官民眾多，實乃立國以來前所未有，似當頒行一道特書，對國人申明緣由並曉以利害。否則，太得突兀，國人終有疑竇。」

「好謀劃。」嬴政欣然拍案，「這次不勞長史，我試草一書。」

「王之文采必獨具氣韻，臣拭目以待。」

「只怕長史失望也。」嬴政哈哈大笑一陣，又淡淡道，「嬴政不善行文，有一說與長史參酌：王書論政，重質不重文。質者，底蘊事理之厚薄也。文者，章法說辭之華彩也。遍觀天下典籍，文采斐然而滔滔雄辯者，非孟子莫屬。然我讀《孟子》，總覺通篇大而無當，人欲行其道，卻無可著力。本色無文，商君為甚。《商君書》文句粗簡，且時有斷裂晦澀，然卻如開山利器，刀劈斧剁般料理開紛繁荊棘，生生開闢出一條腳下大路。人奔其道，舉步可行，一無彷徨。長史說，效商君乎？效孟子乎？」

默然良久，王綰深深一躬：「臣為文職，謹受教。」

次日黎明，王綰匆匆趕到了王城東偏殿。當值的趙高說，秦王剛剛入睡，叮囑將擬就的王書交長史校訂，如無異議，立即交刻頒發。王綰捧起攤在案頭的長卷流覽一遍，心頭竟凜然掠過一股肅殺之風——

〈告國人書〉

秦王政特書：自文信侯罷相自裁，天下紛擾，朝野不寧。秦立國五百餘年，一罪臣之死而致朝野洶洶不法者，未嘗聞也！文信侯呂不韋自於先王結識，入秦二十餘年，有定國之功，有亂國之罪。唯其功大，始拜相領國，封侯封地，破秦國虛封之法而實擁洛陽十萬戶，權力富貴過於諸侯，而終能為朝野認定者，何也？其功莫大焉！秦之封賞，何負功臣？然則，文信侯未以領國之權不世之封精誠謀國，反假做閹宦，私進宮闈，致太后陷身，大奸亂政。其時也，朝野動盪，醜穢迭生，秦國蒙羞於天下，誠為我秦人五百餘年之大恥辱也！究其本源，文信侯呂不韋始作俑矣！秦法有定：有功於前，不為損刑，有善於前，不為虧法。呂不韋事，業經廷尉府並執法六署查勘論罪，依法罷黜者，何也？其罪莫大焉！縱如此，秦未奪文信侯爵位，未削文信侯封地，秦王何負功臣？其時也，文信侯不思深居簡出閉門思過，反迎聚六國賓客於洛陽，流播私書，惑我民心，使六國彈冠相慶，徒生覬覦大秦之圖謀。為安朝野力行新政，秦王下書譴責，遷文信侯於巴蜀之地，何錯之有也？今有秦國臣民之昏昏者，唯念呂不韋之功，不見呂不韋之罪，置大秦律法於不顧，信山東流言於一時，呼應六國陰謀，私祭罷黜罪臣，亂我咸陽，亂我國法，何其大謬也！若不依法懲戒，秦法尊嚴何存？秦國安定何在？唯其如此，秦王正告臣民：自今以後，操國事不道如嫪毒呂不韋者，籍其門（註：籍其門，秦國刑罰，謂將罪人財產登記沒收，家人罰為苦役奴隸），其後世子孫永不得在秦國任宦。秦王亦正告山東六國並一班諸侯：但有再行滋擾秦國政事者，決與其不共戴天，勿謂言之不預也！

秦王政十二年春

王綰一句話沒說，將竹簡裝入卷箱，匆匆到刻簡坊去了。

當日午後，秦王的〈告國人書〉與廷尉府的處罰文告，同時張掛到了咸陽四門。謁者署的傳車快馬也連連飛出咸陽，將處罰文告與王書送往各郡縣，送往山東六國。隨著文書飛馳，咸陽沉寂了，關中沉寂了，秦國各郡縣沉寂了，山東六國也沉寂了。秦王將道理說得如此透徹痛切，殺伐決斷又是如此嚴厲果決，激揚紛紜的公議一時蕭疏，無話可說了。

客居咸陽的山東士商們始則驚愕，繼而木然，連聚議對策的心思都沒有了，只各人默默打點，預備離開秦國。若在山東六國，如此洶洶民意，任何一國都不敢輕易處置。唯一的良策，只能是恢復死者尊榮，以安撫民心公議。磋商跌宕，各方周旋，沒有一年半載，此等幾類民變的風潮決然不能平息。洛陽竊葬呂不韋，壓迫秦國服軟默認，恰好印證了秦國與六國在處置洶洶民意上一般無二。唯其如此判斷，才有了山東客商士子們發動的公祭風潮。六國士商們預料：祭呂風潮一起，秦國至少得允許呂氏門客在秦公開傳播《呂氏春秋》；若風潮延續不息，呂不韋之冤得以昭雪亦未可知；若山東六國藉機施壓得當，逼秦國訂立休戰盟約，也不是沒有可能。如此這般種種謀劃，雖不是人人都明白自覺，但六國密使與通聯主事的幾家大商巨賈，自是胸有成算的。

然則，誰也沒有料到，秦國反應竟是如此迅雷不及掩耳，公祭風潮發端未及一月，便斷然出手。事前沒有任何徵兆，更沒有六國士商們熟悉不過的反覆折衝多方斡旋，全然迎頭棒喝，將涉祭者全數趕出秦國。如此嚴密，如此快捷，令習慣於朝事預泄的六國士商們如遇鬼魅，不禁毛骨悚然！但是，真正令山東士商們無言以對處，卻在於：秦國依法處置，本國官吏庶民都概莫能外，違背秦法的外邦客商士子能叫喊自己冤枉麼？再說，秦國已經對山東六國發出了狠聲，再行滋擾不共戴天，哪國還敢出頭亢聲？作為商旅游士後盾的邦國尚且猥瑣，一群商人士子又能如何？更有一層，商旅入秦，原本宗旨只是占據大市以生財聚財，鼓蕩議論乃至涉足秦國朝局，一則是本國密使縱容，二則是山東士商風習使然，實非商旅本心所願。及至鼓蕩未成而遭驅趕，商旅們才驀然明白，自己將失去天下最具活力的最大商市，豈非捨本逐末大大的得不償失？發端主事的巨商大賈還則罷了，左右在其他國家還有商社根基。一班隨波逐流捲入風潮的中小商人們，則是切膚之痛了：一店在秦，離開咸陽沒了生意，回到故國重新開張，卻是談何容易，單是向官府市吏行賄的金錢便承受不起，哪有在秦國經商這般省心？

種種痛悔之下，誰還有心再去聚會商議鼓搗秦國？

一時寒涼蕭瑟，偌大尚商坊死沉沉沒了聲息。

老秦人則是另一番景象。王書文告流傳開來，庶民們始則默然，繼而紛紜，思前想後，鄰里們相互一番說叨，竟紛紛生出了悔恨之意。平心而論，呂不韋寬政緩刑固然好，可也並沒有帶來多少實在好處，老百姓還不照樣得靠耕耘靠打仗立身？反倒是呂不韋寬刑的年月裡，鄉里又漸漸滋生出了不務耕稼專說是非的「疲民」，什伍連坐制也漸漸鬆懈了，豪強大戶也開始收容逃刑者作黑戶隸農了。長此以往，必得回到商君變法之前的老路上去，對尋常庶民有甚好處？商君之法雖然嚴厲，卻是賞罰分明貴賤同法，對貴冑比對老百姓處罰更嚴，百餘年下來，老秦人已經整肅成習，極少有人觸犯法度了。只說監獄，當今六國哪國沒有十數八座大獄？而偌大秦國，卻只有一座雲陽國獄，你能說秦法不好麼？哭臨靈棚，祭奠呂不韋，究竟為個甚來？還不是受人惑亂，心無定見，希圖爭回個寬政緩刑？仔細想去，果真寬政緩刑，大多也只能寬了貴冑，緩了王公，能寬緩幾個老百姓？《呂氏春秋》要行王道，王道是甚？是刑不上大夫，是禮不下庶人，對我等百姓有何好處？秦王要行商君之法，貴冑大族們不高興，是因為他們非但沒了封地，還要與民同法。百姓庶民有得無失，何樂而不為，起哄個甚！當真起哄，幾是不識相了。

議論滋生流傳，老秦人板結的心田發酵了，蓬鬆了。

倏忽便是四月，田野一片金黃，眼看大忙在即。咸陽老秦人不待官府張掛處罰名冊，便紛紛自帶飯食、被褥、鐵鍬，絡繹到了官署，自報曾經哭臨私祭，非但立交罰金，還要自請官府派定城池，立服城旦鬼薪苦役。咸陽令蒙恬大感意外，立即飛車進入王城稟報，請秦王定奪：民既悔悟，能否寬緩到忙後再行處罰？

「法教正，人心正。」默然良久，年輕的秦王突然冒出一句話來。隨即，嬴政斷然拍案，「民既守正，國府不能再開疲民僥倖之心。如期如數處罰。精壯減少，農事大忙，舉國官署全力督夏，本王巡查關中。」

蒙恬一句話沒說，轉身赳赳出了王城。

在諸多精壯離家，奔了苦役之地的時候，秦王親政後的第一個夏忙到了。

關中原野一派前所未有的氣象。男女老幼盡皆下田，官署吏員悉數入村，官府車輛被全部徵發，匡噹轟隆地駛往亭、里（註：亭、里，秦時鄉村行政單元，縣轄亭，亭轄里。里為村的行政稱謂，有時比自然村大）。田間大道上，裝載得小山一般晃悠的運麥牛車連綿不斷。金黃的麥田，在酷暑之下的無垠原野上一片片消失，比往年夏忙刈麥還熱鬧快捷了許多。每日清晨，秦王嬴政必出咸陽，乘著一輛輕便軺車，帶著一支輕騎馬隊，沿著渭水北岸的大道一路東馳，正午抵達函谷關；在關城下歇息打尖半個時辰，立即回車，再沿著渭水南岸的田間車道一路巡視回來，准定在暮色時分回到咸陽原野。不入城池，不下田塍，年輕的秦王只在秦川原野的大道小路上反覆地穿梭著，察看著。說也奇了，每每是那支百人馬隊擁著那輛青銅軺車駛過眼前，田間烈日下的百姓官吏們，便不約而同地停下手中活計駐足凝望，眼見年輕的秦王揮汗如雨，卻始終神色從容地挺立在六尺傘蓋之下，不禁遍野肅然。沒有希圖熱鬧的萬歲吶喊，沒有感恩戴德的沿途跪拜，熱氣蒸騰的原野凝固了一般。

五月末，納糧的隊隊牛車絡繹上道，緊繃繃的夏搶終於告結了。

秦國朝野堪堪喘息得一陣，不想卻是連月大旱，田間掘坑三尺不見濕土，夏種根本無從著手。關中僅有的兩條老渠，只能澆灌得西部幾個縣而已，如何解得這前所未有的大旱？緊鄰河湖的農人們，晝夜擔挑車拉一窩窩澆水搶種，分明杯水車薪，只能眼看著出土綠苗奄奄死去，直是欲哭無淚。秦王嬴政緊急下書，郡縣官吏一體督水督種，搶開毛渠引水，依然是無濟於事。

直到七月，秦國腹地滴雨皆無，山東六國也開始了連月大旱。

炎陽流火，三晉饑民潮水般湧入了秦國。一則令人心驚膽戰的占星預言隨著饑民潮彌漫開來：今年彗星，春見西方，夏見北方，從斗以南八十日，主秦王倒行逆施，招致上天懲罰，帶累天下大旱。占星家預言：秦有大饑，死人無算，國將亂亡！

四、曠古大旱　老話題突然重現

水，第一次成了秦國朝野焦灼議論的共同話題。

旱，第一次使風調雨順的關中成了秦國的軟肋。

曾幾何時，水患尚是華夏部族的最大威脅。「洪水滔天，浩浩懷山襄陵」的恐怖傳說，還長久地留在人們的記憶裡。直到戰國之世，華夏大地的氣候山水格局，仍然是濕熱多雨河流縱橫水量豐沛林木蔥蘢。其時，洪水之害遠遠大於缺水之災。唯其如此，天下有了「益水」之說。益水者，可用之水也。蓋大川巨澤浩洋不息，水患頻仍，耕耘漁獵者常有滅頂之災。是故，大水周邊人煙稀少，遂成蠻荒山林。顯然，在人口稀少的農耕時代，水太多是沒有益處的。譬如楚國，大澤連天江川縱橫，僅僅一個雲夢澤，便相當於中原幾十個諸侯國。吞併吳越兩國之後，楚國廣袤及於嶺南，國土之大幾乎與整個北中國相差無幾。然則，楚國雖大，富庶根基之地卻只在江淮之間，國力反倒不如中原大國。究其因由，高山層疊阻隔水道，江河湖泊聚相碰撞，以致水患多發，人力遠不足以克之，水鄉澤國遂多成荒僻漁獵之地，能夠穩定聚集財富的農耕沃土倒是很少很少。反之，當時的大河流域卻已經是益水之地了。自大禹治水疏河入海，大河水系相對平穩下來。百川歸河，河入大海，沒有出路的橫衝直撞的盲流大水不復見矣。由此水患大減，航道開啟，沃野可耕之地大增。於是，大河流域才有了井田鋪排，城池多建，村疇連綿，成了華夏文明的生發凝聚之地。

但是，儘管大河流域已成益水之地，水患依然多發，各國想得最多的仍然是「防川」。天下水家水工，終生揣摩效力者，依舊是如何消除水患。所謂治水，依舊是以消弭河流氾濫為第一要務，灌溉與開通航運尚在其次。截至戰國中期，無論是楚國的漢水過郢，還是魏國的引漳入鄴、引河通淮（鴻溝），或是秦國的蜀中都江堰，其起始宗旨無一不是防備江河氾濫。

也就是說，對缺水災難的防備，尚遠遠沒有引起天下關注。抗禦乾旱，還遠遠沒有成為戰國之世的水利大題目。

其時也，秦人最是篤信「益水」之說。舉凡老秦人，都念得幾句《易》辭：「天以一生水，故氣微於北方，而為物之先也。」戰國之世，盛行金木水火土的五行國運說。秦人自命水德水運，色尚黑。其間，固然有陰陽家的推演論證，但究其根本，無疑是老秦人的益水崇拜所生發。就天下水勢而言，秦國之益水豐盛冠絕一時，實在是得利大焉。戰國中期，秦國領土已有五個方千里（註：方千里，先秦計算國土之單位。以現代方式換算，一個方千里為二十五萬平方公里，五個方千里便是一百二十五萬平方公里），大體是當時整個華夏的四五分之一。以地理形勢論，這五個方千里大體由六大塊構成：關中平原、隴西山地、河西高原、巴蜀兩郡、漢水南郡、河東河內。蜀地都江堰建成之後，這六大區域都是土地肥沃水流合用林木茂密草原肥美之地，可耕可採，可漁可獵，沒有一地水患頻仍民不聊生。

秦國腹地的關中平原，更是得天獨厚的益水區域。老秦人諺云：「九水十八池，東西八百里。」說的便是關中益水之豐饒，山川之形勝。所謂九水：渭水、涇水、灃水、洛水、灞水、滻水、滈水、潏水、澇水。這九水，都是帶有支流的滔滔大水，若是連同支流分流在內，秦川的大小河流無論如何在五七十條之多。秦國劃縣，素有「縣各有山有水」之說，可見秦川河流湖泊之均衡豐盛。所謂十八池，是分布在八百里秦川的十八片大小湖泊，由西而東數去：牛首池、西陂池、鶴池、盤池、冰池、滈池、蘭池、初池、麋池、蒯池、郎池、積草池、當路池、洪陂池、東陂池、葦埔、美陂、樵獲池。唯其河流如織湖泊點點，秦川自古便有「陸海」之名。直到西漢，尚有名士司馬相如作〈子虛賦〉云：「蕩蕩乎八川分流，相背異態，東西南北，池窈往來，出乎椒丘之闕，行乎州淤之浦。」活畫出河流湖泊在關中村野城池間交織出的一幅山水長卷，況乎秦時？

益水豐厚，沃野可耕，被山帶河，兵戈難侵。這便是秦川。

唯其得天獨厚，故自三皇五帝以來，關中便是天下公認的形勝之地。這裡悠悠然滋生了以深厚耕稼傳統為根基的創造禮制文明的周人，也轟轟然成長了半農半牧最終以農戰法制文明震懾天下的秦人。在中國文明的前三千年歷史上，一地接連滋生出中華兩大主流文明，實在是絕無僅有，天地異數。拜天地厚賜，秦川本該早成為天下一等一的大富之區。然則，及至戰國後期的秦王嬴政即位，秦川還遠遠不是天下首富之地。東，不及齊國臨淄的濱海地區。南，不及楚國的淮水兩岸。中，不及魏國的大梁平原。若非秦國多有戰勝，從山東六國源源不斷地奪取財富人口，僅靠自身產出，實不足以稱雄稱富於天下。

其間因由，在於秦川還有兩害：白毛鹼灘，近水旱田。

河流交錯，池陂浸漬，秦川的低窪積水地帶往往生成一片片奇特的鹽鹼地。終年漬水，久濕成鹵，地皮浸出白生生鹼花，夏秋一片汪洋，冬春白塵蔽日，種五穀不出一苗，野草蓬蒿蘆葦卻生得莽莽連天。此等五穀不生的白毛地，老秦人呼為「鹽鹼灘」。鹽鹼灘，有害田之能，毗鄰良田但有排水不暢，三五年便被吞噬，轉眼便成了見風起白霧的荒莽鹼灘。良田一旦變白，農夫們縱然費盡心力，修得毛渠排水，十數八年也休想改得回來。老秦人自來有農諺云：「水鹽花鹼，有灘無田，白土殺穀，千丈狼煙。」說得正是這年年有增無減吞噬良田的害人鹼灘。秦川西部地勢稍高，排水便利，此等鹼灘很少生出。然一進入逐漸開闊的秦川中部，從大咸陽開始直到東部洛水入渭之地，此等白毛鹼灘正頻頻生出，小則百畝千畝，大則十數二十里，綠野之中片片禿斑，醜陋得令人憎惡，荒蕪得令人痛惜。

平原不平，山塬起伏，秦川又有了無數的塬坡地帶。渭水南岸，平原遠接南山，其間多有如藍田塬一般的高地，有南山生發的若干小河流北來關中，水勢流暢，尚可利用。況且，其時渭南之地多石山密林，可墾耕地相對狹小，故長期被秦國作為王室苑囿，多有宮室臺閣與駐軍營地，農耕漁獵人口相對稀少。一言以蔽之，關中渭南（渭水之南）縱然有旱，對秦國也不會構成多大威脅。

關中之旱，要害在於人口聚集的渭北地帶。

渭水北岸的平原，向北伸展百餘里後迭次增高，直達河西高原，形成了廣袤的土山塬坡地帶。此等塬坡，說高不高，說低不低，土峁交錯，溝壑縱橫，瀕臨河池。農人望水而居，說起來可墾可耕，卻偏偏是臨水而旱，瘠薄難收。即便正常年景，塬坡地也不足平原良田的三四成收成。若遇少雨之年，則可能是平原良田之一成，甚或顆粒無收。老秦人諺云：「勤耕無收，望水成旱，有雨果腹，無雨熬煎。」說的便是這塬坡地人家的苦楚艱辛。蓋平地臨水，一村一里尚可合力開出幾條毛渠，於少雨之時引水灌田，至少可保正常年成。塬坡地不然，眼看三五里之內有河流池陂，也只能望水興歎。要將河流池陂之水引上塬坡，卻是談何容易！不說一村數村，便是合一縣數縣之民力，也未必能在三五年內成渠用水。更有一樣，其時戰事多發，精壯男子多入軍旅，留耕男女則隨時可能被徵發為輜重民伕。郡縣官署得應對戰事徵發，根本不可能籌劃水利，即便有籌劃，也擠不出集中民力修渠引水的大段時日。

有此兩害，當時的關中只能是完全靠天吃飯。

秦強六世，蹉跎跌宕，兩害如斯。

從秦孝公商鞅變法開始，秦國的歷任丞相都曾殫精竭慮，力圖解決秦國腹地兩大害，終因種種突發事變而連番擱淺。商鞅方立謀劃，遇孝公英年猝死，自己也在朝局突變中慘遭車裂，大興水利遂成泡影。秦惠王張儀一代，迭遇六國遏制秦國崛起而屢屢合縱攻秦，大戰連綿內外吃緊，關中水利無暇以顧。秦昭王前中期，秦國與山東合縱及趙國生死大決，幾乎是舉國為兵，完全無暇他顧。秦昭王後期，計然家蔡澤為丞相，對關中渭北地帶做了翔實踏勘，上書提出應對之策：「渭北臨水旱田計四萬餘頃，白毛鹼灘兩萬餘頃。該當引涇出山，居高臨下南灌關中，解旱情，排鹽鹼，良田大增，則秦川之富無可限量也！」正在蔡澤一力籌劃的關中水利將要上馬之際，卻逢秦國低谷，內外交困，秦昭王不得不奉行「守成固國」方略，小心翼翼地處置王儲大事，治水又不得不束之高閣。孝文王莊襄王兩代四年餘，呂不韋領國，欲展經濟之長以大富秦國，又連逢交接危機，穩定朝局成為第一要務，始終不能全力解決關中經濟之病根。之後，秦王政年少，太后掣肘，嫪毐亂國，內外政事法度大亂。呂不韋艱難斡旋捉襟見肘，雖一力使涇水工程艱難上馬，無法大舉民力，只能是有一搭沒一搭地吊著，八九年中時動時停時斷時續，始終不見功效。

猝遇亙古大旱，秦國第一次惶惶然了。

秦人心裡第一次沒底了。自詡天下形勝膏腴的秦川，原來這般不經折騰，一場大旱未了，立見蕭疏饑荒。如此看去，秦國根基也實在太脆弱了。說到底，再是風調雨順之地，老天也難免有打盹兒時刻，雨水但有不濟，立馬便成年饉，庶民談何殷實？此等大旱不說三五年來一次，十年數十年來一次，秦國也是經受不起，遑論富強於天下？

朝野惶惶，關中的水情水事，以及長期擱置而不死不活的河渠謀劃，都在一夜之間突然泛起。經濟大臣們火急火燎，各署聚議，紛紛上書，請立即大開關中水利。此時，呂不韋已經罷黜，沒有了開府丞相全盤籌劃，一應上書都潮水般湧到了王城。月餘之間，長史署的文卷房滿當當堆了二十六案。有封地的王族老貴胄與功勳大臣們更是忙亂，既要撫慰風塵僕僕趕來告急的封地亭長里正族長等，還要敦促封地所在縣設法趕修毛渠引水，還要奔波朝議呼籲統籌水利。

官署忙作一團，村野庶民更是火急。眼看赤日炎炎禾苗枯焦，農耕大族紛紛邀集本亭農人到縣城官署請命，要官府准許各里自行開修毛渠。縣令不敢擅自答覆，只有飛報咸陽，庶民們便洶洶然擁擠在官署死等，沒有回話硬是不走。更有新入關中的山東移民村落，對秦國法制尚無刻骨銘心的體察，依著山東六國天災自救的老傳統，索性不報官府，便在就近湖泊開渠引水。鄰近老秦人聚居的村落，自然不滿其搶占水源，紛紛自發聚眾阻撓，多年絕跡的庶民私鬥，眼看便要在流火七月紛紛攘攘地死灰復燃了。

關中因旱生亂，年輕的秦王政最是著急。

還在五月末旱情初發之時，嬴政緊急召來大田令（掌農事）、太倉令（掌糧倉）、大內令（掌府庫物資）、少內令（掌錢財）、邦司空（掌工程）、俑官（掌徭役）、關市（掌市易商稅）等經濟七署會商，最後議決三策：其一，大田令主事，領邦司空與俑官三署吏員全數趕赴關中各縣，籌劃緊急開挖臨水毛渠灌田搶種，並著力督導大小管道分水用水，但有搶水械鬥事復發，可當即會同縣令迅即處置。其二，大內令少內令兩署，全力籌劃車水、開渠所需緊急物資，徵發咸陽官車運往各縣，不得耽誤任何一處毛渠開挖。其三，太倉令會同關市署，對大咸陽及關中各縣的糧市緊急管轄，限定每日糧價及交易量；山東糧商許進不許出，嚴禁將秦國大市的糧穀運出函谷關。

「諸位，可有遺漏處？」時已三更，嬴政依然目光炯炯。

大田令振作精神一拱手道：「老臣以為，引涇工程蹉跎數年，徒聚民力二十餘萬之眾，致使渭北二十餘縣無力搶修毛渠緩解旱情。老臣敢請我王緊急下書：立即停止引涇工程，遣民回鄉，各克其旱。」

「臣等附議。」經濟大臣們異口同聲。

「臣有異議。」旁案書錄的長史王綰突然擱筆抬頭，「引涇工程上馬多年，雖未見功效，然茲事體大，臣以為不當遣散。」

「長史之言，不諳經濟之道也。」大田令冷冷一笑，分明對這個列席經濟朝會的年輕大臣不以為然，「經邦之策如烹小鮮，好大喜功，必致國難。引涇出山，秦國六世未竟，因由何在？工程太大，秦國無法承受。唯其太大，須得長遠緩圖。目下大旱逼人，饑饉將起，聚集民力緊急開挖毛渠克旱，方為第一急務。徒然貪大，長聚十萬餘民力於山野，口糧一旦告急，必生饑民之亂，其時天災人禍內外交困，秦國何安矣！」

「大田令言之有理。」經濟大臣們又是異口同聲。

見王綰還欲辯駁，嬴政搖了搖手：「此事莫要再爭，稍後兩日再定。諸位大臣先行回署，立即依方才議決行事。」待大臣們匆匆去了，嬴政一氣飲下趙高捧來的一大碗涼茶，這才靜下心來向整理案頭文卷的長史招招手，「王綰呵，你方才究竟想說甚？如何個茲事體大？小高子，再拿涼茶來。」王綰本來想將呂不韋對引涇工程的總謀劃以及最後帶給鄭國的口信稟報秦王，片刻思忖間卻改變了主意，只說得一句：「臣以為，此事關乎秦國長遠大計，當召回河渠丞李斯商議。」

「也是，該召李斯。」一句說罷，嬴政已經精神抖擻地起身，「你擬書派使，召李斯回咸陽等候。再立即派員知會國尉蒙武、咸陽令蒙恬，連夜趕赴藍田大營。小高子，備車。」廳外廊下一聲應諾，一身單層皮甲手提馬鞭的趙高大步進來，說六馬快車已經備好。嬴政斗篷上身，從劍架取下隨身長劍，一揮手出了東偏殿。

「君上……」

眼見嬴政快步匆匆消失在沉沉夜幕，王綰本想勸阻，一開口卻不禁心頭發酸熱淚盈眶，終於沒有再說。只有他這個近王長史與中車內侍趙高知道，年輕的秦王太敬事了，太沒有節制了。自旱情生出夏種無著，年輕的秦王猶如一架不知疲倦的水車，晝夜都在嘩啦啦急轉。緊急視察關中缺水各縣，縣縣緊急議事，當下立決；回到咸陽，不是召大臣議事便是大臣緊急求見；深夜稍安，又釘在書房埋頭批閱文書發布書令，案頭文書不完，年輕的秦王絕不會抬頭；尋常該當有的進餐、沐浴、臥榻，都如同飲茶閒步投壺遊獵飲酒一般，統統被當作瑣碎細務或嬉鬧玩物，生生被拋在了一邊。

這次回到咸陽王城，年輕的秦王已經是整整三夜沒有上榻，四個白日僅僅進了五餐。王綰文吏出身，又在呂不韋的丞相府做過迎送邦交使節的行人署主官，那是最沒有晝夜區分的一個職事，人人皆知他最長於熬夜，陪著秦王晝夜當值該當無事。事實不然，他非但在晝夜連軸轉中幾次迷糊得撞了書案，便是那個猴精的夜貓子趙高，有一次也橫在書房外廳的地氈上打起了呼嚕。只有年輕的秦王，鐵打一般越見精神，召見大臣，批閱公文，口授王書，一個犯迷糊式的磕絆都沒有打過。王綰曾經有過一閃念，秦王虛位九年，強毅稟性少年意氣，蓄之既久，其發必速，一朝親政，燃得幾把烈火也就過勁了。誰想大大不然，平息嫪毒之亂，再經呂不韋事變，至今已是兩年有餘，年輕的秦王依然猶如一支浸透了猛火油的巨大火把，時日越長，越見烈火熊熊。如此王者，已經遠遠超出了宵衣旰食的勤政楷模，你能說他是一時心性？是長期虛位之後的發洩而已？不，決然不是。除了用「天賦異稟」這四個字，王綰實在想不出更為滿意的理由來解釋。精靈般的趙高曾悄悄對王綰說過，秦王得有個人管管，能否設法弄得太后脫罪，也好教他過過人的日子？王綰又氣又笑又感慨，偏你小子神道，太后管得住秦王，能到今日？你小子能事，上心照拂秦王起居，便是對國一功，其餘說甚都是白搭。趙高連連點頭，從此再也沒有這種叨叨了。然則，王綰卻上心了。身為長史，原本是最貼近君王的中樞大臣，年輕的秦王無節制瘋轉，理當諫言勸阻，可危局在前，他能作如此諫言麼？說了管用麼？可聽任秦王如此空乏其身，後果豈非更為可怕？

心念每每及此，王綰心頭都是怦怦大跳。

五更將盡，六馬王車和著一天曙色飛進了藍田大營。

晨操長號尚在悠揚飄盪，中軍幕府的司馬們尚在忙碌進出，統軍老將桓齕尚未坐帳，嬴政已經大步進了幕府。中軍司馬連忙過來參見，君上稍待，假上將軍正在冷水澆身，末將即刻稟報。嬴政搖搖手笑道，莫催老將軍，王翦將軍何在？中軍回答，王翦將軍司晨操，卯時即來應帳。嬴政吩咐一句，立即召王翦將軍來幕府議事。

中軍司馬剛剛出得幕府，隔牆後帳一聲響亮的咳嗽，老桓齕悠然進了大帳。嬴政不禁瞪大了眼睛——面前老人一頭濕漉漉的雪白長髮散披肩頭，一身寬大的粗織麻布短衣，腳下一雙藍田玉拖板履，活生生山野隱士一般。

「老將軍，好閒適也。」嬴政不無揶揄地笑了。

「君上！」

驟然看見秦王在帳，老桓齕滿面通紅大是尷尬，草草一躬連忙轉身進了後帳，玉板履在青磚地面打出一連串清脆的噹噹聲。片刻出來，老桓齕已經是一身棕皮夏甲，一領繡金黑絲斗篷，頭上九寸矛頭帥盔，腳下長腰銅釘戰靴，矍鑠健旺與方才判若兩人。

老桓齕大步過來一個帶甲軍禮，紅著臉道：「君上恕罪：老臣近年怪疾，甲冑上身便渾身瘙癢，如甲虱遍體遊走，非得冷水熱水輪番潑澆三五遍，再著粗布短衫方才舒坦些許。近日無戰，老臣多有放縱，慚愧之至。」

「想起來也。」嬴政恍然一笑走下了將案，殷殷看著窘迫的老將軍，「曾聽父王說過，老將軍昔年在南郡之戰中伏擊楚軍，久臥濕熱山林，戰後全身紅斑厚如半兩鐵錢，經年不褪，逢熱必發……說起來，原是嬴政疏忽了。」轉身便對帳口趙高吩咐，「小高子替我記住：回到咸陽立即知會太醫令，趕製滅虱止癢藥，送來藍田大營分發將士，老將軍這裡要常備。」又回身揮手一笑，「自今日始，許老將軍散髮布衣坐帳。」

「君上……」老桓齕不禁一聲哽咽。

正在此時，大汗淋漓的王翦匆匆到來，未曾落座，又聞戰馬連番嘶鳴，蒙武蒙恬父子接踵趕到。中軍司馬已經得趙高知會，吩咐軍吏整治來四案晨操軍食：每案一大塊紅亮的醬牛肉、三大塊半尺厚的硬面鍋盔、一盤青蔥小蒜、一大碗稀溜溜熱乎乎的藿菜疙瘩酸辣湯。嬴政食欲大振：「來，咥罷再說！」四人即刻就案上手，撕開大塊牛肉塞進皮焦黃而內鬆軟的厚鍋盔，大口張開咬下，再抓起一把蔥段蒜瓣丟入口中，一陣呱嗒咯吱大嚼狼吞虎嚥，再呼嚕嚕喝下綠菜羹，噴噴香辣之氣頓時瀰漫幕府。未及一刻收案，除了年長的蒙武一案稍有剩餘，嬴政蒙恬趙高三案盤乾碗淨不留分毫，人人額頭涔涔滲汗。桓齕王翦及帳中一班司馬，看得心頭酸熱，一時滿帳肅然無聲。

「目下事急，天災大作，人禍未必不生。」大將們一落座，嬴政開門見山，「本王今日前來，要與諸位議出妥善之策：如何防止六國兵禍危及關中？」

國尉蒙武第一個開口：「老臣以為，秦國腹地與中原三晉一齊大旱，實在罕見。當此之時，荒年大饑饉必將蔓延開來。目下第一要務，立即改變秦國傳統國策，不能再獎勵流民入秦。要關閉所有進入秦國的關隘、渡口及山林密道，不使中原饑民流入關中爭食。否則，關中庶民存糧有限，又沒有可採山林度荒，老秦人極可能生出意外亂象。」國尉轄制關隘要塞，盤查流入流出人口是其天然的連帶職責。顯然，蒙武提出此策，既是職司所在，又是大局之慮。大將們紛紛附議。只嬴政若有所思，良久沒有拍案。

「敢問君上何慮？」蒙武有些惶惑。

「國尉所言，不無道理。」嬴政輕輕叩著那張碩大的將案，沉重緩慢地說，「然則，當世人口稀缺，吸納流民入秦，畢竟大秦百年國策。驟然卡死，天下民心作何想法？」沉吟猶豫之相，大臣將軍們在這位年輕的秦王身上還從來沒有見過。

「君上所慮，末將以為大是。」前將軍王翦一拱手，「大旱之年不許流民入秦，或可保關中秦人度災自救。然則，豐年招募流民，災年拒絕流民，秦國便將失去對天下庶民的感召力，似非大道之謀。」

「國人不保，大道安在！」老蒙武生氣了，啪啪拍著木案，「將軍只說，關中人口三百餘萬，若許流民入秦，僅韓魏兩國，半年之內可能湧入關中數十萬饑民！若趙國饑民再從河東平陽流入，北楚流民再從崤山武關流入，難保不過百萬！秦國法度，素來不開倉賑災，只對流民劃田定居分發農具耕畜，激發其自救。其時，秦國縱然有田可分，然大旱不能耕耘下種，饑民又無糧果腹，必得進入山林採摘野菜野果。到頭來，只怕是剝光了關中樹皮，也無法使三五百萬人口度荒！若再加上新老人口相互仇視，私鬥重起，更是大亂不可收拾。將軍既謀大道，便當謀劃出個既能安秦、又能不失天下人心的大道出來！」

「在下只是隱憂，一時實無對策。」王翦寬厚歉疚地笑了笑。

蒙武一通火暴指斥，毫無遮掩地挑明瞭秦國允許流民繼續入境的危局，實在是無可反駁的事實。

偌大幕府一時肅然默然，都沒了話說。良久，一直思忖沉默的嬴政拍案道：「老國尉與王翦將軍所言，各有其理。流民之事，關涉甚多，當與關中水利河渠事一體決之。目下，先定大軍行止，不能使六國搶占先機。」

「鳥！這才吞到點子上！」老桓齕精神大振。

「老將軍胸有成算？」嬴政不禁一笑。

「嘿嘿，也是王翦與老夫共謀。」老桓齕笑得一句霍然起身，吩咐中軍司馬從軍令室抬來一張立板中原地勢圖，長劍「嗒」地打上立板，「我等謀劃：大軍祕密出河東，一舉攻克平陽，恢復河東郡並震懾三晉。秦國縱然大災，六國也休想猖狂！」

「選定平陽（註：平陽，黃河以東汾水流域要塞，戰國秦置縣，在今山西臨汾市西南），理由何在？」嬴政也到了立板前。

老桓齕大手一揮：「要掰開揉碎，老夫口拙，王翦來說。」

王翦一拱手，過來指點著立板大圖道：「稟報君上，選定平陽作戰，依據有三：其一，大勢所需。長平大戰後秦軍三敗，撤出河東河內，河東郡復為趙國所奪，河內郡則被魏國奪回。後又逢蒙驁上將軍遭逢六國合縱伏擊，東進功敗垂成。若非文信侯滅周而奪得洛陽，設置三川郡，秦軍在大河南北將一無根基。而洛陽孤立河外平原，易攻難守，實非遏制山東之形勝要地。形勝要地者，依舊是河東，是上黨。今上黨、河東皆在趙國，直接壓制我函谷關守軍，又時時威脅洛陽三川郡。若非趙國疲軟，只怕大戰早生。唯其如此，我軍急需重新奪回河東，為函谷關立起一道屏障，在山東重建進軍根基。其二，時機已到。目下，三晉與我同遭大旱，民有菜色，軍無戰心，舉國惶惶忙於度荒。此時一舉出關東，定可收事半功倍之效。其三，軍情有利。平陽乃河東咽喉要塞，趙國駐守十五萬步騎大軍，可謂重兵。然統兵大將卻用非其人，是曾經做過秦國人質的春平君。此君封地不在平陽，既無民治根基，更沒打過大仗，能駐守河東要地，純粹是趙王任用親信。我若興兵，當有七八成勝算。」

「趙國大將軍，可是名將李牧？」嬴政目光一閃。

「君上無須多慮。」王翦自信地一笑，「李牧為天下良將，然始終與趙王親信不和，故長期駐守雲中雁門，而不能坐鎮邯鄲以大將軍權力統轄舉國大軍。邯鄲將軍扈輒，還有這河東春平君，各擁重兵十餘萬，李牧從來都無法統一號令。再說，縱然李牧南下救援，其邊軍騎兵兼程南下，進入平陽也在兩旬之後；其時，我軍以逸待勞，河谷山地又有利於我重甲步兵，趙軍絕非對手。」

「好！能想到這一層，此戰打得。」嬴政很是興奮。

老桓齕慨然一步跨前：「君上，此戰許老臣親自統兵！」

「大熱流火，老將軍一身斑疹如何受得？」

「不礙事！老夫不打仗渾身癢癢，一打仗鳥事沒有！」

幕府中哄然一片笑聲。片刻平息，王翦道：「此戰預謀方略為：兩翼隔斷援軍，中央放手開打。王陵老將軍率步軍三萬出武關，隔斷楚國北上兵道；末將率三萬鐵騎出洛陽，隔斷齊國救援兵道。此為兩翼。老將軍率主力大軍二十萬猛攻平陽，力克河東趙軍。」

「老國尉以為如何？」

「周密穩妥。老臣以為可行。」蒙武欣然點頭。

老桓齕嘿嘿笑了：「蒙恬，你小子吭哧個鳥，有話便說！」

「仲大父，又粗話罵人。」

因了老蒙鰲在世時與桓齕交誼甚深，情同兄弟，蒙恬便成了老桓齕的義孫，呼桓齕為仲大父。老秦民諺，爺爺孫子老弟兄。爺孫間最是沒有禮數顧忌，老桓齕粗話成習，蒙恬縱然文雅也是無奈，每每只有紅著臉瞪起眼嘟囔一句，說到正事更是毫不謙讓。此刻，蒙恬見桓齕逼問，倏然起身指點著大板圖道：「蒙恬唯有一議：目下楚韓兩國不足為慮，能援趙軍者，唯有魏齊兩國。王翦將軍所部卡在洛陽，雖能照應兩路，終究吃力。王陵老將軍所部，似應改出野王，隔斷魏軍更為妥當。」

「如何？」王翦對老桓齕一笑。

桓齕大手一揮：「鳥事！這原本也是王翦主張。偏王陵老兄弟強牛，說楚國必防。君上，這小子既與王翦共識，老夫教王陵老兄弟北上野王！」

「艱危之時，戰則必勝。此戰有失，雪上加霜。」一直凝神思忖的嬴政抬頭，「既是一場大仗，寧可縝密再縝密，確保勝算。依目下之勢，除了燕國遙遠，中間隔著趙國，可以不防外，其餘四國援軍都得防。我意：王陵斷楚軍，王翦斷齊韓，再出一軍斷魏。」

「君上明斷！」桓齕蒙武當即贊同。

「君上所慮極是，然目下卻有難處。」分明已經在事先想透全局的王翦沉穩道，「天下遭逢大旱，各國饑民洶洶流動，秦國關隘守軍不宜調出作戰。此戰兵力，僅以藍田大營二十八萬大軍作戰場籌劃，只留兩萬軍馬駐守根基督運輜重。若要另出一軍斷魏，須得另行調遣。在下不知何軍可動？」

「再調不出三五萬人馬？」嬴政一時茫然。

「三五萬，還真難。」老蒙武也一時沉吟。

「君上，」蒙恬赳赳請命，「臣請率咸陽守軍斷魏！」

「小子扯淡！」老桓齕黑了臉，「關中最當緊，咸陽守軍豈能離開！」

「冒險過甚，下策。」蒙武也繃著臉搖頭。

「我看可行。」嬴政一笑，「咸陽四萬守軍，留五千足矣！關中縱然吃緊，也是流民之事而已。只要老秦人不作亂，何慮之有？」

「只是，誰做咸陽大將？」桓齕顯出少見的猶豫。

「本王有人，老將軍只管全力開戰。」嬴政分外果斷。

大計妥當，蒙武蒙恬父子留在了藍田大營續商戰事細節。嬴政沒有停留，六馬王車在午後時分飛出了藍田大營。一車飛馳，黃塵蔽日。大旱之下，從來都是涼爽潔淨的林蔭大道，此時黃塵埋輪綠樹成土，燥熱的原野髒污不堪。到得咸陽王城車馬場，靠枕酣睡的嬴政驟然醒來，一臉一身泥汗，一領金絲黑斗篷黃土刷刷落下，車廂內塵土竟然埋住了雙腳，一個呵欠未曾打出，竟嗆得一陣猛烈咳嗽。倏忽車門拉開，一具泥人土俑矗在面前，一張口一嘴森森白牙，恍然出土怪物一般。小高子？嬴政看得一激靈，分明想笑，喉頭一哽又是咳嗽連連，淚水汗水一齊湧出，一張土臉頓時泥路縱橫，抬頭之間，趙高哇的一聲哭了。

「稟報君上……」疾步衝出殿廊的王綰愣怔了。

「看甚！旱泥土人也稀奇？說事。」

「君上……元老們齊聚大殿，已經等候整整一日了。」

「再有急事，也待我沖洗了泥土再說。」嬴政淡淡一笑。

王綰搖搖頭：「此事急切，王須先知……」

「端直說！」嬴政突然煩躁了。

「廷尉府查獲：水工鄭國是韓國間人，為疲秦，而入秦……」

「豈有此理！」

驟然，嬴政臉色鐵青地吼叫一聲，帶鞘長劍猛然砸向殿廊石獸，火星飛濺，劍鞘脫格飛出，轟隆打在泥土包裹的青銅王車上，驚得六匹泥馬一陣嘶鳴騷動。趙高連忙喝住駿馬撿起劍鞘，跑了過來哭兮兮喊道：「長史！君上沒吃沒睡一身泥，甚事不能緩啊！」

「哭個鳥！滾開！」

嬴政勃然大怒，一腳踹得趙高骨碌碌滾下石階，提著長劍大步匆匆衝向正殿。

五、韓國疲秦計引發出驚雷閃電

旬日之間，李斯直覺一場噩夢。

原本人聲鼎沸的三十里峽谷，沉寂荒涼得教人心跳。李斯背著一個青布包袱，立馬於東岸山頭，一腔酸楚淚眼朦朧。行將打通的涇水瓠口變成了一道死谷，谷中巨石雪白焦黑參差嵯峨地矗滿峽谷，奇形怪狀直如鬼魅猙獰。兩岸山林的幹黃樹梢上，處處可見隨風飄曳的破舊帳篷與襤褸衣衫。一處處拔營之後的空地累累狼藉，猶如茂密山林的片片禿斑，觸目可見胡亂丟棄的各式殘破農具與臭烘烘的馬糞牛屎。天空盤旋著尋覓腐肉的鷹鷲，山谷飄盪著酸腥濃烈的熱風。未經戰事，三十里莽莽峽谷卻活似倉皇退兵的大戰場。

極目四望，李斯悵然一歎：「亙古荒謬，莫如秦王也！」

半月之前，李斯接到長史王綰的快馬密書，召他急回咸陽。王綰叮囑，經濟七署一口聲主張涇水工程下馬，秦王要他陳說涇水工程之利害而做最後定奪，望他上心準備，不能大意。李斯立刻掂來了其中分量，知道此行很可能決定著這個天下最大水利工程的命運，一定要與鄭國妥善謀劃周密準備。不意，密書到達之日，正逢開鑿瓠口的緊要之時。鄭國連日奔波中暑，昏迷不能下榻。李斯晝夜督導施工，須臾不能離開。五日之後，鄭國勉力下榻照應工地，李斯才一騎快馬直奔咸陽。萬萬想不到的是，他尚未下得涇原官道，正有大隊甲士迎面開來，塵土飛揚中，旗面一個「騰」字清晰可見。戰國傳統，王族將軍的旗幟書名不書姓。一個「騰」字，來將顯然是他所熟悉的咸陽都尉嬴騰。李斯立馬道邊遙遙拱手，正要詢問軍兵來意，不防迎面一馬衝來，一將高聲斷喝，兩名甲士飛步過來將他扯下馬押到了將旗之下。

「我是河渠丞李斯！騰都尉無理！」

「拿的便是你這河渠丞！押赴瓠口，一體宣書！」

不由分說，李斯被塞進了一輛牛拉囚車。剎那之間，李斯看見還有一輛囚車空著，心下不禁一沉，搖晃著囚籠猛然高喊：「河渠事大，不能拘押鄭國，我要面見秦王！」嬴騰勃然大怒，啪的一馬鞭抽打在李斯抓著囚籠的兩隻手上，咬牙切齒罵道：「六國沒得個好貨色！盡害老秦！再喊，老夫活剮了你！」那一刻，嬴騰扭曲變形的猙獰面孔牢牢釘在了李斯心頭。李斯百思不得其解，平素厚重敬士的嬴騰，如何驟然之間變成了一頭怒火中燒不可理喻的野獸，竟然捲起山東六國一齊惡狠狠咒罵？

到了涇水瓠口，牛角號一陣嗚嗚迴盪，大峽谷數萬民伕聚攏到了河渠署幕府所在的東塬。李斯清楚地記得，鄭國是被四個青壯民伕用軍榻抬回來的。剛到幕府前的那一小塊平地，鄭國便跳下杆榻，揮舞著探水鐵杖大喊起來：「瓠口正在當緊，何事要急召工役？李斯你給老夫說個明白！」正在嚷嚷之間，鄭國猛然看見了幕府前的囚車，也看見了囚車中的李斯，頓時愣怔得張著口說不出話來。嬴騰大步過來冷冷一笑：「嘿嘿，你這個韓國老奸，裝蒜倒是真！」李斯同樣記得清楚，這句話如冬雷擊頂，囚車中的他一個激靈，渾身頓時冷冰冰僵硬。鄭國特異，雖面色灰白，卻毫不慌亂，不待甲士過來，點著鐵杖走到了那輛空囚車前，正要自家鑽進去，又大步過來，對著旁邊囚車中的李斯深深一躬：「河渠丞，陰差陽錯，老夫帶累你也。」說罷淡淡一笑，氣昂昂鑽進了囚車。

嬴騰惡狠狠瞪了一眼：「老奸休得作戲，刑場萬刀剮你！」轉身提著馬鞭大步登上幕府前的夯土令臺，對著整面山坡黑壓壓的人群高聲大喊，「老秦人聽真了！國府查實：水工鄭國，是韓國間人，得呂不韋庇護，行疲秦奸計，要以浩大工程拖垮秦國！秦王下書，盡逐六國之客出秦，停止勞民工程！引涇河渠立即散工，工役民伕各回鄉里趕修毛渠，克旱度荒！」

山坡上層層疊疊的人群毫無聲息，既沒有怒罵間人的吼聲，也沒有秦王萬歲的歡呼，整個峽谷山塬沉寂得死水一般。此時，嬴騰又揮著馬鞭高喊起來：「本都尉坐鎮瓠口，全部人等三日內必須散盡！各縣立即拔營，逾期滯留，依法論罪！」

李斯記得很清楚，直至人山人海在赤紅的暮色中散盡，三十里瓠口峽谷都沒有聲息。人群流過幕府，萬千老秦人都是直瞪瞪地瞅著囚車，沒有一聲唾罵，沒有任何一種老秦人慣有的激烈表示，只有一臉茫然，只有時不時隨著山風飄來的一片粗重歎息。在人流散盡峽谷空空的那一刻，死死扒著囚車僵直愣怔的鄭國突然號啕大哭，連呼上天不止。李斯心頭大熱，不禁也是淚眼朦朧。

次日過午，兩輛囚車吃著漫天黃塵到了咸陽。

一進北門，鄭國的囚車單獨走了。李斯的囚車，卻單獨進了廷尉府。又是意料不到，沒有任何勘問，僅僅是廷尉府丞出來知會李斯：秦王頒了逐客令，李斯乃楚國士子，當在被逐之列；念多年河渠辛勞，國府賜一馬十金，限兩日內離秦。

李斯說：「我有公務未了，要面見秦王。」府丞冷冷一笑：「秦國公務，不勞外邦人士，足下莫作非分之想。」李斯無奈，又問一句：「離秦之前，可否向友人辭行？」府丞搖頭皺眉說：「本府便是許你，足下寧忍牽累無辜？」李斯長歎一聲，不再作任何辯駁，在廷尉府領了馬匹路金，逕自回到了自己府邸。

小小三進庭院，此刻一片蕭疏冷落。李斯原本是無爵試用官員，府邸只有三名官府分派的僕役，此刻早已走了。只有一個咸陽令官署的小吏守在府中，說是要依法清點官宅，待李斯處置完自己的私財，他便要清戶封門。看著空蕩蕩一片冷清的庭院，李斯不禁慶倖自己的妻室家人尚未入秦，否則豈非大大難堪？進得書房，收拾好幾卷要緊書簡背在身上，李斯出來對小吏淡淡笑道：「在下身無長物，些許私物沒一樣打緊貨色，足下任意處置便了。」舉步要走之間，小吏卻低低說了聲且慢，順手塞過來一方折疊得手掌般大小的羊皮紙。李斯就著風燈打開，羊皮紙上一行小字：「斯兄但去，容我相機行事。」李斯心頭一熱，說聲告辭，逕自出門去了。

為免撞見熟識者兩相難堪，饑腸轆轆的李斯沒有在長陽街的老秦夜市吃飯，專揀燈火稀疏的小巷趕到了尚商坊。尚商坊，是名動天下的咸陽六國大市，李斯卻從來沒有光顧過，只聽說這裡夜市比晝市更熱鬧，又尋思著在這裡撞不見秦國熟識官吏，便趕來要一醉方休，洩洩鬱悶之氣。不想轉出兩道街巷，到了尚商坊，眼前卻是燈火零落，寬闊的長街冷清清黃塵飛揚，牛馬糞尿遍地橫流，髒污腥臭得無法下腳。僅有幾家店鋪亮著風燈，門前還是牛馬混雜，人影紛亂進出，幾如逃戰景象。要在別國城池，李斯自然不以為意，可這是連棄灰於道都要施以刑罰的秦國，如此髒污混亂，豈能不令人震驚？

凝望片刻，李斯驀然醒悟。顯然，這逐客令也包括了驅逐六國商賈。否則，支撐秦國商市百年的富麗豪闊的尚商坊，何以能在一夜之間狼狽若此？一聲長歎，李斯頓時沒有了飲酒吃飯的心思，只想盡快離開秦國。牽馬進市，再穿過尚商坊，李斯便能直出咸陽東門奔函谷關去了。

「客官歇店麼？」一個脆亮的聲音陡然飄來。

李斯抬頭一看，一個紅衣童僕笑盈盈矗在面前，與街中情形萬分地不和諧，不禁噗地一笑：「你小子會做生意？也不怕小命丟在這裡？」紅衣童僕樂呵呵笑道：「我東家是齊國田氏商社。主東說了，走主不走僕，人走店不歇，逐客令挨不得幾日。這不，才派小子幾個守店。先生要是賞光，小子不收分文，還保先生酒足飯飽睡涼快，小子只圖個守業有客，領一份賞金。」噹啷啷一串說來，流暢悅耳，分明一個精明厚道的少年人物。

李斯家境貧寒，少時曾經在楚國上蔡縣的官庫做過倉工，後來又做了官庫小吏，深知少年生計的辛苦處。聽少年一說，不禁喟然一歎：「難為你小子有膽色也！我便住得一夜。」紅衣童僕高興得雙腳一跳，接過了李斯手中馬韁，說聲客官跟我來，一溜碎步進了前方四盞風燈的大銅門。李斯跟著走進，只見大店中空蕩蕩黑沉沉一片，藉著朦朧月光與只有迴廊拐彎處才有的一盞風燈，隱約可見一座座小庭院與幾排大屋都封了門上了鎖，幽靜蕭疏得山谷一般。少年指點說：「那一座座小庭院，都是齊國商社的上乘客寓，平日要不預先約定，有錢也沒有地方。那一排排大屋，是過往商旅與遊學士子最喜歡的，平日天天客滿。最後那一片高大房屋，是倉儲庫房，所有搬不走或能搬走而得不償失的物事，都封在了庫房。守店期間，能待客的寓所，只留了一坊。」

「保本看店，留下的定是最差的一坊。」李斯突然有些厭煩。

「不。最好一坊！」少年好像受了侮辱，滿臉脹紅。

「好好好，看看再說。」李斯不屑爭辯。

少年再不說話，領著李斯穿過一片胡楊林，到了一片大水池邊。池邊有四座小庭院沿湖排開，每座庭院門前都是兩盞斗大的風燈與一個肅立的老僕，與沿途黑沉沉空蕩蕩的沉悶與蕭疏，全然另一番天地。少年笑吟吟指點說：「客官，這是商社的貴客坊。平日裡，只有齊國的使節大臣入秦才能住的。這裡距離庖廚、馬棚、車場，都最近最方便，是以才留作守店客寓。」

「逆境有常心，難得。」

「先生不說我店勢利，小可高興。」

「小哥，方才得罪，見諒。」

少年咯咯一笑：「哪裡話來，先生是逐客令後的第一個客人，小可高興都來不及呢。走！先生住最好的院子。」說罷，少年領著李斯走到了第二座庭院門前。這座庭院與相鄰三座不同，門口矗立著一座茅亭，池邊泊著一隻精巧的小船，顯然是最尊貴的寓所了。門口老僕見客人近前，過來深深一躬，接過了少年手中的馬韁去了。少年領著李斯進院，來回介紹一番，將李斯領進了正房大廳。大廳西面套間立即飄出一名輕紗侍女，又是迎客又是煮茶，廳中頓時溫馨起來。李斯沒有絲毫消遣心情，對少年道：「大店待客名堂多，你小哥給我都免了。我只要一案酒飯，一醉方休。」少年說聲曉得了，站起身輕步出廳去了。

片刻之間，少年領著兩個侍女進來，利落地擺置好了食案，一案大菜一罈趙酒，四只大鼎熱氣蒸騰香氣彌漫，分明樣樣精華。生計之心李斯素來精細，一打量皺起眉頭道：「你小子別過頭，我只有十金，還得一路開銷。」少年咯咯一笑：「先生說笑了，原本說好不收分文的，先生只管吃喝舒適便是。」李斯恍然一笑：「既然如此，一起痛飲。」少年連忙搖手：「小可陪先生說話可以，吃喝不敢奉陪，商社規矩。」李斯不再說話，立即開吃，吧嗒呼嚕咀嚼聲大作，只消片刻，四隻大鼎的魚羊雞鹿與一盤白麵餅一掃而光。

「先生真猛士！好食量。」少年看得目瞪口呆。

「你當半年河渠工，一樣。」李斯一笑。

「河渠工？啊，先生是河渠吏！」

李斯連連搖頭，一邊擦拭額頭汗水，一邊開始大飲趙酒。少年不再問話，只一爵一爵地給李斯斟酒。連飲九大爵，李斯黝黑乾瘦的臉膛一片通紅。少年笑說：「先生不能多飲了。」李斯拍案：「你個小子曉得甚，飯後酒，不怕！」少年笑說：「只怕先生明日暈路，不好走。」李斯哈哈一笑：「不走了！你小哥不要錢，我何不多住他幾日？」少年咯咯直笑：「先生若是不走，不說不收錢，我商社倒貼你錢！每日一金如何？」李斯大奇：「這是為何？」少年又笑：「我東主說了，秦國逐客，其實是逐賢逐錢，蠢之又蠢！被逐之客，凡來齊國商社者，一律奉為上賓！」

少年一言，李斯心頭不禁一震。良久默然，李斯問店中可有秦國〈逐客令〉？少年連說有有有，轉身出去拿來一張羊皮紙，先生請看，這是咸陽令官署發下的，尚商坊每家一份。李斯接過攤在案頭，〈逐客令〉只有短短不到兩百字：

〈逐客令〉

秦人興國，唯秦人之力也。六國之客，竊秦而肥山東，壞秦而利六國。若嫪毐、蔡澤、呂不韋者，食秦之祿，亂秦之政，使秦蒙羞，誠可惡也！更有水工鄭國，行韓國疲秦奸計，入秦與呂不韋合流，大興浩浩河渠工程，耗秦民力，使秦疲弱，無力進兵，無力克旱，以致天怒人怨釀成大災。是可忍，孰不可忍！唯六國之客心有不軌，行做間人，國法難容。是故，秦國決意驅逐山東之客。自逐客令發之日，外邦士商並在秦任官之山東人士，限旬日內離開秦國。否則，一律以間人論罪。

「睡覺！」李斯突然煩躁，甩開羊皮紙躺倒在了地氈上。

少年笑了：「客官大哥，悶酒悶睡準傷身。教小可說，不如趁著月色在池中飄盪一時半時，回來再睡，管保你明日上路精神。」

「小子有理。」李斯翻身坐起，「走！」

少年咯咯笑著，扶著搖搖晃晃的李斯出門。門口肅立的老僕一見客人出來，立即大步走到池邊吩咐：「輕舟預備，客官酒意遊池。」但聞池中一聲答應，船頭兩盞風燈當即亮起。老僕回身，少年扶著李斯已經到了岸邊。李斯雖有酒意，藉著月光卻是看得清楚，這池堤用石條砌成，一道三尺寬的石梯直通水面，恰恰接住小船船頭，比尋常的船橋方便多了。李斯心下感歎，若不是可惡的逐客令，齊國商社還真是個古風猶存值得常來玩味的好地方。李斯要推開少年獨自下梯上船。少年一笑：「酒人不經高低，客官只跟我走。」說話間，少年架著胳膊托住腰身，將李斯穩穩扶到了船頭。兩人堪堪站定，小船悠悠盪開，平穩得教人沒有絲毫覺察。

李斯隨著少年手勢在船頭坐定，矇矓醉眼打量，只見這小船船頭分外寬敞，幾乎占了一半船身，船板明光鋥亮，中間鋪一方厚氈擺三張大案，三面圍起一尺多高的板牆，分明一間舒適不過的露天小宴間，比秦王那烏篷快船還妙曼了幾分。正在打量，一個侍女已經捧來了一只紅木桶與三只大陶碗。李斯大笑一陣：「小哥好主意，老酒對明月，度咸陽最後一夜！」少年笑得可人：「只要客官大哥哥高興，咸陽夜夜如此。」說話間，侍女已經將三只陶碗斟滿。李斯再不說話，舉起一碗汩汩大飲，一連串三碗下肚，直覺甘美沁涼清爽無比，彷彿一股秋風吹拂在五臟六腑之間，全身裡外每個毛孔都舒坦得通透。

「好！這是甚酒？」

「這不是酒，是酒妹。」少年吃吃笑了。

「酒妹不是酒？甚話！」

「哎呀客官，酒妹是醒酒之酒。」

李斯大笑：「好啊！你小子怕老哥哥掉到水裡淹死，只趕緊教我醒來是麼？」笑著笑著，李斯沒了心勁聲氣，盯著粼粼水面一聲長吁。此時小船正到湖心，夜半涼風掠過，在這連續赤日炎炎的悶熱夜晚爽得人渾身一抖。李斯再也沒有了酒意，船頭臨風佇立，一腔鬱悶又在心頭燃燒起來。連日事變迭生，莫名其妙被奪職驅逐，自己卻始終沒有機會看到那個〈逐客令〉。方才一看〈逐客令〉，發端雖是鄭國，卻上連嫪毒呂不韋，下涉所有山東人士，連蔡澤這個已經辭官歸隱者都牽連了進來；舉凡外邦人士，〈逐客令〉一體斥為奸佞，舉凡六國之客，〈逐客令〉一體看作間人；更為荒誕者，凡在秦國做官的外邦人士，竟全部成了「食秦之祿，亂秦之政」！如此算去，被驅逐的外邦人士少說也有十幾萬。秦國瘋了麼？秦王瘋了麼？想起被「劫上」渭水快船的那一夜暢談，李斯無論如何不能相信，英氣勃發的年輕秦王會做出如此荒誕的決斷。然則，白紙黑字書令鑿鑿，這場風暴已經刮了起來，還能作何解釋，只能看作天意了。

遠看此事，李斯至少有一個最直接的評判——〈逐客令〉一發，秦國人才必然凋零，秦國強盛勢頭必然衰滅，年輕秦王的遠大抱負則必然化為泡影。僅僅如此，還則罷了，畢竟是老秦人自家毀自家，你能奈何？最令李斯揪心的是，這個荒誕得無以復加的〈逐客令〉，將徹底剷除他剛剛生出的功業根苗，徹底埋葬他輝煌的夢想。放眼天下，當今能成大業者唯有秦國，任何一個名士，只有將自己的命運與秦國融為一體，才會有自己的璀璨，否則，只能是茫茫天宇飄泊無定的一顆流星。倏忽二三十年過去，自己的一生也就完結了。即便秦國再出一個英明君主，天下再出一個強大戰國，自己也無可挽回地在灰濛濛的生涯中倒下了。人生苦短，上天給你的機遇只有這一次，絕不會有第二次……這一次，真的完結了？

李斯一個激靈，猛然轉過身來。

「小哥，船上有無筆墨？」

「有！還有上好的羊皮紙。」

「好！擺案。」

「先生大哥，船頭有風無燈，要寫字得進船艙。」

「那得看誰寫。我寫！月光盡夠！」

「哎！我去拿。」

片刻之間，少年將一應文案家什擺置停當，對著底艙一聲吩咐：「槳手聽令：先生寫字，湖心抛錨，穩定船身！」李斯連連搖手：「這點兒顛簸算甚？船照行不誤，有風更好，走！」少年大是驚訝：「先生大哥，這般晃悠著，你能寫字？」看著少年的眼神，李斯哈哈大笑：「老哥哥別無所能，只這寫字難不倒我。馬上都能寫！船上算甚？儘管快船涼風！」少年哎地答應一聲，立即興奮地喊起來：「先生號令，快船涼風！起——」

話音落點，便聞槳聲整齊開劃，小船箭一般飛了出去。湖風撲面，白浪觸手，分外的涼爽舒適。李斯肅然長跪案前，提起大筆略一思忖，筆鋒便沉了下去。風搖搖，水滔滔，浪花時不時飛濺撲面。少年一手扶著船幫，一手壓著羊皮紙邊角，嘴裡叨叨不斷：「我說大哥，這船晃水濺的，沒個人能寫字，我看還是回書房，要不靠岸在茅亭下寫也行……」李斯一聲斷喝：「給我閉嘴！只看著換紙！」少年驚訝噤聲，連連點頭。

李斯石雕一般巋然跪坐船頭，任風鼓浪花撲面，一管大筆如鐵犁插進泥土，結結實實行走著，黑棗般的大字一個個一行行撒落，不消片刻，一張兩尺見方的羊皮紙眼看便要鋪滿。此時一片浪花嘩地掠過船頭，驚訝入神的少年恍然大悟，連忙站起就要換紙，不意腳下一個踉蹌，恰恰跌在了李斯右胳膊上。少年大驚，跪地哭聲連連叩頭，臉色白得連話也說不出來。李斯回頭不耐地呵斥一聲：「我都沒事，你哭兮兮個甚！快換紙！」少年長身湊過來一看，羊皮紙上的字跡果然個個清晰，竟沒有一個墨疙瘩，不禁高興得跳起來脆聲喝了一采，利落地換好一張羊皮紙，跪在李斯身旁殷殷打量，直如侍奉守候著一尊天神。

月亮掛在了西邊樹梢，快船堪堪繞湖一周，李斯終於擱筆。

「先生大哥，你不是人，你是神！」少年撲到李斯面前咚咚叩頭。

李斯沒了笑聲，喟然一歎，一手扶住少年：「小兄弟，先拿信管泥封來。」

少年忙不迭答應一聲，在船艙拿來一支銅管一匣封泥。李斯將幾張羊皮紙捲好，裝進銅管，又做了泥封，這才鄭重其事地問少年：「小哥，能否幫我送出這件物事？在下畢生不忘小哥大德。」少年惶恐得紅著臉一個響叩：「先生大哥只說，送到哪裡？小可萬死不辭！」李斯一字一頓：「送到咸陽令官署，親交蒙恬將軍，敢麼？」少年頓時頑皮地一笑：「咸陽送信，小可的本事不比先生大哥寫字差，怕甚！大哥只等著，日內我給你拿到回字！」

「只送出就好，不要回字。」

「不要回字？」

「收者回了字也沒用。這，只是一樁心事罷了。」

「先生大哥，你要走麼？」

「對。天亮便走。」

「好！我立即送信。」

「四更天能送信？不急不急，我走了你送不遲。」

「先生大哥放心！我在咸陽熟得透透，你等我回來再走。」

小船正到岸邊，少年飛身縱躍上岸，倏忽不見了身影。

六、振聾發聵的〈諫逐客書〉

嬴政昏昏病臥，直覺墮入雲霧一般。

那一日，從藍田大營飛車歸來，一身泥土心緒焦躁，嬴政本想一番沐浴之後平心靜氣地會見等候他的李斯，商議涇水河渠究竟是繼續還是停工的事。嬴政確信，幹練而有全局氣度的李斯，會給他一個恰如其分的依據。想不到的是，王綰的消息，尤其是「間人疲秦」四個字，如同一支火把突然扔進了四處流淌猛火油的心田，他莫名其妙地突然爆發了。鄭國是間人疲秦，對山東六國瞭若指掌的呂不韋不知道？肯定知道！明知鄭國是間人，還要委以河渠重任，呂不韋意欲何為！正是這電光石火的思緒聯結，使他突然覺得呂不韋一黨的勢力仍然牢牢盤踞在秦國，仍然是壓在他頭上的一座大山；他們，在他的腳下已經事先挖好了深深的陷阱，只等他盲人瞎馬地落入陷阱，這座大山再轟然壓下，將他與秦國徹底埋葬！這個「他們」不是別人，正是呂不韋及其身邊的山東人士！殿廊到殿堂，也就是百步之餘而已。短短的一箭之地，嬴政幾乎是一陣颶風般刮進去的。當他一臉一身泥土汗污，手提長劍呼呼大喘著衝到王座前時，所有的元老大臣都驚得站了起來，目瞪口呆地看著他，沒有一個人說話。

「鄭國間人，呂不韋可知？」

嬴政記得，他脫口衝出的第一句話是對著老廷尉去的。

老廷尉似乎有些猶豫，打量著泥猴般的嬴政說：「此事重大，望王清醒之時再行會商。」嬴政勃然大怒，一連聲吼叫著：「廷尉據實稟報！否則以誤國罪論處！」老廷尉一拱手說：「鄭國間人之說，是一個秦國商人義報。此商人從韓王近臣口中探聽得來，還沒有得到直接憑據證實。然則，大體可信可靠。至於呂不韋是否知情，尚未勘問各方，不能判定。」嬴政正在急怒攻心之時，對老廷尉事事不確定大是惱火，當時一聲大喝：「呂案已經查清，如何能叫無法判定！」

「老臣有證據，呂不韋確實知道此事！」一位王族元老挺身而出。

嬴政嘶聲下令稟報。元老說，年前勘呂時，他輔助國正監查抄呂不韋府邸與文信學宮，曾親自查到呂不韋五年前得到的秦使密報，密報明確稟報說：韓國實施疲秦奸計，已經派水工鄭國入秦，呂不韋不可能不看密報，當然也不可能不知道此事。嬴政大怒，問當年這個祕密使節是誰？元老說已經查清，是呂不韋的一個趙國門客，後來跟著呂不韋回了洛陽，也跟著呂不韋自殺了。嬴政又問，當年議定涇水河渠上馬，都有何人參與？元老回報說，沒有一個秦人參與，全是呂不韋與在秦做官的外邦人士商定，骨幹是燕國的綱成君蔡澤與楚國的門客舍人李斯；為了隱瞞鄭國間人底細，呂不韋才擢升那個門客李斯做了河渠丞。另一個元老立即慷慨激昂地補報：他有個族侄做河渠吏，曾對他說過，李斯與鄭國情誼篤厚，經常在一起徹夜密議，分明有不可告人之密。其餘元老大臣也紛紛開口，訴說各自當初覺察到的諸多疑點。被元老們懷疑之人，無一不是六國人士。當時，除了老廷尉與王綰沒說話，大臣元老們人人憤激，一口聲怒罵山東人士。

一番紛嚷越扯越深，嬴政不耐地喝問一句：「你等聚在這裡議論一日，究竟甚個主張，明說！」元老們異口同聲：「驅逐山東之客，還我清明秦政！」嬴政心頭突然一亮，對也！秦國多年紛紜糾葛，根子都在六國人士，不將這些人盡行驅逐，秦國永無寧日！嬴政也還記得，當時一綹泥汗正彌漫到眼角，猛然一揉，雙目生疼鑽心……

「王綰！下逐客令！」嬴政一聲怒喝，重重跌倒在了王案前的石階上。

……

三日後醒來，嬴政已經渾身酥軟得不能動彈了。

太醫說，這是急火攻心又虛脫過甚，若不能靜心養息數日，完全可能引發虛癆大病。嬴政原本不是平庸之人，此時更是清醒，自然掂得孰輕孰重，對老太醫只點了點頭，第一次開始了不見大臣不理國事的臥榻日子。旬日之中，只有一個趙高與一個老太醫進出。偌大寢室，清淨得連嬴政自己都覺得怪異起來。這日吃過中飯，嬴政自覺神清氣爽，對老太醫笑道：「藥可服，再臥榻不行了。」老太醫皺著眉頭輕聲說：「依著醫理，王體至少得休養一月，否則還有後患。」嬴政臉色頓時一沉：「你說，後患是甚？」老太醫吭哧得滿臉通紅，只是說不出來。嬴政又氣又笑：「無非折我十年壽數，怕個鳥！小高子，教王綰整好文卷等候，我即刻便進書房。」說罷端起大碗，將滿滿一碗黑紅黏稠的藥汁咕咚咚喝下，又利落地沐浴更衣，不消片刻，嬴政精神抖擻地出了寢宮。

時當入秋，日光分外明亮，樹林中蟬鳴陣陣，天氣悶熱得有些異乎尋常。嬴政一出迴廊突然止步愣怔，不對，甚味兒？林下濕氣？對！沒錯！嬴政驀然回身，盯住了身後舉著傘蓋的小侍女問：「下過雨麼？」侍女被嬴政的眼神嚇得張口結舌，只胡亂點頭，一時說不出話來。嬴政高興得嗷了一聲，一陣狂風般捲進了書房。

「王綰！幾時下的雨？」

「昨夜三更。半鋤雨。」

「還下不下？」

「天象臺已經報來，月內有透雨。」

「天也！」嬴政眼前金星亂舞，爛泥一般倒在了地上。

片刻醒來，王綰趙高老太醫三人都圍在身邊憂心忡忡。嬴政忍不住笑意，一挺身站起，樂呵呵一揮手：「老太醫去了，沒事沒事，高興而已。」老太醫想說什麼，終究吭哧著走了。嬴政精神大振，立即吩咐趙高抬來文卷大案，王綰依照著日期順序，逐一稟報積壓下來的緊急事務。說話間，趙高抱來了一摞竹簡擺在案頭，惶恐地低著頭不說話。嬴政眉頭一皺，趙高嚇得撲地跪倒：「君上，沒有了，這幾日沒有文卷。」嬴政很是詫異，目光凌厲地盯住了王綰。王綰面無表情地一拱手：「臣啟我王，目下最要緊的公務只有一件：補齊官吏空缺，盡快使各官署恢復運轉。」

「豈有此理！秦國官署癱瘓了？」嬴政驟然懵了。

王綰有些木然地稟報著：秦國官員，三四成是山東人士；秦國吏員，七八成是山東人士；逐客令下，山東人士全部被驅逐出秦國，咸陽各官署都成了瘸子瞎子，公務大多癱瘓，許多事亂得連個頭緒都沒處打問了；連日以來，在朝大臣們要辦事，只有聚集在呂不韋的廢丞相府，翻騰與各自相關的昔日公文，誰都無法阻擋，丞相府的典籍庫已經被翻騰得一團亂象了；要不是昨夜一場大雨，旱情稍稍緩解，大臣們只怕又要沒頭蒼蠅般亂飛亂撲了。

「六國官吏，有那麼多？」嬴政驚訝得難以置信。

王綰說，要不是逐客令，他也不知道山東士子究竟占了秦國官吏多大分量？這次逐客，才真正體察到了山東六國人士與秦國融會得有多深。百年以來，秦國從來都是設法吸引山東人士入秦。舉凡山東六國的士農工商官，只要入秦，定居也好，客居也好，一律當作上賓對待。除了商旅，進入秦國的士農工官，絕大部分都成了定居秦國各地的新秦人。除了農夫，入秦的山東人士大都是能事能文，他們大多來自已經滅亡了的昔日的文明風華之邦，譬如魯國、宋國、衛國、越國、吳國、薛國、唐國、陳國等。這些人進入秦國，大才名士雖少，能事幹員卻極多，他們奮發事功，不入軍旅便入仕途，多年來大多已經成為秦國官署的主事大吏。老秦人耕戰為本，不是農夫工匠，便是軍旅士卒，識文斷字而能成為精幹吏員者很少，而新秦人正好填補了這個空白。

這便是山東人士成為秦國官府主力軍的緣由。

王綰還說，這幾日他大體統計了一番，結果嚇了一大跳。百年以來，入秦的山東人士已經超過兩百三十多萬，幾乎占秦國人口的四分之一；如蒙恬家族已經居秦三代以上者，有一萬餘戶；秦國官署的全部官吏，共有一萬六千餘人，若再算上軍中頭目，大體是兩萬三五千人，其中山東人士占了一大半，僅僅是李斯這般當世入秦者，至少也在五七千人……

「不說了！」嬴政突然煩躁。

王綰頓時默然。本來，他也沒想對大病初愈的年輕秦王翻騰這些壓在心頭的大石。可秦王一問，他卻忍不住，口子一開，自己連自己也管不住了。王綰知道年輕秦王的稟性，一旦煩躁起來便到了發作的邊緣，而一旦發作，則每每是霹靂怒火不計後果。這時候，最好的應對便是沉默，教這個年輕的王者自己平息自己。

嬴政鐵青著臉一句話不說，只在書房大廳來來回回，第一次生出了一種抓不著頭緒的茫然。逐客令引出如此嚴重的後果，這是他無論如何沒有預料到的。元老們群情憤激，自己盛怒攻心，跳躍在眼前的六國人士只有嫪毐呂不韋鄭國一班奸佞，哪裡想到還有如此盤根錯節的層層糾纏？昏昏臥榻數日，一朝醒來，逐客令的事幾乎都要忘了，今日乍聽王綰一番稟報訴說，嬴政實實在在地懵了。

一個水工，一個間人，引發出朝局驟然癱瘓，這如何收拾？

突然，嬴政口乾舌燥，一伸手，卻沒有那隨時都會遞來的涼茶熱茶溫茶。驀然回頭，嬴政一眼瞥見了大屏後垂手低頭的趙高的衣角，心下不禁一動：「小高子，你蔫耷耷藏在背後做甚！病了？」趙高小心翼翼走出來，一抬頭的剎那之間，嬴政恰恰捕捉到了這個少年內侍驚恐閃爍的目光，心頭猛然掠過一道陰影，臉色倏忽一沉：「小高子，你有甚事？說！」趙高突然跪倒在地，哇的一聲哭了：「君上，小高子想說，不敢說啊！」嬴政一股怒火驟然躥起，大步過去一腳踹得趙高一個翻滾，咻咻喘息冷笑著：「你小子也有奸心了？說！不說將你心挖出來看！」趙高翻滾過去，又立即翻滾過來，趴在地上大哭：「君上！不要趕小高子走啊！小高子跟你十三年，小高子不走啊！」嬴政不禁又氣又笑：「你小子瘋了！誰個趕你走？你想走放你便是，咧咧咧哭個鳥！」趙高依舊嗚嗚地大哭著：「君上！王城正在清人逐客，說小高子是趙人！三日前，中車令便要小高子離開，小高子賴著沒走啊！」

「！」嬴政的心猛然一沉。

一個「趙」字，冰冷結實地砸上嬴政的心田。

趙高是趙人，太后趙姬呢，他這個「趙政」呢？在趙國做過人質的父王呢？秦國不是要連根爛麼？猛然，當年立太子的舊事電光石火般掠過嬴政心頭。那時候，秦國元老們罵他是甚？是趙國孽種！甚至說他：「虎口，日角，大目，隆鼻，身長八尺六寸，沒有一樣像秦人，活生生一個胡種！」

如今，被逐客令啟動的元老們連跟隨自己十三年的身邊小內侍都想到了，安知沒有重新琢磨他這個親政不到兩年的新王？倏忽之間，一團烏雲漫過心頭，嬴政直覺自己放出了一頭吞噬整個秦國的怪物；而這個怪物，自己已經無法控制了，它正在轟隆隆翻滾著怪叫著，向自己的頭頂籠罩過來……嬴政通身冰涼，默默扶起了趙高，用自己的汗巾為小趙高拭去了臉頰淚水，一句話也沒有說出來。

突然，急驟的馬蹄聲在東偏殿外響起。

王綰霍然起身，尚未走出書房大廳，便驚訝地站住了。一個手提馬鞭風塵僕僕的大將衝進殿來，臉色陰沉得可怕。

「蒙恬？」嬴政心頭又是一緊。

「君上，臣從河東兼程趕回，有件大事稟報。」

「快說！小高子，涼茶！」

趙高一抹淚水，嗨的一聲飛步去了。

蒙恬沒有了慣常的明朗詼諧，默默地從披風下的皮袋中摸出了一支黃澄澄的泥封銅管，又默默地遞了過來。嬴政對蒙恬的反常有些不悅，沉聲問了一句：「這是甚？」蒙恬說：「這是李斯緊急送到我府的密件，說明要我親交秦王；當時我不在咸陽，我弟蒙毅連夜送到河東軍營；我沒有打開，兼程趕回咸陽，做一回信使而已。」嬴政板著臉說：「既然送給你的，為何不打開？」蒙恬粗重地歎息了一聲說：「若是往常，臣自要打開，可目下不能。」「為甚來？」嬴政彷彿盯著一個從來不認識的陌生人，臉色分外陰沉。蒙恬也冷冰冰地說：「我沒有想到秦國也有這一日，人人自危，舉國猜疑，因由竟然只有一個，蒙氏來自齊國！」

嬴政眼前猛然一黑，踉蹌一步站穩，有人疑你蒙恬？疑蒙氏？

蒙恬再不說話，只捧著那支銅管，木然地站著。

嬴政默默接過銅管，猛然打上王案，噹的一聲，泥封啪啦震開，連銅帽也震飛了。嬴政拉出一卷羊皮紙展開，打眼一瞄，神情驟然一變，未曾看得一頁便高聲一喊：「小高子！」嗨的一聲，精靈似的趙高已矗到了眼前。嬴政轉身急促吩咐：「快！駟馬王車趕赴函谷關，截住李斯！給我請回！追到天邊，也要給我追回來！」

一聲脆亮應答，趙高不見了人影。

「蒙恬，你，你看……」嬴政軟軟地倒在了王案旁。

「長史！快來看！」蒙恬撿起兩張飄落在地的羊皮紙，眼前猛然一亮。

「好字！」王綰快步走來一打量，先高聲讚歎了一句。

「我，還沒看完，念。」靠著案頭的嬴政粗重地喘息著。

見蒙恬仍在神不守舍，王綰答應一聲，捧起羊皮紙高聲念誦起來：

〈諫逐客書〉

臣李斯上書：嘗聞人議逐客，王下逐客令，此舉治國之大過矣！秦之富強，實由用才而興。穆公稱霸而統西戎，在用由余、百里奚、蹇叔、丕豹、公孫支五人。孝公強秦，在用商鞅。惠王拔三川並巴蜀破合縱，在用張儀、司馬錯。昭王強公室杜私門大戰六國，在先用穰侯，再用范雎。孝文、莊襄兩王，安度危機穩定大局，使秦國於守勢之時不衰頹，在於任用呂不韋蔡澤也。秦自孝公以來，歷經六世蒸蒸日上，何也？用客之功也。山東之才源源入秦，食秦之祿，忠秦之事，建秦之功，客何負於秦？而秦竟逐出國門哉！向使六世秦君卻客而不納，疏士而不用，秦國豈有變法之功，強大之實也！

依臣入秦所見，秦國取財納寶不問敵我，昆山之玉、隨和之寶、太阿之劍、纖離之馬，秦不生一物而秦取之者，何也？物為所用也。秦國之樂，擊甕、叩缶、彈箏、搏髀長歌嗚呼而已，而今秦宮棄粗樸之樂而就山東雅樂者，何也？快意當前，雅樂適觀而已矣！財貨如此，聲樂如此，何秦國取人則不然，不問可否，不論曲直，非秦者去之，為客者逐之，豈非所重者財貨，所輕者人民也！果然如此，非跨海內、制諸侯之氣象也。

臣嘗聞：地廣者粟多，國大者才眾。是以泰山不讓抔土，故能成其大。河海不擇細流，故能就其深。王者不卻眾庶，故能明其德。今逐客棄才以資敵國，驅商退賓以富山東，使天下之士退而不敢西向，裹足不敢入秦，何異於借兵於寇，資糧於敵也。夫物不產於秦，可寶者多。士不產於秦，而願忠者眾。秦今逐客以資敵國，內空虛而外積怨，損民而益仇，求國無危，不可得也！秦王慎之思之，莫為人言所惑也。

偌大廳堂，良久沉寂著。

「完了？」嬴政終於問了兩個字。

「完了。」王綰也只答了兩個字。

靠著案頭的嬴政站了起來，在厚厚的地氈上悄無聲息地來回走著。

方才，因逐客令引發的官署癱瘓，以及有可能再度生出無限牽連的各種跡象，使嬴政直覺到了這頭怪物的陰森可怖。目下，李斯的〈諫逐客書〉，卻使他明明白白地看到了逐客令的荒誕與可笑，也第一次覺察到了自己的偏執，甚至狹小。一想到這個字眼，嬴政臉上不期然一陣發燒。從少年發蒙起，嬴政便嚴酷地錘鍊著自己的才能見識與心志，他是自信的，也是桀驁不馴的。八歲歸秦，十二歲立太子，十三歲即位秦王，可謂步步艱難而又坦途蕩蕩。只有他自己最清楚，不論有多大的天意運氣，如果沒有自己的才能見識與強韌心志，一切都是白說。如果不是自己自幼刻苦讀書習武，母親會帶他歸秦麼？如果歸秦之後的他不再勤苦錘鍊，而只滿足做個平庸王子，他一個來自秦國世仇之地的

「趙國孽種」能被立為太子麼？做了太子的他，如果不是離開王城惕厲奮發，能在繼位並不過分看重嫡庶的秦國繼承王位麼？不能，肯定不能。之後的九年虛位，呂不韋、嫪毒、太后，猶如三座大山，壓著他擠著他，他只能在強大而又混亂的權力夾縫裡，頑強地尋覓出路。雖然說，這九年給了他從容旁觀國政，也從容錘鍊才能的歲月，使他沒有過早捲入權力漩渦而過早夭折。然則，更要緊的是，九年「四駕馬車」的驚濤駭浪的錘鍊，無疑使他迅速地成熟了。否則，加冠親政後對呂不韋的第一仗，不會勝得那般利落。可是，這第一場大勝之後，自己竟突然栽了重重一跤，弄出了個亙古未聞的逐客令來，說怪誕也好，說可笑也好，都遲了。

要緊的是，因由何在……

「這李斯，好尖刻也！」看看沉重的嬴政，王綰突然一句指斥。

「也是。」回過神來的蒙恬淡淡一笑，「李斯竟說老秦人沒有歌樂，只會敲著大甕瓦罐，彈著破箏，拍著大腿，大呼小叫。這教那般元老們知道，還不生吃了他？」王綰也點頭呼應著說：「還說秦國沒有人才，沒有財貨，甚都是從山東六國學來的。老秦人知道了，還不得氣個半死！」蒙恬目光瞄著依舊徬徨的年輕秦王，揶揄地笑了：「李斯素來持重慎言，這次也是兔子咬人，給逼急了。」王綰立即跟上：「他急甚來？拿了鄭國問罪，放了他這個河渠丞，夠寬宥他了。」蒙恬搖搖頭淡淡一笑：「李斯不是平庸人物，只怕是將他與鄭國同樣下獄，反比放了他好受些。」王綰驚訝道：「怪哉！會有這等人？」蒙恬肅然道：「一個人棄國棄家，好容易選定了一個值得自己獻身效命的國家，到頭來，卻被這個國家當作狗一般一腳踢出，譬如你我，心下何堪？」

「聒噪！長史，還有沒有人上書諫逐客？」嬴政突然站定了腳步。

「沒有。」

「軍中將士如何？」嬴政轉身問蒙恬。

「正在打仗，軍營還沒來得及頒發逐客令。」

「好！」嬴政長吁一聲，「兩位說，李斯能回來麼？」

「難。李斯走到哪國，都是可用之才。」王綰搖著頭。

「不。只要趙高追得上，李斯一定回來。」蒙恬一臉憂鬱卻不失自信。

嬴政黑著臉：「好！我三人在此等候，李斯不回不散！」

王綰不禁愣怔：「君上，急事多了，乾等麼？」

「等！」嬴政坐了下來，敲打著王案，「已經是爛攤子了，頭疼醫頭腳疼醫腳能行？得想清楚，如何一攬子整治。你先將各官署全部卷宗搬來，將缺額官員數額歸總列出。我等三人先大體商議個法子，李斯回來一併說。來人，茶。慢慢說。」

蒙恬目光一閃：「君上，要廢除逐客令？」

「你說呢？」嬴政忽然不高興了。

蒙恬很明白，年輕的秦王從來都將自己看作同心知己，自己也從來都是直話直說實話實說。可這次，自己卻一直沒有公然申明對逐客令的可否之見。秦王何其聰明，心裡一定很清楚自己的想法，也一定很不高興自己的吭哧游移。然則，蒙恬還是不敢貿然。這件事干係太重大了，重大到關乎蒙氏整個部族三代人能否在秦國堅實立足。事實是，已經有嬴氏元老在聚議舉發蒙氏了，最大的罪行，是已經過世的大父蒙驁與呂不韋私交篤厚，相互庇護又共同實施寬政緩刑，大壞秦國法制；延伸出的罪行，是父親蒙武力主厚葬呂不韋，多用六國人士為軍吏，洩露了秦國機密；最後的清算，必然要落到自己頭上，罪名是蠱惑秦王，依據只有一句可怕的老說辭：非我族類，其心必異！當此情勢，他如何敢貿然直言？假如秦王不是清醒地果決地廢除逐客令，他的任何直言，都可能成為日後「其心必異」的罪證。更何況，他目下想說的是一樁更為重大的事件，他不得不審慎再審慎。

「臣有一事，須待秦王明斷而後報，尚望君上見諒。」

「待我何斷？」嬴政沉著臉。

「秦王，是否決意廢除逐客令？」

嬴政嘴角猛然一抽搐，內心一股無名火躥起，幾乎便要指著蒙恬鼻子怒罵一通。倏忽之間，嬴政還是硬生生忍住了。蒙恬不是平庸之士，更不是沒有擔待見風使舵的懦夫，今日這般反常，必定有其難言之隱。在李斯的〈諫逐客書〉之前，不說蒙恬，便是自己也被這股邪風吹得心頭陰森森的，又如何能責怪祖籍齊國的蒙恬？

「咸陽將軍，本王明告。」嬴政第一次對這個少年摯友鄭重其事地說話，「逐客令必要廢除！卿若疑我，盡可不說。卿若不疑，直話直說！」

「君上……」蒙恬突然撲拜在地，「秦國吏員，尚未大流失！」

「噢！」嬴政霍然起身扶住了蒙恬，「快說，究竟甚事？」

「君上，」蒙恬起身一拱手，「逐客令下，軍中大將多有疑慮，深恐動搖軍心。桓齕老將軍、王翦將軍與我一起密商，做了兩個祕密部署：一、以大戰期間不宜多事為名，暫且封凍逐客令；二、由臣帶領一千飛騎，馳騁巡視出秦的三條主路，專一攔阻離秦的官吏士子。目下在函谷關、武關、河西少梁三處，已經攔下了兩千餘人……」

「好好好！」不待蒙恬說完，嬴政連連拍案叫好。

「君上，」蒙恬又道，「我等原本商定，以軍糧養士，以軍吏之身護士，一月之後若不見逐客令廢除，扮作軍吏的六國士子們便得祕密放行。今日，君上既然決意廢除逐客令，臣請兼程趕回河東，一定軍心，二定士心！」

「蒙恬……」嬴政猛然拉住了蒙恬的手。

「君上，告辭！」蒙恬一拱手赳赳出廳，與來時頽勢天壤之別。

七、欲一中國者　海納為本

晚霞似火，沉沉暮靄中的函谷關吹起了悠揚的晚號。

垛口士兵的喝城聲長長迴盪在兩山之間：「落日關城嘍，行人車馬最後進出——」隨著晚號聲喝城聲，絡繹不絕的車馬行人滿載滿馱，猶如一道色彩斑斕的遊牧部族遷徙的大河，匆匆流出高大的石條門洞，絲毫沒有斷流的跡象。進入函谷關的車馬人流，卻是零零碎碎斷斷續續，還都是清一色的黑衣老秦人。這些老秦人黑著臉站在道邊，茫然地看著山東商旅們洶湧出關，沒有一個人說話，也沒有一個人試圖搶道進關。即使暮色降臨，老秦人們還是愣怔怔地打量著這不可思議的逃秦風景。

正在此時，城頭喝聲又起：「關門將落！未出城者留宿，雞鳴開城！」呼喝之間，懸吊的鐵門開始軋軋落下。正在此時，一個騎在高頭大馬上的紅衣商人高聲嚷了起來：「秦國好沒道理！又逐客又關城，還不許人走夜路了！我等不想住店，只要出關！」隨著紅衣商人的喊聲，人流紛紛呼喊只要出關，懸在半空的大鐵門竟無法切斷這洶湧呼喝的車馬人流。城頭一位帶劍都尉連連揮手，高聲大喊：「秦法嚴明！閉關有時！城下人流若不斷開，守軍得執法論罪！」

「秦法嚴明麼？老早的事了！」

「今日秦法嘛，也就那樣！」

隨著城下人流的呼喝嘲笑，都尉發怒了，一揮手，城頭淒厲的牛角號短促三響，立即便聞關外號聲遙相呼應。誰都知道，秦軍馬隊就要開來了。正在此時，一輛四馬軺車激盪著塵煙從關內如飛而來，殘陽下可見軺車金光閃耀，分明不是尋常官車。隨著煙塵激盪，遙遙傳來一聲尖亮的長呼：「王車出關，且莫關城——！」城頭都尉一揮手連聲斷喝：「城門吊起！行人閃開！王車放行！」片刻之間，四馬輜車衝到城下，馭手控轠緩車仰頭高聲：「河渠丞李斯可曾出關？」

城頭都尉一拱手：「查驗照身，李斯片時前出關。」

馭手一抖馬轠，四馬輜車從人流甬道中隆隆駛出關門。

一出關門，馭手尖亮的嗓音在車馬人流中蕩開：「河渠丞李斯，先生何在？」剛剛喊得兩三聲，道邊一個商人在車上遙遙揮手：「方才一個黑袍子上了山，馬在這裡。」馭手驅車過去一看，一匹紅馬正拴在道邊大樹下，馬鞍上搭著一個青布包袱。馭手跳下車，跑過來抓過包袱端詳，才翻弄得兩下，看見一個包袱角繡著「河渠署」三個黑字。馭手高興得一跺腳：「趙高沒白跑！」再不問人喊話，拔腿便往山上追去。

趙高正在十八九歲，非但年輕力壯，更有兩樣過人技能：一是駕車馴馬，二是輕身奔跑。知道趙高的幾個少年內侍都說，趙高是駕車比造父，腿腳過孟烏。造父是周穆王的王車馭手，馴馬駕車術震古鑠今；孟烏則是秦武王的兩個步戰大力士，一個叫孟賁，一個叫烏獲，兩人從不騎馬，每上戰場只一左一右在秦武王的駟馬戰車旁奔跑如飛，絕不會落下半步。若非如此兩能，年輕的秦王如何能派趙高駕著駟馬王車追趕李斯？此刻趙高提氣發力，避開迂迴山道，只從荊棘叢生的陡坡直衝山頂。片刻之間，趙高登頂，峰頭猶見落日，卻沒有一個人影。趙高喘息了幾聲，可力氣一聲尖亮的呼喊：「李斯先生，可在山上——」

「山頂，何人呼我？」山腰隱隱飄來喘噓噓的喊聲。

「萬歲！」趙高一聲歡呼，飛步衝下山來。

山腰一個小峰頭上，李斯正在凝望暮靄沉沉的大河平原。他要在這空曠冷清的高山上好好想想，究竟是回楚國還是去魏國齊國？〈諫逐客書〉送出去了，李斯胸中的憤激之情也過勁了。從咸陽一路東來，親眼見到山東商旅流水般離開秦國，李斯覺得怪誕極了，心緒也沮喪極了。若不是走走看看，還在函谷關內一家秦人老店吃了一頓蒸餅，與打尖的商人們打問了一些想早早知道的事，他早已經走遠了。

「先生！趙高拜見！」

李斯驀然回頭，見一個黝黑健壯的年輕人一躬到底尖嗓赳赳，這才相信方才的聲音不是幻覺。李斯猛然想起，秦王的近身內侍叫作趙高，心下不禁突然一跳，鎮靜心神一拱手高聲問：「在下正是李斯，敢問足下何事相尋？」

「趙高奉秦王之命，急召先生還國！」

「可有王書？」

「事體緊急，山下王車可證。」

「可是那輛青銅車蓋的四馬王車？」

「正是！」

「秦王看了李斯上書？」

「在下離開時，秦王只看了一半。秦王說，追到天邊，也要追回先生！」

「不說了。」李斯突然一揮手，「走！下山。」

趙高一拱手：「先生腳力太差，我背先生下山！」

李斯還沒顧得說話，趙高已經一蹲身將他背起，穩穩地飛步下山。因了背著李斯，趙高從早已被行人踩踏成形的山道奔下。山道雖迂迴得遠些，卻比荊棘叢莽的山坡好走得多，對於趙高幾是如履平地，儘管背著一個人也是輕盈快捷，不消頓飯辰光便到了山腳下。

「先生，這是王車！」趙高擦拭著額頭汗珠。

李斯下地，大為讚歎：「足下真猛士也，秦王得人哉！」

趙高謙恭一笑：「秦王得先生，才是得人！」

李斯沒有想到，一個被士子們看作粗鄙低下的年輕內侍，應答卻是這般得體，正要褒獎幾句，趙高已經大步過去，牽來了李斯紅馬。趙高將馬鞍上的青布包袱解下，放進王車車廂，又將紅馬拴在了車後，對著李斯利落一躬：「先生，請登車。」

李斯心頭一熱，便要跨步上車。

正在此際，一個紅衣商人突然衝過來，拉住李斯高聲嚷嚷：「先生分明山東人士，且說說這成何體統！王車能日落出城，我等為何不行？都說秦法嚴明，舉國一法，這是一法麼？分明兩法！欺侮山東人士不是！既然已經多開了半個時辰，為何不能教我等出城完了再關城！」隨著紅衣商人高聲大嚷，城外商人們也都紛紛聚攏過來，嚷嚷起來，非要教李斯給個評判不可。李斯已經聽得明白：函谷關城門都尉為了等候王車入城，沒有關城，商旅人流多出關了許多；如今城門都尉見王車準備進關，重新喝城，要真正閉關；許多商旅家族一半在關內，一半在關外，自然急得嚷嚷了起來；而此前趕來執法的秦軍鐵騎也是嚴陣以待，只待王車進城，便要拘拿這些敢於蔑視秦法的奸人。

嚷嚷之間，趙高已經急得火燒火燎，低聲罵一句鳥事，揚鞭便要驅車。

「兄弟且慢。」李斯對趙高一拱手，「大事。稍等片刻。」

此時天色已經暮黑，商旅們已經點起了火把，洶洶之勢分明是不惜與秦軍鐵騎對峙了。李斯已經斟酌清楚，轉身對著人群揮了揮手，高聲道：「在下李斯，原是秦國河渠丞，楚國人士，與諸位一樣，也在被逐之列！諸位見容，聽我說幾句公道話。」

「對！我等就是討個公道，不怕死！」紅衣商人大喊了一聲。

「死在函谷關也不怕！先生說！」商旅們跟著呼喝。

李斯一圈拱手，高聲道：「諸位久居秦國經商，該當知道秦法之嚴。函谷關守軍，只是執法行令，無權夜間開關城門。百年以來，都是如此，當年連孟嘗君都被擋在關外野營，我等有甚不解？諸位憤憤者，逐客令也！然則，諸位須知，怪誕之事，必不長久。在下明言，我李斯正是上書非議逐客令的。秦王看了我的〈諫逐客書〉，下令王車緊急前來接我回秦！在下今日只說一句：旬日之內，秦國必然廢除逐客令！諸位若信得李斯，還想在秦國經商，便在函谷關內外，住店等候幾日，不要走！咸陽，還是山東商旅的第一大市！」

「先生，此話當真？」火把人群一片嚷嚷。

「王車在此，當然當真！」趙高尖著嗓子喊了一聲。

紅衣商人大喊：「先生說得在理！我等住下來如何？」

「好！住下來！等！」

「不走了！沒出關才好！」

李斯也是一拱手：「齊國田氏，在下佩服，告辭！」

紅衣商人對李斯一拱手：「在下田橫，多謝先生指點！」

趙高一圈馬韁，駟馬王車從火把海洋中轔轔進關。關城鐵門隆隆落下，關內外卻沒有了憤怒吼喝之聲，倒是一片輕鬆笑聲在身後彌漫開來。一出函谷關內城，趙高說聲先生坐穩了，四條馬韁一抖，王車嘩啷啷飛上了官道，疾風般捲向西來。五更雞鳴時分，王車堪堪抵達咸陽王城。

啟明星在天邊閃爍，王城中一片漆黑，只有東偏殿的秦王書房閃爍著燈光。青銅軺車剛剛駛入車馬場停穩，便見一個高大的身影快步走了過來，遙遙一聲急促問話：「小高子，接到先生沒有？」趙高興奮得喊了聲：「接到了！」車上李斯早已經看見了嬴政身影，飛身下車，一陣快步迎了過來。

「先生！」

「君上……」

嬴政深深一躬：「若無先生上書，嬴政已成千古笑柄也！」

李斯也是深深一躬：「渭水泛舟夜談，臣未嘗一刻敢忘。臣若不知我王之志，何敢鼓勇上書？臣堅信，逐客令與我王大志不合，必是受人所惑。」

「先生此心，為何不在上書中寫明？」

「大法，未必上書。」

「先生教我。」

「欲一中國者，海納為本。」李斯一字一頓。

「得遇先生，方知天地之廣闊，治道之博大也！」默然良久，嬴政長吁了一聲。

「原是秦王明斷。」

「走！為先生接風洗塵。」

嬴政拉起李斯，大步走進了書房。

第二章　大決涇水

一、治旱大舉　綱在河渠

八月末，一場半鋤雨剛過，涇東渭北大大地熱鬧了起來。關中各縣的民眾絡繹不絕地開進了涇水瓠口，開進了涇水河谷，開進了渭北的高坡旱塬。從關中西部的涇水上游山地，直到東部洛水入渭的河口，東西綿延五百餘里，到處都是黑壓壓的帳篷，到處都是牛車人馬流動，到處都是彌漫的炊煙與飄舞的旗幟，活生生亙古未見的連綿軍營大戰場。老秦人都說，縱是當年的長平大戰百萬軍民出河東，也沒有今日這鋪排陣勢，新秦王當真厲害！新秦人則說，還是人家李斯的上書厲害，若是照行逐客令，連官署都空了，還能有這海的人手？老秦人說，秦王不廢除逐客令，他李斯還不是乾瞪眼？新秦人說，李斯乾瞪眼是乾瞪眼，可秦王更是乾瞪眼！不新不老的秦人們則說，窩裡鬥吵吵甚，李斯說得好，秦王斷得好，離開一個都不成！他不說他不聽，他說了他不聽，還不都是狼虎兩傷！於是眾人齊聲叫好喝采，高呼一聲萬歲，各個操起鐵鍬鑽錘，又鬧嚷嚷地忙活起來。

這片遼闊戰場的總部，設在涇水的咽喉地帶——瓠口。

瓠口幕府的兩個主事沒變，一個鄭國，一個李斯。所不同者，兩人的職掌有了變化。原先以河渠丞職務抓總的李斯仍然是河渠丞，沒變位列鄭國之後，只管徵發民力調集糧草修葺工具協理後勤等一應民政。原先只是總水工只管諸般工程事務的鄭國，變成了河渠令兼領總水工，掌印出令，歸總決斷一切有關河渠的事務。

這個重大的人事變化，李斯原本也沒有想到。

那一夜，李斯從函谷關被趙高接回，秦王嬴政在東偏殿為李斯舉行了隆重的接風小宴，除了長史王綰，沒有一個大臣在座。李斯沒有想到的是，一爵乾過，秦王便吩咐王綰錄寫王書，當場鄭重宣布：立即廢除逐客令，所有被逐官吏恢復原職，農工商各歸所居，因逐客令遷徙引發的財貨房產折損，一律由王城府庫折價賠償；此後，官府凡有卑視六國移民，輕慢入秦之客者，國法論罪！李斯原本已經想好了一篇再度說服秦王的說辭，畢竟，要將一件已經發出並付諸實施的王令廢除，是非常非常困難的，更不說這道逐客令有著那般深厚的「民意」支撐，年輕的秦王該需要多大的勇氣？如今秦王如此果決利落，詔書處置又是如此乾淨徹底，李斯一時心潮湧動，又生出了另外一種擔心——雷閃雷鳴，會不會使元老大臣們驟然轉不過彎來而生發新對抗，引起秦國動盪？嬴政見李斯沉吟，便問有何不妥？李斯吭哧吭哧一說，嬴政釋然一笑：「如此荒誕國策，舉國無人指斥，若再有人一意對抗，老秦人寧不知羞乎！」李斯感奮備至，呼哧喘息著沒了話說。更令李斯想不到的是，王書錄寫完畢，年輕的秦王又召來了太史令。鬚髮雪白的老太史一落座，嬴政站了起來：「老太史記事：秦王政十年秋，大索咸陽，逐六國之客，是為國恥，恆以為戒。」

「君上！丟城失地，方為國恥也！」老太史令昂昂亢聲。

嬴政額頭滲著亮晶晶汗珠：「驅士逐才，大失人心，更是國恥之尤。寫！」

那一刻，東偏殿安靜得了無聲息。王綰愣怔了，李斯愣怔了，連鬚髮顫抖的老太史令都愣怔得忘記了下筆。在秦國五百多年的歷史上，有過無數次的亂政誤國屈辱沉浮，只有秦孝公立過一次國恥刻石，可那是秦國丟失了整個河西高原與關中東部、六國卑秦不屑與之會盟的生死關頭。如今的秦國，土地已達五個方千里，人口逾千萬之眾，已經成為天下遙遙領先的超強大國，僅僅一道錯誤法令，便能說是國恥麼？然則仔細想來，秦王又沒錯。秦強之根基，在於真誠招攬能才而引出徹底變法，逐客令一反爭賢聚眾之道而自毀根基，何嘗不是國恥？「驅士逐才，大失人心，更是國恥之尤」，秦王說得不對麼？對極了！然則無論如何，大臣們對年輕的秦王如此自責，還是心有不忍的。畢竟，一個奮發有為的初政新君，將自己僅有的一次重大錯失明確記入青史，又明明白白定為「國恥」，這，即或是三皇五帝的聖賢君道，也是難以做到的。可是，天下人會如此想麼？後世會如此想麼？天下反秦者大有人在，秦國反新君者大有人在，安知此舉不會被別有用心者作為中傷之辭？不會使後世對秦國對秦王生出誤解與詬病？可是，這種種閃念，與秦王嬴政的知恥而後勇的作為相比，又顯得渺小蒼白，以至於當場無法啟齒。

大廳一陣默然。嬴政似乎完全明白三位大臣的心思，撇開王書國史不說，先自輕鬆轉開話題，一邊殷殷招呼李斯飲酒吃喝，一邊叩著書案：「先生已經回來，萬幸也！還得煩勞先生說說，如何收拾這個被嬴政踢踏得沒了頭緒的爛攤子？」年輕秦王的詼諧，使王綰李斯也輕鬆了起來。李斯大飲一爵，一拱手侃侃開說：「秦王明斷。目下秦國，確實頭緒繁多：河東有大戰，關內有大旱，官署不整順，民心不安穩，新人未大起，元老不厲害。總起來說，確是一個『亂』字。理亂之要，在於根本。目下秦國之根本，在於『水旱』二字。水旱不解，國無寧日，水旱但解，萬事可為！」

「先生是說，先上涇水河渠？」王綰一皺眉頭。

「生民萬物，命在水旱。治旱大舉，綱在河渠。」

嬴政當即決斷：「好！先決天時，再說人事。」

「重上涇水河渠，臣請起用鄭國。」李斯立即切入了正題。

嬴政恍然拍案：「呀！鄭國還在雲陽國獄……長史，下書放人！」

王綰一拱手：「是。臣即刻擬書。」

「不用了。」嬴政已經霍然起身，「先生可願同赴雲陽？」

李斯欣然離座：「王有此心，臣求之不得！」

君臣兩人車馬兼程，趕到雲陽國獄，天色已經暮黑了。

嬴政一見老獄令，開口便問鄭國如何？老獄令稟報說，鄭國不吃不喝只等死，撐不了三五日了。李斯連忙問，人還清醒麼？能說話麼？老獄令說，秦法有定，未決罪犯不能自裁，獄卒給他強灌過幾次湯水飯，人還是清醒的。嬴政二話不說，一揮手下令帶路。老獄令立即吩咐兩名獄吏打起火把，領道來到一間最角落的石窟。

冰冷的石板地上鋪著一張破爛的草席，一個鬚髮灰白的枯瘦老人面牆蜷臥著，沒有絲毫聲息。要不是身邊那支黝黑的探水鐵尺，李斯當真不敢斷定這是鄭國。見秦王目光詢問，李斯湊近，低聲說了四個字，一夜白髮！李斯記得很清楚，年輕的秦王猛然打了個寒顫。

「老哥哥，李斯看你來了，醒醒！」

「李斯？你也入獄了？」鄭國終於噝噝喘息著開口了。

「老哥哥，來，坐起來說話。」李斯小心翼翼地扶起了鄭國。

「李斯入獄，秦國完了，完了！」鄭國連連搖頭長歎。

「哪裡話？老哥哥看，秦王來了！」

鄭國木然抬頭：「你是，新秦王？」

年輕的秦王深深一躬：「嬴政錯令，先生受苦了。」

鄭國端詳一眼又搖頭一歎：「可惜人物也。」

「嬴政有失，先生教我。」

「秦王沒錯。老夫確是韓國間人。」鄭國冷冰冰點著鐵尺，「可老夫依然要說，你這個嬴政的襟懷，比那個呂不韋差之遠矣！當年，老夫見秦國無法聚集民力，疲秦之計無處著力，幾次要離開秦國，都是呂不韋軟硬兼施，死死留住了老夫。直到罷相離秦，呂不韋還給老夫帶來一句話：好自為之，罪亦可功。哼！老夫早已看穿，給秦國效力者，沒人善終。呂不韋不是第一個，老夫也不是第二個。說！要老夫如何個死法？」

李斯見鄭國全然一副將死口吻，將呂不韋與年輕的秦王一鍋煮，心知秦王必然難堪，諸多關節又一時無法說得清楚，便對秦王一拱手：「君上，我來說。」一撩長袍坐到草席上，「老哥哥，李斯知道，涇水河渠猶如磁鐵，已經吸住了你心。你開始為疲秦而來，一上河渠早忘了疲秦，只剩下一個天下第一水工的良知，引水解旱而救民！老哥哥當年說過，引涇河渠是天下第一大工程，比開鑿鴻溝難，比李冰的都江堰難，只要你親自完成，死不足惜！老兄弟今日只問你一句話：秦王復你原職，請你再上涇水河渠，老哥哥做不做？」

「然則，逐客令？」

「業已廢除！」

「老夫間人罪名？」

「據實不論！」

「你李斯說話算數？」

李斯驟然卡住，有秦王在，他不想回答這一問。

「先生聽嬴政一言。」年輕的秦王索性坐到了破爛的草席上，挺身肅然長跪（註：長跪，古人尊敬對方的一種坐姿：雙膝著地，臀部提起，身形挺直（正常坐姿為臀部壓在腳後跟）。此種長跪，多見《戰國策》、《史記》等史料中，後世多有人將長跪誤解為撲地叩頭的跪拜），「先生坦誠，嬴政亦無虛言。所謂間人之事，廷尉府已經查明：先生入秦十年，自上涇水河渠，與韓國密探、斥候、商社、使節從無往來信報，只醉心於河渠工地。就事實說，先生已經沒有了間人之行。若先生果真有間行，嬴政也不敢枉法。唯先生赤心敬事，坦誠磊落，嬴政敬重先生。先生若能不計嬴政荒疏褊狹，重上涇水，則秦國幸甚，嬴政幸甚！」

鄭國癡愣愣打量著年輕的秦王，良久默然。

李斯一拱手道：「君上，臣請將鄭國接回咸陽再議。」

嬴政霍然起身：「正是如此，先生養息好再說。來人，抬起先生。」

鄭國被連夜接回了咸陽，在太醫院專屬的驛館診治養息了半個月，身體精神好轉了許多。其間李斯來探視過幾次，鄭國始終都沒有說話。兩旬之日，秦王親自將鄭國接出了驛館，送到了親自選定的一座六進府邸，殷殷叮囑鄭國說，先生只安心養息，甚時健旺了想回韓國，秦國大禮相送，願留秦國治水，秦國決然不負先生。說完這番話，鄭國依舊默然，秦王也走了。李斯記得清楚，那日夜半，鄭國府邸的一個僕人請了他去。鄭國見了李斯，當頭便是一句：「老兄弟，明日上涇水！」李斯驚訝未及說話，鄭國又補了一句，「老夫只給你做副手，別人做河渠令不行，老夫不做窩囊水工。」

李斯高興非常，但對鄭國的只給他做副手的話卻不好應答。在秦國用人，可沒有山東六國那般私相意氣用事的。再說治水又不是統兵打仗，不若上將軍有不受君命之權。這是經濟實務，水工能挑選主管長官？但不管如何想法，李斯也不能當面掃興。於是李斯連夜進宮，稟報了秦王。依李斯判斷，秦王必定是毫不猶豫一句話：「鄭國如此說，便是如此！」畢竟，李斯原本便是河渠丞，秦王不需要任何斡旋即可定奪。

不想，秦王卻良久思忖著不說話。

李斯大感困惑，一時忐忑起來，秦王若是再度反悔，秦國可就當真要麻煩了。誰知年輕的秦王卻突然問了一句：「若是鄭國做河渠令，先生可願副之？」李斯完全沒有想到秦王會有如此想法，畢竟，河渠丞是他的第一個正式官職，

晉升河渠令水到渠成。此一改變，李斯一時還回不過神來。李斯正在愣怔，不想年輕的秦王又平靜地冒出一句：「廟堂格局要重來，先生暫且先將這件大事做完如何？」李斯何等機敏，頓時恍然自

責：「臣有計較之心，慚愧！」秦王哈哈大笑道：「功業之心，何愧之有！只要赤心謀國，該要官便要，怕甚！」說得李斯也呵呵笑了，一臉尷尬頓時煙消雲散。

那夜四更，年輕的秦王與李斯立即趕到了鄭國府邸，君臣三人直說到清晨卯時，方才將幾件大事定了下來。第一件，明確兩人職司的改變。鄭國起先不贊同，秦王李斯好一番折辯，才使鄭國點了頭。第二件，確定涇水河渠重開，需要多少民力？鄭國說，民力不是定數，需要多少，得看秦國所圖。若要十年完工，可依舊如文信侯之法，不疾不徐量力而行，三五萬民力足矣；若要盡快竣工，便得全程同時開工，至少得五六十萬民力。如何抉擇，只在秦王定奪。李斯深知河渠情形，自然完全贊同鄭國之說。但李斯不同於鄭國之處，在於李斯更明白秦國朝野情勢。要數十萬民力大上河渠，那可不是秦王一句話所能定奪的，得各方周旋而後決斷。所以，李斯只點頭，想先聽聽秦王的難處在哪裡，而後再相機謀劃對策。

不料，年輕的嬴政大手一揮，非常果決地說：「關中大旱，已成秦國最大禍患，涇水河渠不能拖！若有民力上百萬，一年能否完工放水？」李斯尚在驚愕，鄭國已點著探水鐵尺霍然起身：「引涇之難，只在瓠口開峽。老夫十年摸索，已經胸有成算。秦王果能徵發百萬民力，至多兩年，老夫便給秦國一條四百里長渠！」秦王回頭看著李斯：「徵發民力，河渠署可有難處？」李斯稍一思忖，奮然拱手答：「傾關中民力，徵發百萬尚可。」鄭國卻是連連搖頭歎息：「只怕難也！自大禹治水，幾千年老規矩，都是河渠引水庶民自帶口糧。目下正是大旱之後，民眾饑腸轆轆，哪裡還有餘糧出工？沒有糧食，有人等於沒人。民人餓著肚子上渠，上了也白搭，弄不好還要出亂子。」

鄭國幾句話，癥結驟然明確：涇水河渠能否大上，要害在於糧食。

嬴政目光一閃：「秦國官倉，幾多存糧？」

李斯皺著眉頭：「六大倉皆滿。可，秦法不濟貧，官糧濟工不合法。」

嬴政一陣焦灼地徘徊思忖，突然又問：「長平大戰之時，昭襄王大起關中河內百餘萬民力赴上黨助戰，如何解決口糧？」李斯說：「那是打仗，民力一律編作軍制，吃的是軍糧。」嬴政意味深長地一笑：「水旱兩急，誰說治水不是打仗？」李斯心頭一動，恍然拍掌：「君上是說，以軍制治水，以官倉出糧？」嬴政目光大亮：「對！只要揣摩個辦法出來，小朝會議決，教那些迂闊元老沒話說便是。」愁眉深鎖的鄭國頓時活泛起來，君臣三人交互補充，天亮時終於敲定了大計。

此時，廢除逐客令的特急王書已經飛到了秦國所有郡縣，也通過長駐咸陽的六國使節飛到了山東各國。老秦人仇視山東人士的風浪開始回落，移居秦國的新秦人，也不再惶惶謀劃離秦了。被河東秦軍祕密攔截下來的被逐官吏，也全部回到了原先官署，各個官署都開始重新運轉起來。朝野欣然，一時呼為「復政」。山東商旅與遊學士子，也陸續開始回車。尚商坊又開市了，學館酒肆又漸漸活過來了。只有嬴秦部族的一班元老舊臣還是滿腔憤激，天天守在王城洶洶請命，要秦王「維護成法，力行逐客令」！呼應者寥寥，嬴政也一時沒工夫周旋，這些老臣子們便日日聚在東偏殿外的柳林中，兀自嚷嚷請命不休。雖則如此，大局終是穩定了下來。

八月中，咸陽王城舉行了復政之後的第一次小朝會。

參與朝會者，除了任何朝會都不能缺席的廷尉府、國正監、長史，全是清一色的經濟大臣：大田令、太倉令、大內令、少內令、邦司空；還有次一級的經濟大吏：俑官、關市、工師、工室丞、工大人。除了經濟十署，新增鄭國、李斯兩名河渠官員。

清晨卯時，小朝會準時開始。嬴政一拍案，開宗明義說：「諸位，今日朝會，只決一事：如何重上涇水河渠，根治關中大旱威脅？各署有話但說，務必議出切實可行之策。否則，秦國危矣！」殿中一時肅然，面面相覷無人說話。過得片刻，首席經濟大臣大田令吭哧開口：「老臣，原本主張河渠下馬，民力回鄉搶挖毛渠。幾月大旱，老臣自覺毛渠無力抗旱，似，似乎還得上馬涇水河渠。只是，茲事體大，民人饑饉，老臣尚無對策。」大田令一說完，殿中哄嗡一片議論開來。與會者都是經濟官吏，誰都被這場持續大旱搞得狼狽不堪，已經深知其中利害，只礙著原先主張河渠下馬，一時不知道如何改口，故而難以啟齒。如今大田令率先改弦更張，經濟官員們心結打開，頓時活泛起來。沒說兩個回合，原先主張放棄涇水工程的老臣人人欣然改口，一口聲擁戴重新上馬涇水河渠。

李斯見情勢已到火候，便以河渠事務主管的身分，陳述了重上河渠工程的緩急兩種選擇。沒說一輪，經濟臣僚們又是異口同聲贊同「全力以赴，兩年完工」的急工方略。於是，要害關節迅速突出：糧食來路何在？

一說糧食，舉殿默然，看著老廷尉的黝黑鐵面，誰也不敢碰這個硬釘子。

年輕的秦王慨然拍案，一口氣毫無遮掩地說出了民工軍制、官倉出糧的應對之策，並特意申明，這是效法成例，並非壞秦法制。秦王說罷，舉殿目光一齊聚向老廷尉——這個只認律法不認人的老鐵面要是依法反對官倉出糧，只怕秦王也要退避三舍。嬴政卻誰也不看，一拍案點名，要老廷尉第一個說話。不想，老廷尉似乎已經成算在胸，站起身一拱手鏗鏘作答：「秦法根本，重農重戰。農事資戰，戰事護農，農戰本是一體。關中治水滅旱，民力以軍制出工河渠，一則為農，二則為戰，資以軍糧，不同於尋常開倉濟貧，臣以為符合秦法精要，可行也！」群臣尚在驚訝，國正監已經跟著起身，慨然附議：「聚國家之力，開倉治水滅旱，正是秦法之大德所在！老臣以為可行！」經濟大臣們見執法大臣、監察大臣這兩個執法門神如此說法，不待秦王詢問，便是同聲一應：「臣等贊同，軍糧治水！」嬴政沒有任何多餘話語，欣然點頭拍案，大計於是底定。各署振奮，當殿立即核定民力數額，議決開倉次序、車輛調集、各色工匠數目、工具修葺等諸般事項。

時到正午，一切已經就緒。

次日，秦王王書飛抵渭北各縣，整個關中立即沸騰起來。

開官倉治水，這步棋正中要害。其時正在大旱饑饉之後，庶民存糧十室九空。開官倉治水，無疑給了老百姓一條最好的出路。最要緊的一條，這次的民力徵發，破例地無分男女老幼。如此，庶民可舉家齊上工地，放開肚皮吃飯，豈非大大好事？其次，河渠出工又算作了每年必須應徵的徭役期限。而歷來的老規矩是：民眾得益的治水工程，從來不算在官定徭役之列。其三，這次河渠工程正在秋冬兩季，大體上不誤農時，民眾心裡也沒有牽掛。更有一層，秦國歷來將農事之功與戰功等同，庶民勞作出色者還能爭得個農爵，何樂而不為！如此等等，民力大上河渠，簡直好處多多。這還只是未來不受河渠益處的「義工縣」的民眾想法，若說受益縣的民眾，更是感奮有加，不知該如何對官府感恩戴德了。

唯其如此，秦國腹地的河渠潮驟然爆發。連職司徵發民力的李斯也沒有想到，原本謀劃的主要徵發區，只在涇水河渠受益的渭北各縣，對關中其餘各縣只是斟酌徵發義工，能來多少算多少。不想王書一發，整個秦川歡聲雷動，縣縣爭相大送民工，一營一營不亦樂乎。旬日之間，渭北塬坡便密匝匝紮下了一千多個營盤，一營一千人，整整一百多萬！如此猶未斷流，東西兩端十幾個縣的民工，還在潮水般湧來。不到一個月，整整一千六百多座民工營盤黑壓壓擺開，東西四百多里、南北橫寬幾十里的渭北塬坡，整個變成了汪洋人海。

面對洶洶人流，李斯原本要裁汰老弱，只留下精壯勞力。可鄭國一句話，使他心裡老大不是滋味，不得不作罷。鄭國板著黑臉說：「饑饉年景，你教那些老弱婦幼回去吃甚？年輕精壯都走了，老弱婦幼進山採獵走不動，還不得活活餓死？老夫看，只要河渠不出事，多幾個婦幼老弱吃飯，睜一眼閉一眼也就是了。」依著李斯對秦法的熟悉，深知鄭國這種憐憫之心是不允許的，既違「大仁不仁」之精義，又偏離秦法事功之宗旨，自己只要提出反對，秦王一定是會支持自己的。可是，鄭國說出的，卻是一個誰也無法迴避的嚴峻事實：如果因此而引起民眾騷亂，豈非一切都是白說？反覆思忖，李斯只有苦笑著點頭了。如此一來，老百姓便看作了「涇水工地啥人都要，來者不拒」，對官府感激得涕淚唏噓，處處一片震天動地的萬歲之聲。

也是秦國百年積累雄厚，僅僅是關中六座大倉打開，各色糧食便有百萬斛之多。無疑，如此巨額支撐河渠工程綽綽有餘。向河渠運送「軍糧」的大任，秦王交給了老國尉蒙武。蒙武調集了留守藍田大營的三萬步軍，組成了專門的輜重營，徵發關中各縣牛車馬車六萬餘輛，晝夜川流不息地向渭北輸送糧草。

至此，涇水瓠口驟然成了天下矚目之地。

李斯與鄭國，也驟然感到了無可名狀的強大壓力。

李斯的壓力，在於對全偏促境的洞察。秦國腹地的全部民力壓上涇水，意味著秦國沒有了任何迴旋餘地，只許成不許敗。河渠不成，則舉國癱瘓。當此之時，山東六國一旦聯兵攻秦，秦國連輸重民力都難以支應。這是最大的危險。為了防止這個最大的危險，年輕的秦王已經兼程趕赴河東大軍，與一班大將們商議去了。第二個危險，是工地本身。目下民心固然可貴，然則，如此龐大的人力緊密聚集在連綿工地，任何事端都有可能被無端放大。縣域偏見、部族偏見、家族偏見、里亭村落偏見以及各種仇恨恩怨，難免不藉機生發。但有騷亂械鬥或意外事件，縱然可依嚴明的秦法妥善處置，可只要延誤了河渠工期，便是任誰也無法承擔的罪責。鄭國雖是河渠令，可秦王顯然將掌控全局的重擔壓在了李斯肩上。事實上，要鄭國處置這些與軍政相關的全局事項，實在也非其所長，只能自己加倍小心了。好在李斯極富理事之能，看準了此等局面只有防患於未然，便帶著一個精幹的吏員班子日日巡視民工營地，事無大小一律當下解決，絕不累積火星。如此幾個月下來，李斯成了一個黝黑精瘦的人乾。

鄭國的壓力，在於河渠工程本身。

作為天下著名水工，鄭國面臨兩大難題：第一是如何鋪排龐大勞力，使引水瓠口與四百多里幹渠同時完工。第二，是如何最快攻克瓠口這個瓶頸峽谷。就實說，年輕秦王亙古未聞的決斷，確實激勵了鄭國，萬千秦人對治水治旱的熱切，也深深震撼了鄭國。治水一生，鄭國從來沒有夢想過有朝一日能率領一百六十餘萬之眾叱吒天下治水風雲。亙古以來，除了大禹治水，哪一代哪一國能有如此之大的氣魄？只有秦國！只有這個秦王嬴政！面對如此國家如此君王，鄭國實實在在地覺得，不做出治水史上的壯舉，自己這個老水工便要無地自容了。

還在民力開始徵發的時候，鄭國便生出了一個大膽的謀劃：若能在今年秋冬與來年春夏開通涇水河渠，趕在明年種麥之前放水解旱，方無愧於秦國，無愧於秦王。要得如此，便得將全部工程的全部難點事先理清，事先做好施工圖，否則，幾百名領工的大工師便無處著手。可是，四百多里大渠，有一百六十三座斗門、三十處渡槽、四十一段沙土管道，要全部預先成圖，卻是談何容易！然則，這還僅僅是伏案勞作之難。畢竟，十年反覆踏勘，鄭國對全部河渠的難點是心中有數的。

真正的難點，是引出涇水的三十里瓠口。這道瓠口，實際上是穿過一座青山的一道大峽谷。這座青山叫作中山，中山背後（西麓）是涇水，打通中山將涇水引出，再穿過這道峽谷，涇水便進入了幹渠。當初，鄭國在涇水踏勘三年，才選定了中山地段這個最近最難而又最理想的引水口，並給這道引水峽谷取了個極其象形的名字——瓠口。中山不高不險，卻是北方難覓的岩石山體，一旦鑿開成渠，堅固挺立不怕激流沖刷，渠首又容易控制水量，堪稱最佳引水口。十年之間，中山引水龍口已經鑿通，只有過水峽谷還沒有完全打通。這道峽谷，原有一條山溪流過，林木叢生，無數高大岩石巍巍巨象般矗立於峽谷正中，最是阻礙水流。而今要盡快開通峽谷，難點在一一鑿碎這些巨大的「石象」。若沒有一個碎石良策，只憑石匠們一錘一鑿地打，那可真是遙遙無期了。

李斯忙，鄭國忙，偌大一座幕府，整日只有幾個司馬坐鎮。

「老哥哥，事體如何？」深夜回營，李斯總要湊過來問一句。

「只要你老兄弟不出事，錯不了。」

「瓠口幾時能打通？」

「十月開打……」鄭國只要靠榻，准定呼嚕一聲睡了過去。

燭光之下，李斯驚訝地發現，鄭國的滿頭白髮沒有了，不，是白髮漸漸又變黑了！雖說黝黑枯瘦一臉風塵，可分明結實了年輕了許多。李斯感喟一陣，本想沐浴更衣之後再看看鄭國趕製出來的羊皮施工圖，可剛剛走到後帳入口，便一步軟倒在地呼嚕了過去。

二、雪原大險　瓠口奇觀

啟耕大典之後，年輕的秦王決意到涇水河渠親自看看。

自涇水河渠重新上馬，秋冬兩季，嬴政的王車一直晝夜不息地飛轉著。嬴政的行動人馬異常精幹：一個王綰，一個趙高，一支包括了三十名各署大吏、二十名飛騎信使的百人馬隊。王綰與他同乘駟馬王車，其餘人一律輕裝快馬，哪裡有事到哪裡，立即決事立下王書，之後風一般捲去。嬴政的想法與李斯不謀而合，涇水河渠一日不完工，便不能教一個火星在秦國燃燒起來。

嬴政的第一步，是化解山東六國的攻秦圖謀。逐客令之前，君臣們原本已經在藍田大營謀劃好了進兵方略。那時候的目標，是預防六國藉大旱饑饉趁亂攻秦。可大軍剛剛開出函谷關，卻突然生出了誰也無法預料的逐客令事件。逐客令一出，形勢立變。原本已經悄無聲息的山東六國頓時鼓噪起來，特使穿梭般往來密謀，要趁機重新發動六國合縱，其中主力便是實力最強的趙國與魏國。而此時的秦軍，則由於後方官署癱瘓，整個糧草輜重的輸送時斷時續不順暢，駐紮在函谷關外不動了。如今逐客令已經廢除，卻又出現了涇水河渠大上馬的新局面，糧草輸送依然不暢。當此之時，大軍究竟應該如何震懾山東，軍中大將們一時舉棋不定了。

年輕的秦王來到關外大營，與桓齮、王翦、蒙恬一班大將連續商討一晝夜，終於定出了對付山東六國的方略：兩路進兵，猛攻趙魏，使山東六國聯兵攻秦的密謀胎死腹中。最後，嬴政給了大將們一個最大的驚喜：三月之內，本王親自督導糧草！事實是，僅僅九、十兩個月，年輕的秦王便將大軍所需的半年糧草，全部運到了河東戰地。秦王的辦法是，從民力富裕的涇水河渠緊急調來二十萬民力，同樣的以軍糧撥付民工口糧，車拉擔挑晝夜運糧，硬是擠出了一個月時間。

軍糧妥當，嬴政立即馬不停蹄地巡視關中各縣。此時關中民力全部壓上涇水，縣城村落之中，除了病人與實在不能走動的老弱，真正是十室九空。當此之時，嬴政所要督察的只有兩件大事：第一件，各縣留守官吏是否及時足量地給留居老弱病人分發了河渠糧，各縣有無餓死人的惡政發生？第二件，留守縣尉是否謹慎巡查，有沒有流民盜寇趁機擄掠虛空村落的惡例？巡查之間，年輕的秦王接連得到河東戰報：王翦將兵猛攻魏國北部，連下鄴地（註：鄴，戰國魏地，西門豹曾為鄴城令治水，今河南省安陽境內）九城！桓齮、蒙恬將兵突襲趙國平陽（註：平陽，汾水西岸之趙國要塞，也是黃河東岸（河東）重鎮，今山西省臨汾市境內），一舉斬首趙軍十萬，擊殺大將扈輒！兩戰大捷，中原震撼，楚燕齊三國的援兵中途退回，韓國惶恐萬狀地收縮兵力，六國聯兵攻秦之謀業已煙消雲散。嬴政接報，立即下書將蒙恬調回鎮守咸陽，自己則帶著馬隊直奔了北方的九原。

冰天雪地之時巡視北部邊境，王綰是極力反對的。

王綰的理由只有一個：「此時要害在關中，北邊無事，輕車簡從馳驅千里，其間危險實在難料。」可年輕的秦王卻說：「河渠已經三月無事，足見李斯統眾有方。目下急務，恰恰是上郡九原。北邊不安，秦國何安？嬴政也是騎士，危險個甚來！」王綰大是不安，途中派出信使急告蒙恬，請蒙恬火速前來，務必勸阻秦王放棄北上。蒙恬接信，立即帶領一個百人飛騎馬隊晝夜兼程一路趕到北地郡，才追上了秦王馬隊。蒙恬只有一句話：「堅請秦王回咸陽鎮國，臣代秦王北上九原！」年輕的秦王一笑：「蒙恬，你只說，九原該不該去？匈奴的春季大掠該不該事先布防？」蒙恬斷然點頭：「該！臣熟知匈奴，老單于若探知關中忙於水利不能分身，完全有可能野心大發，若再與諸胡聯手，來春南下，便是大險。」嬴政聽罷，斷然一揮手：「好！那你便回去。對匈奴，我比你更熟！」說罷一跺腳，趙高駕馭的駟馬王車已嘩啷啷飛了出去。蒙恬王綰，誰都知道這個年輕秦王的強毅果決，事已至此，甚話都不能說了。蒙恬只有連夜再趕回去，王綰只有全副身心應對北巡了。

這一去，事情倒是順利。秦王將所有涉邊地方官全部召到九原郡，當場議定了糧草接應之法，下令北地郡：必須在開春之前，輸送一萬斛軍糧進入九原；又特許邊軍仿效趙國李牧之法，與胡人相互通商，自籌燕麥馬匹牛羊充作軍用。在一排大燎爐烤得熱烘烘的幕府大廳，嬴政拍案申明宗旨：「諸位，總歸一句話：邊軍糧草不濟，本王罪責！邊軍來春抗不住匈奴南下，邊軍罪責！何事不能決，當場說話！」大將們自然也知道秦國腹地吃緊，滿廳一聲昂昂老誓：「赳赳老秦，共赴國難！」五萬秦軍鐵騎，得知秦王親自主持九原朝會解決糧草輜重，又得知關中大上河渠，父老家人吃喝不愁，不禁大是振奮，因腹地大旱對軍心生出的種種滋擾，立即煙消雲散。

等到年輕的秦王離開九原南下時，秦軍將士已經是嗷嗷叫人人求戰了。

可是，回來的路上，卻出事了。

跟隨嬴政的馬隊，無論是五十名鐵鷹騎士，還是五十名大吏信使，一律是每人兩匹馬輪換。饒是如此，還是每每跟不上那輛颶風一般的駟馬王車。每到一處驛站，總有幾名騎士留下腳力不濟的疲馬，重新換上生力馬。可拉那輛王車的四匹馬，卻是千錘百煉相互配合得天衣無縫的雄駿名馬，換無可換，只有天天奔馳。雖然趙高是極其罕見的駕車馴馬良工，也不得不分外上心，一有空隙便小心翼翼地侍奉這四匹良馬，比誰都歇息得少。從九原回來的時候，少年英發的趙高已經乾瘦黝黑得成了鐵杆猴子。嬴政也知道王車駟馬無可替代，回程時吩咐下來：每日只行三百里，其餘時間一律宿營養馬。戰國長途行軍的常態是：步騎混編的大軍，日行八十里到一百里；單一騎兵，日行二百里到三百里。對於嬴政這支精悍得只有一百零三人的王車馬隊而言，只要不是地形異常，日行七八百里當是常態，如今日行三百里，實在是很輕鬆的了。

如此三五日，南下到關中北部的甘泉，一場鵝毛大雪紛紛揚揚飄了下來。

冬旱逢大雪，整個車馬隊高興得手舞足蹈，連喊秦王萬歲豐年萬歲。可是，大雪茫茫天地混沌，山間道路一抹平，沒有了一個坑坑窪窪，行軍便大大為難了。趙高嚇得不敢上路，力主雪停了再走。年輕的秦王哈哈大笑：「走！至多掉到雪窩子，怕甚？」王綰心知不能說服秦王，親自帶了十個精幹騎士在前邊探路，用乾枯的樹枝插出兩邊標誌，樹枝中間算是車道。如此行得一日，倒也平安無事。第二日上路，如法炮製。可誰也沒想到，正午時分，正在安然行進的青銅王車猛然一顛，車馬轟然下陷，正在呼嚕鼾睡的秦王猛然被顛出車外，重重摔在了大雪覆蓋的岩石上。趙高尖聲大叫，攏住受驚蹦跳嘶鳴不已的四匹名馬，一攤尿水已經流到了腳下。王綰聞聲飛撲過去，正要扶起秦王，一身鮮血的嬴政已經踉蹌著自己站了起來。

「看甚？沒事！收拾車馬。」嬴政笑著一揮手。

萬分驚愕的騎士們，這才清醒過來，除了給秦王處置傷口的隨行太醫，全部下馬奔過來搶救王車名馬。及至將積雪清開，所有騎士都倒吸了一口涼氣！原來，這是一段被山水衝垮的山道，兩邊堪堪過人，中間卻是一個深不見底的森森大洞。要不是這輛王車特別長大，車身又是青銅整體鑄造，車轅車尾車軸恰恰卡住了大洞四邊，整個王車無疑已經被地洞吞沒了。

趙高瞄得一眼，一句話沒說便軟倒了。

「天佑秦王！」
「秦王萬歲！」
馬隊騎士們熱淚縱橫地呼喊著，齊刷刷跪在了嬴政面前。
年輕的秦王走過來，打量著風雪呼嘯翻飛的路洞，揶揄地笑了：「上天也是，不想教嬴政死，嚇人做甚？將我的小高子連尿都嚇出來了，真是！」
「君上！」瑟瑟顫抖的趙高，終於一聲哭喊了出來。
「又不怨你，哭甚！起來上路。」
「君上，不能走！」
「小高子！怕死？」
「馬驚歇三日。再走，小高子背君上！」
「你這小子，誰說坐車了？」
「君上有傷，不坐車不能走啊！」
嬴政臉色頓時一沉：「老秦人誰不打仗誰不負傷，我有傷便不能走路？」
王綰過來低聲勸阻：「君上，北巡已經完畢，沒有急事，還是謹慎為是。」
嬴政沉著臉：「誰說沒有急事？」
趙高知道不能改變秦王，挺身站起大步過來，一弓腰要背嬴政上身。嬴政勃然變色，一把推開趙高，馬鞭一揮斷然下令：「全都牽馬步行，日行八十里。走！」王綰趙高還在愣怔，嬴政已經拽起一根插在雪地中的枯枝，探著雪地逕自大步去了。
正月末，秦王馬隊穿過一個又一個冷清清沒有了社火的村莊，艱難地進入了關中。蒙恬得報迎來的那個晚上，嬴政終於病倒了。回到咸陽，太醫令帶著三名老太醫，給嬴政做了仔細診治，斷定外傷無事，因劇烈碰撞而淤積體內的淤血，卻需要緩慢舒散。老太醫說，要不是厚雪裹著山石，肋骨沒有損傷，這一撞便是大險了。如此一來，整整一個月，嬴政日日都被太醫盯著服藥，雖說也沒誤每日處置公文，卻不能四處走動，煩躁鬱悶得見了老太醫與藥盅便是臉色陰沉。此刻，嬴政最大的心事是涇水河渠的進境，雖然明知李斯不報便是順利，始終是憂心忡忡，輕鬆不起來。畢竟，他從來沒有上過涇水，這道被鄭國李斯以及所有經濟大臣看作秦國富裕根基的河渠，究竟有多大鋪排？修成後能有多大效益？他始終沒有一個眼見的底子，不親自踏勘，總覺心下不實。按照李斯原先的謀劃，秦王要務是穩定大局，至於河渠，只要在行水大典時駕臨便行了，其餘時日無須巡視。嬴政知道，李斯之所以不要他巡視河渠，也是一片苦心。一則是李斯體察他太忙，不想使他憂心河渠；二則是他要去巡視，便會有諸多額外的鋪排滋擾，反倒對工期不利。

可是，反覆思忖，嬴政還是下了決斷：行水大典之前，一定要去涇水。

三月初的啟耕大典一過，嬴政立即祕密下令：輕車簡從，直奔涇水河渠。王綰操持行程，要派出快馬信使知會李斯。嬴政卻說，不用驚動任何人，碰上碰不上聽其自然，要緊的是自家看。王綰一思忖，此行在秦國腹地，各方容易照應，也不再堅持。調集好經常跟隨巡視的原班人馬，王綰將行期定在了三月初九北上。臨行之時，嬴政還是嫌人馬太多太招搖，下令只要王綰趙高並五名鐵鷹騎士跟隨，不乘王車，全部騎馬。王綰心下忐忑，卻不能執拗，只好叮囑一名留下的騎士飛報咸陽令蒙恬相機接應，這才匆忙上馬去追秦王一行。

清晨，八騎小馬隊出了咸陽北門。一上北阪，放馬飛馳大約半個多時辰，便看見了清亮澄澈的滔滔涇水。順著涇水河道向西北上游走馬前行，一個多時辰後，涇水的塬坡河段便告完結，進入了蒼蒼莽莽的山林上游。王綰指點說，涇水東岸矗立的那一道青山便是中山，中山東麓是瓠口工地。山林河谷崎嶇難行，嬴政吩咐留下馬匹由一名騎士照看，其餘六人跟他徒步上山。

嬴政此來早有準備，一身騎士軟甲，一口精鐵長劍，一根特製馬鞭，沒有穿招人耳目又容易牽絆腳步的斗篷，幾乎與同行騎士沒有顯然區別。一路上山，長劍撥打荊棘灌木尋路，馬鞭時而甩上樹幹借借力，不用趙高搭手，走得輕捷利落。片刻上到半山，林木中現出一大片帳篷營地，飄著幾面黑乎乎髒兮兮的旗幟，空蕩蕩難覓人影。穿營走得一段，才見五七個老人在幾座土灶前忙碌造飯，林中彌漫出陣陣煙霧，有一股嗆人的奇特味道。王綰過去向一個老人詢問。老人說，這裡是瓠口山背後，上到山頂便能下到瓠口峽谷；營地是陳倉縣的一個千人營，活計是留守照應早已經打通的引水口；煙霧麼？你上去一看自然知道，當下說不清。老人呵呵笑得一陣，自顧忙碌去了。

「怪！酸兮兮煙沉沉，釀酒麼！」趙高嚷嚷著。

「走！上去看。」嬴政大步上山。

到得山頂，眼前頓時另一番景象。左手一片被亂石圈起的山林，裡面顯然是已經打開而暫時處於封閉狀態的引水口；東面峽谷熱氣騰騰白煙陣陣，間或還有衝天大火翻騰跳躍在煙氣之中，撲鼻的酸灰味比方才在半山濃烈了許多。煙霧彌漫的峽谷中，響徹著叮噹錘鑿與連綿激昂的號子，一時根本無法猜測這道峽谷裡究竟發生著何等事情？王綰打量著生疏的山地說：「要清楚瓠口工地，找個河渠吏領道最好。君上稍待，我去找人，不告知李斯便是。」嬴政一擺手：「不要。又不是三山五岳，還能迷路不成？往下走走，自家看最好。」

突然，山腰飛出一陣高亢的山歌，穿雲破霧繚繞峽谷：

涇水長，涇水清　我有涇水出隴東
益水空流千百年　茫茫鹽鹼白毛風
大哉秦王一聲令　鄭國開渠瓠口成

灌我良田滿我倉　富民富國萬世名

「好歌！」王綰不禁一聲讚歎。

嬴政目光大亮，沒有說話，逕自匆匆下山。走得大約一箭之地，便見半山一棵煙霧繚繞的大樹，樹下站著一個鬚髮雪白的老人，一個黝黑秀美的村姑，老少兩人正指點著峽谷高聲笑談，快活得世外仙人一般。嬴政大步走過去，一拱手問：「方才可是這位小姊姊唱歌？」村姑回身一陣咯咯笑聲：「對呀，唱得不好麼？」嬴政說：「好！是小姊編的歌麼？」村姑又是咯咯笑聲：「我管唱。編詞爺爺管。」鬚髮雪白的老人呵呵一笑：「將軍，老夫也不是亂編，是工地老哥哥們一堆兒湊的。實在說，都是老百姓心裡話。」嬴政連連點頭：「那是了，否則他們能教你唱？」老人欣然點頭：「將軍明白人也！」嬴政笑問：「唱歌也算出工麼？」老人感慨地說：「將軍不知，我爺孫原是石工。唱歌，只是歇工時希圖個熱鬧。偏偏湊巧，李斯大人天天巡視工地，有一回聽見了我孫女唱歌，大是誇獎，硬是將我爺孫從工營裡掰了出來，專門編歌唱歌，說是教大家聽個興頭，長個精神！」嬴政大笑：「好！李斯有辦法，老人家小姊姊都有功勞。」

老人突然一指峽谷：「將軍快看，要破最後三柱石了！」

村姑一拉嬴政：「將軍過來，這裡看得最清。爺爺，自個小心。」

「好！我也見識一番。」嬴政大步跟著村姑，走到了崖畔大樹下。

老人感喟地一笑：「將軍眼福也！若不是今日來，只怕你今輩子也看不上這等奇觀。」

嬴政與村姑站腳處，正是大樹下一塊懸空伸出的鷹嘴石。嬴政粗粗估摸，距谷底大約兩箭之地。雖有陣陣煙霧繚繞，鳥瞰峽谷也還算清楚。從高處看去，一條寬闊的溝道已在峽谷中開出，雪白雪白，恍如煙霧青山中一道雪谷。溝道中段，卻矗立著灰禿禿三座巨石，如三頭青灰大象巍巍然蹲踞。

此時，一群赤膊壯漢正不斷地向巨石四周搬運著粗大的樹幹與粗大的劈柴。不消片刻，赤膊壯漢們已經圍著巨石壘成了三座高大的柴山。柴山堆成，便有三隊壯漢各提大肚陶罐穿梭上前，向柴山潑出一罐罐黑亮黑亮的汁液。嬴政知道，這一定是秦國上郡特有的猛火油（註：猛火油，先秦石油稱謂。戰國時，秦國上郡高奴〔今延安地區〕出產天然石油，天下僅見），但卻不明白，澆上猛火油如何能碎了這巨大的「石象」？

「舉火——」溝道邊高臺上一聲長喝。

隨著喝令聲，高臺下一陣戰鼓聲大起，一隊赤膊壯漢各舉粗大的猛火油火把包圍了柴山。再一陣鼓聲，赤膊壯漢們的猛火油火把整齊三分：一片拋上柴山頂，一片塞入柴山底，一片插進柴山腹，快捷利落得與戰陣軍士一般無二。突然之間，大火轟然而起，紅光煙霧直衝山腰。山嘴岩石上，嬴政與小村姑都是一陣猛烈咳嗽。峽谷中烈火熊熊濃煙滾滾，大火整整燃燒了半個時辰。及至大火熄滅，厚厚的柴灰滑落，溝道中的三座青色巨石倏忽變成了三座通紅透亮的火山，壯觀絢爛得教人驚歎。

「激醋——」溝道高臺上，一聲沙啞吼喝響徹峽谷。

「最後通關，河渠令親自號令！」村姑高興得叫了起來。

嬴政凝神看去，只見溝道中急速推出了十幾架雲車，分別包圍了三座火山；每架雲車迅速爬上了一隊赤膊壯漢，在車梯各層站定；與此同時，車下早已排好了十幾隊赤膊壯漢，一只陶桶陶罐飛一般從壯漢們手中掠過，流水般遞上雲車；雲車頂端的幾名壯漢吼喝聲聲，將送來的陶罐高高舉起，連綿不斷的金黃醋流凌空潑上赤紅透亮的火山；驟然之間，濃濃白煙直衝高天，白煙中一陣霹靂炸響，直是驚雷陣陣；霹靂炸響一起，雲車上下的壯漢們立即整齊一律地舉起一道盾牌，抵擋著不斷迸出的片片火石，隊伍卻是絲毫不亂；漸漸地白煙散去，紅亮的巨石竟變成了雪白的山丘！

「大木碎石——」

隨著高臺上一聲喝令，幾十支壯漢大隊轟隆隆擁來，各抬一根粗大的滲水濕木，齊聲喊著震天的號子，步兵衝城一般撲向溝道中心，一齊猛烈撞擊雪白的山丘。不消十幾撞，雪白的山頭轟然坍塌，一片白塵煙霧頃刻彌漫了整個河谷。隨著白霧騰起的，是峽谷中震耳欲聾的歡呼聲浪。山腰的小村姑高興得大呼小叫手舞足蹈，只在嬴政身上連連捶打。嬴政不斷挨著小村姑的拳頭，臉上笑得不亦樂乎。

「清理河道——」

隨著溝道紅旗擺動，喝令聲又起。峽谷中的赤膊壯漢們全部撤出，溝道中卻擁來大片黑壓壓人群，個個一身濕淋淋滴水的皮衣皮褲，一隊隊走向坍塌的白山。峽谷中處處響徹著工頭們的呼喊：「搬石裝車！小心燙傷！」

山腰的嬴政興奮不已，索性坐在樹下與老人攀談起來。

老人說，秦王眼毒，看準了鄭國這個神工！要不，涇水河渠三大難，任誰也沒辦法。嬴政問，甚叫三大難？老人說，當年李冰修都江堰，從秦國腹地選調了一大批工匠，其中便有老夫。老夫略懂治水，今日也高興，便給將軍擺擺這引涇三難。老人說，第一難在選準引水口。千里涇水在關中的流程，統共也就四百多里，在中山東面便併入了渭水。尋常水工選引水口，一定選那易於開鑿的土塬地段，一圖個水量大，二圖個容易施工；可是果真那樣辦，修成了也是三五年渠口便壞，實在是一條廢渠。李冰是天下大水工，都江堰第一好，選地選得好。鄭國選這引涇水口，比李冰選都江堰還難，整整踏勘了三年，才選定了這座天造地設的中山！中山是石山，激流再沖刷也不會垮塌走形，一道三尺厚的鐵板在龍口一卡，想要多大水便是多大水；更有一樣好處，又隱祕又堅固，但有一營士兵守護，誰想壞了龍口，只怕連地方都找不到，縱然找到了地方，也很難摸上來，你說神不神？神！第二難，打通瓠口。將軍也看了瓠口開石，這火燒、醋激、木撞的三連環之法，當真比公輸般還神乎其技！更有一絕，由此得來大量的白石灰，還是亙古未聞的上好泥料，加進麻絲細沙砌起磚石，結實得泡在水裡都不怕！你說神不神？神！第三難，便是那四百多里幹渠了。開渠不難，難在過沙地、筑斗門、架渡槽、防滲漏、灌鹽鹼這五大關口。此中訣竅多多，老夫也絮叨不來了，有朝一日，將軍自己請教河渠令便了。

一番敘說，嬴政聽得感喟不已。

直到逐客令廢除，決意重上涇水河渠之時，嬴政內心都一直認定：涇水工程之所以十年無功，除了民力不足，一定是與呂不韋及鄭國之間的種種糾葛有關。聽老人說了這些難處，嬴政才驀然悟到，這十年之期，原本便是該當的醞釀摸索之期，若沒有這十年預備，他縱然能派出一百多萬民力，只怕涇水河渠也未必能如此快速地變成天下佳水。

「老人家，你說這大渠幾時能完工啊？」嬴政高興得呵呵直笑。

「指定九月之前！」老人一拍胸脯，自信的神色彷彿自己便是河渠令。

「老人家，這涇水河渠，叫個甚名字好啊？」

「不用想，鄭國渠！老百姓早這樣叫了。」

嬴政大笑：「好好好！大功勒名，鄭國渠！」

說話之間，暮色降臨。王綰過來低聲說，最好在河渠令幕府歇息一夜，明日再走。嬴政站起來一甩馬鞭，不用，立即出山。轉身又吩咐趙高，將隨行所帶的牛肉鍋盔，全部給老人與小姊姊留下。老人與小村姑剛要推辭，趙高已經麻利地將兩個大皮囊擱在了老人面前，說聲老人家不客氣，便一溜快步地追趕嬴政去了。老人村姑感慨唏噓不已，一直追到山頭，殷殷看著嬴政一行的背影消逝在茫茫山林。

三、法不可棄　民不可傷

嬴政一行出得中山背後的民工營地，正遇兼程趕來的蒙恬馬隊。嬴政沒有多說，一揮手吩咐出山，連夜回到了咸陽。一進書房迴廊，嬴政撂下馬鞭一陣快捷利落地吩咐：「長史立即召大田令太倉令前來議事。蒙恬不用走，留下參酌。小高子快馬趕赴涇水河渠，討李斯一句回話：今夏賦稅，該當如何處置？我去冷水沖洗一下，片刻來書房。蒙恬等我。」

一連串說完，嬴政的身影已經拐過了通向浴房的長廊。

蒙恬獨坐書房，看著侍女煮茶，心頭總是一動一動地跳。

在秦國朝野的目光中，王翦、蒙恬、王綰、李斯是年輕秦王的四根支柱，其中尤以蒙恬被朝野視為秦王腹心。王翦是顯然的上將軍人選，被秦王尊以師禮，是新朝骨幹無疑。可王翦稟性厚重，又有三分恬淡，加以常在軍營，所以很少與聞某些特異的機密大事。朝野看去，王翦便多了幾分外臣意味。王綰執掌王室事務，是國君政務行止的直接操持者，自然也是最多與聞機密的樞要大臣。可是，王綰長於理事，見識謀略稍遜一籌，對秦王的實際影響力不大。更有一樣，王綰執掌過於近王，有些特異的大事反倒不便出面，其斡旋伸展之力，自然要差得些許。李斯出類拔萃，可新入秦國不久，又兼曾經是呂不韋門客舍人，正在奮力任事的淘洗之中，堪托重任而決斷長策，一時卻不太適宜與聞機密。只有蒙恬，論根基論才學論見識論膽魄論文武兼備，樣樣出色。甚至論功勞，目下的蒙恬也是以「急國難，息內亂」為朝野矚目。而這兩樣，恰恰都是邦國危難的特異時刻的特異大事，事事密謀，處處歷險，必得堪托生死者方得共事。譬如消解呂不韋權力這樣的特異大事，誰都不好對呂不韋公然發難，只有蒙恬可擔此重任。更有一處別人無法比擬，蒙恬是秦王嬴政的少年摯友，兩小無猜，互相欣賞互相激勵，說是心貼心也不為過。年輕的秦王見事極快，決事做事雷厲風行，自然便有著才士不可避免的暴躁激烈。可是，秦王從來不屈士，對才學見識之士的尊崇朝野有目共睹。只有對蒙恬，秦王可以不高興便有臉色，時不時還罵兩句粗話。當然，蒙恬也不會因為年輕秦王的臉色好壞而改變自己的見解，該爭者蒙恬照爭，該說者蒙恬照說。因由只有一個，自從蒙恬在大父蒙驁的病榻前自承「決意與他相始終」的那一日起，蒙恬的命運，甚至整個蒙氏家族的命運，便與嬴政的命運永遠地不可分割地連在了一起。但遇大事，蒙恬不能違心，不能誤事。

今日，蒙恬卻犯難了。

賦稅之事，是邦國第一要務。秦王方從涇水歸來，一身風塵便提起此事，分明是秦王對今歲賦稅刻刻在心。秦王在涇水不見李斯，回來後卻立即派趙高飛馬討李斯主意，除了不想干擾正在緊急關頭的李斯，分明是秦王對今歲的賦稅如何處置，心下尚沒有定見。那麼，蒙恬有定見麼？也沒有。蒙恬只明白一點，今歲賦稅處置不當，秦國很可能發生真正的動盪，涇水河渠工程中途瓦解也未可知。

今歲賦稅之特異，在於三處。

一則，荒年無收，秦國腹地庶民事實上無法完賦完稅。二則，秦法不救災，自然也不會在災年免除賦稅；以往些小零碎天災，庶民以賦（工役）頂稅，法令也是許可的；然則，今次天下跨年大旱，整個秦川與河西高原的北地、上郡幾十個縣都是幾乎顆粒無收，庶民百餘萬已經大上涇水河渠，賦役頂稅也在事實上成為不可能；也就是說，秦國法令所允許的消解荒年賦稅的辦法，已經沒有了，除非再破秦法。三則，中原魏趙韓也是大旱跨年，三國早早都在去冬已經下令免除了今歲賦稅，之後都洶洶然看著秦國；而秦國，在開春之後還沒有關於今歲賦稅的王令，對國人，對天下，分明都頗顯難堪。

三難歸一，軸心在秦法與實情大勢的衝突。也就是說，要免除賦稅，得再破秦法；不免除賦稅，又違背民情大勢；而這兩者，又恰恰都是不能違背的要害所在。更有一層，年輕的秦王嬴政與一班新銳幹員，其立足之政略根基，正是堅持秦法而否定呂不韋的寬刑緩政。要免除賦稅，豈不恰恰證明了《呂氏春秋》作為秦國政略長策的合理性？豈不恰恰證明了呂不韋寬政緩刑的必要性？假如秦王嬴政與一班新銳幹員自己證明了這一點，先前問罪呂不韋的種種雄辯之辭，豈非荒誕之極？用老秦人的結實話說，自己扇自己耳巴子！可是，不這樣做而執意堅守秦法，庶民洶洶，天下洶洶，秦王新政豈不是流於泡影？六國若藉秦人怨聲載道而打起弔民伐罪的旗號，重新合縱攻秦，秦國豈不大險？縱然老秦人寬厚守法，不怨不亂，可秦王嬴政與一班新銳未出函谷關便狠狠跌得一跤，剛剛立起的威望瞬息一落千丈，秦王新政舉步維艱，秦國再度大出豈不是天下笑柄？

……

「蒙恬，想甚入神？」嬴政裹著大袍散著濕漉漉的長髮走進書房。

「難！天下事，無出此難也！」蒙恬喟然一歎。

「天下事易，我等何用？」嬴政端起大碗溫茶一口氣咕咚咚飲下，大袖一抹嘴笑了。

「君上，你有對策了？」

「目下沒有，總歸會有。」

「等於沒說。」蒙恬嘟囔一句。

一陣急促的腳步聲從外廊傳來，嬴政一揮手：「坐了，先聽聽兩老令說法。」

兩人堪堪就座，王綰與大田令太倉令三人已經走進。兩大臣見禮入座，王綰隨即在專門錄寫君臣議事的固定大案前就座，嬴政叩著書案說了一句：「賦稅之事，兩老令思忖得如何？」兩位老臣臉憋得通紅，幾乎是同時歎息一聲，卻都是一臉欲言又止的神色。嬴政目光炯炯，臉上卻微微一笑：「左右為難，死局，是麼？」大田令是經濟大臣之首，不說話不可能，在太倉令之後說話便顯然地有失擔待，片刻喘息，終於一拱手道：「老臣啟稟君上，今歲賦稅實在難以定策。就實而論，上年連旱夏秋冬，擔水車水搶種之粟、稷、黍、菽，出苗不到一尺，十有八九旱死。池陂老渠邊的農田稼禾，雖撐到了秋收，也乾癟可憐得緊。從高說，有十幾個縣年景差強兩成，其餘遠水各縣，年景全無。若說賦稅，顯然無由徵收。老臣思慮再三，唯一之法是免賦免稅……賦稅定策，原本老臣與太倉令職責所在，本該早有對策。然則，此間牽涉國法，老臣等雖也曾反覆商討，終未形成共識，亦不敢報王。猶疑蹉跎至今，老臣慚愧也！」嬴政笑了：「謀事敬事，何愧之有？」隨即目光轉向太倉令。太倉令素來木訥，言語簡約，此時更顯滯澀，一拱手一字一字地說：「賦稅該免，又不能免。難。秦國倉廩，原本殷實。涇水河渠開工，關中大倉源源輸糧，庫存業已大減，撐持一年，尚可。明年若不大熟，軍糧官糧，皆難。」

「老太倉是說，秦國所有存糧只夠一年？」蒙恬追了一句。

「民工一百六十餘萬大吃倉儲，自古未嘗聞也！」

「明年若不豐收，倉儲可保幾多軍糧？」蒙恬又追了一句。

「至多供得十萬人馬。」太倉令臉色又黑又紅。

「郡縣倉儲如何，邊軍糧草能否保障？」

「秦國儲糧，八成關中。關中空倉，郡倉縣倉都是杯水車薪。」

蒙恬一時默然，顯然，太倉令所說的倉儲情勢他沒有料到。果然明年軍糧告急，那秦國可真是陷進泥潭的戰車了。要不要立即將此事知會桓齕王翦，以期未雨綢繆，蒙恬一時拿捏不準。此時，嬴政拍案開口：「先不說軍糧官糧，大田令只說，明年果真還是荒旱之年，王室禁苑連同秦川全部山林，能否保得關中秦人採摘狩獵度過荒年？」大田令道：「去歲大旱，關中秦人全力抗旱搶種，入冬又大上河渠，秦國民眾沒有進山討食，只有山東流民入秦進山，關中山林倒是沒有多大折損，野菜野果還算豐茂。然則，秦法不救災，災年歷來不開王室禁苑……」嬴政似乎有些不耐，插話打斷：「老令只說，若是開放禁苑，可否保關中度荒？」大田令思忖道：「若是開放王室禁苑，大體可度荒年。」嬴政一拍案：「這就是說，老天縱然再旱一年，老秦人也不至於死絕！」

偌大書房，一時肅然。

寡言木訥的太倉令破例開口：「老臣以為，目下秦國之財力物力存糧，尚有周旋餘地。所以左右為難者，法令相左之故也。老臣斗膽，敢請秦王召廷尉、國正監等執法六署會議，於法令斟酌權變之策。法令但順，經濟各署救災救荒，方能放開手腳。」

大田令立即跟上：「老臣附議！」

蒙恬正在擔心秦王發作，不想嬴政卻叩著書案一笑：「也好，長史知會老廷尉，教他會同執法六署先行斟酌，但有方略，立即會議。」王綰答應一聲，立即快步走了出去。兩位老令見長史離座秦王無話，知道會議已罷，一拱手告辭去了。

蒙恬立即走到秦王案前，低聲道：「君上明知老廷尉等反對更法，何出此令？」

嬴政淡淡一笑：「秦國萬一絕路，安民大於奉法。」

「君上是說，秦法無助於國家災難？」蒙恬大為驚訝。

見蒙恬驚訝的神色，嬴政不禁哈哈大笑：「不是我說，是更法者說也！」

「那，君上信麼？」

「你個蒙恬，嬴政是信邪之輩？」年輕的秦王臉色很不好看。

「君上方才說，萬一絕路，安民大於奉法。」蒙恬只看著燈說話。

嬴政不耐地一擺手：「長策未出，不能先做萬一之想麼？」

「縱然萬一，也不能往更法路子上走。」

嬴政默然片刻，一聲喘息，終於冷靜地點點頭：「蒙恬，提醒得好。」

蒙恬轉過身來：「會議已罷，只待決斷，只怕沒有更好謀劃了。」

「不！一定會有。」

「君上是說，李斯？」

「對！李斯說法未到，便不能說沒有更好謀劃。」

「君上確信，李斯會有解難長策？」

「蒙恬，你疑李斯經緯之才？」

蒙恬默然，硬生生吞進了一句跳到口邊的話，以蒙恬之才而束手無策，王何堅信李斯？當然，蒙恬還有一句話，以秦王決事之快捷尚且猶疑不能拍案，李斯不可能提出恰當謀劃。然則，王者畢竟是最後決斷，有成算暫且壓下也未可知，此話終究不能說。嬴政見蒙恬神色有些古怪，不禁揶揄地一笑：「蒙恬啊，人各有能，李斯長策偉略之才，我等還得服氣也。」一句話說得蒙恬呵呵笑了：「服服服，我只是把不準說說而已。」秦王一陣笑聲：「好好好，估摸趙高天亮也就回來了，你回去歇息片刻，卯時再來。」

蒙恬不再說話，一拱手走了。

老內侍正好將食車推進書房旁廳。嬴政匆匆吃了一隻羊腿兩張鍋盔，喝了一盆胡地苜蓿湯，又進了書房正廳。暮色降臨，銅燈掌起，嬴政精神抖擻地坐在了堆滿文卷的書案前，提起蒙恬為他特製的狼毫大筆，展開一卷卷竹簡批點起來。嬴政早早給王綰立下了法度：每日公文分兩次抬進書房——白日午時一次，夜間子時末刻一次；無計多少，當日公文當日清，當夜一定全部批閱完畢；天亮時分，長史王綰一踏進書房，便可依照批示立即運轉國事。

去歲大旱以來，幾乎每件公文都是緊急事體。嬴政又變為隨時批閱，幾乎沒有片刻積壓，即或短期出巡，在王車上也照樣批閱文書。開春之後的公文，則大多涉及涇水河渠，不是各方重大消息，便是請示定奪的緊急事務。為求快捷，王綰將屬下專司傳送文書的謁者署緊急擴展，除了將十餘輛謁者傳車增加到三十輛，又專設了一支飛騎信使馬隊，凡緊急事務的公文，幾乎是從來不隔日隔夜便送達各方，沒有一件耽擱。而快速運轉的源頭，便在嬴政的這張碩大書案。批示不出來，國事節奏想快也是白搭。年輕的秦王親政兩年餘，這種快捷利落之風迅速激盪了秦國朝野，即便是最為遙遠的巴蜀兩郡，文書往返也絕不過月。關中內史署直轄的二十多個縣，更是文書早發晚回。秦國官員人人惕厲敬事，不敢絲毫懈怠。

咸陽箭樓四更刁斗打起，嬴政還沒有離開書房。王綰知道，不是文書沒批完，是趙高還沒有回來。依著日常法度，王綰在王書房掌燈半個時辰後便可回府歇息，其餘具體事務，由輪流當班的屬吏們處置。兩年多來，雖然王綰從來沒有按時出過王城，可也極少守到過四更之後。今日事情特異，王綰預料秦王定然要等李斯回話，隨後必然有緊急事務，所以王綰也守在外廳，一邊梳理文卷一邊留意書房內外動靜。

五更時分，夜色更見茫茫漆黑，料峭春風呼嘯著掠過王城峽谷，彌漫出一股顯然的塵土氣息。書房正廳隱隱傳來嬴政的一陣咳嗽聲，王綰不禁便是一聲歎息。山清水秀的秦川，被大旱與河渠折騰得煙塵漫天，也實在是曠古第一遭了。王綰輕輕咳嗽了幾聲，正要進書房勸說秦王歇息，便聞王城大道一陣馬蹄聲急雨般敲打逼近，連忙快步走出迴廊，遙遙急問一聲：「可是趙高？」

「長史是我！趙高！」馬蹄裹著嘶啞的聲音，從林蔭大道迎面撲來。

王綰大步下階：「馬給我，你先去書房，君上正等著。」

趙高撂下馬韁，飛步直奔王書房。

王綰吩咐一個當班屬吏將馬交給中車署，自己也匆匆進了書房。

「李斯上書。」嬴政對王綰輕聲一句，目光沒有離開那張羊皮紙。

趙高渾身泥土大汗淋漓，兀自挺身直立目光炯炯一副隨時待命模樣。王綰看得心下一熱，過來低聲一句：「趙高，先去歇息用飯，這裡有我。」趙高渾然無覺，只直挺挺石雕一般矗著，連一臉汗水也不擦一擦。片刻，嬴政抬頭：「小高子，沒你事了，歇息去。」趙高武士般嗨的一聲，大步赳赳出廳，步態身姿沒有絲毫疲憊之像。

「幹練如趙高者，難得也！」王綰不禁一聲讚歎。

「這是李斯之見，你看看如何？」嬴政將大羊皮紙一抖，遞了過來。

王綰飛快瀏覽，心下不禁猛然一震。李斯的上書顯然是急就章，羊皮紙上淤積一層擦也擦不掉的泥色汗水，字跡卻是一如既往的工穩蒼健，全篇只有短短幾行：「法不可棄，民不可傷。臣之謀劃：荒年賦稅不免不減，然則可緩；賦稅依數後移，郡縣記入民戶，許豐年補齊；日後操持之法，只在十六字：一歉二補，一荒三補，平年如常，豐年補稅。」

門外腳步急促，蒙恬匆匆走進：「君上，李斯回書如何？」

「自己看。」正在徘徊的嬴政淡淡一句。

「咸陽令如此快捷？」王綰有些驚訝，立即遞過那張大羊皮紙。

「我派衛士釘在宮門，趙高回來便立即報我。」蒙恬一邊說話，一邊飛快瀏覽。

「李斯謀劃如何？」嬴政轉悠過來。

「妙！絕！」蒙恬啪啪兩掌拍得山響。

「我等只在免、減兩字打轉，如何想不到個緩字？」王綰也笑了。

「是也！如此簡單，只要往前跨得一步……服！」蒙恬哈哈大笑。

嬴政沒有笑，拿過黑乎乎髒兮兮的羊皮紙，手指撣著紙角喟然一歎：「風塵荒野，長策立就，李斯之才，天賦經緯也！」見蒙恬王綰只是點頭，嬴政一笑，「天機一語道破，原本簡單。可便是這簡單一步，難倒多少英雄豪傑？不說了，來，先說說如何下這道王書？」三人圍著嬴政的大案就座，王綰先道：「李斯已經明白確定法程，若君上沒有異議，王書好擬。」嬴政微微搖頭：「不。這道王書非同尋常，不能只宣示個賦稅辦法。蒙恬，你先說說。」蒙恬盯著攤在青銅大案中央的那張黑乎乎髒兮兮的羊皮紙，一拱手肅然正色道：「以臣之見，這道王書當分三步：一、論治道，軸心是李斯的八個字，法不可棄，民不可傷，昭示秦法護民之大義，使朝野些許臣民的更法之心平息，使山東六國攻訐秦國法治的流言不攻自破！二、今歲賦稅的緩處之法；三、日後年景的賦稅處置之法，分歉年、平年、豐年三種情形，確定緩賦補齊之法。」王綰立即點頭：「若能如此，則這道王書可補秦法救災不周嚴之失，堪為長期法令。」嬴政點頭拍案：「好！王綰按此草書，午時會商，若無不當，立即頒行。」

「君上歇息，我留下與長史參酌。」

「不用。有你這個大才士矗在邊上，我反倒不自在。」王綰笑了。

嬴政站起一揮手：「咸陽事多，蒙恬趕緊回去，午時趕來便是。」

王綰也跟著站起：「君上也趕時歇息片刻，我到自己書房去。」

嬴政原本是要守在書房等王綰草書，可王綰卻不等他說話便大步匆匆去了。情知長史疼惜自己沒日沒夜，嬴政只有搖搖頭，硬生生憋住了喚回王綰的話語，跟著蒙恬的身影出了書房，向寢宮庭院大步趕去。

天色濛濛欲亮，浩浩春風又鼓蕩著黃塵彌漫了咸陽。

嬴政狠狠地對天吐了一口：「天！你能憋得再早三年，嬴政服你！」

四、天奪民生　寧不與上天一爭乎

二月中到三月初，是秦國啟耕大典的時日。啟耕大典，是一年開首的最重大典禮。定在哪一日，得由當年的氣候情形而定。但無論司天星官將啟耕大典選在哪一日，往年正月一過，事實上整個關中便甦醒了。楊柳新枝堪堪抽出，河冰堪堪化開，渭水兩岸的茫茫草灘堪堪泛綠，人們便紛紛出門，趁著啟耕大典前的旬日空閒踏青遊春。也許，恰恰是戰國之世的連綿大戰，使老秦人更為珍惜一生難得的幾個好春，反倒是將世事看開了。總歸是但逢春綠，國人必得縱情出遊，無論士農工商，無論貧富貴賤，都要在青山綠水間徜徉幾日。若恰逢暖春，原野冰開雪消，灞水兩岸的大片柳林吐出飛雪般飄飄柳絮，渭水兩岸的茫茫灘頭草長鶯飛，踏青遊春更成為秦川的一道時令形勝。水畔池畔山谷平川，但有一片青綠，必有幾頂白帳，炊煙裊裊，歌聲互答，活生生一片生命的歡樂。一群群的老秦人遙遙相望，頂著藍天白雲，踩著茸茸草地，敲打著瓦片陶罐木棒，彈撥著粗樸宏大的秦箏，可勁拍打著大腿，吼唱著隨時噴湧的大白話詞兒，激越蒼涼淋漓盡致。間有風流名士踏青，辭色歌聲俱各醉人，便會風一般流傳鄉野宮廷，迅速成為無數人傳唱的〈秦風〉。俄而暮色降臨，片片帳篷化為點點篝火，熱辣辣的情歌四野飄盪，少男少女以及那些一見傾心的對對相知，三三兩兩地追逐著嬉鬧著，消失在一片片樹林草地之中。篝火旁的老人們依舊會吼著唱著，為著意野合的少男少女們祝福，為亙古不能消磨的人倫情欲血脈傳承祝福。歲月悠悠，粗樸少文的老秦人，竟在最為挑剔的孔夫子筆端留下了十首傳之青史的〈秦風〉，留下了最為美麗動人的情歌，留下了最為激盪人心的戰歌，也留下了最為悲愴傷懷的輓歌。僅以數量說，已經與當時天下最號風流奔放的「桑間濮上」的〈衛風〉十首比肩了。不能不說，這是戰國文明的奇蹟之一。

然而，今歲春日這一切，都被漫天黃塵吞噬了。

老秦人沒有了踏青的興致，人人都鎖起了眉頭嘟嘟囔囔罵罵咧咧。去歲乾種下去的小麥大麥，疏疏落落地出了些青苗，而今非但沒有返青之象，反倒是一天天蔫蔫枯黃。曾經有過的兩三場雨，也是淺嘗輒止，每次都沒下過一鋤墒。鬚根三五尺的麥苗，在深旱的土地上無可奈何，只能不死不活地吊搭著。要不是年關時節的一場不大不小的雪，捂活了些許奄奄一息的麥苗，今歲麥收肯定是白地一片了。人說雪兆豐年，人說秦國水德，可啟耕大典之後，偏偏又是春旱。綿綿春雨沒有降臨，年年春末夏初幾乎必然要來的十數八日的老霖雨也沒有盼來。天上日日亮藍，地上日日灰黃。昔年春日青綠醉人的婀娜楊柳，變得蔫耷耷枯黃一片。天下旅人歎為觀止的灞柳風雪，也被漫天黃塵攪成了嗆人的土霧。秦川東西八百里，除了一片藍天乾淨得招人咒罵，連四季常青的松柏林都灰濛濛地失了本色。老秦人諺云：人是旱蟲生，喜乾不喜雨。可如今，誰也不說人是旱蟲了，都恨不得老天一陣陣霹靂大雨澆得三日不停，哪怕人畜在水裡撲騰，也強過這入骨三分的萬物大渴。眼看著三月四月將至，老秦人心下惶惶得厲害了。上茬這茬，兩料不收，下茬要再旱，涇水河渠秋種要再不能放水，秦國真的要遭大劫了。

人心惶惶之際，秦王兩道王書飛馳郡縣大張朝野。

老秦人又咬緊了牙關：「直娘賊！跟老天撐住死磕，誰怕誰！」

這兩道王書，非但大出秦人意料，更是大出山東六國意料，不能不使人刮目相看。第一道王書依法緩賦，許民在日後三個豐年內補齊賦稅，且明定日後賦稅法度：小歉平年補，大歉豐年補；開宗明義一句話：「法不可棄，民不可傷。」老秦人聽得分外感奮。這道王書抵達涇水河渠時，鄭國高興得一蹦老高，連連呼喝快馬分送各營立即宣讀。瓠口工地的萬餘民力密匝匝鋪滿峽谷，鄭國硬是要親自宣讀王書。當鄭國念誦完畢，嘶啞顫抖的聲音尚在山谷迴盪之際，深深峽谷與兩面山坡死死沉寂著。鄭國清楚地看見，他面前的一大片工匠都哭了。鄭國還沒來得及抹去老淚，震天動地的吼聲驟然爆發了：「秦王萬歲！官府萬歲！赳赳老秦，共赴國難！」鄭國老淚縱橫，連連對天長呼：「上天啊上天！如此秦王，如此秦人，寧不睜眼乎！」沒過片時，不知道哪裡的消息，整個一千多座營盤都風傳開來：緩賦對策，李斯所出！其時，李斯剛剛帶著一班精幹吏員飛馬趕回，要與鄭國緊急商議應對第二道王書。不想剛剛進入谷口幕府，李斯馬隊便被萬千民人工匠包圍，黑壓壓人群抹著淚水狂喊李斯萬歲，硬是將李斯連人帶馬抬了整整十里山道。及至鄭國見到李斯，黝黑乾瘦的李斯已經大汗淋漓地軟癱了。鄭國從馬上抱下李斯，李斯淚眼矇矓地砸出一句話：「秦人不負你我，你我何負秦人！」便昏了過去。

入夜李斯醒來，第一句話便是：「秦王要親上河渠，老令以為如何？」

這便是秦王嬴政的第二道王書：本王欲親上河渠，舉國大戰涇水。

鄭國這次沒有猶豫，探水鐵尺一點：「秦王善激發，河渠或能如期而成！」

李斯忽地翻身坐起：「秦王正等你我決斷，回書！」

兩人一湊，一封上書片刻擬就，幕府快馬信使立即星夜飛馳咸陽。

清晨，嬴政一進書房便看到了擺在案頭的鄭國李斯上書，瀏覽一罷，立即召來蒙恬與王綰共商。

嬴政第二道王書的本意，是安定民心之後親自上河渠督戰，舉國大決涇水河渠。王書宣示了秦王「或可親臨，大決水旱」的意願，卻沒有明確肯定是否真正親臨，當然，更沒有宣示具體行止。在朝野看來，這是秦王激勵民心的方略之一。畢竟，國家中樞在國都，國君顯示大決水旱的親戰壯志是必要的，但果真親臨一條河渠督工，從古到今沒有過，目下秦國處處吃緊，更是不可能的。因此，事實上無論是朝野臣民還是河渠工地，誰都沒有真正地認為秦王會親臨河渠。但是，真正的原因卻不是這般尋常推理，而是嬴政的方略權衡。

那日，會商王綰草擬的王書之後，嬴政便提出了親統河渠的想法。王綰明確反對，理由只有一個：「秦國裡外吃緊，必須秦王坐鎮咸陽，總攬全局。河渠固然要緊，李斯鄭國足當大任！」蒙恬沒有明確反對，提出的理由卻很實在：「君上幾次欲圖巡視河渠，李斯鄭國每每勸阻。因由只有一個：秦王親臨，必得鋪排巡視，民眾也希圖爭睹秦王風采，無論本意如何，都得影響施工。方今水旱情勢加劇，秦王親臨似無不可。然則，若能事先徵得李斯鄭國之見，再做最後決斷，則最好。」嬴政思忖片刻，立即拍案：「緩賦王書之後，立即加一道秦王特書，申明本王決意與國人同上涇水之心志。徵詢鄭國李斯之書，快馬立即發出。究竟如何上渠，而後再做決斷。」如是，才有了那兩道令國人感奮的王書。

今日上書打開，一張羊皮紙只有短短三五行：「臣鄭國李斯奏對：秦國旱情跨年，已成大險之象，秋種若無雨無水，則秦國不安矣！當此之時，解旱為大。秦王長決事，善激發，若能親統涇水，河渠民眾之士氣必能陡長。唯其如此，臣等建言，秦王若務實親臨，則事半功倍矣！」傳看罷羊皮紙上書，王綰只一句話：「鄭國李斯如此說，臣亦贊同。」蒙恬卻皺著眉頭搖著羊皮紙：「這『務實親臨』四個字，頗有含糊，卻是何意？」嬴政不禁哈哈大笑：「我說你個蒙恬也！人家李斯還給我留個面子，你裝甚糊塗？非得我當場明言，不鋪排不作勢！你才稱心？」蒙恬王綰一齊大笑：「君上明斷明斷，服氣！」

「服氣甚？今歲河渠不放水，嬴政縱然神仙，也只是個淡鳥！」嬴政笑罵一聲，離座站起一揮手，「李斯鄭國想甚，我明白。蒙恬，留鎮咸陽，會同老廷尉暫領政事。王綰，立即遴選行營人馬，務求精幹。三日之後，進駐涇水瓠口。」

「嗨！」王綰將軍領命般答應一聲，匆匆去了。

「蒙恬，愣怔甚來？」

「君上……蒙恬領政，不，不太妥當……」

「你說誰妥當？將王翦搬回來？」

「那，也不妥……臣請與李斯換位，李斯才堪大任！」

嬴政突然沉下臉來：「蒙恬，你想害李斯麼？」見蒙恬驚愕神色，嬴政一口氣侃侃直下，顯然早已思慮成熟，「鎮國領政，從來就不僅僅是才力之事。要根基，要人望，要文武兼備！李斯是楚人入秦，在秦國朝野眼中還沒淘洗乾淨，驟然留國領政，還不把人活活烤死！再說，留國領政，也就是穩住局面不出亂子，你蒙恬應付不來？換了李斯，大大屈才！河渠雖小，聚集民力一百餘萬，日每千頭萬緒，突發事件防不勝防。此等民治應變之才，不說你蒙恬，連我也一樣，還當真不如李斯！換位換位，你換了試試？」

「好好好，不換了！」

「擔著？」

蒙恬猛然挺身拱手：「赳赳老秦，共赴國難！」

「蒙恬！好兄弟！」嬴政大張雙臂，突然抱住了蒙恬。

蒙恬又突兀一句：「君上，蒙恬誤事，提頭來見！」

嬴政哈哈大笑：「那可不行！嬴政不能沒有蒙恬。」

次日，緊急朝會在咸陽宮東偏殿舉行。

嬴政就座，開宗明義：「今日只議一事。大旱業已兩年，秦國民生陷入絕境。本王決意親統河渠，決戰涇水，咸陽國事如何安置？都說話。」大臣們大覺突兀，殿中一時默然。終於，大田令鼓勇開口：「老臣以為，日前王書出秦王督渠之說，原是激勵朝野克旱之心，不可做實。諺云：國不可一日無君。秦國多逢大戰，孝公之後，歷代秦王尚無一人離國親征。今秦國無戰無危，秦王為一河渠離國親統，似有過甚，望王三思。」話音落點，大臣們紛紛附議，尤其是經濟十署，幾乎異口同聲地不贊同秦王親統河渠。

嬴政有些煩躁。他先行宣明決斷，便是不想就自己要不要親上河渠再爭，只想將蒙恬坐鎮攝政之事定下來，朝會便算結束。誰知一上來便繞在了這個根本上，還是沒有迴避得開。嬴政沉著臉正要說話，老廷尉開了口：「諸位議論，老夫以為沒有觸及根本。根本者何？秦國災情旱情也。秦王是否親統河渠，決於秦國災害深淺。今諸位不觸災情，一說國君不離都城之傳統，二說怕六國恥笑，三說無戰無危，言不及義也，不足為斷也。」老廷尉話音落點，大臣們哄嗡開來，眼見便要對著老廷尉發難了。論戰一開，定然又是難分難解。嬴政斷然拍案，話鋒直向一班經濟大臣：「大田令，你等執掌經濟民生，至今仍然以為國家危難只在外患麼？」殿中驟然安靜，大田令心有不甘地拱手一答：「啟稟秦王，當然還有內憂。」嬴政冷冷一笑：「內憂何指？」大田令一時愣怔：「啟稟君上，這，這內憂可有諸多方面，一句兩句，老臣無從說起。」嬴政拍案而起：「國家之憂患，根本在民生。千年萬年，無得例外。民生之憂患，根本在水旱。千年萬年，無得例外。大旱之前，不解憂國之本，情有可原。大旱兩年，諸位仍不識憂患之根本，以己之昏昏，焉能使人之昭昭！」

「天害人，不下雨，自古無對。」大田令憂心忡忡地嘟囔了一句。

「天害人，人等死？！」嬴政勃然變色。

經濟大臣們正附和著大田令搖頭歎息，被驟然怒喝震得一個激靈。

嬴政直挺挺矗在案前，鐵青著臉大手一揮：「本王如下決斷，不再朝議，立即施行：其一，本王行營立即駐蹕涇水工地，大決水旱，務必在夏種之前成渠放水；其二，咸陽令蒙恬會同老廷尉，留鎮咸陽，暫領政事；其三，經濟十署之大臣，留咸陽官署周旋郡縣春耕夏忙，經濟十署之掌事大吏，隨本王行營開赴涇水。」嬴政說完，凌厲的目光掃過大殿，雖說不再朝議，可還是顯然在目光詢問：誰有異議？

「赳赳老秦，共赴國難！」舉殿齊聲一吼。

見秦王振作決意，原先異議的大臣們人人羞愧尷尬。畢竟，無論大臣們如何以傳統路子設定秦王，對於如此一個不避危難而勇於決戰的國王，大臣們還是抱有深深敬意的。當秦王真正地拍案決斷之後，所有的猶豫所有的紛擾反而都煙消雲散了。大臣們肅然站起，齊齊一聲老誓，便鐵定地表明瞭追隨秦王的心志。王綰知道，秦王此刻尚未真正煩躁，連忙過來一拱手道：「君上且去早膳，臣等立即會商行營上渠事宜。」蒙恬與老廷尉也雙雙過來：「臣等立即與各署會商，安定咸陽與其餘郡縣。」王綰眼神一示意，大屏旁侍立的趙高立即過來，低聲敦請秦王早膳。嬴政沒有說話，沉著臉大步匆匆去了。蒙恬老廷尉一班人，挪到咸陽令官署會商去了。王綰與一班年輕的經濟大吏們，則留在了東偏殿會商。堪堪午時，一切籌劃就緒。大吏們匆匆散去，咸陽各官署立即全數轟隆隆動了起來。

次日清晨，秦王一道王書飛往關中各縣與涇水工地，簡短得如同軍令：

秦王政特書：連歲大旱，天奪民生，秦人圖存，寧不與上天一爭乎！今本王行營將駐蹕涇水，決意與萬千庶民戮力同心，苦戰鏖兵，務必使涇水在秋種之時灌我田土。舉凡秦國官民，當以大決國命之心，與上天一爭生路。河渠如戰，功同軍功晉爵，懈怠者以逃戰罪論處。秦國存亡，在此水旱一戰！

王書發下，舉國為之大振。非但關中各縣的剩餘民力紛紛趕赴涇水，連隴西、北地、巴蜀、三川等郡也紛紛請命，要輸送民力糧草援助秦川治水。嬴政將此類上書一律交由蒙恬與老廷尉處置，定下的回覆方略只是十二個字：各郡自安自治，關中民力足夠。咸陽政事一交，嬴政全副身心地扎到涇水工地去了。

三月中，秦王行營大舉駐蹕涇水瓠口。

黃塵飛揚得遮天蔽日的涇水工地，驟然間成了秦國朝野的聖地。行營紮定的當夜，嬴政沒見任何官員大吏，派出王綰去河渠幕府與李斯鄭國會商明日事宜，便提著一口長劍，帶著趙高，登上了瓠口東岸的山頂。此地正當中山最高峰，舉目望去，峽谷山塬燈火連綿，向南向東連天鋪去，風濤營濤混成春夜潮聲彌漫開來，恍如隆隆戰鼓激盪人心。若不是呼嘯彌漫的塵霧將這一切都變成了無邊無際的朦朧蒼茫，這遠遠大過任何軍營的連天燈海，直是亙古未有的壯闊夜景。

嬴政佇立山岡，靜靜凝望，幾乎半個時辰沒有任何聲息。

「君上？」趙高遠遠地輕輕一聲。

「小高子，眼前這陣勢，一夜能用多少燈油火把？」嬴政的聲音很平靜。

趙高暗自長吁一聲走到秦王側後：「君上，這小高子說不清楚。」

「咸陽書房的大銅人燈，一夜用幾多油？」

「這小高子知道。大燈一斤上下，小燈三五兩上下，風燈一個時辰二三兩。」

「王城一夜，用燈油多少？」

「小高子聽給事中說過，王城一夜，耗油兩千斤上下。」

「連綿千餘座營盤，頂得幾個王城？」

「這，這，大約總頂得十數八個了。」趙高額頭汗水涔涔滲出。

「估摸算算，河渠一夜，耗油多少？」

「君上，小高子笨算，大體，兩三萬斤上下。」

「一月多少？」

「君上，百萬斤上下。」

「一年多少？」

「君上，一千五六百萬斤上下。不對，過冬還要加。該是，兩千萬斤上下。」

「這些油從何處來，知道麼？」

「君上，除了牛油羊油豬油樹脂油，秦國還有高奴猛火油，不怕。」

嬴政再也沒有說話。趙高輕聲地喘息著，遠遠地直挺挺站著，當然絕不會饒舌多嘴。如此石雕般佇立，直到碩大的啟明星悄悄隱沒，嬴政還是石雕般佇立著。

「君上，黎明風疾……」

「回行營。」嬴政突然轉身，大步匆匆地下了山。

一進行營，趙高立即到庖廚喚來晨膳。嬴政呼嚕嚕喝下一鼎太醫特配的羊骨草藥湯，又咥下兩張厚鍋盔，臉色頓時紅潤冒汗，冰冷僵直的四肢也溫熱起來，站起正要出帳，王綰輕步走了進來。

「君上，一夜不眠，三日難補……」王綰打量著秦王。

「我又不是泥捏的，沒事。說，都行動沒有？」

「君上，各方人馬已經到齊，只地方改在了幕府。」

「噢？」

「行營轅門太小，幕府有半露天大帳。」

「好。走。」嬴政揮手舉步，已經將王綰撂在了身後三五步外。

五、碧藍的湖畔　搶工決水的烈焰轟然激發

首次涇水行營大會，嬴政要明確議定竣工放水期限。

依照初議，李斯鄭國力爭的期限是秋種成渠放水，距今大體還有五個月上下。果能如期完成，已經是令天下震驚了。可是，自從北地巡視歸來，眼見春旱又生，嬴政無論如何按捺不住那份焦慮。反覆思忖，他立即從涇水幕府調來了全部河渠文卷的副本，埋首書房孜孜揣摩。旬日之後，一個新的想法不期然生出——涇水工期，有望搶前！這個緊上加緊的想法，源於嬴政揣摩涇水文卷所得出的一個獨有判斷：涇水河渠之技術難點，已經全部攻克，鄭國與工師們畫出的全部施工圖精細入微，任誰也沒有擔心的理由；涇水河渠剩餘之難點，在施工，在依照這些成型工圖實地做工。也就是說，最難而又無法以約期限定的踏勘、材料、技術謀劃等等難題，已經被鄭國與一班工師在十年跌宕中全部消磨攻克了；如今涇水河渠的進展，全部取決於民力施工的快慢。果真如此，依著老秦人的苦戰死戰稟性，這工期，就不是沒有提前的可能。可是，嬴政有了如此評判，沒有透露給任何人。畢竟，李斯鄭國都是罕見大才，原定工期已經夠緊，更何況是否還有其他未知難點一時也不能確證，自己未曾親臨踏勘，便不能做最後判定；在舉國關注水旱的緊要關頭，王者貿然一言施壓催逼進度，是足以毀人毀事的。嬴政很清楚，若不實地決事，純粹以老秦人稟性為依據改變工期，在李斯鄭國看來定然是一時意氣，往下反而不好說了。嬴政反覆揣摩思忖，最後仍然確認自己的評判大體不差，這才有了「親統河渠，大決涇水，為秦人搶一料收成」的暗自謀劃。這則謀劃的實施方略是由微而著，逐步彰顯：先發王書，再溝通會商，再親上河渠；只有到了河渠工地，嬴政才能走出最後一步棋，最終議決涇水工期。

嬴政直覺地認定，夏種前成渠，有可能。

然則究竟如何，還得看今日的行營大會。

因為事關重大，嬴政昨日進入涇水的第一件事，便是派王綰與李斯鄭國會商今日行營大會如何開。嬴政只有一個要求：各縣、亭、鄉統領民工的「工將軍」全部與會。王綰知道，秦王不召見李斯鄭國而叫自己出面會商，為的是教李斯鄭國沒有顧忌，以常心對此事。唯其如此，王綰一進幕府就實話實說，將秦王對與會者的要求一說，便沒話了。王綰很清楚，有國王駕臨的朝會程序如何，完全不需要會商，要會商的實際只有這一件事。果然，鄭國李斯誰也沒說議事程序，便不約而同地皺起了眉頭。鄭國是驚訝：「河渠決事，歷來不涉民力。民力頭領兩百餘人，鬧哄哄能議事？只怕不中。」李斯片刻思忖，卻舒展起來，對鄭國一拱手道：「老令哥哥，此事中不中我看兩說。秦王既想教工將軍與會，必有所圖。左右對工期有利，無須憂慮。」鄭國連連搖頭：「有所圖？甚圖？秋種放水，工期已經緊巴緊。治水不是打仗，不能大呼隆，得有章法。老夫看，不中！」李斯呵呵一笑：「老令哥哥，你也曾說，秦王善激發。忘了？只要沒人動你施工圖，一切照你謀劃來，快不比慢好？怕他何來？」王綰連忙補上：「對對對！秦王就是想聽聽看看，施工法程絕不會觸動。」鄭國黑著臉轉了兩圈，嘟囔了一句：「善激發也不能大呼隆，添亂。」便不再執拗。李斯對王綰一點頭：「好了好了，其餘事我來處置。行營事多，長史回去便了。」王綰一走，李斯立即派出連串快馬傳令。趕天亮，散布在東西四百餘里營盤的民工頭目們，已經全部風塵僕僕地聚集到了涇水幕府。

嬴政第一次來涇水幕府，方進谷口，驚訝地站住了腳步。

天方麻麻亮。幕府所在的山凹一片幽暗，遊走甲士的火把星星點點。幕府前的黃土大場已經灑過了水，卻仍然彌漫著濛濛塵霧。場中張著一大片半露天的牛皮帳篷，帳下火把環繞，中間黑壓壓佇立著一排排與會工將軍。早春的料峭晨風啪啪吹打著他們沾滿泥土的襤褸衣衫，卻沒有一個人些微晃動，遠遠看去，恍如一排排流民乞丐化成的土俑。

年輕的秦王心頭猛然一熱，站在帳外深深一躬。

「秦王駕到——」王綰連忙破例，王未達帳口便長長一呼。

帳下土俑們呼啦轉頭，秦王萬歲的呼喊驟然爆發，小小山凹幾乎被掀翻了。

一般乾瘦黝黑的鄭國李斯匆匆迎出：「臣鄭國（李斯）參見秦王！」

嬴政只一點頭，一句話沒說大步赳赳進帳。

年輕的秦王堪堪在小小土臺站定，帳中便呼喊著參拜起來。匆忙聚集，李斯沒有來得及統一教習禮儀，這陣參見亂紛紛各顯本色。除了前排縣令頗為整齊，那些由亭長鄉長里長兼任的工將軍與純粹是精壯農夫的工將軍，紛紛依著自家認為該當的稱謂吼喝一聲，或躬身或拱手，有的還撲在地上不斷叩頭，帶著哭聲喊著拜見秦王。一陣亂象，看得鄭國直搖頭，低聲對旁邊李斯嘟囔一句：「這能議事？大呼隆。」李斯也低聲一句：「怪我也，忘記了教習禮儀。」年輕的秦王嬴政卻是分外激動，站在土臺上拱著手殷殷環視大帳一周，嘶啞著高聲一句：「父老兄弟們勞苦功高！都請入座。」

嬴政一句話落點，帳下又是一陣紛紜混亂。

李斯原以為此等大會不可能太長，於是設定：與會工將軍以縣為方隊站立，隊首是縣令，既容易區分又便於行動；除了秦王與鄭國王綰三張座案，舉帳沒有設座，所有與會者都站著說話。之所以如此，一則河渠幕府沒有那麼多座案，二則農夫工將軍們也不大習慣像朝臣一般說話間起坐自如，有座案反倒多了一層絆磕。所以，地上連草席也沒有。可秦王大禮相敬，呼工將軍們為父老兄弟且激賞一句勞苦功高，又請入座，慷慨恭敬使人感奮不已。商鞅變法以來，秦人最是看重國家給予的榮譽。秦王一禮，工將軍們頓時大感榮耀，人人只覺自己受到了秦王對待議事大臣一般的隆遇，安能不恭敬從命？想都不想，滿帳一陣感謝秦王的種種呼喊，人人一臉肅然，呼啦啦坐了下去，地上縱然插著刀子也顧不得了。春旱又風，地上灑水早已乾去，兩百餘人一齊坐地，立即黃土飛揚塵霧彌漫。可是，令人驚訝的是，整個大帳連同秦王在內，人人神色肅然，沒有一個人在塵霧飛散中生出一聲咳嗽。連尋常總是咳嗽氣喘的鄭國，也莊重地佇立著，連些許氣喘也沒有了。

「上茶！」李斯略一思忖，向帳外司馬一揮手。

這是李斯的精到處。土工又逢旱，人時時念叨的都是水。昨夜快馬一出，李斯派定幕府工役的活計便只有兩樁：一撥搭建半露天帳篷，一撥用粗茶梗大煮涼茶，將帳外八口大甕全部注滿。以李斯原本想法，涼茶主要用在會前會後兩頭。如今滿帳灰塵激盪，幾乎無法張口說話，李斯心思一動，便命立即上茶。及至大陶碗流水般擺好，工役們提著陶罐利落斟茶，工將軍們人人咕咚咚牛飲一陣，帳中塵土已經漸漸消散了。

嬴政始終站在土臺王案前，沒有入座，也沒有說話，掃視著一片衣衫髒污襤褸的工將軍們，牙關咬得鐵緊。年輕的秦王很清楚，依目下秦人的日子，不是穿不起整齊衣服，而是再好的衣服在日夜不休的土活中也會髒污不堪。雖然如此，嬴政還是不敢想像，所有的工將軍們會是如此絲絮襤褸泥土髒污。他至少知道，這些人都是吏身，在山東六國都是莊園成片車馬華貴衣飾錦繡的鄉間豪士，這些人能滾打成這般模樣，尋常民工之勞苦可想而知。果真如此，工期還能不能再搶，該不該再搶？

終於，帳中塵霧消散。

鄭國還是咳嗽了一聲才開口：「諸位，秦王親臨涇水，今日首次大會。老夫身為河渠令，原該司禮會議。然老夫不善此道，唯恐丟三落四，今日請河渠丞代老夫司禮會議。」短短幾句話說完，鄭國已經是滿臉脹紅額頭出汗了。

嬴政一擺手：「老令坐著聽便是，事有不妥，隨時說話。」

鄭國謝過秦王，又對李斯一拱手，便坐到了自己案前。

李斯跨前一步高聲道：「行營大會第一事，自西向東，各縣稟報工地進境。」

鄭國嘶啞地插了一句：「諸位務必據實說話，秋種之前完工，究竟有無成算？」

前排一個石墩子般的漢子挺身站起：「雲陽縣令稟報：瓠口工地定提前完工！」

王綰插進一句：「光縣令說不行，各縣工將軍須得明白說話。」

雲陽縣令一轉身未及開口，十幾個漢子刷地站起：「瓠口工地，兩月完工！」

又一粗壯漢子站起：「甘泉縣與雲陽縣共戰瓠口，兩月完工！」

縣令身後十幾個漢子站起齊聲一喊：「甘泉縣兩月完工！」

鄭國搖搖手：「瓠口開工早，不說。要緊是幹渠。」

話方落點，其餘縣令們紛紛高聲：「瓠口兩個月能完工，我縣再趕緊一些，兩個月也該當完工！」立即有人跟上道：「要能搶得夏種！脫幾層皮也值！」工將軍們立即一片呼喝，話語多有不同，其意完全一樣：跟上瓠口，加緊搶工，兩個月可能完工！一片昂昂議論，連稟報各縣施工情形也忘記了。鄭國完全沒有料到，本來是會議究竟能否確保秋種完工，如何竟突然扯到夏種完工？這是治水麼，兒戲！便在鄭國呼哧呼哧大喘著就要站起來發作時，李斯過來低聲一句：「老令哥哥莫急，我來說。」

不等鄭國點頭，李斯轉身一拱手高聲道：「諸位縣令，諸位工將軍，秦國以軍制治水，幕府便是軍帳，軍前無戲言。諸位昂昂生發，聲稱要趕上瓠口工期，搶在夏種完工，心中究竟有幾多實底？目下瓠口雖然打通，可四百多里幹渠才剛剛開始。河渠令與我謀劃的預定期限：瓠口掃尾之同時，九個月開通幹渠，三個月開通支渠毛渠，總共一年完工。如此之期，已經是兼程匆匆，史無前例。去歲深秋重上河渠，今歲深秋完工，恰恰一年。若要搶得夏種，在兩個多月內成渠放水，曠古奇聞！四百多里幹渠、三十多條支渠、幾百條毛渠，且不說斗門、渡槽、沙土渠還要精工細作，便是管道粗粗成型，也是比秦趙長城還要大的土方量。兩個多月，不吃不喝不睡，只怕也難！治水之要，首在精細施工。諸位，還是慎言為上。」

縣令工將軍們素來敬重李斯，大帳之下頓時沒了聲息。

李斯職任河渠丞，尚只是大吏之身，尋常但有鄭國在場，從不就工程總體說話。今日李斯一反常態，又是一臉肅殺，王綰便覺得有些蹊蹺。再看秦王，平靜地站著，平靜地看著，絲毫沒有說話的意思。

「老臣有話說。」鄭國黑著臉站了起來。

無論李斯如何眼神示意，鄭國只作渾然不見。

秦王慨然點頭：「老令有話，但說無妨。」

鄭國對秦王一拱手，轉身面對黑壓壓一片下屬，習慣性地抓起了那支探水鐵尺，走近那幅永遠立在幕府將臺上的涇水河渠大板圖，嘶啞的聲音昂昂迴盪：「李丞替老夫作黑臉，老夫心下不安。話還得老夫自己說，真正不贊同急就工的，是老夫，不是李丞。諸位且看，老夫來算個粗帳。」鄭國的探水鐵尺啪地打上板圖，「引水口與出水瓠口，要善後成型，工程不大，卻全是細活。全段三十六里，至少需要兩萬人力。四百六十三里幹渠，加三十六條支渠，再加三百多條毛渠，誰算過多長？整整三千七百餘里！目下能上渠之精壯勞力，以一百萬整數算，每一里河渠均平多少人？兩百多人而已！筑渠不是挖壁壘，開一條壕溝了事，渠身渠底都要做工，便是鐵人晝夜不歇，兩個多月都難！」探水鐵尺重重一敲，鄭國粗重地喘息了一聲，「河渠是泥土活，更是精細活。老夫還沒說那些斗門、渡槽與溝溝坎坎的工匠活。這些活路，處處急不得。風風火火一轟隆上，能修出個好渠來？不中！渠成之日，四處滲漏，八方決口，究竟是為民還是害民？老夫言盡於此，諸位各自思量。」

滿帳人眾你看我我看你，一時尷尬，誰也沒了話說。

亭鄉里的工將軍們顯然有所不服，可面對他們極為敬重的河渠令，也說不出自己心下不服的話來，只有脹紅著臉呼哧呼哧大喘氣。縣署大員們則是難堪憋悶，個個黑著臉皺眉不語。

事實上，這些統率民力上渠的縣署大員，大多是縣令、縣長，至少也是縣丞。秦法有定：萬戶以上的大縣，主官稱縣令；萬戶以下的小縣，主官稱縣長；縣令年俸六百石，縣長年俸五百石。六百石，歷來是戰國秦漢之世的一個大臣界標，六百石以上為大臣，六百石以下為常官。縣令爵同六百石大臣，只有戰國、秦帝國以及西漢初期如是。後世以降，縣令地位一代一代日見衰落。就秦國而言，秦統一之前縣的地位極其重要。秦孝公商鞅變法時，秦國全部四十一縣，只有一個鬆散的戎狄部族聚居的隴西稱作郡，事實上也不是轄縣郡。後來收復河西，秦國又有了北地郡、九原郡，郡轄縣的郡縣制才形成定制。但郡守的爵位，與縣令是一般高下。隨著秦國疆域的不斷擴張，郡漸漸增多，郡轄縣的法度徹底確立，郡守爵位才漸漸高於縣令爵位。但是，縣令縣長依然被朝野視作直接治民的關鍵大臣。秦昭王之世，關中設內史郡，統轄關中二十餘縣，郡守多由王族大臣擔任，縣令卻是清一色的能臣幹員，且歷來由秦王直接任命。猝遇曠古大旱，縣令縣長們親率本縣民力大上河渠。嬴政慮及縣令縣長地位赫赫，為了李斯鄭國方便管轄，以「軍制治水」為由，將縣令縣長們一律改作了「縣工將軍」。雖然如此，縣令縣長們事實上依然是大臣，哪一個都比李斯鄭國的爵位高。當此之時，李斯鄭國兩桶冷水當頭澆來，實在教這些已經被秦王王書激發起來的縣令縣長們難堪憋悶，想反駁又無處著力，只有黑著臉直愣愣坐著。

「老令啊，個個都是泥土人，能否找個地方見見水？」嬴政笑了。

鄭國還沒回過神，李斯已經一拱手接話：「瓠口試水佳地，最是提神！」

「對對對，那裡好水。」鄭國一遇自己轉不過彎，便只跟著李斯呼應。

嬴政一揮手：「好！老令說哪裡便哪裡。走！先洗泥再說話。」

一言落點，嬴政已經大步出帳。李斯對鄭國一個眼神，鄭國立即跟著王綰出帳領道。李斯對滿帳工將軍一拱手：「秦王著意為諸位洗塵，有說話時候，走！」帳中頓時一片恍然笑聲，呼啦啦跟著李斯出了大帳。

瓠口佳地，是一片清澈見底的湖泊。

這是中山引水口修成後試放涇水，在瓠口峽谷中積成的一片大水。因為是試水，引水口尚需不斷調整大小，峽谷兩岸與溝底也需多方勘驗，更兼下游幹渠尚未修成，這片大水便被一千軍士嚴密把守著兩端山口。否則，整日黑水汗流的民工們川流不息地湧來洗衣淨身，水量滲漏便無法測算。唯其不能涉足，河渠上下人等便呼這片大水為「老令禁池」。不說秦王嬴政與咸陽大臣，便是鏖戰河渠的一班縣令工將軍們也沒有來過。

一過幕府山頭，藍天下一片碧波蕩漾，松濤陣陣，谷風習習，與山外漫天黃塵全然兩個天地。工將軍們不禁連聲喊好。秦王卻看著鄭國一拱手：「老令據實說話，下水會否攪擾滲漏勘驗？」鄭國一拱手：「不會。軍士看守，那是怕口子一開萬千人眾擁來，踩踏得甚也看不得了。這點子人，沒事。」嬴政哈哈大笑，向工將軍們一揮手：「諸位都聽見了，老令發話沒事！都下水，去了一身臭汗再說！」

「秦王萬歲！」

縣令工將軍們一片雀躍歡呼，卻沒有一個人下水。

嬴政一揮手：「不會游水無妨，邊上洗洗也好！」

李斯過來低聲道：「君上，秦人敬水，再說還有君上在場……」

嬴政恍然，不待李斯說完便開始脫衣，斗篷丟開甲冑解去高冠撤下，三兩下便顯出貼身緊衣。王綰趙高見狀，情知不能阻攔，連忙也開始解帶脫衣。此時嬴政已經大步走向岸邊，揮手高聲喊著：「水為我用！用水敬水！都下！」幾句喊完，一縱身鑽進了水裡，碧藍的水面便漂起了一片白衣。趙高身手靈動，幾乎同時脫光衣服，一個猛子便扎到了嬴政身旁，還在水邊的王綰這才喘了一口氣。岸邊的縣令工將軍們一邊高聲喝采歡呼萬歲，一邊紛紛脫衣二話不說光身子噗嗵嗵入水。藍幽幽的峽谷湖泊中浪花翻飛，頓時熱鬧起來，岸上便有一陣牛角號悠揚響起。

岸邊李斯有些著急，走過來對鄭國低聲道：「老令，我去安置些會水軍士，以防萬一。」鄭國搖搖手：「不用。方才號聲已經安置妥當。守水一千軍士都會水，池中還有巡查水情的二十多隻小船。不會有事。」李斯大是驚訝：「一片廢水，老哥哥竟派二十多隻船巡查？」鄭國苦笑著搖頭：「這片池陂可不是廢水，是勘驗瓠口峽谷有無滲水暗洞的必須用水。若有一個暗洞，涇水再多也是枉然。放水積水以來，老夫一日三次來這裡探水，你說為甚？」李斯更是驚訝：「開鑿峽谷之時，我等會同工師備細踏勘過三遍，不是沒有發現暗洞麼？」鄭國喟然一歎：「這便是治水之難也！眼見不能信，踏勘也須得證實，只能試水知成敗。再高明的水工，無法預知九地之下也！」李斯一陣默然，又一聲感歎：「老哥哥如此扎實，李斯服膺！」鄭國低聲道：「給你老兄弟說，那李冰建造都江堰，開鑿分水峽谷時，放活水看漩渦，動輒便親自下水踏勘。後來自己游不動了，便教二郎親自下水。為甚來？還不是怕萬一誤事？都江堰修成，李冰已是多病纏身了……治水治水，水工操的那份心，世人難知也！」李斯一陣唏噓，突然低聲問：「老令哥哥，你說秦王中止會商，有甚想頭？」鄭國似有無奈地笑了笑：「不管如何想法說法，只要秦王神志清明，便能說理。」

李斯搖搖頭想說話，最終還是默然了。

約莫半個時辰，年輕的秦王上岸了，縣令工將軍們也陸陸續續地呼喝著爬了上來，人人精神抖擻，紛紛叫嚷泡餓了。李斯大步迎過來一拱手：「臣請君上先更衣，再用飯。」嬴政水淋淋地大手一揮：「好！諸位先換乾爽衣服，再咥飯，再說話。」極少見到秦王的亭長鄉長里長工將軍們分外痛快，入水出水，不管秦王說甚都是一聲萬歲喊起。目下又是一聲萬歲，呼啦啦散開換衣，歡暢得直跳腳。

李斯方才已經安排妥當，派幕府器械司馬帶一隊兵卒從工地倉庫搬來了兩百多件襯甲大布衫，一片擺開；再派軍務司馬置辦飯食，也搬來岸邊。君臣吏員們原本個個一身汗臭，湖中洗得清爽，脫下的衣甲再上身，定然是黏嗒嗒極是不適。雖然如此，畢竟泥土滾慣了，這些官吏們也沒指望換乾爽衣服。如今一見有粗布大衫，人人不亦樂乎，二話不說便人各一件裹住了身子，三三兩兩湊著圈子高聲呼喝談笑。堪堪此時，軍務司馬帶著一隊軍士運來了軍食老三吃：厚鍋盔、醬牛肉、藿菜羹。岸邊一聲秦王萬歲，頓時呼嚕吸溜聲大起，風捲殘雲般消滅了三五車鍋盔一兩車牛肉兩三車藿菜羹。

吃喝完畢，李斯過來一拱手：「啟稟君上，臣請繼續會商工期。」

「好。」年輕的秦王只一個字。

鄭國也是一拱手：「臣等已經直言，敢請秦王示下。」

「好。我便說說。」嬴政顯得分外隨和。

李斯一聲高呼：「諸位聚攏，各找坐地，聽王訓示！」

夕陽將落，秦國最重要的一次治水朝會，在參差的山石間開始了。

年輕的秦王與所有臣工一樣，一頭濕漉漉的散髮，一件寬大乾爽的粗布大袍，坐在一方光滑的巨型鵝卵石上，竭力輕鬆地開始說：「清晨會商，縣令工將軍們雖未稟報完畢，情形大體明白，秋種完工都有成算。河渠令丞也已據實陳明工地境況，以為不當搶工，最大擔憂，是急工毛糙，反受其害。本王教諸位換個地方說話，便是想諸位鬆下心，多些權衡，再來重新會商，當能更為清醒。」幾句開場白說完，場中已經一片肅然。年輕秦王舉重若輕的從容氣度，實在使所有臣工折服。不說別的，單是這行營大會僵局時的獨特折衝，你便不得不服。事實上，目下以如此奇特的大布裹身方式坐在曠野亂石上會商大事，所有人都有了一種心心相向的慷慨，恍然又回到老秦人遊牧西部草原時的簡樸實在，渾身熱血都在可著勁奔湧。

「雖則如此，本王還是要說一句：河渠雖難，工期還是有望搶前！」

嬴政激昂一句又突然停頓，炯炯目光掃過場中，裹著大布袍已經站了起來：「不是嬴政好大喜功，要執意改變河渠令丞原定工期。所以如此，大勢使然，河渠實情使然。先說河渠實情。鄭老令與李丞之言，自然有理。然其擔憂卻只有一個：怕毛糙趕工，毀了河渠！也就是說，只要能精準地依照老令法度圖樣施工，快不是不許，而是好事！河渠令、河渠丞，嬴政說得可對？」

鄭國李斯慨然拱手：「秦王明斷！」

「再說大勢。」嬴政臉色一沉，「去歲夏秋冬三季大旱，任誰也沒想到今年開春還會大旱。開春既旱，今歲夏田定然無收。一年有半，三料無收，關中庶民已經是十室九空。老天之事，料不定。天象家也說，三月之內無大雨。靠天，夏種已經無望。果真三料不收，兩年四料不收，秦國腹地何等景象，諸位可想而知。更有一則，本王派三川郡守翔實踏勘，回報情勢是：關外魏趙韓三國及楚國淮北之旱情，已見緩解，夏收至少可得六七成；夏種若再順當，山東六國便會度過饑荒，恢復國力。也就是說，秦國若今歲夏種無望，便會面臨極大危局。其時關中大饑，庶民難保不外逃。加之國倉屯糧已經被治水消耗大半，秦國倉儲已經難以維持一兩場大戰。屆時山東六國合縱攻秦，十之八九，秦國將面臨數百年最大的亡國危局……嬴政不通治水，然對軍國大勢還算明白。諸位但說，此其時也，秦國何以處之？」

夕陽銜山春風料峭，布衣散髮的臣工們卻一身燥熱，汗水涔涔而下。

雖然嬴政刻意說得淡緩，全然沒有尋常的凌厲語勢，但誰都聽得出，這是年輕秦王瀕臨絕境時的真正心聲。無論是經濟十署的大吏，還是縣令縣長縣丞與工將軍，誰都知道秦王說的是實匝匝真話，沒有半點矯飾，沒有絲毫誇大。「此其時也，秦國何以處之？」正是這淡然一問，工將軍們如坐針氈，鄭國李斯與縣令縣長們則如芒刺在背。假如說，此前與會者還都是就河渠說河渠，此刻卻是真正地理會到秦王以天下大勢說河渠，以邦國存亡說河渠，其焦慮與苦心絕不僅僅是一條涇水河渠了。

「臣啟我王。」下邽（註：下邽，戰國秦縣，今陝西渭南市地帶）縣令畢元倏地站了起來，一拱手聲如洪鐘，「天要秦人死，秦人偏不死！水旱奪路之戰，臣代受益二十三縣請命：我等各縣精壯民力，願結成決水輕兵，死戰幹渠！若工程毛糙不合老令法度，甘願以死謝罪！」

下邽是秦川東部大縣，受鹽鹼地危害最烈，對涇水河渠的期盼也最切，與涇陽、雲陽、櫟陽、高陵、驪邑、鄭縣等歷來被視為「急水二十三」，拚勁最足。在整個四百多里涇水工地，二十三縣營盤最是聲威顯赫。下邽縣令一起身，所有縣令縣長都瞪大了眼。

「輕兵（註：輕兵，秦軍敢死之師。其起源演變見第四部《陽謀春秋》）決水！死戰幹渠！」

二十三縣令齊刷刷起身，一聲吼。

「輕兵決水！死戰幹渠！」二十三縣工將軍們一齊站起，一聲吼。

「赳赳老秦，共赴國難！」所有縣令與工將軍們刷地起立，秦人老誓震盪河谷。

年輕的秦王站了起來，對著縣令工將軍們深深一躬：「國人死戰之心，嬴政心感之至。然則，治水畢竟不是打仗，我等須得議個法程出來，才能說得死戰。」

「秦王明斷！」眾人一聲吼。

嬴政走到鄭國李斯面前，又是深深一躬。李斯欲待要扶，見鄭國木樁一般矗著沒動，也只好難堪地受了秦王一拜。年輕的秦王渾然無覺，挺直身板看住了鄭國：「河渠令乃天下聞名水工，嬴政今日只有一句話：我雖急切，卻也不能要一條廢渠。河渠令儘管說工程難處，老秦人若不能克難克險，便是天意亡秦，夫復何言！」

「治水無虛言。目下最難，大匠乏人。要害工段無大匠，容易出事。」

嬴政一揮手：「長史，稟報預備諸事。」

王綰大步過來，一拱手高聲道：「稟報河渠令、河渠丞：日前，巴郡丞李湊從蜀郡還都述職，秦王特意徵詢李湊治水諸事，又令經濟十署會商並通令相關各方，為涇水河渠署預為謀劃了三件事：其一，當年參與都江堰工程的老工匠，無論人在巴蜀還是關中，一律召上涇水河渠統歸河渠署調遣；其二，咸陽營造工匠無分官營民營，一律赴河渠署聽候調遣；其三，藍田大營之各色工匠急赴涇水瓠口，悉數歸河渠署調遣。前述三方技能工匠，皆可依圖施工，粗計一千三百餘人。旬日之內，工匠可陸續到齊。」

「好！」縣令工將軍們齊聲吼了一句。

「老令，夠不夠？」嬴政低聲問了一句。

「君上，」鄭國粗重喘息著，「李三郎還都了？」

「對。我向他借糧，他問我要錢。」

「李三郎能否不走？」

「河渠令何意？」

「呀！秦王當真不知麼？」鄭國有些著急，「李冰這個三公子，工技之能比那個二郎還強，只是水中本事不如二郎，若有李三郎幫襯老夫，大料工程無差！」

「好！只要前輩張口，我對李滰說。」

「天也！王怕老夫容不得三郎？」

「水家多規矩，我得小心也。」年輕的秦王笑了。

李斯一步過來：「君上，鄭老令最是服膺李冰父子了。」

「好！天意也。」嬴政雙手猛然一拍，「李滰何在？」

「臣在！」白花花人群中，一個粗布短衫的黝黑漢子大步走了過來。

「你是，三郎……」鄭國愣怔地端詳著。

「鄭伯不識我，我卻見過鄭伯。」黝黑漢子對著鄭國深深一躬。

「噢？你見過老夫？」

「三郎五歲那年，鄭伯入蜀，在岷江岸邊揮著探水鐵尺與家父嚷嚷。」

「啊！想起來也！小子果然少年才俊，好記性！」

「鄭伯，家父彌留之際還在念叨你。他說，身後水家勝我者，唯鄭國也。」

「李冰老哥哥，鄭國慚愧也！」驟然之間，鄭國兩行老淚奪眶而出，「目下秦王也在，這話能說了。當年老夫入蜀，本來是助你老父修造都江堰去的。不期韓王派密使急急追到老夫，指斥老夫不救韓國反助秦國，是叛邦滅族之罪。也是老夫對秦韓內情渾然不知，只知報國為大，便有意與你父爭執分水走向，以『工見不同，無以合力』為由頭，回了韓國。而今想來，一場噩夢也……」

「老令無須自責。」嬴政高聲道，「我看諸子百家，水農醫三家最具天下胸襟。李冰、鄭國、許行、扁鵲，哪一個不是追著災害走列國，何方有難居何方！與公等如此胸襟相比，嬴政的逐客令才是笑柄！秦國朝野，永為鑒戒。」

「秦王，言重也！」鄭國悚然動容了。

「老伯，」黝黑精瘦的李溴連忙變回了話題，「秦王要我一起來看看涇水河渠，我便跟了來。晚輩已經看過了中山引水口與三十里瓠口，其選址之妙，施工之精，教人至為感歎。三郎恭賀鄭伯成不世之功，涇水河渠，天下第一渠也！」

「涇水河渠規制小，不如都江堰。」鄭國連連搖頭。

「不！都江堰治澇，涇水河渠治旱，功效不同，不能比大小。」

「好！不說了。」鄭國轉身一拱手，「君上，有三郎襄助，或可與上天一爭。」

「老令萬歲！」滿場一聲高呼，精神陡然振作。

嬴政對著鄭國深深一躬：「老令一言，政沒齒不忘。」轉身對臣工人群一揮手，「大決涇水，夏種成渠，可有異議？」

「沒有——！」所有人都可著牛勁吼出一聲。

「好！河渠搶工，要在統籌。本王決意重新整納河渠人事，以利號令統一。」

「臣等無異議！」

「長史宣書。」

王綰踏上一方大石，展開一卷竹簡高聲念誦：「秦王特書：河渠事急，重新整納職事如左：其一，擢升河渠丞李斯為客卿，總攬軍民各方，統籌決戰涇水；其二，鄭國仍領河渠令官署，總掌涇水河渠施工；其三，擢升李湊為中大夫兼領河渠丞，襄助河渠署一應事務；其四，擢升下邽縣令畢元為內史郡郡守，統領關中民力決戰四百里幹渠！本王行營駐蹕瓠口，決意與秦國臣民戮力同心，大決涇水！此書。大秦王嬴政十二年春。」

片刻寂靜，峽谷中突然騰起一陣秦王萬歲的震天吶喊。

李斯鄭國等人的領書謝恩之聲，完全被呼嘯的聲浪淹沒了。

這些吏員工將軍最是粗樸厚重不尚空談，平日遠離國府王城，許多人甚至連秦王都沒見過。今日涇水瓠口的治水朝會，教他們實實在在地親自感知了這位年輕秦王的風采。秦王說理之透徹，決事之明銳，勇氣之超常，胸襟之開闊，對臣下之親和，無一不使這些實務吏員與亭長鄉長里長們感慨萬端。然則，更要緊的還是，這些實務吏員們看到了秦王決戰涇水的膽魄，看到了秦王不拘一格大膽簡拔能事幹員的魄力。有李斯、鄭國、李湊、下邽縣令這些毫無貴胄靠山而只有一身本事的幹員重用在前，便會有我等事功之臣的出路在後！多難興邦，危局建功，這是所有能事之士的人生之路。既入仕途，誰不渴望憑著功勞步步晉升？然則，能者有志，還得看君王國府是否清明，是否真正地論才任事論功晉升，君王國府昏聵亂政，能事布衣縱有千般才能萬般功勞，也是白說，甚或適得其反。這些實務吏員們，十有八九都是山東六國士子，當初過江之鯽一般來到秦國，圖的便是伸展抱負尋覓出路。多年勤奮，他們終於在秦國站穩了根基，進入了最能展現實際才幹的實務官署。可就在此時，有了那個突兀怪誕的逐客令，他們竟被莫名其妙地一竿子打出了秦國。那時候，這些實務吏員們真是絕望了，要不是蒙恬王翦一班大將，將他們攔阻屯紮在桃林高地的祕密峽谷，又不斷傳送變化消息，不知有多少人當時便要自裁了。唯其如此，實務吏員們對這個年輕的秦王是疑惑的，捉摸不定的，甚至在內心是不相信的。然則，今日親見諸般事體，親耳聽到了秦王對逐客令的斥責，誰能不怦然心動，誰能不意氣勃發？

年輕的秦王向李斯肅然一躬：「秦國上下，悉聽客卿調遣。」

「君上……」

李斯喉頭一哽，慨然拱手，轉身大步跨上一方大石，盈眶淚水已經化成灼熱的火焰：「諸位同僚，秦王以舉國重任相托我等，孰能不效命報國！秦人與天爭路，涇水河渠大戰，自今夜伊始！本卿第一道號令：目下臣工三分，經濟十署一方，合議河渠外圍事務；全部縣令工將軍一方，合議民力重新部署；河渠署一方，合議諸般施工難點與工匠配置。本官先行交接河渠署事務，一個時辰後三方合一，重新決斷大局部署。天亮之前，全部趕回營盤。明日正午，河渠全線開戰！」

「赳赳老秦，共赴國難！」一聲秦誓震盪峽谷。

六、松林蒼蒼　老秦人的血手染紅了一座座刻石

春尾夏頭的四月，烘烘陽光明亮得刺人眼目。

一天碧藍之下，整個秦川在鼓蕩的黃塵中亢奮起來。一隊隊牛車連綿不斷地從四面八方趕向渭

北，一隊隊挑擔扛貨的人流連綿不斷地從關中西部南部趕向涇水塬坡，糧食草料磚頭石頭木材草席牛肉鍋盔，用的吃的應有盡有。咸陽城外的條條官道，終日黃塵飛揚。咸陽尚商坊的山東商旅們，終於被驚動了。幾家老辣的大商社一聚首，立即判定這是一次極大的財運。二話不說，山東商旅們的隊隊牛車出了咸陽城，紛紛開到渭北山坡下的民工營地，搭起帳篷擺開貨物，掛起一幅寬大的白布寫下八個大字——天下水旱山東義商，做起了秦國民眾的河渠生意。隨著山東商人陸續開出咸陽，各種農具家什油鹽醬醋麻絲麻繩布衣草鞋皮張汗巾陶壺陶碗陶罐鐵鍋，以至菜根茶梗等一應農家粗貨，在一座座營盤外堆得小山也似。可山東商旅們沒有想到，連綿營盤座座皆空，連尋常留營的老工匠女炊兵也蹤影不見，即便是各縣的幕府大帳，也只能見到忙得汗流浹背的一兩個守營司馬。山東商旅們轉悠守候幾晝夜，座座營盤依然人影寥寥，生意硬是不能開張。後有心思靈動者突然明白，各處一聲大喊：「不用揣摩，人在渠上！走！」山東商旅們恍然大悟人人點頭，立即趕起一隊隊牛車，紛紛將商鋪又搬上河渠工地。

一上河渠，山東商旅們驚愕得一句話也說不出來了。

逶迤伸展的塬坡黑旗連綿戰鼓如雷，人喊馬嘶號子聲聲，鋪開了一片亙古絕今的河渠大戰場。觸目可及，處處一片亮晃晃黑黝黝的光膀子，處處一片鐵耒翻飛呼喝不斷。無邊無際的人海，沿著一道三丈多寬的渠口鋪向東方山塬。擔著土包飛跑的赤膊漢子，直似秦軍呼嘯的箭鏃密匝匝交織在漫山遍野。五六丈深的渠身渠底，一撥撥光膀子壯漢舞動鍬耒，一鍬鍬泥土像滿天紙鷂飛上溝岸，溝底呼呼的喘息如同地底一道碩大無比的鼓風爐。渠邊僅有的空地上，塞滿了女人孩童老人。女人和麵烙餅，老人挑水燒水，孩童穿梭在人群中送水送飯。人人衣衫襤褸，個個黑水汗流，卻沒有一個人有一聲呻吟一聲歎息……

「秦人瘋了！秦國瘋了！」

這裡正是涇水幹渠，正是受益二十三縣的輕兵決戰之地。

那日，客卿李斯接手決戰涇水，連夜謀劃，拿出了「大決十分兵」的方略：其一，四百多里幹渠是涇水河渠的軸心硬仗，全數交給受益二十三縣分兵包攬；其二，三十多條支渠與過水（幹渠引入小河流的地段），分別由關中西部與隴西、北地的義工縣包攬；其三，進地毛渠三百餘條，由受益縣留守縣吏統籌留村老弱婦幼就近搶修；其四，咸陽國人編成義工營，專一馳援無力完成進地毛渠的村莊；其五，瓠口峽谷的收尾工程，由鄭國大弟子率三千民力包攬；其六，鄭國率十名大工師坐鎮河渠署幕府，專一應對各種急難關節；其七，李溴率二十名水工師，人各配備快馬三匹，專一飛騎巡視，就地決難；其八，各方聚來的工匠技師，交李溴分派各縣營地，均平每百人一個工匠，專一測平測直，並隨時解決各種土工疑難；其九，李斯自己親率十名工務司馬，晝夜巡視，統籌進度，掌控全局；其十，秦王帶王綰，每日率百騎護衛東西巡視，兼行執法：但有特異功勳，立地授爵褒揚，但有種種犯罪，立地依法處置。

部署完畢，李斯說了最後一句話：「立即裁汰老弱，三日後一體開戰！」

晨曦初上時分，陣陣驟雨般的馬蹄聲飛出了瓠口。

三日之後的清晨，隨著瓠口幕府的長號嗚嗚吹動，涇水大決全線開戰。

部署得當，上下同心，秦國關中民力百餘萬奮力搶工，秩序井然絲毫不亂。經過裁汰，病弱者一律發給河渠糧返鄉，加入各縣搶修進地毛渠的輕活行列。留在幹渠者，縱然是燒火起炊的婦幼老人，也全都是平日裡硬槓槓的角色。李斯在三晝夜間飛馬查遍二十三縣營盤，家家都是一口聲：「但有一個軟蛋，甘當軍法！」及至大決開始，旬日之內，不說犯罪，連一個怠工者也沒有。秦王嬴政的巡視馬隊日日飛過山塬，黑壓壓的光膀子們連看也不看了，常常是秦王馬隊整肅穿過一縣十餘里工地，連一聲萬歲呼喊也不會起來。眼看萬千國人死活拚命，王綰與騎士們唏噓不止，遇見縣營大旗每每不忍心查問違法怠工情形，對縣令與工將軍們多方撫慰，只恨不得親自光膀子下渠挖土。每遇此際，嬴政便勒馬一旁黑著臉不說話。旬日過去，嬴政終於不耐，將王綰與全部隨行吏員騎士召到了行營。

「諸位且說，吏法精要何在？」嬴政冷冰冰一句。

「各司其職，敬事奉公。」帳下整齊一聲。

「河渠大決，秦王行營職司何在？」

「執法賞功，查核奸宄！」

「長史自問，旬日之間，可曾行使職責？」嬴政這次直接對了王綰。

「臣知罪。」王綰一躬，沒作任何辯駁。

嬴政拍案站起：「商君秦法，大仁不仁！身為執法，熱衷推恩施惠，大行婦人之仁，安有秦國法治？今日本王明告諸位：做事可錯可誤，不可疏忽職守。否則，涇水執法，從行營大吏開始！」

行營大帳肅然無聲。嬴政大袖一拂，逕自去了。

次日巡視，秦王馬隊迥異往日。但遇縣營大旗，馬隊勒定，王綰便與兩名執法大吏飛身下馬，一吏詢問一吏記錄，最後王綰核定再報秦王，座座營盤一絲不苟。開始幾個縣令不以為然，如同往日一樣擦拭著滿頭汗水只說：「沒事沒事！都死命做活，哪裡來的疲民也！」可王綰絲毫不為所動，硬邦邦一句便迎了上去：「如何沒事？說個清白。誤工？怠工？違法？一宗宗說。」縣令一看陣勢氣色，立時省悟，一宗宗認真稟報再也不敢怠慢了。如此一月，到了最最要緊的決戰當口，整個四百多里幹渠依舊是無一人違法，無一人怠工。

這一日司馬快報：「下邽輕兵勞作過猛，再不消火，定然死人！」

李斯犯難了。雖說是輕兵大決，他也清楚秦人的輕兵便是敢死之士的死戰衝鋒。可是在李斯內心看來，這只是全力以赴抖擻精神免除懶惰怠工的激勵之法。趕修河渠畢竟不是打仗，還能當真將人活活累死？再說，秦軍輕兵也極少使用，只在真正的生死存亡關頭才有敢死輕兵出現；而且，自秦孝公之後，秦國獎勵耕戰新軍練成，輕兵營作為成建制的傳統死士營已經在事實上消失了，此後秦人但說輕兵決戰，也往往是一種慷慨求戰的勇邁之心；孝公之後百餘年大戰多多，除了呂不韋當政時年輕的王翦為了搶出落入峽谷重圍的王齕所部而臨場鼓勇起一支輕兵衝殺之外，連最慘烈的長平大戰也沒有使用過輕兵。如今是搶水決旱，情勢固然緊，可要出現掙死人的事情，李斯還從來沒有認真想過。反覆思忖，李斯以為不能太過，立馬飛奔下邽營盤，黑著臉下令：「下邽輕兵當勞作有度，以不死人為底界！」回到幕府，李斯又下令十名司馬組成專門的巡視馬隊，每日只飛馳工地，四處高呼：「輕兵節制勞作，各縣量力而行！」

饒是如此，進入第二個月剛剛一旬，各縣決水輕兵已經活活累死一百餘人。

李斯渾身綳得鐵緊，飛赴秦王行營稟報。

秦王沉著臉一句話：「輕兵輕兵，不死人叫輕兵？秦人軍誓，不是戲言。」

李斯一聲哽咽，不知道該如何應對了。

「走！下邽。」秦王大手一揮，二話不說出了行營。

與東南華山遙遙相對的北洛水入渭處，是下邽、頻陽兩縣的決戰地。

下邽、頻陽兩縣，都是秦川東部的大縣，其土地正在涇水幹渠末端地帶。涇水幹渠從這兩縣的塬坡地帶穿過，再東去數十里匯入北洛水再進入渭水，便走完了全程。下邽、頻陽兩縣的三十多里幹渠，難點在經過頻陽境內的頻山南麓的一段山石管道。兩縣多塬坡旱地，平川又多鹽鹼灘，對涇水河渠的「上灌下排，旱鹼俱解」尤其寄予厚望，民眾決戰之心也尤為激切。已經是內史郡守的原下邽縣令畢元，親自坐鎮兩縣工地，親自督戰這段山石管道，日日鏖戰，已經進入了第四十三天。

兩縣輕兵，全數是十八歲至四十歲的身強力壯的男子。這些精壯以「亭」為隊，亭長便是隊長。

每亭打出一面繡有「決死輕兵」四個斗大白字的黑色戰旗，晝夜鑿石死戰，號子聲此起彼伏浪浪催湧，看得山東商旅們心驚肉跳。李斯天天飛馬一趟趕來巡視，見兩縣山石管道確實艱難，連燒水治炊送飯的老人女人少年都累得癱倒在地了，於是破例與國尉署管轄的藍田大營緊急磋商，由藍田大營的炊兵營每日向頻山工地運送鍋盔牛肉等熟軍食，確保這段最艱難的幹渠鏖兵奮戰。如此一來萬眾歡騰，兩縣輕兵不再起炊，餓了吃，吃了拚，拚不動了睡，睡醒來再拚。隊隊人人陀螺般瘋轉，完全沒有了批次輪換之說。誰醒來誰拚，晝夜都是叮叮噹噹的錘鑿聲，時時都是撬開大石的號子聲。

「懶漢疲民絕跡，雖三皇五帝不能，秦人奇也！」

令山東商旅們浩歎者，不僅如此。下邽縣渭北亭的輕兵營有一百零六名憨猛後生，開渠利落快速，一直領先全線幹渠，是整個涇水河渠大名赫赫的「輕兵渭北營」。自從遭遇山石管道，渭北營精壯不善開石，連續五六日進展不過丈。渭北營上下大急，亭隊長連夜進入頻山，搜羅來六名老石工，無分晝夜，只教老石工坐在渠畔呼喝指點，全部輕兵死死苦戰。如此旬日，一套鑿石訣竅悉數學會，進境又突兀超前，幾乎與挖土渠段的進展堪堪持平。鄭國開始不信隨營工匠的消息稟報，連番親自查勘，見所開管道平直光潔無一處暗洞疏漏，愣怔間不禁大是驚歎：「老夫治水一生，如此絕世渠工，未嘗聞也！」

秦王嬴政的馬隊風馳電掣般趕到時，正是晨曦初上的時分。

渭北輕兵營的二十六名後生率先醒來，猛咥一頓牛肉鍋盔，立即開始奮力挖山。堪堪半個時辰，輕兵營精壯陸續醒來，又全部呼喝上陣。渠畔幕府，嬴政李斯正向已經是內史郡守的老縣令畢元詢問輕兵情形，遙遙聽得一陣震天動地的號子聲，一陣如滾木礌石下山的隆隆雷聲，一片歡呼聲剛剛響起又戛然而止，隨即整個工地驟然沉寂。

「出事了？」李斯臉色倏忽一沉。

營司馬跌跌撞撞撲進幕府：「郡守！渭北輕兵營……」

「好好說話！」畢元一聲大喝。

營司馬哭嚎著喘息著癱倒在地，喉頭哽咽淚流滿面，一句話也說不出來。

「上渠！」嬴政一揮手大步出了幕府。

河渠景象，令人欲哭無淚。成千上萬的光膀子都聚攏了過來，黑壓壓站在渠岸，靜得如同深山幽谷。當君臣三人穿過人眾甬道，下到渠底，目光掃過，嬴政三人不禁齊齊一個激靈！石茬參差的渠身渠底，茫茫青灰色中一汪汪血泊，一具具屍身光著膀子大開肚腹，一副副血乎乎的腸子肚子搭在腰身，一雙雙牛眼圓睜死死盯著渠口……

「娃們等著！生死一搭！」矗在渠心的光膀子壯漢嘶吼一聲猛撞向青森森石茬。

「亭長！」李斯一個箭步過去，死死抱住了這個輕兵隊長。

匆忙趕來的新下邽縣令斷斷續續地稟報說，渭北輕兵營剛剛鑿開最堅硬的五丈岩，撬開了山石幹渠最艱難的青石嘴段，厚厚的石板剛剛吊上渠岸，最先趕活的二十六名精壯便紛紛倒地，個個都是肚腹開花。

「君上，後生們掙斷了腸子，當場疼死……」畢元已經泣不成聲。

嬴政身子猛然一抖，手中馬鞭啪嗒掉在地上。趙高機警靈敏，早已經寸步不離地跟在秦王側後，幾乎便在馬鞭落地的同時立即撿起了馬鞭，又輕輕伸手扶在了秦王腰際。便在這剎那之間，嬴政穩住了心神，走到渠心，對著茫茫青灰中一片血泊深深三躬。

渠岸萬千人眾恍如風過松林，一齊肅然三躬。

「父老兄弟們！決水輕兵還要不要！」嬴政突然一聲大吼。

「要——！」茫茫松林山搖地動。

「老秦人怕死麼！」

「不怕——！」萬眾齊吼山鳴谷應。

「大決涇水，與天爭路！」嬴政一聲嘶吼。

「赳赳老秦！共赴國難！」漫山遍野都呼喊起來。

李斯第一次喊啞了聲音。那天夜裡，嬴政在下邽幕府請教李斯如何褒獎渭北輕兵時，李斯只能比劃著寫字了。回到瓠口行營，嬴政召李斯、王綰、鄭國、李湙一夜商議，次日便有〈輕兵法度〉頒行河渠：各縣輕兵，每晝夜至少需歇息兩個時辰，飯後一律歇息半個時辰開工，否則以違法論處！緊接著，又有一道秦王特書頒下：舉凡輕兵死難河渠，各縣得核準姓名稟報秦王行營，國府以斬首戰功記名賜爵，許其家人十年得免賦稅；並勒石以念，立於頻山松林塬渭北輕兵死難地，以為永誌！

旬日之後，第一座巍巍刻石在頻山南麓松林坡矗立起來。丈六石身鐫刻著由李斯書寫的一行雪白大字——渭北亭二十六銳士決水石，石後鐫刻著二十六銳士的姓名與秦王親賜的爵位。消息傳開，舉國感念，一首秦風歌謠便在三百里河渠傳唱開來：

我有銳士　決水夭亡
捨生河渠　斷我肝腸
勒石涇水　魂魄泱泱
上也上也　大秦國殤

五月將末，鼓蕩關中的漫天黃塵終於平息了。

工程全部勘驗完畢的那一日，李斯鄭國李湙三人來到行營，不期蒙恬與老廷尉也來了。兩方意願一致，都是敦促秦王早日移駕還都，處置兩個多月積壓的諸多急務，放水大典寧可專程再來。嬴政卻說：「秦國萬事，急不過解旱。不眼見成渠放水，我這個秦王臉紅。再說，我還要到頻山松林塬去，要走了，看看那些烈士。」聽著精瘦黝黑的年輕秦王的沉重話語，幾個大臣沒有了任何異議，人人都點頭了。

次日清晨，秦王嬴政率行營及瓠口幕府的臣工出了瓠口，沿著寬闊的渠岸轔轔走馬奔赴頻陽。君臣們誰也沒有料到，一出瓠口，便見茫茫幹渠上黑壓壓人群成群結隊絡繹不絕地匆匆趕赴東邊，如同開春趕大集一般。李斯勒馬一打問，才知道這是即將拔營歸鄉的民眾依著秦人古老的喪葬習俗，要趕往頻山松林塬，向長眠在那裡的輕兵銳士作最後的招魂禮。

「這，這是誰約定的？」鄭國大為驚訝。

「人群相雜，不約而同。」

「怪也！一個巫師就行了，還人人都去？」鄭國不解地嘟囔了一句。

嬴政凝望著滿渠岸的黑壓壓人群，略一思忖道：「下馬，步行頻陽。」趙高立即哭聲喊了出來：「君上，大熱天幾百里路，不能走啊！」嬴政突然大怒，揚手狠狠一馬鞭，抽得趙高陀螺般轉著圈子撲在地上。不等趙高爬起，嬴政已經沉著臉大步走了。一班臣工人人感奮紛紛下馬，撩開大步便融進了黑壓壓無邊無際的光膀子人群。

是老秦人都知道，秦人自古便有烈士招魂禮：士兵戰死沙場，屍身不能歸鄉，大軍撤離之日無論戰況多麼危急，都要面對戰場遙遙高呼：「兄弟！跟我歸鄉——」若是戰勝後的戰場，則要就地安葬好戰死者屍身，盡可能地立起一座刻石、木牌甚至枯木樹樁，繞著墳塋呼喚幾遍，再在石上結結實實地摁下自己的血手印，而後才揮淚班師。老秦人原本是游戰游牧游農兼而有之的古老族群，居無定所，死無定葬，便將這撫慰死者告慰遺屬的招魂禮看得分外上心。歷經春秋戰國，秦人漸漸成為有國有土的大國族群，然則這古老的招魂風習卻沒有絲毫改變。後來秦國變法，移風易俗，有新入秦國的變法士子建言要革除此等陋習。商鞅卻批下個斷語：「生者激哀，磨礪後來，慷慨赴死，聞戰則喜，固秦人哉！何陋之有？」於是，秦人安魂禮依然如初地延續了下來。嬴政少年在趙，早早便從「趙秦」（早期流入趙國的秦人）部族的習俗中知道了招魂禮對老秦人的要緊，自然不同於來自楚國韓國的李斯鄭國，他立即明白了河渠民眾其所以不約而同地匆匆趕赴頻陽的緣由。

兼程行走，晝夜不停，第三日清晨，嬴政君臣終於到了頻山。

茫茫松林塬，二十三座大石依著各縣在幹渠的決戰次序東西排開。石林之後，是六百六十三座輕兵死士的新土墳塋。各縣民眾各自聚集在本縣輕兵死士的刻石前，繞著圈子捶胸踏步，三步一呼：「兄弟！跟我歸鄉了——」呼喚完畢，各自散開，各尋一方粗糙石頭，瘦骨嶙峋的大手壓上粗石猛搓，直至手掌滲出血珠；而後大步走到刻石前，在石上結結實實一摁，一個血手印摁在了石身或石背；罷了肅然一躬，便赳赳去了。

嬴政君臣一行風塵僕僕趕到，松林塬萬千人眾大出意外，各自佇立在墓石墳塋前凝望著秦王不知所措了。年輕的秦王也不說話，對著一齊朝他凝視的茫茫人眾深深一躬，大步走到一柱顯然是有心者特意立起的粗糙巨石前，大手猛然搓下，頓時血流如注。

萬千黑壓壓光膀子的秦人悚然動容，寂靜得只聽見一片喘息。

嬴政舉著血掌，大步走過刻石，一石一掌，結結實實地摁在碑身大字上。未過三五石，光膀子人群感奮不已，爭相到粗石柱下搓出血手，呼喝著唏噓著紛紛跟了上來，完成與兄弟烈士同心挽手的最終心願。及至嬴政走到最後一座大石前，摁罷最後一個血手印，回頭看去，一片二十三座大石，座座鮮血流淌，一片血紅的刻石在夏日的陽光下驚心動魄。

嬴政繞著下邽刻石踏步一圈，突然昂首向天，一聲長呼。

「涇水銳士，頻山為神！守我河渠，富我大秦！」萬千人眾唏噓慷慨，跟著秦王陣陣長呼，整個頻山都在烈日下顫抖起來。

七、涇水入田　鄭國渠震動天下

堪堪夏種，涇川瓠口舉行了隆重的成渠放水大典。兩岸青山，一條白石大溝從峽谷穿過。東西山塬擠滿了成千上萬的男女老幼，旌旗招展鼓樂喧天。瓠口幕府前的雲車將臺下，嬴政君臣們人人都在可著嗓子說話，儘管誰也聽不見誰，依舊是樂呵呵地高聲訴說著。將近午時，水司馬來報：瓠口之外的所有斗門、渡槽、跌水、過水、幹渠、支渠、毛渠的交接口再次查勘完畢，無一差錯；幹渠兩岸的迎水民眾井然有序，只待放水。嬴政得報，向李斯揮手高喊了一句。李斯立即會意，轉身利落地走上將臺，一劈令旗，將臺前雲車上的大纛旗左右三擺，漫山遍野的鼓樂喧譁便漸漸平息。

秦王嬴政率領著全體大臣，整齊地在將臺後站成了一個方陣。「吉時已到，秦王擊鼓告天！」李斯洪亮嘶啞的聲音迴盪開來。年輕的秦王走上將臺，走到鼓架前，接過幕府司馬遞過的一雙長長鼓槌，拱手向天，奮然高聲道：「秦王嬴政禱告上天：引涇入洛，開渠灌田，秦國庶民生計之根本。天公旱秦，逼我秦人與天爭路，以血肉之軀奮力死戰，方引得涇水東下。秦人不負上天，上天寧負秦國乎！願上蒼護佑秦國，保我涇水滔滔，長流不斷，關中沃野，歲歲豐年！今涇水渠成，依國人心願，依天下通例，涇水河渠定名——鄭國渠！」

嬴政的鼓槌用力打上牛皮大鼓，隆隆之聲震盪峽谷。

「秦王定名，引涇河渠為鄭國渠——！」李斯正式宣呼了河渠名號。

「鄭國萬歲！鄭國渠萬歲！」吶喊聲浪頓時淹沒了峽谷山塬。

一時平息，李斯聲音復起：「河渠令開渠放水——！」

宣呼落點，四名軍士抬著一張軍榻出了幕府，山塬人眾立即肅靜下來。

三日之前，全部管道驗收完畢，回程未及到秦王行營交令，鄭國便昏倒在了瓠口峽谷的山道上。待嬴政領著太醫趕來，鄭國已經被先到一步的李斯與吏員們抬進了河渠署幕府。太醫一把脈，說這是目下官吏人人都有的「涇水病」，一色的操勞奔波過甚以致脫力昏迷，河渠令病症之不同，在於諸般操勞引發了風濕老寒腿，悉心靜養百日後可保無事。嬴政當即吩咐，老太醫從秦王行營搬進河渠署幕府，專門守著鄭國診治。嬴政還重重撂下一句話：「有難處隨時報我，便是要龍膽鳳肝，也給你摘來！沒了鄭國，本王要你人頭！」

鄭國臥榻，放水大典便缺了一個最當緊的人物。雖說不關實務，卻有說不出的缺憾。李斯反覆思忖，主張秦王親自號令放水，只要激勵人心完滿大典，似可不必因一人而耽延放水日期。年輕的秦王斷然搖頭：「主持成渠放水，是水工最大尊榮，縱是本王也不宜取代。走，與鄭國去說。」一來到幕府，剛剛服下一大碗湯藥的鄭國，疲憊得連笑一下的力氣都沒有了，蒼白的嘴唇動了動，幽幽目光閃爍著一絲難得的光焰。年輕的秦王站在榻前，眼中已是一眶淚水。鄭國只愣怔怔看著秦王，嘴角抽搐著說不出話來。嬴政高聲說：「老令啊，沒有你，沒有涇水河渠！放水大典，誰也不能取代你！到時抬你出去，老令只需搖搖號令，行麼？」李斯看得很清楚，那一刻，鄭國溝壑縱橫的黝黑臉膛驟然間老淚縱橫，喉頭咕的一聲昏了過去。也就是在那一刻，李斯深深感悟了年輕秦王「賞功不欺心」的罕見品性，一時也是止不住地熱淚盈眶。自後三日，眼看大典在即，李斯每日都要去探視幾趟鄭國，可每次都見鄭國在昏昏大睡。今日，鄭國行麼？

萬千人眾的灼熱目光之下，神奇的事情發生了。

鄭國從軍榻上坐了起來，站了起來，撐持著那支探水鐵尺，緩慢地沉重地一步一步地向將臺走來。司禮的李斯驚愕得不知所措，疾步迎來想扶鄭國，又覺不妥，便亦步亦趨地跟著鄭國走上將臺，竟是先自一頭大汗淋漓。

此時，中山峰頂的大旗遙遙三擺，表示引水口已經一切就緒。只見佇立在將臺上的鄭國像一段黝黑的枯樹，凝目遠望峰頂龍口，緩緩舉起了細長的探水鐵尺，猛然奮力張臂，砸向了牛皮大鼓。鼓聲一響，李斯立即飛步過去，張開兩臂攬住了搖搖欲倒的鄭國。

「水！過山了……」鄭國黝黑的臉猛然抽搐了。

「老令醒來！水頭來了！」李斯搖著鄭國，說不清是哭是笑。

此際遙聞中山峰頂一陣號角一陣轟鳴，隆隆沉雷從天而降，瓠口峽谷激盪起漫天的白霧黃塵，一股濃烈而又清新的土腥水汽立時撲進了每個人的鼻中。兩岸萬千人眾的忘情吶喊伴著龍口噴激飛濺的巨大雪浪，轟轟隆隆地跌入了瓠口，衝向了峽谷。

鄭國猛然醒轉，忽地起身一吼：「水雷如常！涇水渠成——！」一句未了，鄭國又搖搖欲倒。李斯堪堪扶住，趙高已經飛步搶來，雙手一抄要托起鄭國去行營救治。鄭國卻倏地睜眼：「不！老夫還要走水查渠！」一句話沒說完，人已經直挺挺從趙高臂彎掙脫出來。此時嬴政大步趕來，聽李斯一說立即高聲下令：「小高子，駟馬王車！」說罷一蹲身背起鄭國大步便走。

九尺傘蓋的青銅駟馬王車轔轔駛來堪堪停住，嬴政恰恰大步趕到，不由分說將鄭國扶上了寬大的車廂。車中少年內侍扶住鄭國坐靠妥帖，嬴政高聲一句：「老令，你坐在車上聽水。但有紕漏，只敲傘蓋銅柱！」鄭國滿臉通紅連連搖手：「秦王秦王，大大不妥，老臣能走……」嬴政哈哈大笑：「妥妥妥！老令縱然能走，今日也得坐車！」

說話間李斯趕到，嬴政匆忙一揮手：「我去趕水頭，客卿後邊查渠。」

李斯還沒來得及答話，年輕的秦王已經風一般去了。

李斯笑著搖搖頭，對王車上的鄭國一拱手高聲道：「老令哥哥，秦王趕水頭去了，你也先走，我帶大工們後邊查渠。」鄭國黑紅臉上汪著涔涔汗水，探水鐵尺噹噹敲打著車廂：「好！老夫先走，趕不上水頭也趕個喜慶！」一言落點，駟馬王車嘩啷啟動，山坡趕水人眾立即閃開了一條大道。及至王綰帶一班青壯吏員疾步趕來，秦王已經沒了人影。

王綰頓時大急，二話不說飛步追趕下去。

趕水頭，是敬水老秦人的又一古老風習。蓋秦人老祖皋陶伯益部族，是與大禹並肩治水的遠古英雄族群，自來對「水頭」有著久遠的仰慕情結。那時候，秦人部族經年累月在三山五岳間疏導天下亂水。但有新的水道開闢，汪洋大水激盪著流入水道，水頭昂首飛撲倒捲巨浪激起塵霧濺起雪白浪花，一條巨龍飛騰呼嘯在峽谷水道。兩岸秦人歡呼著追逐水頭，直是治水者的最大盛典。這種久遠的記憶，化成了無數傳說掌故，流傳在所有的秦人部族中。即或後來遊牧躬耕於隴西草原群山，偶爾開得些許短渠，渠成放水之日，老秦人也一定是傾巢而出追逐著水頭歡騰不斷。立國關中數百年，秦人開渠寥寥無幾，數得上的大渠，只有秦穆公時百里奚在關中西部開出的那條百里渠，趕水頭的盛大慶典便也漸漸淡出了老秦人的風習。縱然如此，那條百里渠每年春季放水，還是有黑壓壓人群在渠岸追逐著水頭歡呼，不吃不喝一直追到盡頭。

如今，這條鋪滿秦人鮮血的四百多里的涇水大渠，已經巍巍然成為真正的天下第一渠。一朝放水，豈能不喚起老秦人久遠的記憶與風習？除了不得不提前回鄉照應渠水入田的一家之長，幾乎家家都有人留下趕水頭。老秦人期盼著昂昂龍頭的飛騰之象，能隨著趕水頭的家人帶來光耀的歲月。大典前一日，所有民工都清理了營盤，打好了包袱，收拾得緊趁利落，預備好今日追趕著水頭回鄉。

當中山峰頂巨大的龍口開啟，清澈的涇水翻捲著巨浪撲入瓠口峽谷，漫漫人群便開始了由渠首漸次發動的歡呼奔跑，不疾不徐，一浪一浪地伸展到山外，伸展到茫茫幹渠。水頭一入幹渠，趕水頭人群便有了種種樂事，歡笑喧嚷聲連綿不斷。鄭國渠是漫漫四百多里的長渠，趕水頭事實上便成為一種腳力競技。雖說因不斷分水於一些主要支渠，幹渠水頭的流速並不是太急。然則，終究也得人緊步追隨才能追得上。幹渠兩岸的大多人，都是趕水頭趕到自己家鄉田園的地界，便回歸鄉里趕渠水入田的喜慶去了。只有非受益區的義工縣的精壯，與家在渠水下游的精壯，才是專心一志的長途趕水者。戰國之世人人知兵，都說這是兼程行軍，一邊追逐著水頭歡呼，一邊嚷嚷評點著不斷變換的領跑者。即或是那些體力不濟者，呼呼大喘著坐在新土渠岸上吃喝歇息一番，也看著紛紜流過的人群，拍著大腿可著嗓子嚷嚷得不亦樂乎。

水頭趕到雲陽地界，渠岸突然一陣歡呼：「秦王趕水頭！萬歲！」

趕水頭又遇君王，吉慶再吉慶，老秦人頓時興奮了。

全程親自趕水頭，這是嬴政在會商放水大典時執意堅持的一件事。

秦王的說法是，親自趕水頭，眼見四百多里幹渠不滲不漏，心下才算踏實。對於秦王這個主張，李斯是反對的，大臣們也是反對的。在李斯與大臣們看來，這件事多多少少有幾分秦王的少年心性，有幾分趕熱鬧意味。當然，最要緊的理由是堂堂正正的：旬日之前，秦王趕赴頻山為輕兵烈士招魂，已經步行了兩百多里；這次再一晝夜步行四百多里，事實上是最大強度的兼程行軍，若有意外，秦國何安？再說，決戰涇水兩個多月，這個年輕的秦王眼看著瘦成了人乾，所有尋常合身的袍服都變成了包著「竹竿」晃盪的水桶，誰不心痛有加？雖然，幾乎人人都變成了人乾，但誰都明白，這個殺伐決斷凌厲無匹的年輕秦王真要出了事，目下的秦國便註定要亂得不可收拾了。唯其如此，誰能贊成秦王一路疾步四百多里？於是上下一口聲，都說秦王這次大可不必，要查渠也得乘坐王車，高處看水才清楚。可嬴政說得斬釘截鐵：「連續兼程三五日，是秦軍老規矩，老秦精壯誰都撐得住，不用商議！客卿只管部署沿渠事務，我只帶十名鐵鷹劍士、十名年輕工匠趕水頭，老臣一個不要跟。」

李斯眼見無法說動秦王，便在夜裡單獨來到行營。李斯先與王綰說了一陣，而後兩人一起來到了秦王的寢室書房。李斯王綰反覆陳說了理由，年輕的秦王卻好長一陣沒有說話。便在兩人以為秦王已經默認而預備告辭時，年輕的秦王拍案開口：「人要有氣！國要有氣！長平大戰之後，昭襄王收斂固本，之後兩代秦王無所作為，秦人之精氣神業已低落數十年。我上涇水，原本便不僅僅是搶渠搶水，更是要鼓蕩秦人雄風！只要秦人長精神，嬴政縱然兩腿跑斷，也值！」

那一夜，李斯徹夜未眠。

次日，總攬河渠的李斯與王綰一番謀劃，立即分頭部署：先私下說服所有大臣，將秦王趕水納入大典程序；再從王城禁軍中遴選出十多名善奔走的銳士，由王綰帶領，專司聯絡接應；又特意找到形影不離秦王左右的趙高，叮囑了諸多應急援助之法。可無論如何周密謀劃，李斯王綰也沒有想到秦王親自將鄭國背上王車這一樁。趙高一離開秦王，李斯王綰心下便不踏實。兩人都曾多次見識趙高的過人藝能，幾乎是本能地相信，只要這個趙高在秦王身邊，秦王便不會發生意外。今日趙高駕車，李斯查渠，追趕秦王的王綰便分外焦灼。

聞得前方陣陣歡呼，王綰立即吩咐善走銳士飛奔急追。正在此時，卻聽身後一陣秋風過林般的沙沙聲。王綰轉頭之間，一道黑影正從身邊掠過，同時飛來一句尖亮的話音：「長史莫急，小高子追君上去了！」

「趙高！王車誰駕？」王綰急忙一喊，畢竟，鄭國也不能出事。

「王車馭手有三人，長史放心！」黑影沒有了，尖亮的聲音飄盪在耳邊。

長吁一聲，王綰呼哧呼哧剛剛放緩了腳步，卻被身邊一群一群歡呼奔跑的光膀子裹進了茫茫人流。原來，兩邊渠岸的老秦人一聽秦王趕水頭，精神陡然大振，後行弱者們紛紛一片呼嘯吶喊：「丟膊了！豁出去！趕秦王老龍頭了！」吶喊之間，人們紛紛脫下專門為大典穿上的簇新長袍順手一丟，撩開光膀子狂喊著潮水般追了上來。王綰也是老秦人，自然知道老秦人這聲「丟膊了豁出去」意味著何等情形。丟膊者，光膀子猛幹也。豁出去，拚命也。無論是做工趕活還是戰場廝殺，秦人但喊一聲丟膊了豁出去，立時便是拚命死戰之心。今日不是戰場，老秦人要丟膊了豁出去，心裡話顯然一句：「秦王作龍頭，老秦人死也要緊緊追隨！」身處狂熱人流狂熱吶喊，王綰心頭大熱一身汗水，只覺特意預備的輕便官服也變得累贅。興起之下，王綰也大喊一聲：「丟膊了！豁出去！」扯掉官服撂在路邊，大步飛奔起來。

日落時分，嬴政堪堪趕著水頭到達高陵縣地界，正好是鄭國渠一半水程。

嬴政雖然沒有光膀子，卻也早早丟了斗篷冠服，一身緊趁利落的短衣汗濕得水中撈出來一般。鐵鷹劍士與精壯吏員二十人，原本在兩邊護持著秦王。可在王綰一班人趕上後，嬴政硬是下令，只許劍士吏員跟在後邊，不許遮擋兩廂人眾。

如此一來，渠岸頓成奇觀。無邊無際的黝黑閃亮的光膀子人群沒有了吶喊，只咬著牙關看著秦王看著水頭，刷刷刷大步撩開趕路。及至水程過半，趕水頭人群已經漸漸形成了默契規矩：但有後來者趕上，秦王兩側的人群便自行讓道退開；前方但有等水頭的老人婦幼群，秦王兩側的光膀子人群便整齊一致地落到秦王身後緊緊跟隨，好教父老們一睹秦王風采。

眼看暮色降臨，渠岸有了萬千火把，浩浩蕩蕩在幾百里高坡山塬展開，恍如一道紅光巨龍在天邊蜿蜒翻飛。此等壯觀奇景，深深震撼了平川夜間灌田的農人與查水的官吏，遙遙吶喊呼應，連綿起伏不斷。有脫得開身的精壯農夫，紛紛舉著火把吶喊著向北塬趕來。一片片火把彌漫了無數的田間小道，一陣陣吶喊此起彼伏，整個秦川都被攪翻了。

曙光再現時，被趕水者一口聲呼為「秦王老龍頭」的水頭，嘩啦啦抵達頻山。經過那片依然閃爍著血紅光芒的刻石松林時，嬴政向著北岸遙遙一聲長呼：「兄弟！趕水歸鄉了——」一聲未罷，無邊無際的光膀子人群立時一陣陣山呼海嘯：「兄弟！跟緊秦王，趕水歸鄉！」夏日清晨的陽光映照著石林松林的血光，映照著萬千老秦人的淚光，吼喝著呼嘯著，一路奔向遙遙在望的洛水入口。

將及正午，趕水頭的茫茫人群終於定在了北洛水的山塬河谷。

嬴政站住腳步，只說了一句話：「趕水人眾，俱賜戰飯……」

趕水頭雖是風習，卻沒有定規。諸如關中西部的百里渠短途趕水，不吃不喝者多。四百多里趕水頭，不吃不喝不可能。一過雲陽，王綰已經吩咐吏員軍士沿途不斷呼喊：「長路趕水，吃喝自便！」饒是如此，許多人還是死死盯著秦王，秦王不吃不喝，我也不吃不喝！王綰一路看得清楚，年輕的秦王一晝夜又一半日，只在腳步匆匆中喝了十三次水，吃了兩張乾肉夾鍋盔。如此也就是說，大多趕水者在四百多里兼程疾走中只吃了兩飯，此刻人人都是饑腸轆轆。王綰已經軟得不能挪步了，只看著趙高搖了搖令旗。趙高二話沒說，過來接了令旗，飛步張羅去了。

大約小半個時辰，趕水頭人眾陸續抵達，一輛輛牛車拉著鍋盔乾肉也絡繹不絕地趕到了渠水洛水交匯地。山塬水口，兩邊渠岸，到處都湧動著黝黑閃亮的光膀子，人人亢奮個個激昂，大笑大叫不絕於耳。一句最上口的話處處山響著：「秦王咥實活！攢勁！」人群處處喧譁，對開在龍尾之地專門等著這一日大市的山東商旅的帳篷商鋪，竟沒有一個人光顧。

山東商社的執事們紛紛出門，站在飯鋪酒鋪貨棧前驚訝莫名，一口聲驚呼：「怪也！四百里趕水沒一個人趴下！沒一個人買飯買酒！老秦人鐵打的不成！」

正在一片熱汗騰騰裹著喧譁笑語的時刻，年輕的秦王過來了。嬴政一身汗淋淋短身布衣，提著一條寬大的白布汗巾，大步赳赳地走上了山坡一方大石。不知誰喊了一聲秦王來了，萬千光膀子們立即軍旅甲士一般肅然噤聲昂首挺胸，活生生一片森森然黝黑閃亮的森林。

「父老兄弟們！四百里趕水，沒一個趴下！好！」秦王當頭喊了一句。

「秦王萬歲！」黝黑閃亮的胳膊刷地一齊舉起，吼聲隆隆震盪天際。

「鄭國渠成，涇水入田。秦人好日子已在眼前！父老兄弟們，咥飽喝足再歸鄉。回到鄉里整治農田，搶灌夏種，使秦人糧倉早早堆滿！人無神氣，一事無成！國無神氣，一事無成！秦國該強大！秦國該富庶！秦人，更該有精神！」

「萬歲！秦人精神！」彌天吼聲夾著轟隆隆水聲，淹沒了洛水山塬。

片刻之間，萬千光膀子老秦人人人變成了浸透猛火油的火把，火焰呼呼直躥。綳著臉大步赳赳到牛車前領一份鍋盔乾肉，蹲在地上狼吞虎嚥猛咥乾淨，大腿一拍：「走！」立即三五成群地風風火火離開洛水口。不消片時，滿山遍野黝黑閃亮的光膀子便消失在無邊無盡的田野裡。

「瘋子秦王！瘋子秦人！」

守著始終沒有一個秦人光顧的商鋪，山東商旅們又一次驚愕了。

晚霞滿天的時分，李斯鄭國帶著一班水工吏員終於趕到了洛水口。

秦王扶著趙高的肩膀站在洛水岸邊，迎頭先問了一句：「客卿老令，後水如何？」李斯鄭國雙雙一拱手：「全線堅固順暢，支渠毛渠全部進水！」嬴政聽罷沒有來得及說話，一頭碰在趙高身上軟了過去。李斯一轉身斷然下令：「行營中止政事，全部人馬歇息徹夜！」

當夜，行營大帳的燈火早早熄滅，整個營地一片雷鳴般鼾聲。

直到次日將近正午，夏日的太陽已經火辣辣掛在當頭，行營的聚將號才嗚嗚地吹動起來。人喊馬嘶中，一頓結結實實的鍋盔夾乾肉戰飯下肚，大臣吏員們踏著號聲趕赴行營大帳了。對於秦國官吏，多少晝夜不睡少睡不吃不喝少吃少喝都是家常便飯，而能一夜無事地從天黑酣睡到次日正午，實在是絕無僅有的奢侈了。有如此一夜酣睡，臣工吏員們聚到行營大帳時個個精神抖擻，許多人說不上名目的怪病也都神奇地煙消雲散了。

李斯進帳，一見清新矍鑠的鄭國，揉著眼睛直呼：「奇也奇也！」鄭國一陣哈哈大笑：「佳水灌枯木而已，客卿何奇之有也！」尋常間永遠皺著眉頭的鄭國一笑，一班臣工不禁人人大樂，一時滿帳笑聲。

午時末刻，查水查渠之各方匯聚渠情水情，結果是：全線無斷無裂無滲無漏，所有支渠毛渠都順利進水，無一縣報來故障。鄭國歸總，點著探水鐵尺硬邦邦撂下一句話：「涇水河渠四百六十三里，全線堅實通暢，入田順當，涇水渠成！」鄭國說完，連同嬴政在內，所有人都不約而同地長長鬆了一口氣。李涣與幾個經年奔波的老水工嘖嘖感歎不已，連說這鄭國渠快得匪夷所思，好得匪夷所思，教人如在夢裡一般。

嬴政叩著書案：「李涣，你報個大帳，鄭國渠究竟灌田幾多？」

李涣掰著指頭高聲道：「鄭國渠，直接受益者二十三縣，間接受益者全部秦川；關中缺水旱地四百六十餘萬畝，可成旱澇保收之沃野良田！另有兩百餘萬畝鹽鹼灘，三五年之後，也大體可變良田！若以鹽鹼灘地接納山東移民，可容五六萬戶之多！如此，秦國腹地可增加人口五十餘萬。尋常年景之下，每畝產糧一鍾，每年國庫至少可積粟三十萬斛。五六年後，關中之富，甲於天下！」

「老令，果真如此麼？」

「這是老臣最低謀算。」

「旱澇保收，根基何在？」

「君上，」鄭國一拱手，「關中從此旱澇保收，根基在於：涇水河渠不僅僅是一條幹渠，而是三千多條支渠毛渠織成的水網。水網之力，在於將關中平川之大多數池陂河流連接溝通，旱天水源豐厚，渠不斷水，澇天排水暢通，水無滯留。此所謂旱灌澇排之渠網也！秦法嚴整，若能再立得一套管水用水之法度，秦川無疑天府之國！」

「還有上灌下排。」李斯插了一句。

「那是獨對鹽鹼灘地之法，得另修排水溝。」李渙答了一句。

「好！」嬴政當即拍案，「河渠管用法度，由老令草擬。」

「嗨！」鄭國第一次學著老秦人的模樣挺身應命，引得滿帳一片笑聲。

嬴政一拍大腿起身：「好！從塬下回咸陽，一路再看看鹽鹼灘。」

王綰一拱手：「河渠已成，君上回咸陽要緊，鹽鹼灘事各縣自有切實稟報。」

「不。」嬴政搖搖手，「左右順路，一次揣摩清楚，不能光聽稟報。」

「秦王明斷！」舉帳不約而同地喊了一句。

片刻之後，行營拔帳南下，一行車馬轔轔下了洛水山塬。西行四十餘里，進入下邽縣地界，便見一條條支渠毛渠伸入到白茫茫鹽鹼灘，清清之水汩汩澆灌著一片片白森森的鹽鹼花。鹽鹼灘中散布著一群群農人，顯然在緊急開挖通向南邊渭水的排水毛渠。嬴政二話不說下了馬，大步走進了道邊一片鹽鹼灘。

一條毛渠剛剛挖成，渠底已經滲出清亮亮的水流。一個赤膊壯漢滿頭大汗跳進渠中，笑著喊著：「都說鹽鹼灘水鹹，我偏不信清亮亮的水老天能撒鹽？嘗嘗！」俯身捧起渠底清水一口大喝，剛剛入口又噗地一口吐出，齜牙咧嘴地笑著叫著：「呀！鹹！鹹死人也！」渠邊赤膊揮汗的農夫們一片大笑。一個白髮老人道：「這渠不是那渠，那渠是涇水，這渠是鹽鹼湯。上衝下排，幾年後這鹽鹼地就變肥田了，那時才有甜水喝，懂麼？瓜（傻）娃子！」赤膊壯漢一邊點頭一邊爬上渠來，緊跑幾步伏身涇水毛渠中一陣牛飲，又跳起來大喊：「好甜水！不信趕緊喝！」眾人一陣嚷嚷：「誰不信了，只你個瓜子不信！」於是一片大笑。

「老伯，」嬴政走過來一拱手，「你說這鹽鹼灘果然能變成良田？」

「能！」白髮老人的鐵耒噗地插進泥土，「鹽鹼灘又不是天生的，長年積水排不走，地不病才怪！涇水最清，天生治地良藥。上邊灌藥，下邊排膿，兩三年準保好地，不好才怪！」

「那老伯說，這地官分，有人要麼？」

「不要才怪！老夫想要三百畝，官府給麼？」

「若是給山東移民，村人願意麼？」

一個光膀子後生湊近老人低聲說了一句什麼，老人頓時瞪大了老眼：「你，你是秦王？」嬴政呵呵一笑：「秦王也是秦人，一樣說話。」老人猛然撲地拜倒，兩手抓著濕乎乎的泥土又哭又笑：「天！趕水頭老朽沒趕上，在這見到秦王了！天啊天，老朽命大也！」嬴政連忙扶起老人，四野人眾已經紛紛趕來，秦王萬歲的吶喊又彌漫了茫茫鹽鹼灘。老人站起來搖搖手，身邊人眾便靜了下來。老人對嬴政一拱手，轉身對著四面人眾高聲道：「秦王問我，若是將這鹽鹼灘分給山東移民，我等老秦人是否願意？都說，願意不願意？」

「願意——」四野黑黝黝光膀子們一片奮力吶喊。

「為甚願意？」老人一吼。

「種地靠人！打仗靠人！人多勢大！」

老人慨然拱手：「老朽乃東白氏族長，老秦人絕不欺負山東新人！」

「對！老秦新秦都是秦！」四野一片奮然呼喝。

連同嬴政在內，所有後邊趕來的臣工吏員們的眼睛都濕潤了。尤其是李斯鄭國以及那些近年入秦的山東士子們更是感奮有加，幾乎是不約而同地大喊了一聲：「秦國萬歲！」一時之間，秦國萬歲秦王萬歲秦人萬歲的呼喊聲此起彼伏，夕陽下的原野又燃燒起來。

嬴政對著光膀子農夫們深深一躬，一句話沒說上馬去了。大臣吏員們也是深深一躬，紛紛搖著手出了鹽鹼灘。行營人馬在道邊聚齊，嬴政凝望著田野中久久不散的黑黝黝人群，猛然回身一句：「換駟馬王車，星夜趕回咸陽！」

在秦王萬歲的呼喊中，馬隊王車轔轔啟動，風馳電掣般向西而去。行至櫟陽城外官道，恰遇蒙恬飛馬趕來。在寬大的王車中，蒙恬稟報了一則緊急消息：鄭國渠成放水，山東六國倍感震撼，紛紛派出特使譴責韓國將如此赫赫水工派進秦國，無異蓄意資秦；韓國君臣倍感壓力，已經拘押了鄭國全族人口，聲稱鄭國若不回韓謝罪，立即將鄭氏全族處斬！蒙恬擔心韓國已經派出刺客，怕鄭國有失，是以連夜東來稟報。

「狗彘不食！」嬴政狠狠罵了一句。

第三章 乾坤合同

一、功臣不能全身　嬴政何顏立於天下

驀然醒來，鄭國眼前的一切都變了。

寬大敞亮的青銅榻，寧靜涼爽的廳堂。鋪榻竹席編織得異常精緻，貼身處卻挨著一層細軟愜意的本色麻布，老寒腿躺臥其上既不覺冰涼又不致出汗。不遠處，一面藍田玉砌成的石牆孤立廳中，恍若一道大屏，滲著細密光亮的水珠。顯然，這是牆腹壘滿了大冰磚的冰牆。榻邊白紗帷帳輕柔地舒捲，穿堂微風恍若山林間的習習谷風，夾著一種淡淡的水草氣息，雖不若瓠口峽谷的水汽醇厚，也一片清新自然。如此考究的廳堂寢室，令他這個經年奔波高山大川過慣了粗糲生活的老水工很有些不適。一抬眼，陽光隔著重重門戶紗帳明亮得刺人眼目。

「有人麼？」鄭國猛然坐起，一打晃立即扶住了涼絲絲的銅柱。

「大人醒來了？」紗帳打起，面前一張明媚的女子笑臉。

「你！是何人？」

「小女是官僕，奉命侍奉大人。」

「這是何地？」

「這是大人府邸。」侍女過來攙扶鄭國。

「豈有此理，老夫何來府邸？」鄭國推開侍女，黑著臉下地嘟囔了一句。

「大人初醒不宜輕動，小女去喚太醫。」

「不用。誰是此地管事，帶老夫去見。」

「大人稍待，小女即刻喚家老前來。」侍女風快地去了。

「這是人住的地方麼？不中不中。」鄭國煩躁地嘟囔著徘徊著。

正當此際，一個中年男子大步進門，迎面深深一躬：「稟報大人，在下奉大內署之命暫領府務。一俟大人覓得得力家老，在下便原路回去。」鄭國正要說話，一個鬚髮雪白的老者背著藥箱進了廳堂，身後正跟著那個明媚的侍女。鄭國頓時煩躁：「老夫沒病，誰也不用管！這裡有沒有車馬？老夫要見李斯，不行就見秦王！」家老一拱手道：「李斯大人原本叮囑好的，大人醒來立即報他。在下這便去請李斯大人。」話一落點人已大步出門。鄭國看慣了秦人風風火火，知道不會誤事，也不去管了。

侍女輕步過來，低聲道：「大人，這是長史署派下的住府太醫。大人病情，住府太醫要對太醫署每日稟報。查脈換方，不費事也。」鄭國無奈，只好皺著眉頭坐在案前，聽任老太醫診脈。認真地望聞問切一番，老太醫開好一張藥方，又正色叮囑道：「大人臥榻多日，老寒腿未見發作，足證大人根基尚算硬朗。只是大人觸水日久，風濕甚重，日後家居宜乾宜燥宜暖爽，避水尤為當緊，切切上心為是。」鄭國苦笑著點點頭：「好好好，老夫知道。」離座起身便去了。

鄭國已經習慣了秦國吏員僕役的規程：但遇法度明定的職責，縱然上司或主人指責，也得依照法度做事。譬如鄭國病情，老太醫叮囑不到，日後一旦出事，太醫署便得依法追溯。如此，老太醫豈能不認真敬事？可在鄭國聽來，這番叮囑荒唐得令人啼笑皆非。叫一個老水工不去觸水，還要長年乾燥爽暖，簡直就是教一隻老虎不要吃肉而去吃草！想歸想，涉及法度，老太醫盡職盡責，你說甚都是白說，只有點頭了事。

午後時分，李斯匆匆來了。

「你個老兄弟！塞我這甚地方？老夫活受罪！」鄭國當頭直戳戳一句。

「哎呀老哥哥！你可是國寶也，誰敢教你受罪！坐下坐下，聽我說。」

李斯一番敘說，鄭國聽得良久默然。

原來，一出頻陽鹽鹼灘，鄭國就發起了熱病。行營馬隊只有秦王一輛王車，鄭國與大臣們一樣乘馬，昏沉沉幾次要從馬上倒栽下來。李斯總攬河渠，照應鄭國與一班水工大吏是其職司所在，自然分外上心。一見鄭國狀況不對，李斯覺得鄭國不能再在馬上顛簸，欲報秦王，可王綰說秦王正在車中與蒙恬密談。李斯稍一思忖，給王綰說了一聲，立即帶一班吏員護持著鄭國下了官道。進入櫟陽，調來一輛四面垂簾的篷車教鄭國乘坐，又請來一個老醫士隨車看護，這才上道疾行趕上了大隊。將到咸陽，前隊駟馬王車突然停住，秦王帶著蒙恬匆匆下車，找到李斯低聲吩咐了一番這才離去。依照秦王叮囑，李斯將鄭國乘坐的篷車交給了蒙恬。蒙恬也不對李斯多說，立即帶著自己的馬隊護送著鄭國車輛離開行營大隊，飛上了向南的官道。當時，李斯也是一肚子疑惑，不明就裡。

回到咸陽，李斯因尚無正式官邸，原居所又沒有僕役照應，驟然回去難以安臥，被長史署安置在了咸陽驛館的最好庭院。李斯沐浴夜飯方罷，正要上榻歇息，蒙恬大步匆匆來了。蒙恬對李斯說了韓國問罪鄭國的消息，並說斥候已經探查到韓國刺客進入秦國的蛛絲馬跡，他奉秦王之命，已經將鄭國送到一個該當萬無一失的地方去了，教李斯不要擔心。李斯一時驚愕默然，這才明白了秦王中途停車，教他將鄭國交給蒙恬的原因。李斯也有些後怕，假若在自己護持鄭國出入櫟陽時陡遇韓國刺客，後果豈非難料？

次日小朝會，秦王的第一道王書，是擢升鄭國為大田令，爵位少上造，府邸由長史署妥為遴選，務求護衛周全。王書頒布之後，秦王沉著臉說了一句話：「鄭國是大秦國寶，是富民功臣。韓國敢加鄭氏部族毛髮之害，教他百倍償還！」朝會之後，蒙恬陪同李斯去了那個「該當萬無一失」的地方。一過渭水進入南山官道，一進茫茫樹林中護衛森嚴的山林城堡，李斯立即明白，也不禁大為驚訝。李斯無論如何想不到，秦王能教鄭國住在章臺行宮治病。而護衛鄭國者，竟然是蒙恬的胞弟——少年將軍蒙毅。

旬日之後，鄭國高熱已退。老太醫說章臺過於蔭涼，不宜寒濕症者久居。秦王這才親自下令，將鄭國移回咸陽官邸。李斯說，目下這座大田令官邸，地處王城之外的重臣坊區，蒙毅又專門做了極為細緻的護衛部署，完全不用擔心。末了，李斯興奮地說，回到咸陽將近一月，夏田搶種已經完結，諸般國事也已擺置順當；秦王早已經說好，大田令何時痊癒，何時便行重臣朝會，鋪排日後大政方略。

「這個秦王……難矣哉！」良久默然，鄭國一聲長歎。

「老哥哥，這是何意？」李斯有些意外。

「你我都是山東客，老夫可否直話直說？」

「當然！」李斯心下猛然一跳。

「老兄弟有所不知也。」鄭國很平靜，也很麻木，盯著窗外明亮的陽光瞇縫著一雙老眼，灰白的眉毛不斷地聳動著，「當年韓王派老夫入秦，曾與老夫約法三章：疲秦不成渠，死封侯，活逃秦。老夫答應了。那時，山東六國不治水，六國又有盟約，嚴禁水工入秦。老夫對天下水勢瞭若指掌，知道只有秦國不受山東六國牽制，可自主治水。入秦治水，大有可為，是當時天下水家子弟的共識。然則，老夫若不答應韓王約法三章，便要老死韓國，終生不能為天下治水……」

「老哥哥且慢，」李斯一搖手，「先說說這韓王約法。疲秦，是使命？」

「對。使秦民力傷殘於河渠，疲憊不能東出，是謂疲秦策。」

「那，不成渠，是不能使秦國真正成渠？」

「對。只能是壞渠，滲漏崩塌，淹沒農田，使渠成害。」

「死封侯？」

「假若秦國識破，老夫被殺，韓國封我侯爵，食三萬戶。」

「若老夫完成使命而僥倖未死，當逃離秦國，到他國避禍。」
「活逃秦？」
「到他國？為何不能回韓國？」
「韓國弱小，不能抵擋秦國問罪。老夫不在韓，韓國便能斡旋開脫。」
「這便是說，只有老哥哥死，韓國才認你是韓人，是功臣？」
「大體如此。」
「厚顏！無恥！」素有節制的李斯勃然變色。
鄭國長長一歎：「老夫畢竟韓人，既負韓國，又累舉族，何顏在秦苟活也！」
「老哥哥！你要離開秦國？」李斯霍然站起。
「老夫回韓領死，才能開脫族人。」鄭國認真點頭。
「不能！那是白白送死！」
「死則死矣，何懼之有？鄭國渠成，老夫死而無憾！」
「老哥哥……」
生平第一次，李斯的熱淚湧出了眼眶，撲簌簌落滿衣襟。
在與鄭國一起櫛風沐雨摸爬滾打的幾年裡，李斯只覺鄭國是一個認死理的倔強老水工。鄭國的所有長處與所有短處，都可以歸結到這一點去體察。工程但有瑕疵，鄭國可以幾天幾夜不吃不喝地守在當場，見誰都不理睬，只圍著病症工段無休止地轉。但有糧草短缺民力衝突，李斯找鄭國商議，鄭國便黑著臉一聲吼：「你是總攬！問我何來？」吼罷一聲扭頭便走，且過後從來沒有絲毫歉意。前期，李斯以河渠丞之身總領事務，沒有河渠令，鄭國說他是總攬而不願共決或不屑共決，李斯也無話可說。可後來鄭國做了河渠令，李斯仍是河渠丞，鄭國還是如此吼叫，李斯心下便時時有些不耐。然則，李斯終究是李斯，一切不堪忍受的，李斯都忍受了。李斯有自己的抱負，以名士當有的襟懷容納了這個老水工頗有幾分迂腐的頑韌怪誕稟性，誠心誠意地襄助鄭國，毅然承攬了鄭國所厭煩的所有繁劇事務。李斯沒有指望鄭國對自己抱有感恩之心，更沒有指望這樣一個稟性怪誕的實工派水家大師與自己結交為友人。李斯只有一個心思，涇水河渠是自己的第一道功業門檻，必須成功，不能失敗，為此必須忍耐，包括對鄭國這樣的怪誕稟性的忍耐。

鄭國寡言。除了不得不說，且還得是鄭國願意說的河渠事務，兩人共宿一座幕府，竟從來沒有議論過天下大勢與任何一國的國事。偶有夜半更深輾轉難眠，聽著鄭國寢室雷鳴般的鼾聲，李斯便想起在蒼山學館與韓非共居一室的情形。韓非比鄭國更怪誕，可李斯韓非卻從來都是有話便說，指點天下評判列國，那份意氣風發，任你走到哪裡想起來都時時激盪著心扉。兩相比較，李斯心下更是認定，鄭國只是個水工，絕不是公輸般那種心懷天下的名士大工。然則鄭國也怪，不管如何對李斯吼喝，也不管如何對李斯經常甩臉子，但說人事，便死死咬定一句：「涇水河渠，老夫只給李斯做副手！」縱然在秦王面前，鄭國也一樣說得明明白白。李斯記得清楚，秦王王書命定鄭國做河渠令的那天夜裡，鄭國風塵僕僕從工地趕回，只黑著臉說了一句話：「不管他給老夫甚個名頭，老夫只認你李斯是涇水總攬，老夫只是副手！」李斯搖著頭還沒說話，鄭國已經大步進了自己寢室……

今日鄭國和盤托出如此驚人的祕密，李斯才電光石火般突然明白，鄭國既往的一切怪誕稟性與不合常理的煩躁，都源於這個生死攸關的命運祕密。一個心懷天下水勢，畢生以治水為第一生命的水家大師，既想報國又無以報國，既想治水又無從治水，既想疲秦又不忍疲秦，不疲秦則背叛邦國，疲秦則背叛良知，如此日日憂憤，該當忍受何等劇烈之煎熬？在秦國治水，鄭國最終選擇了水家應有的良知，寧願背負叛國惡名；面對邦國問罪，族人命懸一線，鄭國又平靜地選擇了回國領死，生生拋棄了一個他歷經艱難深深融入其中的生機勃勃的新國家，生生拋棄了他剛剛在這方土地上建立的豐功偉業……

如此際遇，人何以堪？如此情懷，夫復何言？

「秦王駕到——」庭院中傳來長長一呼。

「老哥哥……」李斯有些茫然了。

「老夫之事，與你老兄弟無涉。」鄭國平靜地站了起來。

年輕的秦王大步匆匆地進來，鄭國李斯一拱手還沒說話，秦王便焦急問道：「老令自感如何？甘泉宮乾爽，我看最好老令搬到甘泉去住一夏。」鄭國喟然一歎，深深一躬：「秦王待人至厚，老夫來生必有報答……」嬴政驟然愣怔，一時口吃起來：「老老老令，這是是是何意？」李斯見秦王急得變了臉色，連忙一拱手道：「稟報君上，鄭國要離秦回韓，以死謝罪，解脫族人。」嬴政恍然點頭，呵呵一笑道：「此事已經部署妥當，王翦已派出軍使抵達新鄭，我料韓王不致加害老令一族。」李斯正要說話，嬴政已經皺起了眉頭：「不對！老令縱然離秦回韓，談何以死謝罪？老令何負韓國？」鄭國搖頭一歎：「涇水渠成，老夫將功抵罪，該是自由之身矣！餘事不涉秦國，秦王何須問也。」嬴政的炯炯目光掃視著鄭國，斷然地搖搖頭：「老令差矣！果真老令無事，無論回歸故國還是周遊天下，嬴政縱然不捨，也當大禮相送，使老令後顧無憂。今老令分明有事，嬴政豈能裝聾作啞？」李斯深知這個秦王見事極快，想瞞也瞞不住，更沒必要瞞，一拱手道：「臣啟君上，鄭國方才對臣說過：當年老令入秦，韓王與老令約法三章，老令自感違約韓王，是有以死謝罪之說。」嬴政一點頭：「老令，可有此事？」鄭國長歎一聲點頭：「老夫慚愧也！」嬴政又倏地轉過目光：「客卿，敢問何謂約法三章？」李斯便將方才的經過說了一遍。

「鼠輩！禽獸！」嬴政黑著臉惡狠狠罵了兩句。

「秦王，容老夫一言。」

「老令但說。」

鄭國平靜淡然地開口：「老夫一水工而已，以間人之身行疲秦之策，負秦自不必說。韓王約法三章，老夫終反其道而行之，負韓亦是事實。族人無辜，因我成罪，老夫更負族人。負異國，負我國，負族人，老夫何顏立於天下？若秦王為老夫斡旋，再使秦韓兩國兵戎相見，老夫豈非罪上加罪？老夫一生癡迷治水，入秦之前，畢生未能親領民力完成一宗治水大業。幸得秦王胸襟似海，容得老夫以間人之身親統河渠，並親自冠名鄭國渠，使老夫渠成而業竟，老夫終生無憾矣！老夫離秦回韓，領死謝罪以救族人，心安之至，無怨無悔，唯乞秦王允准，老夫永誌不忘！」

「老令……」嬴政的眼眶溢滿了淚水。

李斯心下猛然一跳——秦王要放鄭國走？

嬴政長吁一聲：「老令初醒，體子虛弱，且先靜養幾日可否？」

「秦王，老夫行將就木，不求靜養，唯求盡速回韓。」

「好！旬日為期，嬴政親送老令回韓！」

「老夫……謝過秦王。」眼見李斯目光示意，鄭國終於沒有再說。

嬴政大步赳赳地走了。李斯鄭國送到廊下，親眼看見嬴政在門廳喚過少年將軍蒙毅叮囑了一陣，王車才轔轔出了官邸。鄭國皺著眉頭，埋怨李斯不該說出約法三章事。李斯說，你老哥哥當真糊塗也，韓國如此沒有擔待，韓王又如此歹毒，李斯不說還算人麼？鄭國苦笑搖頭，再不說話了。李斯一時把不準秦王決斷，覺得如此送鄭國回韓，分明害了鄭國害了鄭氏一族。心下老大過意不去，李斯便沒有急著離開。李斯知道鄭國不善打理，二話不說開始鋪排：先喚來侍女，吩咐庖廚治膳，不要夏日生冷，只要熱騰騰的秦地燉肥羊與蘭陵老酒；再吩咐住府老太醫的小徒煎藥，到時刻送來，他親自敦促鄭國服藥；而後又親自將冰牆與寢室諸般物事檢視一遍，該撤則撤該換則換，直到合乎李斯所熟悉的鄭國喜好為止。李斯按捺著重重心事，一直留在這座大田令官邸陪著鄭國吃飯、服藥、說話，直到暮色降臨，鄭國老眼矇矓地被侍女扶上臥榻。

此時，少年將軍蒙毅快步走來，說秦王急召李斯議事。

李斯趕到王城書房，蒙恬、王綰與一個厚重威猛的將軍已經在座了。李斯向厚重威猛的將軍看了一眼，不期正與將軍向他瞄來的炯炯目光相遇，心下一動正要說話，秦王恍然拍案起身笑道：「對也！兩大員還沒見過。來，認認，這位客卿李斯，這位前將軍王翦。」李斯莊重謙恭地拱手作禮：「久聞將軍大名，今日得見，幸何如之！」王翦赳赳拱手：「先生總攬河渠，富國富民，富我頻陽。王翦景仰先生，後當就教！」

君臣各自就座。嬴政笑意倏忽消失，叩著書案道：「近日原當謀劃長遠大計，不期鄭國之事意外橫出，是以急召四位會商。前將軍先說，韓國情形如何？」

「臣啟君上，韓王可恨！」

王翦憤憤然一句，皺著眉頭稟報了出使新鄭的經過。

原來，嬴政從涇水河渠回到咸陽，深感鄭國之事牽涉甚多，不能小視，立即派快馬特使給關東大營的桓齮發出了一件密書：迅速派一軍使趕赴新鄭，向韓王申明秦國意願——韓國向秦國派出間人疲秦，罪秦在先；韓王若能開赦鄭國族人，並許鄭氏族人入秦，秦國可不計韓國疲秦之惡行，否則，秦韓交惡，後果難料。桓齮接到密書，連夜與王翦商議。王翦一番思忖，覺得軍中大將、司馬適合做這個使節者一時難選，決意親自出使新鄭。桓齮原本也為使節人選犯愁，王翦自請，自然大是贊同。畢竟，關東一時無戰，王翦又是文武兼備聲望甚高的大將，王翦做軍使，也能給韓王些許顏面，有利於此事順當解決。

然則，誰也沒有料到，王翦對韓國君臣竟是無處著力。王翦車馬進入新鄭，先是硬生生在驛館被冷落三日，非但無法見到韓王，連領政丞相韓熙也是閉門謝客。直到第四日午後，韓王才召見了在王城外焦灼守候的王翦。及至王翦將秦國意願明白說完，年輕的韓王卻陰陰笑著一直不說話。王翦按捺住怒氣正色詢問：「韓王究竟意欲如何，莫非有意使秦韓交惡？」韓王呵呵一笑：「秦為大國，韓為小邦，本王安敢玩火？」王翦冷冰冰一句：「既然如此，韓王是允諾秦國了？」韓王又陰柔一笑：「將軍當知，韓國不若秦國，老世族根基深厚，本王即便允諾也是不中。果真要鄭國一族離韓入秦，本王亦當與老世族商議一番，而後方能定奪。」王翦問：「韓國定奪，須要幾多時日？」韓王皺著眉頭一臉苦笑：「王室折衝老世族，至少也得三個月了。」王翦不禁厲聲正色：「韓國若要三月之期，得先教本將軍面見鄭氏一族，並得留下一支秦軍甲士看護鄭氏族人，否則不能成約！」韓王只哭喪著臉：「拘押鄭氏族人，乃老世族所為也。本王尚且不知鄭氏族人拘押在誰家封地，如何教將軍去見？」王翦眼見韓王成心推諉搪塞，本欲以大軍壓境脅迫韓王，又慮及因一人用兵而影響秦國對山東之整體方略，便重重撂下一句話：「果真秦韓交惡，韓國咎由自取！」憤然出了王城。此後王翦留新鄭旬日，韓國君臣硬是多方迴避，任誰也不見王翦。直至離開新鄭，王翦只有一個收穫：探察得鄭氏一族拘押在上大夫段延的段氏封地。

「欺人太甚！豈有此理！」年輕秦王一拳砸在青銅大案上。

「這個韓王，可是剛剛即位兩年多的韓安？」李斯問了一句。

「正是。」王翦黑著臉一點頭。

「韓安陰柔狡黠，做太子時便有術學名士之號。」王綰補充一句。

「小巫見大巫。」蒙恬冷笑，「韓安不學韓非之法，唯學韓非之術。」

「若非投鼠忌器，對韓國豈能無法！」王翦顯然隱忍著一腔怒氣。

李斯一拱手：「將軍是說，目下整體方略未就，不宜對韓國用兵？」

「正是。先生好見識。」王翦顯然很佩服李斯的敏銳洞察。

「這是實情。」王綰的語氣很平穩，「大旱方過，朝野稍安。當此之時，秦國內政尚未盤整，外事方略尚未有全盤謀劃，驟然因一人動兵，牽一髮而動全身，只怕對大局有礙。」

「然則，果真一籌莫展，也是對秦國不利。」蒙恬顯然不甘心。

「鄭國倒是絲毫不怨秦國，將回韓看作當為便為之行。」李斯歎息了一聲。

「鄭國是鄭國！秦國是秦國！」年輕的秦王突然爆發，一拳砸案霍然站起，大步走動著臉色鐵青著，一連串怒吼震得大廳嗡嗡作響，「鄭國固然無怨，秦國大義何存！鄭國是誰？是秦國富民功臣！是韓國卑鄙伎倆犧牲品！是捨國捨家心懷天下的大水工！是寧可自己作犧牲上祭壇，也不願修一條害民壞渠的志士義士！韓國卑劣，鄭國大義！韓國渺小，鄭國至大！鄭國不是韓國一國之鄭國，是天下之鄭國！更是秦國之鄭國！鄭國為秦國富庶強大，而使族人受累，秦國豈能裝聾作啞？功臣不能全身，秦國何顏立於天下！嬴政何顏立於天下！秦國果真大國大邦領袖天下，便從護持功臣開始！安不得一個功臣，秦國豈能安天下！」

偌大廳堂，寂靜得深山幽谷一般。

四位大員個個能才，可在年輕秦王這一連串沒有對象的怒吼中都不禁有些慚愧了，一則為之震撼，二則為之感奮。一個國王能如此看待功臣，能如此掂量國家大局與保全功臣之間的利害關聯，天下僅見矣！與如此國王共生共事，生無後顧之憂矣！

「臣等聽憑王命決斷！」四人不約而同，拱手一聲。

年輕的秦王喘息了一聲平靜下來：「此事交李斯王翦，要旬日見效。」一句話說完，嬴政大踏步轉身走了。蒙恬不禁呵呵一笑：「亂麻亂麻，快刀一斬，服！」王綰也紅著臉一笑：「大局大局，究竟甚是大局，服！」李斯卻對王翦一拱手：「此事看來只有從『兵』字入手，將軍以為如何？」王翦站起大手一揮：「有秦王如此根基，辦法多得很，先生只跟我走！」一句話說完，兩人已經連袂出了大廳。蒙恬對王綰一笑，都是一堆事，各忙各也。蒙恬也起身走了。只王綰坐在案前愣怔良久，彷彿釘在案前一般。

李斯王翦出了王城上馬，立即兼程趕赴函谷關外的秦軍大營。

天色堪堪大亮，兩騎飛進關外幕府。王翦將秦王一番話對主將桓齕一說，白髮蒼蒼的老桓齕拍著大腿一嗓子：「鳥！好！韓安這小子，是得給他個厲害！你兩個說辦法，老夫只搖令旗便是！」一路之上，王翦與李斯斷斷續續已經謀好了對策。然王翦素來厚重寬和，更兼推崇李斯才具，此刻一力要李斯對桓齕說出謀劃對策，好教桓齕明白，是李斯奉秦王之命在主持目下這場對韓斡旋。短暫相處，李斯對王翦的稟性已經大有好感，不再說奉王命介入之類的官話，一拱手便道：「李斯不通兵事，只一個根基：目下秦國對山東之整體方略未定，此次只對韓國，不涉他國。王翦將軍與在下共謀，對策有二：其一，對其餘五國明發國書，戳穿並痛斥韓國之猥瑣，申明秦國護持功臣之大義，使列國無由合縱干涉；其二，三五日內猛攻韓國南陽諸城，但能攻下三五城，大事底定！」

老桓齕立即拍案：「好主意！李斯主文，王翦坐帳，老夫攻南陽！」王翦連忙一拱手：「上將軍不可不可！此事是先生與末將之事，末將如何能坐在幕府？」老桓齕哈哈大笑：「老夫不打仗，渾身癢癢！不知道麼？兩年大旱沒動兵，老夫只差沒癢死人！幕府老夫不稀罕，不教老夫打仗，老夫便不搖令旗！你兩個奈何老夫？」李斯與秦軍大將從未有過來往，一見這威名赫赫的白髮上將軍如同少年心性一般，心下頓時沒底，不知如何應對了。再看王翦，卻是不慌不忙道：「老將軍要搶我功勞，末將讓給老將軍便是。」老桓齕頓時紅臉：「攻得三五城，算個鳥功勞！老夫是渾身癢癢。你小子！非得老夫脫光給你看麼？老夫打仗，功勞記你，賴帳是老鱉！」王翦依舊不慌不忙：「自秦王去歲下令特製草藥入軍，老將軍一日一洗，甲癢病業已大有好轉。末將看，老將軍還是要奪末將功勞。」老桓齕無可奈何地揮揮手：「好好好，你小子小氣！要掙功勞給你！那，老夫照應糧草總歸可也。」王翦還是不慌不忙：「也不行。秦王不久將要巡視大軍，大營軍務堆積如山，上將軍豈能做輜重營將軍？」老桓齕臉色一陣紅一陣白，終究又是無可奈何地呵呵一笑：「你小子老夫剋星也！好好好，老夫離得遠遠便是。」

入夜，李斯草擬好國書，正好王翦進帳來商定兩方如何文武協同。李斯多少有些擔心老桓齕掣肘，又不好明說，只好沉吟著一句：「此事宜速決，全在文武步伐協同，上將軍果真發令不暢……」王翦不禁哈哈大笑：「先生多慮也！秦人聞戰則喜，個個如此。全軍呼應配合，只怕老將軍比你我還要上心。」李斯自然知道，持重的王翦決然不會在邦國大事上嬉鬧，一時心下大是寬慰。

次日，李斯在幕府軍吏中選好五名幹員，五道國書立即飛往趙魏燕齊楚。之後，李斯自帶幾名得力幹員，祕密出使韓國，一則與王翦雙管齊下，二則要察看韓國虛實，三則還想會見韓非勸其入秦。

王翦親率五萬步騎精銳，同時猛撲南陽。旬日方過，李斯與五路特使尚未回程，王翦一旅已經連下南陽五城，將南陽最大的宛（縣）城已經鐵桶般圍定。多年來，韓國非但對秦屢屢敗績，便是在山東六國的爭戰中也是多有戰敗屢屢割地，腹地已經支離破碎互不連接，幾成一張千瘡百孔的破網。南陽之地，是韓國最後風華尚存的富庶地帶，一旦失守，韓國便只有新鄭孤城一片了。秦軍一攻南陽，韓國立即派出飛車特使向五國求援。奈何秦國國書在先，五國頓時氣短，覺得韓國在鄭國之事上太過齷齪。普天之下，哪有個不許本國間人逃回本國的黑心約法？再說，秦軍關外大營距南陽近在咫尺，五國縱然有心合縱發兵，至少也得一月半月會商，縱然不會商立即發兵，至少也得旬日之後趕到，韓國一片南陽之地撐得了十天半月麼？大勢如此，五國只有搖頭歎息了。求救無望，韓王安立即慌了手腳，當即派出特使請求秦軍休戰。可王翦根本不理睬，只揮動大軍包圍宛城，聲稱韓國若不送鄭氏族人入秦，秦軍立即滅韓！

李斯回程之日，韓國丞相韓熙已經親自將鄭氏族人數百口送到了秦軍幕府。萬般感慨之下，李斯立即知會王翦退兵。

秦王接到快報，下書內史郡郡守畢元：在鄭國渠受益縣內，任鄭氏族長選地定居，一應新居安置所需全部由國府承擔。李斯將一應事務處置完畢，遂星夜趕回咸陽，尚未晉見秦王，先趕到了大田令府邸。李斯將諸般經過尚未說完，鄭國已經是老淚縱橫了。當夜，李斯還是沒有回驛館，陪著鄭國整整說叨了一夜。鄭國反覆念叨著一句話：「老夫治水一生，閱人多矣！如秦王秦國這般看重功臣者，千古之下不復見矣！」次日清晨，李斯要陪鄭國到下邽縣撫慰族人，鄭國斷然搖頭：「不！老夫立即到官署任事，立即草擬水法。既為秦國大田令，老夫豈能尸位素餐！」

正在此時，家老匆匆進來稟報：中車府軺車在車馬場等候，專門來接李斯。中車府是專司王室車馬的內侍官署，派車接送官員自然是奉秦王之命。李斯當即向鄭國告辭，疾步出府，在車馬場上了高傘蓋的青銅軺車轔轔而去。

軺車出了官邸坊區，沒上王城大道，繞過王城直向北門駛去。李斯不便公然詢問，心下卻不禁溢出些許鬱悶。軺車向北，不是去北阪，必是去太廟。便是說，此行未必定然是秦王召見，縱然是秦王召見，也多半不是大事正事。畢竟，秦王只要在咸陽，議政從來都是在王城書房的。李斯目下最上心者，是自己這個客卿之身究竟落到哪個實在官職上？河渠事完，後續事務已經移交相關官署，李斯這個客卿便虛了起來。回咸陽兩月有餘，上下忙得風風火火，除了擢升並安置鄭國，朝會始終沒有涉及人事。雖然李斯明白，鄭國已經做了大田令，秦王絕不會閒置自己於客卿虛職，然真章未見，心便始終懸著。

「客卿，敢請下車。」

駕車內侍輕輕一聲，李斯驀然回過神來。

二、嬴政第一次面對從來沒有想過的大事

太廟松柏森森，幽靜涼爽，嬴政的煩躁心緒終於平復下來。

夜來一場透雨，絲毫沒有消解流火七月的熱浪。太陽一出，地氣蒸騰，反倒平添了三分濕熱，王城殿堂書房處處揮汗如雨，直是層層疊疊的蒸籠。按照法度，每逢酷暑與夏日葬禮，王城冰窖都要給咸陽城所有官署分賜冰塊以鎮暑，如同冬日分賜木炭一般。分冰多少冰磚大小，以爵位官職之高低為主要依據，同時參照實際需求。譬如晝夜當值的城防、關市等官署，職爵低也分得多；經常不當值的駟車庶長官署，職爵雖高，也分冰很少。國君駐地的王城殿堂、書房、寢宮，自然是處處都有且不限數量。唯其如此，王城歷來不懼酷暑，任你烈日高照，王城殿堂卻處處都是涼絲絲的。可自從嬴政親政，咸陽王城便與天地共涼熱，再也沒有了那種酷暑之中的清涼氣息。因由只有一個：冰塊鎮暑要門窗緊閉，否則縱是冰山在前也無濟於事，而嬴政最不能忍受者，恰恰是門窗緊閉的憋悶。尋常時日，嬴政無論在書房還是在寢宮，歷來都是門窗大開，至少也是兩對面的窗戶大開，時時有穿堂清風拂面，心下才覺得安寧。每逢夏日，嬴政寧可吹著熱風，也不願關閉門窗教那涼絲絲的冷氣毫無動靜地貼上身來。事情不大，可歷來的規矩法度卻是因此而大亂。第一樁，嬴政晝夜多在書房伏案，無論趙高叮囑侍女們如何輪流小心打扇送風，酷暑時節都是汗流終日，終致嬴政一身紅斑痱子。打扇過度，又容易熱傷風，實在難煞！第二樁，所有的內侍侍女與流水般進出王城的官吏，都熱得氣喘如牛，大臣議事人人一條大汗巾，不消片刻滿廳汗臭彌漫，人人都得皺著眉頭說話。執掌王城起居事務的給事中多次建言，請秦王效法昭襄王，夏季搬到章臺避暑理政。可嬴政每次都黑著臉斷然拒絕，理由只有一個：章臺太遠，議事太慢。

趙高精明過人，將這種無法對人言說的尷尬悄悄說給了蒙恬，請蒙恬設法勸秦王搬到章臺去。蒙恬原本沒上心，只看作趙高嘮叨而已。直到一日進入王城書房，眼見年輕的秦王熱得光膀子伏案渾身赤紅，痱子紅斑半兩錢一般薄厚，悚然動容之下，蒙恬留心了。也是蒙恬天賦過人，對器物機巧有著特異的感知之能，在王城著意轉了幾次，便給秦王上了一道特異文書——請於王城修筑冰火牆以抗寒暑。嬴政對此等細務歷來不上心，呵呵笑著將蒙恬上書撂給了趙高：「小高子，蒙恬改製了秦箏，改製了毛筆，又要在王城做甚個牆。你去給他說，想做甚做甚，只不要聒噪我。」趙高一看蒙恬上書與附圖，高興得一跳三尺高，忙不迭一溜煙去了。旬日之後，嬴政走進書房，只覺涼風徐徐分外舒暢，看看窗外烈日，不禁連聲驚詫。旁邊趙高竊竊一笑：「君上，不覺書房多了一件物事？」嬴政仔細打量，才驀然發現眼前丈餘處立起了一道高高的藍田玉石屏，石屏面滲著一層細小晶亮的水珠，使原本並不顯如何奪目的藍田玉潔白溫潤蒼翠欲滴，竟是分外的可人。

「蒙恬的冰火牆？」嬴政心頭猛然一亮。

「是！整玉鏤空，夏日藏冰，冬日藏火，是謂冰火牆。」

「門窗都可開？」

「門不能開，只可開窗。」

「能開窗便好，比銅箱置冰強出許多。」嬴政不禁讚歎一句。

「君上，冰火牆一丈高，頂得好幾個銅箱藏冰！」

「那，尋常官署沒法用？」

「咸陽令說了，石牆大小隨意做，尋常官署都能用！」

「費工麼？」

「石料比銅料省錢多了，還留冷留熱，比銅箱實受。」

「好好好！蒙恬大功一件，王城官署，都立冰火牆！」

「嗨！」趙高一個蹦跳，不見了人影。

此後一個多月，嬴政身上的紅斑漸漸消褪，王城的殿堂書房也漸漸恢復了井然有序寧靜忙碌的氣象。然則，無論冰火牆多麼愜意，只要一煩躁，嬴政立時覺得只能開窗的書房悶熱難耐，痱子老根也立時瘙癢，恨不得撕扯開衣冠將渾身挖得流血。今日便是如此。清晨剛進書房，嬴政沒有想到久病臥榻的老駟車庶長卻在書房等候。老庶長言語簡約，一拱手便說：「太后專書，請見秦王，說有大事申明。」嬴政驚訝莫名，接過老庶長遞來的一卷竹簡，看過便沉默了。

駟車庶長，是專掌王族事務的大臣，歷來不問軍國常事，除非王族內亂之類的大事，尋常在王城幾乎看不到這個老人的身影。今日，他竟捧著太后的「專書」來了，當真不可思議。更令人不解的是，太后自從被嬴政重新迎回咸陽宮，恢復了母子名分，便一直不問國事。當然，這也是嬴政的期望，是恢復太后名分時的事先約法。如今的太后，能有何等大事？更有奇者，太后縱然曾經有失，畢竟還是恢復了名分的太后，果真有事，直接到王城見他這個秦王也是無可非議，如何要專書請見，而且還要經過執掌王族事務的駟車庶長傳遞？經過這個關口，分明意味著大大貶低了太后的至尊名分。靈慧的母親，豈能不明白此中道理？一番思忖，嬴政覺得很不是滋味。

終於，嬴政對老庶長迸出一句話：「明日，本王親到太后宮。」

駟車庶長一走，嬴政煩躁起來。一想到不知母親又將生出何種事端，心口憋悶得直喘大氣。這個母親最教嬴政頭疼，冷不丁生出個事來便是天翻地覆。尋常人家還則罷了，母親偏偏是一國太后，他嬴政偏偏是一國國王，一旦出事，必惹得天下紛紜列國竊笑。每念及此，嬴政便憤怒不能自已。當初母親若堂堂正正下嫁了呂不韋，以嬴政之特異稟性還當真不會計較。不合母親自賤，與那個活牲畜嫪毐滾到了一起，將好端端秦國攪成了一攤爛泥，令王族深覺恥辱，令秦人深為蒙羞。更教嬴政血氣翻湧的是，母親竟然與那個活牲畜生下兩個私生子，還公然宣稱要去秦王而代之！那時候，他已經立定主意，只要平息嫪毒之亂，立即永遠地囚禁這個母親，教她再也不能橫生事端。嬴政深切明白，縱然他不囚禁母親，王族法度也要處置母親。嬴氏王族可以容忍君臣私通，但決然不能容忍王族太后與亂臣賊子生出非婚孽子而大亂血統，更不能容忍取嬴氏而代之的野心圖謀。

後來，嬴政派趙高率改裝甲士趁亂進入雍城，祕密撲殺兩個孽子，又斷然囚禁母親於萯陽宮，整個嬴氏王族都是沒有一個人異議的。這便是歷經危難磨練的嬴氏王族——只要沒有異議，便是承認國君做得對；一旦異議，則意味著王族要啟動自己的法則。可偏有一班從趙燕入秦的臣子士子憤憤然，說秦王已經撲殺兩子，再囚禁太后實在有違人倫。如此議論之下，這些慷慨之士們紛紛來諫，請求秦王開赦太后以復天道人倫。嬴政怒火中燒，連殺勸諫者二十七人，並下令不許任何人收屍，以告誡後來者不要再效法送死。

那一刻，整個王族與秦國臣民，沒有一個人指責嬴政違背秦法殺人過甚。

嬴政明白，這是老秦人蒙羞過甚，對這個太后已經深惡痛絕了。

在殿階屍身橫陳的時候，那個茅焦來了。

茅焦是齊國一個老士子，半遊學半經商住在咸陽。聽得王城殺人盈階，趙燕士子一體噤聲，茅焦二話不說，赳赳大步地奔往王城。路人相問，茅焦只一句話：「老夫要教秦王明白，天下言路不是斧鉞刀鋸所能了斷也！」其時，嬴政正在東偏殿與老廷尉議事，宮門將軍進來一稟報，嬴政冷冷回道：「教「問他，可是為太后事而來？」宮門將軍疾步出去倏忽即回，報說正是。嬴政臉色鐵青地拍案：「教他先看看階下死人！」宮門將軍出而復回，稟報說茅焦看過屍身，只說了一句話：「天有二十八宿，茅焦此來，欲滿其數也！」嬴政又氣又笑，聲色俱厲地喝令左右：「此人敢犯我禁，架起大鑊煮了他！」鑊是無腳大鼎，與後世大鐵鍋相類。甲士們一聲呼喝，在王殿外架好了鐵鑊，片刻間烈火熊熊鼎沸蒸騰。老廷尉不聞不問恍若不見，起身一拱手也不說話告辭去了。嬴政情知老廷尉身為執法大臣，不能眼看此等非刑之事起在眼前，有意迴避而已，也不去理睬。

老廷尉一出殿口，嬴政一聲大喝：「茅焦上階！」

殿口一聲長呼，一個鬚髮灰白布衣大袖的老士上了東偏殿殿階，小心翼翼步態畏縮，還時不時東張西望地打量一眼。嬴政覺得此人實在滑稽，不禁大笑：「如此氣象，竟來滿二十八宿之數，當真氣壯如牛也！」茅焦聞言，站定在大鑊丈餘之外，一拱手道：「老朽靠前一步，離死便近得一步，秦王固狠，寧不肯老朽多活須臾乎？」說話間老淚縱橫唏噓哽咽，看得將軍甲士們一片默然，一時竟沒了原先的殺氣聲威。嬴政實在忍俊不禁，又氣又笑地一揮手道：「好好好，有話說，說罷快走！」不想茅焦陡然振作，一拱手清清楚楚道：「老夫嘗聞人言：有生者不諱死，有國者不諱亡；諱死者不可得生，諱亡者不可存國。此中道理，秦王明白否？」嬴政天賦過人，目光一閃搖搖頭：「足下何意？」茅焦平靜地說：「秦王有狂悖之行，豈能不自知也？」嬴政冷冷一笑：「何謂狂悖？願聞足下高見。」茅焦正色肅然道：「君王狂悖者，不計邦國聲望利害，徒逞一己之恩仇也。秦國堪堪以天下為事，而秦王卻有囚母毀孝之惡名，諸侯聞之，只恐人人遠秦國而懼之。天下親秦之心一旦瓦解，秦縱甲兵強盛，奈何人心矣！」

嬴政二話沒說，起身大步下座，恭敬地扶起了茅焦。

旬日之後，嬴政經過駟車庶長與王族元老斡旋，終於恢復了母親的太后名分，將母親迎回了咸陽王城。母親萬般感慨，設宴答謝茅焦。席間，母親屢屢稱讚茅焦是「抗枉令直，使敗更成，安秦社稷」的大功臣。那日嬴政也在場，對母親的熱切絮叨只是聽，一句話也不應。後來，母親趁著些許酒意，拉著嬴政的手感慨唏噓：「茅焦大賢也！堪為我兒仲父，襄助我兒成就大業……」母親還沒說完，嬴政霍然起身，對侍女冷冰冰一揮手：「太后酒醉，該醒了說話，扶太后上榻。」說完，鐵青著臉色逕自去了。老茅焦尷尬得滿面通紅，連忙也站起來跟著秦王去了。

在嬴政看來，母親在大政國事上糊塗得無以言說。但反覆思忖，還是找來國正監排了排官吏空缺，下書任命茅焦做了太子右傅。茅焦入府之日，嬴政特意召見，鄭重叮囑：「先生學問儒家居多，今日為太子左傅教習王族子弟，只可做讀書識字師，不得教授儒家誤人之經典。日後但有太子，其教習歸太子左傅，先生不必涉足。」嬴政心下想得明白：茅焦因諫說秦王「不孝」而彰顯，給茅焦大名高位，是向天下昭示秦國奉孝敬賢，以使天下親秦；然茅焦這般儒家士子，不可使其將秦國的王族學館當作宣揚儒家人治之道的壁壘，更不能使他做未來太子的真正老師，只能限定其教習王族子弟讀書識字；茅焦若是不認同，嬴政便要依原先謀劃好的退路，改任茅焦做一個治學說話都沒人管的客卿博士，任他去折騰。

然則，茅焦沒有異議，而且很是欣然。

茅焦只說了一句話：「儒家雖好，不合時勢。秦行法治，老夫豈能不明！」

也就是從茅焦事開始，母親再也沒有說過有關國事有關王室的一句話。

既然如此，母親這次鄭重其事地上書請見，究竟何事？

……

「客卿李斯，見過秦王。」

「呵，先生到了，好！進去說話。」

進了太廟跨院的國君別居，嬴政立即吩咐侍女上茶。松柏森森罩住了庭院，門窗大開穿堂風習習掠過，李斯頓時覺得清爽了許多，不禁一句讚歎：「先祖福蔭，佑我後人哉！」嬴政大覺親切，慨然笑道：「先生喜歡便好！日後三伏酷暑，先生可隨時到此消夏。」李斯連忙一拱手：「君上笑談，社稷之地，臣下焉敢輕入？」嬴政一笑：「只要為國操勞，社稷也是人居，怕甚來？小高子，立即到太廟署給先生辦一道令牌，隨時進出此地。」趙高嗨的一聲，便不見了人影。李斯心下感動，不禁肅然一躬：「君上如此待臣，臣雖死何當報之！」嬴政哈哈大笑：「先生國家棟梁，便是秦國也有先生一份，進出社稷，何足道哉！」驟然之間，李斯心下怦怦大跳，一句話也說不出來了。

君臣坐定，嬴政看著李斯喝下一盅涼茶，這才叩著書案道：「今日獨邀先生到此，本欲商定一件大事。可不知為甚，我今日心緒煩躁得緊，先生見諒。」李斯微微一笑：「大事須得心靜，改日何妨。煩躁因何而起，君上可否見告？」嬴政道：「太后召我，說有大事，不知何事？」李斯沉吟少許一點頭：「太后不問國事，必是君上之事。」嬴政不禁驚訝：「我？我有何事？」李斯平靜地一笑：「是大事，又不是國事，便當是君上之終身大事。」嬴政恍然拍案：「先生是說，太后要問我大婚之事？」李斯點頭：「男大當婚，女大當嫁，該當如此。」嬴政長吁一聲緊皺眉頭，一陣默然，突兀開口：「果真此事，先生有何見教？」惶急之相，全然沒了決斷國事的鎮靜從容。李斯不禁喟然一歎：「臣癡長幾歲，已有家室多年，可謂過來人矣！婚姻家室之事，臣能告君上者，唯有一言也。」

「先生但說。」嬴政分外認真。

「君王大婚，不若庶民，家國一體，難解難分。」

「此話無差，只不管用也。」

「唯其家國難分，君王大婚，決於王者之志。」

「噢？說也。」

「君上稟賦過人，臣言盡於此。」

李斯終究忍住了自己，不敢正視年輕的秦王那一雙有些淒然迷離的細長的秦眼。嬴政凝望著窗外碧藍的天空，一動不動地彷彿釘在了案前。良久默然，嬴政突兀拍案：「小高子備車，南宮！」

冬去春來，太后趙姬已經熟悉了這座清幽的庭院。

咸陽南宮，是整個咸陽王城最偏僻的一處園林庭院。這片園林坐落在王城東南角，有一座山頭，有一片大水，有搖曳的柳林，有恰到好處的亭臺水榭，可就是沒有幾個人走動。在車馬穿梭處處緊張繁忙的王城，這裡實在冷清得教人難以置信。趙姬入住南宮後，一個跟隨她二十多年的老侍女，一臉憂戚而又頗顯神祕地說給她一個傳聞：陰陽家說，咸陽南宮上應太歲星位，是太歲土（註：太歲，古代星名，亦稱歲星，即當代天文學中的木星。先秦堪輿家認為：在與太歲對應的土地上「俗稱太歲土」建房，不吉）；當年商鞅建咸陽太匆忙，未曾仔細堪輿便修了這座南宮；南宮修成後，第一個住進來的是惠文后，之後是悼武王后、唐太后，個個沒得好結局；從此，不說太后王后，連夫人嬪妃們都沒有一個願意來這裡了。老侍女最後一句話是：「南宮凶地，不能住。太后是當今秦王嫡親生母，該換個地方也！」趙姬卻淡淡一笑：「換何地？」老侍女說：「甘泉宮最好，比當年的梁山夏宮還好哩！」趙姬卻是臉色一沉：「日後休得再提梁山夏宮，這裡最好。」說罷拂袖去了。老侍女驚愕得半天說不出話來。

梁山夏宮，是趙姬永遠的噩夢。

沒有梁山夏宮，便沒有呂不韋的一次次「探訪會政」，更不會有呂不韋欲圖退身而推來的那個嫪毒。沒有嫪毒，如何能有自己沉溺肉欲不能自拔而引起的秦國大亂？狂悖已經過去，當她從深深上癮以致成為荒誕肉欲癖好者的深淵裡苦苦掙扎出來的時候，秦國已經發生了翻天覆地的變化。兒子長大了，兒子親政了，短短兩三年之中，秦國又恢復了勃勃生機。回首嬴柱、嬴異人父子兩代死氣沉沉奄奄守成的三年，不能不說，自己這個兒子實在是一個非凡的君王。不管他被多少人指責咒罵，也不管他曾經有過荒誕的逐客令，甚或還有年輕焦躁的稟性，他都是整個秦國為之驕傲的一個君王。趙姬不懂治國，兒子的出類拔萃，她是從宮廷逐鹿的勝負結局中真切感受到的。假如說，嫪毒這個只知道粗鄙肉欲的蠢物原本不是兒子的對手，那麼呂不韋便完全是另一回事了。無論是才能、閱歷、智慧、學問、意志力，呂不韋都是天下公認的第一流人物，且不說還有二十多年執政所積成的深厚根基。當年，誰要是用嬴政去比呂不韋，一定是會被人笑罵為失心瘋的。當年的趙姬，能答應將自己與嫪毐生的兒子立為秦王，看似荒誕肉欲之下的昏亂舉動，其深層原因，卻實在基於趙姬對兒子嬴政的評判。趙姬認定，兒子嬴政永遠都不能擺脫仲父呂不韋的掌心，只要呂不韋在世，嬴政永遠都只能聽任擺布；以呂不韋的深沉遠謀，秦國的未來必定是呂不韋的天下。假如呂不韋還是那個深愛著自己的呂不韋，趙姬自然會萬分欣然地樂於接受這個歸宿，甚或主動促成呂不韋謀國心願亦未可知。呂不韋本來就應該是她的，既然最終還是她的，那麼自己的兒子也就是他的兒子，誰為王誰為臣還不都是一樣？

可是，那時的呂不韋已經不是她的呂不韋了。

呂不韋對她的情意，已經被權力過濾得只剩下曖昧的體諒與堂而皇之的君臣迴避了。既然如此，她與呂不韋還有何值得留戀？事後回想起來，趙姬依然清楚地記得，開始她對呂不韋並沒有報復之心，只一種自憐自戀的發洩。後來，牲畜般的嫪毐催生了她不能自已的肉欲，也催生了昏亂肉欲中萌生的報復欲望——你呂不韋不是醉心權力麼，趙姬偏偏打碎你的夢想！你要藉著我兒子的名分永遠掌控秦國麼？萬萬不能！所以，嫪毐才有了長信侯爵位，秦國才有了「仲父」之外的「假父」，嫪毐才有了當國大權，終於，嫪毐也有了以私生兒子取代秦王的野心……然則，趙姬沒有想到，在秦國亂局中不是她和嫪毐打碎了呂不韋的夢想，而是呂不韋打碎了她與嫪毐的夢想。當她以戴罪之身被囚禁冷宮時，她又一次在內心認定，呂不韋是不可戰勝的權力奇人。那時，沉溺於肉欲之中的她根本沒有想到，毀滅嫪毐與自己野心夢想的，恰恰是兒子嬴政！那時，對國家政事素來遲鈍的她，只看到了結局——兒子並沒有親政，呂不韋依舊是仲父丞相文信侯，既然如此，秦國必然屬於呂不韋。

那時候，她真正地傷心絕望了，為平生一無所得身心空空。

那時候，趙姬想到過死。

然則沒過一年，秦國就發生了難以置信的突變。

兒子嬴政親政！呂不韋被貶黜！接著呂不韋自裁！

任何一樁，在趙姬看來都是不可思議的，也絕不是兒子的才具所能達到的。她寧肯相信，這是呂不韋在毀滅了趙姬之後良心發現而念及舊情，在她的兒子加冠之後主動歸隱，又將權力交還給了她的兒子。趙姬依然清楚地記得，那個想法一閃現，她枯澀乾涸的心田竟驟然重新泛起了一片濕潤！可是，沒過半年，呂不韋死了，自裁了！消息傳來，趙姬的驚愕困惑是無法言狀的。她不能相信，強毅深厚如呂不韋者，何等人物何等事情，能教他一退再退，直至自己結束自己的生命？也就是從那個時候起，趙姬才開始認真起來，不斷召來老內侍老侍女，不斷詢問當年的種種事體。

漸漸地，趙姬終於明白過來。趙姬知道，人們口中的秦王故事不是編造得來的，只有真實的才具，真實的業績，才能被老秦人如此傳頌。兒子嬴政的種種作為與驚人才具，使她心頭劇烈地戰慄著。第一次，她在內心對自己的兒子刮目相看了。第一次，她為自己對兒子的漠視失教深深地痛悔了。恰在此時，呂不韋私葬事件又牽連出了天下風波，秦國大有重新動亂之勢。依著稟性，趙姬從來不關心此等國事風雲。可這次，冷宮之中的她，莫名其妙地心動了，每日都要那個忠實的老侍女向她備細訴說外間消息。她也第一次比照著一個秉政太后的權力，思忖著假若自己當國，此等事該當如何處置？令她沮喪的是，每次得到消息，自己看去都是無法處置的大險危局，根本無法扭轉。可是，沒過幾多時日，一場場即將釀成驚天風雨的亂局，在秦國都乾淨利落地結束了。那時候，她的驚訝，她的困惑，她的興奮，簡直無以言傳。那一夜，在空曠寂寥的咸陽南宮，趙姬整整轉到了天亮。之後又是天下跨年大旱，秦國該亂沒亂，還趁機大上涇水河渠，一舉將關中變成了水旱保收的天府之國。逐客令雖然荒誕，可沒到一個月便收了回去，終究沒誤大事。

至此，趙姬終於相信，兒子決然是個不世出的天縱大才。

趙姬心頭常常閃出一絲疑問，兒子的祖父孝文王嬴柱窩囊自保一生，兒子的父親莊襄王嬴異人心志殘缺才具平庸，如何自己能生出如此一個殺伐決斷凌厲無匹的兒子來？與兒子相比，自己的「太后攝政」簡直粗淺得如同兒戲。也許因了自己是個女人，也許因了自幼生在大商之家，聰明的趙姬見多了爺爺父親處置商社事務的灑脫快意，從來以為權力就是掌權者的號令心志，只要大權在手，想用誰用誰，想如何擺弄國家便如何擺弄，甚主張甚學說，一律都沒用，只能是誰權大聽誰的。在趙姬看來，這是任何人都無法改變的世事。所以，她敢用人所不齒的畜生嫪毒，敢應允教全然沒有被王族法度所承認的「亂性孽子」做秦王。直至其勢洶洶的嫪毒被連窩端掉，自己還不知所以然。想起來，自以為美貌聰慧，其實一個十足的肉女人，實足的蠢物。

趙姬想得很多。自己的愚蠢，不能僅僅歸結為自己是個女人。兒子的能事，也不能僅僅歸結為他是個男人。宣太后是女人，為何將秦國治理得虎虎生氣？嬴柱、嬴異人是男人，為何秦國兩代一團亂麻？說到底，趙姬終歸不是公器人物，以情決事，甚至以欲決事，是她的本色心性，根本不是執掌公器者的決事之道。公器有大道，不循大道而玩弄公器，到頭來丟醜的只是自己。

兩三年清心寡欲，趙姬漸漸平靜了。

畢竟，她還不到知天命之年，還有很多年要活。對於一個太后，她自然不能有吃有穿有安樂了事，總得有所事事。否則，她會很快地衰老，甚至很快地死去。對於曾經滄海的她，死倒不怕，怕的是走向墳墓的這段歲月空蕩蕩無可著落。自然，趙姬不能再干預國事，也不想再以自己的糊塗平庸攪鬧兒子。趙姬已經想得清楚，自己所能做的，只能是在暮年之期幫兒子做幾件自己能做該做的事，以盡從來沒有盡過的母職。可是，雖然是母親，自己與兒子是生疏得如同路人，想見兒子一面，竟連個由頭都找不出來，更不說將自己的想法與兒子娓娓訴說了。

生嬴政的時候，趙姬還不到二十歲。那時候，她正在日夜滿懷激情地期盼著新夫君嬴異人，期盼著呂不韋大哥早早接她回到秦國，對兒子的撫養根本沒有放在心上。也是卓氏豪門巨商，大父卓原閒居在家，便親自督導著乳母侍女照料外重孫，從來沒有叫趙姬操過心。趙姬記得清楚，嬴政五歲的那一年秋天，爺爺對她很認真地說起兒子的事。爺爺說，昭兒，你這個兒子絕非尋常孩童，很難管教，你要早早著手多下工夫，等他長大了再過問，只怕你連做娘的頭緒都找不著了。那時，漫漫的等待已經在她的心田淤積起深深的幽怨，無處發洩的少婦騷動更令她寢食難安。爺爺的話雖然認真，她卻根本沒上心。直到兒子八歲那年母子回秦，趙姬對兒子，始終都是朦朧一片。兒子吃甚穿甚，她不知道。兒子的少年遊戲是甚，她不知道。兒子的喜好稟性，她也不知道。趙姬只知道兒子一件事，讀書練劍，從不歇手。那還是因為，她能見到兒子的那些時日裡，兒子十有八九都在讀書練劍。

回到咸陽，嬴政成了嫡系王子。儘管兒子與她一起住在王后宮，卻是一個有著乳母侍女僕人衛士的單獨庭院。母子兩人，依然是疏離如昔。趙姬也曾經想親近兒子，督導兒子，教他做個為父王爭光的好王子。可是，她每次去看兒子，都發現兒子比自己想像的還要刻苦奮發，便再沒了話說。關心衣食吧，乳母侍女顯然比自己更熟悉兒子，料理得妥帖之極，她想挑個毛病都沒有，也還是無話可說。後來，親眼目睹了兒子在爭立太子中令人震驚的稟賦，趙姬才真切地覺得，兒子長大了，長得自己已經不認識了。後來，兒子做了太子，搬進了太子府，趙姬認真地開始了對兒子的關照。可是，已經遲了。兒子我行我素，經常不住王城，卻在渭水之南的山谷給自己買下了一座獵戶莊院，改成了專心修習的日常住所。趙姬想關照，還是無從著手。及至嬴異人病體每況愈下，趙姬才真正生出了一絲疏離兒子的恐慌。將呂不韋定為兒子的仲父，實際上是她對將死的秦王夫君提出的主張。趙姬當時想得明白，她這個母親對兒子已經沒有了任何影響力，要約束兒子，成全兒子，必須給兒子一個真正強大的保護者。這個人，自然非呂不韋莫屬。

可是，最終，呂不韋對兒子還是沒有影響力。

漫漫歲月侵蝕，連番事件迭起，母子親情已經被搜刮得蕩然無存了。

春秋戰國之世，固然是禮崩樂壞人性奔放，可那些根本的人倫規矩與王族法度以及國家尊嚴，依然還是堅實的，不能侵犯的。身為公器框架中的任何一個男人女人，可以超越公器框架的法度制約，依著人性的驅使去尋找自由快樂的男歡女愛。公器權力可以對你在人倫節操的評判上保持沉默，也可以對你的男女肉欲不以律法治罪。也就是說，作為個人行為，春秋戰國之世完全容納了這種情欲的奔放，從來不以此等奔放為節操污點。那時候，無論是民間還是宮廷，男歡女愛踏青野合夫婦再婚婚外私情幾乎比比皆是，以致彌漫為諸如「桑間濮上」般的自由交合習俗。對這種風習，儘管也有種種斥責之說，但卻從來沒有被公器權力認定為必治之罪。然則，春秋戰國之世也是無情的，殘酷的。當一個人不顧忌公器框架的基本尺度而放縱情欲，並以情欲之亂破壞公器與軸心禮法，從而帶來邦國動亂時，公器法度便會無情地剝去你所擁有的權力地位與尊嚴，將你還原為一個赤裸裸的人而予以追究。

曾經是王后，曾經是太后，趙姬自然是邦國公器中極其要害的軸心之一。

是兒子嬴政，將嫪毐案情公諸天下，撕下了母親作為一國太后的尊嚴。

是兒子嬴政，將母親還原成了一個有著強烈情欲的淫亂女人。

可是，趙姬也很清楚，兒子還是給她保留了最後一絲尊嚴。

廷尉府始終沒有公示她與呂不韋的私通情事。雖然，呂不韋罪行被公布朝野，其中最重罪行是「私進嫪毐，假行閹宦」的亂國罪。然則，無論是廷尉府的定刑文告，還是秦王王書，都迴避了呂不韋這番作為的根基因由。也就是說，趙姬與呂不韋的情事，始終沒有被公然捅破。不管兒子如何對待自己，在此一點上，趙姬還是感激兒子的。在趙姬內心深處，不管秦國朝野如何將自己看作一個淫亂太后，可趙姬始終認定，她與呂不韋的情意不是姦情。因為，終其一生，她只深愛一個人。這個人，便是呂不韋。如果呂不韋更有擔當一些，她寧肯太后不做，也會跟呂不韋成婚。如果秦國將她與呂不韋的情意，也看作私通姦情而公諸天下，她是永遠不會認可的。最有可能的是，她也會同呂不韋一樣，自己結束自己，隨他的靈魂一起飄逝。

兒子默認了她心底最深處的那片淨土，她的靈魂有了最後一片落葉的依託。沒有親情的母子是尷尬的，如果兒子果真答應見她，她該如何啟齒呢？

……

「太后太后。」忠實的老侍女氣喘噓噓跑了過來。

「甚事，不能穩當些個？」趙姬有些生氣。

「太后太后，秦王來了！」老侍女驚訝萬狀地壓低著嗓子。

「！」

「太后！快來人，太后……」

就在老侍女手忙腳亂，想喊太醫又想起南宮沒有太醫只有自己掐著太后人中施救時，身後一陣腳步聲，一個年輕的內侍風一般過來推開了老侍女，平端著太后飛到了茅亭下的石案上。及至將太后放平，一名老太醫也跟了上來，幾枚細亮的銀針利落地插進了太后的幾處大穴。驚愕的老侍女木然了，看著身披黑絲斗篷的偉岸身影疾步匆匆地走進茅亭，既忘了參拜，也忘了稟報，只呆呆地大喘著粗氣說不出話來。

「你是，是，秦，王？」趙姬睜開霧濛濛的雙眼，夢魘般地嘟囔著。

「娘……我是嬴政。」

「你？叫我娘……」一句話沒說完，趙姬又昏了過去。

嬴政清楚地看見，母親的眼睛湧出了兩行細亮的淚水。

心頭猛然一酸，嬴政二話不說俯身抱起母親，大步進了寢室庭院。及至老侍女匆匆趕來，給母親餵下一盅湯藥，母親睜開眼怔怔地看著自己，嬴政還是久久沒有說話。對望著母親的眼神，嬴政的心怦怦大跳。在他的少年記憶裡，母親曾經是那樣的美麗，母親的眼睛是澄澈碧藍的春水，寫滿了坦然，充溢著滿足，蕩漾著明澈。可是，目下的母親已經老了，鬢髮已經斑白，魚尾紋在兩頰延伸，迷濛的眼神嬰兒般無助，分明積澱著一種深深的哀怨，一種大海中看見了一葉孤舟而對生命生出的渴望，一種對些微的體察同情的珍重，一種對人倫親情的最後乞求……

「娘老矣！」嬴政內心一陣驚悚，一陣戰慄。

多少年了，嬴政沒有想過這個母親。在他的心靈裡，母親早早已經不屬於他了。在他的孩童時期，母親屬於獨處，屬於煩躁，屬於沒有盡頭的孤獨鬱悶。在他的少年時期，母親屬於王城宮廷，屬於父親，屬於快樂的梁山夏宮。當他在王位上漸漸長大，母親屬於仲父呂不韋，屬於那個他萬般不齒的粗鄙畜生。在嬴政的記憶裡，母親從來沒有屬於過自己。母親對他沒有過嚴厲的管教，沒有過尋常的溺愛，沒有過衣食照料，沒有過親情廝守，疏疏淡淡若有若無，幾乎沒有在他的心田留下任何痕跡。他已經習慣了遺忘母親，已經從心底裡抹去了母親的身影。甚至，連「母親」這兩個字，在他的眼中都有了一種不明不白的彆扭與生疏。嬴政曾經以為，活著的母親只是一個太后名號而已，身為兒子的他，永遠都不會與母親的心重疊交匯在一起了。然則，今日一見母親，一見那已經被細密的魚尾紋勒得枯竭的眼睛，嬴政才驀然體察，自己也渴望著母親，渴望著那牢牢寫在自己少年記憶裡的母親。

「娘！我，看你來了。」終於，嬴政清楚地說出了第一句話。

趙姬一聲哽咽，猛然死死咬住了被角。

「娘要憋悶，打我！」嬴政硬邦邦冒出一句連自己也驚訝的話來。

「政兒……」趙姬猛然撲住兒子，放聲大哭。

嬴政就勢坐在榻邊緊緊抱住母親，輕輕捶打著母親的肩背，低聲在母親耳邊親切地哄弄著：「娘，不哭不哭，過去的業已過去，甚也不想了，娘還是娘，兒子還是兒子。」趙姬生平第一次聽兒子如此親切地說話，如此以一個成熟男人的胸襟體諒著使他蒙受深重屈辱的母親，那渾厚柔和的聲音，那高大偉岸的身軀，那結實硬朗的臂膊，無一不使她百感交集。一想到這便是自己的親生兒子，趙姬更是悲從中來，哭得一發不可收拾。

旁邊老侍女看得驚愕又傷痛，一時全然忘記了操持，也跟著哭得嗚嗚哇哇山響。趙高眼珠子瞪得溜圓，過來在老侍女耳邊低聲兩句，老侍女這才猛然醒悟，抹著眼淚鼻涕匆匆去了。片刻間，老侍女捧來銅盆面巾，膝行榻前，低聲勸太后止哀淨面。嬴政又親自從銅盆中絞出一方熱騰騰的面巾，捧到了母親面前。趙姬這才漸漸止住了哭聲，接過面巾拭去淚水，怔怔地看著生疏的兒子。

「政兒，這，這不是夢……」趙姬雙眼矇矓，一時又要哭了。

「不是夢。」嬴政站了起來，「娘，過去者已經過去，別老擱心頭。」

「娘沒出息也。」趙姬聽出兒子已經有些不耐，歎息了一聲。

「娘，」嬴政皺起了眉頭，「我沒有多餘的時光。」

「知道。」趙姬離榻起身，抓過了一支竹杖，「跟我來，娘只一件事。」

看著母親抓起的竹杖，嬴政心頭頓時一沉。

母親老了。青綠的竹杖帶著已經顯出遲滯的步態，以及方才那矇矓的眼神與眼角細密的魚尾紋，一時都驟然湧到嬴政眼前，母親分明老矣！剎那之間，嬴政對自己方才的急躁有些失悔，可要他再坐下來與娘磨叨好說，又實在沒有工夫。不容多想，嬴政扶著母親出了寢宮，來到了池畔茅亭下。畢竟，是娘要上書見他。嬴政最關心的，還是娘要對他說的大事。嬴政來時已經想好，只要娘說的大事不關涉朝局國政，他一定滿足娘的任何請求。他已經想到，娘從來沒有喜歡過咸陽王城，或者是要換個居處安度晚年。若是尋常時日的尋常太后，這種事根本不需要秦王定奪，太后自己想住哪裡便哪裡，只須對王城相關官署知會一聲便了。可母親不是尋常太后，她的所有亂行都是身居外宮所引發的。為了杜絕此等事體再度復發，處置嫪毐罪案的同時，嬴政便給王城大內署下了一道王書：日後，連同太后在內的宮中嬪妃夫人，除非隨王同出，不得獨自居住外宮！這次，母親著意通過駟車庶長府上書請見，嬴政對自己的那道嚴厲王書第一次生出了些許愧疚。來探視母親之前，他已經下書大內署：派工整修甘泉宮，迎候太后遷入。嬴政想給鬱悶的母親一個驚喜。嬴政相信，母親一定會喜出望外。至於李斯說的大婚之事，嬴政思忖良久，反倒覺得根本不可能。理由只有一個：母親從來沒有管過他的事，立太子，立秦王，以及必須由父母親自主持的成人加冠大禮，母親都從來沒有過問過；而今母親失魂落魄滿腔鬱悶，能來管自己的婚事？不可能！

「政兒，你已經加冠三年了。」

「娘，你還記得？沒錯。」嬴政多少有些驚訝，母親竟然沒有說自己事。

「政兒，既往，娘對你荒疏太多。」母親歎息一聲，輕輕一點竹杖，「然則，娘沒有忘記你的任何一個關節。你，正月正日正時出生，八歲歸秦，十二歲立太子，十三歲繼任秦王，二十一歲加冠親政……二十多年，娘給你的，太少太少也！」

「娘……娘沒有忘記兒子，兒知足。」

「政兒不恨娘，娘足矣！」

「我，恨過娘。然，終究不恨。」

「你我母子縱有恩怨，就此泯去，好麼？」

「娘說的是，縱有恩怨，就此泯去！」

「好！」母親的竹杖在青石板上清脆一點，「娘要見你，只有一事。」

「娘但說便是。」嬴政一大步跨前，肅然站在了母親面前。
「娘，要給你操持大婚。」母親一字一頓。
「！」嬴政大感意外，一時驚愕得說不出話來。
「你且說，國家社稷，最根本大事何在？」
「傳，傳承有人。」嬴政喘息一聲，很有些彆扭。
「然則，你可曾想過此事？」
「……」
「駟車庶長府，可曾動議過？」
「……」
「你那些年輕棟梁，可曾建言過？」
「……」
「政兒，你這是燈下黑。」
趙姬看著木然的兒子，點著竹杖站了起來，「娘不懂治國大道，可娘知道一件事：邦國安穩，根在後繼。你且想去，孝公唯後繼有人，縱然殺了商鞅，秦國還是一路強盛。武王臨死無子，秦國便大亂了一陣子。昭王臨終，連續安頓了你大父你父親兩代君王，為甚來？還不是怕你爺爺不牢靠，以備隨時有人繼任？你說，若非你父親病危之時決然立你為太子，秦國今日如何？你加冠親政，晝夜忙於國事，好！誰也不能指責你。至於娘，更沒有資格說你了。畢竟，是娘給你攬下了個爛攤子……可是，娘還是要說，你疏忽了根本。古往今來，幾曾有一個國王，二十四五歲尚未大婚？當年的孝公，在二十歲之前便有了一個兒子，就是後來的惠文王嬴駟。政兒，娘在衣食、學業、才具上，確實知你甚少。可是，娘知道你的天性。娘敢說，你雖然已經二十四歲，可你連女人究竟是甚滋味，都不知道……」

「娘！」嬴政面色脹紅，猛然吼叫一聲。

看著平素威嚴肅殺的兒子侷促得大孩童一般，母親第一次慈和地笑了。趙姬重新坐下，拉著兒子胳膊說：「你給我坐過來。」嬴政坐到母親身邊，仍然不知道該說什麼。母親說的這件事，實在太出意料，可是聽罷母親一席話，嬴政卻不得不承認母親說得對。只有母親，只有親娘，才能這樣去說兒子，這樣去看兒子。誰說母親從來不知道自己，今日母親一席話，哪件事看得不準？歷數五六代秦王，子嗣之事件件無差。自己從來不知道女人的滋味，母親照樣沒說錯。這樣的話誰能說？只有母親。生平第一次，嬴政從心頭泛起了一種甜絲絲的感覺，母親是親娘，親娘總是好。可是，這些話嬴政無法出口。二十多年的自律，他已經無法輕柔親和地傾訴了。嬴政能做到的，只有紅著臉聽娘絮叨，時不時又覺得煩躁不堪。

「政兒，你說，想要個何等樣的女子？」娘低聲笑著，有些神祕。

「娘！沒想過。不知道。」

「好，你小子厲害。」母親點了點兒子的額頭。

「娘，說話便是了。」嬴政撥開了趙姬的手。

「好，娘說。」趙姬還真怕兒子不耐一走了之，多日心思豈非白費，清清神道，「娘已經幫你想了，三個路數，你來選定：其一，與山東六國王族聯姻。其二，與秦國貴胄聯姻。其三，選才貌俱佳的平民女子，不拘一格，唯看才情姿容。無論你選哪路，娘都會給你物色個有情有意的絕世佳人。你只說，要甚等女子？」

嬴政默然良久，方才的難堪窘迫已經漸漸沒有了。母親一番話，嬴政頓時清醒了自己大婚的路數。驀然想到李斯之言，也明白了自己這個秦王的婚姻絕非尋常士子那般簡單。

「娘，若是你選，哪路中意？」嬴政突兀一句。
「娘只一句。」趙姬認真地看住了兒子。
「娘說便是。」
「男女交合，唯情唯愛。」
「無情無愛，男女如何？」
「人言，男歡女愛。若無情意，徒有肉欲，徒生子孫。」
嬴政愣怔了，木然坐亭凝望落日，連娘在身邊也忘記了。
「娘，容我想想。」將及暮色，嬴政終於站了起來：
「政兒，娘說得不對麼？」趙姬小心翼翼。
「娘，容我再想想。」
趙姬長長一聲歎息：「政兒，無論如何，你都該大婚了。」
「娘，我知道。我走了。」嬴政習慣地一拱手，轉身大步去了。沒走幾步，嬴政又突然回身，
「娘，你不喜歡咸陽王城，我已經派人整修甘泉宮，入秋前你便可搬過去住。」
趙姬驚訝地睜大了眼睛，驀然一眶淚水又淡淡一笑：「噢，你小子以為，娘要說的大事是搬家？
不，娘沒那心勁了。娘要對你說，娘哪裡也不去。」
「娘！這是為甚？」這次，嬴政驚訝了。
趙姬點著竹杖：「甚也不為，只為守著我的秦王，我的兒子。行麼？」
嬴政對著母親深深一躬，沒有說一句話。
「為君者身不由己。你事多，忙去。」
「娘，我會常來南宮的。」

「來不來不打緊，只要你年內大婚。」

「娘，我得走了。」

看著母親強忍的滿眼淚光，嬴政咬著牙關大步出了南宮。

三、王不立后　鐵碑約法

三更時分，蒙恬被童僕喚醒，說王車已經在庭院等候，秦王緊急召見。

軺車剛剛駛進車馬場堪堪緩速，蒙恬已經跳下車，疾步走向正殿後的樹林。蒙恬很明白，這個年輕秦王每夜都堅持批完當日公文，熬到三更之後很是平常，但卻很少在夜間召見臣下議事。用秦王自己的話說：「一君作息可亂，國之作息不可亂。天地時序，失常則敗。」今夜秦王三更末刻召見，不用想，一定是緊急事體。

「王翦將軍到了麼？」蒙恬首先想到的是山東兵禍。

「沒有。」緊步趕來的趙高輕聲一句，「只有君上。」

夜半獨召我，國中有變？倏忽一閃念，蒙恬已經出了柳林到了池畔，依稀看到了那片熟悉的燈火熟悉的殿堂。剛剛走過大池白石橋，水中突兀啪啪啪三掌。蒙恬疾步匆匆渾沒在意。身後趙高卻已經飛步搶前：「將軍隨我來。」離開書房路徑沿著池畔迴廊向東走去。片刻之間，到了迴廊向水的一個出口，趙高虛手一請低聲道：「將軍下階上船。」蒙恬這才恍然，秦王正在池中小舟之上，二話不說踩著板橋上了小舟。身後趙高堪堪跳上，小舟已經無聲地划了出去。「將軍請。」趙高一拱手，恭敬地拉開了艙門。船艙沒有掌燈，只有一片明朗的月色灑入小小船艙。蒙恬三兩步繞過迎面的木板影壁，便見那個熟悉的偉岸身影一動不動地佇立在船邊，凝望著碧藍的夜空。

「臣，咸陽令蒙恬，見過君上。」

「天上明月，何其圓也！」年輕偉岸的身影兀自一聲慨然歎息。

「君上……」蒙恬覺察到一絲異樣的氣息。

「來，坐下說話。」秦王轉身一步跨進船艙，「小高子，只管在池心漂。」

趙高答應一聲，輕悄悄到船頭去了。蒙恬坐在案前，先捧起案上擺好的大碗涼茶咕咚咚一氣飲下，擱下碗拿起案上汗巾，一邊擦拭著額頭汗水嘴角茶水，一邊默默看著秦王。年輕的秦王目不轉睛地瞅著蒙恬，好大一陣不說話。蒙恬明慧過人，又捧起了一碗涼茶。

「蒙恬，你可嘗過女人滋味？」秦王突兀一句。

「君上……」蒙恬大窘，臉色立時通紅，「這，這也是邦國大事？」

「誰說邦國大事了？今夜，只說女人。」

「甚甚甚？幾（只）說，女，女人？！」蒙恬驚訝得又口吃又咬舌。

若是平日，蒙恬這番神態，嬴政定然是開懷大笑還要揶揄嘲笑一通。今日不一樣，不管蒙恬如何驚訝如何滑稽，嬴政都是目不轉睛地看著蒙恬，認真又迷濛。素來明朗的蒙恬，竟被這眼神看得沉甸甸笑不出聲來了。

「說也，究竟嘗沒嘗過女人滋味？」嬴政又認真追了一句。

「君上……甚，甚叫嘗過女人滋味？」蒙恬額頭汗水涔涔滲出。

「我若知道，用得著問你？」嬴政黑著臉。

「那，以臣忖度，所謂嘗，當是與女子交合，君上以為然否？」

「國事應對，沒勁道！今夜，不要君君臣臣。」

「明白！」蒙恬心頭一陣熱流。

「蒙恬，給你說，太后要我大婚。」嬴政長吁一聲，「太后說的一番大婚之理，倒是看準了根本。可太后問我，想要何等女子？我便沒了想頭。太后說，我還不知道女人滋味。這沒錯！你說，不知道女人滋味，如何能說出自己想要的女子何等樣式？你說難不難，這事不找你說，找誰說？」

「原來如此，蒙恬慚愧也！」

「干你腿事，慚愧個鳥！」嬴政笑罵一句。

「蒙恬與君上相知最深，竟沒有想到社稷傳承大事，能不慚愧？」

「淡話！大事都忙不完，誰去想那鳥事！」嬴政連連拍案，「要說慚愧，嬴政第一個！李斯王翦王綰，誰的家室情形子孫幾多，我都不知道。連你蒙恬是否還光禿禿轟著，我都不清楚！身為國君，嬴政不該慚愧麼？」

「君上律己甚嚴，蒙恬無話可說。」

「蒙恬啊，太后之言提醒我：夫妻乃人倫之首也，子孫乃傳承根基也。」

「正是！這宗大事，不能輕慢疏忽。」

「那你說……」

「實在話，我只與一個喜好秦箏的女樂工有過幾回，沒覺出甚滋味。」

「噢！」嬴政目光大亮，「那，你想娶她麼？」

「沒，沒想過。」

「每次完事，過後想不想？」

「這，只覺得，一陣不見，心下一動一動，癢癢的，只想去抓一把。」

嬴政紅著臉笑了：「癢癢得想抓，豈不是滋味？」

「這若是女人滋味，那君上倒真該多嘗嘗。」

「鳥！」嬴政笑罵拍案，「不嘗！整日癢癢還做事麼？」

「那倒未必，好女子也能長人精神！」

「你得說個尺度，甚叫好女子？」

蒙恬稍許沉吟，一拱手正色道：「此等事蒙恬無以建言，當召李斯。」

「李斯有過一句話，可著落不到實處。」

「對！想起了。」蒙恬一拍案，「那年在蒼山學館，冬日休學，與李斯韓非聚酒，各自多有感喟。韓非說李斯家室已成，又得兩子，可謂人生大就，不若他還是歷經滄海一瓢未飲。李斯大大不以為然，結結實實幾句話，至今還砸在我心頭——大丈夫唯患功業不就，何患家室不成子孫不立！以成婚成家立子孫為人生大就者，終歸田舍翁也！韓非素來不服李斯，只那一次，韓非沒了話說。」

嬴政平靜地一笑：「此話沒錯。李斯上次所說，君王婚姻在王者之志，也是此等意涵。然則，無論你多大志向，一旦大婚有女，總得常常面對。且不說王城之內，不是內侍便是女人，想迴避也不可能。沒個法度，此等滋擾定然是無時不在。」

「也就是說，君上要對將有的所有妻妾嬪妃立個法度？」

「蒙恬，殷鑒不遠，在夏後之世也！」嬴政喟然一歎。

蒙恬良久默然。年輕的秦王這一聲感歎，分明是說，他再也不想看到女人亂國的事件了。而在秦國，女人亂國者唯有太后趙姬。秦王能如此冷靜明澈地看待自己的生身母親，雖復親情而有防患於未然之心，自古君王能有幾人？可循著這個思路想去，牽涉的方面又實在太多。畢竟，國王的婚姻，國王的女人，歷來都是朝政格局的一部分，雖三皇五帝不能例外。秦王要以法度限制王室女子介入國事，可是三千多年第一遭，一時還當真不知從何說起。然則，無論如何，年輕秦王的深謀遠慮都是該支持的。

「君上未雨綢繆，蒙恬決然擁戴！」蒙恬終於開口。

「好！你找李斯王翦議議，越快越好。」

「君上，王后遴選可以先祕密開始。此事耗費時日，當先走為上。」

「不！法度不立，大婚不行。從選女開始，便要法度。」

「蒙恬明白！」

一聲嘹亮的雄雞長鳴掠進王城，天邊明月已經融進了茫茫雲海，一片池水在曙色即將來臨的夜空下恍如明亮的銅鏡。小舟划向岸邊。嬴政蒙恬兩人站在船頭，誰也沒有再說話。小舟靠岸，蒙恬一拱手下船，大步赳赳去了。

蒙恬已經想定路數。李斯目下還是客卿虛職，正好一力謀劃這件大事。王翦、王綰與自己都有繁忙實務，只須襄助李斯則可。路數想定，立即做起。一出王城，蒙恬直奔城南驛館。李斯剛剛離榻梳洗完畢，提著一口長劍預備到林下池畔舞弄一番，被匆匆進門的蒙恬堵個正著。蒙恬一邊說話，一邊大吞大嚼著李斯喚來的早膳。吃完說完，李斯已經完全明白了來龍去脈，一拱手道：「便以足下謀劃，只要聚議一次，其餘事體我來。」說罷立即更衣，提著馬鞭隨蒙恬匆匆出了驛館。

暮色時分，兩騎快馬已經趕到了函谷關外的秦軍大營。

吃罷戰飯大睡一覺，直到王翦處置完當日軍務，三人才在初更時分聚到了谷口一處溪畔涼爽之地，坐在光滑的巨石上說叨起來。王翦聽完兩人敘說，寬厚地嘿嘿一笑：「君上也是，婚嫁娶妻也要立個法程？我看，找個好女人比甚法程都管用。」李斯問：「將軍只說，何等女人算好女人？」王翦揮著大手：「那用說，像我那老妻便是好女人。能吃，能做，榻上耐折騰，還能一個一個生，最好的女人！」蒙恬紅著臉笑道：「老哥哥，甚叫榻上耐折騰？」王翦哈哈一笑：「你這兄弟，都加冠了還是個嫩芽！榻上事，能說得清麼？」蒙恬道：「有李斯大哥，如何說不清？」王翦道：「那先生說，好女人管用，還是法度管用？」李斯沉吟著道：「若說尋常家室，自然好女人管用。譬如我那老妻，也與將軍老妻一個模樣，操持家事生兒育女樣樣不差，還不擾男人正事。然則，若是君王家室，便很難說好女人管用還是法度管用。我看，大約兩者都不能偏廢。」蒙恬點頭道：「對也！老哥哥說，太后算不算好女人？」王翦臉色一沉：「你小子！太后是你我背後說得的麼？」蒙恬正色道：「今日奉命議君上之婚約法度，自然說得。殷鑒不遠，在夏后之世。這可是秦王說的。」王翦默然片刻，長吁一聲：「是也！原本多好的一個女子，硬是被太后這個名位給毀了。要如此看去，比照太后諸般作為對秦國為害之烈，還當真該有個法度。」李斯點頭道：「正是。君王妻妾常居樞紐要地，不想與聞機密都難。若無法度明定限制，宮闈亂政未必不在秦國重生。太后催婚之時，秦王能如此沉靜遠謀，李斯服膺也！」王翦慨然道：「那是！老夫當年做千夫長與少年秦王較武，便已經服了。說便說！只要當真做，一群女人還能管她不住！」

三人一片笑聲，侃侃議論開去，直到山頭曙色出現。

入秋時節，傳車給駟車庶長署送來一道特異的王書。

王書銅匣上有兩個朱砂大字——擬議。這等王書大臣們稱為「書朝」，也叫作「待商書」。按照法度，這種「擬議」的程序是：長史署將國君對某件事的意圖與初步決斷以文書形式發下，規格等同國君王書；接到「擬議」的官署，須得在限定日期內將可否之見上書王城；國君集各方見解，而後決斷是否以正式王書頒行朝野。因為來往以簡帛文書進行，而實際等同於小朝會議事，故稱書朝。因為是未定公文，規格又等同於王書，故稱待商書。

「甚事燒老夫這冷灶來了。」老駟車庶長點著竹杖嘟噥了一句。

「尚未開啟，在下不好揣測。」主書吏員高聲回答。

「幾日期限？」

「兩日。」

「小子，老夫又不能歇涼了。」老駟車庶長一點杖，「念。」

主書吏員開啟銅匣，拿出竹簡，一字一句地高聲念誦起來。老駟車庶長年高重聽，偏偏喜好聽人念著公文，自己倚在座榻上瞇縫著老眼打盹。常常是吏員聲震屋宇，老駟車庶長卻聳動著雪白的長眉鼾聲大起，猛然醒來，便吩咐再念再念。無論是多麼要緊的公文，都要反覆念誦折騰不知幾多遍，老駟車才能說出個子丑寅卯來。如此遲暮之年的大臣，在秦國原本早該退隱了。可偏偏這是職掌王族事務的駟車庶長署，要的便是年高望重的王族老臣。此等人物既要戰功資望，又要公正節操，還要明銳有斷，否則很難使人人通天的王族成員服膺。唯其如此，駟車庶長很難遴選。就實而論，駟車庶長與其說是國君遴選的大臣，毋寧說是王族公推出來的衡平公器。老嬴賁曾經是秦軍威名赫赫的猛將，又粗通文墨，公正堅剛，歷經昭襄王晚期與孝文王、莊襄王兩世及呂不韋攝政期，牽涉王族的事件多多，件件都處置得舉國無可非議，已成了不可替代的支柱。好在這駟車庶長署平日無事，老嬴賁一大半時日都是清閒，不在林下轉，便在臥榻養息，也撐持著走過來了。

「不念了。」老嬴賁霍然坐起。

「這，才念一遍……」主書捧著竹簡，驚訝得不知所措。

「老夫聽清了。」老嬴賁一揮手，「一個時辰後你來草書！」

「兩日期限，大人不斟酌一番？」

「斟酌也得看甚事！」老嬴賁又一揮手，「林下。」

一個侍女輕步過來，將老嬴賁扶上那輛特製座車，推著出了廳堂，進了池畔柳林。暑期午後的柳林，蟬聲陣陣連綿不斷，尋常人最不耐此等毫無起伏的聒噪。老嬴賁不然，只感清風涼爽，不聞刺耳蟬鳴，只覺這幽靜的柳林是消暑最愜意的地方，每有大事，必來柳林轉轉而後斷。秦王這次的擬議書，實在使他這個嬴族老輩大出所料，聽得兩句他便精神一振，小子有心！及至聽完，老嬴賁已經坐不住了。秦王要給國君婚姻立法，非但是秦國頭一遭，也是天下頭一遭，若是當真如此做了，究竟會是何等一個局面，老嬴賁得好好想想。儘管是君臣，秦王嬴政畢竟是後生晚輩，其大婚又牽涉王族聲望尊嚴，也必然波及諸多王族子孫對婚姻的選擇標竿，必然會波及後世子孫，決然不是秦王一個人的婚事那般簡單。

暮色時分，老嬴賁回到書房，主書已經在書案前就座了。

「寫。」老嬴賁竹杖點地，「邦國大義，安定社稷為本，老臣無異議！」

「大人，已經寫完。」主書見主官沒有後話，抬頭高聲提醒了一句。

「完了。立即上書。」一句話說罷，廳堂鼾聲大起。

主書再不說話，立即謄抄刻簡，趕在初更之前將上書送進王城。

當晚，李斯奉命匆匆進宮。秦王指著案上一卷攤開的竹簡道：「老駟車至公大明，贊同大婚法度。先生以為，這件事該如何做開？」李斯道：「臣尚不明白，此次法度只對君上，還是納入秦法一體約束後世秦王？」嬴政一笑：「只對嬴政一人，談何大婚安國法度？」李斯有些猶疑：「若作秦法，便當公諸朝野。秦國不必說，只恐山東六國無事生非。」嬴政驚訝皺眉：「豈有此理！本王大婚，與六國何干？」李斯道：「春秋戰國以來，天下諸侯相互通婚者不知幾多。秦國王後多出山東，幾乎是各國都有，而以楚趙兩國最盛。以君上大婚法度，從此不娶天下王公之女，山東諸侯豈能不惶惶然議論蜂起？」嬴政恍然大笑：「先生是說，山東六國爭不到我這個女婿，便要罵娘？」李斯也忍不住笑了：「一個通婚，一個人質，原本是合縱連橫之最高信物。秦國突兀取締通婚，山東六國還當真發虛也。」嬴政輕蔑一笑：「國家興亡寄於此等伎倆，好出息也，不睬他。」李斯略一思忖道：「臣還有一慮，君上大婚人選，究竟如何著手？畢竟，此事不宜再拖。」嬴政恍然一笑：「先生不說，我倒忘記也。太子左傅茅焦前日見我，舉薦一個齊國女子，說得如何如何好。先生可否代我相相？」李斯愕然，一臉脹紅道：「臣豈敢代君上相妻？」見李斯窘迫，嬴政不禁哈哈大笑一陣，突然壓低了聲音道：「先生也，那茅焦說，這個女子入秦三年，目下住在咸陽。先生只探探虛實，我是怕茅焦與太后通氣騙我，塞我一個甚公主！」李斯第一次見這個年輕的秦王顯出頗為頑皮的少年心性，心下大感親切，立即慨然拱手：「君上毋憂，臣定然查實稟報！」

白露時節，一道特異王書隨著謁者署的傳車快馬，頒行秦國郡縣。

咸陽南門也張掛起廷尉府文告，國人紛紜圍觀奔相走告，一時成為奇觀。

國人驚歎議論之時，分布在秦國各地的嬴氏支脈都接到了駟車庶長署的緊急文書，所有支脈首領都星夜兼程趕赴咸陽。半月之後，嬴氏王族的掌事階層全部聚齊，駟車庶長老嬴賁又下號令：沐浴齋戒三日，立冬之日拜祭太廟。自秦孝公之後，秦國崛起東出，戰事連綿不斷，王族支脈的首領從來沒有同時聚集咸陽的先例。目下王族支脈首領齊聚，拜祭太廟便自當然的第一大禮。

這日清晨，白髮蒼蒼的老嬴賁坐著特製座車到了太廟，率眾祭拜先祖完畢，便命王族首領們在正殿庭院列隊。首領們來到庭院，有祭過太廟的首領立即注意到了正殿前廊的新物事。這太廟正殿之前廊不是尋常府邸的前廊，入深兩丈，橫闊等同大殿，十二根大柱巍然矗立，實際上是祭拜之時的聚散預備場所。宏闊的前廊，原本只有兩座與洛陽九鼎之一的雍州鼎一般偉岸的大銅鼎。昭襄王晚年立護法鐵碑，大鼎東側多了一道與鼎同高的大鐵碑。今日，大鼎西側又有一宗物事被紅錦苫蓋，形制與東側鐵碑相類。首領們立即紛紛以眼神相詢，此次趕赴咸陽，事由是否便要落腳到這宗物事上？

「駟車庶長宣示族令——」

司禮官一聲宣呼，老嬴賁的座車堪堪推到兩鼎之間。

「諸位族領，此次匯聚咸陽，實事只有一樁。」軍旅一生的老嬴賁，素來說話簡約實在，點著竹杖開門見山，「秦王將行大婚，鑒於曾經亂象，立鐵碑以定秦王大婚法度。至於如何約法，諸位一看便知。開碑。」

「開碑——」

兩位最老資格的族領揭開了西側物事上苫蓋的紅錦，一座鐵碑赫然顯現眼前——碑身六尺，碑座三尺，恰與秦昭襄王立下的護法鐵碑遙相對應。

「宣示碑文——」

隨著主書大吏的念誦，族領們的目光專注地移過碑身的灰白刻字——

〈秦王大婚約法〉

國君大婚，事涉大政。為安邦國，為定社稷，自秦王政起，後世秦王之大婚，須依法度而成。其一，秦王妻女，非天下民女不娶。其二，秦王不立后，舉凡王女，皆為王妻。其三，王女不得涉國事，家人族人不得為官。其四，舉凡王女，所生子女無嫡庶之分，皆為王子公主，賢能者得繼公器。凡此四法，歷代秦王凜遵。不遵約法，不得為王。欲廢此法者，王族共討之，國人共討之！

主書大吏念完，太廟庭院一片沉寂，族領們一時懵了。

這座鐵碑，這道王法，太離奇了，離奇得教人難以置信！就實說，這道大婚法度只關秦王，對其餘王族子孫沒有約束力，族領們並沒有利害衝突之盤算，該當一口聲贊同擁戴。然則，嬴氏族領們還是不敢輕易開口。作為秦國王族，嬴氏部族經歷的興亡沉浮坎坷曲折太多了。嬴氏部族能走到今日，其根基所在便是舉族一心，極少內訌，真正的同氣連枝人人以部族邦國興亡為己任。目下這個年輕的秦王如此苛刻自己，連王后正妻都不立，這正常麼？夫妻為人倫之首。依當世禮法，王不立后便意味著秦王沒有正妻，而沒有正妻，無論妾婦多少，在世人看都是無妻，沒有大婚。秦國之王無妻，豈非惹得天下恥笑？更有一層，不立王后，沒有正妻，子女便無法區分嫡庶。小處說，王位繼承必然麻煩多多。大處說，族脈分支也會越來越不清楚。嬴氏王族後人沒了嫡系，又都是嫡系，其餘旁支又該如何梳理？不說千秋萬代，只過十代八代，便會亂得連族系也理不清了。用陰陽家的話說，這是乾坤失序，是天下大忌。凡此等等，秦王與駟車庶長府沒想過麼？

「諸位有異議？」老嬴賁黑著臉可勁一點竹杖。

「老庶長，這第四法若行，有失族序。」隴西老族領終於開口。

「對對對，要緊是第四法。」族領們紛紛呼應。

「諸位是說，其餘三法不打緊，只第四法有疑？」

「老庶長明斷！」族領們一齊拱手。

「第四法不好！族系失序，非同小可！」隴西老族領奮然高聲。

「失序個鳥！」老嬴賁粗口先罵一句，嘭嘭點著竹杖，「王室嬴族歷來獨成一系，與其餘旁支不相擾。這第四法只是說，誰做秦王，誰的子女便沒有嫡庶之分！所指只怕堵塞了庶子賢才的進路！其餘非秦王之家族，自然有嫡庶。任何一代，只關秦王一人之子女，族系亂個甚？再說，駟車庶長府是白吃飯？怕個鳥！」

「啊！也是也是！」族領們紛紛恍然。

「我等無異議！」終於，族領們異口同聲地喊了一句。

「好！此事撂過手。」老嬴賁奮力一拄竹杖站了起來，「眼看將要入冬，關中族領各歸各地，隴西、北地等遠地族領可留在咸陽窩冬，開春後再回去。散！」

「老庶長，我有一請！」雍城族領高聲一句。

「說。」

「秦王大婚在即，王族當大慶大賀，我等當在秦王大婚之後離國！」

「對也！好主意！秦王大婚酒能不喝麼？」族領們恍然大悟一片呼喝。

老嬴賁雪白的長眉猛然一揚：「也好！老夫立即呈報秦王，諸位聽候消息。」

族領們各回在國府邸，立即忙碌起來。最要緊的事只有一件，立即擬就秦王大婚喜報，預備次日派出快馬飛回族地，知會秦王即將大婚之消息，著族人預備秦王大婚賀禮，並請族中元老盡速趕赴咸陽參加慶典。誰料，各路信使還沒有飛出咸陽，當夜三更，駟車庶長府的傳車便將一道秦王特急王書分送到各座嬴族府邸。王書只寥寥數行，語氣冰冷強硬：「我邦我族，大業在前，不容些許荒疏。政娶一女，人倫尋常，無須勞國勞民。我族乃國之脊梁，更當惕厲奮發，安得為一王之婚而舉族大動？秦國大旱方過，萬民尚在恢復，嬴氏寧不與國人共艱危乎！」

一道王書，所有族領都沒了話說。

年輕秦王的凜凜正氣，使這些身經百戰的族領們臉紅了。舉族大慶秦王婚典，原是從古至今再正常不過的習俗，放在山東六國，只怕你不想慶賀君王還要問罪下來。可這個年輕的秦王斷然拒絕，理由又是任誰也無法辯駁，尤其最後一句：「秦國大旱方過，萬民尚在恢復，嬴氏寧不與國人共艱危乎！」誰能不感到慚愧？不以王者之喜滋擾邦國，不以王者之婚紊亂廟堂，寧可犧牲人倫常情而不肯擾國擾民，如此曠世不遇之君王，除了為他心痛，誰還有拒絕奉命的心思？

當夜五更之前，咸陽嬴族府邸座座皆空。

嬴氏支脈的族人們全部離開了咸陽，只留下了作為王族印記的永遠的咸陽府邸。駟車庶長老嬴賁來了，坐在寬大的兩輪座榻上，被兩名僕人推到了咸陽西門。面對一隊隊絡繹不絕的車馬人流火把長龍，老嬴賁時不時揮動著那支竹杖，可勁一嗓子大喊：「好後生！嬴氏打天下！不作窩裡罩！」老嬴責這一喊，立時鼓起陣陣聲浪。「嬴氏打天下！不作窩裡罩！」的吼聲幾乎淹沒了半個咸陽。倏忽晨市方起，萬千國人趕來，聚集西門內外肅然兩列，為嬴氏出咸陽壯行，直到紅日升起霜霧消散，咸陽國人才漸漸散開。酒肆飯鋪坊間巷閭，詢問事由，聚相議論，老秦人無不感慨萬端。一時間，「秦人打天下，不作窩裡罩」廣為流傳，竟變成了與「赳赳老秦，共赴國難」同樣蕩人心魄的秦人口誓。

四、架構廟堂　先謀棟梁

大雪紛飛，一輛垂簾輜車轔轔出了幽靜的驛館。

從簾櫳縫隙看著入冬第一場大雪，李斯莫名其妙地有些惆悵。涇水河渠完結已經半年，他還是虛任客卿，雖說沒有一件國事不曾與聞，畢竟沒有實際職事，總是沒處著落。別的不消說，單是一座像樣的官邸沒有，只能住在驛館。說起來都不是大事，李斯也相信秦王絕不會始終讓他虛職。然則，李斯與別人不同，妻小家室遠在楚國上蔡，離家多年無力照拂，家園已經是破敗不堪，兩個兒子已近十歲卻連蒙館也不能進入，因由是交不起先生必須收的那幾條乾肉。凡此等等尷尬，說來似乎都不是大事，但對於庶民日月，卻是實實在在的生計，一事磕絆，便處處為難。這一切的改變，都等著李斯在秦國站穩根基。依著秦王對鄭國的安置，李斯也明白，只要他說出實情，秦王對他的家室安置定然比他想得還要好。可是，李斯不能說。理由無他，只為走一條真正的如同商鞅那般的名士之路——功業之前，一切坎坷不論！李斯相信，只要進入秦國廟堂，他一定能趟出一條寬闊無比的功業之路，其時生計何愁。然則，這一步何時才能邁出，李斯目下似乎看不清了……

「先生，秦王在書房。」

李斯恍然回身，對恭敬的馭手點頭一笑，出車向王城書房而來。

碩大的雪花盤旋飛揚，王城的殿閣樓宇園林池陂陷入一片茫茫白紗，天地之間平添了三分清新。將過石橋，李斯張開兩臂昂首向天，一個長長的吐納，冰涼的雪花連綿貼上臉頰，猛然一個噴嚏，李斯頓時精神抖擻，大步過了剛剛開始積雪的小石橋。

「先生入座。」嬴政一指身旁座案，「燎爐火小，不用寬衣。」

「君上終是硬朗，偌大書房僅一只燎爐。」李斯入座，油然感喟。

「冷醒人，熱昏人。」嬴政一笑，「小高子，給先生新煮釅茶。」

不知哪個位置答應了一聲，總歸是嬴政話音落點，趙高已經到了案前，對著李斯恭敬輕柔地一笑：「堪堪煮好先生便到，又燙又釅先生暖和暖和。」面前大茶盅熱氣騰起，李斯未及說一聲好，趙高身影已經沒了。

「先生還記得太廟聚談麼？」嬴政叩著面前一卷竹簡。

「臣啟君上，太廟有聚無談。」李斯淡淡一笑。

「先生好記性。」嬴政大笑，「今日依然你我，續談。」

「但憑君上。」

「小高子，知會王綰，今日任誰不見。」

待趙高答應一聲走出，嬴政回頭目光炯炯地看住了李斯：「今日與先生獨會，欲計較一樁大事，嬴政務求先生口無虛言，據實說話。」

「臣有虛心，向無虛言。」李斯慨然一句。

「好！先生以為，秦國目下頭緒，何事為先？」

「頭緒雖繁，以架構廟堂為先。」

「願聞先生謀劃。」

「秦國廟堂之要，首在丞相、上將軍、廷尉、長史四柱之選。」

「四柱之說，先生發端，因由何在？」嬴政很感新鮮，不禁興致勃勃。

「丞相總攬政務，上將軍總領大軍，廷尉總司執法，長史執掌中樞，此謂廟堂四柱。四柱定，廟堂安。四柱非人，廟堂晦冥。」

「四柱之選，先生可否逐一到人？」

「君上……遴選四柱，臣下向不置喙！」李斯大為驚愕。

「參酌謀劃，有何不可？」嬴政淡淡一笑。

「如此，臣斗膽一言：丞相，王綰可也；上將軍，王翦可也；廷尉須知法之臣，一時難選，可由國府與郡縣法官中簡拔，或由國正監改任；長史，唯蒙恬與君上默契相得，可堪大任。」李斯字斟句酌說完，額頭已經是細汗涔涔了。

一陣默然，嬴政喟然一歎：「先生之言，豈無虛哉！」

「君上，臣，何有虛言？」李斯擦拭著額頭汗水，幾乎要口吃起來。

嬴政面無喜怒平靜如水：「先生如此擺布，將自己安在何處？」

「臣，豈，豈敢為自己謀，謀官，謀，謀職？」李斯第一次結巴了。

「但以公心謀國，先生不當自外於廟堂。」年輕的秦王有些不悅。

「臣……臣慚愧也！」突然，李斯挺身長跪，面紅過耳。

「嬴政魯莽，先生何出此言？快請入座。」秦王連忙扶住了李斯。

「君上，臣雖未自薦，然絕無自外廟堂之心！」李斯兀自滿臉脹紅。

「先生步步如履薄冰，他日安得披荊斬棘？」嬴政深淺莫測地一笑。

「臣……」李斯陡然覺察，任何話語都是多餘了。

「先生只說，目下秦國，先生擺在何處最是妥當？」

「以臣自料，」李斯突然神色晴朗，「臣可任廷尉，可任長史。」

「好！」嬴政拍案大笑，「先生實言，終歸感人也！」倏忽斂去笑容，嬴政離案站起，不勝感慨，「先生不世大才也！若非目下朝局多有微妙，先生本該為開府丞相總領國政。果真如此，國事有先生擔綱，嬴政便可放開手腳盤整內外大局。奈何廟堂元老層層，先生又尚在淘洗之中，驟然總領國政，實則害了先生也。嬴政唯恐先生不解我心，又恐低職使先生自覺委屈，是以方才逼先生自料自舉，先求先生之真心也。先生畢竟明銳過人，自舉之職恰當之極。然則，嬴政還要再問一句：廷尉與長史，目下何職更宜先生？」

「長史！」李斯沒有任何猶豫。

「為何？」

「長史身居中樞而爵位不顯，既利謀國，又利立身淘洗。」

「廷尉何以不宜？」

「廷尉位高爵顯，執掌卻過於專一，宜大政之時，不宜板蕩之期。」

「不謀而合！好！」嬴政拍掌大笑。

眼看暮色降臨，窗外大雪茫茫彌天，君臣兩人渾然忘我，一路直說到初更方才用飯。飯罷又談，直至五更雞鳴，李斯才出了王城。回到驛館，李斯又疲憊又輕鬆，想睡不能安臥，想動又渾身痠軟，眼睜睜看著窗外飛雪化成一片日光這才大起鼾聲，開眼之時，庭院一片雪後晚霞分外絢爛。李斯猛然坐起，打了個長長的呵欠，正欲起身沐浴，忽聞庭院車聲轔轔，隨即一聲長呼：「客卿李斯接王書——」

李斯尚在愣怔，特使已經大步進入正廳。

「三日之後，正殿朝會，客卿李斯列席。」

「臣，李斯奉命！」

大寒朝會，天下罕見。

時令對人世活動之節制，春秋之世依然如故。這種節制的最鮮明處，便是天下所形成的春秋出而冬夏眠的活動法則。「春秋」之所以得名，正在於記錄春秋兩季發生的大事，實際便是記錄了歷史。原因在於，冬窩藏，夏避暑，兩季皆為息事之時，向無大事發生，邦國大政亦然。古人之簡約灑脫，與自然融為一體，由此可見。時至戰國，多事之時，大爭之世，一切陳規陋習盡皆崩潰，時令節制也日漸淡化。最實在的變化是，冬夏兩季不再是心照不宣共同遵守的天下休戰期，反倒成了兵家竭力借用的「天時」。由是，天下破除時令限制，漸漸開始了冬夏之期的運轉。及至戰國末期，冬夏大舉已司空見慣，當為則為遂成為新的天下風習。雖則如此，邦國冬日朝會，依然是少見的。根本原因，還是在時令限制。朝會須外臣聚國，冰天雪地酷暑炎炎，外臣迢迢趕路畢竟多有艱難。是以，勤政之國，至多春秋兩朝，便成為不約而同的天下通例。當此之時，年輕的秦王要舉行冬日朝會，朝野自然分外矚目。

這是一次極為特殊的小朝會。

所謂特殊，是與會者除了李斯一個客卿，全數為實職大臣。也就是說，三太（太史、太廟、太卜）之類的清要大臣均未與會，大吏之類的實權低職主官（譬如關市等）也未與會。戰國末期的秦國，在國（中央）實職大臣有五個系列：其一為政務系列，其二為軍事系列，其三為執法監察系列，其四為經濟系列，其五為京都系列。就其職位而言，政務系列之主官大臣為丞相、長史；軍事系列之主官為上將軍、國尉；執法監察系列之主官為廷尉、國正監、司寇；經濟系列之主官為大田令、太倉令、邦司空；京都系列之主官大臣為咸陽令、內史郡郡守。目下，秦國大政尚未理順，丞相職位虛空，上將軍職位有「假」（代理）無實，其餘若干大臣職位則大多是元老在位。依照職位，小朝會當與會者十二人，連同秦王、李斯，統共十四人。因丞相無人，今日與會者只有十三人。

朝會人數很少，地點卻在咸陽宮正殿。

咸陽宮正殿很少啟用。尋常小朝會，多在東西兩座相對舒適的偏殿舉行。新秦王親政以來迭遇突發事件，政事緊張忙碌而求方便快捷，從來沒有在這座正殿舉行過任何朝議。許多新進大臣在職多年，還根本沒有踏進過這座聚集最高權力的王權廟堂。今日，當大臣們踩著厚厚的紅地氈，走上高高的三十六級白玉臺階，穿過殿臺四只青煙裊裊的巨大銅鼎，走進穹隆高遠器局開闊的咸陽宮正殿時，莊重肅穆之氣立即強烈地籠罩了每一個人。九級王階之上，矗立著一座九尺九寸高的白玉大屏，屏上黑黝黝一隻奇特的獨角法獸獬豸瞪著凸出的豹眼，高高在上，炯炯注視著每一個大臣。屏前一臺青銅王座，橫闊過丈，光芒幽幽。階下兩只大鼎，青煙裊裊。鼎前六尺之外，十二張青銅大案在巍巍石柱下擺成了一個闕口朝向王座的三邊形。每張大案左角，皆豎著一方刻有大臣爵次名號的銅牌。案心一張尚坊精製羊皮紙，一方石硯，一枝蒙恬新筆。案旁，一只木炭火燒得恰好通紅又無煙的大燎爐。

「足下以為如何？」鄭國低聲問了一句。

「簡約厚重，莊敬肅穆，天下第一廟堂也！」李斯由衷讚歎。

「秦王駕到——」白髮蒼蒼的給事中快步從屏後走出，站在王臺一聲長呼。

「見過秦王！」大臣們整齊一拱手，不禁都有些驚訝了。

年輕的秦王今日全副冠冕，頭戴一頂沒有流蘇的天平冠，身披金絲夾織爍爍其光的黑斗篷，內則一身軟甲，腰懸一口特製長劍，凜凜之氣頗見肅殺。身為秦王，此等裝束原不足奇。然在這個素來不看重程序而講求實效的年輕秦王身上，此等禮儀裝束實在是罕見了。

「諸位入座。」嬴政一揮手，自己也坐進了王案。

李斯是沒有職掌沒有爵位的客卿，位居西南角的最末席次。遙遙看去，秦王似乎展開了一卷竹簡看得片刻才又抬起了頭，接著便是渾厚清晰而又咬字極重的秦人口音迴盪開來。

「諸位，秦國饑荒之危業已度過，鄭國渠大見成效，秦國元氣正在一步步恢復。當此之時，整肅朝局已成第一要務。」說得幾句，嬴政似乎覺得大臣們聽得不太清楚，摘下長劍站了起來，走到王階前，目光炯炯地掃視著正襟危坐的大臣們，「本王親政三年有餘，先逢動盪餘波之亂局，再遭跨年大旱之饑饉，內外大政，均未整飭。目下秦國大局穩定，本王整飭國政，自今日伊始。」

「君上明斷！」十二名大臣異口同聲。

「謀事在人，成事亦在人。諸位既無異議，今日先定樞紐人事如何？」

「臣無異議！」十二名大臣又是異口同聲。

「好！本王先行申明：要職遴選，須當以功業為根基。然則，秦國未曾大舉，臣下大功一時無從確立，而繁劇國事又得有人擔責。唯其如此，本王之意，初定要職人選，俱以假職代署，一俟功業立定，而後正位定爵。其間，若假職者連續三番大錯，證實才不當其位，立即離職。此法，諸位以為如何？」

「臣無異議！」十二名大臣異口同聲。

「如此，本王宣示大位人選。」

嬴政話未落點，趙高從王案上捧起那卷竹簡恭敬地遞了過來。秦王接過竹簡，又遞給肅立一邊的給事中。這個白髮蒼蒼的執掌王城事務的內侍總管深深一躬，接過竹簡清晰緩慢地念誦起來——

秦王政特書：欲立廟堂，先謀棟梁。業經各方舉薦，元老諮議，今立大政如左：其一，原長史王綰，擢升假丞相，署理丞相府總領國政。其二，原前將軍王翦，擢升假上將軍，專司整軍經武；原咸陽令蒙恬，擢升假上將軍，襄助王翦整軍經武；原假上將軍桓齮，專司關外大營；但有軍爭大計，三假上將軍會商議決。其三，原客卿李斯，擢升假長史，署理秦王書房並襄助秦王政務。其四，原內史郡守畢元，擢升假廷尉，總司執法各署。其五，原咸陽都尉嬴騰，擢升假內史郡郡守，兼領咸陽令咸陽將軍。其六，原大田令鄭國大功爍爍，職掌拓展，得總領經濟十署，議決一切經濟大計。秦王政十三年冬

「諸位若有異議，當下便說。」嬴政目光掃過，高聲一問。

「臣等無異議！」殿中整齊一聲。

嬴政微微一笑：「老國尉有話說？」

蒙武離座站起，一拱手：「老臣無異議，只是有話說。」

立即，大臣們的目光一齊聚向這個鬚髮灰白的老國尉，幾乎是人人不明所以。方才王書，在座大臣除老國尉蒙武、老廷尉嬴蹻、老太倉令嬴寰原職未動，其餘幾乎人人擢升。更不說長公子蒙恬擢升假上將軍，父親蒙武能有甚話可說？

「老國尉但說無妨。」嬴政分外平靜。

「老臣才具平庸，年事漸高，今日請辭，以讓後生。」蒙武一副坦然神色。

「老國尉體魄強健，毫無老相，寧終日閒居乎？」

「老臣雖非軍政之才，然馳騁疆場自信尚可。老臣一請，入軍為將！」

「既然如此，老國尉資望甚重，便做假上將軍，與桓老將軍共掌關外大營。」

「君上差矣！」老蒙武陡然紅臉，「老夫不做假上將軍，只求一軍之將沙場建功！老夫少小入軍，總是奉命糾纏軍政，終未領軍征戰，身為將門之後，軍旅老卒，老夫愧煞！」

「好！老國尉壯心可嘉！但有接任人選，許老國尉入軍為將。」

「老夫舉薦一人！」老蒙武昂昂一聲。

「噢？老國尉有人？」

老蒙武一說，不獨秦王驚訝，這些新銳大臣們也無不驚訝。誰都知道，國尉之才歷來難選。其根本原因，在於國尉的實際執掌牽涉實在太多，一面不通便是梗阻多多。糧草徵集、兵員徵發、大本營修建、兵器甲冑之製造維修、關隘要塞之工程布防、郡縣守軍之調度協調，還有與關市配合收繳外邦商旅關稅、與司寇配合抓捕盜賊等等等等。一言以蔽之，舉凡大軍征戰之外的一切軍務防務，通歸國尉署管轄，涉軍涉政又涉民，頭緒之多令尋常將軍望而生畏。當年趙國之名將趙奢，封馬服君後不任大將軍而任國尉，便在於趙奢有過田部令閱歷，軍政兼通。唯其如此，歷來朝野對國尉府有個別號，叫作「帶甲丞相」。此等人物，大軍將領要認，各官署也要認，否則摩擦多多。所以，國尉之選，既要軍旅資望，又要政才資望，單純將領或單純政務官都不能勝任。蒙武其所以任國尉多年，在於少年入軍，稟性大有乃父蒙驁的精細縝密，又因與莊襄王及呂不韋之特異交誼，多有周旋秦國政務之閱歷。放眼秦國朝野，如蒙武這般軍政兼通者還當真難覓。今日蒙武聲言有人，卻是何人？

「老臣所舉之人，已在函谷關外。」

「山東入秦之士？」

「正是！」

「與蒙氏世交？」

「非也。」

「然，老國尉如何判定其人有國尉之才？」

「此人三世國尉之後，連姓氏都一個『尉』字，只一個天生國尉！」

嬴政不禁大笑，一揮手道：「此等人物，諸位誰有耳聞？」

李斯霍然起身：「臣知此人！只是……」

「散朝。」嬴政一揮手，「新老長史留宮，盡速交接。」

五、李斯的積微政略大大出乎新銳君臣預料

年輕的秦王在那道合抱粗的石柱前整整站了一日，偌大東偏殿靜如幽谷。石柱上新刻了一篇文字。這也是王城大大小小不知多少石柱木柱中，唯一被刻字的一道大柱。字是李斯所寫，筆勢秀骨峻拔，將筆劃最繁的秦篆架構得法度森嚴汪洋嵯峨，令人不得不驚歎世間文字竟有如此靈慧陽剛之美境！然則，年輕的秦王所矚目者，卻不是文字之美。他對字寫得如何向無感覺，只知道李斯的字人人讚許，好在何處，他實在不知所以。他之所以久久釘在石柱之下，是對這篇文字湧流出的別樣精神感慨萬端。

積微，月不勝日，時不勝月，歲不勝時。凡人好敖慢小事，大事至，然後興之務之。如是，則常不勝夫敦比於小事者矣！何也？小事之至也數，其懸日也博，其為積也大。大事之至也希，其懸日也淺，其為積也小。故善日者王，善時者霸，補漏者危，大荒者亡！故，王者敬日，霸者敬時，僅存之國危而後戚之。亡國至亡而後知亡，至死而後知死，亡國之禍敗，不可勝悔也。霸者之善著也，可以時託也。王者之功名，不可勝日志也。財物貨寶以大為重，政教功名者反是，能積微者速成。詩曰：「德如毛，民鮮能克舉之。」此之謂也。

嬴政讀過《荀子》的若干流傳篇章，卻從來沒有讀過如此一篇。

那夜書房小宴，當李斯第一次鏗鏘念完這段話，並將這段話作為他入主中樞後第一次提出的為政方略之根基時，嬴政愣怔良久，一句話也沒說。那場小宴，是在王綰與李斯歷經三日忙碌順利交接後的當晚舉行的，是年輕的秦王為新老兩位中樞大臣特意排下的開局宴。主旨只有一個：期盼新丞相王綰與新長史李斯在冬日預為鋪排，來春大展手腳。酒過數巡，諸般事務稟報叮囑完畢，嬴政笑問一句：「廟堂大柱俱為新銳，兩卿各主大局，來年新政方略，敢請兩位教我。」王綰歷來老成持重，那夜赳赳勃發，置爵慨然道：「君上親政，虛數五年，糾纏國中瑣細政事太多，以致大秦遲遲不能東出，國人暮氣多生。而今荒旱饑饉已過，廟堂內政亦整肅理順，來年當大出關東，做他幾件令天下變色的大事，震懾山東六國，長我秦人志氣！」嬴政奮然拍案：「好！五年憋悶，日日國中瑣事糾纏，嬴政早欲大展手腳！兩位但說，從何處入手！」王綰紅著酒臉昂昂道：「唯其心志立定，或大軍出動，或邦交斡旋，事務謀劃好說！」嬴政大笑一陣，突然發現李斯一直沒說話，眉宇間似乎還隱隱有憂慮之相，不禁揶揄：「先生新入中樞，莫非怕嬴政不好相與乎！」

「臣所憂者，王有急功之心也。」李斯坦然地看著嬴政。

「先生何意？欲做大事便是急功？」議政論事，嬴政從來率直不計君臣。

「臣所憂者，王之見識有差也。」李斯很平靜。

「怪亦哉！何差之有？」嬴政一旦認真，那雙特有細眼分外凌厲。

「長史，你不明不白究竟要說甚？」王綰顯然有些不悅。

「臣啟君上。」李斯沒有理會王綰，一拱手逕自說了下去，「強國富民一天下，世間最大功業也。欲成此千秋功業，尋常人皆以為，辦好大事是根基所在。其實不然，大功業之根基，在於認真妥當地做好每件小事。臣所謂君上見識有差，在於君上已經有不耐瑣細之心，或者，君上對幾年之間的邦國政務評判有差。此等見識彌漫開去，大秦功業之隱憂也。臣之所憂，唯在此處，豈有他哉！」

「大業以小事為本？未嘗聞也！」王綰第一次拍案了。

「新說……先生說下去。」嬴政似乎捕捉到了一絲亮光。

「臣請念誦一文。」

嬴政點了點頭，思緒還纏繞在李斯方才的新說中。

李斯咳嗽一聲，竭力用略帶楚音的雅言念誦了那篇短文。

嬴政默然良久。

「此文何典？」王綰皺起了眉頭。

「我師荀子〈強國〉篇之一章。」

「怪也！大事不成王業，小事速成王業？這說得通麼？」王綰兀自嘟囔。

李斯很認真地回答了王綰的困惑：「丞相，此論主旨，非是說大事無關緊要，實是說小事最易為人輕慢疏忽。對於廟堂君臣，大事者何？征伐也，盟約也，滅國也，變法也，靖亂也。凡此大事，少而又少，甚或許多君主一生不能遇到一件。小事者何？法令推行、整飭吏治、批處公文、治災理民、整軍經武、公平賞罰、巡視田農、修葺城防、獎勵農工、激發士商、移風易俗、衣食起居等等等等。凡此小事日日在前，疏忽成習，必致荒政而根基虛空。其時大事一旦來臨，必是臨渴掘井應對匆匆，如何能以強國大邦之氣象成功處置？是故，欲王天下，積微速成。不善小政而專欲大政者，至多成就小霸之業，不能一天下也！」

「依你所言，新局為政方略何在？」王綰又皺起了眉頭。

嬴政沒有說話，卻猛然盯住了李斯，顯然，這也是他要問的。

「五年之期，專務內政。」

「內政要旨何在？」

「整飭吏治，刷新秦國，倉廩豐饒，堅甲利兵。」

「而後？」

「東出函谷，勢不可當，必一天下！」

嬴政肅然站起向李斯深深一躬：「敢請先生大筆，賜我積微篇章。」

次日午後，李斯在一幅絹帛上寫成了那篇大論。嬴政立即吩咐趙高宣來尚坊令，遴選一名最好的石工，將這篇文字刻在了日常處置政務的東偏殿斜對王座的石柱上。嬴政特意為這篇大論取了個名目——事也政也，積微速成。柱石刻就，嬴政便釘在柱下不動了。

暮色降臨，銅燈亮起，嬴政一如既往地坐到了大案前開始批閱公文。提起那枝蒙恬大管，嬴政自覺心頭分外平靜。這種臨案心緒的變化，只有嬴政自己清楚。既往臨案，同樣認真奮發，但他的內心卻是躁動不安的。不安躁動的根本，是對終日陷溺瑣細政務而不能鯤鵬展翅的苦苦忍耐，只覺得竟日處置政務小事，對一個胸懷天下大志的君王簡直是一種折磨。假如不是他長期磨礪的強毅精神，也許他會當真摔下大筆趕赴戰場的。今日不同了。荀子的高遠論斷，李斯的透徹解析，使嬴政心頭的盲點豁然明朗——這日復一日的瑣細政務，實際是一步步攀上大業峰巔的階梯！何謂見識？發乎常人之不能見者，是謂見識。荀子的「積微速成」說，不是尋常的決事見識，而是一種方法之論，一種確立功業路徑的法則之論。縱觀歷史成敗，可謂放之四海而皆準也。思謀透徹，見識確立，嬴政突然覺得自己成熟了。嬴政清醒地知道了自己是誰，自己每日在做甚。這種對人生況味的明白體察，使年輕的秦王實實在在地處於前所未有的身心愉悅之中。

提出「五年刷新秦國，而後東出天下」的為政方略後，李斯馬不停蹄地走遍了所有官署。年關之前，李斯開出了一卷長長的整飭內政清單，分為農事、工商、執法、關防、新軍、倉廩、鹽鐵、吏治、朝政、王室十大方面一百六十三項具體實務。也就是說，各個大口該當整肅的事務以及該當達到的法度目標，全數詳細開列。

會商清單時王綰臉紅了：「君上，臣請換位，李斯當任開府丞相！」

「丞相何出此言！」李斯也紅臉了。

嬴政笑了：「自知之明，好事。然則目下丞相，還是王綰最宜，無須禮讓。」

「君上明斷！」李斯長吁一聲。

「君上，臣忝居高位，終究不安矣！」王綰面有愧色地搖著頭。

年輕的秦王慨然拍案：「重臣高位，既在才具，又在情勢，丞相何須不安也！目下之要，需我等君臣合力共濟同心謀事，一天下而息兵戈，職爵之分何足道哉！」

「正是！職爵之分，只在做事便捷。」李斯坦然呼應了秦王。

「好！此話撂過。臣定依先生清單鋪排，全力督導。」王綰也坦然地笑了。

那日，君臣三人將所有事項都做了備細分工，其中要害事項一一落實到最佳人選。落到嬴政頭上的只有一件大事，此事非秦王出面無從著手。嬴政目下所看的公文，恰恰便是這件棘手的事情。

「小高子，羽陽宮之事如何了？」嬴政突然抬起頭。

「好好好，好了。」看著秦王罕見的舒暢面容，趙高惶恐得不知所措了。

冰雪消散，啟耕大典方過，沉寂多年的羽陽宮熱鬧起來了。

這是陳倉山地南麓的一片王室苑囿，占地三百餘畝，南臨滔滔渭水，北靠蒼莽高原，與南山群峰遙遙相望，堪稱形勝之地。從關防要塞說，這座宮室正在大散關、陳倉關、隴西要道之交會處，一旦有事，這座宮室便是處置三方危機的樞紐之地。羽陽宮是秦武王時期的丞相甘茂選址建造的，目的正在於上述關防思慮。唯其如此，羽陽宮不大，卻極為堅固厚重，磚石大屋黑頂白牆直簷陡峭，很是簡潔壯美。直到後世宋代，大學問家歐陽修的《研譜》還記載著長安民獻來「羽陽千歲萬歲」字樣瓦當的故事，「其瓦猶今舊瓦，殊不朽腐」。後人之《澠水燕談錄》亦有記載云：「秦武王作羽陽宮……其地北負高原，南臨渭水，前附群峰，形勢雄壯，真勝地也！」

蒼翠的山徑，碧綠的池畔，到處遊盪著白髮皓首的老人。他們或徜徉踏青，或泛舟池陂，或聚相議論，或遙望南山，嘖嘖讚歎山水形勝之時又透出隱隱不安。池畔十多個老人更是守著茶爐無心品嘗，人人兩手握著一只早已經變冷的陶盅轉著，有一搭沒一搭地議論著，雖則言語簡約，卻也你問我答地斷續著。

「我說諸位，我等到底為甚而來？」

「為甚？奉王書而來，等候西時郊祀也。」

「西時郊祀，便撂下國事了？」

「啊呀，撫慰元老，賞宮踏青，有何不可！」

「非也！老夫之見，秦王要與我等會商大事。」

「會商個鳥！逐客令廢除之後，他聽誰？」

「依你說，將我等一班王族元老搬弄到此，意欲何為？」

「總歸說，沒好事！」

「不然不然。我等嬴姓子孫，秦國不靠我等靠誰？」

「對也，不靠我等靠誰？」終於，有了一片呼應。

「作夢！連王后都不立，有了個夫人還不宣姓名，誰能左右？」

「未必也。王后太后，惹事老虎。老夫看，秦王此事沒錯。」

紛紛嚷嚷之際，一聲尖亮的長宣突兀而起：「秦王駕臨，列位大人回宮——」也是奇怪，內侍這種特異的聲音總能破眾而出直貫每個人耳膜。老臣們相互看看，各自嘟囔著只有自己聽得懂的牢騷感慨，終於搖開老邁的雙腿向那座唯一的殿堂走來。

嬴政此來，長史李斯沒有隨同。

按照規矩法度，長史幾乎是秦王的影子，外出政事尤其如此。這次不然，秦王執意獨自前來羽陽宮。理由有兩個：一則是李斯須得盡快回北楚，接出妻小來咸陽；二則是王族元老之糾葛，年輕的秦王不想教李斯陷入其中。後一點，嬴政是從先祖孝公的為政之風中學來的。孝公處置王族事務，從來不牽涉商君，為的是要商君全力以赴應對變法大局。無數的歷史證實，新銳大臣一旦捲入王族糾葛，往往都要埋下巨大隱患。孝公巡視不在國，商君毅然處置了太子違法導致的民變，刑治公子虔，不得已介入王族糾葛。正是這唯一的一次，使法聖商君在孝公之後慘遭車裂。對於秦國的這段歷史，嬴政歷來有不同見識。這個不同，是不像尋常秦國臣民那般，以秦惠王之功忌談殺商鞅之過。嬴政從來不諱言，商君之死於非命，是秦國的最大國恥！一個大國君主面對復辟風暴，不是決然剷除復辟勢力，而是藉世族之壓力殺戮自己心有忌憚的功臣，而後再來剷除復辟勢力，實在當不得一個「大」字。嬴政無數次地在內心推演過當時情勢，設想假如自己是秦惠王該當如何？結果，他每次的選擇都是義無反顧——與商君同心，一力剷除世族復辟勢力，而後一人主內政，一人專事大軍東出。以商君之強毅公心，以惠王之持重縝密，秦國斷不致在秦惠王初期那般吃緊，幾乎被蘇秦的六國合縱壓得透不過氣來。

「此次正好不用長史，空閒難得，先生安置好家事便是大功！」

嬴政慨然一句，李斯一時熱淚盈眶。

李斯沒有再推辭，帶著秦王的特頒兵符，連夜趕赴關外大營去了。老桓齕一見兵符哈哈大笑：

「秦王也是！老夫提兵關外，楚國敢來滋事？只怕它巴結先生還來不及也！鐵騎之外五十輛牛車，先生看夠不夠？」李斯紅了臉：「不須不須，李斯家徒四壁，三輛牛車足矣！」老桓齕卻是不由分說，牛車一輛不少，還堅持親自率領五千精銳鐵騎護送李斯回到上蔡。李斯不贊同也沒用，只好浩浩蕩蕩地回到了汝水東岸的老家。果然不出老桓齕所料，楚國上蔡郡守以「昔年舊交」的名義，率一班吏員迎出十里。當年舉薦李斯出任小吏的老亭長更是上心，呼喝著四鄉八村的民眾聚在村頭道口，鼓樂一片聲浪陣陣，硬是將李斯的軺車抬著進了李氏小莊園。李斯很清醒，也很實在，既牽掛秦王離開後的中樞政務，又很不喜歡與楚國官員應酬，更不想學蘇秦那般錦衣歸鄉散金樂民的豪舉。路途之上，李斯已經對老桓齕說定，大隊鐵騎十里外歇息等候，他只帶一個百人隊並牛車十輛進莊，接出妻小當夜便回咸陽。老桓齕笑呵呵答應了。及至官吏庶民紛紛來迎，老桓齕立時改了主意，說是不能給秦國丟臉，不能悄沒聲地進出楚國。老桓齕一定要李斯風風光光地周旋幾日，一應恩仇了卻乾淨！不由分說，老桓齕立即下令五千鐵騎在汝水河谷紮營，立即派司馬飛騎轉回，火速送來三十車秦酒肉菜。老桓齕給李斯只一句話：「鳥！撂開整！該當！不能教楚人說秦人不知鄉情！」

接到老桓齕的快馬急書時，嬴政正要動身西來。他給老桓齕的回書只一句話：「務求長史平安返秦，餘事老將軍斟酌。」嬴政車馬方到雍城，又得老桓齕快馬急報：李斯只周旋了兩日，流水酒宴晝夜不停，楚官與鄉人全數與宴，贈老亭長五十金，莊園桑田捐入族產；目下長史已經回程，老桓齕親自護送進入函谷關，三日後定可安然抵達咸陽。嬴政長長地出了一口氣，立即給假內史兼領咸陽令的嬴騰一道王書：「長史家室初安咸陽，府邸修葺、官僕選派等一應事務，務求以北楚風習安置妥當，不使其家人有隔澀之感。」

嬴政這次要處置的，是一件新銳大臣們無法插手的棘手事。

在李斯開列的一百多項積微政事中，只有這件事無法由任何官署完成。這就是，從官署中裁汰王族元老。裁汰冗員，本是整肅吏治的一個細目。裁汰王族元老，更是這一細目中的細目。然則，恰恰是這一細目中的細目，構成了整肅吏治的最大難點。商鞅變法之後，天下王族之中，秦國王族可說是最沒有特權的王族了。然則，王族領袖國家，畢竟是全部族群的軸心。歷史積累，邦國傳統，無論法令如何限制，王族終究有著其餘臣民無法比擬的諸多根基特權。便以秦國的官吏任職期限說，秦法沒有明定退隱年歲，但卻有裁汰力不勝任者的種種法度。具體說，但凡秦官，尋常五旬以上年歲者便進入了暮年之期，進入了國正監的裁汰視野；其時若有困頓之相或某種老疾，是一定要被裁汰的。當然，這種正常裁汰不是治罪，自然不能削官為民，而是退隱閒居薪俸照舊。若是精神體力健旺超常，則可照常任事。譬如老將桓齕與軍中一班老將，個個老當益壯，誰也不會以其年高為由而生出異議。

因了此種法度傳統，秦國官署的力不勝任者很少，病弱者更少。但是，此次五年積微，李斯仍然將裁汰老弱冗員列進了重點細目之內。李斯說：「兵在精，不在多，官亦同理。一官無力，百事艱難。大出天下，貴在官吏精幹也！」

嬴政與一班新銳大臣無不贊同。

但是，秦國的王族官員有所不同。不同者一，王族子弟但有軍功政績，所任多為要害官署之實職大員，至少是各官署的領班大吏。目下的秦國官署，六成的領事之「丞」（官署副職）都是王族子弟。不同者二，王族官吏年高不退隱者居多。除了明顯的傷殘大病不能理事者，王族官吏極少有因年高體弱而退隱的先例。其間因由有三：一則，王族子弟都有本來的家族封地與王室苑囿每年撥付的「例穀」進項，儘管是虛封不領民治，但所分賦稅還是能在加冠之後人人擁有一座府邸；如此，王族子弟任官之後不須另建官邸，各方都覺得儉省物力。二則，王族官吏熟悉政務通曉各官署人事，辦事利落快捷，無論其主官上司還是其屬下吏員，都喜歡有個王族子弟做署丞。三則，秦國王族子弟向有傳統，守法奉公，不貪不奢不爭功。甚至多有王族子弟更換姓名隱匿出身而從軍，直到高年，軍中依然不知其為王族子弟。唯其如此，朝野對王族任官從來沒有作為事端提出過。

因了秦國王族的奮發自律，也因了給官署帶來的種種便利，各官署裁汰冗員，極少列入王族官吏。只要不是顯然病弱，王族子弟尋常都是老來依然在官在職。依據李斯與國正監的共同查勘，軍中王族將士除外，在咸陽並各郡縣任職的王族高年官吏百餘人。此等高年老吏，除了堅持每日應卯會事，遲暮懵懂者大有人在。而這些高年大吏的職司，恰恰又都是最需要能晝夜連軸轉且機敏精幹的要害職位。

反覆思忖，嬴政登門探視了駟車庶長老嬴賁，會商出一則移勢之策：以西畤郊祀為名，將在位的王族元老與年高大吏，全數高車駟馬送到西畤左近的羽陽宮，而後由文火化之。西畤，是秦人立國之初在秦川興建的第一座祭壇城堡，建成於秦襄公八年。西畤落成之時，東來秦人在西畤舉行了盛大的祭祀白帝禮。此後六代一百餘年，秦人一直奉上天白帝為秦人正神。後來，秦宣公在關中渭南地帶興建密畤，改祭青帝，同時奉上天青帝為秦人正神。及至秦獻公東遷都城於櫟陽，恰逢櫟陽「雨金」祥瑞，建成畦畤又行大祭，再次祭祀白帝正神。其間，雖也有秦靈公祭過華夏始祖神黃帝、炎帝，但從此之後，秦人尊奉的上天正神，始終是白帝青帝並存，直到嬴政在統一天下後經陰陽家論證而正式尊奉水德，奉青帝，色尚黑。這是後話。目下之秦國，西畤是秦人東進的最早祭壇，具有無可爭議的發端地位，與早期都城雍城一起成為秦人的立國聖地。在西畤郊祀，老秦部族的任何成員能夠被邀參與，都是一種很高的榮耀，斷沒有拒絕的理由。

王族元老們匆匆趕到大殿，秦王卻沒有臨殿會事。

羽陽宮總管老內侍宣讀了一道王書：秦王進入沐浴齋戒，著所有與祭者從即日開始沐浴齋戒三日，而後行西畤郊祀大禮，祈禱白帝護佑秦國。王書讀罷，老臣們一片肅然，異口同聲地奉書領命。目下朝野無人不知，這個年輕的秦王日夜勤政惜時如命，他能三日沐浴齋戒脫開政事，實在是破天荒也！秦王如此看重郊祀大典，王族臣子夫復何言？

三日之後，曙色未顯，隊隊車馬儀仗轔轔開赴十多里之外的西畤。及至太陽高高升起的辰時，郊祀大典圓滿成禮。所有與祭者都分得了一份祭肉，無不感慨唏噓。依照郊祀禮儀，與祭君臣三百餘人，各自肅立在原有的祭祀位置虔誠地吃完各自分得的祭肉，祭禮方算圓滿告結。這日也是一樣，吃完具有神性的祭肉，盛大的車馬儀仗轟隆隆開回了羽陽宮。將到宮門，與祭元老們接到王書：歇息兩個時辰，午後赴殿，秦王會事。

午後的庭院春陽和煦。秦王說大殿陰冷，不利老人，不妨到庭院曬著太陽說話。元老們分外高興，紛紛來到庭院各自找一處背風旮旯舒坦地坐了下來。年輕的秦王也在池畔一方大石坐了下來，看看這個問問那個，一時還沒說到正事。誰知一到太陽地不打緊，不消片刻，便有幾個老人在暖和的陽光下瞇起老眼扯起了鼾聲。更有許多老臣，急匆匆站起離開，歸來片刻又急匆匆離開，額頭汗水臉色蒼白呼哧呼哧大喘不息。嬴政眼見不對，一邊詢問究竟何事一邊緊急召來太醫巡視。三位老太醫巡視一圈，回稟說沒有大事，瞌睡者是連日齋戒今日奔波，體子發虛的老態；來去匆匆者是吃了祭肉消化不動，內急；服得三兩服湯藥再調養幾日，當無大事。

「王叔，我吃得祭肉最多，如何沒事？」嬴政聲音大得人人聽得清楚。

「王叔能與你比？」做大田丞的元老氣喘噓噓搖手，「你虎狼後生也，我等花甲老朽也。那祭肉，都是肥厚正肉，大塊冷吃，倒退十年沒事。今日，不行也……」

「是也是也，不行了。」周遭一片紛紛呼應。

「三日齋戒，腹內空虛，突遇祭肉來襲，定然內急。」

國尉丞的兵法解說，引來一片無奈的咳嗽噴噓帶出鼻涕的苦笑。

年輕的秦王強忍著笑意站起，拱手巡視著四周高聲道：「此乃嬴政思慮不周，致使諸位尊長受累。嬴政之過，定然彌補。太醫方才說過，諸位尊長需要調養始能恢復。嬴政以為，羽陽宮乃形勝之地，諸位尊長不妨在此多住幾日，一則緬懷先祖功業，二則遊覽形勝，三則調養元氣。諸位尊長，以為如何？」

「君上，只是，只是國事丟棄不得也！」大田丞勉力高聲一句。

一元老伸展腰身一個激靈：「噫！老夫如何夢見周公也。」

在元老們一片難堪的笑聲中，嬴政正色道：「諸位尊長與聞國事之心可嘉。本王之意，諸位尊長集居羽陽宮，亦可與聞國事。實施法程，由老駟車庶長宣示。」

一輛座榻兩輪車推了出來，一直沒露面的老嬴賁點著竹杖說話了：「諸位都是王族子孫，該將秦國功業放在心頭。然則，掌家日久，尚知家事傳於後生。在座諸位，還有執掌家族事務的麼？沒有！因由何在？年高無力，老邁低能。家事尚且明白，國事如何糊塗？說到底，公心不足，奉公尚差！今次郊祀，三日齋戒、一頓祭肉、片刻春陽，諸位已老態盡顯，談何晝夜輪值連番奔波？以老夫之意，該當全數退隱，老夫也一樣！奈何秦王敬老敬賢，著意留諸位與聞國事參酌謀劃，老夫方謀劃出一個法程，諸位聽聽。」

「願聞老庶長謀劃。」元老們一片呼應。

駟車庶長署的府丞展開竹簡，備細陳述了元老與聞國事之法。這個法程是三個環節：其一，駟車庶長府會同王室長史署，每旬向羽陽宮送來一車公文副本，供元老們明白國政大要。其二，元老們可據國事情勢論爭籌劃，每有建言，交羽陽宮總管內侍快馬稟報咸陽王室。其三，建言良策若被採納，視同軍功，建言者照樣晉升爵位。

老嬴賁一點竹杖：「諸位既能建言立功，又可頤養天年，如何？」

元老們異口同聲地說了沒有異議。之後一陣默然，老臣們似乎有某種預感，又相繼提出了幾個實實在在的心事。一是咸陽家人可否搬來同住?嬴政笑答,諸位家人盡可一併搬來,羽陽宮不夠還可拓展。二是老臣若念咸陽,能否還國小住?嬴政笑答,所有王族老臣在咸陽的府邸都長久保留,誰想還國,隨時可回可居。三是日後若無建言之功,爵位祿米是否便沒了?嬴政笑答,諸位既往之功不能抹煞,且日後依然謀國,無非虛職而已;元老原本爵位祿俸依舊,若有建言新功業,仍依大秦律法論功晉爵。如此這般一一明定,元老們再也沒有話說了。全場默然良久,白髮蒼蒼的一群王子王孫忽然都哽咽了,涕泣念叨最多的一句話便是,只要能為秦國效力,掛冠去職怕個鳥。

了結此事的當晚,年輕的秦王大宴元老。正在酒酣耳熱之際,咸陽快馬傳車飛到,李斯密書急報:關外秦軍開始大舉攻趙,國尉蒙武已經親自趕赴函谷關坐鎮糧草。嬴政接報沒有片刻猶豫,留下駟車庶長老嬴賁善後,自己連夜趕回了咸陽。

六、以戰示形　秦軍偏師兩敗於李牧

關外秦軍對趙國的戰事,是嬴政君臣共同謀劃的一著大棋。

依照李斯「五年積微,刷新秦國」之政略,秦軍似乎不該在專務內政之時大舉出兵。然則五年不戰,在刀兵連綿的戰國之世,在目下秦國,則完全可能形成另一種局面。一則,秦國威懾收斂,山東六國壓力大減,立即便會孜孜不倦地多方騷擾秦國,甚或可能重新結成合縱遏制秦國。二則,秦法獎勵耕戰,秦人昂揚奮發聞戰則喜,果真五年不戰而聽任山東六國恢復元氣滋生事端,秦國朝野既有可能怨氣大增,也有可能暮氣大增,內政是否會生出新的變局實難預料。當沉靜的王綰說出這種擔心時,嬴政君臣無不默默點頭。基於此等天下大勢戰國傳統以及秦國實情,嬴政與四位新銳棟梁反覆計議,才有了架構廟堂時的「假上將軍者三」的奇特布局。歷來軍權貴在專一,秦國一次出三個上將軍，且個個都是假（代理）上將軍，實在是天下唯一了。蒙武得知謀劃，不禁大皺眉頭：「一國三帥，徒惹山東六國恥笑耳。」嬴政卻道：「唯其有效用，我便是我，何在他人一笑哉！」

王翦蒙恬謀劃的五年軍爭方略是：關外有常戰，關內大成軍。

王翦說，此一方略之實施，圖謀主要在四處：其一，給天下以秦國無將之表象，使山東六國鬆懈對秦軍的戒備；其二，以攻勢作戰使山東六國自顧不暇，不明秦國內事作為，更對秦國行將「一天下」的長策大計無所覺察，以收未來出其不意之效；其三，使國人不忘戰事，同心振作；其四，使大數額招募兵員與訓練精銳新軍，有不用解釋的正當理由。蒙恬將這一方略歸結為八個字：以戰示形，亂敵強國。

「此謂瞞天過海，六國醒來，為時晚矣！」李斯一語點題。

「好！方略實施，由三位上將軍謀劃。」嬴政奮然拍案。

王翦蒙恬星夜趕赴關外大營，與老桓齮商議三日，一卷詳盡的實施之法擺上了嬴政的王案：其一，五年之內秦軍實行兩軍制，分成關外關內兩支獨立大軍；關外大軍名為主力，實則偏師；關內大軍以藍田大營為根基擴充整訓，實則是未來東出的主力大軍。其二，三大將明定職司：老將桓齮統帥關外大軍，專司對山東常戰；王翦執掌藍田大營，專司練兵練將；蒙恬通聯各方，專司招募兵員與軍器衣甲改制。其三，將士分營：舉凡四十五歲以上之將軍，四十歲以上之校、尉、千夫長、百夫長，三十五歲以上之頭目與兵士，一律劃歸關外大營；其餘年輕將軍頭目與年輕士兵，一律劃歸藍田大營做新軍骨幹。其四，兩軍五年內達成目標為：關外大軍至少一年兩戰，關內大營擴充整訓為一支四十萬員額的精銳大軍。

嬴政與李斯會商，當即批下八個大字：「內外協力，著即實施。」

一月之內，秦軍三十餘萬主力大軍兩分完畢，關外大軍十三萬餘，藍田大營十八萬餘。兩軍相比，藍田大營留下的頭目兵士多，關外大軍劃走的將軍校尉多。

「鳥！老夫率老師，教它山東六國火燒猴尻子！」

在關外幕府，老桓齕一句粗豪，聚將廳哄然大笑。點卯之後，老桓齕慷慨拍案的正經說辭是：「諸位將士，我等的兄弟子侄都撂到藍田大營了，父子兵、兄弟兵都分開了！我關外大軍，清一色能征慣戰之銳士！一句結實話：秦國即將大出天下，但我等老兵老將等不到那一天了。我等老兵老將，打仗的日子不多了！這五年之期，便是我等老卒的最後軍旅，最後征程！老軍打得好，關內大營的後生便能從容成軍，五年之後東出函谷泰山壓頂，秦國便能一六國，天下從此無戰事！老軍打得不好，關內後生不能全力練兵，反要來為我等擦尻子收拾攤子，羞也羞死人！說到底，仗仗都要乾淨利落，不能鬆尻子拉稀！老夫只一句話：拋下白頭，馬革裹屍，最後一戰！」話音落點，大將們一口聲齊吼震得聚將廳磚石縫的土屑刷刷落下。

開春之後，桓齕老軍猛撲趙國平陽。

選定趙國作為首戰，理由只有一個：趙國為目下山東六國唯一的強兵之國，只要對趙作戰有成效，便能震懾天下。兩年前大旱方起，為使六國不敢趁天災合縱攻秦，桓齕王翦曾猛攻平陽，殺趙將扈輒，斬首十萬，隨後即撤出平陽退守關外大營。後來，趙國新王即位，為防秦軍再次東進，從陰山草原調來邊軍五萬防守平陽。此次老桓齕再攻平陽，目標便是這五萬精銳趙軍，若能一鼓殲之，對趙國朝野無異於當頭棒喝。桓齕的部署是：前軍大將樊於期率五萬主力大軍正面攻城，盛年將軍麃公、屠睢各率一萬鐵騎兩翼遊擊，阻截有可能出現的趙國援軍。桓齕則自率五萬鐵騎，千里奔襲邯鄲東北的武城，以使趙國虛實不辨精銳邊軍不敢輕易南下。

及至嬴政趕回咸陽，第一道快馬戰報已經送來：秦軍攻克平陽，擊潰五萬趙軍，斬首兩萬餘。次日戰報再來，說樊於期已經率軍北上奔襲，從西路深入趙國腹地。嬴政詢問了軍使，得知東路桓齕一軍業已奔襲武城，心中有些不安，留下李斯王綰處置政務，自己連夜趕赴藍田大營與王翦蒙恬會商關外軍情。

「三地開戰，兩路奔襲，趙國必亂陣腳也！」蒙恬很是興奮。

王翦卻皺起了眉頭：「一班老將如此戰法，力道太過。平陽距關外大營近便，若能集聚大軍一戰斬首五萬，既可穩妥大勝，又可殲滅趙軍一支主力，本是上上戰法。如今兩路奔襲，聲勢雖大，然一旦照應不周……」

「可能出事？」嬴政臉色有些不好。

「如今的趙軍統帥，是李牧。」王翦一字一頓。

「想起來也！」蒙恬突然拍案。

「甚？」王翦有些驚訝。

「當年君上立太子時，便說趙將李牧將成秦軍勁敵！」

「李牧做了大將軍。看來，趙王遷未必平庸之輩。」嬴政臉色陰沉。

「我意，立即急書老將軍：著兩路奔襲大軍星夜回師！」蒙恬見事極快。

「老軍初戰，君命過早干預，也有弊端。」持重的王翦顯然還在思忖。

嬴政在幕府大廳轉著，一時實在難以決斷。若以目下山東六國之軍力軍情，老辣的秦軍兩路奔襲，似乎也不該有多大危險。唯一顧忌者，是這個李牧與他統帥的趙國邊軍。可李牧初接趙國軍權，一時照應不及亦未可知。當此之時，君王強令回師，定然挫動一班老將慷慨赴戰之銳氣。畢竟，分兵常戰是既定方略，將在外君命有所不受更是戰國傳統。如此數萬兵力的小戰剛剛開打，便要以王命干預，將來動輒數十萬大軍出動的滅國大戰又當如何，一個君主豈能照應得過來？再說，桓齕、樊於期、麃公、屠睢等歷來都是獨當一面的沙場宿將，所率秦軍又是能征慣戰之老師，縱然李牧邊軍南下，憑甚說一定打不贏？反覆思忖，嬴政轉悠過來搖了搖頭。

「君上何意，不管了？」蒙恬有些著急。

「李牧邊軍與我秦軍從未交過手，可是？」

「這倒是。李牧久駐陰山，沒有南下打過仗。」

「李牧果然出兵，便是與秦軍第一戰，不妨試試成色。」嬴政從容一笑。

「君上言之有理。既定方略，不宜多變。」王翦立即贊同了。

「桓齕東路該當無虞，樊於期西路令人擔心。」蒙恬轉了話題。

「何以見得？」嬴政問了一句。

「樊老將軍求勝心切，攻克平陽後深入趙國，不在桓齕軍令之內。」

「樊於期老將堅剛多謀，該當無事。王翦以為如何？」

「當下，臣不好論斷。」

「好！我在藍田大營住幾日，等兩路戰勝軍報。」

旬日之後，關外奔襲的第一道戰報終於抵達：桓齕一軍攻克武城，斬首趙軍萬餘，奪糧草輜重千餘車，業已順利回師關外大營。嬴政很是高興，與王翦蒙恬聚酒小宴以示慶賀。在君臣三人各自揣測李牧遲鈍不出之因由時，第二道戰報飛來了：樊於期大軍兼程急進連下兩城，回軍時被李牧親率邊軍飛騎截殺，秦軍戰死三萬餘，餘部突圍散戰正在漸漸聚攏，樊於期將軍下落不明！君臣三人深為震驚，留下蒙恬鎮守藍田大營，秦王與王翦立即率五千鐵騎兼程趕赴關外大營。

匯集各方消息，戰敗經過終於清楚了。

攻克平陽之後，老軍將士嗷嗷求戰。樊於期更是意猶未盡，立即與麃公、屠睢會商，主張從西路北上奔襲趙國恆山郡，策應東路桓齕。樊於期的奔襲主張理由有三，都很堅實：其一，桓齕東路奔襲是孤軍，不能說沒有被趙軍伏擊的可能，需要策應；其二，若從西路再出奇兵北上，則趙軍必然不明虛實而遲疑，不敢輕易對任何一路動手；其三，我軍已克平陽，枯守原地徒然窩了兵力，兩軍齊出事半功倍！樊於期本來就是僅僅次於主帥桓齕的前軍大將，此次又是平陽戰事的主將，西路奔襲的主張儘管在桓齕預先部署之外，然從大局看卻無疑是主動策應主力的積極之舉，完全符合秦軍傳統，老將們二話不說便齊聲贊同了。樊於期立即部署：屠睢率兩萬步軍留守平陽，自己與麃公率五萬鐵騎北上奔襲。

樊於期選定的奔襲路徑是：沿汾水河谷祕密北上，於晉陽要塞外突然東折，從遠離井陘要塞的南部山道進入恆山郡，攻克赤麗、宜安兩城後，若東路無事便立即回師。就長平大戰後的秦趙情勢說，這條路徑確實是趙國的一道軟肋。長平大戰後，趙國對秦國的防禦部署歷來集中在三坨：河東一坨，以平陽為根基與秦國作最前沿對峙；中央一坨，以上黨山地為縱深壁壘，使秦軍不能威懾邯鄲；北部一坨，以晉陽、狼孟的長期拉鋸爭奪戰為緩衝地帶，以井陘要塞為防守樞紐，不使秦軍以晉陽為跳板突破趙國西部北大門。如此三大坨之間，南北千餘里東西數百里，疏漏空缺處原本很多。尤其是平陽至晉陽之間的汾水河谷，沒有一處重兵布防的要塞。所以如此，形勢使然。長平大戰後，魏國韓國的實力在整個河東與汾水流域大大衰減，說全部退出也不為過。也就是說，連同上黨在內的整個河東與汾水河谷，都在事實上變成了兩方四國哪一邊也無法牢固控制的拉鋸地帶，趙國能扼守住如上三要害，已經是萬分地不容易了。唯其如此，秦軍殲滅河東平陽的趙軍主力後，趙國在整個汾水河谷的南大門已經洞開，只要不東進上黨，沿汾水谷地北上幾乎沒有阻力。

樊於期五萬鐵騎祕密行軍，果然未遇一支趙軍，直到在晉陽郊野東折，進入趙國恆山郡，一路都出奇地順當。作為老軍老將，此等順當原是異常。然在目下樊於期麃公一班老將眼裡，這卻是完全該當的。趙國新王即位兩年，第一年便被秦軍攻克平陽斬首十萬殺大將扈輒，趙國已成驚弓之鳥全然在意料之中，再說趙國精銳也就是那二十萬邊軍，要趕到恆山郡，最快也得半月上下，縱然趙國察覺了又能如何？

攻克赤麗，是順利的。攻克宜安，也是順利的。

秦軍戰心越加熾熱，上下嗷嗷叫，索性南下奇襲邯鄲大門武安，打一個大勝仗！樊於期很是清醒，不為眾議所動斷然下令回師，軍令理由只有一句話：「深入趙國腹地，策應東路震懾趙人之使命已成，回師！」秦軍戰心熾烈，軍法卻更是嚴明，主將一聲令下，立即將戰勝財貨裝車回軍。暮色時分經過滋水南岸的肥下之地，誰也想不到的災難突然降臨了。

廣闊舒緩的青蒼蒼山塬上，突然四面冒出森林般的紅色騎兵，夕陽之下如漫天燃燒的烈焰轟轟然捲地撲來，雪亮的彎刀裹挾著急風驟雨的箭鏃，眨眼之間便狠狠鍥進了黑色的銅牆鐵壁。秦軍將士沒有慌亂，卻實實在在地措手不及……麃公身中三箭死戰不退，被護衛騎士拚命夾裹著殺出重圍，綁在一輛輕車上一路拚殺西來。堪堪望見晉陽城，麃公大吼幾聲，奮然拔出釘在前胸的三支長箭，便失血死了。一個千夫長說，麃公臨死的吼叫是，李牧！記住李牧！血仇！

……

幕府聚將廳一片沉寂，如同戰場後的血色幽谷。

幕府外黑壓壓站滿了校尉頭目，他們是為戰場失帥而自請處罰。天下軍法通例：主帥戰死，將佐與護衛無過；主帥被俘抑或失蹤，將佐治罪，護衛斬首。目下主將樊於期活不見人死不見屍，突圍將士豈能安寧？老桓齕回師途中突聞戰報，先是暴跳如雷，之後大放悲聲，若非兩個司馬死死抱住，那口精鐵長劍眼看便插進了肚腹。從戰報傳來，截至秦王與王翦趕到，整個關外大軍三日三夜不吃不喝地漫遊在幕府營地，搜尋接應突圍逃生者、救治傷殘者、埋葬有幸逃回而死在軍營者，殘兵將佐痛悔請罪，未遇劫難者激昂請戰，整個營地既如死寂的幽谷又如焦躁的山火，憤激混亂不知所措。秦王來到，將士聞訊雲集而來，卻都死死地沉寂著。儘管有待處置的緊急軍務太多太多，但有秦王親臨，大將們誰也不好先說如何如何。不是不敢說，而是誰都清楚，這是秦王親政之後的第一次敗績，敵方是與秦軍試手的神祕的李牧，秦軍大將則是備受秦王器重的老將樊於期，牽涉多多干係重大，驟然之間誰也不好掂量這次敗績對目下秦國秦軍的影響以及對於未來的分量。

「將士都在轅門外？」嬴政終於開口了，似乎剛剛從沉睡中醒來。

鬚髮散亂面色蒼白的老桓齕默默地點了點頭。

「走！本王要對將士說話。」秦王舉步便走。

眼看老桓齕懵懂不知所以，王翦低聲急迫地提醒：「號令全軍聚集！」

老桓齕如夢方醒，拳頭一砸白頭赳赳出帳。片刻之間長號大起，軍營各方默默忙碌的兵士們轟隆隆聚來，轅門外的大軍校場倏忽大片茫茫松林。沒有號令，沒有司禮，黑壓壓的甲冑叢林肅然靜寂，唯有千人將旗在叢林中獵獵風動。

走出幕府，年輕的秦王沒有與任何一個大將說話，也制止了中軍司馬將要宣示的程序禮儀，逕自穩健地踏上了一輛只升高到與幕府頂端堪堪平齊的雲車，高亢結實的秦音便激昂地迴盪起來：「將士們，我是秦王嬴政！本王知道，大軍首戰大敗，將士們都想知道我這個秦王如何說法，否則人人不安。唯其如此，本王今日暢明說話，歸總只有三句。第一句，勝敗乃兵家常事！當年沒有胡傷的對趙閼與之敗，寧有舉國協力的長平大捷？本戰，大將謀劃無差，兵士協力死戰，不依無端戰敗論罪。第二句，秦軍有了勁敵，大好！李牧邊軍能在我軍全無覺察之下突襲成功，堪為秦軍之師也！秦軍要師李牧而後勝李牧，後當天下無敵！第三句，秦國既定方略不變，關外大軍還是關外大軍，哪裡跌倒，哪裡爬起來！」

黑色叢林沉寂著，秦軍將士們熱淚盈眶地期待著秦王繼續說下去。嬴政卻戛然而止，大步走下了雲車。秦王舉步之間，十萬大軍的老誓吼聲驟然爆發了，如滾滾沉雷如隆隆戰鼓如茫茫呼嘯，士兵將佐們幾乎喊啞了嗓子，久久矗在校軍場不願散去。

夜幕降臨，幕府聚將廳的君臣會議開始了。

李斯是在接到戰報後快馬兼程趕來的，心緒沉重得無以復加。在轅門口外，李斯恰恰聽到了秦王對三軍將士的慷慨之說，心下雖然長吁一聲，卻一直沒有說話。老桓齕是憤激悲愴羞愧折磨得有些懵懂，鐵板著臉緊咬著牙不知如何。王翦與左軍大將屠睢倒是沉穩如常，矗在趙國板圖前一動不動，卻也一直沒有說話。

「上將軍，肥下之地宜於伏擊麼？」嬴政一陣徘徊，終於打破沉默。

「不，不宜。」王翦顯然還沉溺在深深思慮之中。

「你說不宜，李牧為何就宜了？」

「臣所謂不宜，是以兵法而言。」王翦已經回過神來，指點著板圖道，「君上且看，這是恆山郡，滋水從西北向東南流過，滹池水從西向東流過，兩水交匯處的滹池水南岸，便是肥城，肥城之南統稱肥下。此地方圓百里，盡皆低緩山塬，多是說平不平說陡不陡的小山丘，除了尋常林木，一無峽谷險地，二無隘口要道。依據兵法，實在不足謂奇險之地。然則，偏偏在這般尋常地帶，李牧卻能隱藏十餘萬大軍發動突襲，其中奧祕，臣一時難於道明。」

「老將軍以為如何？」嬴政平靜地坐進了大案。

「咳！肥下實在沒甚稀奇，陰溝翻船！」老桓齕的生鐵拳頭砸得將案咣噹大響，「但凡秦軍老將老卒，誰都將趙國趟得熟透。邯鄲城門有幾多鐵釘，老兵都數得上來！那肥下山地非但無險，還是個敞口子四面不收口。誰在肥下作伏擊戰場，直一個瘋子！李牧就是瘋子！老夫看，他定然是湊巧帶兵路過！老夫不服！不信他神！」

「左將軍以為如何？」

「臣啟君上，」屠睢一拱手，「上將軍所言，老軍將士無不贊同。」

「關外大營還想攻趙？」

「正是！三萬餘將士戰死，豈能向李牧低頭！」屠睢慷慨激昂。

「啟稟君上，老臣請戰，再攻趙國！」老桓齕立即正式請命。

嬴政看看李斯又看看王翦，叩著大案沉吟不語。李斯自入關外大營，見秦王已經知曉軍情，一直沒有說話。最要緊的原因是，李斯當初一力贊同內外分兵的方略，也從來不懷疑秦軍戰力，根本沒有想到偏師小戰竟會大敗，更沒有想過如果關外戰敗又當如何？身為長史，又是國策總謀劃者，李斯不能不從全局思忖。目下局部失利，翻攪在李斯心頭的是：是否因這一局部失利而改變全局謀劃？具體說，五年刷新秦國的謀劃之期是否短了？秦軍兵力以及將才，是否不足以分為兩支大軍？如果繼續對趙作戰，是繼續由關外大軍獨當還是合兵全力赴戰？思慮看似對趙戰事，實際卻牽涉著「一天下」的長策偉略如何實現的全局。李斯之短，在於對軍事不甚通曉。當年在蒼山學館，荀子評點弟子才具，對李斯的評語是：「斯之政才，幾比商君也。然兵家之才縱橫之能，與蘇秦張儀尚不及矣！」也就是說，蘇秦張儀尚算知兵，李斯連「尚算知兵」亦不能。法政名士之所謂知兵，非指真正具有名將之能，而是指對軍旅兵爭有沒有一種感覺。這種感覺，可能學而知之，然更多的卻是基於一種天賦直覺。若就兵家學問言，以李斯之博學強記，尋常之談兵論戰自不待言。然要真正地肩負萬千軍士之性命而全局謀劃軍爭，李斯總覺得沒有如同透徹的政事洞察一樣的軍事見識。譬如目下，李斯實在沒有看出原先方略有何不妥，然則，在該不該對趙繼續作戰這個具體事項上便覺頭緒頗多，無法一語了斷。但無論如何，作為中樞主謀，他不能不說話。

「以臣之見，若對趙戰事無勝算，可改向他國，或中止關外用兵。」

「何以如此？」秦王追了一句。

「其一，關外戰事，意在示形，並非定然咬緊趙國。」

「也是一理。」

「其二，即或關外停戰，亦不影響關內整訓新軍，於大局無礙。」

「王翦以為如何？」秦王沉吟地叩著大案。

「臣之評判，有所不同。」王翦慨然一句，顯然已經深思熟慮，「老軍東出，初戰失利，並非全然壞事。最要緊處，是扯出了趙國李牧的邊軍。李牧威震匈奴，已經是天下名將。然其才具、戰力究竟如何？秦軍極為生疏。若果真李牧此時不出，而在五年之後陡然與秦軍相遇，戰局難料。肥下之戰逼出李牧，臣以為是最大好事。然則，此戰僅為李牧邊軍的獨有戰法，若李牧僅僅如此一種戰法，不足慮也。臣所慮者，李牧用兵之能我軍依然沒底……」

「且慢！」老桓齕一拍案，「李牧獨有戰法？是甚！」

「善藏飛騎，善開闊決戰。此為李牧邊軍之獨有戰法。」

「鳥！這也叫戰法？有地誰不會藏兵，你說個明白。」

「中原各國戰法，以地藏兵，開闊之地不阻敵。」見老桓齕點點頭，王翦指點著板圖又道，「可大草原不同，險山惡水極少，大軍難以隱藏，只能依靠剽悍騎兵的急劇飛馳追殲敵軍。然則，李牧大敗匈奴，卻不是死追匈奴決戰。當然，也是匈奴聚散無定來去如飛，無從追殲。李牧之法是長期麻痹匈奴，而後在匈奴大軍南下時以飛騎大軍合圍痛擊。老將軍且想，在一望無垠的大草原，能使數十萬騎兵隱藏下來而匈奴毫無察覺，這不是善藏飛騎麼？開闊山原，四面敞口，最不宜包圍戰，李牧卻恰恰能做到。這不是善開闊決戰麼？一句話，李牧長期對匈奴作戰，業已形成了一套迥然不同於中原的獨特戰法。」

「狗日的！草原狼！刁！」桓齕算是承認了李牧。

「老將軍說得好！李牧邊軍確實是草原狼，剽悍狡詐。」

「往下說。」嬴政叩著大案目光炯炯。

「王翦之見，為摸清李牧邊軍實力與戰法，對趙戰事不能中止。」

「有血氣！老夫贊同！」老桓齕拳頭砸得咚咚響。

「若再戰失利，又當如何？」嬴政追問一句。

「只要不是主力決戰，一戰數戰失利，不足畏也。」

李斯霍然站起：「不能！至多只能再敗一次。否則六國合縱必要死灰復燃！」

「長史也，老夫能教他再勝一次麼？真是！」老桓齕拍案高聲。

「長史所慮，不無道理。」嬴政也站了起來，「天下格局之變化，一大半在秦趙戰場之勝負。當年趙奢第一次戰勝秦軍，趙國始成山東砥柱。如今李牧第二次戰勝秦軍，山東五國尚不明就裡，不敢貿然合縱。然則，若是再給趙軍兩次戰勝秦軍的戰績，天下大局必然生變。在秦而言，絕不允許合縱抗秦之六國同盟再次結成！唯其如此，以再敗一戰為限，對趙戰事仍當繼續。」

「適可而止。臣無異議。」王翦明朗一句。

「臣等無異議！」桓齕李斯層睢異口同聲。

「趙王遷若不許李牧再次出戰，又當如何？」嬴政皺起了眉頭。

老桓齕一臉茫然：「這，這，君上這是從何說起？」

「君上所慮，是將趙王遷作明君看也。」李斯一笑，「肥下一戰勝秦，業已證實李牧邊軍足以抗衡秦軍。若是明君，有可能下令李牧全力對秦備戰而避免小戰，只在秦軍主力大軍東出之時決戰。」

李斯轉身對嬴政一拱手，「然據種種消息，趙王遷絕非明斷君主，不可能有此定力！我軍再攻，趙王遷必定會敦促李牧盡快出戰。」

「臣等贊同長史。」桓齕王翦屠睢異口同聲。

天色微明，秦軍晨操號起。君臣會議方罷，正在狼吞虎嚥鍋盔乾肉戰飯之時，一騎快馬飛到，送給李斯一支密封銅管。李斯打開一看，過來對秦王低語幾句。嬴政目光一閃離案起身：「王翦可留下兩三日，商定對趙部署後再回。我與長史先回咸陽！」

一語落點，嬴政已經大步出帳。

第四章 ◎ 風雲三才

一、尉繚入秦　夜見嬴政

一輛垂簾輜車飛進了燈火稀疏的大咸陽。

正是午夜時分，輜車進入東門內正陽街，徑直向王城而來。堪堪可見兩排禁軍甲士的身影，輜車突然向北拐進了王城東牆外一片坊區。這片坊區叫作正陽坊，是最靠近王城的一片官邸，居者大多是日夜進出王城的長史署官吏。最靠前的一座六進府邸，是長史李斯的官邸，府門面對王城東牆，南行百步是王城東門，進出王城便捷之極。因了最靠近王城，所居又是中樞吏員，這片坊區自然成為王城禁軍的連帶護衛區，尋常很少有非官府車馬進出此地。這輛輜車一進正陽街，便引來了王城東門尉的目光。輜車不疾不徐，駛到長史府前的車馬場停穩。駿馬一陣嘶鳴，一領火紅的斗篷向府門飄去。隨即，朦朧的對答隱隱傳入東門尉的耳畔。

「敢問先生，意欲何幹？」

「有客夜來，尋訪此間主人而已，豈有他哉！」

「長史國事繁劇，夜不見客。」

「家老只告李斯一言，南遊故人繚子來也！」

「如此，先生稍候。」

片刻之間，一陣大笑聲迎出門來：「果然繚兄，幸何如之！」

「果然斯兄，不亦樂乎！」

「一如初會，一醉方休！繚兄請！」

「好！能如當年，方遂我心也！」

一陣笑聲隱去，正陽坊又沒在了燈火幽微的沉沉夜色中。

李斯與尉繚的相識，全然是一次不期遇合。

蘭陵就學的第四年深秋，李斯第一次離開蒼山學館回上蔡探視妻兒。李斯家境原本尚可，父親曾經是楚國新軍的一個千夫長，在汝水東岸有百餘畝水田與一片桑園。母親與長子辛苦操持，父親在沒有戰事時也間或歸鄉勞作。李斯是次子，自幼聰穎過人，被父母早早送進了上蔡郡一家學館發蒙。不想，李斯十五歲時，父親在與秦軍的丹水大戰中陣亡。那具無頭屍身抬回來時，母親一病不起，沒兩年也隨父親去了。安葬了母親，李斯的哥哥立誓為父報仇，昂昂然從軍去了。三年之後的一個秋日，亭長捧著軍書來說，李斯的哥哥在水軍操練時不慎落水溺亡，官府發下六金以作撫恤。至此，尚未加冠的李斯成了一個十八歲的孤子。幸得李斯少學有成，識文斷字，得亭長舉薦，在郡守官署做了一個記錄官倉出入帳目的小吏。兩年後，在族長主持下加冠的李斯，已經是一個精明練達的吏員了。倘若長此以往，李斯做到郡署的錢嗇夫（掌財貨）之類的實權大吏，幾乎是指日可待的。

然則，李斯不甘如此。事務之暇刻苦自學，李斯讀完了眼前能夠搜羅到的所有簡策書文，知道了天下大勢，也大體明白了楚國是內亂不息的危邦，縱然做得一個實權大吏，也隨時可能被無端風浪吞沒，如同自己的父親兄長一樣無聲無息消失。然最令李斯感觸的，卻是老鼠境遇帶給他的人生命運之感悟。李斯日每進出官倉，常常眼見碩大的肥鼠昂然悠然地在糧囤廊柱間晃蕩，大嚼官糧吱吱嬉鬧，其飽食遊樂之狀令人欣羨。而進入茅舍廁下，其鼠則常在人犬之下狼狽竄突，奮力覓食而難得一飽，終日驚恐不安地吱吱逃生。兩相比較，李斯深有感喟：「人之賢與不肖，譬如鼠矣，在所自處耳！」從那時起，李斯有了一個最質樸的判斷：要改變自己的命運，必須脫離自己的處身之地，離開上蔡，甚至離開楚國。

終於，在加冠後娶妻的那一年，李斯聽到了一個消息：大師荀子入楚，得春申君之助，虛領蘭陵縣令而實開學館育人。李斯沒有片刻猶豫，辭去了小吏，以父兄用血肉性命換來的些許撫恤金以及自己清苦積蓄的六千鐵錢，安置好了年輕的妻子，千里迢迢地尋覓到了蘭陵蒼山，拜在了荀子門下。

用時人話語說，李斯從此開始「乃從荀卿，學帝王之術」。

自入荀子門下，李斯刻苦奮發，四年沒有歸鄉。荀子明察，屢次在弟子們面前嘉獎李斯云：「捨家就學，李斯堪為天下布衣楷模矣！尋常士子少年就學，既無家室之累且有父母照拂，猶多惶惶不安也。李斯孤身就學，既無尊長照拂，又忍人倫之苦，難亦哉！」唯其如此，四年後李斯歸鄉，荀子破例以蘭陵縣令的名義給了李斯一道通行官文。李斯憑此官文，在蘭陵縣署領得一匹快馬，以官差之身南下，大體可在立冬前抵達上蔡的汝水家園。

這日行至陳城郊野，李斯不想進商旅雲集風華奢靡的陳城，在城外官道邊的驛站住了下來。生計拮据，李斯得處處計較。既有官身之名，又有蘭陵官文，自然是住進官府驛站合算。驛站有兩大實惠：一是食宿馬料等一應路途費用，不須自家支付，離站上路之時，還配發抵達下站之前的乾肉乾糧；二是沒有盜賊之擾，住得安生實在。這一點，對李斯很是要緊。畢竟，撫慰妻兒的些許物事一旦丟失，李斯歸家的樂趣便會了然無存。驛站也有一樣不好：入住者的食宿皆以官爵高低分開，使諸如李斯這般有志布衣者常感難堪。然則，李斯是不能去計較這些的。

進了驛站，李斯被官僕領到了最簡陋的縣吏庭院。尋常官吏住在驛站，往往有不期而遇的同僚須得應酬。李斯沒有這等應酬，也無心與任何人作路遇之談，吃罷官僕送到小屋的一魚一飯，自己提來一桶熱水擦洗，然後上榻大睡，天亮便要立即上路。走進榻側隔牆後的小小茅廁裡擦洗時，李斯一瞥石墩上窩成一團的粗織汗巾，不禁眉頭一皺。依著規矩，驛站房屋無論等次高低，沐浴擦洗的器物都是新客換新物。這方汗巾顯然是前客用過的，官僕沒有及時更換。李斯若喚來官僕，更換新汗巾也是很快當的。但李斯沒有這般心情，況這方汗巾雖窩成一團卻也沒有過甚的汗腥齷齪，用了也就用了。

李斯拿起那方汗巾一抖，啪啦一聲，一宗物事掉在了地上。

「書卷！」李斯聽到這種再熟悉不過的竹簡落地聲，不禁大奇。打量四周，李斯立即斷定：此書必是前客須臾不離其身之物，在擦洗之時放在了石墩上，走時卻懵懂忘記了。李斯忘記了擦洗，撿起地上套封竹簡，眼前陡然一亮！卷冊封套是棕色皮製，兩端各有鋥亮光滑的古銅帽扣，皮套之皮色已經隱隱發白起絨，顯然是年代久遠之物。再仔細打量，兩端銅帽上各有兩個溝槽，還有兩個已經完全成為銅線本色的隱隱刻字——繚氏！顯然，這是一卷世代相傳的卷冊。

李斯沒有打開封套，回身立即擦洗起來。正當此時，急促的叩門聲啪啪大響。李斯喊了一聲：「門開著！自己進來。」立即有重騰騰腳步砸進小廳，渾厚嗓音隨即響起：「在下魯莽入室，先生見諒。」李斯隔牆答道：「足下稍待，我便出來。」牆外人又道：「足下衣物尚在榻間，我在廊下等候便了。」李斯隔牆笑道：「也好！赤身見客畢竟不雅。」片刻之後，李斯光身子繞過隔牆穿好袍服，這才走到廊下。庭院寂寂，只有一個長鬚紅衣人的身影在樹下靜靜站著。李斯一拱手笑道：「足下可是方才叩門者？」長鬚紅衣人快步走來一拱手道：「在下大梁繚子，秋來入楚遊歷，不意丟失一物，一路找來未曾得見。思忖曾在此間住過三日，是故尋來詢問一聲，不知足下在室可曾得見多餘之物？」李斯道：「足下所失何物？」長鬚紅衣人道：「一卷簡冊，牛皮封套，銅帽刻有兩字。」李斯從袖中捧出道：「可是此物？」長鬚紅衣人雙手接過稍一打量，驚訝道：「足下沒打開此書？」李斯道：「此乃祖傳典籍，我非主人，豈能開卷？」長鬚紅衣人當即肅然一躬：「足下見識節操，真名士也！繚敢求同案一飲。」李斯慨然一笑：「路有一飲，不亦樂乎！足下請進，我喚官僕安置酒菜。」長鬚紅衣人大笑：「足下只須痛飲，餘事皆在我身！」轉身啪啪拍掌，驛丞快步而來。長鬚紅衣人對驛丞一拱手道：「敢求驛丞上佳酒菜兩案，與這位先生痛飲。」驛丞恭敬如奉上命：「公子有求何消說得，片刻即來。」一轉身風一般去了。李斯頗有迷惑，此人住縣吏小屋，卻能得驛丞如此恭敬，究竟何許人也？

不消片刻，兩案酒菜抬進。除了蘭陵酒，菜肴是李斯叫不出名目的珍饈。長鬚紅衣人一拱手笑道：「兄勿見笑，此間驛丞原是家父故友之後，世交。你我放開痛飲便是！」李斯不善飲酒，對蘭陵果釀酒獨有癖好，一時分外高興。及至大飲三五爵，兩人俱感快意，話題滔滔蔓延開來。紅衣人笑云：「足下博學之士，何無開卷之心哉！」李斯笑答：「我固有心，只恐開得一卷生意經，豈不掃興也？」紅衣人哈哈大笑：「兄有諧趣，大妙也！人云，得物一睹，其心可安。兄有古風，得物而視若無睹，君子也。我便開卷，請兄一觀生意經！」說罷拉開封套，展開那卷竹簡已經變得黑黃的卷冊，雙手捧起道：「百餘年來，此書非繚氏不能觀也。然人生遇合，兄於我繚氏有護書之恩，該當一觀，至少可印證天下傳言非虛。」李斯本當推辭，然見其人情真意切蘊含深意，不覺接過了那卷黑黃的竹簡。

「尉繚子？！」一看題頭，李斯驚訝得連酒爵也撞翻了。

「人云尉繚子子虛烏有，兄已眼見矣！」紅衣人大是感慨。

「尉繚子兵法久聞其名，不見其書，李斯有幸一睹，心感之至！」

「足下，蒼山學館大弟子李斯？」

「正是。得見經典，不敢相瞞。」李斯不問對方如何知曉，慨然認了。

「我乃第四代尉繚，見過先生。」紅衣人鄭重起身肅然一躬。

「學子之期，李斯不敢當先生稱謂。」李斯連忙還以大禮。

「好！你我兄弟交，乾！」尉繚子分外爽朗。

「得遇繚兄，小弟先乾！」李斯慨然一爵。

那一夜，兩人直飲到天亮意猶未盡。尉繚子力邀李斯到他的陳城別居小住。李斯毫不猶豫地去了，一住旬日，幾乎忘記了歸鄉……此後倏忽十年，李斯再也沒有見過尉繚子。那日蒙武舉薦尉繚子，李斯實在有些意外。本心而言，李斯早該舉薦尉繚子，使秦國設法搜尋這個大才。可李斯心中的尉繚子，始終是一個剛硬反秦的六國合縱派，不可能入秦效力。當年兩人初交論天下，尉繚子將秦國看作天下大害，認為只有六國合縱最終滅秦才是天下出路。如此之人，何能入秦？縱然在蒙武舉薦之後，李斯心下仍在疑惑蒙武的祕密消息。在關外大營，蒙武又快馬密報，說尉繚子已經進入函谷關。李斯大是驚喜，當時稟報秦王，君臣立即兼程趕回了咸陽。可是，旬日過去，尉繚子還是沒有蹤跡，李斯又把持不準了——當年的尉繚子是決然反秦的合縱派，十年之後，尉繚子會以秦國為出路麼？

月下竹林旁，李斯與尉繚子對坐暢飲。

蘭陵酒依然如故，那是李斯迎接家室時楚國故吏著意送的一車五十年老酒，一開罈便引得尉繚子聳著鼻頭連聲讚歎。菜是一色秦式：燉肥羊、蒸方肉、藿菜羹、厚鍋盔等等滿當當一大案。尉繚子直呼秦人本色實在，甚話沒說，與李斯先乾了三大碗蘭陵老酒。撂下大碗，李斯這才笑問一句：「繚兄神龍見首不見尾，多年何處去了？」尉繚子慨然一歎：「天下雖大，立錐難覓，離群索居而已！」李斯奮然拍案：「繚兄大才，何出此言？來秦便是正途！」尉繚子淡淡一笑轉了話題：「斯兄，還記當年那卷簡冊否？」李斯大笑道：「你我因簡冊而遇合，刻刻在心耳！」尉繚子道：「十年之期，它終究編修成型了。」李斯大是驚喜：「如此說來，天下又有一部兵法大作問世！來，賀繚兄大功，乾！」兩人乾罷，李斯又道：「繚兄兵書既成，以何命名？」尉繚子笑道：「就以世風，算是《尉繚子》便了。這部兵法起於先祖，改於大父，再改於父親。我，又加進了數十年以來的用兵新論，算是四代人完成了這部兵法。」李斯不禁感慨中來：「人言將不過三代。繚氏四世國尉，又成不世兵法，以至人忘其姓氏而以官位為其姓氏，天下絕無僅有也！」尉繚子哈哈大笑：「斯兄諧趣也！以官為姓，遠古遺風而已，安敢以此為榮哉！」李斯笑得一陣，突然轉向方才被尉繚子繞開的話題：「繚兄此次入秦，總非無端雲遊了？」尉繚子沒有正面可否，卻道：「願聞斯兄對秦國之評判。」

「民眾日富，國力日強，一統天下，根基已成！」

「當今秦王如何？」

「當今秦王，不世君主也！懷曠古雄心，秉天縱英明，惕厲奮發，堅剛嚴毅，胸襟博大。一言以蔽之，當今秦王，必使秦國大出天下！」

「斯兄不覺言過其實？」

「不。只有不及。」李斯莊重肅然。

「我聞秦王，與斯兄之說相去甚遠矣！」

「願聞繚兄之說。」李斯淡淡一笑。

「我聞秦王，蜂準，長目，摯鳥膺，豺聲，少恩而虎狼心，居約易出人下，得志亦輕食人！如此君王，斯兄何奉若神明？」

「繚兄何其健忘，此話十年前說過一次也！」

「此說非我說。人云乃相學大師唐舉之說。」

「任誰也是邪說！山東流言，假唐舉之名而已。」

「陰陽家如此說，總歸不是空穴來風。」

「一別十年，繚兄何陷荒誕不經之泥沼？」

「我，可否見見這個秦王？」尉繚子頗顯神祕地一笑。

「繚兄也！」李斯慨然一歎，「山東士子入秦，初始常懷機心。繚兄試探李斯，李斯夫復何言！據實說話，李斯當初入秦也曾瞻前顧後機心重重。多年體察下來，李斯方覺機心對秦之謬也！奉告繚兄：秦國非山東，唯坦蕩做事，本色做人，輒懷機心者，自毀也！」

「如此說來，老夫更要見見這個秦王了。」
「該！自家評判，最為妥當。」
「使天下歸一者，果然嬴政乎？」
「疑慮先擱著。走！夜見秦王。」李斯一拍案霍然起身。
「斯兄笑談，月已西天，何有四更見王之理。」
李斯大笑：「這便是秦國！月已西天何足論也，只跟我走！」
兩人大步出來，李斯問尉繚子是走路還是乘車？尉繚子笑說走路好，王城看得清楚些，免得一個人出來迷路。李斯也不糾纏這些隱隱諷喻，只說聲走便大步出門。尉繚子驚訝連聲，哎哎哎，你老弟都是長史了，半夜出門也不帶護衛甲士？李斯大笑，這是秦國，哪個官員在咸陽行路帶護衛了？李斯自豪自信儼然老秦人，引得尉繚子一陣嘖嘖連聲，似感歎又似揶揄。一路走來，李斯指點著王城殿閣庭院的處處燈火，說亮燈處都是官署值夜，沉沉黑燈處都是內宮。尉繚子似驚訝又似感慨地一歎，漸漸地不再說話了。
王城書房的燈火在幽深的林木中分外鮮亮。

秦王嬴政正與丞相王綰會商藍田大營報來的裁汰老軍書。王翦蒙恬的實施方略是：五年之內，秦軍四十歲以上之兵士、四十五歲至五十五歲之千夫長以下頭目，全數解甲歸田；五十五歲以上之將軍，全數改任文職官吏，以使秦軍確保超強戰力。這個方略謀劃已早，朝會無人異議。然一旦面臨實施，卻有一個實實在在的難點：安置老軍將士所需的金錢數額多大？秦國府庫能否一次承受？秦人素有苦戰傳統，將士幾乎不計較軍俸高低。自然，此間前提是秦國以獎勵耕戰為國策，歷來不虧征戰沙場的將士。縱然在變法之前，秦國朝野愛惜將士也是天下聞名的。否則，以秦獻公時期秦國的窮困，根本不可能屢屢以強兵苦戰對強盛魏國保持攻勢。如今鄭國渠修成，關中眼看日漸大富，再加蜀中盆地之都江堰成就的米糧沃土，秦國擁有兩個天府之國，對待解甲將士自然更不能摳掐。

王綰與丞相府大吏們反覆計議，初定：兵士無論戰功高下，每人以十金歸鄉；千夫長以下頭目無論戰功高下，每人三十金歸鄉；將軍改任，每人十金以為撫慰。歸鄉不計戰功，是因為秦軍之戰功歷來單獨賞賜，每戰一結，從不延誤。如此算計，秦軍歸鄉總人數大體在十萬餘，所需金錢總額在百萬餘金。若一次支付，府庫頗是吃緊。若不能一次支付，王綰則有愧對將士之慮。

「老軍歸鄉，大數可在關外大營？」嬴政聽完稟報叩著書案。

「關外大軍七成，其餘關塞三成。」

「金錢該當不難，一定要一次發放歸鄉金！」

「軍備器械，王翦蒙恬還要百萬餘金……」

嬴政站了起來，狠狠大展了一下腰身道：「關外大軍目下有戰，解甲至少在三年之後。丞相且與王、蒙兩位會商出一個辦法。總歸一點：五年之內老軍逐步歸鄉，每次都要乾淨了結安置事宜；若有老軍在歸鄉之前戰死傷殘，撫恤金還得加倍。如此算去，總金則可能達三百萬上下，須得預為綢繆。」

「正是。臣立即在會商後擬出實施方略。」

正在此時，趙高輕步走進，在秦王耳畔輕聲幾句。嬴政目光一亮，霍然站了起來。王綰知道秦王事多，一聲告辭立即去了。嬴政整整衣冠，隨即大步走出書房，方到廊下，便見兩人身影從對面白石橋連袂而來。年輕的秦王快步走下石階，遙遙一躬道：「大賓夜來，嬴政有禮了。」

「對面便是秦王。」李斯低聲一句。

尉繚子一直在悠悠然四面打量，根本沒有想到秦王會親自出迎。無論李斯如何自信，他都鐵定地認為秦王早已安臥，之所以欣然跟隨李斯進入王城，也是想看看秦國王城的深夜光景，也笑笑李斯的難堪。兵家出身的尉繚子堅信，一國王城的夜色足以看出該國的興衰氣象。臨淄王城夜夜笙歌，聲聞街市。大梁王城入夜則前黑後亮：處置國事的前城殿閣官署燈火全熄，後城則因魏王與嬪妃諸般遊樂而夜夜通明。新鄭王城則內外燈火幽微，夜來一片死氣沉沉。趙楚燕三國也大體如此，薊城如臨淄，郢都如大梁，邯鄲如新鄭。尉繚子從來沒有進過秦國王城，李斯特意領他穿行了整個前城。一路看來，官署間間燈火明亮，時有吏員匆匆進出，正殿前的車馬場也是車馬紛紜時進時出。尉繚子不禁萬般感慨。雖則如此，尉繚子依然將夜見秦王這件事沒有放在心上。畢竟，君王四更不眠幾乎是不可能的，至少山東六國沒有一個君王能夠如此勤政。尉繚子只抱著一個心思，看看秦王書房，看看李斯因失言而生出的尷尬，提醒他切莫言過其實。尉繚子相信，一切都將在他妙算之中，絕不會有絲毫差池。

「如何如何，秦王！」尉繚子驚訝了。

「繚兄重聽麼？秦王大禮迎你。」

此刻，對面那個高大的身影又是一躬：「大賓夜來，嬴政有禮了。」

尉繚子頗感手足無措，連忙一拱手：「大梁尉繚，見過秦王！」

「自聞先生將來，嬴政日日期盼，先生請！」

嬴政側身虛手，那份坦誠那份恭敬那份喜悅，任誰也不會當作應酬。尉繚子心下一熱，不禁看了看李斯。李斯慨然一拱手：「先生請。」尉繚子再不推辭，向秦王一拱手，大步先行了。堪堪將上石階，早已經等在階前的趙高恭敬一禮，雙手伸出，似攙扶又似引路地領扶著尉繚子上了高高石階，又走進了燈火通明的大書房。

「小高子，小宴，為先生接風！」嬴政沒走進書房便高聲吩咐。

「啟稟秦王，繚不善兩酒，已飲過一回了。」

「臣與先生飲了一罈老蘭陵。」李斯補了一句。

「好！那便飲茶宵夜。煮茶。先生入座。」

不待尉繚子打量坐席，嬴政便虛扶著尉繚子坐進西首長案，自己坐進了東首偏案，李斯南案陪坐，北面正中的王案虛空起來。如此座次，是戰國之世賓朋之交的禮儀，主人對面為大賓尊位。尉繚子很明白，若秦王坐進原本的中央面南王案，今日便是臣民晉見君王。如此座次，今日則是嘉賓來會，雙方皆可自在說話。僅此一點，尉繚子心頭便是一跳——秦王如此敬士而又通權達變，天下絕無僅有！

一時茶香彌漫，三人執盅各飲得幾口品評幾句，嬴政一拱手道：「先生兵家名士，政願聞先生評判天下大勢，開我茅塞。」尉繚擱下茶盅悠然道：「若說天下大勢，繚只一句：戰國之世，正在轉折之期。」

「何謂轉折？先生教我。」嬴政顯出聽到最高明見解時的獨特專注。

「三晉分立，天下始入戰國。」尉繚淡淡一笑侃侃而下，「戰國之世，大勢已有三轉折矣！第一轉，魏國率先變法，而成超強大國主宰天下。此後列國紛紛效法魏國，大開變法潮流，天下遂入多事之時大爭之世。第二轉，秦國變法深徹，一朝崛起，大出山東爭雄天下，並帶起新一波變法強國潮流。其間合縱連橫風起雲湧，一時各國皆有機遇，難見真山真水也！第三轉，趙國以胡服騎射引領變法，崛起為山東超強，天下遂入秦趙兩強並立之勢。其間幾經碰撞，最終以長平大戰為分水嶺，趙國與山東諸侯一蹶不振，秦國獨大天下矣！此後，秦國歷經昭襄王暮政，與孝文王、莊襄王兩代低谷，前後幾三十餘年紛紜小戰，天下終無巨大波瀾。然則，唯其沉寂日久，天下已臨再次轉折矣！」

「本次轉折，意蘊何在？」

「要言不煩。根本在於人心思定，天下『一』心漸成！」

「先生此言，憑據何在？」

「其一，天下變法潮流終結。其二，列國爭雄之心衰滅。」

「天下將一，軸心安在？」

「華夏軸心，非秦莫屬。」

秦王拍案大笑：「先生架嬴政於燎爐，安敢當之也！」

尉繚冷冷一笑：「燎爐之烤尚且畏之，安可為天下赴湯蹈火也！」

秦王面色肅然，起身離座深深一躬：「嬴政謹受教。」

便是這倏忽之間的應對，傲岸而淡泊的尉繚子心頭震顫了——天賦如秦王嬴政者，亙古未聞也！能在如此快捷的對話中迅速體察言者本心，不計言者儀態，唯敬言者之真意，此等人物，寧非曠世聖王乎？尉繚子為方才的著意譏諷卻被秦王視為針砭砥礪而深感意外，竟對面前這個年輕的君主生出一種無可名狀的歆慕與敬佩——此人若是布衣之士，寧非同懷刎頸之交矣！

尉繚默然離座，生平第一次莊重地彎下了腰身。

天色濛濛見亮，隱隱雞鳴隨著涼爽的晨風飄盪在王城。從林下小徑徜徉出宮，尉繚始終默然沉思，與來時判若兩人。李斯笑問一句：「繚兄得見虎狼之相，寧無一言乎？」尉繚止步，長吁一聲：「天下不一於秦，豈有天理哉！」

二、傲岸兩布衣　論戰說邦交

大雪紛飛，一輛厚簾篷車飛出王城，穿過長陽街向尚商坊轔轔而來。

尉繚入秦，給秦國廟堂帶來了一股新的衝力。從根本上說，尉繚的戰國四大轉折論第一次明晰地廓清了天下演變大勢，將一統華夏的潮流明白無誤地揭示出來，使嬴政君臣原本祕密籌劃的大業豁然明朗。此前，儘管嬴政君臣大出天下的謀劃也是明確的，但其根基點卻仍然在天下爭霸。也就是說，嬴政君臣此前的方略立足點是實力稱霸而一天下，準備硬碰硬地完成一統大業，並未明晰地想到這個「一」是否已經成為潮流所向？至於這個一潮流與秦國一天下的大略有無契合？影響何在？更加沒有明確想法與應對之策。尉繚大論將天下轉折大勢明朗化，秦國廟堂重臣人人有恍然大悟之感。其帶來的第一效應，是新銳君臣人人都生出了一種大道在前只待開步的緊迫感。其次效應，是嬴政君臣不約而同地覺察到，原先的實施方略需要某種修正。一番思忖一番會商，嬴政見到尉繚的旬日之後，在東偏殿舉行了重臣小朝會，特召尉繚與會。依據秦國傳統，這是對山東名士的最高禮遇——許布衣之士於廟堂直陳。除了在咸陽的王綰李斯鄭國等，藍田大營的王翦蒙恬也趕回來與會。這次小朝會，尉繚提出了「將一天下，文武並重」的八字方略。

尉繚的解說，始終縈繞在嬴政心頭。

「一天下者，非霸業也，實帝業也。霸業者，強兵鏖戰而使天下俯首稱臣也。帝業者，文武並重恩威兼施，而使天下渾然歸一也。方今六國雖弱，畢竟皆有百餘年乃至數百年之根基，皆有強兵稱霸之史跡。便是目下，六國雖強弩之末，兵力土地人口猶存，若拚力重結合縱而一體抗秦，天下之勢猶難料也！終不能成合縱者，潮流之勢也。潮流者何？天下歸一之心也！然百足之蟲，死而不僵。當此之時，若僅憑重兵鏖戰，可能適得其反，甚或啟動合縱抗秦。若能文武並戰，則事半功倍也！文戰，使人心向一，使民不以死戰之力維護裂土邦國也。如此，釜底抽薪矣！文戰實施之策，以邦交大才率精幹吏員長駐山東，一則大宣天下合一潮流，瓦解六國朝野戰心；二則結交權臣為我所用，使六國不能相互為援，更不能重結合縱；三則探究六國民情民治，以為日後整肅天下之根基。繚以為，若能有兩支邦交銳師出山東，力行文戰，則六國不難平定也！」

嬴政記得清楚，那日殿堂沒有一個人提出異議。

至此，一個欲待實施的方略清晰地呈現出來：秦國必須有一個長於邦交且專司邦交的班底，能持之以恆地在山東長期斡旋，方可收文戰功效。嬴政慨然拍案：「立即下書各官署，留心舉薦邦交能才，國府不吝賞賜！」

次日中夜，嬴政正在書房與王綰李斯議事，趙高輕步進來稟報說客卿姚賈求見。驀然之間，嬴政有些愣怔，姚賈？姚賈何許人也？王綰笑云，姚賈是行人令，以客卿之身領邦交事務多年了。李斯也跟著笑道，我查吏員文檔，此人乃大梁監門子，當年被魏國官場冷落排斥，憤而入秦。嬴政恍然醒悟：「想起來也！有人舉發……教他進來！」趙高答應一聲飛步出去，片刻便聞腳步匆匆之聲進來。

「你是姚賈？」瘦削精悍的中年人尚未說話，嬴政突兀一句。

「客卿姚賈，見過秦王！」

「姚賈，你知罪麼？」

「臣不知罪。」姚賈倏忽愣怔，昂然抬頭。

「國府以重金資你出使，你卻揮霍國財結交六國權臣，你作何說？」

「舉發之言非虛！姚賈確實以國金結交諸侯。」

「噢？」嬴政大感意外，臉色頓時一沉，「損公營私，公然觸法？」

「敢問秦王，特使若不結交六國重臣，安能拆散其盟？其盟不散，秦國威脅何以解之？出使之臣猶如出征之將，若無臨機布交之權，猶如大將不能自主部署兵力，談何邦交長效？姚賈懷抱效秦國之心而渙散六國，若作營私罪舉發，秦國邦交無望矣！」

「姚賈！人言你出身卑賤，輒懷野心，欲結六國以謀退路。」

「秦王之辭，與大梁官場流言何其相似乃爾！」姚賈竟大笑起來。

「說！何笑之有？」

「姚賈笑秦王一時懵懂也！」姚賈坦然得如同駁斥大梁遊學士子，「天下流言罵秦王豺狼者多矣，果如是乎！姚賈確是大梁城門老卒之子，市井布衣也。然古往今來，卑賤布衣大才興邦者不知幾多，何姚賈尚在區區客卿之位，便遭此中傷？不說太公、管仲、百里奚，也不說吳起、商鞅、蘇秦、張儀，秦王之側，便有關西布衣王綰、楚之布衣李斯。出身卑賤者皆有野心，天下流言者誠可笑也！王若信之，姚賈願下廷尉府依法受勘，還我布衣清白。如此而已，夫復何言！」

「好辭令！邦交大才也！」嬴政拍案大笑。

「秦王……」憤激的姚賈一時轉不過神來，迷惘地盯著嬴政。

「舉發者本意，本王心下豈不明白！」嬴政叩著書案，揶揄的聲調頗似廷尉府斷案老吏一般，「查客卿姚賈者，府邸不過三進，官俸不過十金，雖居官而長著布衣，常出使而故居猶貧。如此大才入秦國不得其位，焉得不是小人中傷乎？」

「君上！」姚賈猛一哽咽，長跪在地失聲痛哭。

「嬴政不察，先生屈才也……」嬴政肅然扶起姚賈入座。

「我猜客卿之意，絕非夜半歸案來也。」

李斯一句詼諧，君臣都笑了起來。王綰持重，雖居假丞相之位依舊是長史的縝密稟性，在李斯之後補充一句：「我等事罷，該當告辭了。」姚賈卻一拱手道：「我非密事，只為舉薦一個邦交大才！」如此一說，君臣三人興趣頓生，異口同聲催促快說。

姚賈說，他來向秦王舉薦一個齊國名士，此人在稷下學宮修學六年，學問淵博機敏善辯，論戰之才大大有名，且走遍天下熟悉列國；只是此人歷來桀驁不馴，公然宣示從來不參拜君王。姚賈還沒有說完，嬴政笑著插斷：「先生只說，此人何名？目下何處？」姚賈說這個人叫頓弱，目下正在咸陽遊學，已經在尚商坊名聲大噪了。

「好！他不拜王，王拜他！」嬴政朗聲大笑。

厚簾篷車轔轔駛進車馬場，兩個身裹翻毛皮袍者扶軾下車。

「小高子，你只守候，不許生事。」

一聲低沉吩咐，兩個皮袍人隨著飛揚的雪花融進了燈火煌煌的門廳。

渭風古寓的爭鳴堂，正是每日最具人氣的晚場論戰時刻。

這渭風古寓，原本是秦孝公時期開設在櫟陽的一家老店，主事者是大梁人侯嬴，背後的東主是名動天下的白氏商社。隨著秦國遷都咸陽，渭風古寓也遷入了咸陽。其後魏國衰落，白氏商社也因其女主白雪隨商鞅殉情而進入低谷。侯嬴等一班老人不甘白氏商社式微，將魏國故都安邑的經營根基全部遷入了生機勃勃的秦國，數十年認真操持，渭風古寓已成了山東六國在咸陽最為顯赫的大酒肆。其間，六國士人入秦遊學已經漸漸成為當世時尚。呂不韋建立學宮大收門客修編大書之後，入秦時尚一時蔚為大觀。其後呂不韋被治罪，嬴政又下逐客令，入秦風潮一時衰滅。然則，鄭國渠修成之後，關中大見富庶，風華漸起，秦國又再度對山東敞開了關隘，鼓勵各色人口入秦，士人遊學秦國再度蓬蓬勃勃釀成新潮。渭風古寓應時而變，仿效當年安邑洞香春老店之法，專一開闢了遊學士子的低金寓所坊區，又恢復了爭鳴堂，專一供遊學士人論戰切磋。一時之間，渭風古寓聲名大噪，成為咸陽尚商坊夜市最惹眼的去處。

兩個翻毛皮袍人進來時，爭鳴堂的入夜論戰剛剛開始。

臺上一人散髮長鬚身材高大，一領毛色閃亮的黑皮裘敞著胸懷，顯出裡層火紅的貼身錦袍，富麗堂皇又頗見倨傲，若非溝壑縱橫的古銅色面龐與火焰般的熾熱目光流露出一種獨有的滄桑，幾乎任誰都會認定這是一個商旅公子。

「我者，即墨頓弱，就學於稷下學宮公孫龍子大師，名家之士也！」

臺上士子一開口，臺下一排排就案士子們立即中止了哄嗡議論，目光一齊聚向三尺餘高的寬闊木臺。黑裘士子繼續道：「頓弱坐臺論戰旬日，未遇敗我之人！故此，本人今日總論名家之精要，而後離秦去楚，再尋荀子大師論戰於蘭陵蒼山。」臺下有人高聲一句：「頓子若勝荀子大師，成就公孫龍子心願，便是天下第一辯才！」眾人一齊側目，卻沒有一人回應喝采。臺上頓弱渾然無覺，傲然一笑開說：「世人皆云，名家之學多雞零狗碎辯題，謀不涉天下，論不及邦國，學不關民生，於法老墨儒之顯學相去甚遠矣！果真如此乎？非也！名家之學，探幽發微，辨異駁難，於最尋常物事中發乎常人之不能見，無理而成有理，有理而成無理，其思辨之深遠，非天賦靈慧者不能解，雖聖賢大智不能及！如此大學之道，何能與邦國生民無關？非也！名家之學，名家之論，天下大道也，唯常人不能解也！唯平庸者不能解，名家堪為上上之學也，陽春白雪也！」

「頓子既認名家之學關涉天下，吾有一問！」臺下有人高聲發難。

「但說無妨。」

「何種人有其實而無其名？何種人無其實而有其名？何種人無其名又無其實？」

「問得好！」臺下一片鼓噪。

頓弱輕蔑一笑，叩著面前書案一字一頓清晰開口：「有其實而無其名者，商賈是也。有財貨積粟之實，而天下皆以其為賤，是故有其實而無其名也。無其實而有其名者，農夫是也。日出而作，日落而息，暴背而耕，鑿井而飲，終生有溫飽之累！然則，天下皆以農為本，重農尚農，呼農夫為天，此乃無其實而有其名者也！」

「無名無實者何種人？」有人迫不及待追問。

「無其名而又無其實者，當今秦王是也。」頓弱悠然一笑。

「秦法森嚴，頓子休得胡言！」有人陡然高聲指斥。

「此乃秦國，休得累及我等！」臺下一片呼應。

「諸位小覷秦國也！」一個身著褪色布袍的瘦削士子霍然站起，「天下論戰，涉政方見真章。秦法雖密，不嵌人口。秦政雖嚴，不殺無辜。何懼之有也？」

「說得好！咸陽有這爭鳴堂，便是明證！」呼應者顯然秦人口音。

「然則，頓子據何而說秦王無名無實？」布袍士子肅然高聲。

「強國富民而有虎狼之議，千里養母而負不孝之名。豈非無名無實哉？」

「我再加一則：鐵腕護法而有暴政之聲。」布袍士子高聲補充。

「好！破六國偏見，還秦王本色！」臺下的秦人口音火辣辣一片。

「論戰偏題！我另有問！」一藍袍士子顯然不滿。

「足下但說。」

「頓子說名家關乎大道，敢問白馬非馬之類，於天下興亡何干？」

「正是！名家狡辯，不關實務！」臺下立即一片呼應。

「我出一同義之題，足下或可辯出名家真味。」頓弱鎮靜自若。

「說！」

「六國非國。」頓弱古銅色臉龐掠過一絲詭祕的笑。

臺下頓時一片譁然，有人驚呼一聲：「此人鬼才！此題大有玄奧！」

「頓弱，此論不能成立！」

「是也是也，論題不能成立！」臺下一片喧嚷。

「豈有此理！諸位不解而已，如何便是不能成立？」方才瘦削的布袍士子又霍然站起，一指臺上道，「此題意蘊顯而易見，足下休作驚人之論！」

「噢？願聞高見。」頓弱一拱手。

「好！破他論題！」臺下士子們異口同聲，顯然要促成這兩人論戰。

「國，命形之詞也。六，命數之詞也。形、數之詞不相關，國即國，六即六。確而言之，不能說六國是國，只能說六國非國。是故，六國非國也。」瘦削士子口齒極是利落。

「六國非國，能與天下無關？」頓弱又是詭祕一笑。

「此等命題，徒亂天下而已！」布袍士子冷冷一句。

「何以見得？」頓弱緊追不捨。

「若作讖語，或作童謠，寧非邦交利器哉！」

「如此說來，名家之學堪為縱橫家言？」

「惜乎邦交之道，不藉雕蟲小技耳！」

「足下之見，邦交大道者何？」

「夫邦交者，鼓雄辯之辭，破堅壁之國，動天下之心也！」

「動天下之心者何？」

「明大勢以改向背，說利害以潰敵國，宣大政以安庶民。」

「三方根基安在？」

「大勢之根在人心，人心之根在大勢。人心動，萬物動。」

「人心動於何方？」

「天下人心，紛紜求一，此動向也！」

「人心非心，何可一之？」
「人心不可一，天下之心獨可一。」
「何也？」
「天下之心，皆具人形，是故可一。」
「一於何？」
「一於人也。」
「人者何？」
「古今聖王也！」
頓弱一陣大笑：「論戰旬日，始見真才！願聞足下高名上姓。」
「在下大梁賈姚。」布袍士子慨然拱手。
「稷下頓弱！采——」
「大梁姚賈！采——」
臺下士子們在兩人連番對答中屏神靜氣，一時不能咀嚼其中意味，此刻回過神來大為敬服，不禁一陣哄然喝采。依照論戰傳統，這是認可了兩人的才具，日後自是流傳天下的口碑了。大廳紛紜議論之時，一個身材偉岸的著翻毛皮袍者走過來肅然一拱手：「我家主東欲邀兩位先生聚酒一飲，敢請屈尊賜教。」頓弱傲然一笑：「你家主東何許人也？只會教家老說話麼？」翻毛皮袍者謙恭一笑：「方才未報家門，先生見諒。我家主東乃北地郡胡商烏氏倮後裔，冬來南下咸陽，得遇中原才俊，心生渴慕求教之心，故有此請。」頓弱目光連連閃爍：「胡商多本色，飲酒倒是快事一樁也！只是你家主東人未到此，如何便將我等做才俊待之？」旁邊姚賈不禁一笑：「頓子不愧名家，掐得好細！」翻毛皮袍者一拱手謙和地笑道：「該當該當。我家主人古道熱腸，方才論戰聽得癡迷一般，依著胡風先去備酒了，吩咐在下恭請先生。」頓弱不禁哈哈大笑：「未請客先備酒，未嘗聞也！」姚賈朗然笑道：「胡風本色可人，在下也正欲與兄臺一飲，不妨一事罷了。」頓弱慨然道：「遊秦得遇賈兄，生平快事也！但依你說，走！」說罷拉起姚賈大步便走，對翻毛皮袍者看也不看。

翻毛皮袍者連忙快步搶前道：「先生隨我來，庭院有車迎候！」

片刻之後，一輛寬大的駟馬垂簾篷車駛出了尚商坊。

馬蹄沓沓車聲轔轔，這輛罕見的大型篷車穿行在石板大道，透過茫茫雪霧街邊燈火一片片流雲般掠過，馬車平穩得覺察不出任何顛簸。頓弱不禁揶揄笑道：「一介商賈有如此車馬，烏氏商社寧比王侯哉！」賈姚高聲附和道：「如此駟馬高車生平僅見，商旅富貴，布衣汗顏耳！」後座翻毛皮袍者一拱手笑道：「先生不知，當年祖上於國有功，此車乃秦王特賜。我家主東，不敢僭越。」頓弱一陣笑聲未落，大車已經穩穩停住了。

「先生請。」車轅馭手已經飛身下車，恭敬地將兩人扶下。

「頓兄請！」賈姚慨然一拱。

「噫！家老如何不見？」

「那還用問，必是通報主人迎客去了。」賈姚大笑。

「好！今夜胡盧一醉，走！」

道邊一片松林，林中燈火隱隱，大雪飛揚中恍若仙境。馭手恭謹地引導著兩人踏上一條小徑，前方丈餘之遙一盞碩大的風燈晃悠著照路。小徑兩邊林木雪霧茫茫一片，甚也看不清楚。走得片刻，前方碩大風燈突然止步，朦朧之中可見一道黑柱矗立在飛揚的雪花之中，恍然一柱石俑。賈姚對頓弱低聲道：「看！主人迎客。」

「先生駕臨，幸何如之！」黑柱遙遙一躬。

「足下名號何其金貴也！」頓弱一陣揶揄的大笑。

依著初交禮儀，無論賓主都要自報名號見禮。面前主人遙相長躬，足見其心至誠。然則頓弱素來桀驁不馴，又有名家之士的辯事癖好，一見主人只迎客而不報名號，當即嘲諷對方失禮。

「頓兄見諒……」賈姚正要說話，對面黑斗篷擺了擺手。

「咸陽嬴政，見過先生。」黑斗篷又是深深一躬。

「你？你說如何！」頓弱聲音高得連自己也吃驚。

「酒肆不便，嬴政故託商旅之名相邀，先生見諒。」

「你？你是秦王嬴政！」

「頓兄，秦王還能有假？」旁邊賈姚笑了。

「噫！你知秦王？你是何人？」

「客卿姚賈，不敢相瞞。」同來的瘦削布衣深深一躬。

「攪亂山東之秦國行人令，姚賈？」

「姚賈不才，頓兄謬獎。」

頓弱縱是豁達名士，面對同時出現的秦王與秦國邦交大吏，一時也有些手足無措。身著黑斗篷的秦王渾然無覺，恭敬地拱手作請親自領道，將頓弱領進了松林深處的庭院。一路行來，頓弱一句話不說，只左右打量兩人，恍若夢中一般。

及至小宴擺開，飲得幾爵，頓弱的些許困窘一掃而去，滔滔對答遂不絕而出。秦王求教也直截了當：「欲一天下，邦交要害何在？」頓弱的論斷明快簡潔，與名家治學之瑣細思辨大相逕庭：「欲一天下，必從韓魏開始。韓國者，天下咽喉也。魏國者，天下胸腹也，韓魏從秦，天下可圖！」秦王遂問：「何以使韓魏從秦？」頓弱對云：「韓魏氣息奄奄，以邦交能才攜重金出使，文戰斡旋，使其將相離國入秦，君臣相違不得聚力，功效堪抵十萬大軍！」秦王笑問：「重金之說，大約幾多？」頓弱慨然：「周旋滅國，寧非十萬金而下哉！」秦王笑云：「秦國窮困，十萬金只怕難湊也。」頓弱大笑：「秦王惜金，天下何圖？秦王不資十萬金，只怕頓弱要到楚國鼓噪六國合縱也！合縱若成，楚國王天下，其時秦王縱有百萬重金，安有用哉！」

「倨傲坦蕩，頓子名不虛傳也！」嬴政一陣大笑。

姚賈一直饒有興致地聽著秦王與頓弱問對，既不插話也不首肯，一副若有所思神色。不料頓弱突然直面問道：「足下語詞犀利，敢問修習何家之學？」姚賈一拱手道：「在下修習法家之學。入秦之先，嘗為魏國廷尉府書吏。」頓弱尚未說話，秦王嬴政先大感意外：「客卿法家之士，如何當初進了行人署？」姚賈道：「我入秦國之時，適逢王綰離開丞相府，文信侯呂不韋留我補進行人署……諸般蹉跎，也就如此了。」嬴政一笑：「先生通曉魏國律法？」姚賈慨然一拱手道：「天下律法姚賈無不通曉，然最為精通者，當數秦法也！」頓弱哈哈大笑道：「魏人精於秦法，異數也！」姚賈道：「商君秦法，法家大成也，天下之師也！數年十數年之後，安知秦法不是天下之法？有識之士安得不以秦法為師焉！」秦王興致勃勃：「秦法可為天下法，其理何在？」姚賈不假思索地回答：「秦法三勝：一勝於法條周延，凡事皆有法式；二勝於舉國一法，庶民與王侯同法，法不屈民而民有公心；三勝於執法有法，司法審案不依官吏之好惡而行，人心服焉。如此三勝，列國之法皆無。是故，秦法可為天下之法也！」頓弱不禁又是大笑：「足下之言，實決秦國邦交根基也，妙！」

「頓子何有此斷？」嬴政一時有些迷茫。

「素來邦交，多關盟約立散爭城奪地。以邦交而布天下大道者，鮮矣！今秦之邦交，若能以秦法一統天下為使命，大道之名也，潮流之勢也，寧非根基哉！」

秦王離案起身，肅然一躬：「嬴政謹受教。」

如此直到天亮時分，頓弱才被姚賈領到驛館最好的一座庭院。頓弱興猶未盡，又拉住姚賈飲酒論學。清晨時分，兩人站在廊下看著紛紛揚揚的雪花，還是都沒有睡意。默然良久，姚賈頗顯詭祕地笑道：「頓子素不拜君，可望持之久遠乎！」頓弱道：「天下無君可拜，寧怪頓弱目中無君？」姚賈笑道：「今日秦王，寧非當拜之君？」頓弱不禁喟然一歎：「天下之君皆如秦王，中國盛世也！」姚賈也是感慨中來：「唯天下之君不如秦王，中國可一也！」

三、驅年社火中尉繚突然逃秦

歲末之夜，大咸陽變成了一片燈火之海。

這是天下共有的大節，年。在古老的傳說裡，年是一種凶猛的食人獸，每逢歲末而出，民眾必舉火鳴金大肆驅趕。歲歲如此，久遠成俗。夏商兩代，天下只知有歲有祀，不知有年。及至周時，驅年成為習俗，天下方有歲末「年」節之說。其意蘊漸漸變為驅走年獸之後的慶賀，是謂過年。及至春秋戰國，驅年已經成為天下度歲的大節，喜慶之氣日漸濃厚，恐懼陰影日漸淡化。人們只有從「過年」一說的本意，依稀可見歲末驅害之本來印跡。唯其如此，戰國歲末的社火過年通行天下。社火者，村社舉火也。驅年起於鄉野，是有此說。以至戰國，社火遂成鄉野城堡共有的喜慶形式，但遇盛大喜事，皆可大舉社火以慶賀，然終以歲末社火最為盛行。天下過年之社火，尤以秦國最為有名。究其實，大約是秦國有天下獨一份的高奴天然猛火油，其火把聲勢最大之故。驅年社火時日無定，但遇沒有戰事沒有災劫的太平年或豐收年，連續三五日也是尋常。但無論時日長短，歲末之夜的社火驅年都是鐵定不移的，否則不成其為過年。

今歲社火，尤見熱鬧。鄭國渠成，關中連續三季大收。秦王新政，吏治整肅，朝野一片勃勃生機，堪稱民富國強之氣象。老秦人大覺舒暢，社火更見氣勢了。歲末暮色方臨，大咸陽的街巷湧流出一隊隊獵獵風動的火把，銅鑼大鼓連天而起，男女老幼舉火湧上長街，流出咸陽四門，轟轟然與關中四鄉的驅年社火融會在一起，長龍般飄灑舞動在條條官道，吶喊之聲如沉沉雷聲，火把點點如遍地爍金，壯麗得教人驚歎。

臨近王城的正陽坊，卻是少見的清靜。

李斯本欲攜帶妻兒去趕咸陽社火。畢竟，今歲是家室入秦的第一個年節，家人還沒有見過聞名天下的秦國年社火。正欲出行，偏院老僕匆匆趕來，說先生有請大人。李斯恍然，立即吩咐家老帶兩個精壯僕人領著家人去看社火，自己轉身到了偏院。

尉繚入秦三月，堅持不住驛館，只要住在李斯府邸。秦國法度：見王名士一律當作客卿待之，若任職未定而暫未分配府邸，入住驛館享國賓禮遇。頓弱、姚賈，皆如這般安置。尉繚赫赫兵家，雖布衣之士而名動天下，又與李斯早年有交，李斯自感不便以法度為說辭拒之，便稟報了秦王。嬴政聽罷豁達地笑了，先生願居府下，難為也，開先例何妨！如此，尉繚便在李斯府邸的東偏院住了下來。雖居一府，李斯歸家常常在三更之後，兩人聚談之機卻是不多。

「繚兄，李斯照應不周，多有慚愧。」

「斯兄捨舉家之樂來陪老夫，安得不周哉？」尉繚一陣笑聲。

「好！歲末不當值，今日與繚兄痛飲！」

「非也！今日老夫一件事兩句話，不誤斯兄照應家人。」

不管李斯如何瞪眼，尉繚逕自捧起案上一方銅匣道：「此乃老夫編定的祖傳兵書，呈獻秦王。」

李斯驚訝道：「呈獻祖傳兵書，乃至大之舉，李斯何能代之？」尉繚朗然一笑道：「秦王觀後，老夫再與之論兵可也，斯兄倒是拘泥。」李斯恍然道：「如此說倒是繚兄灑脫。也好，我立即進宮呈進，轉回來與繚兄作歲末痛飲。」

李斯匆匆走進王城，那一片難得的明亮靜謐實在教他驚訝。秦法有定：臣民不得賀君，官吏不得私相慶賀。無論是年節還是壽誕，臣民自家歡樂可也，若是厚禮賀君或官吏奔走慶賀上司，是為觸法。秦惠王秦昭王都曾懲治過賀壽臣民，而被山東六國視為刻薄寡恩。可秦國的這一法度始終不變，朝野一片清明。大師荀子入秦，將其見聞寫進《荀子‧強國篇》曰：「觀秦風俗，其百姓樸，其聲樂不流污，其服不佻，古之民也。官府百吏肅然，莫不恭儉敦敬忠信而不楛（低劣），古之吏也。入其國，觀其士大夫出於其門，入於公門，出於公門，歸於其家，無有私事也。（官吏）不比周，不朋黨，倜然莫不明通而公，古之士大夫也。觀其朝廷，其朝閒，聽決百事不留，恬然如無治者，古之朝也。故四世有勝，非幸也，數也！」如此純厚氣象，實在是當時天下之絕無僅有。此等清明傳統之下，每遇年節或君王壽誕，咸陽王城自然是一片寧靜肅然，與尋常時日唯一的不同，是處處燈火通宵達旦。當然，之所以寧靜還有另一緣由：王城之內凡能走動而又不當值的王族成員與內侍侍女，都去趕社火了。秦法雖嚴，王城一年也有兩次自由期：一是春日踏青，一是年節社火。

秦王嬴政，從來沒有在歲末之夜出過王城。

這便是嬴政，萬物紛紜而我獨能靜。歲末之夜，獨立廊下，聽著人潮之聲，看著彌漫夜空的燈火，嬴政的心緒分外舒坦。身為一國之君，能有何等物事比遠觀臣民國人的喜慶歡鬧更愜意？正在年輕的秦王沉醉在安寧美好的心緒中時，李斯匆匆來了。嬴政有些驚訝：「咸陽驅年社火天下第一，長史不帶家人觀瞻，如何當值來也？」李斯搖頭道：「老妻兒子自家去便了，臣有一寶進王。」嬴政不禁大笑：「年關進寶，長史有祥瑞物事？」李斯頗顯神祕地一笑：「臣所進者，非陰陽家祥瑞之寶，乃國寶一宗。」一說罷從大袖中捧出一方銅匣，「此乃尉繚兵書，託臣代進。」嬴政雙手接過，驚喜的目光中有幾分疑惑：「尉繚可隨時入宮，何須如此代進？」李斯道：「尉繚說，待王觀後再進見論兵。或是名士稟性也，臣亦不甚了了。」嬴政笑道：「尉繚入秦，天下矚目，魏國不會輕易甘休。長史多多上心，不能教尉繚又作一回鄭國。」李斯一拱手道：「君上明斷！魏國老病甚深，臣不敢大意。」

李斯一走，嬴政立即急不可待地打開了《尉繚子》。

方翻閱片刻，嬴政便起身離開了書房。及至趙高一頭汗水地回到王城當值，嬴政已經不在大書房了。趙高機敏異常，也不問當值侍女，立即找到了東偏殿後的密室，秦王果然在案前心無旁騖地展卷揣摩。趙高一聲不響，立即開始給燎爐添加木炭，並同時開始煮茶。片刻之後，兩只大燎爐的木炭火紅亮紅亮，釅茶清香也彌漫開來，春寒越顯陰冷的密室頓時暖和清新起來。一切就緒，趙高悄沒聲地到庖廚去了。又是片刻之後，趙高又悄沒聲回來。燎爐上有了一副鐵架，鐵架上煨著一只陶罐，鐵架旁烤著兩張厚厚的鍋盔。趙高估量得分毫不差，秦王一直沒出密室，晝夜埋首書案一口氣讀完了《尉繚子》。直到合卷，嬴政才狼吞虎嚥地咥下了一罐肥羊燉與兩張烤得焦黃的鍋盔。

「天下第一兵書！唯肥羊鍋盔可配也！」

聽著秦王酣暢的笑聲，趙高也嘿嘿嘿不亦樂乎。

「笑甚！」嬴政故意沉下臉，「立即知會長史，今夜拜會尉繚。」

嗨的一聲，趙高不見了人影。

一部《尉繚子》，在年輕的秦王心頭燃起了一支光焰熊熊的火把。

自少時開始，嬴政酷好讀書習武兩件事。論讀書，自立為太子，嬴政便是王城典籍庫的常客。及至即位秦王虛位九年，嬴政更是廣涉天下諸子百家，即或是那些正在流傳而尚未定型的刻本，嬴政也如饑似渴地求索到手立馬讀完。對於天下兵書，嬴政有著尋常士子不能比擬的興味。春秋戰國以來的

《孫子》、《吳子》、《孫臏兵法》，更是他最經常翻閱的典籍。昔年，上將軍蒙驁多與年輕的嬴政談論天下兵書。蒙驁嘗云：「孫吳三家，世之經典也，王當多加揣摩。」嬴政感喟一句：「三家精則精矣，將之兵書也！」蒙驁訝然：「兵書自來為將帥撰寫，秦王此說，人不能解矣！」嬴政大笑云：「論「天下大兵，出令在王。天下兵書，寧無為王者撰寫乎！」蒙驁默然良久，拍了拍雪白的頭顱：「論兵及王，兵家所難也。王求之太過，恐終生不復見矣！」嬴政又是一陣大笑：「果真如此，天下兵家何足論耳！」

這部《尉繚子》令嬴政激奮不能自已者，恰在於它是一部王者兵書。

自來兵書，凡涉用兵大道，不可能不涉及君王。如《孫子・始計篇》、《吳子・圖國篇》等，然畢竟寥寥數語，不可能對國家用兵法則有深徹論述。《尉繚子》顯然不同，全書二十四篇，第一卷前四篇專門論述國家兵道，實際便是君王用兵的根基謀劃；其後二十篇具體兵道，也時時可見涉及廟堂運籌之總體論斷，堪稱史無前例的一部王者兵書。嬴政讀書歷來認真，邊讀邊錄，一遍讀過，幾張羊皮紙已經寫滿。《尉繚子》的精闢處已經被他悉數摘出歸納，統以「王謀兵事」四字，所列都是《尉繚子》出新之處：

王謀兵事第一：戰事勝負在人事，不在天官陰陽之學。

這是《尉繚子》不同於所有兵書的根本點——王者治軍，必以人事為根基，不能以占卜星相等神祕邪說選將治兵或預測勝負。其所列舉的事例，是第一代尉繚與魏惠王的答問。嬴政在旁批曰：「篤信鬼神，謀兵大忌也。君王以鬼神事決將運兵而能勝者，未嘗聞也！恆當戒之。」嬴政認定，這一點對於君王比對於將領更為重要。將領身處戰場，縱然相信某些望氣相地等等徵候神祕之學，畢竟只關乎一戰成敗。君王若篤信天象鬼神之說，則關乎根本目標。譬如武王伐紂，天作驚雷閃電，太卜占為不吉，臣下紛紛主張休兵；其時太公姜尚衝進太廟踩碎龜甲，並慷慨大呼：「弔民伐罪，天下大道，何求於朽骨！」武王立即醒悟，決然當即發兵。若非如此，大約「湯武革命」便要少去一個武王了。唯其如此，君王一旦篤信神祕之學，一切務實之道都將無法實施。所以，立足人事乃君王務兵之根基。

王謀兵事第二：兵勝於朝廷。

《尉繚子》反覆陳述的邦國兵道是：治軍以富國為先，國不富而軍不威。「富治者，民不發軔，甲不出暴，而威制天下。故曰，兵勝於朝廷。不暴甲而勝者，主勝也；陣而勝者，將勝也。」顯然，這絕不是戰陣將軍視野之內的兵事，而是邦國成軍的根本國策，是以君王為軸心的廟堂之算。也就是說，朝廷謀兵的最高運籌是：國富民強，不戰而威懾天下，不得已而求戰陣。故此，一國能常勝，首先是朝廷總體政道之勝。

王謀兵事第三：不賴外援，自強而戰。

春秋戰國多相互攻伐，列國遇危求援而最終往往受制於人，遂成司空見慣之惡習。《尉繚子》以為，這種依賴援兵的惡癖，導致了諸多邦國不思自強的痼疾。是以，尉繚提出了一個尋常兵家根本不會涉及的論斷：量國之力而戰，不求外援，更不受制於人。嬴政特意抄錄了《尉繚子》這段話：「今國之患者，以重金出聘，以愛子出質，以地界出割，而求天下助兵。名為十萬，實則數萬。且（發兵之先）其君無不囑其將：『援兵不齊，毋作頭陣先戰。』其實，（援兵）終究不力戰……（縱然）天下諸國助我戰，何能昭吾士氣哉！」而求援與否、援兵出動之條件及對援兵的依賴程度，也是廟堂君王之決策，並非戰場將領之謀劃。嬴政在旁批下了大大十六個字：「量力而戰，是謂自強，國不自強，天亦無算！」

王謀兵事第四：農戰法治為治兵之本。

嬴政讀《尉繚子・制談第三》，連連拍案讚歎：「此說直是商君治兵也！大哉大哉！」嬴政所讚歎的，是尉繚子明確擁戴商鞅的農戰法治論。嬴政自己是《商君書》與商君秦法的忠實追隨者，對尉繚的論說自然大大生出共鳴。《尉繚子》云：「吾用天下之用為用，吾制天下之制為制。修我號令，明我刑賞，使天下非農無所得食，非戰無所得爵，使民揚臂，爭出農戰，而天下無敵矣！」尉繚之論，明確兩點：一是依法治軍，是為形式；一是重農重戰，是為治軍基礎。天下自有甲兵，便有軍法，任何國家任何大軍皆然。但是，自覺地將軍法與邦國變法融為一體推行者，寥寥矣！至少在戰國兵家著述中，尉繚子史無前例。嬴政感喟不已，在旁批下兩行大字：「如此國策，將軍不能也，唯廟堂朝廷能行也，寧非君道哉！」

王謀兵事第五：民為兵事之本，戰威之源。

自有兵家，鮮有將民眾納入戰事謀劃視野者。這一點，也是尉繚子開了天下先河。「審法制，明賞罰，便器用，使民有必戰之心，此威勝也……夫將之所以戰者，民也。民之所以戰者，氣也。氣實（旺盛）則鬥，氣奪則走。」基於將民眾看作戰勝之本，尉繚子提出「勵士厚民」為國家治軍之本，並據以劃分出國家強盛的四種狀態：「王國富民，霸國富士，僅存之國富大夫，亡國富倉府。」嬴政讀之奮然，大筆批曰：「秦不賴民，安得長平之戰摧強趙乎！秦不賴民，安得一天下乎！王國富民，而民能為國戰，君王謀兵之大道也！」

「醍醐灌頂，尉繚子也！」嬴政一次又一次拍案讚歎著。

「君上君上，尉繚子逃秦，長史去追了！」趙高風一般飛進密室。

「！」嬴政霍然起身，愣怔著說不出話來。

「君上，尉繚逃！」

「快！駟馬王車，追！」驀然醒悟，嬴政一聲大吼。

「嗨！」趙高脆亮一應，身影已經飛出。

李斯實在沒有料到，兵家妙算的尉繚竟能出事。

歲末之夜，李斯出王城回到府邸，立即到偏院與尉繚聚飲過年。兩人海闊天空，兩罈蘭陵老酒幾乎見底。尉繚說了許許多多在秦國的見聞感慨，反反覆覆念叨著一句話，尉繚無以報秦，惜哉惜哉！李斯想去，此等感慨只是尉繚報秦之心的另一種說法而已，渾沒在意，只與尉繚海說天下，竟是罕見的自己先醉了。驀然醒來，守在榻邊的妻子說他已經酣睡了一個晝夜了。李斯沐浴更衣用膳之後天已暮色，來到偏院看望尉繚酒後情形。尉繚不在，詢問老僕，回說先生於一個時辰前被兩個故人邀到尚商坊趕社火去了，今夜未必回來。李斯當時心下一動，尉繚祕密入秦，何來故人相邀？走進書房，不意卻見案頭一支竹板有字，拿起一看，只草草四個字——不得不去。

驟然之間，李斯渾身一個激靈！

幾乎沒有片刻猶豫，李斯立即派出家老知會國尉蒙武，而後跳上一匹快馬飛出了咸陽。尉繚肯定是遇到了前所未有的麻煩。魏國目下這個老王叫作魏增，太子時曾經在秦國做過幾年人質，稟性陰鷙長於密謀。魏增即位，魏國在咸陽的「間人」數量大增，許多山東商賈都被「魏商」裹挾進了間人密網。所謂故人相邀，定然是魏國間人受命所為。李斯來不及多想，心下只有一個念頭：一定要在函谷關之內截住尉繚！只要不出函谷關，不管魏國祕密間人有多少隱藏在尉繚四周，他們都不敢公然大動干戈。只要李斯能追趕得上，拉住尉繚磨叨一時，蒙武人馬也許就能趕到；若形勢不容如此，便可先行趕到函谷關知會守軍攔截。李斯謀劃得沒錯，可沒有想到殘雪夜路難行，官道又時有社火人流呼喝湧動，非但難以馳馬，更難辨識官道上時斷時續的火把人群中有沒有尉繚。如此時快時慢，出得咸陽半個時辰，還沒有跑出三十里郊亭，李斯不禁大急。

「長史下道！上車！」

身後遙遙一聲尖亮的呼喊，李斯驀然回頭，隱隱便見一輛駟馬高車從官道下的田野裡飀風一般捲來。沒錯，是趙高聲音，是駟馬王車！沒有片刻猶豫，李斯立即圈馬下道。秦國官道寬闊，道邊有疏通路面積水的護溝，溝兩側各有一排樹木。李斯騎術不佳心情又急，剛剛躍馬過溝便從馬背顛了下來，重重摔在殘雪覆蓋的麥田裡暈了過去。正在此時，駟馬王車嘩啷啷捲到，稍一減速，一領黑斗篷飛掠下車兩手一抄抱著李斯飛身上了王車。

「小高子！快車直向函谷關！」

李斯被掐著人中剛剛開眼，聽得是秦王嬴政聲音，立即翻身坐起。嬴政摁住李斯高聲道：「長史抓住傘蓋，坐好！」李斯搖著手高聲道：「我已告知蒙武，君上不須親臨，魏國間人多！」嬴政長劍指著官道火把高聲道：「他間人多，我老秦人更多，怕他甚來！」說話間駟馬王車全力加速，趙高已經站在了車轅全神貫注地舞弄著八條皮索，四匹天下罕見的雪白駿馬大展腰身，寬大堅固的青銅王車恍若掠地飛過，一片片火把悠悠然不斷飄向身後。

「間人狡詐，會不會走另路？」李斯突然高聲一句。

「蒙武飛騎已經出動，趕赴潼山小道與河西要道，我直馳函谷關！」

雞鳴開關之前，駟馬王車終於裹著一身泥水飛到了函谷關下。王車堪堪停在道邊，嬴政立即吩咐趙高宣守關將軍來見。將軍匆匆趕到，嬴政一陣低聲叮囑，將軍又匆匆去了。過得片刻，雄雞長鳴，關內客棧便有旅人紛紛出門，西來官道也有時斷時續的車馬人流相繼聚來關下，只等關門大開。

「長史，那群人神色蹊蹺！」眼力極好的趙高低聲一句。

李斯順著趙高的手勢看去，只見西來車馬中有一隊商旅模樣的騎士走馬而來，中間一人皮裘裹身面巾裹頭，相貌很難分辨。寒風呼嘯，路人裹身裹頭者多多，原不足為奇。可這隊騎士若即若離地圍著那個裹身裹頭者，目光不斷地掃描著四周，確實頗是蹊蹺。正在此時，函谷關城頭號聲響起，城門尉高喊：「城門兩道失修，今日只能開一道門洞，諸位旅人排序出關，切勿擁擠！」喊聲落點，甕城赳赳開出兩隊長矛甲士，由函谷關將軍親自率領，在最北邊門洞內列成了一條甬道。出關車馬人流只有從甲士甬道中三兩人一排或單車穿過。駟馬王車恰恰停在甲士甬道後的土坡上，居高臨下看得分外清楚。好在王車已經一身泥水髒污不堪，任誰也想不到這輛正在被工匠叮噹敲打修葺的大車是秦王王車。

「繚兄！趁我醉酒而去，好無情也！」

李斯突然一聲大呼，跳下泥車衝過了甲士甬道，拉住了那個裹頭裹身者的馬韁。前後游離騎士的目光立即一齊盯住了李斯。裹頭裹身者片刻愣怔，冷冷一句飛來：「你是何人？休誤人路！」李斯一陣大笑：「繚兄音容，李斯豈能錯認哉！你要走也可，只須在這酒肆與我最後痛飲一回！」前後騎士一聽李斯報名，顯然有些驚愕。瞬息猶豫，不待裹頭裹身者說話，一騎士便道：「同路不棄，我等在道邊等候先生。」一句話落點，前後十餘名騎士一齊圈馬出了甲士甬道。李斯哈哈大笑：「同路等候，繚兄何懼也，走！」說罷拉起裹頭裹身者便進了路邊一家酒肆。

「先生受驚，嬴政來遲也！」

一進酒肆，一個一身泥斑的黑斗篷者便是深深一躬。裹頭裹身者一陣木然，緩緩扯下面巾一聲長歎：「非尉繚無心報秦也，誠不能也！秦王罪我，我無言矣！」嬴政肅然道：「先生天下名士，驟然離去必有隱情。縱然英雄丈夫，亦有不可對人言處。敢請先生明告因由，若嬴政無以解難，自當放先生東去。」尉繚木然道：「魏王陰狠，我若不歸，舉族人口有覆巢之危。」李斯切齒罵道：「魏增老匹夫！卑鄙小人！」嬴政似覺尉繚神色有異，目光一閃道：「間人武士可曾傷害先生？」尉繚默然片刻，嘶啞著聲音道：「只路途一飯，此後我便頭疼欲裂，昏昏欲睡……」李斯不禁大驚：「君上，定是間人下毒所致！」

驟然之間，嬴政臉色鐵青一聲怒喝：「間賊首級！一個不留！」

守在門廊的趙高嗨的一聲飛步而去。片刻之間，只聽店外尖厲的牛角號連綿起伏，長矛甲士聲聲怒喝噗噗連聲。函谷關將軍大步來報：「稟報君上，全部十六名間人首級已在廊下！」正在此時，隨著李斯一聲驚呼，尉繚軟軟地倒在了地上。嬴政顧不及說話，狠狠一跺腳抱起尉繚衝出了酒肆。

最黑暗的黎明，駟馬王車又飃風一般捲回了咸陽。

四、春令定準直　秦國大政勃勃生發

冰雪消融，李斯草擬的王書終於擺在了嬴政案頭。

這是開春後將要頒布的第一道王書，朝野呼為春令，亦呼為首令。歷來戰國傳統：歲政指向看的便是開春之後的第一道王書。唯其如此，儘管國事千頭萬緒，開春之時都要審慎選擇一方大事開手。《呂氏春秋》云：孟春之月，盛德在木，先定準直，農乃不惑。先定準直，於國事便是開春首令。去歲隆冬大雪時一次議事，嬴政曾問與會大臣：「來春首令，將欲何事開之？」丞相王綰答曰：「整軍財貨稍嫌不足，當以關市賦稅開之。」鄭國答曰：「涇水渠成而墾田不足，當以農事開之。」李斯獨云：「新政全局未就，當從用才開之。」嬴政當即拍案：「長史所言甚是。興國在人，從人事開之！」於是，草擬春令的職事自然而然地落到了李斯頭上。年節期間突發尉繚事件，李斯謀劃春令的腳步也不期中止了。

追救回來的尉繚，在太醫館整整療毒一月，劇烈的頭疼才漸漸消失，然言語行動終見遲緩，鬚髮也突然全白了。秦王嬴政怒火中燒，回咸陽次日立馬派出內史將軍嬴騰為特使，星夜趕赴大梁，以最鄭重的國書狠狠威脅魏王增：若尉繚部族但有一人遭害，魏國入秦士子但有一人不安，秦國大軍立即滅魏，決將魏國王族人人碎屍萬段！本次為施懲戒，並確保魏國不再陰毒脅迫入秦臣民，魏國必須立即割讓五城，否則關外大軍立即猛攻大梁！老魏王眼見虎狼秦王大發威勢，秦國關外大軍又近在咫尺，嚇得喉頭咕的一聲當場軟倒在王案。次日，太子魏假代父王立約，旬日內便交割了河外五城。及至桓齮大軍接收五城，嬴騰趕回咸陽復命，堪堪不過半月，可謂戰國割地之最利落的一次。之後又有消息傳來：老魏王魏增一病不起奄奄一息，已經不能理事了。

自此，秦王怒氣稍減，政事方得入常，李斯方得入靜。

邦國人事，歷來是最大題目，也是最難題目。最大者，牽一發而全身動也。最難者，利害相關人人矚目也。儘管秦國法政清明，個中利害衝突也不能說全然不須顧忌。李斯來自楚國，又有早年官場之閱歷，自然更是審慎在心。秦王首肯人事開年，但沒有明定從何方用人開之？之所以沒有申明，秦王實際上便是默認了李斯的路徑。畢竟，李斯有此主張，不可能心下沒有大體謀劃。雖則如此，李斯還是沒有草率從事。尉繚事大體安寧，他便立即在各大官署間開始奔走，備細查勘了官吏缺額與可能的人選來路，尤其對王綰丞相府的大吏餘缺詢問最細。如此之後，李斯開始草書，嬴政始終沒有過問。

這日，嬴政一進書房坐進書案，立即挑開了趙高已經擺在案頭的銅匣的泥封。拿出一看，整整三卷，嬴政不禁有些驚訝。人事王書難則難矣，行文卻最是簡便，何等人事當得三卷之長？及至一卷卷攤開，嬴政這才長吁一聲：「李斯膽識兼具而不失縝密，大才也！」

第一卷，是李斯對春令的意圖說明，很是簡潔：「臣遍察秦國官署，裁汰高年老吏之後各式吏員缺額雖大，然終非新政之要害，可在秦國郡縣與入秦山東士子中專行招募少壯，考校而後任事；但有三年磨練，官吏新局可成矣！唯其如此，臣以為秦國人事之要，仍在廟堂大臣之完備。是以，臣所擬春令，以新近之三才為要，王自定奪。」

第三卷是一個附件，備細羅列了各官署的吏員缺額。

第二卷，才是李斯擬定的春令定件，樣式很是新鮮，嬴政看得頗有興致：

〈秦王春令〉

大秦王書曰：興國之本，盡在人才薈萃。大政之要，首在用人任事。尉繚頓弱姚賈三人，各以際遇先後入秦，各負過人之才，本王量才而取，任事如左：尉繚，拜任國尉。（臣斯察：尉繚者，三世兵家之後也，入秦輒疑，繼對王推崇有加，將四代所成兵書獻國，身遭脅迫而終思報秦，其赤忠之心足見矣！今其瘵毒後雖見遲滯，然大智畢竟清醒，臣以為仍當大用，以為山東士人入秦之楷模也！）

頓弱，職任上大夫兼領行人署，執邦交事。（臣斯察：頓弱諳熟列國，辯才無雙，堪領邦交以周旋山東。邦交須重臣，故以頓弱為高職。）

姚賈，擢升上卿，兼副行人署同領舉國邦交。（臣斯察：姚賈者，大梁監門子也，貧賤布衣而不失其志，敏行銳辭而不失其厚，入秦跌宕而不瀆其職，更兼精通秦法，後堪大任矣！）

「小高子，請長史。」嬴政輕輕叩著碩大的青銅書案。

李斯本來在外室等候，見趙高遙遙一拱手，立即進了書房。嬴政開門見山道：「長史春令甚當，去『臣察』之語，即可定書頒發。另有一事，可並行發書。」李斯一拱手道：「但請君上示下。」嬴政拿起那卷附件道：「吏員補缺，長史查勘得極是時機，所提之法也大體得當，該當立即著手。我意，長史與王綰議出一個章法，作一書兩文同時頒發。」李斯大是欣然：「君上明斷！臣即赴丞相府會商，兩日內定書。」

啟耕大典之日，秦王的春令正式頒行朝野。

所有官署都忙碌起來，遴選考校、簡拔能才、安置新吏職司、梳理既往政務，朝野一片勃勃生機。秦王不涉具體政務，只將目光盯在新任三才身上。對尉繚與蒙武的國尉署交接，嬴政分外上心，每遇大事必親臨決之。尉繚原本不欲就任國尉，在春令頒發之後正式上書秦王，以「病體虛弱，心緒恍惚，謀不成策，無以為大軍作堅實後盾」為由，辭謝國尉高職。嬴政讀罷上書立即趕到已經移居驛館的尉繚庭院，堅請尉繚出任國尉。嬴政的說辭很簡單，也很結實：「嬴政固有一天下之志，然天下大勢與一統方略不明。先生入秦，明轉折大勢，一舉奠定秦國一統天下之文武偉略，使秦一天下立定可行也！更兼先生之兵書，使政大明君王運兵治軍之道。僅此兩事，未操實務而定秦國根基，先生功績何敢忘也！今先生遭間人毒手，雖體弱心遲而大智在焉！秦國若棄先生，天下正道何在？先生若棄秦國，人心轉折何在？唯兩不相棄，一心共事，陰謀間人不能得逞，一統大業可成也。先生大明之人，寧執迂腐退隱之心而不任事乎！」尉繚滿目含淚，喟然一歎道：「得秦王肺腑之言，老夫死而無憾矣！老夫非無報效大業之心，誠恐心力不足誤事也。」嬴政又是結結實實一句：「先生只把定舵向，國尉府事務不勞先生。」尉繚心感無以復加，終於點頭，搬進了國尉的六進府邸。

之後，嬴政又立即著手為新國尉府物色副手大吏。

多方查勘遴選，嬴政看準了年輕的蒙毅。蒙毅，蒙武之子，蒙恬之弟，文武兼通剛嚴沉穩，敏於行而訥於言，深具凜然氣度。更有兩樣別人無法比擬的長處：一是蒙毅自幼便對父親的國尉府事務瞭若指掌；二是蒙毅與尉繚一樣，也算得上國尉世家，在邊防要塞府庫大營的各式吏員中口碑極佳，頗具門第少年之資望。蒙毅若任國尉丞，還可以同時解決一個難題，這便是成全老國尉蒙武久欲為將之志，可許蒙武入軍為偏師大將。嬴政拿定主意，立即造訪蒙氏府邸，開首一句：「本王欲任仲公子為國尉丞，老國尉應我麼？」蒙武愕然默然，及至嬴政將一番話說完，蒙武當即慨然拍案：「老夫但能入軍為將馳騁疆場，萬事好說！」於是，蒙毅立即接手國尉府事務，尉繚尚未正式入主國尉府堂，國尉府的一應事務已經井然有序地運轉起來。

國尉府安置妥當，正是灞柳風雪之時，嬴政邀頓弱姚賈進了灞水南岸山林。頓弱遊學秦國有年，卻從來沒有進入過渭水以南的山林地帶，一路行來大是感慨。一條大河從終南山流出，滾滾滔滔湧入渭水，這是秦中九流之一的灞水。灞水與渭水交匯處，林木蔥蘢覆蓋曠野，綿延數十里莽莽蒼蒼。柳絮漫天飛舞，白瑩瑩恍如飛雪飄灑綠林，令人心醉不知天上也人間也。馬隊漸入大森林深處，時有短而直的灰色白色屋頂隱隱顯現城堡氣象，荒莽中頗顯幾分神祕。走馬片刻，遙見一處林中高地聳立著一座白石筑成的城堡，一圈有小城樓小垛口的白石城牆，粗簡厚重而又雄峻異常。高地坡前矗著一道丈餘高的石柱，上刻兩個斗大紅字——灞宮。

「兩位以為此地如何？」嬴政揚鞭遙指笑問。

「堅城形勝，邦交密地，好！」頓弱高聲讚歎。

「近在咸陽肘腋，隱蔽便捷，好！」姚賈也由衷讚歎一句。

「這灞宮也叫灞城，乃關中二十七離宮之一，穆公所筑。」

嬴政一揮手。趙高利落下馬，飛步走到一棵枝杈虬張的古老大樹後，推下了一枚合抱圓石。隨著一陣幽深的地雷隆隆滾動聲，巨大厚重的城堡石門軋軋開啟。隨之門內哄然眾聲：「恭迎君上！」城堡前卻了無人跡。及至君臣一行下馬步入城堡，又聞哄然雷鳴般一聲：「黑冰臺十六尉恭迎君上！」幽深的庭院依舊空無人跡。嬴政哈哈大笑：「將士們顯身，你等征程要開始了！」笑聲落點之間，城堡天井驟然現出兩排面具黑衣人，森森然整齊排列兩面石廊。

「兩位，黑冰臺恢復有年，利劍尚未出鞘也。」

「謝過君上！」頓弱姚賈異口同聲。

「黑冰臺移交行人署，兩位以為要旨何在？」

「匕首之能！」頓弱慨然一句。

「威制奸佞！」姚賈立即補充。

嬴政突然轉身高聲道：「諸位將士，黑冰臺職司何在？」

「保護特使！死不旋踵！」

「好！黑冰臺使命正在此處！」嬴政慷慨高聲，「秦國行將大舉東出，兩位特使正是開路前軍。此等邦交，非尋常邦交可比，危機四伏，險難重重，特使時有性命之憂！照實說，若非尉繚子突遭暗算，本王還想不到要黑冰臺當此大任。將士們切記：你等出山之根本，在於護衛兩位特使不能出事！本王要特使活生生出關，活生生回來！你等將士出使山東，實則勇士身赴戰場。本王之軍令只有一道：用你等之利劍，用你等之熱血，保護特使！」

「赳赳老秦！共赴國難！」古老的誓言哄然迴盪在城堡山林。

那一日從灞城回來，頓弱姚賈聚酒對飲通宵達旦。頓弱說：「生遇秦王，雖死何憾！」姚賈說：「入秦方知布衣之重，寧做烈士不負秦國！」兩人唏噓感喟有之，慷慨激昂有之，奮發議論有之，縝密謀劃有之，一夜未眠立即在濛濛曙色中開始了事務奔走。到立秋之時，兩人已經將行人署整合得井井有條，兩路使團人才濟濟，只等開赴山東的最佳時機了。

五、清一色的少壯將士使秦國大軍煥然一新

秦王政十六年立秋時節，一支馬隊風馳電掣般飛向藍田大營。

王翦蒙恬受命整軍已經四個年頭，嬴政還從來沒有進過藍田大營。今春大朝會時，王綰李斯尉繚提出五年整備之期將到，請各方重臣稟報政情軍情以決東出時機。整整三日朝會，各方官署的稟報無

不令人感奮有加。關中、蜀中兩地在鄭國渠都江堰澆灌下農事大盛，秦國倉廩座座皆滿。咸陽已經成為天下第一大市，山東商旅流水般湧入。關市稅金大增，大內少內兩府財貨充盈。朝廷與郡縣官吏業經三次裁汰，老弱盡去，吏無虛任，國事功效之快捷史無前例。法治清明，舉國無盜無積案，道不拾遺夜不閉戶，朝野大富大治，國人爭相從軍求戰。唯獨兩則軍情消息令人不快：一是關外大軍二次攻趙，又在番吾（註：番吾，戰國地名，今河北靈壽縣地帶）被李牧邊軍擊敗，折損老軍五萬餘；二是敗軍大將樊於期莫名其妙投奔燕國，誰也說不清因由。尤其是樊於期投燕，嬴政既悲又憤，咬牙切齒大罵賊子叛秦不可理喻，立即下令拘拿樊於期全族下獄。若不是桓齮蒙武等一班老將軍力主必有他情，堅請查勘清楚再論罪，只怕暴怒的秦王當時便要殺了樊於期全族。兩則不利皆是軍方，在秦國實在是罕見。王翦蒙恬心緒不好，一直沒有在朝會作軍情稟報。朝會最後一日，秦王暴怒有所平息，遂聽從眾議，改任蒙武為關外大營統帥，桓齮降職為副將；關外老軍暫時中止對六國作戰，以待蒙武整備，而後在主力大軍東出時作策應偏師。諸般事罷，嬴政也沒有教王翦蒙恬稟報，只拍案一句，立秋藍田閱兵。散了朝會。

馬隊飛上藍田塬，隱隱可聞遍野殺聲。及至馬隊飛上前方一座山頭，遙見陵谷起伏的原野上煙塵大作，一片片黑旗紅旗時進時退。王綰不禁大驚：「紅旗！有趙國兵馬！」旁邊尉繚朗聲笑道：「此練兵新法也！分兵契合，黑紅兩方對抗競技，比單方操練更有實戰成效！」嬴政揚鞭高聲道：「走！看看戰場操演。」一馬當先衝下山頭。

馬隊片刻之間轟隆隆捲到戰場邊緣，要穿過谷口奔向中央雲車。正在此際，兩支馬隊從兩邊樹林剽悍飛出，宛如黑色閃電間不容髮卡住了谷口。幾乎同時，一聲高喝迎面飛來：「來騎止步！」嬴政君臣騎術各有差異，陡遇攔截驟然勒馬，除了後隊護衛騎士整齊勒定，君臣前隊的馬匹聲聲嘶鳴咴咴噴鼻各自亂紛紛打著圈子才停了下來。

「何人敢阻攔秦王閱兵！」護衛將軍一聲大喝。

「飛騎尉李信參見秦王！」迎面一將在馬背遙遙拱手。

「本王正欲戰場閱兵，將軍何以阻攔？」

「稟報秦王：戰場操演，任何人不得擅入！」

「軍令大於王命？」嬴政臉色沉了下來。

「將在外，君命有所不受！」

「你叫李信？」嬴政目光驟然一亮。

「正是！飛騎尉李信！」

「好！速報上將軍，本王要入谷閱兵。」

「嗨！」李信一應，舉劍大喝，「王號！」

谷口馬隊應聲亮出一排牛角號，嗚嗚之聲悠長起伏直貫雲空。旁邊尉繚低聲道：「自來戰場只聞金鼓，號聲報事不知何人新創？」嬴政一笑：「有蒙恬在，秦軍此等新創日後多了去也。」說話之間，又聞一陣高亢急迫的號聲從谷中遙遙傳來。李信一揮手，谷口馬隊號聲又起，也是短促急迫。號聲同時，李信一拱手高聲道：「稟報秦王：上將軍令李信領道入谷，上將軍整軍待王！」嬴政大手一揮：「走！」顯然便要縱馬飛馳。李信又一拱手高聲道：「非戰時軍營不得馳馬，王當走馬入谷！」

嬴政又氣又笑：「好好好！走馬走馬，走！」

嬴政馬隊進入谷口一路看來，人人都覺驚訝不已。這片遠觀平平無奇的谷地，實則是一片經過精心整修的戰場式軍營，溝壑縱橫溪流交錯，觸目不見一座軍帳，耳畔卻聞隱隱營濤。若非在來路那座山頭曾經分明看見煙塵旗幟，誰也不會相信這裡是隱藏著千軍萬馬的藍田新大營。一路時有評點的尉繚，入谷後一句話不說只專注地四面打量，末了一句驚歎道：「如此氣象，一將之才不可為！秦軍名將，必成群星燦燦之勢也！」旁邊走馬的嬴政不禁一陣大笑：「國尉之言向不虛發，果真如此，寧非天意哉！」

拐過谷內一道山峁，眼前豁然開朗，大軍方陣已經集結在谷地中央。王翦蒙恬赳赳大步迎來，將秦王君臣帶到了方陣中央的金鼓將臺之下。王翦蒙恬之意，請秦王先登雲車閱兵，而後再回幕府稟報整軍情勢。嬴政欣然點頭，吩咐王綰尉繚李斯三人同登雲車。王翦帶君臣四人剛剛踏進雲車底層，車外蒙恬令旗劈下，一陣整齊號子聲響起，車中五人悠悠然升起，平穩快速地直上十餘丈高的雲車頂端。尉繚驚歎：「雲車不爬梯，雖公輸般未成，神乎其技也！」王翦笑道：「蒙恬巧思善工，整日在軍器營與工匠們揣摩，秦軍各式兵器都有新改，尤其是機發連弩威力大增，可說今非昔比也。」秦國君臣都知道王翦素來厚重寡言話不滿口，今日能如此說，只怕事實還要超出，不禁人人點頭。

片言之間，雲車已停。五人踏出車廂，遙見四面山嶺蒼翠茫茫，片片白雲輕盈繞山，時而盤旋於雲車周邊觸手可及，恍然天上。及至目光巡睃，谷地與四面山坡都整肅排列著一座座旌旗獵獵的步騎方陣，宛如黑森森松林瀰漫山川，不禁人人肅然。王翦渾然不覺，一拱手道：「臣啟君上：大軍集結，敢請君上一閱各軍氣象。」嬴政點頭。王翦對雲車執掌大旗的軍令司馬一揮手：「按序顯軍！」軍令司馬嗨的一聲，軋軋轉動機關，平展展下垂的大旗猛然掠過空中，雲車下頓時戰鼓如雷。

「鐵騎方陣，十萬！」王翦高聲喝令，也算是對秦王稟報。

谷地中央突然豎起一片雪亮的長劍，萬馬蕭蕭齊鳴，鐵甲爍爍生光。

「步軍方陣，二十萬！」

大旗掠過，東面山塬長矛如林，南面山塬劍盾高舉。

「連弩方陣，五萬！」

西面山坡一陣整齊的號子梆子聲，萬千長箭如暴風驟雨般掠過山谷飛過山頭，直向山後呼嘯而去。尉繚驚問：「一次發箭幾多？射程幾許？」王翦道：「大型弩機一萬張，單兵弩機兩萬張，一次可連發長箭十五萬支！射程兩里之遙！」尉繚不禁驚歎：「如此神兵利器，天下焉得敵手矣！」

「大型攻城器械營，五萬！」

雲車下大道上一陣隆隆沉雷碾過，一架架幾乎與雲車等高的大型雲梯、一輛輛尖刀雪亮的塞門刀車、一輛輛裝有合抱粗鐵柱的撞城車、一具具可發射胳膊粗火油箭的特製大型弩機、一輛輛裝有三尺厚鐵皮木板可在壕溝上快速鋪開的壕溝車橋等等等等，或牛馬拉動或士兵推行，連續流過，整整走了半個時辰。

「軍器營、輜重營未能操演，敢請君上親往巡視。」

「明日巡視。今日本王想點將。」

「降車！」

王翦一聲令下，雲車大廂隆隆下降，倏忽已到將臺。君臣出車，王翦對蒙恬低聲吩咐幾句，蒙恬高聲喝令：「聚將鼓！」將臺鼓架上的四面大鼓一齊擂動，便見谷地中央與四面山坡旌旗飛動，一支支精悍馬隊連番飛到將臺前。片刻之間，兩排頂盔貫甲的大將整肅排列在將臺之下。

「秦王點將！全軍各將依次自報！」蒙恬高聲喝令。

「且慢。」嬴政一揚手，「大戰在即，本王想記住各位將軍年歲。」

「嗨！各將加報年歲！」蒙恬一聲喝令，跳下了將臺。

「假上將軍王翦！四十九歲！」王翦已經站在了大將隊首。

「假上將軍蒙恬！二十八歲！」

片刻之間，一聲聲自報在嬴政君臣耳畔聲聲爆開——

「前將軍楊端和！三十歲！」

「前軍主將王賁！二十六歲！」

「右軍主將馮劫！二十八歲！」

「左軍主將李信！二十九歲！」

「後軍主將趙佗！三十歲！」

「弓弩營主將馮去疾！二十八歲！」

「飛騎營主將羌瘣！二十九歲！」

「鐵騎營主將辛勝！二十八歲！」

「材官將軍章邯！二十九歲！」

「水軍營主將杜赫！二十七歲！」

「軍器營主將召平！三十歲！」

「輜重營主將馬興！三十一歲！」

「國尉丞蒙毅！二十四歲！」

一聲聲報號完畢，嬴政咬著腮幫噙著淚光良久無言，數十萬大軍的山谷肅靜得唯聞人馬喘息之聲。終於，嬴政嘶啞著聲音開口了：「諸位將軍皆在英華之年。全軍將士皆在英華之年。這支新軍，是秦國五百餘年來，最年輕的一支大軍！少壯之期身負國命，雖上天無以褒獎也。嬴政今歲二十有八，與爾等一般少壯英華，感喟之心，夫復何言！秦軍之老弱孤幼，均已還鄉。朝廷之功臣元老，均已告退。新軍將士，盡皆少壯。朝廷官吏，盡皆盛年。秦國大命何在，便在我等少壯肩上！天下一統，終戰息亂，需我等血灑疆埸！千秋青史，重建華夏文明，需我等惕厲奮發！成則建功立業，敗則家破國亡，大秦國何去何從，嬴政願聞將士之心！」

「赳赳老秦！共赴國難！」

山呼海嘯般的誓言如滾滾雷聲激盪，藍田塬久久地沸騰著……

「一統天下！終戰息亂！」

立冬時節，第一場大雪覆蓋了秦國，覆蓋了山東。

萬事俱緩的天下窩冬之期，秦國所有官署前所未有地忙碌起來。王城燈火徹夜大明，郡守縣令被輪番召進咸陽祕密會商。邊塞關城的將軍士兵頻頻調動，黑色長龍無休止地盤旋在茫茫雪原，一時蔚為奇觀。這是嬴政君臣謀劃的最大的一個冬季行動：向九原郡集結二十萬大軍，決意狙擊匈奴在中原大戰開始後的南下劫掠。

嬴政君臣祕密會商，已經決定來年大舉東出。

李斯尉繚共同提出了一個補缺方略。尉繚云：「兵事多變，方略謀劃務求萬全。寧備而不用，勿臨危無備。昔年，張儀鼓動楚國滅越而全軍南下，不防北邊秦軍，遂被我司馬錯率兵奇襲房陵，一舉奪取楚國糧倉。今日匈奴已經統一草原諸胡，勢力日盛，若在我東出滅國之時大舉南下，只恐趙國李牧一支邊軍難以應對。」李斯云：「秦國以天下為己任，決然不能教匈奴大軍踐踏中原！若匈奴果真長驅直入，秦國縱然一統天下，亦愧對華夏！」此議一出，嬴政良久無言。

以軍中大將本心，對趙國李牧恨之入骨，誰都盼匈奴大軍扯住李牧邊軍不能南下，何曾想過要與趙軍共同抵禦匈奴？更要緊的是，秦趙燕三國歷來是華夏抵禦匈奴的「北三軍」，傳統都是各自為戰，匈奴打到哪國便是哪軍接戰。匈奴久戰成精，後來不再襲擾強大的秦國，而專揀趙燕兩國開戰，遂使趙國最精銳的邊軍始終被纏在草原不能脫身。燕國則在匈奴連番不斷的襲擊下幾無還手之力，北疆國土日漸縮小，只有不斷偷襲趙國以求顏面。如此形成的北邊大勢：秦軍在九原河套地區一直只保持五萬鐵騎，與防守函谷關的軍力相當，數十年沒有增兵。而今要大舉增兵，則必然牽涉全局——大將、兵種、器械、糧草等等之艱難尚且不論，關鍵是由此引起的全局變數難以預測。將軍們想到的第一個事實是：秦軍一支主力北上，趙軍壓力大減，若李牧趁此南下中原作戰，秦軍豈非自己給自己搬回一個勁敵？凡此種種思慮，尉繚李斯一說，連同嬴政在內的將軍大臣們一時竟沒人回應。

嬴政擺擺手散了朝會。之後一連三日三夜，嬴政一直在書房與文武大員連番密會，幾乎每日只歇息得一兩個時辰。三日之後，朝會重開，嬴政斷然拍案：重新部署秦國大軍，務求匈奴不敢南犯！嬴政拳頭砸著青銅大案，狠狠說了一番話：「春秋齊桓公九合諸侯，所為者何？摒棄內爭，保我華夏！今日便是打爛秦國，也不能打爛華夏！否則，我等君臣千古罪人！便是乘匈奴之威竊取天下！如此雞鳴狗盜之小伎，縱然滅了六國，也扛不起重建華夏文明之重任！總歸一句話，不抗匈奴之患，不堪統領天下！」

沒有任何爭論，沒有任何異議，秦國廟堂立即做出了新的部署：

蒙恬（假）上將軍兼領九原將軍，開赴秦長城一線防守匈奴；

藍田大營分鐵騎五萬開赴九原，與原先五萬鐵騎共為防守主力；

新徵五萬步卒在藍田大營訓練三月，開赴九原以為弩機兵；

破隴西戎狄部族不出兵之傳統，聯組騎兵五萬開赴九原；

關外老軍大營分兵三萬開赴九原，專一飼養軍馬；

陳倉關大散關守軍為後援，須在半年之內向九原輸送糧草百萬斛；

北地郡上郡為九原大軍充足輸送高奴猛火油，以為火箭之用。

如此調遣之下，秦國在九原大營的兵力空前增加到二十萬，連同養馬老軍與各種工匠輜重兵士及軍中勞役，足足三十餘萬。如此便有了秦國的冬季大忙氣象。老秦人公戰之心天下第一，王書一頒，朝野上下二話不說風一般動了起來。青壯爭相從軍，農商爭相捐車輸送糧草，熱氣騰騰忙活了整整一冬。

匆匆間年關已過，雪消冰開。啟耕大典之後的第三日，嬴政親率幾位重臣，在咸陽東門外的十里郊亭，為兩支特使的邦交人馬舉行了隆重的郊宴餞行禮。頓弱、姚賈兩人的邦交班底就緒後已經按捺了整整半年，今日將欲出關，不禁萬分感慨。當秦王嬴政捧起一爵與兩人痛飲之後，桀驁不馴的頓弱肅然整了整衣冠，挺身長跪在秦王面前激昂高聲道：「頓弱不才，決為華夏一統報效終生！今日拜王而去，死而無憾！」姚賈也是肅然長跪唏噓高聲：「秦王用才不棄我監門之子，姚賈縱血染五步，決然不負使命！」嬴政扶起兩人，一陣大笑道：「兩位聲聲言死，何其不吉也！但為大秦特使，只能教人死，不能教我死！」大臣們一片哄然大笑，頓弱姚賈也連連點頭稱是大笑起來。

兩隊人馬，一支東進韓國，一支北上燕國。

一冬反覆會商，秦國廟堂的最終決策是：滅國自韓開始。所以如此，既有著自范睢奠定的遠交近攻的傳統國策，也有著目下關外的特定情勢。一路北上燕國，則為樊於期投燕而燕國竟公然接納之事。東路由熟悉三晉的姚賈出使，是為實兵。北路則由熟悉齊燕的頓弱出馬，意在攪起另一方風雲以轉移山東六國之注意力，堪稱邦交疑兵。

隨著兩隊車馬轔轔東去，華夏歷史掀開了新的鐵血一頁。

這是西元前二三一年、秦王政十六年春的故事。

是年，秦王嬴政二十九歲。

這時的六國年表是：韓王安八年，魏景湣王十二年，趙王遷五年，楚幽王七年，燕王喜二十四年，齊王建三十四年。

第五章 術治亡韓

一、幽暗廟堂的最後一絲光亮

韓王安大犯愁腸，整日在池畔林下徘徊苦思。

不知從何時開始，韓國連一次像樣的朝會也無法成行了。國土已經是支離破碎處處飛地：河東留下兩三座城池，河內留下三五座城池，都是當年出讓上黨移禍趙國時在大河北岸保留的根基；西面的宜陽孤城與宜陽鐵山，在秦國滅周之後，已經陷入了秦國三川郡的包圍之中；大河南岸的都城新鄭，土地只剩下方圓數十里，夾在秦國三川郡與魏國大梁的縫隙之中動彈不得，幾乎完全是當年周室洛陽孤立中原的翻版；南面的潁川郡被列國連年蠶食，只剩下三五城之地，還是經常拉鋸爭奪戰場；西南的南陽郡是韓國國府直轄，實際上便是王族的根基領地，也被秦國楚國多次拉鋸爭奪吞吐割地，所餘十餘城早已遠非昔日富庶可比。如此國土從南到北千餘里，幾乎片片都是難以有效連接的飛地。於是，世族大臣們紛紛離開新鄭常駐封地，圈在自己的城堡裡享受著難得的自治，儼然一方諸侯。國府若要收繳封地賦稅，得審慎選擇列國沒有戰事的時日，與大國小國小心翼翼地通融借道。否則，即或能收繳些許財貨，也得在諸多關卡要塞間被剝得乾乾淨淨。所幸的是，南陽郡距離新鄭很近，每年總有三五成歲收賦稅，否則韓國的王室府庫早乾癟了。此等情勢，韓王要召集一次君臣朝會，當真比登天還難。若不聚朝會而韓王獨自決策，各家封地便會以「國事不與聞諸侯」的名義拒絕奉命，理直氣壯地不出糧草兵員。縱然韓王，又能如何？

往昔國有大事，韓王特使只要能輾轉將王書送達封地，多少總有幾個大臣趕來赴會。可近年來世族大臣們對朝會絲毫沒了興致，避之唯恐不及，誰又會奉書即來？縱然王書送達，實力領主們也以各種各樣的理由敷衍推託，總歸是不入新鄭不問國事為上策。這次，韓王安得聞秦使行將入韓，一個月前便派出各路特使邀集朝會。然則一天天過去，廟堂依然門可羅雀。偶有幾個久居新鄭的王族元老來問問，也是唏噓一陣就踽踽而去。

「人謀盡，天亡韓國也！」韓安長長一聲歎息。

即位八年，韓安如在夢魘，一日也沒有安寧過。

韓安的夢魘，既有與虎狼秦國的生死糾纏，又有與廟堂諸侯的寒心周旋。從少年太子時起，韓安便以聰穎多謀為父親韓桓惠王所倚重，被世族大臣們呼為「智術太子安」。那時，秦國是呂不韋當政。韓安被公推為韓國首謀之士，與一班奇謀老臣組成了軸心班底，專一謀劃弱秦救韓之種種奇策。呂不韋滅周時，韓安一班人謀劃了肥周退秦之策（註：關於韓國之政治烏龍與肥周退秦策等故事，見本書第四部第十章）。後來，韓安一班人又謀劃了使天下咋舌的水工疲秦之策。雖結局不盡如人意，然父王、韓安及一班世族老謀者都說，此乃天意，非人謀之過也。那時，韓國君臣的說辭是驚人的一致：「若非韓國孜孜謀秦，只恐天下早遭虎狼塗炭矣！韓為天下謀秦，山東諸侯何輕侮韓國也！」這是韓國君臣，尤其是韓桓惠王與韓安父子最大的憤激，也是韓國特使在山東邦交中反覆陳述的委屈。可無論韓國如何憤激如何委屈，山東五大戰國始終冷眼待韓，鄙夷韓國。

韓安記得很清楚，父王將死之時拉著他的手說：「天不佑韓，使韓居虎狼之側矣！列國無謀，使韓孤立山東無援矣！父死，子毋逞強，唯執既往弱秦之策，必可存韓。秦為虎狼之國，可以謀存，不可力抗也！」韓安自然深以為是，即位之後孜孜不倦，夙夜邀聚謀臣冥思奇策。不想，正在醞釀深遠大計之時，大局卻被一個人攪得面目全非了。

這個攪局者，是韓非。

韓安認定，秦國虎狼是韓非招來的。

當年，韓非從蘭陵學館歸國，太子韓安第一個前往拜會。

在韓安的想像中，韓非該當與戰國四大公子同樣風采，爍爍其華，烈烈其神。不料，走進那座六進磚石庭院，韓安大失所望。韓非全然一副落魄氣象：骨架高大精瘦無肉，一領名貴的錦袍皺巴巴空蕩蕩恍如架在一根竹竿上，黝黑的臉龐稜角分明溝壑縱橫直如石刻，散髮無冠，長鬚虬結，風塵僕僕之相幾如大禹治水歸來。若非那直透來人肺腑的凌厲目光，韓安幾乎便要轉身而去。暗自失笑一陣，韓安禮儀應酬幾句轉身去了。韓非目光只一瞥，既沒與他說話，更沒有送他出門，彷彿對他這個已經報了名號的太子渾沒看在眼裡。韓非的孤傲冷峻，使韓安很不以為然。後來，韓非的抄刻文章在新鄭時有所見，韓安不意看得幾篇，心始怦怦大跳起來。

韓安再次踏進了城南那座簡樸的松柏庭院。

「非兄大才，安欲拜師以長才學智計，兄莫棄我。」

素聞韓非耿介，韓安也開門見山。誰料韓非只冷冷看著他，一句話不說。韓安頗感難堪，強自笑云：「非兄乃王族公子也，忍看社稷覆滅生民塗炭乎！」冷峻如石雕的韓非第一次突兀開口：「太子果欲存韓，該當大道謀國也！」只此一句，韓安當時便一個激靈。韓非音色渾厚，底氣猶足，因患口吃而吟誦，對答抑揚頓挫明晰有力，竟是比常人說話反多了一種神韻。

「非兄奇才，韓安敬服！」

「言貌取人，獵奇而已也。」那具石雕似乎從來不知笑為何物。

韓安面紅耳赤，第一次無言以對了。

此後與韓非交往，韓安執禮甚恭，從來不以太子之身驕人。時日漸久，閉門謝客終日筆耕的韓非，對這個謙恭求教的太子不再冷面相對，話也漸漸說得多了一些。幾次敘談，韓安終於清楚了韓非的來路去徑：蘭陵離學之後，韓非已在天下遊歷數年，回韓而離群索居，只為要給天下寫出一部大書。

「非兄之書，精要何在？」

「謀國之正道，法治之大成。」

「既執謀國之道，敢請非兄先為韓國一謀。」

「韓非為天下設謀，一國之謀小矣！」

「祖國不謀，安謀天下？」

那一次，韓非良久無言，凌厲的目光牢牢釘住了年輕的韓安。此後，韓安可以踏進韓非的書房了，後來又能與韓非作長夜談了。韓安坦誠地敘說了自己對天下大勢的種種想法，也毫無保留地和盤托出了父王謀臣班底的「謀秦救韓」之國策，期望韓非能夠成為父王的得力謀士，成為力挽狂瀾的功臣。不料，每逢此類話題，韓非便陡然變成冷峻的石雕，只鏗鏘一句：「術以存國，未嘗聞也！」不屑對答了。

韓安不為所動，仍常常登門，涓涓溪流般盤桓滲透著韓非。韓安堅信，韓非縱然不為父王設謀，也必能在將來為自己設謀。但為君王，若無真正的良臣，是難以挽狂瀾於既倒的。韓非乃王族公子，不可能叛逆韓國，也不可能始終不為韓國存亡謀劃。身具大才而根基不能漂移，此韓非之能為韓國大用也。唯其如此，篤信奇謀的韓安要鍥而不捨地使韓非成為同心救韓的肱股之臣。

一次，韓非突兀問：「太子多言術，可知術之幾多？」

「謀國術智，安初涉而已，非兄教我。」

「幾卷涉術之書，太子一觀再言。」韓非從銅櫃中捧出了一方銅匣。

回到府邸，韓安立即展卷夜讀，連連拍案叫絕。幾卷《韓非子》，幾乎將天下權術囊括淨盡，八奸、六反、七術、五蠹等等等等，諸多名目連號為術士的韓安也是聞所未聞。韓安第一次夜不能寐，五更雞鳴時興沖沖踏進了韓非書房，當頭便是一躬。

「非兄術計博大精深，堪為術家大師也！」

「術家？未嘗聞也！」韓非顯然驚愕了，又陡然冷峻得石雕一般。

「術為存國大謀，豈止一家之學，當為天下顯學！」

「太子之言，韓非無地自容。」

「非兄何出此言？」

「百年大韓，奉術而存，不亦悲乎！」韓非滿臉通紅，哽咽了。

「非兄……」

韓非第一次聲淚俱下：「術之為術，察奸之法而已，明法手段而已！奉以興國，何其大謬也！韓非本意，欲請太子一覽權術大要，輒能反思韓非何以不奉權謀，進而走上興韓正道！不意，太子竟奉權謀之道為圭臬，竟奉韓非為術家大師，誠天下第一滑稽事也！韓非畢生心血，集法家諸學而大成，卻以術為世所誤，悲哉——！」

眼見韓非涕淚縱橫，太子韓安無言以對了。

此後，韓安不再提及權謀救韓，而是謙恭求教興國之道，請韓非實實在在拿出一個能在目下韓國實施的興韓之策。韓非極是認真，江河直下兩日三夜，聽得韓安一陣陣心驚肉跳。韓非先整個地回顧了春秋戰國以來的大勢演變，歸總一句：「春秋戰國者，多事之時也，大爭之世也。大爭者何？實力較量也！五百餘年不以實力為根基而能興國者，未嘗聞也！」

接著，韓非又整個地回顧了春秋戰國的興亡更替，歸總云：「春秋之世，改制者強。五霸之國，無不先改制而後稱霸。戰國之世，變法者強。七大諸侯，無不因變法而後成為雄踞一方之戰國！變法者何？革命舊制也！棄舊圖新也！唯其如此，興盛國家，救韓圖存，只有一條路，變法！」

之後，韓非又整個地回顧了韓國歷史，最後慷慨激昂地拍著書案說：「韓人立國百年，唯昭侯申不害變法被天下呼為勁韓，強盛不過二三十年矣！昭侯申不害慘死，韓國又回老路，此後每況愈下，不亦悲乎！韓擁最大鐵山而不能強兵，韓據天下咽喉而毫無威懾。個中因由何在？在不思強大自己，唯思算計敵國！敵國固須用謀，然必得以強大自身為根基！不強自己而算敵，與虎謀皮也，飛蟲撲火也！圖存之道，唯變法也，此謂求變圖存！不求變法而求存國，南轅北轍也，揠苗助長也！」

心驚肉跳的韓安久久沒有說話，只長長一聲歎息。

「太子奉術，終究亡韓。」韓非冷冰冰一句。

「非兄之言不無道理。然則，皮之不存，毛將焉附？」

「太子是說，不存韓則無以變法？」

「非兄明斷！」

「韓非以為，不變法無以存韓。」

「非兄差矣！」韓安這次理直氣壯，「尊師荀子云，白刃加胸則不顧流矢，長矛刺喉則不顧斷指，緩急之有先後也！今秦國正圖滅周，後必滅韓。韓國若滅，變法安在哉！」

「太子差矣！目下韓國變法，正是最後一個時機。」

「秦國兵臨周室，韓國還有時機？」韓安又氣又笑。

「一葉障目，不見泰山也！」韓非一拳砸在案上，「四年之內，秦國連喪三王，已經進入戰國以來最低谷。此時呂不韋當政，克盡所能，也只有維持秦國不亂而已，斷無大舉東出之可能。太子試想，只要韓國不兒戲般攛掇周室反秦攻秦，呂不韋便是出兵洛陽滅了周室，也不會觸動韓國。非秦國不欲也，時勢不能也！」

「非兄是說，秦國目下無力東出？」

「然也！」

「韓國或可無事？」

「太子，韓非乃王族子孫，何嘗不想韓國強大也！」韓非痛心疾首，「當此之時，正是韓國最後一個變法機遇！十數年之後秦國走出低谷，韓國悔之晚矣！」

「非兄可否直接向父王上書？韓安一力呼應。」

「邦國興亡，匹夫有責，何況韓非！」

「一言為定！」

「駟馬難追！」

那次慷慨激昂之後，韓非說到做到，連續三次上書韓桓惠王，力陳天下大勢與秦韓目下格局，力主韓國捕捉最後機遇，盡速變法強國。韓非上書如巨石入池，立即激起軒然大波，新鄭廟堂大大騷動起來。世族大臣無不咒罵韓非，罵韓非是不娶妻不生子的老鰥夫，罵韓非是與當年申不害一般惡毒的奸佞妖孽，罵韓非折騰韓國當遭天譴！其攻訐之惡毒，使素稱公允的韓安大覺臉紅。無論如何，他是認真讀了韓非上書的，尤其是韓非的最後一次上書，至今猶哄哄然迴響在韓安耳畔：

〈強韓書〉

韓國已弱，不能算人以存，而當強己以存。諺云：長袖善舞，多錢善賈。是故，強國易為謀，弱邦難為計。智計用於秦者，十變而謀不失；用於燕者，一變而謀稀得。何也？非用於秦者必智而用於燕者必愚，固治亂強弱之勢不同也。今韓國之弱尚不若燕，安得以智計謀秦而存焉！亙古興亡，弱邦唯有一途：屏息心神，修明內政。此越王勾踐所以成霸也！夫今韓國若能心無旁騖而力行變法，明其法禁，必其賞罰，削其貴胄，盡其地力，使民有死戰之志，則韓自強矣！果能如此，敵國攻我則傷必大，雖萬乘之國莫敢自頓於堅城之下。此，申不害變法而成勁韓之名也！此，韓國不亡之大法也！

今，韓捨不亡之大法，取必亡之小伎，治者之過也！智困於內而政亂於外，則亡國之勢不可振。韓非涕血而書：謀人不如強己，謀敵不如變我。韓國若不能審時度勢奮然變法，十數年之後，亡國之危雖上天不能救也！

韓安多次想勸說父王認真思謀韓非上書，可一看到父王的陰沉臉色，一想到韓非尖銳刺耳的詞句，每每便沒有話了。其時，父王正與一班謀臣全神貫注地祕密謀劃協助洛陽周室合縱攻秦，要使洛陽成為拖住秦國後腿的絆虎索，使秦國不再「關注」韓國。韓桓惠王君臣很為這一謀劃得意，將此舉比作當年的馮亭出讓上黨移禍趙國之妙策，期望一舉使韓國久安。因了如此，儘管老世族們對韓非罵罵咧咧，韓桓惠王卻大度一笑道：「諸位少安毋躁，韓非上書，士子一時憤激之辭而已，何足道哉！待秦軍鎩羽而歸，再與豎子理論不遲。」在滿朝一片罵聲笑聲中，太子韓安始終沒有說話。

如此這般，韓非上書作了入海泥牛，再也沒有了消息。

也是奇怪。未過三月，一切都按照韓非的預言來了。

洛陽周室的「大軍」在秦軍面前鳥獸散，周室宣告正式滅亡。韓國非但丟失了此前割讓給周室的八座城池，援軍十二萬也盡數覆滅！若非呂不韋適可而止，蒙驁秦軍攻下新鄭當真是指日可待。太子韓安萬般感慨，期待父王與朝議悔悟改口，自己能支持韓非變法。可韓安萬萬沒有料到，韓國世族元老們竟將種種慘敗歸罪於韓非，莫名其妙卻又異口同聲地處處大罵：「韓非妖巫邪說詛咒韓國，終致大韓之敗！」

「韓非乃申不害第二！不殺不中！」

韓安心下不忍，一力來說父王，請求舉行朝會認真會商韓非上書。

「韓非，書生也！」

韓桓惠王一副久經滄海的老辣神色：「韓非不見謀秦之功，何其迂闊也！你去問他：若非韓國出讓上黨而引起秦趙大戰，秦國能入低谷麼？韓國不鼓動周室反秦，秦國能成為山東公敵麼？謀秦弱秦，寧無功效乎！」一番斥責數落，韓桓惠王最後說，「韓非要變法，也好！先叫他交出承襲的祖上封地。能交出封地，算他大義真心！你說，他能麼？」

韓安沒了話說，只有踽踽去了韓非府邸。

「韓國若能變法，縱然血濺五步，韓非夫復何憾！」

聽太子將前後因由一說，韓非大為憤激，當時拉起韓安便要去見韓王，願當即交出全部三十多里封地。韓安生怕出事，死死勸住了韓非，只自己立即進宮，對父王稟報了韓非決死變法之志，說韓非對交出封地沒有絲毫怨言。

不料，父王又是一副老謀深算的神色：「不中！韓非對祖宗封地尚不在心，能指望他將韓國社稷放在心頭？」韓安愕然，可仔細掂量，覺得父王之言也不是沒有道理，只好請求父王至少要任用韓非做大臣。韓安的說辭是：「韓非為天下大家，身居韓國而白身，天下寧不責韓國輕賢慢士乎！」韓桓惠王思忖良久，方才低聲道破玄機：「子不知人也。韓國廟堂幽暗久矣！韓非若強光一縷，刺人眼目，慌人心神，舉朝必欲除之而後快。果能用之，除非如昭侯用申不害，使其有生殺大權而能成事。今用而無生殺大權，寧非害此人哉！」父王的話使韓安心驚肉跳，但他還是不能贊同父王，力主任用韓非以存韓國聲望。

「子意用為何職？」

「御史，掌察核百官。」

「你去說，只要韓非做這個官，立即下書。」

果如父王所料，韓非冷冰冰地拒絕了。

「不能除舊布新，豈可同流合污！」

就這樣，韓非始終沒有在韓國做官，卻始終都是韓國朝野矚目的焦點。舉凡廟堂會商，大臣們必以罵韓非開始，又以罵韓非終結。罵辭千奇百怪，指向始終不變：韓非與申不害一路妖孽，鼓動妖變，韓國劫難臨頭！若非韓非好賴有個王族公子之身，太子韓安又與其有交，只怕十個韓非也粉身碎骨了。在此期間，韓桓惠王與太子韓安及一班世族老臣又謀劃出一則驚人奇計，這便是後來聲名赫赫的疲秦策。這一奇計的實際章法是：派天下第一水工鄭國入秦，鼓動秦國大上河渠，損耗秦國民力，使其無軍可徵而不能東顧。

韓非聞之，白衣素車趕赴太廟，長笑大哭，昏死於祭壇之下。

「非兄，嘗聞蘇秦疲齊頗見功效，韓國何嘗不能疲秦哉！」

韓安聞訊趕來，不由分說將韓非拉出太廟。陪著韓非枯坐一夜，臨走時，他實在不能理會韓非的憤激之心，小心翼翼地用蘇秦疲齊的史實，來啟迪這個在他眼裡顯得迂闊過甚的法家名士。不想，韓非蒼白的刀條臉骷髏般獰厲，打量怪物一般逼視著困惑的韓安，良久默然，終於爆發了。

「東施效顰，滑稽也！荒謬也！可笑也！怪癖也！蘇秦疲齊，是鼓噪齊王大起宮室園林，以開腐敗之風，以墮齊王心志！韓國疲秦，是使不世水工大興河渠，安能相比也！割肉飼虎，而自以為能使虎狼饑餓，何其怪癖也！先割上黨，號為資趙移禍！再割八城，號為肥周退秦！而今又為秦國大興水利，分明強秦，竟號為疲秦！亙古以來，何曾有過如此荒謬之謀！國將不國，怪癖尤烈！如此韓國，雖上天不能救也！韓國不亡，天下正道何在！」

「危言聳聽！於國何益，於己何益？」韓安沉著臉拂袖去了。

那是韓安與韓非的最後一次夜談。

從此之後，韓安再也沒能走進韓非的書房。

二、韓衣韓車　韓非終於踏上了西去的路途

鄭國渠成，一聲驚雷炸響當頭。

新鄭君臣驚慌失措，朝會之日臉色青灰無言以對。韓國廟堂難堪的是，韓桓惠王雖然死了，可新王韓安與朝會大臣人人都是當年疲秦計的一力擁戴者，而今秦國河渠大成，還公然命名曰鄭國渠，韓國顯然是高高搬起石頭狠狠砸了自己的腳，可偏偏沒有一說可以開脫，豈非在天下大大丟臉！眾皆默然之時，丞相韓熙鐵青著臉吼叫了一聲：「鄭國奸佞！叛韓通秦，罪不可恕！」於是憤憤之聲大起，一時將鄭國罵得狗血淋頭。末了舉朝一口聲贊同：立即拘押鄭國全族，並派祕密間人入秦警告鄭國：若不逃秦，便當自裁，否則立殺鄭氏全族！

韓安沒有想到，那是自己的最後一次朝會。

此後不到一個月，秦韓形勢發生了驚人變化。新秦王不可思議，將鄭國當作富秦功臣並對韓國大動干戈。王翦、李斯接連脅迫韓國，秦國關外大軍又跟著猛攻南陽郡。眼看南陽危在旦夕，韓國重臣紛紛逃回封地不出，新鄭的老世族重臣只留下了一個封地在就近潁川郡的丞相韓熙。萬般無奈，韓安只有服軟，與丞相韓熙會商，將鄭國族人送到了秦軍大營，並承諾日後絕不滋擾鄭氏與鄭國方才了事。

其間，韓安登門求教，韓非只冷冷一句：「事已至此，夫復何言！」

後來李斯風風火火來韓，堅持要親見韓非。韓安大為不悅，卻又不能拒絕赫赫強秦的這個炙手特使，密派老內侍告誡韓非：務必斡旋得秦國不攻韓國，若能建存韓之功，韓王便以韓非為丞相力行變法！老內侍回報說，韓非聽罷只長歎一聲，一句話也沒說。韓安不禁狐疑，派出一個機敏的小內侍化

身派給韓非的官僕，進入韓非府邸探聽虛實。

李斯與韓非的會面是奇特的。

李斯坦誠熱烈，韓非冷若冰霜。李斯滔滔敘說入秦所見，一個多時辰，韓非始終如石雕枯坐一言無對。李斯滿懷渴望地邀韓非一起入秦，韓非卻淡淡地搖了搖頭。夜半之時，李斯怏怏告辭。韓非卻說聲且慢，從大櫃中捧出一方竹匣鄭重遞給李斯，又肅然一躬道：「此乃韓非畢生心血也，贈與秦王，敢請斯兄代轉。」李斯驚愕愣怔地接過竹匣道：「非兄！大作已成？」韓非點頭道：「正本足本，唯此一部。」李斯道：「非兄不願入秦，卻將大作正本呈獻秦王，願聞見教。」韓非道：「我書非呈獻也，贈與也。」李斯道：「非兄不識秦王，卻將秦王視作友人贈書，誠趣事也。」韓非冷冰冰道：「韓非不識秦王其人，寧不識秦王之政乎！秦王為政，韓非引為知音。法行天下，韓非攘一臂之力，此天下大義也，識與不識何足道哉！」李斯不禁肅然一躬道：「非兄胸懷見識，斯愧不能及矣！然我終不能解，非兄既引秦王為大道知音，又何敬而遠之哉！」

韓非久久沒有說話。

李斯只得告辭去了。

小內侍回報說，李斯走後，韓非孤魂般在後園林下遊盪了整整一夜，一陣陣長哭一陣陣大笑，又一陣陣瘋喊：「天不愛韓，何生韓非於韓也！天若愛韓，何使術治當道也！天殺韓非，夫復何言！術亡韓國，夫復何言！」

淒然之下，韓安顧不得韓非冷臉，踏進了那座久違了的空曠庭院。

韓非已經沒有氣力拒絕韓安了，也沒有氣力對韓安作蔑視之色了。

相對終日，韓非只坐在草席上靠著書櫃閉眼不言，蒼白瘦削令人不忍卒睹。韓安一則唏噓一則責難，非兄糊塗也！畢生大作拱手送予虎狼，豈是王族公子所為哉！韓非只哼了一聲，連眼睛也沒眨一下。韓安抹著眼淚追問韓非何以錯失良機，不向李斯提說秦國罷兵存韓之大計？韓非依舊冷冷一哼，連眼睛也不眨。韓安情急，跺腳嚷嚷起來，非兄也非兄！非我即位不用你變法國策，用不了也！我欲用非兄為相，可宗室重臣勳舊元老家家死硬反對，教我如何是好？世族大臣有封地有錢糧，我能奈何！韓安的步子又碎又急，陀螺一般圍著韓非打圈子。死死沉默的韓非終於爆發，甩著散亂的長髮一陣吼叫，世族宗室裡通外國！韓國恥辱！社稷恥辱！韓安拭淚歎息道，秦國揮金如土，三晉大臣哪個沒受重金賄賂？

「蠹蟲！一群蠹蟲！」

韓非一聲怒吼，頹然撲倒在案爬不起來了。

韓安急召太醫救治。老太醫診脈之後稟報說，公子淤積過甚，肝火過盛，長久以往必致抑鬱而死。韓安一陣唏噓，抱著昏迷了的韓非大哭起來。其時，新鄭的世族大臣已經寥寥無幾，在國者也是惶惶不可終日，誰也顧不得咒罵追究韓非了，繞在韓安耳邊聒噪的謀臣們也銷聲匿跡了。清冷孤寂的韓安閒得慌悶得慌，便日日看望韓非，指望韓非終究能在絕路之時為韓一謀。然則，韓非再也不說話了，連那忍無可忍的吼叫都沒有了。

「哀莫大於心死也。」

老太醫一句嘟囔，韓安渾身一個激靈！

此時，可惡的秦國特使姚賈高車駟馬來了。姚賈向韓安鄭重遞交了秦王國書，敦請韓國許韓非入秦。韓安沒有料到，秦王國書竟是前所未有的平和恭敬，說只要韓國許韓非入秦，秦韓恩怨或可從長計議。那一刻，韓安的心怦怦大跳起來，眼前陡然閃現一片靈光，韓國有救了！然則，韓安畢竟是天下術派名家，深知越在此時越不能喜形於色，遂淡淡一笑道：「敢問特使，若韓子不能入秦，又將如何？」

「秦王有言：韓不用才便當放才，不放不用，有失天道！」
「秦王何知韓不用才？」
「韓國若能當即用韓子為相，另當別論。否則，暴殄天物！」
「也是秦王之言？」
「然也！」
秦國的脅迫是顯然的。韓安的心下也是清楚的。韓安所需要的，正是脅迫之下不得已而為之的特定情勢。韓國一不能用才，二不能變法，三又不能落下輕才慢士之惡名。更要緊者是韓國必須生存，而不能滅亡。當此之時，韓王安能有別一種選擇麼？一夜揣摩，韓安終於認定：韓非是挽救韓國的最後一根稻草，只要韓非力說秦王，必能使韓國安然無恙。如此思謀，韓安是有事實依據的：小小衛國之所以能在大國夾縫中安之若素，全部根基便在於秦國維護這個老諸侯；而秦國之所以維護衛國，根本原因便在於衛國是商鞅的故國，又是呂不韋的故國。韓安與六國君臣一樣，雖然也常常百般咒罵秦王，可心下卻都清楚秦王嬴政求賢若渴愛才如命，厚待功臣更為天下士人所渴慕。秦王敬仰商鞅，能將衛國置於秦國勢力之下而不觸動，何以不能因了韓非而維護韓國？對於韓非的分量，韓安還是明白的。韓安確信：只要韓非入秦，在秦王心目中定然是商鞅第二！韓非若能身居秦國樞要，秦王豈能不眷顧韓國？只要秦國眷顧韓國，豈不絕處逢生？如此存亡轉機，父王一生求之不得，今日豈能放過？
韓安思謀清楚，一臉愁苦地走進了那座熟悉的庭院。
那間寬大清冷的寢室，彌漫著濃烈的草藥氣息。韓安一進屋便恭敬地捧起藥盅，要親手給韓非侍藥。可那名衣衫破舊的老侍女卻攔住了他，說公子一直拒絕用藥，無論誰走到榻前都有大險。病人何險？分明你等怠慢公子！韓安一聲怒斥，便要上前。嚇得老侍女撲地跪倒抱住韓王連連叩頭說，公子枕下有短劍，誰要他服藥便刺誰！韓安大驚，既然如此，何以滿室藥味？老侍女說，這是萬不得已的法子，我等只有將草藥潑灑地上，公子日日吸進藥味，或能延緩公子性命。韓安一聲長歎，擱下藥盅輕步走近榻前，只見韓非雙目微閉氣息奄奄一副行將氣絕之相，心下頓時冰涼。想到韓非若死韓國生路將斷，韓安悲從中來，不禁撲地拜倒放聲痛哭。

驀然之間，韓非喉頭咕的一聲大響。

韓安沒有抬頭，哭得更是傷痛了。

「誰在哭，秦軍滅韓了？」終於，韓非夢囈般說話了。

「韓國將亡！非兄救韓——」一聲悲號，韓安昏倒過去。

及至老侍女將韓安救醒過來，韓非那雙明澈的眼睛正幽幽掃視著韓安。韓安顧不得許多，又大聲號啕起來，似乎立即又要哭死過去。韓非終於不耐，枯瘦的大手拍著榻欄憤憤然歎息道，自先祖韓厥立國，韓人素以節義聞名諸侯，曾幾何時，子孫一攤爛泥也！可韓安依舊只是哭，無論韓非如何憤憤然譏刺，依舊只是哭。

「軟骨頭！有事說！哭個鳥！」韓非粗惡地暴怒了。

韓安心下大喜過望，抽抽搭搭止住哭聲，萬般悲戚地訴說了姚賈入秦脅迫韓國交出韓非之事，末了重重申明道：「非兄若去必是大禍，安何忍非兄入虎狼之口也！」說罷又是放聲大哭。韓非久久沒有說話，對韓安的哭聲渾然無覺。良久，韓非冷冷道：「我若入秦，韓國或可存之。」韓安猛然一個激靈，又立即號啕大哭道：「非兄不可！萬萬不可！韓國可以沒有韓安，不能沒有韓非也！安已決意，遷都南陽與秦軍決一死戰！」韓非淡淡一笑道：「危崖臨淵，韓王猶自有術，出息也！」

韓安大是尷尬，止住了哭聲，一時找不出說辭了。

「老韓衣冠，王室可有？」韓非突然一問。

「有！」

「老式韓車？」

「有！」

「好。韓非入秦。」

韓安實在沒有料到，韓非答應得如此利落。當夜興沖沖回宮，韓安立即下令少府、典衣、典冠（註：少府，韓官，掌國君私庫。典衣，掌國君服飾。典冠，掌國君冠冕）三署合力置備韓非車馬衣飾。幸得韓國前代多有節用之君，老式物事多有存儲，一日之間便整頓齊備。驗看之時，少府低聲嘟囔了一句，又不是特使，如此老韓氣象不是引火焚身麼？韓安猛然醒悟，心下大是忐忑不安，遂連夜去見韓非，說老式衣車太過破舊有損公子氣度。韓非只冷冷一句，非老時韓衣韓車，不入秦！韓安只恐韓非藉故拒絕，只好連連點頭去了。

三日之後，韓安在新鄭郊亭隆重地為韓非舉行了餞行禮。

卯時，清晨的太陽躍出遙遠的地平，照亮了蒼茫大平原。一輛奇特的軺車轔轔獨行，從新鄭西門緩緩地出來了。這是韓國獨有而戰國之世已經很難見到的生鐵軺車：車身灰黑粗糙，毫無青銅軺車的典雅高貴；生鐵傘蓋粗壯憨樸，恍如一頂醜陋的鍋蓋扣著小小車廂。韓國有天下最大的宜陽鐵山，韓人先祖節用奮發，曾以生鐵替代本國稀缺的青銅造車，雖嫌粗樸，卻是韓國一時奮發之象徵。醜陋的鐵片傘蓋下挺身站著枯瘦高大的韓非，頭戴一頂八寸白竹冠，身穿似藍非藍似黑非黑的一領粗麻大袍，與一身錦繡的韓王人馬幾成古今之別。這般服飾，是最以節用聞名諸侯的韓昭侯的獨創，也是老韓國奮發歲月的痕跡之一。如今韓非此車此衣而來，煌煌朝陽之下，直是一個作古先人復活了。

秦國特使姚賈已經早早等候在道邊，不動聲色地打量著奇特的軺車，絲毫看不出好惡之情。郊亭外的韓王安大覺刺眼，眉頭皺成了一團，偷偷瞄得姚賈一眼，見這個倨傲的秦使並無特異怒色，這才快步迎了過來。姚賈微微一笑，也跟著迎了過來。

刮木嘎吱刺耳，笨重的生鐵轄車終於咣噹停穩。韓非下車，對要來殷殷攙扶的姚賈冷冷一瞥，大袖一揮逕自走進了石亭。韓安尷尬地對姚賈一笑，作勢請姚賈入亭。姚賈一拱手爽朗道：「韓子離國，故人餞行，姚賈不宜，韓王自請可也。」韓安做出無奈的一笑，只好一個人走進了清冷的石亭。

韓安舉起了銅爵：「非兄入秦，鯤鵬之志得償也。乾！」

韓非沒有說話，一氣猛然飲乾。不待侍女動手，也不理會韓王，自己抱起酒罈咕咚咚斟滿大爵又咕咚咚飲下。如是者三爵飲乾，韓非長長一歎，看得韓安一眼，一拱手大步出亭。韓安面紅耳赤，連忙趕上官道。韓非卻連回望一眼也沒有，嘭地一跺腳，那輛笨重的鐵車已經咣噹嘎吱地啟動了。

三、《韓非子》深深震撼了年輕的秦王

「小高子，酒！」

趙高快步過來：「君上自律，夜來不飲酒的。」

「如此奇文，焉得無酒！」嬴政重重拍案。

旬日以來，書案旁堆起了五七只空蕩蕩的酒罈，大書房始終彌漫著一片濃烈的酒香。嬴政就是這樣時而拍案痛飲時而連連驚歎，晝夜不停如饑似渴地讀完了厚厚三大本羊皮書。饒是如此，猶不盡興。在讀完羊皮書的當日暮色時分，嬴政漫步走進了那片胡楊林，在金紅的落葉中徜徉一夜，時而高聲吟誦時而冥思苦想，及至瀟瀟霜霧籠罩天地，嬴政才回到寢室撲上臥榻鼾聲大起，直睡了三日三夜。

深深震撼嬴政者，是李斯帶回來的《韓非子》。

嬴政博覽群書，可沒有一部書能給他如此說不清道不明的奇特感受。

讀《商君書》，如同登上雄峻高峰一覽群山之小，奔騰在胸中的是劈山開路奔向大道的決戰決勝之心。讀《呂氏春秋》，從遙遠的洪荒之地一路走來，歷代興亡歷歷如在目前，興衰典故宗宗如數家珍，不管你贊同也好不贊同也好，都會油然生出聲聲感喟。讀《老子》，是對一種茫無邊際的深邃智慧的摸索，可能洞見一片奇異的珍寶，也可能撈起一根無用的稻草；彷彿一尊汪洋中的奇石，有人將它看作萬仞高峰，也有人將它看作舒心的靠枕，有人將它看作神兵利器，也有人將它看作清心藥石；然則無論你如何揣摩，它的靈魂都籠罩在無邊無際的神祕之中，使你生出一種面對智者的庸常與渺小。讀《莊子》，一種玄妙一種灑脫一種曠遠一種出神入化一種海市蜃樓一種生死渾然，隨著心境變幻莫測地縈繞著你，你可以嘖嘖感歎萬里高飛卻不知去向的鯤鵬，也可以憒然鄙夷嘰嘰喳喳而實實在在的蓬間雀，然終歸惶惶不知自己究竟為何物。讀《墨子》，如同暗夜走近熊熊篝火，使人通身發熱，恨不能立即融化為一團烈焰一口利劍，焚燒自己而廓清濁世。《孟子》是一種滔滔雄辯，其衰朽的政見使人窩心，其辭章之講究使人快意。《論語》是支離破碎而又誠實坦率的一則則告誡，一則則評點，若是你不欲復古，縱然全部精讀完畢，你也不知道自己該當如何在這個大爭之世立身。《荀子》是公允的法官，疑難者或可在其中找到判詞，無事讀之則很難領悟其真髓。《公孫龍子》是巧思奇辯，其說諧趣，其智過人，縱然不服亦可大笑清心不亦樂乎……

只有《韓非子》，使人無法確切地訴說自己、反觀自己。

嬴政已經大體廓清了《韓非子》概貌，唯其如此，萬般感慨。

年輕的秦王認定，《韓非子》無疑將成為傳之千古的法家巨作。這部新派法家大書前所未有地博大淵深，初讀之下難以揣摩其精華所在，精讀之後方能領略其堅不可摧。從根本處著眼，《韓非子》最大的不同，是將法家三治（法治、術治、勢治）熔於一爐而重新構筑出一個宏大的法家學陣。對於以商鞅為軸心的法治派，《韓非子》一如《商君書》明晰堅定，除了更為具體，倒看不出有何新創。

這一點，很令景仰商鞅的年輕秦王欣慰，認定韓非是繼商鞅之後最大的法家正宗。若非如此，很可能這個年輕的秦王是不會讀完《韓非子》的。

韓非之出新，在於將術治、勢治納入了法家治道而重新鍛鑄，使法治之學擴大為前所未有的「三治法家」，事實上成為戰國新法家大師。法、術、勢三說，此前皆有淵源：法治說以李悝商鞅為最顯，術治說以申不害為最顯，勢治說以慎到為最顯。在戰國諸子百家的眼中，法、術、勢三治說雖有不同，但其根本點是相同的，這便是以承認法治為根基。唯其如此，戰國之世將法術勢三說視為互聯互生的一體，統呼之為法家。然則，這種籠統定名，卻不能使法家群體認同。在法家之中，三說之區隔是很清楚的，誰也不會將法、術、勢混為一談。可以說，法家事實上有三個派別，而且是很難相互融合的三個派別。

唯其如此，韓非融三派為一家，使通曉法家的年輕秦王驚歎不已！

《韓非子》搭建的新法家框架是：勢治為根，法治為軸，術治為察。

先說勢治。勢者，人在權力框架中的居位也。位高則重，位卑則輕，是謂勢也。自古治道經典，無不將「勢」明確看作權位。《尚書・君陳》云：「無依勢作威。」這個勢，便是權位。法家言勢，則明確指向國君的權位，也就是國家最高權力。慎到之所以將勢治作為法治精要，其基本理念推演是：最高權力是一切治權的出發點，沒有權力運行，則不能治理國家；權力又是律法政令的源頭，更是行法的依據力量；沒有最高權力，任何治道實施都無從談起，是謂無勢不成治。所以，運用最高權力行使法治，被勢治派看作最根本的治道。

《慎子》云：「堯為匹夫，不能治三人。桀為天子，能亂天下。以此知勢位之足恃，而賢者不足慕也……堯為隸屬（治陶工匠）而施教，民不聽，至於南面而王天下，令則行，禁則止。由是觀之，賢智未足以服眾，而勢位足以屈賢者也。」慎到之勢說不可謂不透徹，但因不能透徹論證權力與法治的關係而大顯漏洞。一個最大的尷尬是，諸多堪稱賢明勤政的國君權力在手，卻依舊不能治理好國家。正是為此，李悝、商鞅等重法之士應時而生，將國家治道之根本定位為法治，認為法律一旦確立，便具有最高權力不能撼動的地位，所謂舉國一法、唯法是從，皆此意也。韓非之新，在於承認「勢」是法治之源頭條件，卻又清醒地認為，僅僅依靠「勢位」不足以明法治國，必須將勢與法結合起來，才能使國家大治。

《韓非子・難勢》云：「夫勢者，非能必使賢者用之而不肖者不用。賢者擁勢，則天下治。不肖者擁勢，則天下亂……以勢亂天下者多矣，以勢治天下者寡矣！勢之於治亂，本末有位也，專言勢之足以治天下者，其智淺矣！」

嬴政很為韓非的評判所折服。

但是，嬴政最為激賞的，還是《韓非子》詰難勢說的矛盾故事。

韓非說，專言勢治者云：堯舜得勢而治，桀紂得勢而亂，故勢治為本也。果然如此，其論則必成兩端：堯舜擁勢，雖十桀十紂不能亂；桀紂擁勢，雖十堯十舜不能治。如此，究竟是憑人得治，還是憑勢得治？憑勢得治麼，暴君擁勢則聖賢不能治。憑人而治麼，聖賢無勢而天下照亂。詰難之後，《韓非子》說了一個故事：人有賣矛賣盾者，鼓吹其盾之堅「物莫能陷也」，俄而又鼓吹其矛之利「物無不陷也」；有市人過來說：「以子之矛，陷子之盾，何如？」賣者遂尷尬不能應也。《韓非子》結論云：「賢、勢之不相容明矣，此矛盾之說也！」

「睿智犀利而諧趣橫生，其才罕見矣！」嬴政拍案大笑。

「所言至當！勢治過甚，與人治無異也！」嬴政批下了自己的評判。

再說術治。術者，尋常泛說之為技巧也方法也。然則，法家所言之術，卻是治吏之道，是謂術治。戰國之世，術治說由申不害執牛耳，被天下看作與商鞅法治說並立的法家派別。申不害術治說的理念根基在於：無論是勢還是法，都得由人群來制定推行；這個人群，是君王所統領的臣下；若君王駕馭群臣得法，律法政令便能順利推行，否則天下無治；所以，治道之本在統領臣下之術治。顯然，申不害術治說也是偏頗的，漏洞也很明顯。一個最大的尷尬是：國家若不變更舊法（根基是不廢除實封制），而唯重吏治整肅，便不能根除奸宄叢生腐敗迭起的痼疾，國家始終不能真正強盛。齊國如此，韓國更如此。

《韓非子》嚴詞詰難申不害的術治說及其在韓國的實踐。

「韓國法令龐雜，故晉國之舊法與新法並行。申不害不擅其法，不一其憲令，故奸邪必多。貴胄之利在舊法，則以舊法行事；官吏之利在新法，則以新法行事；其利若在舊法新法之相悖（衝突），則巧言詭辯以鑽法令之空隙。如此，申不害雖十使昭侯用術，而奸佞叢生也！故託萬乘之勁韓，七十年而不至於霸王者，用術於上、法不勤修之患也！」

基於申不害給韓國留下的術治傳統危害極大，也基於韓非自己對術治的冷靜評判，韓非對「術」作了嚴格定義：「術者，因權而授官、循名而責實、操生殺之柄、課群臣之能者也。」用今人話語說，術治是用人制度與問責制度的運用法則。所以，韓非宣導的術治絕不是簡單的權謀之術，儘管它也包括了權謀之術。

嬴政最為讚歎的是，韓非沒有因納術入法而輕法，而是將術與法看作缺一不可的治國大道。有人問，法治術治何者更重？韓非答曰：「此猶衣食之孰重孰輕，不可無一也，皆養生之具也。人不食，十日則死。大寒之隆，不衣亦死……君無術則弊於上，臣無法則亂於下。此不可一無，皆帝王之具也！」

從九歲起，嬴政便是秦國太子。從十三歲起，嬴政便是秦國之王。從二十二歲起，嬴政便成了天下第一強國的親政君王。其間風雨險惡不可勝數，對君王不可或缺的正當權謀體味尤深，可謂烙印在心刻刻不忘。為此，嬴政對《韓非子》所闡釋的術治新說深有同感。讀〈定法〉之時，嬴政連飲三大爵凜冽老酒，慨然拍案道：「如此術治，寧非與法治共生也！韓子大哉！」

最令嬴政感奮不能自已者，還是韓非的〈孤憤〉篇。

韓非之〈孤憤〉，不是訴說自己的孤獨，不是宣洩一己的憤懣，而是為天下變法之士的命運憤然呼號。嬴政記得，初讀〈孤憤〉時一身冷汗，眼前夢魘般浮現出翻翻滾滾的慘烈場景，車裂商君的刑場屍骨橫飛鮮血遍地，渾身插滿暗箭的吳起倒在血泊靈堂，浴血城頭將長劍插進自己腹中的申不害，刺客刀尖閃亮蘇秦頹然倒地，形容枯槁的趙武靈王正瘋子一般地撕裂吞噬著掏來的幼鳥，嘴角還淌著一縷鮮紅的血……

「昭昭〈孤憤〉，志士請命書也！」更深人靜，嬴政慨然拍案。

〈孤憤〉沒有羅列一個血案，卻令人驚悚，令人惕然。根本處，在於〈孤憤〉以無與倫比的洞察力燭照了變法志士無法避免的悲劇命運，將血腥的未來赤裸裸鋪陳開來給芸芸眾生瀏覽，冷森森地宣示了變法家的血泊之路。行法犧牲者的命運，韓非是一層層揭開的：

首先，變法之士的稟性與使命，決定了必然與當道貴胄勢成不共戴天。「智術之士，必遠見而明察，不明察，不能燭私。能法之士，必強毅而勁直，不勁直，不能矯奸。智術之士明察，聽用（一旦任職），則燭重人（當道權臣）之陰情。能法之士勁直，聽用，則矯重人之奸行。故智術能法之士用，則貴重之臣必在繩（朝綱）之外矣！如是，智法之士與當道之人，不可兩存之仇也！」

其次，當道舊勢力擁有既成的種種優勢，變法之士則是先天劣勢。〈孤憤〉一一列出了當道者的基本優勢，謂之四助五勝。四助是：諸侯之助，群臣之助，君王近臣之助，門客學士之助。之所以有此四助，根由是：「當道者擅樞要，則內外為之用。」一有權力結交諸侯，有權力決定群臣利益分配，與君王之近臣內侍利害相關，有權力財力給士人門客以養祿，故有這四種助力。五勝是：一為官爵貴重，二為朋黨眾多，三為得朝臣多數，四為國人多趨於傳統而一國為之訟（辯護）；五為得君王愛信。與當道者相比，變法之士卻是五不勝：一官爵低（處勢卑賤），二無黨附（無黨孤特），三朝野居少數（反主意與同好爭，一口與一國爭），四缺乏故交根基（新旅與習故爭），五與君王及其親信疏遠（疏遠與近愛信爭）。

其三，如此態勢之下，變法之士的命運結局必然是走上祭壇作犧牲。「資（根基）必不勝，而勢不兩存，法術之士焉得不危？其可以罪過誣陷者，以公法誅之！其不可以被以罪過者，以私劍（刺客）窮之！是故，明法而逆主上者，不戮於吏誅，必死於私劍矣！」這是韓非最為冷酷的預言。變法志士只要違背傳統勢力之利益（逆主上），只有兩種結局——不死於公法（世族貴胄以祖制問罪），必死於私劍（刺客）。

其四，變法之士必為犧牲，然變法之士死不旋踵代有人出。韓非清醒地看到了變法之壯烈，揭示了這種壯烈的根本緣由。變法之士者，生命之大勇大智者也，寧變法而死，也不願為腐朽將亡之邦殉葬。「與死人同病者，不可生也！與亡國同事者，不可存也！沿襲舊途而存國，不可得也！」

最後，〈孤憤〉對君王提出了冷峻的警告。變法之難，要在君主，君主不明，國之不亡者鮮矣！變法之士，孤存孤戰。基於此，韓非告誡欲圖變法之君王，該當如何認識並保護變法之士。其最要緊的有兩條：一則，不與左右親信議論變法之士，更不能憑親信議論評判變法之士。「修士（人品高尚之士）不以貨賂事人，恃其精潔，更不以枉法為治……人主左右求索不得，貨賂不至，則毀誣之言起矣！治亂之功制於近習，精潔之行決於毀譽，則修士之吏廢。聽左右近習之言，則無能之士在廷，而愚污之吏處官矣！」二則，君主與權臣的利害不同，君主一定要明察權臣朋黨用私、杜絕賢路、惑主敗法之罪行，否則無以變法。「主有大失於上，臣有大罪於下，索國之不亡者，不可得也！」

昭昭〈孤憤〉，變法家犧牲之祭文也！

烈烈〈孤憤〉，變法家命運預言書也！

這便是韓非，在那劇烈動盪的大爭時世，自囚深居而思通萬里燭照天下，將鮮為世人所知的種種權力奧祕與政治黑幕化為皇皇陽謀，陳列於光天化日之下，成為權力場運行的永恆鐵則。一部《韓非子》，使古往今來之一切權力學說與政治學說相形見絀，人類文明之絕無僅有也！即或後世西方極為推崇的馬基維利之《君王論》，也遠遠不可與其比肩而立。其深刻明徹，其冷峻峭拔，其雄奇森嚴，其激越犀利，其猙獰詭譎，其神祕靈異，其華彩雄辯，其生動諧趣，無不成為那座文明高峰的天才豐碑，無不成為那個時代的學養旗幟。《韓非子》之命運，如同其〈孤憤〉所揭示的變法家的命運一樣：在一個變法為主流的時代，他是焚毀黑暗的熊熊火把；在迂闊守成的時代，他卻被傳統學派一代又一代地詛咒著謾罵著，不能以公法滅其學，則必以口誅筆伐追誣其人，追誅其心。然則，不管如何咒罵，《韓非子》都始終是權力場中無以替代的法則，一切當道者都得悄悄地按照其法則運行。後世有學人馮振，曾云：「《韓非子》乃藥石中烈者，沉屙痼疾，非此不救；用之不當，立可殺人！雖知醫者，凜凜乎其慎之！」這是後話。

那一夜，嬴政不能安眠，老酒一爵爵地飲，渾然不知其味。

五更雞鳴，嬴政長吁一聲：「嗟乎！得見此人與之遊，死不恨矣！」

次日清晨，嬴政立即召來李斯與姚賈，事由只一句話：「無論何法，務求韓非入秦。」兩人一陣思忖，李斯提出自己出使韓國力邀韓非，姚賈不以為然。姚賈說：「韓非能否入秦，既在韓非，更在韓王。姚賈知韓甚深，對韓非亦有種種查勘。姚賈以為，若以求賢之心邀韓非，韓非必然拒絕；只有以威勢壓韓王，以韓王壓韓非，韓非或可入秦。長史入韓，著力處只能是韓非，對韓王這般謀術成癖之小人國君，只怕力有不逮也！」李斯笑道：「韓王固小人也，足下何以克之？」姚賈答曰：「善術之小人，唯認威懾，豈有他哉！」李斯又笑道：「足下安知李斯無威懾韓王之才？」姚賈道：「只有所短，寸有所長。我觀長史，大才長策之士也，然對卑劣小人卻不擅應對。如此而已。」李斯對秦王一拱手道：「姚賈此說，臣無異議，但憑君上決斷。」嬴政當即拍案決斷：姚賈使韓，務求韓非盡快入秦。

四、天生大道之才　何無天下之心哉

驀然之間，李斯的心頭很不是滋味。

得姚賈快報，秦王本欲親自到函谷關隆重迎候韓非，可是被王綰勸阻了。王綰的理由很簡單：「秦為奉法之國。王迎三舍，為敬才之最高禮儀。今王為韓非一人破法開例，後續難為也！」嬴政雖被遏制了興頭，還是悻悻地改變了鋪排，改派李斯帶駟馬王車趕赴函谷關迎接韓非，自己則在咸陽東門外三舍（三十里）地為之洗塵。

李斯連夜東去，於次日清晨正好在關外接住了韓非。李斯記得很清楚，車馬大隊一到眼前，他立即嗅到了一種奇異的冷冰冰的氣息。車馬轔轔旌旗獵獵，出使吏員個個木然無聲，全然沒有完成重大使命之後的輕快奮發。姚賈下車快步趕來，眉頭大皺一臉沮喪。韓非一身粗麻藍袍，一輛老式鐵車，冷冰冰無動於衷，怪誕粗土猶如雞立鶴群。姚賈對李斯只悄悄說了一句：「此公難侍候，小心。」再沒了話說。李斯並沒在意姚賈的嘟囔，遙遙拱手大笑，興致勃勃地過去請韓非換乘秦王的駟馬王車。不料，韓非彷彿不認識他這個同窗學兄，冷冰冰回了一句：「韓車韓衣，韓人本色。」便沒了下文。李斯愣怔片刻，依舊朗聲笑語，特意說明駟馬王車可載四人，可在午時之前趕到咸陽，不誤秦王三舍郊迎的洗塵大禮。韓非還是冷冰冰一句：「不敢當也。」又沒了話語。素有理事之能的李斯，面對韓非這般陌生如同路人的冷硬同窗，一時手足無措了。李斯素知韓非善為人敵，他要執拗，任是你軟硬無轍。思忖片刻，李斯與姚賈低聲會商幾句，姚賈飛馬先回了咸陽。李斯這才放下心來周旋，邀韓非下車在關外酒肆先行聚飲壓餞，可韓非只搖搖頭說聲不餓，便扶著鍋蓋般的鐵傘蓋柱子打起了鼾聲。

無奈之下，李斯只好下令車馬起程。韓式老車不耐顛簸，只能常速走馬。若還是當年蒼山學館，李斯治韓非這種牛角尖脾性的法子層出不窮。可如今不行，李斯身為大臣，非但不能計較韓非，還得代秦王盡國家敬賢之道。韓非不上王車，李斯自然也不能上王車。為說話方便，李斯也不坐自己的軺車，索性換騎一馬在韓非鐵車旁走馬相陪。一路走來，李斯滔滔不絕地給韓非指點講述秦國的種種變化。縱然韓非沉默如鐵，李斯也始終沒有停止勃勃奮發的敘說。韓非堅執要常行入秦，要曉行夜宿。如此四百多里地下來，走了整整四日有半。其間，姚賈派快馬送來一書，說秦王已經取消三舍郊迎，教李斯但依韓非而行。李斯接書，心下稍安，那種不是滋味的滋味卻更濃了。

抵達咸陽，李斯聲音已經嘶啞，嘴唇已經乾裂出血了。

當晚，秦王嬴政本欲為韓非舉行盛大的洗塵宴會，見李斯如此疲憊病態，立即下令延緩洗塵大宴。可李斯堅執不贊同，說不能因自己一人而有失秦國敬賢法統，當即奮然起身去接韓非。又是沒有料到，韓非在走出驛館大門踏上老式鐵車的時候卻驟然昏倒了。老太醫診脈，說此人食水長期不佳，久缺睡眠，又積慮過甚心神火燥，非調養月餘不能恢復。於是，大宴臨時取消，興致勃勃聚來的大臣們悻悻散去，紛紛議論這個韓非不可思議。如此幾經周折，大咸陽的韓子熱漸漸冷卻了下去。

在韓非醫治期間，秦王嬴政特意召集了一次小朝會。

朝會的主旨是商討《韓非子》。與會者僅有王綰、尉繚、李斯、鄭國、蒙恬、姚賈等知韓大臣六人。蒙恬是被從九原邊城緊急召回的。王綰、李斯本不贊同召回蒙恬。秦王卻說，蒙恬善為人友，又與韓非有少年之交，或可有用；能使韓非真正融入秦國，無論付出何種代價都值得。王綰李斯沒有話說了。朝會開始，嬴政開門見山：「韓非大作問世，韓非入秦，都是天下大事。今日先議韓非大作，諸位如何評判其效用，但說無妨。」

「韓非之事，在人不在書。」丞相王綰第一個開口，「韓非大作，新法家經典無疑也！然則臣觀韓非，似缺法家名士之胸襟。是以臣以為，韓非其人，當與韓非之書作兩論。」

「似缺法家名士之胸襟，此話怎講？」嬴政皺著眉頭問了一句。

王綰道：「法家名士之胸襟，天下之心也，華夏情懷也！華夏自來同種，春秋戰國諸侯分治，原非真正之異族國家分治，其勢必將一統。唯其如此，自來華夏名士，不囚於邦國成見，而以天下為己任，以推進天下盡速融會一統為己任。唯其如此，戰國求賢不避邦國，唯才而用也！然，韓非似拘泥邦國成見太過，臣恐其不能脫孤忠之心，以致難以融入秦國。」

「老夫贊同。韓非有伯夷、叔齊之相。」很少說話的尉繚跟了一句。

「能麼！」嬴政頗顯煩躁地拍著書案道，「伯夷、叔齊孤忠商紂，何其迂腐！韓子磐磐大才，若如此迂闊，豈非自矛自盾？」

「老臣原本韓人，似不必多言，然又不得不言。」老鄭國篤篤點著那根永不離手的探水鐵尺道，「韓非之書，老臣感佩無以復加。然則，韓非世代王族貴胄，自荀子門下歸韓，終韓桓惠王腐朽一世，竟不思離韓，其孤忠一可見也！其間三上強韓書，皆泥牛入海，仍不思離韓，其孤忠二可見也！老臣被韓國謀術作犧牲，不得已入秦又不得已留秦，融合之艱難唯有天知。韓非在韓論及老臣，鄙夷之情有加……韓非之心，不可解也！」

鄭國老水工之正直坦蕩有口皆碑，偌大的東偏殿一時默然。

「說書不說人！」秦王煩躁拍案，「其人如何，後看事實。」

李斯不得不說話了：「韓非與斯，同館之學兄弟也。韓非才華蓋於當世，臣自愧不如也。若以其文論之，李斯以為：韓非大作不可作治學之文評判高下，而須當作為政之道評判，方可見其得失。」

「兩者兼評，有何不可？」嬴政莫名其妙地煩躁。

李斯道：「以治學之作論，《韓非子》探究古今治亂，雄括四海學問，對種種治國之學精研評判，對法家之學總納百川而集為大成。自今而後，言法必讀《韓非子》，勢在必然。韓子之大作，將與《商君書》一道，成就法家兩座豐碑。」

「以治國之道論，又當如何？」嬴政急切一問。

「臣三讀《韓非子》，不如君上揣摩透徹。」李斯心知秦王必晝夜精讀《韓非子》，且已經有了難以改變的定見，先謙遜一句而後道，「然則，以治國之道論，《韓非子》有持法不堅之疑，有偏重權謀之向。此點，與《商君書》大為不同也。《商君書》唯法是從，反對法外行權，權外弄術。此所以孝公商君兩強無猜而精誠如一也，此所以大秦百餘年國中無大亂也！《韓非子》書，以許可權法，以術為途，法典政令可能淪為權力之工具。如此，名為法術勢相互制約，實則法治威力大大減弱。果真如此，法治堪憂也。」

「李斯之論，諸位以為如何？」嬴政叩著書案看了看蒙恬。

風塵僕僕的蒙恬已經變成了黝黑壯健的軍旅壯士，昔年之俊秀風采蕩然無存。迎著嬴政的眼神，蒙恬神色肅然地一拱手道：「臣讀《韓非子》，只在昨日趕回咸陽之後，要說也只能是即時之感。臣夜讀《韓非子》，其八奸、六反、七術，疑詔詭使、挾知而問、倒言反事、修枝剪葉等等等等，權術之運用細密，臣一時竟有毛骨悚然之感……韓非一生未曾領政，更未親身變法，竟然能對權力政事如此深徹洞察，對詭譎權術如此精熟，種種論斷如同巫師之預言，使人戒之懼之！蒙恬以為：君臣同治，唯守之於法，待之以誠。若如韓非兄所言，君臣之間機謀百出，國家豈有安寧之日？君臣豈有相得之情？至少，韓非兄看重權術，於韓國謀術傳統浸染過甚，不可取也……」蒙恬說得很艱難，末了一聲歎息道，「想昔年蘭陵學館之時，韓非兄何其誠樸天籟之性，不想今日一別未逢，其書竟使人惶惶不知所以也！」蒙恬性慧而端嚴，向不隨意臧否人物。今日，蒙恬如此沉痛地評判韓非大作，可謂前所未見。大臣們不說話，嬴政也罕見地板著臉不說話，氣氛一時頗顯難堪。

尉繚不意一笑：「姚賈入韓迎韓，寧作啞口？」

「姚賈說話。」嬴政黑著臉拍案一句。

「臣……無話可說。」姚賈臉色更是難看。

「此話何意？」嬴政凌厲的目光突然直視姚賈。

「君上！臣窩囊也！」姚賈猛然撲拜在地失聲痛哭。

「有事盡說，大丈夫兒女相好看麼？」

「臣姚賈啟稟君上。」姚賈猛然挺直身子，一抹淚水一拱手，「臣奉王命出使天下諸侯，無得受韓非之辱也！臣迎韓子，敬若天神，不敢失秦國敬士法度。一路行來，韓非處處冷面刁難，起居住行無不反其道而行之。縱然如此，臣依然恭敬執禮，順從其心，以致路途耽延多日。更有姚賈不堪其辱者，韓非動輒當眾指斥臣為大梁監門子，曾為盜賊，入趙被逐！一次兩次還則罷了，偏偏他每遇臣請教起居行路，都是冷冰冰一句，『韓非不與監門子語也！』臣羞憤難言，又得自行揣摩其心決斷行止。稍有不合，韓非便公然高聲指斥，『賤者愚也，竟為國使，秦有眼無珠也！』……臣縱出身卑賤，亦有人之尊嚴！人之顏面無存，何有國使尊嚴！韓非如此以貴胄之身辱沒姚賈，對姚賈乎！對秦國乎！」

姚賈是少有的邦交能才，利口不讓昔年張儀，斡旋列國游刃有餘，素為風發之士，今日憤激涕零嘶吼連聲，其勢大有任殺任剮之心，顯然是積鬱已久忍無可忍。大臣們誰也想不到一個國使竟能在韓非面前如此境遇，一時人人驚愕無言。

「散散散！」嬴政連連拍案，霍然起身拂袖而去。

誰也沒見過年輕的秦王在朝會失態，幾位重臣你看我我看你，一時不知所措了。最後還是李斯說話：「秦王看重韓非，我等亦為國謀。皆為秦也，無須上心。我意，上將軍能否藉探病為由，與韓非兄深徹一談。畢竟，韓非兄融合於秦，國之大幸也！」幾位重臣自然深知李斯之意：蒙恬與秦王與韓非皆有少交，兩廂無礙，自然是說動韓非的最佳人選。所以，李斯話方落點，幾位大臣一口聲贊同。不想蒙恬卻皺眉搖頭道：「韓非此來，深謀之相，只怕他鐵口不開，你卻奈何？」尉繚笑道：「他開不開口不打緊，只要你說得進他心，其後形跡必見，何求其開口允諾？」眾人連連點頭，只有姚賈冷冷一笑道：「諸位大人，韓非之怪誕稟性世所罕見，上將軍盡心而已，莫存奢望！」蒙恬默然良久，終於點了點頭。

三日之後，蒙恬來見李斯，只長吁一聲：「人心之變，寧如此哉！」

「他沒開口？」

「何止沒開口，直不認識蒙恬也！」

李斯的心，真正的不是滋味了。

一月之後，為韓非洗塵的國宴終於舉行了。

嬴政歷來厭惡繁文縟節，為一士而行國宴，可謂前所未有。那日，咸陽在國大臣悉數出席濟濟一堂，韓非座案與秦王嬴政遙遙相對，是至尊國賓位置。韓非還是那一身老式韓服，粗麻藍布大袍，一頂白竹高冠，寒素冷峻不苟言笑。秦國官風樸實，大臣常衣原本粗簡。然則今日不同，素有敬士國風的秦國大臣們都將最為鄭重的功勳冠服穿戴上身，以對大賢入秦顯示最高敬意，整個大殿皇皇華彩。如此比照，韓非又是雞立鶴群，格格不入。雖則如此，嬴政還是渾然無覺，精神煥發地主持了國宴，處處對韓非顯示了最大的恭敬。

諸般禮數一過，嬴政起身走到韓非座案前深深一躬道：「先生雄文燭照黑暗，必將光耀史冊。今幸蒙先生入秦，尚望賜教於嬴政。」韓非目光一陣閃爍，座中一拱手，奇特的吟誦之聲在殿中蕩開：「韓非治學，二十年而成書，正本未布天下，唯贈秦王也。秦國若能依商君秦法為本，三治合一，廣行法治於天下三代以上，則中國萬幸，華夏萬幸，我民萬幸，法家萬幸也！」

年輕的秦王深深一躬：「先生心懷天下，嬴政謹受教。」

「韓子心懷天下！萬歲！」

舉殿一聲歡呼，開始的些許尷尬一掃而去。長平大戰之後，秦人的天下情懷日漸凝成風氣，評判大才的尺度也自然而然由秦孝公時的唯才是重演變為胸襟才具並重了。胸襟者，天下之心也。戰國之世名士輩出，身具大才而其心囚於本國偏見者亦大有人在。楚國屈原是也，趙國廉頗藺相如是也，齊國魯仲連田單是也，魏國之毛公薛公是也，王族名士如四大公子者（信陵君、孟嘗君、平原君、春申君）是也。唯其如此，身具大才而是否同時具有天下胸襟，便在事實上成為名士是否能夠真正摒棄腐朽的本土之邦而選擇天下功業的精神根基。當然，依據千百年的尚忠傳統，秦人也極其推崇這些忠於本土之邦的英雄名士。然則，百年強盛之後，秦國朝野已經日漸清晰堅定地以天下為己任，自然更為期盼那些具有天下胸襟的大才名士融進秦國。明乎於此，秦國大臣們不計韓非之種種寡合，而驟然為韓非感奮歡呼，便不足為奇了。

「韓子與秦王神交也！乾！」尉繚興奮地舉起了大爵。

「足下差矣！韓非不識秦王，唯識秦政。」韓非冷冷一句。

「秦政秦王，原本一體，韓子諧趣也！」

素有邦交急智的姚賈一句笑語補上，大殿的倏忽驚愕冷清又倏忽在一片笑聲中和諧起來，略顯難堪的尉繚也連連點頭。不料，韓非的冷峻吟誦又突兀而起：「韓非自有本心，無須姚賈以邦交辭令混淆也！」雖然只一句，整個大殿卻驟然靜了下來，大臣們的目光一齊聚向了韓非。以天下公認的禮由不驚詫非常。

儀，韓非此舉大大失禮，不識人敬。名士大家如此計較，不惜給好心圓場者如此難堪，秦國大臣們不

「先生有話，但說無妨。」年輕秦王在對面一臉笑意遙遙拱手。

「說難。」韓非淡淡兩字。

「但懷坦誠，說之何難？」秦王拍案大笑。

「秦王乏察奸之術，任姚賈為邦交重臣，韓非深以為憾也！」

「姚賈何以為奸？先生明示。」

舉殿如寂然幽谷，只迴響著韓非的冷峻吟誦：「姚賈挾重金出使，暗結六國大臣，名為秦國邦交，實則聚結私黨。秦國一旦有變，安知其人不會外結重兵，壓來咸陽？且姚賈者，大梁監門子也，屢在大梁為盜，後入趙國求官又被驅逐。卑賤者，心野。此等為山東所棄之不肖，秦王竟任為重臣，嘗不計嫪毐之亂乎！」

韓非片言如秋風過林，整個大殿頓時蕭瑟肅殺。且不說以山東流言公然指斥大臣，是有違秦法；最令大臣們驚愕的是，韓非將出身卑微的布衣之士一律視作卑賤者心野。百餘年來，山東入秦名士十之八九為平民布衣。便說目前一班新銳，王綰李斯王翦鄭國姚賈頓弱以及數不清的實權大吏，哪個不是出身寒微的布衣之士？如此一言以蔽之，誰個心頭不是冷風颼颼？更有甚者，韓非竟以人人不齒的嫪毒之亂比姚賈野心，非但寒眾人之心，猶傷秦王顏面。秦國朝野誰人不知，秦王將嫪毒之亂視作國恥，還記載進了國史，韓非此舉，豈非存心使秦王難堪？君受辱而臣不容，此乃千古君臣之道。藺相如正是在秦昭王面前寧死捍衛趙王尊嚴而名揚天下，如今秦國大臣濟濟一堂而韓非如此發難，秦國大臣們焉能不一齊黑臉？

「韓子之言，大失風範！」老成持重的王翦第一個挺身拍案。

「少安毋躁。」年輕的秦王突然插斷，大笑著離案起身，走到韓非案前又是深深一躬，「先生入秦初謀，即顯錚錚本色，贏政謹受教。」韓非不見秦王發作，一時竟愣怔無話。便在此際，秦王轉身高聲道，「今日大宴已罷，諸位各安各事，長史代本王禮送先生。」說罷又對韓非一拱手，「贏政改日拜望先生。」逕自轉身大步去了。

一場前所未有的敬士國宴，如此這般告結了。

將韓非送到驛館，李斯心緒如同亂麻。韓非鄙視布衣之言使他倍感窩心，驀然想到當年蘭陵同居一舍時韓非的種種不屑之辭皆源出此等貴冑世俗之心，不禁更是憤憤酸楚。然則，李斯已經是樞要大臣，不得不盡國禮，只好怦怦心跳著笑臉周旋，要與韓非作暢談長夜飲。不料韓非卻淡淡笑道：「斯兄，韓非不得已也，得罪了……韓非入秦，你我同窗之誼盡矣！夫復何言？」說罷轉身進了寢室，隨手又重重地關了門。李斯分明看見了韓非眼中的瑩瑩淚光，心頭一陣怦怦大跳，思緒一時亂得沒了頭緒。如此便走，韓非有事如何得了？守在這裡，尷尬枯坐一夜，豈非傳為笑談？驀然想起原本是姚賈安置接待韓非，連忙派驛丞找來姚賈商議。姚賈一見李斯便一陣大笑道：「其實也，我早趕到驛館了。長史只管去忙，一切有姚賈。」見姚賈全然沒事反倒開心如此，李斯倒是疑惑著不敢走了。姚賈道：「長史但去，姚賈做的便是這號惡水差使，支應得了，保韓子無事。」李斯茫然道：「你，你當真不記恨韓子？」姚賈一陣大笑道：「韓子暗中辱我一人，姚賈有恨！韓子今日明罵，姚賈只有謝恩之心，何有恨也！」李斯還是一片茫然，卻也放心下來，終於踽踽去了。

那一夜，李斯心煩意亂，第一次沒有在夜裡當值。

不想旬日未過，韓非又大起波瀾。

時逢秋種之際，秦王率一班重臣開上了涇水瓠口沿鄭國渠東下，一邊視察農事一邊商討國事。事前，秦王對李斯申明本意：此行之要，在於教韓非明白秦國殷實富強而韓國必不能存，使韓非棄其孤忠而真心留秦助秦。李斯見秦王依舊對韓非如此執著，便打消了勸諫之心，也沒有說及自己近日對韓非的諸多疑慮。畢竟秦王是真心求賢，若能仁至義盡而使韓非成為秦國棟梁，原本也是李斯所願。

及至上得鄭國渠一路東來，秦國君臣撫今追昔無不萬般感慨。當年的荒莽山塬，如今已經綠樹成蔭，兩岸楊柳夾著一條滾滾滔滔的大渠逶迤東去，時有一道道支渠在林木夾持中深入茫茫沃野，昔日白塵翻滾的荒涼渭北鹽鹼地，已經是田疇縱橫村莊相連雞鳴狗吠的人煙稠密地帶了。作為當年的河渠總領，李斯在渠成之後一直沒有登臨鄭國渠，今日眼見關中如此巨變，更是萬般感慨。奮然之下，李斯便想找鄭國說話。這才驚訝地發現，一路行來只有兩個人默默不語，一個是鄭國，一個是韓非。鄭國是兩眼熱淚無以成言。韓非卻是冷眼觀望，陷入茫然木然的深思。

三日之後，秦國君臣在鄭國渠進入洛水的龍口高地紮營了。

一夜歇息，次日清晨君臣朝會。大臣們原本想法，在鄭國渠朝會定然是要計議農事。不想，秦王嬴政只在開首說了幾句農事，而後一轉：「經濟諸事有鄭國老令總操持，本王放心，朝野放心。今日朝會只議一事：秦國新政之期已大見成效，大舉東出勢在必然；如此，東出之首要目標何在，便是今日議題。」李斯很是驚訝，這件大事秦王已經與幾位用事重臣會商多次，歷來不公諸大朝會，今日突兀提出卻是何意？然一看秦王目光隱隱向韓非一瞥，李斯頓時恍然，這才靜下心來。

「臣李斯以為，秦國東出，以滅韓為第一。」李斯已經明白秦王意圖，決意第一個說話，盡速使議題明朗而逼韓非盡早說話，「韓為天下腹心。秦之有韓，若人有腹心之患也。先攻韓國，則秦對六國用兵便有關外根基之地。若越過韓國而先取他國，則難保韓國不作後方之亂。一旦滅韓，其他五國則可相機而動。此乃方略之要。」

「長史所言，老夫亦認同，滅韓第一。」尉繚第一個呼應。

王綰一拱手道：「臣所見略同。」

「先兵滅韓，臣等贊同。」王翦蒙恬異口同聲。

「韓國名存實亡，滅韓正是先易後難，上策！」姚賈聲音分外響亮。

嬴政向韓非遙遙拱手：「國事涉韓，尚望先生見諒。」

韓非冷冷開言：「韓國，不可滅也。」

「願聞先生之教。」

「韓國，三不可滅也！」韓非蒼白枯瘦的面龐驟然泛起了一片紅暈，「其一，秦國滅韓，失信於天下。韓國事秦三十餘年，形同秦國郡縣。此等附屬之國，秦尚不放過，赫然以大軍滅之，既不得實利，又徒使天下寒心。從此，山東六國無敢臣服於秦，唯有以死相爭。滅韓之結局，譬如白起長平殺降而逼趙國死戰也！」

「願聞其二。」嬴政分外平靜。

「二不可滅者，滅韓不易也！」韓非的吟誦頗顯激烈，「韓國臣服秦國，所圖者保社稷宗室也。今社稷宗室不能存，韓國上下必全力死戰也！韓人強悍，素稱勁韓，秦國何能一戰滅之？如數戰不下而五國救援，則合縱之勢必成。其時，秦國何以應敵於四面哉！」見嬴政沒有說話，韓非也沒有停滯，「其三，滅韓將使秦為天下眾矢之的也！頓弱、姚賈離間六國君臣，雖已大見成效，然則，安知六國再無良臣名將乎！邦國興亡，匹夫有責。若有五七個田單再現，以作孤城之戰，曠日持久之下，八方反攻，齊指咸陽，秦將何以自處也！」韓非戛然而止，行營大廳一片寂然。

姚賈突然高聲道：「韓子言行，莫非視自己為韓國特使？」

「韓非入秦，原本便是出使。」韓非冷冷一句。

「韓子之見，秦國兵鋒首當何處？」尉繚突兀一問。

「此秦國內事，韓非本不當言。然足下既問，韓非可參酌一謀。」韓非罕見地矜持一笑，已經沒有了方才的激烈，「秦國東出，首用兵者只在兩國：一為趙國，二為楚國。趙為秦國死敵世仇，滅之震懾天下。楚為廣袤之國，滅之得利最大。弱小如韓國者，一道王書便舉國而降，何難之有也！」

偌大行營靜如幽谷，大臣們面面相覷，嬴政一時顯出困惑神色。

突然一陣大笑，姚賈直指韓非：「韓子荒誕，寧欺秦國無人哉！」

「豈有此理！」韓非聲色俱厲，拍案而起。

「敢問上將軍，滅楚大戰，幾年可定？」姚賈不理睬韓非。

王翦冷冷一笑：「楚國遼闊曠遠，山川深邃，大軍深入，難料長短。」

「韓子欲將秦國數十萬大軍陷於楚地久戰，以存韓國？」尉繚冷笑一句。

姚賈一陣大笑道：「兵家疲秦計，韓子用心良苦也！」

蒙恬痛心疾首拍案道：「非兄鐵心存韓，韓國害你不夠麼！」

李斯長長一歎道：「秦國何負於非兄，非兄終究不為秦謀也！」

韓非昂然木然，冷峻傲岸地矗立在眾目睽睽之下，再也不說話了。

「韓子心存故國，嬴政至為感佩！」

秦王突然一陣大笑，起身離案對韓非深深一躬，轉身走了。

回到咸陽，事情依然沒有完結。

三五日之後的一個深夜，李斯被秦王召進了大書房。秦王推過案頭一卷，說這是韓子的正本上書，敢請長史上書以對。李斯不想再就韓非之事多說話，捧著韓非上書告辭去了。回到自家書房打開一讀，李斯不禁愕然——〈存韓書〉！莫非韓非當真愚鈍如此，竟沒有覺察出行營朝會秦國君臣對他的失望，抑或韓非存韓之心過甚而致心神不清？秦王也是，韓非之論事實上已經被朝議一致評判為荒誕之謀，何以還要李斯上書以對？思忖良久，李斯終究還是公事公辦，認真寫下了一卷上書，趕在清晨送進了秦王書房。

秦王嬴政，此時的心緒如同亂麻。

韓非入秦，嬴政一心敬慕滿腔熱望地要大用韓非，期盼韓非能像商君與孝公一般與自己結為知音君臣，同心創建不世功業。然屢經努力，種種苦心都被韓非冷冰冰拒之千里，嬴政的滿腔烈焰也在這一點一滴之下漸漸冷卻了。心懷故國而不為秦謀，嬴政尚抱敬重之心。畢竟，孤忠如伯夷、叔齊不食周粟，也還是一種德行風範。然則，韓非已經到了不惜為秦國大軍設置陷阱的地步，嬴政無法忍受了。心緒一變，嬴政立覺韓非迂腐得可笑——當眾被群臣質疑竟不知覺，回到咸陽又立即呈送了〈存韓書〉。讀罷韓非的〈存韓書〉，嬴政的心真正冰涼了。

那一夜，嬴政在王城的商君指南車下徘徊到五更雞鳴。月光朦朧，王城一片沉寂，嬴政的心如同層層疊疊的殿臺樓閣在月光下混沌一片。仰望著指南車上的高高銅人遙指南天，嬴政一遍一遍地叩問著自己無比尊崇的法聖：商君呵商君，韓非究竟何種人也？其嘔心瀝血之作唯贈嬴政一人，顯然是期望通過嬴政之手而實現他的法家三治，韓非與嬴政寧非神交知音哉！然則，韓非何以不能與嬴政同心謀國，卻死死抱住奄奄一息的腐朽韓國？莫非以韓非之天賦大才，竟也不能擺脫故土邦國之俗見，竟也不能以天下為大道麼？韓非知秦之政，嬴政何其感佩也！韓非誤秦之術，嬴政何其心冷也！若說唯法是從，韓非有意誤秦已是違法無疑。然則，嬴政何忍治其罪也。為一人而難以決斷，生平未嘗有也！今日之難，嬴政何堪？仰望西天殘月，嬴政不禁長長一歎：「上天！既生其人廣博之才，何不生其天下之心也！」

清晨時分，嬴政一如既往地走進了書房，眼前驀然一亮。

李斯的上書很別致，分明是對秦王的上書，題頭卻是「答存韓書」。李斯顯然是只對韓非之主張陳說己見，其餘一切留給秦王自己決斷。想到自韓非入秦後大臣們人人都多了幾分顧忌的情形，嬴政眉頭不禁皺作一團。打開李斯上書，嬴政的心境立即平靜下來。

〈答存韓書〉

王以韓非之〈存韓書〉下臣斯，命臣以對。存韓之說，臣斯甚以為不然。秦之有韓，若人有腹心之患。韓雖臣於秦，然終為大國，終為秦病。此理，臣已多次陳說。今韓非上存韓書，其謀若用，則秦必有函谷關之大患也！存韓之說者，以存韓為重也。其辯說屬辭，飾非詐謀，以釣利於秦，此存韓之術也，辯才惑人耳！其所圖謀者，陷秦於楚趙泥沼而韓能藉力斡旋，以圖死灰復燃而已。昔年五國諸侯攻韓，秦發兵以救。而韓國未嘗報秦，非但屢為山東攻秦前軍，更以種種謀術疲秦弱秦，其心其術可見矣！所以然者，韓尚術治也。自韓昭侯申不害始，好聽人之浮說而不權事實，故雖殺戮奸臣，不能使韓強也。今〈存韓書〉猶以術計存韓，存韓之根，在引秦誤入泥沼。此猶水工疲秦之策也。水工疲秦，猶能將計就計者，河渠畢竟農事之大利也。然今之存韓術，誤兵疲秦也。若行，則為害之烈後患之大，恐無以補救也。是故，存韓之說萬不可取，願君上幸察臣說，無忽！

「小高子，立召長史。」

此刻李斯恰恰不在王城，而正在蒙恬府中與蒙恬計議如何能說服韓非融入秦國。蒙恬正在匆忙準備北上九原，聽李斯說得幾句便連連搖頭苦笑說，韓非大哥能出此惡計，足見鐵心也，莫存奢望，任誰也不行。李斯看著忙碌整裝的年輕上將軍，一時茫然得無話可說，只是連連歎息。正在此時，趙高飛馬來召李斯。蒙恬一聽事由，走過來對李斯低聲說了幾句，李斯大為驚愕，也只好點點頭匆匆去了。

「長史擬書，著廷尉府將韓非下獄，依法勘問。」

嬴政只冷冷說了一句，拂袖去了。李斯驚愕當場，半日回不過神來。太突兀了！以李斯所想，韓非縱然不為秦國所用，畢竟有韓使之名，秦王對韓非更是崇敬有加，最後只能是放韓非回韓，如何能下獄治罪？須知秦自孝公之後敬士敬賢蔚然成風，天下才士西行入秦如過江之鯽，但凡懷才不遇或遭受迫害者，首選之地無不是秦國。無論山東六國的廟堂如何咒罵秦國藏污納垢窩藏罪犯，秦國的敬士口碑都無可阻擋地巍巍然矗立起來。目下秦國正欲東出，文戰之要便是爭取人心向一，當此之時，將韓非這般赫赫盛名的大師人物下獄治罪，秦王不怕背害賢之名麼？

「長史愣甚？舉朝惶惶不知所措，韓非能好？」趙高過來低聲嘟囔了一句。李斯頓時一個激靈，板著臉森然一句：「你小子不守法度，敢議論國事？」趙高嚇得連連打躬：「小人看大人愣怔，只怕大人誤了擬書，故此提醒一句，安敢有他？只要大人不報君上，小人再生父母！」說罷又撲地拜倒連連叩頭。李斯忍著笑意一揮手：「小子尚算明白，饒你這次也罷。」趙高諾諾連聲，爬起來風一般去了。

五、韓非在雲陽國獄中靜悄悄走了

姚賈帶著廷尉府吏員甲士開到驛館時，韓非正在操琴而歌。

胡楊林金紅的落葉鋪滿了庭院，叮咚的琴聲沉滯得教人窒息。韓非語遲，歌聲如慣常吟誦散漫自然，平靜如說猶見蒼涼：「大廈將傾也，一木維艱。大道孤憤也，說治者難。吾道長存也，夫復何言！故國將亡也，心何以堪？知我罪我也，逝者如煙……」姚賈聽得不是滋味，一拱手高聲道：「大道在前，先生何須作此無謂之歎！」

叮的一聲銳響，琴弦斷裂。韓非抬頭，目光掃過姚賈與吏員甲士，緩緩起身，冷冷一笑，一句話不說向外便走。姚賈猛然醒悟，對廷尉府吏員一揮手，兩排甲士便將韓非扶進了停在偏門內的囚車。姚賈逕自走進住屋，收拾了韓非的一應隨身物事出來交給押解吏員，而後對著囚車深深一躬，匆匆離開了驛館。

隨著押解韓非的囚車駛出咸陽，一道秦王明書也在咸陽四門張掛出來。王書只有寥寥幾行：「韓非者，韓國王族公子也，天下名士也，入秦而謀存韓，尚可不計。然韓非又上〈存韓書〉，欲圖秦國大軍向楚向趙而陷入泥沼，此惡意也，觸法也！是故，本王依法行事，拘拿韓非下獄。為明是非，特下書朝野並知會天下。秦王嬴政十四年秋。」

頒行特書，是李斯的主張。

下獄王書擬成未發之時，李斯晉見秦王。不想，整個長史署的吏員都不知秦王去了何處。李斯焦灼無奈，用羊皮紙寫了一短札：「韓非事大，非關一人，王當有特書頒行，以告朝野以明天下。」而後李斯找來趙高道：「此事特急，足下務必立即送與秦王！李斯在王書房立等回音。」趙高一點頭道：「君上心煩，小高子知道去處，保不誤事。」說罷飛步而去。大約半個時辰，趙高帶回一札：「韓非事長史酌處，無須再請。」李斯長吁一聲，立刻草成一道秦王特書，與前書同時謄刻同時發出。

王書一發，李斯便到了廷尉府。

目下廷尉府是畢元代署，實際勘審案件者則是廷尉丞等一班老吏。李斯不見畢元，只找來廷尉丞詢問：「秦王將韓非下獄，依據秦法，韓非何罪何刑？」廷尉丞沉吟有頃道：「韓非若做韓使待之，則無所謂誤謀，秦法亦無律條依據。韓非若以秦國臣工待之，則為誤謀之罪。誤謀罪可大可小，處罰憑據是誤謀之後果大小。」李斯默然良久，拿出秦王回札教廷尉丞看過，鄭重吩咐道：「此案特異，不須以常法勘問，更不能妄動刑罰。如何處置，容我稟報秦王定奪。」廷尉丞正色允諾，李斯這才去了。

不料，次日清晨，秦王嬴政已到雍城郊祀去了。旬日之後傳車送回王書：本王郊祀之後順帶巡視陳倉關大散關，立冬之日可回咸陽，尋常國事由王綰、李斯酌處。如此一來，李斯便大大不安起來。韓非下獄，秦國朝野一片錯愕，外邦在秦士人尤其憤憤不平。雖有特書明告，終究議論紛紛。尚商坊的山東士子們已經在鼓噪，要上書秦王質詢：秦王拘拿韓國使臣下獄，開天下邦交惡例，公道何在！此舉若果然醞釀成行，秦國豈非大大難堪？當此之時，韓非之事不能立決，分明是將一團火炭捧在自己手裡，秦王如何竟不理會？

秋月初上，李斯在後園徘徊不安時，姚賈來了。

「河漢清明，長史何歎之有？」姚賈似笑非笑遙遙拱手。

「雲繞秋月，上卿寧不見乎！」

「但有天尺，何雲不可撥之？」

「上卿何意？」

「王札在手，無須狐疑。」

「姚賈，你要李斯決斷？」

「當斷不斷，反受其亂。長史寧不聞乎！」

「決親易，決友難。上卿如我，果能決之哉！」

「姚賈果是長史，何待今日？」

「其理何在？」

「長史但想，我等布衣之士拋離故土入秦，賴以立身者，天下之心也。畢生所求者，一我華夏，止戰息亂也。生逢強國英主，便當以大業為重，拋卻私誼私友之情，豈可因一人而亂大計哉？韓非者，固長史之少學同窗也。然則，其人恆以王族貴胄居之，蔑視布衣之士不必說起；猶不可取者，韓非褊狹激烈，迂腐拘泥，欲圖救腐朽害民之國於久遠，為天下庶民乎！為一王族社稷乎！身為名士，韓非一無天下大義，反秉持才具而亂天下大計，寧非天下之害哉？」

「殺賢大罪，青史罵名也！」李斯拍欄一歎。

「毀卻一統大計，寧不負千古罵名？」姚賈揶揄一笑。

「不報君上親決，李斯終究不安也。」

「君上留札而不問，安知不是考校長史之膽氣公心哉！」

李斯不禁一激靈！姚賈此話，使秦王多日不過問韓非之事的疑惑突然明朗，否則何以解釋素來對人事極為認真的秦王的反常之舉？然則，姚賈這一推測若是錯解秦王之心，後果便是難以預料。一時之間，李斯有些茫然了。

「長史如此狐疑，不當與謀也，姚賈告辭。」

「且慢。」李斯追了上來，「足下可有適當之法？」

「自古良謀，非明斷者不成。長史不斷，良策何益？」

「我心已定！你且設法。」

姚賈低聲說了一陣。李斯開始有些猶疑，最終還是點頭了。

在雲陽國獄的天井裡，韓非看見了飄落的雪。

初進這座秦國唯一的大獄，韓非很是漠然。對於自己入秦的結局，韓非是很清楚的。存韓之心既不能改，又能期望秦國如何對待自己？在離群索居的刀筆耕耘中，韓非透過歷史的重重煙霧審視了古今興亡，也審視了目下的戰國大勢，尤其縝密地審視了秦國。韓非最終的結論是：天下必一於秦，六國必亡於己。對於秦國，韓非從精讀《商君書》開始，深入透徹地剖析了秦國的變法歷史，最終驚訝地發現：秦國的變法實際上整整持續了六代君王一百餘年，而絕不僅僅是商鞅變法！山東六國遠觀皮毛，誤已甚矣！秦孝公商鞅變法，奠定了根基而使秦國崛起。秦惠王剷除世族復辟勢力，而使國家多頭的久遠封地制在秦國徹底完結，才完成了真正的法治轉化。秦昭王遏制外戚勢力的膨脹，使邦國權力的運行有了一套完備的法則，同時又將戰時法治充分完善，以至秦國在與趙國驚心動魄的大決戰中能夠凝聚朝野如臂使指，以至秦國後來的三次交接危機都能夠成功化解。呂不韋時期欲圖以「王道為軸，雜家為輔」在秦更法寬政，毋寧說也是另一種形式的變法。然則，呂不韋不擅勢治，導致權力大亂，秦國真正地出現了第一次法治危機。秦王嬴政自親政開始，立即著手理亂變法：其一整肅內政，先根除亂政叛逆的嫪毐太后黨，再根除治道政見不同的呂氏黨，一舉使勢治（權力結構）恢復到秦法常態；其二整肅內廷，在天下開創了不立王后的先例，根除了太后王后外戚黨參政的古老傳統；其三富國強民整軍，使商君秦法中的獎勵耕戰更加完備也更為變通，一舉成就關中天府之國的奇蹟……

如此百餘年變法，天下何能不一於秦國？

反觀山東六國，無不是一變兩變而中止。魏國，魏文侯一變之後變法中止而忙於爭霸。韓國，韓昭侯申不害一變，其後非但中止，且復辟了舊制。趙國，武靈王一變而止。燕國，燕昭王樂毅一變而止。齊國，齊威王與齊宣王、蘇秦兩變而止。楚國，吳起一變；之後楚威王變法中途人亡政息，可謂一變半而止。而且，六國變法的共同缺陷是封地制不變，或不大變，所以始終不能凝聚國力。大爭之世，以六國之一盤散沙而抗秦國之泰山壓頂，焉得不滅哉！求變圖存，此戰國之大道也。六國不求變而一味圖存，焉得不滅哉！

唯其如此，韓非對六國是絕望的。

身為躬行實踐的新法家，韓非實現法治大道的期望在秦國。

然則，韓非是王族公子，韓非無法像布衣之士那樣灑脫地選擇邦國大展抱負。韓非唯一能做的，便是將自己的心血之作贈送給秦王。他相信，只有以秦國的實力、法治根基以及秦王嬴政的才具，才能真正地將《韓非子》的大法家理念實施於天下。可是，韓非自己卻只能做個旁觀者。不！甚至只能做個反對者，站在自己深感齷齪的韓國社稷根基上對抗法行天下之大道。身為王族子孫，他不能脫離族群社稷的覆滅命運而一己獨存，那叫苟且，那叫偷生。既然上天註定地要撕裂自己，韓非也只有坦然面對了。韓非清楚地知道，韓王要自己做的事是與自己的心志學說背道而馳的。韓非也清楚地知道，秦王有求於自己者，天下大義也，行法大道也，是自己作夢都在渴求的法治功業。可是，自己卻只能站在最齷齪的一足之地，做自己最不願意做的事。這便是命——每個人都降生在一定的人群框架裡，底層框架貧窮蕭疏卻極富彈性，可以任你自由伸展；上層框架富麗堂皇卻生硬冰冷，註定你終生都得優遊在這個金銅框架裡而無法體驗底層布衣的人生奮發。上天衡平，冷酷如斯！天命預斷，冷酷如斯，夫復何言！

韓非的平靜麻木，被不期然的一件小事打破了。

一日，獄吏抱來了一個棉套包裹的大陶罐。這是雲陽國獄對特異人犯獨有的陶罐燉菜，或牛骨肉或羊骨肉，與蘿蔔藿菜等混燉而成，有肉有菜有湯又肥厚又熱乎，對陰冷潮濕的牢房是最好的暖身保養之物。待老獄吏打開陶罐，韓非木然一句：「可有秦酒？」老獄吏呵呵一笑：「有。先生左手。」韓非目光掃過，冷冷一笑，合上了眼皮打起了瞌睡。老獄吏依舊呵呵笑著，過來敲打了幾下石板牆角，掀開了一面石板，搬出兩只泥封酒罈道：「這酒是當年商君所留。若是別個，老朽不想拿出來，也不想說。先生看看，正宗百年老鳳酒！」韓非驚訝地睜開了眼睛：「這，這，這間，商君住過之牢房？」老獄吏點著雪白的頭顱一邊歎息一邊殷殷說叨：「聽老人說，商君喜好整潔，當年在這裡照樣飲酒，照樣寫字。老人們便在牆角開了壁櫃，專門放置酒具文具，好教腳地乾淨些個。一代一代，沒人動過商君這些物事……得遇先生，商君也會高興，也會拿出酒來也。」

韓非撫摩著沉甸甸的泥封酒罈，心頭潮湧著沒了話說。

孤傲非常的韓非，獨對商鞅景仰有加。在韓非洞察歷史奧祕的犀利目光中，商鞅是古往今來當之無愧的聖人——法聖。商鞅之聖，在其學說，在其功業，更在其光耀千古的人格精神。商鞅行法唯公無私，敢於刑上王族貴胄。商鞅護法唯公無私，決然請刑護法走上祭壇作犧牲。真正當得起「極心無二慮，盡公不顧私」這樣的天下口碑。無論復辟者如何咒罵商鞅，這千古口碑都無可阻擋地巍巍然矗立於千古青史。商君若韓非，該當如何？韓非若商君，又當如何？韓非啊韓非，你可以褒貶評判商君之學說，可你能褒貶評判商君之大義節操麼？捫心自問，你有這個資格麼？商鞅如此節操，能說因為他是布衣之身無可顧忌麼？果真如此看商鞅，韓非還有法家的公平精神麼？

「商君節操，護法護學也！韓非之行，存韓存朽也！」

「韓非之於商君，泰山抔土之別也，愧亦哉！」

「有大道之學，無天下之心，韓非何顏立於人世哉！」

輾轉反側，自忖自歎，不知幾日，韓非終於明白了自己。

治學的韓非，戰勝不了血統的韓非。清醒的洞察，戰勝不了與生俱來的族群認同。只要韓非繼續活著，這種痛苦的撕裂註定要永遠繼續下去。韓非讚賞自己，韓非厭惡自己。治學之韓非，屈從於血統之韓非，韓非便一文不值。血統之韓非，屈從於理性之韓非，韓非便沒有了流淌在血液中滲透在靈魂中的族性傲骨。一個韓非不可能融化另一個韓非，何如同歸於盡，使學說留世，使靈魂殉葬，使讚賞與厭惡一起灰飛煙滅……

韓非絕食了。

在國獄令惶惶報上韓非絕食的消息時，姚賈匆匆來到了雲陽國獄。姚賈沒有見韓非，只教國獄令將李斯的密札交給韓非。大約一個時辰後，國獄令回報說，韓非自裁了。國獄令說，韓非看了密札，罕見地笑了笑，只說了一句話：敢請老令代韓非謝過李斯；說罷，韓非捧起酒罈大飲一陣，那枝鉤吻草（註：《博物志》引《神農經》云：藥物有大毒不可入口鼻耳目者，入即殺人，一日鉤吻）便抹進了嘴角……

「大冰鎮屍，等待上命。」姚賈沒有驗屍，立即飛馬回了咸陽。

秦王回到咸陽，先接韓非絕食快報，又得韓非自裁消息，甚事沒問便吩咐李斯下書：以上卿之禮，將韓非屍身送回韓國安葬。李斯心中一方大石落地，立即親自趕赴雲陽國獄為韓非舉行入殮大禮。旬日之後，在大雪飛揚的隆冬之時，護送韓非靈柩的特使馬隊從雲陽國獄向函谷關去了。

六、瀕臨絕境　韓王安終於要孤城一戰了

韓安想不到，姚賈這次如此強硬。

兩年前，韓王沒有召集任何大臣商議，更不敢向秦國追究韓非的死因，便下書將韓非安葬在了洛陽北邙山。這是天下最為堪輿家讚歎的陵墓佳地，韓國王族的公子大多都安葬在那裡。其時，洛陽雖然已經成了秦國的三川郡，但對三晉的這方傳統墓葬地還是不封鎖的。葬禮之時，韓王安親自執紼，所有韓國王族大臣不管平日如何咒罵韓非，都來送葬了，人馬雖不壯盛，也算得多年未見的一次隆重葬禮了。畢竟，韓非是為韓國說話而死的，誰也沒有理由反對此等厚葬。韓安原本以為，按照秦王的心願隆重厚葬韓非，秦國必因感念韓非而體恤韓國，兵鋒所指必能繞過韓國。唯存此心，那年冬天韓國君臣很是輕鬆了一陣，紛紛謀劃使秦國繼續疏忽韓國的妙策。誰料不到一年，韓國商人從咸陽送來義報：秦國即將大舉東出，首戰指向極可能是韓國！義報傳開，韓國王族世族的元老大臣們又紛紛開

罵韓非，認定韓非傷了秦王顏面，秦國才要起兵報復。丞相韓熙尤其憤憤然：「韓非入秦，心無韓國也！否則如何能一死了之！韓非不死，秦國尚有顧忌憐惜之情。韓非一死，秦國無所求韓，不滅韓才怪！」

在一片紛紛攘攘的罵辭中，韓安也認同了韓非招禍的說法。在韓安看來，韓非若要真心存韓，便當忍辱負重地活在秦國，即使折節事秦也要為韓國活著，無論如何不當死。韓非既有死心，分明是棄韓國而去，身為王族公子，擔當何在？若是韓非不死，秦軍能立攻韓國麼？秦軍向韓，都是韓非引來之橫禍。

如此情勢之下，姚賈入韓能是吉兆麼？

姚賈的說辭很冰冷，沒有絲毫的轉圜餘地：「韓國負秦謀秦，數十年多有劣跡，今次當了結總帳！韓國出路只有一途，真正成為秦國臣民，為一統華夏率先作為。否則，秦國大軍一舉平韓！」韓安心驚肉跳，哭喪著臉道：「特使何出此言？韓國事秦三十餘年，早是秦國臣民也。秦王之心，過之也，過之也……」姚賈冷笑道：「三十年做的好事？資趙抗秦、肥周抗秦、水工疲秦，最後又使韓非兵事疲秦。秦國若認此等臣民，天下寧無公道乎！」旁邊的丞相韓熙連忙賠著笑臉道：「韓國臣道不周，秦王震怒也是該當。老夫之意，韓國可自補過失。」姚賈揶揄道：「韓人多謀。丞相且先說個自補法子出來。」韓熙殷殷道：「老夫之見，兩法補過：其一，韓王上書秦王，正式向秦國稱臣；其二，割地資秦，以作秦國對他國戰事之根基。如何？」姚賈冷冰冰道：「韓王主事。韓王說話。」韓安連忙一拱手道：「好說好說，容我等君臣稍作商議如何？」姚賈搖頭道：「不行。此乃韓國正殿，正是朝議之地，便在這裡說。今日不定，本使立即回秦！」

韓安心下冰涼，頓時跌倒在王案。

暮色時分，姚賈與韓王安及丞相韓熙終於擬好了相關文書。稱臣上書，沒兩個回合便定了。姚賈只著重申明：稱臣在誠心，若不謙恭表白忠順之心，禍在自家。折辯多者，割地之選也。韓熙先提出割讓大河北岸的殘存韓地，被姚賈斷然拒絕；又提出割讓潁川十城，也被姚賈拒絕。韓熙額頭滲著汗水，看著韓安不說話了。姚賈心下明白，韓國目下最豐腴的一方土地只有南陽郡，而南陽郡恰恰是王室直領，是王族根基；韓熙封地在潁川，既然秦國不受，剩下唯有南陽了；然則春秋戰國以來，王族封地歷來不會割讓，否則與滅國幾乎沒有多大差異，韓熙如何敢說？姚賈也不看韓國君臣，只在殿廊大步遊走，看看紅日西沉，只高聲一句，姚賈告辭！大汗淋漓的韓安頓時醒悟，連忙出來拉住姚賈，一咬牙剛剛說出南陽郡三個字，已軟倒在了案邊。

秦王政十四年冬，韓王安的稱臣書抵達咸陽。

丞相韓熙做了韓王特使，與姚賈一起西來。在接受韓王稱臣的小宴上，秦王政臉色陰沉，絲毫沒有受賀喜慶之情。韓熙驚懼非常，深恐這個被山東六國傳得暴虐如同豺狼的秦王一言不合殺了自己。韓熙不斷暗自念誦著那些頌詞，生怕秦王計較哪句話不恭，自己好做萬全解說。可是，韓熙畢恭畢敬地捧上的韓國稱臣書，秦王嬴政卻始終沒有打開看一眼，更沒有對韓熙舉酒酬酢，只冷冰冰撂下一句話走了。

「作踐不世大才，韓國何顏立於天下！」

嬴政凌厲的目光令韓熙脊梁骨一陣陣發冷。回到新鄭，韓熙稟報了秦王這句狠話。韓王立時一個激靈，臉色白得像風乾的雪。

從此之後，韓國君臣開始了黯淡的南陽郡善後事務。撤出南陽，無異於宣告韓國王室王族從此成為漂移無根的浮萍，除了新鄭孤城一片便無所依憑了。韓安驀然想到了當年被韓國君臣百般嘲笑的周天子的洛陽孤城，不禁萬般感慨，趕到太廟狠狠哭了整整一夜，這才打起精神與韓熙商討如何搬遷南陽府庫與王族國人。奇怪的是，不管韓國撤離南陽何等緩慢遲滯，秦國都再沒有派特使來催促過。有一陣，韓安懷疑秦國根本不在乎韓國這片土地，或許會放過韓國亦未可知。可是，當韓安將自己的揣摩說給韓熙時，韓熙連連搖頭：「秦王狠也！越不問越上心，王萬不可希圖僥倖！」

韓安頓時驚出一身冷汗，立即催促司空、少府（註：司空、少府皆戰國韓官，司空掌工程，少府掌王室府庫）兩署：只盡速搬出南陽府庫貴重財貨與王族國人，尋常物事與尋常庶民都留給秦國。韓安很怕南陽民眾洶湧流來新鄭，屆時南陽座座空城，新鄭又人滿為患，如何養活得了？更要緊者，是怕留下十幾座空城使秦國震怒。所以，韓安反覆叮囑司空、少府兩臣，一定要祕密行事，盡可能地夜間搬遷。然則，結果卻大出韓安所料，南陽民眾非但沒有一片驚恐地追隨王室遷來，反而人人欣喜彈冠相慶，彷彿躲過了一場劫難一般。

「老韓人如此負我，民心何刁也！」韓安頗感難堪，很有些憤憤然。

「窮民又棄民，而欲民忠心，韓王滑稽之尤也！」

職司搬遷府庫的少府丞稟報說，這是南陽郡一個老庫吏的話。老庫吏還說，新鄭官多吏多無事做，用不上我等老朽了。他也留在了南陽城，預備做秦人了。少府吏員一番稟報之後，韓國君臣個個黑著臉鴉雀無聲，韓國廟堂再也吵吵不起來了。

難堪也罷，尷尬也罷，入秋時節，南陽郡的貴重財貨與大部存糧以及王族國人終於搬遷完畢。冷清多年的新鄭，一時熱鬧了許多。韓國君臣一番計議，上下一致認定：只要示弱於秦，顯示出臣服忠心，秦國必能使韓國社稷留存。原因只有一個，秦國要使天下臣服，須立起善待臣服者的標竿，韓國最先稱臣，自成天下標竿，秦國斷然不會負了韓國。韓安很為這次絕境之下的謀劃欣慰：唯其韓國率先稱臣，所以韓國社稷必能長存，洞察時勢而存韓於虎狼之側，寡人可謂明矣！

於是，立冬之日，韓王安正式以臣下之禮上書秦王：請求早日接收南陽，以使秦韓君臣睦鄰相處，以為天下效法之楷模。韓王安的上書特意申明「秦韓君臣睦鄰相處，以為天下效法之楷模」，其實際含義是提醒秦國君臣：秦國要使天下臣服，便要從善待韓國開始。韓安很為這一措辭得意，用印之時慨然一歎：「如此謀秦，神來之筆也！遍視山東，幾人識我術哉！」御史（註：御史，韓官，掌國君文書）當即五體投地贊道：「我王謀術存韓，雖越王勾踐不能及也！必能留之青史，傳之萬世！」

不料，秦王回書只有寥寥五個字：來春受南陽。

韓安又是大覺難堪，長吁短歎終日鬱悶異常。原本，韓安很為秦王謀劃了一番天下胸襟，構想的秦王回覆是：「韓國稱臣，天下大義也，今秦國歸還韓國南陽郡，以為天下楷模矣！自此之後，列國當效法韓國而臣服，以期王道大行，四海同心也！」不想這個秦王嬴政如此不識相，說要便要，硬是不給「臣下」顏面，如此虎狼匪夷所思也！然則無論如何，韓安這次是沒轍了，自己稱臣獻地，如今宗主來收，你能說不給了？

如何滅韓，秦國君臣爭論了整整一個冬天。

多次朝會的主旨，不是用兵之法。以秦韓目下實力對比，秦國本不需要為滅韓之戰費心。反覆商討滅韓方略，其要旨在於：韓國為秦一天下之首例滅國，牽涉到日後秦國將以何種方式逐一對待，需要在開首注重何等因素等等，實際是總體方略的確定。議論開來，具體事宜一件件牽涉出來越議越多。如何對待韓國王族，如何處置韓國降臣貴冑，如何處置韓國都城宮殿，如何變更韓國律法，要不要立即在所滅之國推行秦法，等等等等。舉凡一事，皆涉示範作用，自然一時多有爭議。這也是姚賈出使之後，秦國大軍沒有接踵而至的根本原因。可以說，一年之中，秦國君臣始終都在爭論滅韓方略。進入窩冬之期，秦王嬴政下書：三日一朝會，務必在立春之前定下長策大計。於是，東偏殿的二十多只大燎爐竟日不熄，重臣小朝會一次又一次地綿綿不斷。幾次下來頭緒日多，顯然將陷入長期爭辯而無法定論。

「如此陷於瑣細，大計無法論定。」

第六次朝會，秦王嬴政終於拍案道：「六國情勢不一，未必一式而滅，未必一式而定。目下先說滅韓方略，其餘五國諸事，滅韓之後待情勢再議再定。」

大臣們終於一致贊同，雖然歧見還是沒有消除。

丞相王綰提出的對策是：效法武王滅商，存韓社稷而收韓國土。王綰老成持重又熟悉歷代興亡，話說得頗是扎實：「華夏三千餘年，自有三皇五帝，便是天子諸侯制。自來滅國，必存該國王族之宗廟社稷以為撫慰，使其追隨者聊有所托，而反抗之心大減。此武王滅商之道也。韓國業已稱臣，當存其社稷，留其都城，其餘國土與世族封地皆可納入秦國郡縣。臣以為，此為穩妥之法。」

李斯與尉繚反對王綰主張，一致認為：韓國是天下中樞，是秦國掃滅山東六國的根基樞紐之地，不能留下動亂根基。尉繚說：「武王滅商，不足效法。何也？若非留存殷商根基，何有管蔡武庚之大亂？若非周公鼎力平亂，安得周室天下！況歷經春秋而戰國，天下時勢已經大不同於夏商周三代。不同者何？天下向一也！潮流既成，則成法不必守。若存韓社稷宗廟與都城，韓國何復言滅？假以時日，韓國王族必籠絡韓人抗秦自立。其時也，戰亂復起，天下裂土舊制復惡性循環不止，秦國一天下之大義何在哉！」

李斯說得很冷靜：「秦一天下之要義，在於一治。何謂一治？天下一於秦法也。一於秦法之根本，在於治下無裂土自治，無保留社稷之諸侯，天下一體郡縣制。若存韓國宗廟社稷並都城，與保留一方諸侯無異也。如此滅國，何如不滅？秦國稱霸天下已經三世，要使六國稱臣納貢而秦國稱帝，做夏商周三代天子，易如反掌耳，滅之何益？秦滅六國，其志不在做王道天子，而在根除裂土戰亂之源，使天下一法一治。此間根本，不當忘也！」

兩位上將軍略有不同。蒙恬一力贊同李斯尉繚之方略，補充的理由是：「韓國素有術治癖好，其稱臣絕非真心歸秦，無非權宜之計也。若存韓社稷都城，一旦山東情勢有變，舉兵向秦之前鋒，必韓國無疑也！」王翦不涉總體方略，只說了秦軍目下狀況，末了道：「以秦韓兵力之勢，滅韓不當出動大軍主力，偏師可也。秦軍主力，只待滅趙大戰！」

大寒那日，嬴政最終拍案道：「秦一天下，其要義已明，長史國尉所言甚當。滅韓大計，不存王族社稷，不存其國都城，韓地根基務必堅實！其餘五國，視情勢而定。」

秦王的決斷，幾位重臣皆無異議。王綰其所以贊同，是因為秦王已經申明韓地根基務求堅實，其餘五國視情勢而定。也就是說，六國很可能一國一個樣，天下大計只能滅六國之後最終確定。如此且走且看，不失為目下最為得當的方略。王綰總攬國事，素來謀事最講穩妥，自然不會再有異議了。如此之後進入兵事謀劃，王翦主張不出動秦軍主力，舉薦內史將軍嬴騰率內史郡並咸陽守軍對韓作戰。秦王首肯，大臣們沒有異議。

王翦如此部署，形成的秦軍態勢是：蒙恬一軍駐屯九原禦邊，王翦主力大軍駐屯藍田大營備戰滅趙，內史嬴騰率關中及咸陽守軍對韓作戰，桓齮蒙武之河外老軍繼續對趙襲擾以使趙國不能鼓噪山東合縱；其餘關塞守軍，只保留河西離石要塞、東部函谷關要塞、東南武關要塞、西部陳倉要塞四處，每關兩萬重甲步軍，只防守偷襲之敵，不做任何出擊。

韓王安八年秋風方起，內史嬴騰率領五萬步騎隆隆開出了函谷關。

九月初，韓王安接到秦軍統帥內史嬴騰軍使傳書：秦軍將在中旬於南陽郡受地，韓王並丞相務必親自交割。韓安大為驚恐，總覺得秦軍是要藉故拘拿自己，立即下令老內侍備車連夜出逃。恰在廊下登車之際，丞相韓熙匆匆趕來，一番苦苦勸阻才使韓安醒悟過來。韓熙畢竟老到，說：「秦軍果欲拘拿我王，何待今日矣！王若棄國而逃，秦軍縱然不入新鄭，韓國亦無異於自滅也！內史嬴騰以特使明白召我君臣，若帳前拘我殺我，豈非自毀信譽於天下？我王與臣果能一死而使秦軍失信於天下，何懼之有？」韓安低著頭反覆思忖了好大一陣，終於認定如此做法很是划算，至少比逃跑捉回再殺要更有顏面，終於點頭了。

約定之日，韓安韓熙帶著新鄭殘存的全部大臣，出動了全部王室儀仗，極為隆重地開進了宛城郊野的秦軍大營。臨行之時，少府不解大張旗鼓之緣由，勸韓王奉行一貫方略，輕車簡從以示弱自保。韓安罕見地昂昂然道：「本王威儀隆重，方可使天下知我行止也！秦軍要殺，怕他何來！」此話傳開，隨行護衛將士一片驚訝感奮，大覺韓王如此膽識方算秉承了老韓部族的大義本色，一時人人精神抖擻，儀仗車馬之氣象與往昔頹廢萎靡大不相同。

「韓王鮮衣怒馬，何其戰勝之相也！」

幕府轅門外內史嬴騰一句揶揄大笑，韓國君臣大是尷尬。韓安一時難堪，紅著臉應道：「大賓入境，沒得穿著，無他無他。」一句話未了，秦軍將士哄然大笑。韓國將士羞愧低頭，頓時沒有了來時那股軒昂氣勢。王車後的少府丞不禁低聲嘟囔道：「威儀而來，幾句邦交辭令也沒個成算，真是。」好在丞相韓熙上前補道：「韓國雖臣，畢竟大國。禮數所在，將軍幸勿見笑。」內史嬴騰一拱手大笑道：「秦人敬重節烈風骨，原無奚落之心，丞相見諒。若是韓王能整頓軍馬與我真正一戰，成就嬴騰滅韓大戰之功，嬴騰不勝榮幸！」韓安更是窘迫難耐，只紅著臉連連搖手：「好說好說，正事罷了再說。」惹得秦軍將士又是一陣哄然大笑。內史嬴騰笑得咳嗽不止，只好吩咐中軍司馬迎韓國君臣進入幕府。

交割事宜並不繁雜。韓安捧上南陽郡二十三城圖冊，韓熙一一指明府庫所在，韓國的割地便告完結。依著韓安事先忖度，嬴騰必然窮究府庫貴重財貨被搬運一空之事，已經與丞相韓熙謀劃好一套說辭。來時一路，韓安都在琢磨說辭有無漏洞，只等內史嬴騰查究詢問。不想嬴騰連圖冊也不打開，只對中軍司馬吩咐一聲照圖接城，便下令上酒。韓安心下惴惴，終於不自覺道：「韓國所交城池，財貨民眾大體無缺，將軍務必稟報秦王。」內史嬴騰大笑道：「有缺無缺管他何來，韓國想搬儘管搬，搬到天邊都一樣！」韓安脊梁骨一陣發涼，韓熙嘴角抽搐著說不出話來，誰也無心飲酒了。

當夜回到新鄭，韓安韓熙一班大臣整整商議到五更方散。

這次，韓國君臣驚人地一致認定：內史嬴騰的種種言行，盡皆明白無誤地傳達著秦軍滅韓之勢已經不可變更，秦軍長劍已經真正架到了韓國脖頸之上！然則如何應對，卻是各有說法。封地尚在的段氏、俠氏、公釐氏幾家大臣主張立即放棄新鄭，王室移蹕潁川郡或其他山河之地憑險據守。王族大臣如丞相韓熙等，大都沒有了封地，則主張堅守新鄭與秦軍作最後一爭，同時派出祕密特使兼程趕赴五國求援，或可保全韓國社稷。少府丞與王城將軍等低爵臣子，封地極小且大多已經在多次割地中流失，莫衷一是地時而附和走，時而附和留。

韓王安看到了韓國這次是真正地瀕臨絕境了。痛定思痛，韓安反倒漸漸清楚起來：堅守新鄭，固然未必守得住；求援五國，五國也未必出兵；然若果真逃出新鄭進入大臣封地，其後果只能更慘；那些老世族早已經將封地整治成了家族部族的私家城堡，失勢而進鐵定羊入虎口，其時奸黨弒君，自己還不是身首異處？

「無須再爭，三策救難！」

韓安終於拍案決斷，說出了他的三策：其一，立即整軍，堅守新鄭；其二，立即派出特使，趕赴五國求援；其三，新鄭國人悉數成軍，府庫兵器悉數發放，各家封地立即將歷年所欠財貨糧草運入新鄭以作軍用，舉國人人抗秦！韓安說罷，幾個王族大臣一口聲贊同擁戴，幾家封地大臣卻都不說話，場中一時頗見難堪。

「臣以為，封地糧草可暫時不議。」

說話的是一個年輕人，瘦削白皙得女子一般，底氣卻很渾厚。儘管韓王安與王族大臣們都目光冰冷，這個年輕人仍有條不紊道：「目下韓國情勢，業已是人地皆失。目下山東情勢，業已是人人自危。新鄭當守，邦國大義也。然則，新鄭能否守得長久，能否如田單孤城抗燕六年，卻是兩難相悖之勢。唯新鄭可守能守，韓軍能力戰秦軍，五國方可救韓，韓之世族封地方可全力資國；若新鄭一戰而敗北，五國必不來救，糧草財貨縱然運入新鄭，亦是資秦而已。況且，目下新鄭尚有南陽郡搬回之財貨糧草支撐，宜全力備戰，不宜急於徵集封地財貨糧草。韓王若能激勵國人死戰，但能守得半年一年，各國救援必源源而來，糧草何難！」

「噫！你是何人？」韓安大是驚訝。

「臣名張良，新任申徒（註：申徒，戰國韓官，同魏國之司徒，職掌土地勞役。據《史記・高祖功臣侯者年表》，張良曾任韓末申徒）。」

韓熙連忙道：「老申徒月前亡故，張良乃老臣舉薦。」

「好！依張良之說，糧草不論，目下立即備戰！」

韓安拍案決斷。大臣們沒有了眼下利害糾葛，第一次顯出同心氣象，分外利落地達成了部署：擢升王城將軍申犰為新鄭將軍，立即徵集各方軍馬開出新鄭駐防；丞相韓熙總籌糧草軍器，並籌劃新鄭城防事宜；張良草擬求援國書，並督導求援事宜；韓王安親自督導整軍激勵將士。如此等等一番部署，韓國君臣立即匆匆忙忙大動了起來。

多年死氣沉沉的新鄭，第一次喧鬧了。

內史將軍嬴騰接到斥候軍報，得知韓國開始整軍備戰，頓時精神大振，一陣拍案大笑，下令中軍司馬將消息通曉全軍，並立即草擬上秦王書。不消片時，秦軍大營一片呼嘯歡騰，快馬特使也飛出了軍營。

嬴騰原本王族公子，是秦國王族少壯中少見的軍政兼通之才，既是內史郡守又是內史將軍，統轄大關中軍政，朝野呼其為「大秦第一郡守」。此次率關中守軍對韓作戰，嬴騰與將士們一樣，既感奮然，又感失落。奮然者，首戰滅國之重任秦軍將士人人眼熱而獨落其身，為將而能建滅國之功，入軍旅而能參戰滅國，將士夢寐以求也！失落者，韓國奄奄一息國不成國軍不成軍，縱然偏師而出，也眼看沒硬仗可打；秦人聞戰則喜，滅國而無戰，將士何其掃興也！更有一則，秦軍新銳主力四十萬還未開出，日後的滅國大戰幾乎肯定是沒有他們這些郡縣守軍的份了，對韓一戰很可能是他們軍旅生涯的最後一戰，再撈不著打仗，日後便沒仗可打了。唯其如此，秦軍將士的求戰之心異乎尋常地濃烈。

嬴騰與幾個將軍及中軍司馬，已經為韓國反覆算了幾遍大帳：論地千瘡百孔，論人七零八落，論廟堂鉤心鬥角，論軍力十萬上下還是師老兵疲，如此韓國何堪一戰？遍數韓國，可入帳者只有軟硬兩則。硬者，定型之物也。有新鄭的王室府庫囤積與從南陽郡搬走的貴重財貨糧草，粗略估算也可支撐新鄭城防三五年。軟者，不定型之人心傳統也。韓人曾經剽悍善戰，兵器製作精良，曾以多次血戰而有「勁韓」之名。若是韓國民心民氣凝聚而一心死戰，再加上糧草財貨支撐，滅韓便是一場惡戰無疑。然則，這只能是韓國上下內外齊心協力時的一種可能。今日之韓國，廟堂齷齪民心渙散，連作為王族根基的南陽郡百姓都不願追隨韓王進入新鄭，韓國如何能激勵起朝野一心死戰？如此反覆盤算，嬴騰與一班大將都認定：韓國無大戰，沒勁！接到韓國備戰消息，嬴騰與將士們也是哈哈大笑，鳥！韓王給嚇得硬了！終歸可打一仗！

偏師大營歡騰整備之時，秦王特使到了。

特使是年輕的國尉丞蒙毅。蒙毅帶來了秦王嚴厲的王書：「對韓之戰務求成功，不得輕忽！韓既有心抗秦，惡戰亦未可知。內史嬴騰若無勝算，本王可增調蒙武部兵力為援，亦可換王翦銳師東來。究竟如何，與蒙毅論定後告。」

嬴騰這才悚然警悟，力邀蒙毅參與幕府會商。大將們一聽秦王王書，立時覺得此戰可能真有得大打，一片嗷嗷吼叫：「不能一戰滅韓，我等甘當軍法！」「內史軍也曾是主力銳師，不會辱沒秦軍！」「不成！一仗沒打，憑甚換兵換將！」嬴騰臉色一沉，拍案大喝道：「嚷嚷個鳥！都給我聽著：不想換兵換將，便得給我拿出個戰勝法子來上報秦王！一個一個說，各營備戰情勢如何？」大將們立時肅然，各營大將挨個稟報，倒是確實沒有輕慢戰事之象。最後議定戰事方略，大將們大多主張立即猛攻新鄭，趁韓軍尚未開出新鄭一舉滅韓！嬴騰已經冷靜了許多，對大將們再次申述了秦王務求首戰成功的苦心，提出「緩過冬季，明春攻韓」的方略。嬴騰對自己的方略這樣解說：「眼下行將入冬，冬季戰事歷來多有奇變，或風或雪，都可能使戰事時斷時續或中途生變。與其如此，不如養精蓄銳全力備戰，來春一鼓作氣下韓！再者，韓國廟堂齷齪軍民渙散，目下緊繃戰心，戰力必強。若假以時日，只能生變。新鄭城外大軍能否堅持一冬駐屯郊野，亦很難定。如此等等，明春作戰對我軍有利！」嬴騰末了叮囑道，「目下須得向將士申明：我軍之要，不能輕躁！不求個人軍功大小，務求滅韓成功！一切預備，以此為要！」

年輕的蒙毅當即對嬴騰肅然一躬：「將軍方略，正是秦王之心也。」

「秦王！也如此想？」嬴騰驚訝了。

「秦王有說，寧可緩戰，務求必成。」

蒙毅話音落點，舉帳大將吼出一聲秦王萬歲。此後蒙毅對將士們說，回咸陽覆命之後他將返回三川郡親自督運糧草輜重。大將們對這個年輕的國尉丞由衷地敬佩，又是一聲萬歲。如此方略一定，蒙毅立即連夜飛車回咸陽去了。

冬天過去，韓國的抗秦氣象隨著消融的冰雪流逝了。

先是駐屯新鄭郊野的八萬大軍士氣回落，吵吵嚷嚷要回新鄭窩冬。由於土地民眾流失太多，韓國這次緊急徵召只能以新鄭城內的國人為兵源。國人者，居住於國都之人也。在春秋時期，國人是相對於奴隸層的民眾身分稱謂。及至戰國，奴隸制滅亡，國人稱謂大大泛化，一國之民統曰國人。然在山東六國，尤其是韓國這種世族勢力強大的國家，但說國人，其實際所指，依然是居住於都城的工匠商賈士人世族。當然，也包括一些在都城居住的富裕農戶。此等人家各有生計來源，除了一些有志於功業的子弟從軍，大多都早早承接了傳統的家族謀生之道或特出技藝，入軍旅者極少。加之韓國多年積弱，軍爭敗績又太多，國人從軍更為罕見。此次兵臨城下國難在即，新鄭國人退無可退，只能罵罵咧咧又不清楚究竟罵誰地應召入軍。一股備戰救亡的颶風之下，新鄭國人在旬日之內竟有五七萬人穿戴起甲冑，做了武士。加上韓國僅存的八九萬兵馬，驟然有了一支十五六萬人的大軍。韓安君臣精神大振，立即下令申犺率八萬餘以新軍為主的兵馬開出新鄭，在洧水南岸駐紮，六萬餘原來的韓軍在城內布防。

自來城堡防禦戰的兵家準則，最佳方略無不是城外駐軍禦敵。真正退入城圈之內，憑藉城牆固守，任何時候都是萬不得已之法。韓國畢竟有大國兵爭根基，對諸如此類的基本法程還是上下都明白的。申犺大軍在洧水南岸駐紮，置新鄭於洧水之後，實際是為新鄭增加了兩道防線：一是大軍，二是洧水本身。大軍駐紮完成，申犺立即下令構筑壁壘做堅守準備。不到一個月，洧水河谷的各式壁壘已經修筑得頗具氣象了。然則，秦軍久久不來攻城，韓軍便漸漸鬆懈了。先是有流言說，秦國並不想真正滅韓，是韓王割了南陽郡又反悔想奪回南陽郡，這才要與秦軍開戰。立冬之後大雪飛揚，新入韓軍的國人子弟們不堪窩在冰天雪地苦耗，紛紛請命撤回新鄭來春再出。申犺猶豫不決，連續三次上書韓王，偏偏韓王不允，說要防止秦軍偷襲，不能撤軍。正在其時，新鄭的輜重輸送莫名其妙地中斷了，連續半月沒有取暖木炭，沒有糧草過河。新軍怨聲載道怒火流竄，成千上萬的兵士天天圍著幕府請命，大有譁變逃亡之勢。中犰大為恐慌，只好下令撤回。不料，回到城下之時，守軍大將卻說未奉王命不敢擅自開城。城外新軍頓時憤憤然罵聲四起，不斷有嗖嗖冷箭飛上箭樓。一番折騰直到天黑，城門才隆隆打開，新軍兵士才高聲怒罵著進入都城。中犰請見韓王，這才知道是丞相韓熙風寒臥病，沒有親自催促糧草輸送；輜重營幕府又莫名其妙失火兩次人心惶惶，故此一時中斷糧草輜重。

求援特使倒是穿梭般往來馳驅，然帶回的消息卻都令人窩心。

魏國距韓最近，受秦國威脅與韓國大同小異。故此，魏王吭吭哧哧不敢利落說話，只說魏國不會忘記三晉一家，該出兵時一定會出兵。趙國強兵，大將軍李牧卻被北路秦軍纏住不得脫身。趙王遷只說，一旦秦韓開戰，只要韓軍守得三個月，趙軍必來救援。燕國正在孜孜圖謀趙國，對韓國存亡根本不在心上。燕王喜幸災樂禍地回答韓國特使說，勁韓勁韓，沒勁道了？當年韓國若是多給燕國鐵料，使老夫也成勁燕，能有今日？等著，只要韓軍能勝秦國一戰，老夫立馬南下！齊國一片昇平奢靡，齊王建與那個老太后都說，秦齊有約，中原事不關齊國。此後，再不見韓國特使了。楚國倒是躍躍欲試，說可在秦韓交戰時從背後偷襲秦軍，然卻有兩個條件：一是韓國至少要守城三月拖住秦軍，否則楚軍無法偷襲；一是戰勝後將南陽郡、潁川郡一起割讓給楚國。氣得韓安連連大罵：「楚人可惡！可恨！秦國虎狼尚且只割我南陽，他竟連我潁川都要！如此盟約，何如滅了韓國！」

職司求援的年輕大臣張良只好勸韓王息怒，他再修書求援。

新軍騷動，求援無望，新鄭的抗秦呼聲一落千丈。

一個大雪紛飛的夜晚，段氏、公釐氏、俠氏三家大臣逃出新鄭，躲回自家封地去了。消息傳來，韓王安大為震怒，立即下令徹查並追捕三大臣。查勘的事實是：三家重金買通城門守軍，攜帶新鄭存儲的全部貴重財貨出逃，究竟是誰開的城門，始終查不清楚。追捕的結局是：風雪漫天路途難辨，連三隊車馬的影子也沒有看見。消息不脛而走，貴胄逃亡事件接二連三地發生了。追捕追不到，查勘查不清，件件都是沒著落。韓安長吁短歎，韓熙臥病不起，韓國廟堂連正常運轉也捉襟見肘了。

「天若滅韓，何使韓成大國！天不滅韓，何使新鄭一朝潰散！」

無論韓安在太廟如何哭泣悲號，最後一個春天都無可避免地來臨了。

韓王安九年春三月，內史嬴騰大軍終於對新鄭發動了猛攻。

冰雪消融，中犰全力湊集了五萬新老兵士再度開進洧水南岸老營地。壁壘尚未修復完畢，秦軍三萬步軍便在響徹原野的號角聲中排山倒海地壓了過來。連排強弩發出的長箭，密匝匝如暴風驟雨般傾瀉撲來。韓軍尚在壕溝中慌亂躲避，一輛輛壕溝車已轟隆隆壓上頭頂，劍盾長矛方陣立即黑森森壓來，步伐整肅如陣陣沉雷，三步一喊殺如山呼海嘯，其獰厲殺氣使韓軍還沒有躍出壕溝布陣，便全線崩潰了。

踏過韓軍營壘，秦國步軍沒有片刻停留。除了護衛兩座韓軍根本沒有想到去拆除的石橋，秦軍無數壕溝車一排排鋪進河水相連，一個時辰在洧水又架起了三道寬闊結實的浮橋。各種攻城的大型器械隆隆開過，堪堪展開在新鄭城下，步軍馬隊呼嘯而來，半日之間便將新鄭四門包圍起來。一陣淒厲的號角之後，內史嬴騰親自出馬向箭樓守軍喊話：「城頭將軍立報韓王：半個時辰之內，韓王若降，可保新鄭人人全生！韓王不降，秦軍立馬攻城！其時玉石俱焚，韓王咎由自取！」

城頭死一般沉寂，只有秦軍司馬高聲報時的吼聲森森迴盪。

就在內史嬴騰的攻城令旗高高舉起將要劈下的時刻，一面白旗在城頭豎起，新鄭南門隆隆洞開。韓王安素車出城，立在傘蓋之下捧著一方銅印，無可奈何地走了下來。嬴騰昂昂然接過銅印，高聲下令：「鐵騎城外紮營！步軍兩萬入城！」

三日之後，韓王安及韓國大臣被悉數押送咸陽。只有那個年輕的申徒張良，莫名其妙地逃走了。

旬日之後，內史嬴騰接到秦王特書：封存韓國府庫宮室，以待後書處置；嬴騰所部暫駐新鄭，等待接收官署開到。一月之後，秦國書告天下：韓國併入秦國，建立潁川郡。三月之後，韓王安被秦軍押送到毗鄰韓原的梁山囚居。十年之後山東六國逐一消失，韓安鬱悶死於梁山。這是後話。

西元前二三〇年春，秦王政十七年春，韓國正式滅亡。

七、忠直族群而術治亡國　天下異數哉

韓國興亡，是最為典型的戰國悖論之一。

從西元前四〇三年周威烈王「命」（正式承認）韓、魏、趙為諸侯，至西元前二三〇年韓亡，歷時一百七十三年。韓國先後十三位君主，其中後五任稱王，王國歷時一百零四年。史載，韓氏部族乃周武王後裔，遷入晉國後被封於韓原（註：《史記‧韓世家》「正義」引《括地志》云：「韓原在同州韓城縣西南八里。又在韓城縣南十八里，故古韓國也。」《古今地名》云：「韓武子食菜於韓原故城也。」今陝西韓城縣境內），遂以封地為姓，始有韓氏。由韓氏部族而諸侯，而戰國，漫長幾近千年的韓人部族歷史，有兩個樞紐期最值得關注。這兩個樞紐期，既奠定了韓國族性傳統，又隱藏了韓國興亡奧秘，不可不察也。

第一個樞紐期，春秋晉景公之世，韓氏部族奠定根基的韓厥時期。

其時，韓厥尚只是晉國的一個稍有實權而封地不多爵位不高的尋常大臣，與當時握晉國兵權的趙氏（趙盾、趙朔）、重臣魏氏（魏悼子、魏絳）之權勢封地尚不可同日而語。韓厥公直，明大義，在朝在野聲望甚佳。其時，晉國發生了權臣司寇屠岸賈藉晉靈公遇害而嫁禍趙盾、翦滅趙氏的重大事變。在這一重大事變中，韓厥主持公道，先力主趙盾無罪，後又保護了趙氏僅存的後裔，再後又力保

趙氏後裔重新得封，成為天下聞名的忠義之臣。這便是流傳千古的趙氏孤兒的故事。趙氏復出，屠岸氏滅亡，韓厥擢升晉國六卿之一，並與趙氏結成了堅實的政治同盟。韓氏地位一舉奠定，遂成晉國六大部族之一。

韓厥此舉的意義，司馬遷作了最充分的估價：「韓厥……此天下之陰德也！韓氏之功，於晉未睹其大者也（在晉國還沒有看到比韓氏更大的功勞）！然（後）與趙魏終為諸侯十餘世，宜乎哉！」太史公將韓之崛起歸功於韓氏救趙之陰德所致，時論也，姑且不計。然則，太史公認定韓氏功勳是晉國諸族中最大的，卻不能不說有著一定的道理。韓厥所為的久遠影響，其後日漸清晰：韓氏部族從此成為「戰國三晉」（韓趙魏）之盟的發端者，而後三家結盟誅滅異己，漸漸把持了晉國，又終於瓜分了晉國。之前事實是，春秋之世晉國為諸侯最大，大權臣至少六家；及至春秋末期韓趙魏三家勢成之時，晉國勢力最大的還是智氏部族。韓趙魏三族之所以能同心誅滅智氏，其功蓋起於韓氏凝聚三家也。而韓氏能凝聚三家結盟，其源皆在先祖的道義聲望，此所謂德昭天下之功也。此後，韓氏節烈勁直遂成為部族傳統，忠義之行為朝野推崇，以存趙之恩，以聚盟之功，對魏趙兩大國始終保持著源遠流長的道義優勢。這也是春秋末期乃至戰國初期「三晉」相對和諧，並多能一致對外的根基所在，也是天下立起「三晉一家」口碑的由來。

這個樞紐期的長期意義在於，它奠定了韓氏族群與韓國朝野的風習稟性，也賦予了韓國在戰國初期以強勁的擴張活力。《史記・貨殖列傳》記載韓國重地穎川、南陽之民眾風習云：「穎川、南陽，夏人之居也。政尚忠樸，猶有先王之遺風。穎川敦願……南陽任俠。故至今謂之夏人。」太史公將韓國民風之源歸於夏人遺風，應該說有失偏頗。戰國大爭之世，一國主體族群之風習，對國人風習有著決定性的影響。若無韓氏族群之傳統及其所信奉的行為準則，作為韓國腹地的南陽、穎川兩郡不會有如此強悍忠直的民風。

第二個樞紐期，是韓昭侯申不害變法時期。

韓氏立國之後多有征戰，最大的戰績是吞滅了春秋小霸之一的鄭國，遷都鄭城，定名為新鄭。此後魏國在李悝變法之後迅速強大，成為戰國初期的天下霸主。三晉相鄰，魏國多攻趙韓兩國，三晉衝突驟然加劇。當此之時，韓國已經窮弱，在位的韓昭侯起用京人（**註：京，戰國地名，故鄭國之地，今滎陽東南地帶**）申不害發動了變法。申不害是法家術派名士，是術治派的開創者。術治而能歸於法家，原因在申不害的術治以承認國法為前提，以力行變法為己任。在韓非將「術治」正式歸併為法家三治（勢治、法治、術治）之前，術治派只是被天下士人看作法家而已。究其實，術治派與當時真正的法家主流派商鞅學說，還是有尖銳衝突與重大分歧的。分歧之根本，法家主流主張唯法是從，術治派主張以實現術治為變法核心。這種分歧，在秦韓兩國的變法實踐中鮮明地體現了出來。

《申子》云：「申不害教昭侯以馭臣下之術。」

《史記‧韓世家》載：「申不害相韓，修術行道，國內以治，諸侯不來侵伐。」

術治者何？督察臣下之法也。究其實，是整肅吏治並保持吏治清明的方法手段也。所以名之以「術」，一則在於它是掌握於君主之手的一套祕而不宣的查核方法，二則在於熟練有效地運用權術需要很高的技巧，故此需要傳授修習。就其本源而言，術治的理念根基發自吏治的腐敗與難以查究，且認定吏治清明是國家富強民眾安定的根本。如此理念並無不當。此間要害是，術治派見諸於變法實踐之後的扭曲變形。所謂扭曲，是祕而不宣的種種權術一旦當作治理國家的主要手段普遍實施，必然扭曲既定法度，使國家法制名存實亡。所謂變形，是權術一旦普遍化，國家權力的運行法則，規定社會生活的種種法律，會完全淹沒在祕密權術之中，整個國家的治理都因權術的風靡而在事實上變形為一種權謀操控。

申不害的悲劇在此，術治悲劇在此，韓國之悲劇亦在此。

申不害主政幾近二十年，術治大大膨脹。依靠種種祕密手段察核官吏的權術，迅速擴張為彌漫朝野的惡風。由是日久，君臣爾虞我詐，官場鉤心鬥角，上下互相窺視，所有各方都在黑暗中摸索，人人自危個個不寧，豈能有心務實正幹？權術被奉為圭臬，謀人被奉為才具，陰謀被奉為智慧，自保被奉為明智。所有有利於凝聚人心激勵士氣奮發有為的可貴品格，都在權術之風中惡化為老實無能而終遭唾棄；所有卑鄙齷齪的手段技巧，都被權術之風推崇為精明能事；所有大義節操赴險救難的大智大勇，都被權術之風矮化為迂闊迂腐。一言以蔽之，權術之風彌漫的結果，使從政者只將全身自保視為最高目標，將一己結局視為最高利益，以國家興亡為己任而敢於犧牲的高貴品格蕩然無存！

這個樞紐期，在韓國歷史上具有兩個極端的意義：其一，它使韓國吏治整肅一時強盛而獲勁韓之名，各大戰國不敢侵犯，一改屈辱無以伸展之局；其二，它全面摧毀了韓氏族群賴以立國的道德基礎，打開了人性醜惡的閘門，使一個以忠直品性著稱於天下的族群，墮入了最為黑暗的內耗深淵，由廟堂而官場而民間，節烈勁直之風不復見矣！兩大樞紐期呈現出的歷史足跡是：韓國由忠直信義之邦，演變為權術算計之邦，邦國賴以凝聚臣民的道德防線蕩然無存。

然則，譬如一個老實人學壞卻仍然帶有老實人的痕跡一樣，韓國由忠直信義之邦變為權術算計之邦，也同樣帶有族群舊有稟性的底色。這種不能盡脫舊有底色的現實表現是：信奉權術很虔誠，實施權術卻又很笨拙。信奉權術之虔誠，連權術賴以存身的強勢根基也不再追求。由此，權術彌漫於內政邦交之道，盡顯笨拙軟弱之特質。由此，這種不謀自身強大而篤信權謀存身的立國之道，屢屢遭遇滑稽破產，成為戰國時代獨有的政治笑柄。韓國的權謀歷史反覆證明：無論多麼高明的權術，只要脫離實力，只能是風中飄舞的雕蟲小技。一隻雞蛋無論以多麼炫目的花式碰向石頭，結果都只能是雞蛋的破碎。

韓國的興亡，猶如一則古老的政治寓言，其指向之深邃值得永遠深思。

韓昭侯申不害的短暫強盛之後，韓國急速衰落。其最直接的原因，是韓國再也沒有了錚錚陽謀的變法強國精神。戰國中後期，韓國淪落為最為滑稽荒誕的術治之邦。韓國廟堂君臣的全副身心，始終都在避禍謀人的算計之中。在此目標之下，韓國接踵推出了一個又一個令人啼笑皆非的奇謀：主動出讓上黨、派遣水工疲秦、增兵肥周退秦、韓非兵家疲秦，等等，其風熾烈，連韓非這樣的大師也迫不得已而捲入，誠匪夷所思也！韓國一次又一次地搬起石頭砸自己腳，直到將自己狠狠砸倒。其荒誕，其可笑，千古之下無可置評也。

忠直立國而術治亡國，韓國不亦悲哉！

韓國的權術惡風，也給歷史留下了兩個奇特的印痕：一個是韓非，將術治堂而皇之地歸入法家體系，被後人稱為法家之集大成者；一個是張良，歷經幾代亂世，而終以權謀之道實現了全身自保的術道最高目標。對此兩人原本無可厚非，然若將這兩個人物與其生根的土壤聯繫起來，我們會立即嗅到一種特異的氣息。

天地大陽而皇皇光明的戰國潮流，在韓國生成了第一個黑洞。

韓國之亡，亡於術治也。蓋法家三治，勢治、術治皆毒瘤也。依賴勢治，必導致絕對君權專制，實同人治也。依賴術治，必導致陰謀叢生，實同內耗也。唯正宗法治行於秦國而大成，法治之為治國正道可見也。此千古興亡之鑒戒，不可不察。秦韓同時變法，韓亡而秦興，法治、術治之不可同日而語，得以明證也！

第六章 亂政亡趙

一、秦國朝野發力　謀定對趙新方略

滅韓快捷利落，秦國朝野卻淡然處之。

多年下來，老秦人對韓魏兩國漸漸沒了興致。韓國君臣被押進咸陽的那日，南門外車馬行人如常，除了六國商旅百感交集地站在道邊遙遙觀望，老秦人連看稀奇的勁頭都提不起來。滅韓消息一傳開，秦人的奔相走告別有一番氣象。無論士農工商無分酒肆田疇，但凡相遇聚首，十有八九都是各自會心地笑呵呵一句，拾掇了一個；而後便揮舞著大拳頭咬牙切齒，狗日的等著，這回教他永世趴下！其中意蘊誰都明白，前一笑說得是韓國，後一怒說的是趙國。秦國朝野人人都有預感，下一個准定是對老冤家趙國開戰。

長平大戰後，秦趙之間遂成不共戴天。其後數十年，趙軍漸漸復原，對秦軍戰績勝多敗少。儘管趙軍之勝都是防禦性小勝，秦人依然怒火難消。尤其近兩年之內，秦國又遭兩次大敗。儘管戰敗的秦軍是桓齕老軍而不是秦軍主力，老秦人也是大覺蒙羞。大爭天下，戰場勝敗是硬邦邦的強弱分野。秦軍第一強乃天下公認，卻在趙軍馬前連遭敗績，老秦人如何不憤憤然？秦人族群之特異，越挫越奮，越敗越戰。這種部族稟性，曾經在秦獻公時期發揮到極致。其時秦以窮弱之國成軍二十餘萬，死死咬住強大的魏國狠打進攻戰，使強大的魏國很是狼狽了一陣。若非那個拼死要收回河西失地的秦獻公突然死於戰陣之上，秦國就此徹底打光打爛亦未可知。稟性風尚所致，立國傳統所在，秦軍接連被趙軍擊敗，老秦人焉得不雄心陡起！由此，一股與趙軍再次大決的心氣濃濃地醞釀生成，進而彌漫了秦國朝野。是秦人都看得清楚：滅韓之戰不出主力大軍，為的便是以主力大軍對趙大決。而今韓國已滅，秦軍銳師但出，只能是對趙大戰。

正當此時，秦國陡起波瀾。

春夏之交，滅韓消息堪堪傳開，秦國隴西、北地兩郡突發地動（註：地動，地震的古代說法，史書多有記載）！其後，兩郡又逢連月大旱，夏秋兩料不收，田野荒蕪牧場凋敝，牛羊馬群死傷無算，大隊饑民連綿不斷地流入關中。與此同時，秦王嬴政的祖母華陽太后也不期然病逝了。隨著突發災難，秦國情勢頓時為之一變。其間真正具有衝擊力的，與其說是天地災難，毋寧說是洶洶流言。隨著饑民流入，發自山東的流言鋪天蓋地傳來：秦國欲吞天下，此上天之報應也！秦王暴戾，逼死太后，秦若再興兵滅國，必遭滅頂之災！隴西地裂三百丈，秦人地脈已斷，秦人將絕矣！秦國已成危邦，將大肆殺戮在秦山東人氏以洩憤！如此等等，不一而足，災情被誇大得離奇恐怖，各種有關天象的預言、占卜、卦象、童謠紛紛流傳，言之鑿鑿。大咸陽的山東商賈們開始紛紛離秦，朝野人心一時惶惶不安。

「欲以卑劣流言挽回頹勢，山東六國異想天開也！」

一則則流言湧到案頭，秦王嬴政不禁一陣大笑。

李斯極富理亂之能，此時頗為冷靜。先與丞相王綰會商，再邀尉繚計議，而後三人共同上書秦王：請暫緩對趙戰事，先行穩妥處置不期之災，而後再慎謀戰事方略。秦王一番思忖，立即召集王綰、李斯、尉繚、鄭國等幾位在國大臣會商救災對策。就實而論，其時關中大富，蜀郡大富，秦擁兩個天府之國，財貨糧草充盈，兩郡災難並不能削弱秦國實力，饑民也不會給秦國腹地帶來多大衝擊。然則，若無大張旗鼓的應對之策，秦國局勢仍然很有可能被流言攪亂。一番會商後，嬴政君臣迅速做出了三則決斷：其一，基於秦法治災不救災之傳統國策，特許隴西、北地兩郡徵發饑民修筑就近長城，糧草均由郡縣府庫支出，一俟旱象解除民即回鄉；流入關中之饑民，一律進入南山狩獵採藥自救，災後得回鄉耕耘放牧。其二，華陽太后高年病逝，依古老風習作喜喪待之，公告太后病情而後隆重發喪，特許國人不禁婚樂諸事。其三，在秦六國商賈、游士與移民去留自便，不加任何干預。朝會一散，秦王王書與丞相府令連番飛抵各郡縣，同時在咸陽四門張掛公告。秦國法度森嚴令行禁止，書、令一到，上下所有官署立即實施。如此未及一月，突發災情與惶惶人心很快穩定下來，山東商旅與游士移民也大都留了下來。

流火七月，嬴政下書在章臺舉行避暑朝會，專一會議對趙方略。

李斯總攬會議籌劃。慮及對趙戰事干係重大，李斯請准秦王，將與會大臣予以擴展。在外大臣除了召回王翦、蒙恬、頓弱、姚賈四人，還特意召回了六員新軍大將：前將軍楊端和、前軍主將王賁、騎兵主將羌瘣、左軍主將李信、材官將軍章邯、輜重將軍馬興。六將之外，再特召國尉丞蒙毅與會。

上述六將軍雖然年輕，但都是秦軍嶄露頭角的主力大將，後必是滅國大戰的各方統帥。前將軍楊端和持重縝密，是總司前方各軍的大將。前軍主將王賁是上將軍王翦的長子，少年從軍膽略過人，憑軍功自百夫長千夫長而一級級成為謀勇兼備的將才，軍中呼為小白起，歷來是一無爭議的先鋒大將。羌瘣乃林胡族人，是入秦胡人中罕見的騎兵戰將，熟悉李牧邊軍的騎兵戰法，所部由入秦胡人組成的三萬飛騎是這次攻趙的預定主力之一。左軍主將李信，曾任桓齕幕府的中軍司馬（註：中軍司馬，戰國大軍統帥部之武官，軍中司馬之首，職司圖籍號令，接近於後世的參謀長），多讀兵書而富有膽識謀略，崇尚當年名將司馬錯之奇襲戰法，常有出奇謀劃，是秦軍極富特質的大將。材官將軍章邯，執掌全軍大型攻防器械之協同作戰，精通各類大型兵器，戰場機變猛勇更是全軍公認。對趙大戰多攻堅，章邯軍是秦軍攻堅優勢之根基，不可或缺。輜重營大將馬興，是趙國馬服君趙奢之後裔。長平大戰後，趙氏部族因趙括大敗而獲罪於趙國，馬服君之部分族人祕密逃入秦國而改姓馬氏。馬興少年入軍，頗具先祖軍政兩才之能，遂被尉繚、蒙武舉薦為總司糧草輜重的大將（註：歷史學家馬非百之資料集《秦始皇帝傳》引《廣韻》，言趙奢後裔滅趙後入秦，為扶風馬氏之初祖。馬興後來職任內史郡守。另有史料記載，馬興後來封侯。依秦國法度，馬氏若無大功，不能居此要職高爵。故，馬氏當在滅六國之時有顯著戰功）。綜合言之，此六人之中，前四人是對趙戰事主力；李信與會，重其戰事謀劃；馬興與會，則因牽涉全軍後援。國尉丞蒙毅與會，則因尉繚多病力有不逮，國尉府事務實施皆在其身。

「此次朝會只一事：議定對趙方略。程序鋪排，但憑長史。」

朝會首日，嬴政只一句話明確了宗旨，之後靠著王案一副只聽不說的神態。章臺宮籠罩在遮天蔽日的山林之中，雖是酷暑卻頗見清涼。大臣們人人一身輕軟麻布袍，不著汗跡舒適得宜，神色卻都分外地肅然凝重。秦王只聽不說，預定程序又由李斯主持，這是秦國朝會很少見的情形，大臣將軍們不能不體察到一種無形的沉重壓力。

「君上之意，欲我等盡其所言也。」李斯對著大臣們一拱手道，「對趙方略之成敗，秦一天下之要害也。唯其如此，對趙之戰便要先明大勢。今次朝會第一事，請上卿頓弱備細申明趙國政情。」

話音落點，大臣將軍們的目光一齊聚向了這位名家上卿。在秦國歷史上，專職邦交而居上卿、上大夫高位者，唯頓弱、姚賈兩人也。東出以來，姚賈在滅韓與對魏邦交中充分展現了斡旋才具及其伐交威力，已經使秦國朝野刮目相看。而頓弱北上趙燕三年，金錢財貨支出巨大，兩國政局卻並無顛覆性變化，不知情者已經淡忘了頓弱，知情大臣們則多少有了一些疑慮。目下要頓弱介紹趙國政情，大臣將軍們自然分外關注。

「君上，列位，頓弱北上三年，路途遙遠，消息稀少，趙燕似乎依然如故，頓弱伐交似乎無甚成效。如此者，表象也。」頓弱平靜從容的笑語幾句，語氣轉為凝重道，「然則就實而論，趙燕兩國根基已經大為鬆動：君王驕奢淫逸，奸佞當道廟堂，才具之士貶黜，大將岌岌可危。今日先說趙國……」頓弱侃侃道來，一氣說了整整兩個時辰，所說趙國情勢大大出乎大臣將軍們的意料。

在秦國朝野的目光中，趙國這個死敵已經從長平大戰後的半昏迷狀態復甦過來，已經恢復了強大的實力，否則，如何能數次大敗燕軍，又兩次大敗秦軍？頓弱卻說，趙國近年的戰勝之威只是最後的迴光返照，事實上趙國在長平大戰後走的是一條下坡路，而且下滑極快。頓弱的事實依據主要是兩則：其一，趙孝成王之後，趙國醉心於恢復軍威，第二次變法隨著平原君藺相如等大臣或病故或失勢，人亡政息煙消雲散；其二，趙國吏治大為倒退，孝成王時期的人才濟濟之氣象已經大為凋敝，官場腐敗，陰謀叢生，能臣名將再也不能占據廟堂主流。而這種種變化，都是從趙悼襄王開始的。而後，頓弱備細敘說了目下趙國的君臣政情，斷言趙國已經是病入膏肓。末了，頓弱奮然道：「趙國已經是強弩之末，放開手腳打！只要秦國能聚其全力雷霆一擊，滅趙何難哉！」

頓弱首日評說趙國，使章臺朝會繃緊的氣氛輕鬆活躍起來。當夜，王翦蒙恬與一班大將聚集，做了一次小幕府會商，立即商定了一個新的攻趙方略。次日早間朝會，該當王翦稟報對趙戰事準備。王翦霍然起身，指點著立起的高大板圖道：「我軍原定攻趙之方略是：集中全部四十萬主力大軍，從河內安陽北上，趙軍主力若來，我則大決趙軍；趙軍主力不來，我則與趙軍作一城一地之爭奪，逐一攻克趙國城池。所以如此，在於防備趙國上下一心，主力大軍全力壓來之時，我軍能立即與趙軍大決。也就是說，原本方略為我軍力戰趙軍，徹底摧毀趙軍戰力，而最終滅趙。對此，我軍歷經多年精心整訓，有力戰趙軍而獲勝之成算！」

「上將軍是說，目下有新方略了？」尉繚頗有興致地問了一句。

「正是。」王翦目光炯炯道，「既然趙國根基不堅，我軍便可多頭分進而成疑兵之勢，以使趙國君臣難以決斷應敵方向。其時，趙國廟堂若生意外之變，我軍或可不經激戰而下趙。畢竟，一國滅六國大戰多多，秦軍以最少傷亡獲勝為上策。」

「如何多頭分兵？」尉繚大有興致，撐著竹杖走到了板圖前。

「三路進兵：一軍以上郡太原郡為根基，東進井陘關而後南下，威逼邯鄲背後的巨鹿要塞，直逼趙軍主力；一軍出上黨，走秦軍攻趙老路，直逼邯鄲西大門武安；一軍以河內為根基，北上正面直攻邯鄲，使趙國廟堂恐慌。」

「采！」頓弱高聲一喝，引來滿堂笑聲。

頓弱高聲道：「其時，趙王遷必嚴令李牧南下救援邯鄲！李牧不能來，趙國君臣便要大生嫌隙。老夫再從中斡旋，趙國想不崩塌，也由不得他！」

「上將軍慮及政情，因時因勢而變戰事謀劃，老夫贊同！」尉繚很是興奮。

「將軍們以為如何？」嬴政問了一句。

「一戰滅趙！雪我軍恥！」大將們齊聲一吼。

一番議論，將軍們又逐一稟報了各軍備戰情形及軍兵求戰之心。各方無異議，攻趙方略便明確下來。第三日會商大軍後援，議定了軍政兩方協同方略：由丞相王綰與國尉尉繚總司糧草輜重民力之籌劃，由馬興、蒙毅職司運輸護送，務求糧草器械及隨軍徭役源源不斷。第四日會商先期伐交，議定：頓弱以秦王特使之身立即赴趙，務求趙國朝局有變；姚賈人馬轉向魏國，以為下一步鋪墊。

章臺朝會告結，秦國上下立即高速運轉起來。一秋一冬，糧草輜重源源不斷地運往關外基地及各軍將要經過的沿途糧倉。秦王政十八年（西元前二二九年）開春時節，秦軍諸般準備就緒，大軍隆隆開出函谷關向趙國進逼。

二、趙遷郭開　戰國之世最為荒誕的君臣組合

春草新綠，邯鄲王城的林下草地上一片喧譁熙攘。

一個黝黑精悍的錦衣男子散髮赤膊，將一個又一個高大肥白金髮紅衣的胡女連番舉起，又遠遠拋出。一團團紅影在草地翻滾，一聲聲尖叫驚恐萬分。男子忘情地大笑著，四周的內侍侍女們交股摟抱拍掌喝采，幾若鬧市博戲。正在熱鬧時分，一個紅衣高冠的老人一溜碎步跑來，膠成一團的內侍侍女們連忙散開，恭敬地讓出一條甬道。高冠老者氣喘噓噓跑到散髮赤膊男子身邊，一陣急促耳語。赤膊男子驚喜道：「果真有如此奇人？」鬚髮灰白的高冠老人莊重一躬道：「天賜奇人於我王，國之大幸也！」赤膊男子哈哈大笑道：「好！三日之後試試手！」笑聲未落，人圈外有急銳聲音高喊：「大將軍特急軍報！」赤膊男子尚在愣怔間，一髒污不堪的甲冑之士已經飛步搶到面前，正欲開口，散髮赤膊男子猛然一笑道：「如此髒臉，教哪個女人抹灰了？」內侍侍女們大笑大嚷道：「誰抹他灰，誰就他娘！」甲冑騎士臉色驟然脹紅，陡地喝道：「大將軍急報！秦國大軍正向趙國開進！」

「你，你說甚？」赤膊男子的嬉笑不甘心地殘留在嘴角。

「韓國已滅！秦國大軍三路進逼，大將軍請舉朝會舉國應敵！」

「老上卿，如何處置了？」赤膊男子向高冠者冷冷一瞥。

「我王勿憂，老臣已妥為處置，我王盡可安之若素。」

「好！老上卿該當褒獎！」赤膊男子也不問如何處置，立即滿臉喜色。

「臣唯盡忠，不敢求賞。」高冠老者一臉敦誠忠厚。

赤膊男子回身對髒污不堪的甲士一揮手道：「你回報大將軍：本王自有應敵之法，他只防住匈奴，莫操他心。」甲冑信使正要說話，赤膊男子已經哈哈大笑著撲向胡女群中奮勇施展去了。信使將軍木然呆立，不知所以。鬚髮灰白的高冠老人走過來殷殷笑道：「將軍一路辛勞，老夫安置將軍到胡人酒肆如何？將軍歇息旬日，必能虎威大振，也不枉回邯鄲一趟也。」信使將軍臉色陡地一沉，一句話不說轉身大步而去。高冠老人凝視著信使背影，一陣輕蔑的冷笑，也匆匆出了王城。

這個黝黑精悍散髮赤膊的男子，是目下趙國國王趙遷。鬚髮灰白的紅衣高冠老人，是目下趙國的秉政上卿郭開。

一國君臣如此輕慢於強敵壓境，戰國之世絕無僅有。

諺云：冰凍三尺，非一日之寒。

趙國君臣荒政，自然也不是一夜間事。

趙武靈王大變法之後，趙國崛起為唯一能與秦國抗衡的山東強國。從此，趙國成為山東六國的抗秦軸心，也成為山東諸侯的安危屏障。其後兩代，惠文王趙何在位二十八年，孝成王趙丹在位二十一年，趙國以強國實力與秦國生死周旋了兩代近五十年。在此近五十年裡，趙國雖時有失誤，然總體言之，尚算根基穩固人才濟濟，朝野同心，一片勃勃生機。唯其如此，趙國在孝成王五年開始的長平大戰慘敗後，尚能扭轉危局，並很快恢復軍力，發動六國合縱攻秦，在岌岌可危的崩潰邊緣避免了滅亡的命運。其後，秦國進入秦昭襄王晚年與秦孝文王、秦莊襄王三代頻繁交接的低谷時期。秦趙俱各乏力，趙國遂與秦國保持了二十餘年的平衡對峙。

孝成王趙丹病逝之後，秦趙均勢開始傾斜，趙國開始走下坡路了。

趙國轉折的樞紐，發生在悼襄王趙偃繼位的九年裡。

趙偃令趙國陷入亂政，起因與趙武靈王有著驚人的相似。武靈王因鍾愛後妻吳娃，廢太子（長子）趙章，改立吳娃之子趙何為太子，導致一場慘烈兵變，自己也遭兵變之困而活活餓死。悼襄王趙偃則癡心於一個邯鄲倡女，衍生了又一則廢立太子進而亂政的荒誕故事。

倡者何？戰國民間歌舞人之統稱也。此等歌女舞女，並非王城、官署的官養歌女舞女，而是專操歌舞為生涯的自由歌舞者，時人呼為市倡。戰國大破大立之世，禮崩樂壞，風習奔放。趙國與諸胡多有淵源，胡服騎射之後胡風尤烈，男女性事開放尤過列國。此等國風之下，邯鄲市井衍生出兩種倡女，一曰賣身倡，一曰歌舞倡。歌舞倡與賣身倡之實際區別，在於是否以賣身為業，而不在是否賣身。也就是說，賣身倡常操此道謀生，時人呼為業娼。歌舞倡則以賣歌賣舞為業，除非遇到異常人物，尋常極少賣身，此所謂待價而沽也。是故，當世諺云：倡娼不分，倡通娼，業道通同。大約從齊國管仲的綠樓官妓必善歌舞開始，歌舞倡與賣身娼的界限已經預示著必然將被打破了。

長平大戰後，趙孝成王一改豪放豁達的政風，戒慎戒懼如履薄冰，政事大多親自操持。為此，已經早早立為太子的趙偃自覺無所事事，心有鬱悶，索性不問國事而多涉市井玩樂，對外則宣稱自己養性修學。上有所好，下必甚焉。太子趙偃的祕密喜好，自然會招來各色專一以附庸王室、權臣為生涯的吏士門客。在趙偃的神祕遊樂中，漸漸地浮現出兩個可意心腹，一曰郭開，一曰韓倉。郭開原是王室家令（註：家令，戰國趙國王室官員，掌管國王家務；貴族大臣的家務總管為家老）屬下的一名計財小吏，因其精明勤謹，被家令派為太子府做計財執事。韓倉原本是韓國南陽郡一個市井少年，被選入韓國王宮做內侍，當年尚未淨身，卻逢秦軍猛攻南陽，遂趁亂逃亡邯鄲，混跡市倡行做了一個樂工。其時，趙王家令正在為太子趙偃物色料理起居的貼身隨員，恰在一家歌舞坊發現了俊美伶俐的韓倉，遂買為官僕，教習諸般宮廷禮儀三個月後送入太子府試用。韓倉是奇特，男身偏有女心，一襲趙國特有的宮廷紅衣上身，覺得自己便是一個窈窕少女，婀婀娜娜卻又利落仔細，將太子趙偃服侍得無微不至，三個月後便除了僕人之身，做了太子府執事。郭開、韓倉都有一樣長處，揣摩趙偃心事喜好總能恰到好處。時日不長，兩人先後成為趙偃須臾不能離開的左右心腹。郭開熟悉邯鄲市井，韓倉精於貼身侍弄，一內一外揮灑自如，趙偃不亦樂乎。

一日，趙偃得聞郭開密報：邯鄲新出一歌伎，號為轉胡仙，其美妙無以言傳。趙偃心下大動，立即改裝，帶著郭開韓倉欣然前往。一會之下，趙偃心迷神搖讚賞不止，當即密囑郭開以巨金祕密買回了這個轉胡仙。

轉胡者，華夏人與胡人通婚所生也。因其相貌兼具胡人與華夏特色，故曰轉胡。這個號曰轉胡仙的女子委實奇特：似胡非胡，似中非中，一頭瀑布般長髮非紅非黃又非黑，似紅似黃又似黑，鼻梁挺直肌膚雪白，眼窩半深，兩汪秋水波光盈盈欲訴欲泣，更兼歌喉婉轉舞姿妙曼，出市一年便在邯鄲倡行聲名大起，被一班風流貴冑奉為仙子。

趙偃對女人很是挑剔，尤其在韓倉侍楊之後，對女子幾乎沒了興致。買回轉胡仙之本意，也只在稀奇，只在品咂玩弄「轉胡」趣味而已，根本沒有想到要將其作為嬪妃。故，轉胡仙進入王城之時，其公開身分只是白身舞女一個，名義歸屬王室歌舞坊，沒有任何女爵封號。唯其如此，太子府上下也都只將轉胡仙看作太子一個喜好玩物而已，誰也不曾上心，更沒有人諫阻或稟報趙孝成王。

誰料，這轉胡倡對任何名號爵位都渾然不作計較，似乎只專一一個天生尤物，只以侍奉太子為樂事。轉胡仙生得姣好豐腴，身段軟得百折千回，臥榻間熱辣得百無禁忌。趙偃得之初夜，便覺其與出身貴冑的一班夫人嬪妃大異其趣。由是大樂，久而更知其味。從此，對女人很是挑剔的趙偃，竟只與轉胡仙胡天胡地不知所以。韓倉每日進出太子寢室，清理諸般污穢痕跡，心頭怦怦大動，竟於一夜侍寢時胡天胡地捲入了進去，將自己肉身也做了亦男亦女可進可退的器物交給了趙偃蹂躪。從此，趙偃或兩人或三人沉溺臥榻，竟將一班夫人嬪妃看得糞土一般了。

倏忽不到三月，趙偃一改初衷，將轉胡仙一舉立作了良人。良人，是僅次於太子夫人、美人的第三等高爵嬪妃。依據傳統，太子的前三等妻妾只有出身貴冑的女子才能獲得。消息傳出，大臣們始而一片驚愕，卻終究沒有人認真理論，趙孝成王也沒有認真追究。畢竟國風奔放，一個老太子納一市倡，給個名號，雖頗有輕賤之嫌，誰又能如何計較？

一年之後，轉胡倡生下了一個兒子，取名趙遷。

趙偃愛倡入骨。這個生下來又哭又笑的兒子，趙偃看作是天賦異稟，先後三次上書父王：請改立正妻，以「轉胡良人」為太子夫人。其時，趙孝成王體弱多病，神志卻很是清醒，心知趙偃已經是年近四十的老太子，身邊業已繞成一股勢力，自己晚年很難再有時日改變朝局；若因太子無行而重新廢立，趙國很可能陷入難以預料的亂局危局。反覆思忖，孝成王終以先祖武靈王為鑒戒，決意不在晚年亂政。決斷之下，孝成王召來趙偃，一番痛心告誡之後，下令趙偃立定了一則誓約：日後得以原太子夫人所生嫡長子趙嘉為太子，不得立新人之子為太子。趙偃毫不猶豫地答應下來，誓約也毫不猶豫地立了。

於是，這個轉胡倡成了名正言順的太子正妻。

其時整個趙國，只有郭開知道其中齷齪。一日，郭開藉理財之名，將韓倉喚進太子府石庫密室，嚴厲追問轉胡倡生子究竟是誰的兒子？韓倉滿頭大汗滿臉通紅，嘟囔一句太子的兒子自然是太子的了，吭哧著不再說話。郭開大怒，舉出兩名侍女人證，威脅要立即向趙王舉發韓倉。韓倉大為驚恐，長跪在冰冷的石板地上抱住了郭開的大腿嚶嚶抽泣說，只要不向趙王舉發，他終生便是郭開的兒子，任憑玩弄差遣。生平不近女色的郭開，狂暴地在冰冷的石板地上貫穿了韓倉女兒般的身體，還要韓倉咬破食指寫下了一幅白帛血誓：自認郭開為假父，終生唯郭開之命是從！從此，郭開與韓倉結成了肉身死黨，開始了常人難以想像的宮廷生涯。

郭開謀劃的第一步，是要韓倉斡旋趙偃，請以郭開為公子遷老師。

這個郭開稟性特異，不近女色，不貪錢財，天生敦厚相貌，善於結交上下同僚，在太子府口碑極好。郭開少學頗有功底，入王城為吏後更是處處揣摩學問，對弄人弄權術更是獨有癖好孜孜不倦。征服韓倉之後，郭開嘗擁韓倉之身自詡笑云：「弄人之樂，弄權之味，老夫獨得其髓也！」幾次密室赤身相對，郭開對韓倉條分縷析地拆解王室機密與未來對策。韓倉對郭開佩服得五體投地，決意追隨郭開體味一番自己從未咂摸過的權力滋味。於是，韓倉再與趙偃獨處時，以獨有的柔膩向趙偃訴說郭開的種種才幹，悄無聲息地誘導趙偃將公子遷交給郭開發蒙。趙偃原本便對郭開信任有加，只不知郭開還頗有學問功底，聽韓倉幾番娓娓話語，心下已經對郭開中意了。一月之後，趙偃與郭開做了一次密談，聽郭開備細敘說了所讀典籍以及對趙國廟堂格局的剖析，對郭開大為讚賞，立即下令將公子趙遷交郭開發蒙。趙偃拍案說，公子加冠之前若能熟誦典籍，足下做太子傅也非難事！

誰也沒想到，三年方過，公子趙遷竟神奇地通誦《詩》《書》，一時獲神童之名。由是，郭開一舉晉升中府丞，總掌王室府庫內侍，並得兼領公子師。韓倉沒有實職，卻也成了太子舍人（註：舍人，戰國時權臣大官的近侍人物，俸祿不定，趙國藺相如、毛遂都曾為舍人），在邯鄲宮廷炙手可熱。

未過幾年，趙孝成王病逝，趙偃即位做了趙王。

這是西元前二四四年，正是少年嬴政即位秦王的第三年。

趙偃一即位，便要立即下令擢升郭開韓倉等一班心腹為大臣。郭開卻及時諫阻，勸趙偃先做幾件大事站穩根基。趙偃問，何事為大？郭開答曰，戰國之世，戰事最大。趙偃問，戰事雖大，從何著手？郭開答曰，對秦戰事風險太大，莫如對燕，但能大勝，我王方可站穩根基放開手腳。

趙偃聽從了郭開對策，停止擢升心腹近臣，下書起用邊軍大將李牧、兵家之士龐煖對燕國大舉進攻。趙國素有兩仇，一為秦國，一為燕國。趙秦之仇在爭霸，趙燕之仇在爭氣。燕國本非趙國對手，卻偏偏嫉恨趙國，每每在趙國吃緊的當口在背後襲擊，不知多少次使趙國陷入腹背受敵之危局。尤其在戰國中期的合縱連橫中，燕國非但幾次成為秦國的結盟國而對趙產生威脅，且中原戰國只要與趙國發生齷齪，第一個便來結好燕國，多使趙國如芒刺在背。唯其如此，趙武靈王之後，趙國的用兵目標基本是鐵定的三個方向：一對秦國，二對匈奴，三對燕國。及至孝成王之世，匈奴已經對趙國深為忌憚，很少騷擾趙國。趙國的戰事幾乎只剩下對秦對燕。對燕作戰雖不如對秦作戰聲威之大，然畢竟也是痛擊世仇的爭氣戰，舉國上下無不嗷嗷奮然。趙人之歡欣，一則在於對燕復仇，二則在於新趙王所起用的李牧、龐煖深具人望，使趙人頓生長城可倚之堅實感。

此時，李牧（註：李牧對匈奴作戰而成名故事，見本書第四部《陽謀春秋》）已經是天下名將，自不待言。龐煖之名，卻鮮為人知。

戰國之世名將如雲兵家似雨，為後世熟知者或是戰功巨大如吳起、白起、樂毅、田單、孫臏等，或是命運曲折，如廉頗、趙括、信陵君等。許多名將兵家則或因為戰績不大，或因為命運缺乏大起大落，而為後世淡忘。這個龐煖，便是後一類傑出之士。若非生逢趙國末世，其人完全可能成為一流名將。龐煖之特異，在於他是一個兼具縱橫家、兵家、名將之能的全才人物。龐煖流傳後世的縱橫家論有《龐煖》兩篇，兵書有《龐煖》三篇（註：龐煖書目，見《漢書．藝文志》）。趙孝成王末期，龐煖受孝成王密書奔波列國，欲圖趁秦國陷入低谷之時發動六國合縱，一舉遏制秦國於函谷關內。歷經兩三年祕密斡旋，合縱盟約幾乎達成之際，趙孝成王不幸長逝，合縱攻秦遂告擱淺。此時，新趙王下書龐煖為趙軍大將，與李牧兩路攻燕，自然深得人心。龐煖一番思忖，斷定先行攻燕而後再圖合縱較為妥當，當即欣然奉命。

事實是，趙偃之所以命李牧、龐煖並為大將，趙國軍制使然。由於趙國多匈奴之患，邊軍歷來自成一體。自李牧大勝匈奴穩定邊地之後，雖為名將，卻不是統領趙國全軍的上將軍（後為大將軍）。趙國邊軍之外的主力大軍，此時仍然沒有深孚眾望的統帥。趙偃此前曾想召回廉頗，為的便是統率邊軍之外的趙軍主力。就名義而論，統率腹地趙軍的統帥一般是上將軍或大將軍，有轄制邊軍之權。在趙國的歷史上，此時還沒有過邊軍大將做大將軍統率舉國大軍的先例。正因為如此，原非雄才大略的趙偃，自然不會想到破除既定格局而擢升李牧為大將軍的路子上去。

李牧奉命，大軍先出，一戰攻克燕國武遂、方城（註：武遂，燕地，今河北武強西北；方城，今河北固安西南）兩地。正在李牧大軍要乘勝進擊的時刻，匈奴騎兵南下陰山草原。李牧軍剽悍靈動，一得警報，立即回軍雲中，暫緩了對燕攻勢。

趙國腹地大軍遠不如李牧邊軍快捷。龐煖尚在聚集大軍之時，燕軍已直撲邯鄲北部要塞巨鹿而來。原來，在李牧邊軍攻下燕國兩城之後，燕王喜大為驚恐，召集大臣緊急會商對策。已經是白髮蒼蒼的上大夫劇辛奮然應對，提出燕軍勝趙，須得避亢搗虛，直攻趙國邯鄲！劇辛說，趙國腹地大軍統帥是龐煖，自己曾與龐煖共圖合縱，深知其用兵弱點，攻取不難，自請率軍十萬，南下攻趙軍必獲大勝。燕王喜大是振奮，立即下書如是行。劇辛大軍未到巨鹿，龐煖五萬兵馬已經兼程趕來。兩軍會戰於巨鹿之外河谷山巒，不消半日，燕國兵馬一敗塗地，戰死兩萬餘。龐煖親率精銳衝擊劇辛中軍，劇辛眼看大軍崩潰，不堪大言之下慘敗屈辱，羞憤自裁於亂軍之中。

對燕戰事兩大勝，趙國氣象振作，趙偃得到了朝野擁戴。

龐煖趁機上書趙偃，請重新發動六國合縱攻秦。龐煖在上書中慷慨激昂道：「目下秦國正在主少國疑之時，合縱攻秦，此其時也！若錯失良機，秦國度過危局，六國命運未可知也！夫趙為山東屏障，若不奮然鼓呼，其時天下固無列國，焉得有趙獨存哉！」趙偃心下不定，問策於郭開，郭開對曰：「合縱之士論天下，天下時時皆危。何也？無天下之亂局危局，則無縱橫家功業也！四代先君著力於六國合縱數十年，趙國血流成河失地無算，未嘗一見功效，反引來列國猜忌，燕國屢為黃雀在後，豈非鐵證哉！我王若圖趙國安穩，當適可而止。」趙偃皺著眉頭道：「國人之心正在勢頭之上，龐煖上書不無道理，何辭得以推託？」郭開一臉敦誠地說：「合縱抗秦乃是大道，自然不能推託。我王之策，只不全力而為，為趙國留下退路便是。」趙偃欣然認可，於是下書龐煖：趙國參與合縱，但不做縱約長國，若能達成合縱，出兵數額屆時議定。

龐煖得如此下書，心中很是鬱悶，本當再次上書力請，卻接李牧副將司馬尚密書。密書言，目下趙國朝局多有隱患，能為則為，不必力爭，公自參詳。龐煖心知這一告誡極可能是李牧之意，便不再力爭，只立即南下聯絡合縱了。因趙國與燕國新戰成仇，龐煖沒有先遊說燕國，而是直下楚國，說動春申君黃歇共同斡旋列國。不到一年，在春申君與龐煖的鼎力斡旋下，除齊國偏安東海不願捲入外，楚、趙、魏、韓、燕五國祕密達成合縱攻秦盟約：以楚王為縱約長，以龐煖為聯軍統帥，立即聚兵攻秦。

趙偃即位的第四年，也就是西元前二四一年，五國合兵三十萬，從魏國故都安邑渡河出少梁山地，南下猛攻秦國故都櫟陽地帶，聯軍進至蕞地（註：櫟陽、蕞地，均為秦國故都地帶，在今陝西臨潼一帶），被蒙驁統率的秦軍一戰擊退。自來合縱，五國聯軍只要一次戰敗，便各自保全實力撤軍，從來沒有過整軍再戰之說。這一次也一樣，無論龐煖與春申君如何力主再戰，聯軍都呼啦啦散了。秦軍為了懲罰魏國借地攻秦，大軍一舉出關，攻下了魏國河內重鎮朝歌。魏國震恐，立即對秦國單獨議和撤出合縱聯軍。秦軍掉頭南下，楚考烈王大是慌亂，立即接受一班元老的「避秦遷都」對策，將國都遷到了壽春（註：壽春，楚國後期都城之一，今安徽壽縣一帶），都城名字仍一如既往地叫作郢都。

戰國之世的最後一次合縱，在秦國最低谷的時期悄無聲息地瓦解了。

合縱戰敗，趙偃並沒有嚴厲處治龐煖，一則是趙軍傷亡不大，二則是趙偃原本便對此次合縱沒抱奢望。於是，龐煖功（勝燕）罪（合縱戰敗）相抵，不升不黜，依舊做著名義上的趙軍大將，始終沒有大將軍實職。從此，龐煖在趙國終無伸展，直到趙悼襄王（趙偃）的最後一年，龐煖又對燕國打了不大不小的一仗，奪得兩城之地。同年，趙悼襄王死去，趙國進入最荒誕時期，龐煖便被趙國遺棄了。反之，由於「處置合縱得體，得以保全趙國實力」，郭開、韓倉等一班原太子府的心腹雖未成為顯赫大臣，卻更得趙偃的信任了。

此時，趙偃得郭開謀劃，決意處置自己一直擱置的大事了。

合縱戰事一結束，趙偃下了一道特書：冊立原太子夫人為王后，並在令書中將新王后定名為準胡后。當此之時，多年過去，轉胡倡之事原本已經漸漸被趙國朝野遺忘。王書一下，朝野恍然譁然——呀！趙國原來還沒有王后！

冊立王后，原本是新王即位的題中應有之意，趙國大臣們卻倍感突兀而陷入了尷尬。根本緣由，是大臣們突然想起了這個太子夫人的根基身分——市倡。不贊同麼？這個轉胡倡已經做了多年太子正妻，且已生有一個兒子。再說，太子即位為王，太子正妻立為王后，原本天經地義，若因其身世再來詰難，你當初做甚去了？更何況，趙偃還有更硬正的說辭：先王尚且不計，許轉胡女為太子正妻，爾等大臣憑何反對冊立王后？身家根基之說，對於豪放不拘細行的趙人，確實顯得有些迂腐，不好據此而開口反對。然則贊同麼？無論趙人風習如何開放，一個倡女養則養矣，要做國母畢竟大失顏面，若是國人蒙羞民心離散，趙國還有個好麼？於是，邯鄲廟堂第一次出現了舉朝無人說話的局面，更無任何喜慶之象。正在趙偃束手無策之時，郭開一言解惑。郭開說：「無人上書諫阻，足證舉國擁戴，我王何懼之有哉？」趙偃恍然大笑道：「無人諫阻便是舉國擁戴，中府丞何其明察也！好！」

趙偃立即下書：朝野一無異議，欣然擁戴，準胡后冊立大典擇吉日行之。

於是，當年的轉胡倡又做了趙國王后。

當然，事情並沒有完結。郭開韓倉等此時的圖謀是：力促趙偃廢去原先正妻所生的嫡長子趙嘉的承襲資格，冊立準胡后所生的公子趙遷為太子。只要趙遷成為太子，郭開韓倉一黨的前路便無可限量。將趙遷立為太子，趙偃原本尚心存顧忌。最大的根由，是趙偃自己當年對父王立的誓約已經頒行朝野，一時不好改口。國人層面的原因，在於趙武靈王之後，趙國朝野對廢立太子歷來視為不祥之兆，幾乎是不問青紅皂白便一口聲反對，確實難以發端。

此時，又是郭開的上書使趙偃下了決斷。郭開的說辭是：「自古至今，嫡子者，王后正妻之子也。公子嘉之母，已被先王廢去太子夫人。若我王無王后，王后無生子，公子嘉為太子，尚可議也。今王后有嫡子聰穎勇武，而不立太子，卻以庶人母之子為嫡子立太子，未嘗聞也！果如是，國亂失序也。昔年先祖武靈王得吳娃立后（註：趙武靈王立吳娃為王后並其廢立故事，見本書第三部《金戈鐵馬》），自須以吳娃王后生子為太子，而廢故太子趙章。先王之舉，何錯之有哉！若無武靈王廢立之舉，何得其後兩代先王之赫赫功業？廟堂元老強涉廢立，國人懵懂不知所以，何異於詆毀先王哉！」

趙偃接書，拍案大笑道：「本王有郭開，豈非天意也！」

趙偃再度下書：廢去嫡長子趙嘉承襲資格，改立趙遷為太子。

趙國朝局由是生亂。一班元老重臣搬出先王誓約，堅執不贊同廢立兩變。其最為慷慨激昂的說辭，是趙武靈王擅行廢立而致趙國大亂的前車之鑒。大將李牧、司馬尚等久在邊地，深知轉胡倡之根基，更是一力聲援邯鄲老臣，與龐煖等腹地大將共同上書疾呼：「倡女為后，國之羞也！倡子為君，國之謬也！公子嘉為太子，則趙國安！公子遷為太子，則趙國危！」

當然，不乏另一班所謂新銳用事者鼎力支持廢立。這班人物的軸心，便是郭開韓倉。其時，郭開韓倉已經精心謀劃數年，昔年的太子府執事們都已經是各方實權大吏；更有被郭開韓倉收買的諸多非元老臣子，以及邯鄲守軍大將扈輒等為援，在廟堂已經是頗見聲勢，與元老邊將們幾乎可以分庭抗禮。在郭開勢力撐持下，趙偃在朝會之上振振有詞道：「趙國元老大臣中，自家廢立之事多如牛毛，王室幾曾涉足！何本王廢立太子，便多有物議，豈有此理？子本我子，知子莫若父，本王寧不知孰賢孰不肖哉！」

由是紛爭三年，終究相持不下。

趙偃煩躁不堪，漸漸顯出玩樂本性，復終日與轉胡倡胡天胡地，時不時還要拉進樂此不疲的韓倉，很少到書房殿堂處置政務了。未幾，趙偃暗疾漸漸顯現，腰膝痠軟，面色蒼白，驟然老態畢現。郭開時時與韓倉密會，深知趙王已經耗空，時日必不久長。一日，郭開藉搜求得延年益壽之方為名，請見趙王。趙偃在寢室臥榻見了郭開。郭開流淚涕泣道：「臣已訪得東海神異方士，可使人起死回生，長生不老。我王若能妥善安置鎮國事宜，而後偕王后、韓倉遨遊東海，待體態康健之時再歸國秉政，豈非人生樂事哉？」

身心疲憊得連笑一笑都沒了力氣的趙偃，又一次被郭開的忠心感動了。

要得長生不老，得東海求仙；要得東海求仙，得先行安置鎮國班底。

郭開給趙偃的路數是清楚的，趙偃是沒有理由拒絕的。

趙偃不經朝會議決，斷然逕自下書：元老大臣盡歸封地，不許與聞國事！同時，趙偃又下特書，嚴厲申飭李牧、龐煖、司馬尚等一班大將：「爾等職在守邊抗敵，毋涉國事過甚！」不待各方提出異議，趙偃正式下書頒行朝野：廢黜公子趙嘉承襲身分，冊立趙遷為太子；擢升郭開為上卿，攝丞相事兼領太子傅，輔佐儲君總領國政。也就是說，尚未加冠的公子趙遷非但立即立為了太子，且在郭開輔佐下總領國政實權。趙偃之所以如此決斷，也並非全然聽信郭開的訪尋長生不老之言。趙偃本意，既然自己病勢難以挽回，既然朝野反對廢立，索性早日將國事實權交給趙遷郭開，若元老大臣與邊將們果真起事，自己或可有時日挑破了趙國膿包，強如自己身後發生慘烈的倒戈政變。

趙王一意孤行，趙國朝野一片譁然。

由此，郭開浮出水面，由一個中府丞驟然成為蹲踞趙國廟堂的龐然大物。

趙人鼎沸了，最為憤憤然的罵聲是：「大陰老鳥，亂我大趙！」

大陰老鳥者，郭開也。自趙王王書頒行朝野，郭開之名赫赫然傳遍廟堂山鄉。趙人恍然奔相走告，著力搜求「郭開何許人也」的諸般消息。不到半年，郭開的種種陰暗故事彌漫了趙國，引來趙人切齒痛罵。趙人痛罵郭開，其意再明白不過地一齊裹挾：此等大陰之人擁戴新太子，太子能是甚好貨色！大陰者，大傷陰騭（陰德）之謂也。戰國之世，最入骨的罵辭便是大陰人。郭開之前，只有秦國的嫪毒獲此惡罵。其詛咒所指，是其人連根毀滅陰騭，必得最大惡報。

流傳最普遍的故事，是郭開曾以不可想像的陰謀陷害名將廉頗。

長平大戰之初的上黨對峙中，廉頗被趙孝成王以趙括換將，憤然之下出走魏國。孝成王末年，召回了廉頗，然未及任用，孝成王已病逝了。趙偃即位，初期欲建根基，下令廉頗將兵南攻魏國。大軍未發，郭開提醒趙偃說：「廉頗久居魏國，若不死力攻魏，豈非危哉？」趙偃以為大是，立即派名將樂毅之子樂乘替換廉頗。廉頗大怒，率軍進攻樂乘。樂乘有心，不戰自逃。廉頗此舉違法過甚，自知難以立足趙國，又出走到了魏國。五國合縱兵敗，廟堂廢立事起，趙偃反覆思忖，趙國若沒有一個資望深重的大將統率腹地大軍以穩定朝局，趙國很有可能再次發生慘烈宮變。由是，趙偃下令復召廉頗歸趙。

郭開得知消息，深知廉頗恩仇之心極重，若重掌兵權，必記恨自己當年的一言去帥之仇；以廉頗的暴烈稟性，對素無嫌隙的替代大將樂乘尚敢公然攻擊，對他郭開豈能放得過去？然此等事關乎個人恩怨，郭開又不能公然勸諫以傷自己敦誠忠厚之名。思謀之下，郭開先向趙偃舉薦了一個得元老與趙王共同信任的大臣為特使。而後，郭開又以重金賄賂這個特使，密謀出一個詆毀廉頗的奇特之策。

其時，魏國朝局腐敗，一信陵君尚且不用，如何能重用廉頗？老廉頗備受冷落，終日鬱悶，聞趙王特使來魏查勘自己，精神大是振作。為趙王特使洗塵之時，老廉頗風捲殘雲般吞下了一斗米的蒸飯團，又吞下了十餘斤烤羊，之後抖擻精神全副甲冑披掛上馬，將四十餘斤的大鐵戟舞動得虎虎生風，與宴者連同特使無不奮然喝采。

不料，特使回到邯鄲，趙偃問起廉頗情形，特使卻回報說：「將軍雖老，尚善飯，一餐斗米而半羊。然與臣坐，一飯之間三遺矢（屎）矣！」趙偃不禁苦笑，拍著書案半是揶揄半是歎息道：「戰陣之上何能遺矢（屎）而行哉！廉頗老矣！」其時郭開肅立王案之下，立即接了一句：「臣聞將軍扈輒壯勇異常，或能解我王之憂。」趙偃目光大亮，立即下令召見扈輒。

扈輒原是鎮守武安要塞的將軍，生得膀大腰圓黝黑肥壯，行走虎虎生風，站立殿堂如同一道石柱，只一聲參見我王，便震得殿堂嗡嗡作響。趙偃一見其勢態，心下已是大喜，也不做任何考校，立即下令扈輒做了邯鄲將軍。自然，召回廉頗的事也泥牛入海了。後來，這個得郭開舉薦的扈輒，統帥大軍進駐平陽與秦軍對抗，一戰便被桓齕大軍擊潰，連頭顱也被秦軍割了。扈輒外強中乾，喪師身死，知情者原本已經開始痛罵郭開了。其時，老廉頗因回趙無望，遂入楚國，又因不適應楚軍戰事傳統，終無戰功，以致鬱悶死於楚國壽春。廉頗之死的消息傳來，趙國朝野一片驚歎哀傷。當年真相也由魏國漸漸傳入趙國，郭開弄人之陰謀始得赤裸裸露出形跡。於是，郭開在趙國朝野有了大陰之名。

然則，無論朝野如何罵聲，郭開卻因與趙偃素有根基，更兼韓倉在臥榻間為郭開一力周旋，竟然始終蜷伏在王城之內安然無恙。及至郭開一朝暴起，迅速浮上水面，由一個再尋常不過的中府丞倏忽擢升為實際上的領政大臣，趙人的咒罵也只能是徒歎奈何而已了。

正在趙國紛紜之際，悼襄王趙偃暗疾不起，驟然在盛年之期病逝了。

趙國有了最為荒謬的一個君王，幽繆王（註：趙遷之世國亡，依照傳統不當有謚號，故後世史家對《史記》之記載有懷疑。《史記集解》載徐廣云：「六國年表及《史考》，趙遷皆無謚。」《史記索隱》又云：「徐廣云王遷無謚，今〔太史公〕唯此獨稱幽繆王者，蓋秦滅趙之後，人臣竊追謚之；太史公或別有所見而論之也。」）趙遷是也。

趙國有了最善弄權的一個惡臣，大陰人郭開是也。

趙國有了一個鼓蕩淫穢惡風的弄臣，亂性者韓倉是也。

最為荒誕的君臣組合，開始了趙國最為荒誕的幽繆之期。

即位之時，這個趙遷只有十八歲，尚未加冠。秦趙同俗，二十一歲行冠禮。因此由頭，郭開指使韓倉等一班親信鄭重其事上書道：「奉祖制，王得加冠之年親政，加冠之前宜行上卿攝政。如此，王可修學養志，趙國朝野可安。」趙遷深感郭開一黨死力維護之恩，自是欣然允准。然則允准之餘，趙遷還是約定了一則大事：「國政盡交上卿，可也。然王城女事，得在本王。」郭開久與趙遷相處，素知其稟性心事所在，慨然一諾道：「老臣守約。然王城女事，不得涉及王后名號。否則，老臣無法對朝野說話，只怕我王之位也未必穩當。」趙遷一陣大笑道：「本王只要女肉！要王后作鳥！」於是一聲喊好，君臣兩人擊掌成約。

郭開心思縝密，立即擢升韓倉為趙王家令，總管趙王嫡系家族之事務。郭開對韓倉的叮囑是：「穩住那個轉胡太后，摸透趙王喜好，只要他母子不謀朝政，任他嬉鬧不管。若有謀政蛛絲馬跡，立即報假父知道！小子若不上心，老夫扒你三層皮，再割了你那鳥根餵蛇，教你生不如死！」韓倉嬌聲叫著老父，伸出比女人還要柔膩的臂膊抱住了郭開咯咯笑道：「老父叫我做了大官，咂摸了想也不敢想的權勢顯貴，小女子便是死，也只能死在老父胯下。甚太后，甚趙王，小女子只認老父也！」郭開大樂，又一次蹂躪了那再熟悉不過的男女肉身。之後，郭開便頒行了領政大臣書令，正式將韓倉派進了太后宮掌管事務。

與此同時，郭開以「趙王尚未加冠，諸事須得太后照拂督導」為由，領群臣上書，請太后與趙王移居一宮行督導事。內有韓倉一班內臣進言，外有郭開一黨多方呼應，理由又是堂堂正正，轉胡太后便欣欣然搬進了趙王寢宮。不到半年，郭開得韓倉頻頻密報：趙王母子盡皆放浪形骸，心頭了無國事。郭開由是大樂，開始在趙國認真梳理起來。

王城之內的新趙王，也開始了天地人三不管的樂境。

趙遷天賦玩心入骨，油滑紈絝，又刁鑽多有怪癖，未幾便將王城折騰得一片淫靡失形。趙遷最為特異的癖好，是淫虐女子為樂。還是少年王子時，趙遷便偷偷對身邊侍女肆意淫虐。其母轉胡倡心知肚明，非但不加管教，反將兒子行為視作君王氣象，嚴令侍女內侍不得外洩，以致其父趙偃也不知所以。如今，趙遷做了國王，昔日尚存畏懼的諸多約束一應雲散，頓時大生王者權力之快感，在王城大肆伸展起來。但凡王城女子，無分夫人嬪妃侍女歌女，趙遷都要逐一大肆蹂躪一番，而後品評等級，以最經折騰最為受用者，賜最高女爵。如是三月，王城女子的爵號一時亂得離奇失譜。今日遍體鱗傷的洗衣侍女做了高爵夫人，明日奄奄一息的夫人又做了苦役。發放俸金的韓倉手忙腳亂，常常錯送俸金，往往正在糾正之時，女爵卻又變了回來。於是，韓倉召集一班心腹會商，報請趙遷允准，遂定出一個曠古未有的奇特辦法：除了王太后，王城內所有女子的爵位俸金一律改為一年一結，按每個女子在各等爵位所居時日長短，分段累加累減而後發放。未幾，邯鄲王城出現了奇特景觀，所有女子一律平等，都是趙王的女奴；女奴等級之高下，全賴自己的奴性作為。此等規矩之下，王城女子們競相修習「挨功」，看誰經得起皮肉之苦，看誰經得起種種惡淫蹂躪。如此不到半年，王城已經抬出了十三具女屍，其中出身貴胄的夫人、嬪妃占了一大半。趙遷的淫虐技藝則日益精湛，認定王城女子太過嬌嫩，太守規矩，大大有失樂趣，放言要周遊列國，尋覓可心的天賦女奴。

郭開得韓倉密報，不禁大驚，忙不迭進宮一番勸諫道：「我王求賢心切，老臣固不當阻攔。然則，方今天下戰亂多發，若我王但有不測，非但我王大業從此休矣，我王求樂止境亦未必可成。王當三思。」趙遷眼珠骨碌碌轉得一陣，陰聲笑道：「上卿之見，本王便悶死在這石頭城裡？」郭開道：「老臣之見，我王可在國中覓一山水佳境長居，其樂更甚亦未可知也。」趙遷天賦奇才立即迸發，興奮拍掌道：「好主意！有山有水有林木，野合！野趣！」

「至於我王求賢，老臣可以代勞。」

「求賢？」趙遷噗地一笑，「本王求賢，只怕非上卿之求賢。」

「老臣之求賢，卻與我王之求賢無二。」

「求賢兩字，還是不說的好。」第一次，趙遷有些臉紅了。

「王即邦國。於王有益者，便是於國於民有益，豈非賢哉？」

「好！求賢便求賢，隨你說。」一面對郭開的坦然正色，趙遷也豁達了。

「老臣遴選賢才，大體不差。」

「上卿通曉此道？」趙遷大為驚喜。

「老臣不通，自有通人。」

「噢？何人？」

「家令韓倉。」

「好！上卿識人也！」趙遷一陣大笑。

「我王既認大事，便當成約。」郭開一如既往地敦誠忠厚。

「好！成約：本王不出趙國，上卿督責求賢！」

回到府邸，郭開以求賢名義名正言順地召來韓倉，連同一班親信分為兩支人馬：一支由郭開自己率領，到柏人整修趙王行宮；一支由韓倉率領，北上匈奴祕密搜買奇異胡女。

柏人，原是邯鄲以北百餘里的一座春秋晉國的古邑。這座城堡座落在泜水南岸，東臨一片大湖，名為大陸澤。大陸澤東南岸，當年趙武靈王被困死的沙丘行宮正與柏人遙遙相望。武靈王困死沙丘宮之時，柏人尚無趙王行宮。後來，趙惠文王思念其父武靈王與其母吳娃，然又不忍住進沙丘宮祭奠，於是在大湖對岸的古老城堡外修建了一座行宮，藉地而名，稱為柏人行宮，以為遙祭居所。柏人行宮山清水秀，冬暖夏涼，然在惠文王死後很少啟用，漸漸便有些荒蕪了。郭開要將趙遷安置在柏人，看中的是這座行宮既隱祕幽靜，又來往近便。趙遷胡天胡地大折騰，女子慘叫聲晝夜可聞，不隱祕自然不行。趙遷是國王，但有不測或不堪入耳之醜聞傳出，郭開也得陪葬。所以，事雖不大，郭開卻得親自督導，務求妥善嚴密。太遠太偏也不行，不利於郭開與趙遷通聯。柏人水陸兩便，飛騎馬隊一個時辰便到，財貨輸送與甲士調遣都很是方便，自然是上選之地。凡此等等，郭開在入宮之前已經思謀定當。至於被郭開始終說成「求賢」的那件事，更是好辦。有精通男女嬉戲的韓倉率一班親信北上匈奴，斷無差錯。事實迅速證實了郭開的預料，月餘之後，韓倉第一道密報飛到：非但女賢有得，且重金買得六名喜好虐女的胡人武士，預為馴養奇特女賢。

如此忙碌兩月餘，趙遷搬入柏人，奇異的賢才也接踵送到了柏人。

韓倉搜求的西域胡女，個個生得人高馬大，金髮碧眼膚色雪白熱辣奔放，非但扛得折磨者大有人在，其中火爆者還時不時與趙遷廝纏對打。趙遷大覺刺激，雄心陡起，日日以制伏胡女多少為戰場勝敗。於是，柏人行宮又有了新的虐女法度：趙王若連續打翻三十六個高大肥白的胡女，且能連番野合十女，家令韓倉便扮作戰場軍使，騎著快馬打著紅旗四處飛馳報捷，而後便大宴慶功；若有一女經得起連續三日滾打折騰，且能侍奉趙王一夜於野外林下，得賞賜爵號以為褒獎。

如此日復一日，趙遷郭開韓倉各得其所各有其樂，彼此大覺痛快。

正在趙遷郭開韓倉們開心之時，一場權力阻擊突然來臨。

趙遷即位的第二年初秋，王族大臣們以春平君（註：《史記・趙世家》認為，春平君為質於秦國的趙國太子，史無明證，僅為一說）為首，突然鼓動公議：趙王將到加冠之期，廟堂當行籌劃冠禮朝會，郭開當如約還政於趙王！原來，此時在趙國臣民心目中，趙王淡出國事，全然是大陰人郭開所致，坊間關於趙王的依稀傳聞，也全係郭開一黨惡意散布。如今王族大臣一動議，立即引得朝野一片奮然呼應，矛頭直指當道者郭開。加冠還政，是喪失事權的元老大臣們早早預謀好的一個關口，其首要目標是還政趙王，而後目標是施壓趙王罷黜郭開。

不料，郭開分外豁達，一接到聯具上書，立即便行朝會。郭開在朝會上慷慨宣示：明春為趙王行冠禮，而後趙王親政，老夫決意隱退。此舉大出群臣意料，發動公議時的奮然倒郭之勢頓時沒了著力處，一時皺著眉頭默然一片。畢竟，王者冠禮是一套極為繁複的程序典禮，幾個月的預備是無論如何不能少的。郭開應允開春舉行冠禮，又答應屆時隱退，你還能如何反對？

朝會之後，元老大臣們祕密聚會商議，終於一致認定：郭開是虛與周旋拖延時日，實則根本不打算還政趙王。於是，由王族元老牽頭，祕密通聯趙軍大將，共同約定：開春之後郭開若不還政趙王，立效沙丘宮兵變故事，誅滅郭開一黨！李牧、龐煖、司馬尚等趙軍大將早已不滿郭開專權，與王族元老一拍即合，立即開始了向武安、少陽、列人、巨橋四邑祕密進軍包圍邯鄲的諸般調遣（註：四邑，趙國邯鄲外圍的四座要塞，詳見第三部《金戈鐵馬》中趙武靈王晚期兵變故事）。

誰知又是一個不料。開春之後，趙王遷的加冠大禮如期舉行。冠禮後的朝會上，老郭開當殿請辭歸鄉。其殷殷唏噓之態，令舉事大臣們喜出望外，只盼趙王就勢准了大陰人所請，其後只要這個大陰人走出邯鄲城外，立馬將他碎屍萬段。

誰知，還是一個不料。郭開請辭之後，趙王親述口書，舉事大臣們的脊梁骨一陣陣發涼。趙遷念誦的是：「老上卿乃先王舊臣，顧命而定交接危局，攝政而理趙國亂局，今又還政本王，功勛大德，天地昭昭也！本王何能違背祖制，獨棄兩世功臣乎！今本王親政，第一道特書：老上卿晉爵兩級，加封地百里，仍居國領政！」末了，趙遷還骨碌碌轉著眼珠拍著王案，惡狠狠加了一句，「敢有不服老上卿政令者，本王拿他餵狼！」

元老大臣們瞠目結舌，心下料定大陰人郭開一定是猖狂不可一世。

不料，又是一個不料。郭開匍匐在地，當殿號啕大哭，再度請辭。趙遷一臉厭惡地嚷嚷起來：「說辭我都背完了，如何又來一齣？散朝！」

至此，舉殿大臣無不愕然失色。

三、不明不白　李牧終究與郭開結成了死仇

趙國朝局當變未變，一場祕密兵變不期然開始醞釀了。

國政依然在郭開手中，而且還更為名正言順。尤為可怕的是，趙王遷顯然已經在郭開的掌握之中了。原本，趙國臣民尚寄厚望於趙王親政。然新趙王親政半年，一次朝會不行，只在王城與行宮胡天胡地，其荒淫惡行迅速傳開，成為人人皆知而人人瞠目的公開祕密。趙國臣民大失所望，舉事大臣們更是痛感被大陰人郭開算計。於是，一班被悼襄王趙偃罷黜的王族大臣們相繼出山，以春平君為軸心屢屢密謀，醞釀發動兵變擁立新君。

正在此時，一個突然事變來臨——秦軍桓齕部大舉攻趙！

秦軍攻趙的消息傳開，朝野一時大譁。畢竟，秦趙之仇不共戴天，抗秦大計立成朝野關注中心再是自然不過。舉事大臣們立即謀定：上書舉李牧為大將禦敵，其後無論勝敗，都要誅殺郭開並脅迫趙遷退位。元老們如此謀劃，基於一個鐵定的事實：上年秦軍攻趙平陽，郭開不經朝會便派親信大將扈輒率軍十萬救援，結果被秦軍全數吞滅；今年秦軍又來，郭開定然還是舉薦無能親信統軍，最終必將喪師辱國！所以，元老們要搶先力薦李牧抗秦，之後再殺郭開。元老們一致認定：龐煖雖有將才，然腹地趙軍終究不如李牧邊軍精銳，趙國已到生死存亡關頭，必須出動邊軍抗秦；李牧抗秦，誅殺郭開，趙王退位，三者結合，必能一舉扭轉危局。

不料，元老大臣們的上書還沒有送入王城，趙王特書已經頒下：准上卿郭開舉薦，以李牧為將率軍抗秦！舉事大臣們愕然不知所措，對郭開的行事路數竟生出了一種神鬼莫測的隱隱恐懼。春平君聞訊，鐵青著臉連呼怪哉怪哉，說不出一句囫圇話來。

郭開終日思謀，對朝局人事看得分外清楚：趙國尚武，又素有兵變之風，要穩妥當國，便得有軍中大將支撐，否則終究不得長久。基於此等評判，郭開早早就開始了對軍中將士的結交，將扈輒等一班四邑將軍悉數納為親信。上年扈輒大敗身死，郭開才恍然醒悟：四邑將軍因拱衛邯鄲，名聲甚大，泡沫也大，趙軍之真正精銳還是李牧邊軍。郭開也想到過龐煖，然認真思忖，終覺龐煖沒有穩定統率過任何一支趙軍，在軍中缺乏實力根基；不若李牧統領邊軍二十餘年，喝令邊軍如臂使指，若得李牧一班邊軍大將為親信，何愁趙國不在掌控之中？反覆揣摩，郭開決意籠絡李牧，以為日後把持國政之根基力量。

秦軍再度攻趙，郭開視為大好時機。

緊急軍報進入王城，正在三更時辰。郭開沒有片刻停留，立即飛馬趕赴柏人行宮。更深人靜之時，執事內侍回說趙王此時不見任何人。郭開卻堅執守在寢宮內門之外，嚴令內侍知會韓倉立即稟報趙王。此時的趙遷，正在長大的臥榻上變著法兒大汗淋漓地犒賞一個可心胡女。被疾步匆匆的韓倉喚出，趙遷光身子裹著一領大袍，偌大陽具還濕漉漉地在空中挺著，渾身彌漫出一股奇異的腥臊，陰沉著臉色不勝其煩。郭開本欲對趙遷透徹申明目下危局，而後再說自己的謀劃。不料還沒說得兩句，趙遷揮著精瘦的大手便是一陣吼叫：「你是領政大臣，原本說好兩不相干，半夜急吼吼找來瘋了！秦軍攻來如何，干我鳥事！」吼罷不待郭開說話，騰騰騰砸進了寢宮，厚重的大門也立即轟隆咣噹地關閉了。老郭開看著隆隆關閉的石門，舉起袍袖驅趕著縈繞鼻端的腥臊，愣怔一陣，二話不說匆匆出宮了。

回到邯鄲，晨曦方顯。郭開不洗漱不早膳，立即開始緊急操持王書頒行。趙遷雖則親政，移居柏人行宮，卻將最要害的王城書房的一班中樞大吏丟在邯鄲，理由只有四個字：「累贅！聒噪！」這些中樞大吏，原本便是郭開多年來逐一安插的親信。郭開行使趙王權力，確實沒有來自宮廷中樞的特異阻力。諸多事務郭開之所以稟報趙遷，除了不斷試探趙遷，毋寧說正在於激發別有癖好的趙遷的煩躁，進而給自己弄權一次又一次夯實好堅實的根基。此次事情緊急，郭開一反精細打磨的成例，立即聚來包括掌印官員在內的各方心腹開始鋪排。不消半個時辰，大吏們便依照郭開口授擬出了趙王特書，而後立即正式謄刻，又用了王印。

不到午時，郭開的趙王特書緊急頒行邯鄲各大官署。

匆匆用膳之後，郭開親率馬隊星夜兼程地趕赴雲中郡邊軍大營（註：戰國時，秦趙兩國各有雲中郡，都是防禦匈奴之北邊要塞）。

雲中司馬詳細盤查了半個時辰，才准許郭開進入幕府，其冷落輕蔑顯而易見。饒是如此，郭開沒有一絲不快，依然敦厚如故地堆著一臉笑意，等來了李牧的接見。李牧散髮布袍，不著甲胄，連再尋常不過的馬奶子酒也不上，只冷冰冰嘲諷道：「老上卿夤夜前來，莫非要親自領軍抗秦？」郭開急如星火而來，此刻卻慢條斯理道：「老夫寸心，力薦將軍為抗秦統帥，豈有他哉？此戰無論勝敗，老夫都會舉薦將軍為趙國大將軍。趙國大軍，該當由將軍這等名將統帥。國政大事，亦須大將軍與老夫共謀。」李牧冷笑道：「無論勝負皆可為大將軍，天下還有賞罰二字麼？」郭開卻道：「老夫信得將軍之才，此戰必勝秦軍無疑！」李牧無論如何錚錚傲骨，對這等篤信邊軍必勝之辭也不好無端駁斥，遂淡淡一句道：「若是趙王下書調兵，上卿只管宣書。」在李牧看來，郭開此等大陰人無論如何也不會舉薦與他格格不入的將軍做抗秦統帥，只能是調走邊軍精銳，而後再交給自己的親信去統帥；然則大敵當前，是國家干城，畢竟不能做掣肘之事，王書調兵是無由拒絕的。

郭開宣讀完王書，李牧愣怔不知所以了。

「聚將鼓！」良久默然，李牧大手一揮下令。

李牧沒有與郭開作任何盤桓，甚至連一場洗塵軍宴也沒有舉行，便星夜發兵兼程南下了。兵貴神速，這是李牧飛騎大軍久戰匈奴的第一信條。此時，秦軍已經攻下赤麗、宜安兩城。李牧斷定秦軍必乘勝東來，大軍遂在肥下之地設伏，一戰大勝秦軍。趙國朝野歡騰之際，郭開以撫軍王使之身親赴大軍幕府，宣讀了趙王特書：李牧晉爵武安君，封地百五十里，擢升大將軍統領趙國一應軍馬！這次王書與郭開犒賞邊軍的盛舉，教李牧第一次迷惑了。

李牧堅韌厚重，素來不輕易改變謀定之後的主張，其特立獨行桀驁不馴的稟性，在趙國有口皆碑。趙孝成王時，李牧始為邊將，堅執以自己的打法對匈奴作戰，寧可被大臣們攻訐、被趙孝成王罷黜，亦拒絕改變。後來復出，李牧仍然對趙孝成王提出依自己戰法對敵，否則寧可不任。便是如此一個李牧，面對郭開再次敦誠熱辣地支持邊軍，不禁對朝野關於郭開的種種惡評生出了疑惑：一個人能在危局時刻撐持邊軍維護國家，能說他是一個十足的大陰人麼？至少，郭開目下這樣做決然沒有錯。是郭開良心未泯，要做一番正事功業了？抑或，既往之說都是秦人惡意散播的流言？

第一次，李牧為郭開舉行了洗塵軍宴。

席間，大將司馬尚與一班將軍，對郭開熱嘲冷諷不一而足。李牧既不應和，亦不攔阻，只作渾然不見。郭開一陣大笑，開誠布公道：「諸位將軍對老夫心存嫌隙，無非種種流言耳！察人察行，明智如武安君與諸將者，寧信秦人之長舌哉？」

李牧與將軍們，一時沒了話說。

正在此際，春平君的密使來到軍營，敦促李牧迅速回軍邯鄲，以戰勝之師廢黜趙王、誅滅郭開，而後擁立新君。李牧心有重重疑慮，遂連夜邀約駐紮武安的龐煖前來，與副帥司馬尚祕密會商。司馬尚以為，趙遷郭開必將大亂趙國，主張依約舉兵。李牧思忖良久，肅然正色道：「且不說趙王與郭開究竟如何，尚需查勘而後定。僅以目下大勢說，秦軍一敗之後，必將再次攻趙。此時若舉兵整國，一王好廢，一奸好殺，然朝野大局必有動盪，其時誰來擔綱定局？動盪之際若秦軍乘虛而入，救趙國乎！亡趙國乎！」司馬尚一時無對，苦笑著低頭不語。李牧目光望著龐煖，期待之意顯然不過。

一直沒有說話的龐煖直截了當道：「煖多年奔波合縱，對天下格局與趙國朝局多有體察。若說大勢，目下山東列國俱陷昏亂泥沼，抗秦乏力，幾若崩潰之象。趙國向為山東屏障，若再不能振作雄風，非但趙國將亡，山東六國不復在矣！大將軍已是國家干城，唯望以天下為重，以趙國大局為重，迅雷不及掩耳整肅朝局，莫蹈信陵君之覆轍也！」身為縱橫家的龐煖，舉出信陵君之例，話已經說得非常重了。信陵君本是資望深重的魏國王族公子，兩次統率合縱聯軍戰勝秦國，一時成為山東六國的中流砥柱。其時魏國昏政，朝野諸多勢力擁戴信陵君取代魏安釐王。信陵君卻因種種顧忌不敢舉事，以致鬱悶而死，魏國也更見沉淪了（註：信陵君晚期故事，見本書第四部《陽謀春秋》）。對信陵君的作為，當時天下有兩種評議：一種認為其維護王室穩定忠心可嘉，一種認為其犧牲大義而全一己之名，器局終小。龐煖之論，顯然是以後一種評判為根基而發。

「果真舉事，元老中何人擔綱國政？」司馬尚突然一問。

「春平君無疑。」龐煖回答。

「不。此人無行，不當大事。」李牧搖頭，戛然而止。

「危局不可求全，大將軍自領國政未嘗不可。」

「李牧一生領軍，領國不敢奢望。」

李牧冷冷一句，氣氛頓時尷尬。以才具論，龐煖之才領兵未必過於李牧，領政卻顯然強過李牧。以龐煖之志以及對信陵君的評判，李牧若竭誠相邀其安定趙國，龐煖必能慨然同心。況且，龐煖已經先舉李牧，未必沒有試探之意。李牧卻既否決了春平君，又斷然拒絕自己領政，更沒有回應龐煖的試探。否決春平君，龐煖、司馬尚都沒有說話。其間緣由，在於坊間傳聞這個春平君與轉胡太后私通有年，已經陷進了太后與韓倉的污泥沼，實在不能令人心下踏實。拒絕自己領政，龐煖司馬尚都能認同，亦覺這正是李牧的坦誠之處。然則不邀龐煖相助，在司馬尚看來，這便是李牧拒絕與其餘趙軍大將合整朝局了。而在熟悉李牧稟性的龐煖看來，李牧一心只在抗秦，無心在抗秦與整肅國政之間尋求新出路，這場大事便無法商議了。而李牧不明白的是，趙國元老密謀舉事，名義以春平君為軸心，實際上多有腹地大軍的一班大將參與，將軍們密謀的軸心人物，恰恰便是龐煖。而作為李牧副將的司馬尚，原本來自巨鹿守軍，也參與了腹地大將們的密謀。

密謀舉事，歷來都在反覆試探多方醞釀。思謀不對口，自然無果而散。

龐煖、司馬尚雖不以為然，卻也掂得出李牧所言確是實情，絕非李牧真正相信了郭開而生出的惑人說辭。但凡一國兵變，能在兵變之期維持國家元氣者少而又少，不能不戒之慎之。而要使兵變成功，第一關鍵是要強勢大臣主持全局。趙國素有兵變傳統，此點更是人人明白。趙武靈王晚期，擁立少年王子趙何的勢力兵變成功，全賴資望深重文武兼具的王族大臣趙成主事，否則斷難成功。目下之趙國，最為缺失的恰恰是舉事大臣中沒有一個足以定國理亂的強勢大臣。龐煖資望不足，與李牧鐵心聯手或可立足，兩人分道，則勝算渺茫。更為要緊者，目下強秦連綿來攻，李牧全力領軍尚不能說必有勝算，遑論左右掣肘？其時，李牧陷入兵變糾纏，既不能全力領軍抗秦，又不能全力整肅朝政，結局幾乎鐵定的只有一個：拱手將滅趙戰機奉送給秦軍。

李牧態度傳入元老將軍群，舉事者們一時彷徨了。

趙國各方尚在走馬燈般祕密磋商之時，秦軍又一次猛攻趙國。

李牧已經是趙國大將軍，領軍抗秦無可爭議。然則，李牧大軍未動，趙國朝野便迅速傳遍了趙王書令：「得上卿郭開舉薦，仍令李牧統軍擊秦！」郭開鄭重其事地到大軍幕府頒行趙王書令。李牧心下頗覺不是滋味，卻沒有心思去揣摩，短暫應酬，便統領大軍風馳電掣般開赴戰場去了。

這次秦軍兩路進攻：一路正面出太原北上，攻狼孟（註：狼孟，戰國趙國西北部要塞，今山西陽曲地帶）山要塞；一路長驅西來攻恆山郡，已經攻下了番吾（註：番吾，戰國趙國中部要塞，今河北靈壽西南）要塞，正要乘勝南下。李牧已經探查清楚：所來秦軍是偏師老軍，並非新銳主力大軍，其勢洶洶卻力道過甚，距離後援太遠，頗有孤軍深入再次試探趙軍戰力之意味。基於如此評判，李牧做出了部署：以十萬兵力在番吾以南二百餘里的山地隱祕埋伏，秦軍若退，則趙軍不追擊；秦軍若孤軍南來，則務必伏擊全殲！

李牧對大將們的軍令解說是：「秦國老軍三年三攻趙，一勝一負而不出主力，試探我軍戰力之意明也！其後無論勝敗，秦軍都將開出主力大軍與趙國大決，其時便是滅國之戰！唯其如此，我軍不當在此時全力小戰，只宜遙遙設伏以待。秦軍若來，我則伏擊。秦軍退兵，我亦不追。此中要害，在保持精銳，以待真正大戰！」至於為何將伏擊地點選在柏人行宮以北，李牧沒有說明。其實際因由是，李牧發兵之前，郭開特意低聲叮囑了一句：「王居柏人，大將軍務必在心。」郭開之意，自然是要李牧設置戰場不要攪擾趙王清靜。其時，趙王遷之荒淫惡行已經為朝野所知，李牧心下厭惡至極。然則國難當頭，趙王畢竟是凝聚朝野的大旗，全然不顧其顏面也不是大局作派，李牧只好將伏擊戰場北移，原因卻不好啟齒。

這一戰，趙軍又大勝而歸，斬首秦軍五萬餘。趙國一片歡騰。

郭開又帶著趙王的嘉獎王書，帶著隆重的儀仗，帶著豐厚的犒賞財貨，又一次轟隆隆大張旗鼓地開進了李牧軍營。李牧仍然覺得不是滋味，仍然是不能拒絕，又如舊例，聚將於幕府大帳，公開接受趙王犒賞。席間，司馬尚一班大將對郭開依舊是冷冰冰不理不睬。李牧念兩次勝秦皆有郭開之功，至少郭開沒有像元老們預料的那樣百般設置陷阱，是以鄭重舉起酒爵，並下令將士們一齊起立舉爵，對郭開作了敬謝一飲。雖然沒有邊軍慣有的慷慨激昂，禮儀畢竟是過了。

一爵飲罷，郭開對李牧深深一躬道：「老夫能與武安君同道知音，共領國政，趙國大幸也！老夫大幸也！」又轉身對大將們深深一躬道，「自今日後，諸位將軍之升遷貶黜，只要得武安君允准，老夫決保王命無差。」司馬尚冷冷道：「老上卿之意，趙王印璽在你腰間皮盒之中？」郭開渾不覺其譏刺之意，一副慷慨神色道：「老夫與武安君有約：榮辱與共，同執趙國。趙王安得不聽哉！」

此言一出，幕府大將們盡皆驚愕，目光齊刷刷盯住了李牧。李牧大覺不是路數，肅然拱手道：「軍中無戲言。老上卿何能如此輕率涉及國事，涉及趙王？」郭開哈哈大笑道：「此時此地，老夫實在不當此話。當後話也，後話也。」以李牧在軍中資望，若與郭開執意折辯一句話虛實有無，反倒顯得底氣不足有失風範。李牧自然不屑此等作為，大袖一揮散了軍宴，將郭開撂在大帳逕自走了。

軍宴結束，留下一班吏員犒軍，郭開自己回邯鄲去了。

郭開剛走，春平君元老黨的祕密特使便趕到了邊軍幕府，一力催促李牧發兵靖難，殺郭開廢趙王救趙國！趙國元老與邊軍大將們的通聯歷來是千絲萬縷，密謀舉事也不僅僅是與李牧一人有約。是以每次密會密商，至少都有司馬尚等幾員大將與會。兩次勝秦，李牧聲望大增，元老們發動宮變的欲望又變得濃烈而迫切。春平君與元老們的評判是：兩次勝秦，秦必不會立即再攻，如此必有一段間隙時日，若能在此時一舉宮變，迅雷不及掩耳般理清趙國廟堂根基，則趙國必將再振雄風！然則，大大出乎元老們意料，李牧明確地表示反對此時起事宮變，而主張穩定朝野，先行抗擊秦軍。

李牧的理由很充分：秦軍對趙軍的試探性作戰已經完成，各方消息都顯示出秦國正在全力準備滅趙大戰；今春秦軍必定滅韓，之後很可能立即是滅趙大戰；此時若在邯鄲倉促起事，趙王人選沒定準，主政大臣也沒定準，何以穩定大局？大局不穩，趙國必亡！以目下趙國格局，郭開要保存趙王與自己權位不失，便得全力支持邊軍抗秦，至少不會給抗秦大戰設置陷阱。末了，李牧拍著帥案慷慨激昂道：「目下之局，不舉事尚能全趙，舉事則必然亡趙！整肅趙國，只能在戰勝秦軍主力之後！」

元老黨的特使對李牧的論斷做了激烈指斥，說秦國大軍正陷於對韓泥沼，秦軍絕不可能一戰滅韓；當此之時，正是趙國廓清朝局的最好時機；若不趁此時機盡早動手，待秦軍真正滅韓之後攻趙，有郭開一班狐群鼠輩攪擾，趙軍不能全力抗擊秦軍，趙國才是真正的亡國之危！在李牧與特使的激烈爭辯中，邊軍大將們第一次出現了沉默，沒有一個人說話。

「不想武安君竟能寄望於郭開，夫復何言！」

特使憤憤然作鄙夷之色，撂下一句使李牧極為難堪的話走了。

第一次，臉色鐵青的李牧無言以對。

此間牽涉的一個軸心，是雙方對郭開的評判。李牧很明白，郭開絕不是忠直良臣。李牧之所以主張此時不能起事，只是預料郭開不會以犧牲李牧與邊軍為代價而自滅趙國。畢竟，只有李牧與邊軍保住了趙國，郭開趙遷才能繼續在位當道。李牧相信，郭開不會看不到這一點。李牧認定的方略是：只有再次大敗秦軍主力，真正換來一段平定歲月，才能整肅趙國內事。然則，不管李牧內心如何清楚，此時都難以辯白了。李牧嗅到了一種氣息：只要牽涉到郭開，無論如何辯解，都不可能說服趙國元老與邊軍大將。

李牧沉默了，元老黨的宮變謀劃自然也暫時擱置了。然則，種種關於李牧的離奇流言卻風靡了邯鄲，吹到了各大戰國。「李牧擁兵自重。」「李牧與郭開榮辱與共，結成了一黨。」「李牧報郭開兩次舉薦之恩，要助郭開自立為趙王！」「李牧素來不尊王命，這次要獨霸趙國了！」等等等等不一而足。面對種種流言，李牧大笑間滿眶熱淚：「趙人之愚，恆不記當年長平大戰之流言哉！」

此時，郭開又一次親自帶著大隊犒賞車馬來了。

事先，郭開預報趙王書令：李牧抗秦辛勞有功，加封地一百里。李牧聞報大怒，非但沒有舉行軍宴，連郭開見也不見，便將特使車馬轟出了邊軍營地。饒是如此，流言依舊，李牧也日益為朝野公議所疑。郭開卻一如既往，隔三岔五總是親自來犒賞李牧，且每次都是大張旗鼓。李牧不見，郭開便將繡有趙王褒獎詞與郭開一黨頌詞的大旗遍插鹿砦之外，將大量財貨牛羊王酒小山般堆積營門。一面面「功蓋吳白」、「大趙干城」、「新朝砥柱」之類的紅錦大旗竟日飛揚，一座座肉山酒山整日飄香，引得路人側目議論蜂起，整肅如山的邊軍營地出現了從來沒有過的混亂景象。一個是淫虐醜行已經昭著朝野的君王，一個是掌控荒淫君王的大陰奸佞，兩人垂青李牧，剽悍的趙人如何不憤憤然作色？

恰在紛亂之時，趙國北部代郡（註：代郡，趙國郡之一，大體在今日內蒙古南部、山西北部、河北西北部的於延水、治水流域）又突發異常大地動！

代郡二十餘縣房屋大半坍塌，最寬地裂達一百三十餘步。緊接著旱災大起，瘟疫流行，耕地荒草搖搖，代郡陷入空前大饑饉。天災驟發，郭開一班執政人物不聞不問，依舊每日算政弄人。趙遷王室更是日日沉溺荒誕惡癖，一令不發，一事不舉，聽任饑民流竄燕國遼東與茫茫草原。不期然，一首民謠迅速在趙國流傳開來：「趙為號，秦為笑。以為不信，視地之生毛！」民謠飛傳之外，趙國又生出一則流言：乾坤大裂，上天示警，主趙國文武兩奸勾連亂國！這文武兩奸，任誰解說都昂昂然指為郭開與李牧。

流言飛到大軍幕府，李牧連連冷笑，卻一句話也說不出來。

數十年來，李牧率邊軍常駐雲中邊地，背後的代郡便是其堅實後援。李牧邊軍與雲中、代郡邊民素來融洽無間，護持牧民更是口碑巍然。今邊民大災，李牧安能坐視？此時，雖然李牧主力大軍因南下對秦作戰，已經移駐上黨郡東北部的東垣（註：東垣，趙國城邑，今河北石家莊東北地帶）要塞。然李牧一得消息，顧不得種種流言，立即派出飛騎羽書，下令雲中大營全力救治代郡災民。與此同時，李牧緊急上書趙王，請開邦國府庫賑濟災民！可是，李牧的特使根本沒有見到趙王，只在王城偏殿好容易找到了郭開。至此，郭開終於真相畢露，對李牧特使冷冷撂下寥寥幾句：「武安君要救災民，立聲望麼？好。然則，得他自己來說。李牧一日不與老夫同道，休求老夫成他功業！」事態至此，趙國元老們倍感窩火，一口聲將災劫亂象歸結為「姑息養奸，國成大患！」誰在姑息養奸？元老們不明說。如此更引得流言紛紜。一時間，李牧竟成了朝野側目的亂國者。

李牧憤怒了！

這位趙國的武安君忍無可忍，先公開以軍書形式通告朝野，嚴詞斥責郭開一班執政大臣視民如草芥荒政誤救，申明若再遲延救災，邊軍絕不坐視！之後，李牧又立即將自己封地的賦稅糧草全數交給代郡府庫賑濟災民。李牧如此兩舉，其一在斷然將自己與郭開分割開來；其二則欲帶動元老開私家府庫賑濟災民，對趙王郭開施加強大壓力，以圖穩定趙國邊民不使外流。

然則，李牧沒有料到，趙國局面卻因此而更加神祕莫測。

邊民倒是不再疑惑李牧，一片讚譽如浪潮般湧起，無不將李牧視為大趙長城。春平君為首的元老們卻對李牧真正地冷淡了，疏遠了。雖然，每位元老都迫不得已拿出了一些糧草以全顏面，但對李牧這種作為，卻大大的不以為然。春平君密使通過司馬尚告知李牧說：「君之行，徒解其表也，唯沽爾名也！老夫等欲扶國本，安能與君同道哉！」

趙國的元老勢力與李牧，終於分道揚鑣了。

其時，李牧正忙於籌劃對秦決戰，聽罷司馬尚轉述，苦笑一番，疲憊得連折辯的心力也沒有了。此時，郭開人馬卻是另一番作為：在李牧明發軍書之後，郭開非但沒有一言作公然辯解，反倒派出幾撥大吏連番趕赴代郡救災。雖然，救災大吏們最終也沒有給邊地災民帶去急需的財貨糧草，反而是蝗蟲般將災區再度吃喝洗劫了一番。然則，郭開畢竟是以王命名義轟隆隆出動救災。李牧既沒有時日出動精悍人馬查究真相，又不能在此時舉事除奸，原本可以借重的元老勢力也形同路人，無論郭開們如何玩弄伎倆，李牧都無力回天了。

李牧不知道的是，恰恰在這個關節點上，郭開與他結下了生死冤仇。

郭開屢經試探，多方查勘，終於認定李牧是一個無法以眼前利害動其心的人物。也就是說，郭開認定李牧再也不可能成為自己手中的棋子。既然如此，李牧只能是郭開的對手。在趙國，郭開不畏懼元老勢力，卻深深畏懼手握重兵而又無法籠絡的李牧。自李牧軍書通告朝野，公然指斥郭開，郭開一黨便開始謀劃對付李牧的種種手段了。郭開們最大的顧忌，是元老勢力與李牧的結盟。若趙氏元老死力支撐李牧，李牧在元老勢力支撐下突然起事宮變，郭開與趙遷准定一齊陷入滅頂之災。

恐懼之下，郭開沒有慌亂，精心思謀了幾則流言，下令心腹們大肆傳播。郭開心腹心有疑慮，生怕引火焚身，郭開陰陰道：「流言者，試探手也。查彼之應對，決我之方略。若李牧與元老果真不為流言所動，而斷然起事，老夫只有最後一條路：挾持趙遷北逃，勾連匈奴以謀再起！」一班心腹心悅誠服，遂全力四出，大肆散布種種流言。

郭開的第二手棋是，通過韓倉操弄淫亂成性的轉胡太后著意勾連春平君。韓倉大展其長，多次以趙王密召為名，將春平君接進柏人行宮與盛年妖嬈的轉胡太后大行淫亂。其間，韓倉不惜重操故伎，也胡天胡地地混插其中，引得春平君大呼快哉快哉。如此臥榻林下之餘，侍女內侍們種種關於李牧祕密進出柏人行宮的悄聲議論，也不經意地流入了春平君耳中。春平君大疑，遂在狎弄韓倉時多方盤詰，韓倉卻始終只笑顏承歡，不置可否。春平君又在林下與轉胡太后野合時，多方談及李牧以為試探，孰料這位太后咯咯長笑道：「便是那武夫如何，豈比君之長矛大戟哉！」這位欲圖在趙國大局中翻雲覆雨的春平君篤信臥榻密語，由是認定：李牧已經是趙遷郭開的祕密支柱，斷斷不可共舉祕事。元老勢力與李牧的分道揚鑣，其源皆在此也。

不多時日，郭開得軍中親信密報：春平君元老們與李牧完全分道，李牧沒有任何起事謀劃，邊軍大將們也隱隱多有裂痕。郭開興奮難以自抑，仰天一陣大笑：「天意也！天意也！老夫獨對李牧，大業成矣！」

一個烏雲密布大雨滂沱的暗夜，龐煖趕到了大軍幕府。

李牧看著渾身透濕的龐煖，驚愕得一時無言。龐煖不作任何客套，慨然一拱手道：「武安君，龐煖今來，最後一言，願君慎謀明斷：目下情勢，君已孤立於朝，上有無道之君大陰之臣，下有王族元老內軍大將，君縱有心抗秦，一軍獨撐安能久乎！其時，大將軍縱然不惜為千古冤魂，大趙國一朝滅亡，寧忍心哉！為今之計，在下與一班將軍願與大將軍同心盟誓：拋開春平君，請大將軍主事，以雷霆之勢一舉擒拿趙遷郭開，共推公子嘉為趙王抗秦！挽救趙國，在此一舉，願武安君明斷！」李牧尚在愣怔之中，龐煖一揮手，六員水淋淋的大將大踏步進帳，齊齊拱手一句：「我等擁戴武安君主事！武安君明斷！」

李牧良久默然，石柱般佇立在幕府大廳。一道閃電劃破夜空，大廳驟然雪亮。龐煖與大將們清楚地看見，素稱鐵石膽魄的李牧臉頰滾下了長長兩行淚水。空曠的聚將廳肅然寂然，龐煖與將軍們再也不忍說話了。長長的沉默終於打破，李牧對龐煖深深一躬道：「人各有志，不能相強。秦趙大決在即，李牧寧願死在烈烈戰場，不願死在齷齪莫測之泥潭。」

龐煖與大將們走了，臉色如同烏雲密布的夜空。

至此，李牧這位赫赫名將，在趙國朝野幾乎完全陷入了孤立。

正在此時，緊急軍報接踵傳來：秦軍主力大舉攻趙！

四、王翦李牧大相持

趙王遷七年，秦王政十八年夏末，秦國主力大軍壓向趙國。

秦軍主力以王翦為統帥，分作三路開進：北路，由左軍大將李信與鐵騎將軍羌瘣率八萬輕裝騎兵，經秦國上郡（註：上郡，戰國秦郡，大體今日陝北延安榆林區域）東渡離石要塞，過大河，以太原郡為後援根基壓向趙國背後；南路，由前軍大將楊端和率步騎混編大軍十萬，出河內郡（註：河內郡，戰國末期秦郡，大體今日黃河北岸之中段區域，東部有安陽重鎮），經安陽北上直逼邯鄲；中路，由王翦親率步騎混編的二十萬精銳大軍，出函谷關經河東郡進入上黨山地，向東北直逼駐紮井陘關的李牧主力。

三路主力之外，秦軍還有更北邊的一支策應大軍，這便是防守匈奴的九原郡蒙恬大軍。秦王嬴政給蒙恬軍的策應方略是：在防止匈奴南下的同時，分兵牽制趙國邊軍雲中郡大營，以使趙國邊軍的留守騎兵不能南下馳援李牧。

大軍出動之前，秦軍在藍田大營幕府聚將。在穹隆高闊的幕府大廳，王翦用六尺長的竹竿指點著巨大的寫放山川（註：寫放山川，幾類後世之仿真沙盤。寫放，戰國用語，意為臨摹放大或縮小。秦滅六國，寫放六國宮室於北阪），對分兵攻趙的意圖解說道：「我軍三路，盡皆精兵。三路無虛兵，三路皆實兵！反觀之，則三路皆虛兵，三路無實兵！如此部署圖謀何在？在趙之國情軍情也！人言秦趙同源。趙國之尚武善戰，不下秦國！趙國之舉國皆兵，不下秦國！秦趙大決，是舉國大決，無處不戰！今我軍三路進擊，再加九原郡蒙恬大軍居高臨下策應，堪稱四面進兵。如此方略，是要逼得趙國退無可退，唯有決戰！唯其如此，秦王特書告誡我全軍將士：對趙一戰，務戒驕兵，務求全勝！」

「務戒驕兵！務求全勝！」舉帳肅然複誦。

「此次大決，不同於長平大戰。」明確部署總方略後，王翦肅然正色道，「不同之處在三：其一，廟堂明暗不同。長平大戰之時，秦趙廟堂皆明，秦趙兩方都是人才濟濟。此次大戰則秦明而趙暗，趙王昏聵荒淫奸佞當國。其二，國力軍力不同。長平大戰時，秦趙雙方國力對等，軍力對等。此次大戰，秦國富強遠超趙國，後援根基雄厚扎實；秦軍兵員總數亦超越趙國，攻防器械、甲冑兵器、將士戰心等等，亦無一不超趙國。其三，將才不同。長平大戰之時，秦軍統帥為武安君白起，趙軍則為廉頗趙括，秦軍將才大大超過趙軍將才。此次大戰，趙軍統帥為大將軍李牧，秦軍為老夫統兵。諸位但說，王翦與李牧，孰強孰弱？」

「上將軍強於李牧！」聚將廳一片奮然高呼。

「不。」王翦淡淡的一絲笑意迅速掠去，溝壑縱橫的古銅色臉龐又凝固成石刻一般的稜角，「李牧統率大軍北擊匈奴，南抗秦軍，數十年未嘗一敗！老夫王翦，雖也是身經百戰，然統率數十萬大軍效命疆場，生平第一次也！素未為將統兵之大戰，老夫如何可比赫赫李牧？縱然老夫雄心不讓李牧，亦當思忖掂量，慎重此戰。老夫之心，諸位是否明白？」

「明白！！」舉廳一聲整齊大吼。

「李信將軍，你且一說。」

北路大將李信跨步出列，一拱手高聲道：「上將軍之意，在於提醒我等將士：既不可為李牧聲威所震懾，臨戰畏首畏尾不敢臨機決斷，更不能以李牧並未勝過秦軍主力而輕忽，當戰則戰，不懼強敵！至於上將軍自以為不如李牧，李信以為不然！」

王翦鼻端哼了一聲，沒有打斷這位英風勃發的年輕大將。舉廳大將盡皆年輕雄壯，一聞李信之言業已超越上將軍所問而上將軍居然沒有阻止，頓時一片明亮的目光齊刷刷聚來，期盼李信說將下去。

「上將軍之與李牧，有兩處最大不同。」李信沉穩道，「不同之一，李牧戰法多奇計，尤長於設伏截擊，勝秦如此，勝匈奴亦如此；上將軍為戰，多居常心，多守常法，寧可緩戰必勝，不求奇戰速勝。兵諺云，大戰則正，小戰則奇。唯其如此，上將軍之長，恰恰在於統率大軍作大決之戰。此，李牧未嘗可比也！」

「采——」大將們一聲歡呼幾乎要震破了磚石幕府。

「不同之二，李牧一生領兵，幾乎只有云中草原之飛騎邊軍，而從未統領舉國步騎輕重之混編大軍作攻城掠地之決戰。唯其如此，李牧之全戰才具，未經實戰考量也！上將軍不然，少入軍旅即為秦軍精銳重甲之猛士，後為大將則整訓秦國新軍數十萬。步軍、騎兵、車兵、弩兵、水軍、大型軍械等等，上將軍無不通曉！諸軍混編決戰，上將軍更是瞭然於胸！唯其如此，上將軍之全戰才具在李牧之上也！」

「采！上將軍萬歲——」幕府大廳真正地沸騰了。

「我有一補！」一個渾厚激越的聲音破空而出。

「王賁何言？」王翦臉色沉了下來。

前軍主將王賁是王翦的長子，與李信同為秦軍新銳大將之佼佼者。若說李信之長在文武兼備，則王賁之猛勇機變尤過李信。秦國政風清明軍法森嚴風習敦厚，王賁自入軍旅，父子反倒極少會面。王翦從來不以私事見這個兒子，王賁也從來不在軍事之外求見父親。王賁的功過稽查，王翦更是依據軍法吏書錄與蒙恬議決行事。更兼王翦行事慎重，總是稍稍壓一壓王賁。譬如此次滅趙大戰，眾將一致公推王賁為北路軍主將，王翦最後還是選擇了李信，而教王賁做了李信麾下的戰將。王賁稟性酷肖乃父，軍事之外極少說話，今日卻橫空而出，王翦便有些不悅。

「末將以為，李牧不通大政！」王賁赳赳高聲道，「大將者，國家柱石也，不兼顧軍政者歷來失算。李牧身為趙國大將軍，既不能決然震懾奸佞，又不能妥善應對王族元老與腹地大軍諸將，在趙國廟堂形同孤立。如此大將，必不長久！秦軍出戰，不說決戰，只要能相持半年一年，只怕李牧已身陷危局！這是李牧的根基之短。」話音落點，王翦立即搖了搖手，制止了大將們立即便要爆發的喝采，沉著臉問：「相持，便能使李牧身陷危局，王賁之論，根基何在？」

「其理顯然。」王賁從容道，「李牧已經兩勝秦軍，名將聲望業已過於當年之馬服君趙奢。趙國朝野上下，對李牧勝秦寄望過甚。但有相持不下之局，昏聵的趙遷、陰謀的郭開，以及處處盯著李牧的王族元老，定會心生疑慮，敦促速戰速勝。其時，以李牧之孤立，安能不身陷危局？」

「采——」大將們不待王翦搖手，一聲齊吼。

「算得一說。」王翦怦然心動，臉上卻平淡得沒有絲毫表示。

「願聞軍令！」大將們齊刷刷拱手請命。

王翦一揮六尺長竿，高聲下令道：「三日之後，大軍分路進發！三路大軍步步為營，各尋戰機，扎實推進。進軍方略之要旨，不在早日攻下邯鄲，而在全部吞滅趙軍主力。對趙之戰，非邯鄲一城之戰，而是全殲趙軍之戰，是摧毀趙人戰心的滅國之戰！」

「雪我軍恥！一戰滅趙！」大將們長劍拄地，肅然齊吼。

王翦以特有的持重，做了最後叮囑：「老夫受命領軍，戒慎戒懼。諸將亦得持重進兵，每戰必得從滅趙大局決斷，而不得從一戰得失權衡。我軍三路各自為戰，通聯必有艱難。我新軍主力又是初戰，諸將才具未經實戰辨識。是以，各軍大戰之先，務必同時稟報秦王與上將軍幕府。然則，秦王已經申明：唯求知情，不干戰事決斷，各軍戰機，獨自決斷。唯其如此，今日之後，將各擔責，但有輕慢而敗北辱軍者，軍法從事！」

王翦的最後一句話，是指著那口銅鏽斑駁的穆公劍說的。

在全部新軍大將中，只有王翦是年逾五十的百戰老將。雖然，王翦統率全軍出戰也是首次，但王翦早年在蒙鰲大軍中做百夫長千夫長時已經是聞名全軍的謀勇兼備的後起英才。尤為難能可貴者，王翦始終如一的厚重穩健，每戰必從全局謀劃的清醒冷靜，與秦國新老大將都能協同一心的稟性，以及在訓練新軍中的種種出色調遣，已經在秦國新軍中深具人望。更為要緊的是，王翦是自來秦國大將中絕無僅有的被秦王以師禮尊奉的上將軍，在秦國廟堂堪稱舉足輕重。昔年名將如司馬錯、白起、蒙鰲，對朝局政事之實際影響，可說都超過了王翦；然若說和諧處國協同文武君臣一心，則顯然不及王翦。這便是王翦作為秦國上將軍的過人之處——既有名將之才具，又有全局之洞察。因了如此，最為重大的滅趙之戰，秦王嬴政反倒不如滅韓之戰督察得巨細無遺，完全是放開手腳，交給王翦全盤調遣。賜大將穆公劍而授生殺大權，卻不親臨幕府，這是秦王嬴政從來沒有過的舉措。

凡此等等，秦軍新銳大將當然是人人明白，對王翦部署自是一力擁戴。

趙王王書頒下的時候，李牧已經在開赴井陘山的路上了。

這次，郭開不再親自與李牧周旋，派來下王書的是趙王家令韓倉。年近四旬的韓倉第一次踏出王城以王使之身行使權力，得意之情無以言表，駟馬王車千人馬隊旌旗獵獵而來，威勢赫赫幾若王侯。及至趕到東垣，李牧的幕府已經開拔半日。韓倉大是不悅，下令快馬斥候兩路兼程飛進，一路追趕李牧，務須知會其等候王命；一路稟報郭開，說李牧已經擅自出兵。韓倉自忖威勢赫赫，李牧必在前方等候，趕來迎接亦未可知，於是在派出斥候之後下令大隊車馬緩緩前行，一路觀山觀水不亦樂乎。誰知堪堪將及暮色，斥候飛回稟報：大軍已經不見蹤跡，只有李牧的幕府馬隊在前方四十里之外的山谷駐紮。

「他，不來迎接王使？」韓倉很是驚訝。

「大將軍正在踏勘戰場，等候王使！」

「豈有此理！他敢蔑視趙王？就地紮營！」
韓倉決意要給李牧一個難堪，教他知道自己這個炙手可熱的趙王家令的分量。於是，特使人馬在山谷紮營夜宿，韓倉再派斥候飛騎趕赴前方，下令李牧明晨卯時之前務須趕來領受王命。不料，正在韓倉酒足飯飽後趁著月色帶著幾名內侍侍女走進密林，要效法趙王野合趣味之時，山風大起暴雨大作，一面山體在滾滾山洪中崩塌，將酣睡中的車馬營地轟隆隆捲入鋪天蓋地的泥石流中。正在另面山坡野合的韓倉僥倖得脫，在暴雨雷電中失魂落魄瑟瑟發抖。天色微明，韓倉被幾名內侍侍女抬回營地，望著連一個人影也沒有留下的猙獰山谷，韓倉連哼一聲也沒來得及便昏死過去。及至斥候帶著李牧的兩名司馬趕來，韓倉只能篩糠般瑟瑟發抖，連話也說不出來了。

李牧得報，親率中軍馬隊趕來了。李牧從來沒有見過韓倉，然對這個趙王家令的種種污穢之行早已聽得不勝其煩。李牧面若寒霜立馬山坡，連韓倉是誰都不屑過問，只對輜重司馬冷冷下令：「一輛牛車，一個十人隊，送他到東垣官署。」一個小內侍哭著稟報說，家令風寒過甚急需救治，否則有性命之危。李牧冷笑道：「王使命貴，邊軍醫拙，回邯鄲救治方不誤事。」說罷一抖馬韁，率馬隊逕自飛馳去了。

旬日之後，李牧大軍全部集結於井陘山地。

自與龐煖一班大將分道，李牧已經清楚地覺察到自己的孤絕處境。副將司馬尚追隨李牧多年，勸李牧不要輕易決斷此等大事，不妨與龐煖再度會商共決。反覆思忖之下，李牧接納了司馬尚勸告，派司馬尚祕密會晤龐煖，終於達成盟約：李牧大軍專事抗秦，同時支持龐煖等拋開春平君祕密舉事；但能誅殺趙遷郭開而擁立公子嘉為趙王，李牧決意擁戴新趙王，擁戴龐煖領政治國。龐煖等之所以欣然與李牧結盟，並接受李牧不捲入舉事的方略，在於龐煖完全贊同李牧關於秦軍主力攻趙必將發生的評判。其時，若沒有李牧大軍全力抗秦，縱然宮變成功，趙國已經崩潰甚或滅亡，宮變意義何在？以實際情形論，抗秦大戰龐煖不如李牧得力，宮變舉事李牧不如龐煖得宜，兩人分頭執事，不失為最佳之選擇。而李牧之所以終於贊同結盟舉事，要害在於龐煖提出的拋開春平君而由腹地趙軍一班大將舉事的方略尚覺踏實。李牧久在軍旅，對元老黨的舉事方略歷來冷淡以對，其根由與其說對郭開洞察不明，毋寧說對春平君一班元老的拖泥帶水與浮華奢靡素來蔑視，而對其能否成功更抱有深深疑慮。龐煖初來，李牧拒絕，同樣是李牧疑慮之心尚未消除。經司馬尚勸說而李牧最終接納，也是李牧得多方斥候探察，知龐煖等確實不再與春平君元老黨勾連，遂決意支援龐煖舉事。

如此盟約達成，邊軍一班大將無不倍感亢奮，原先漸漸離散的軍心由是陡然振作。及至秦國大軍逼近趙國邊境的軍報傳來，李牧大軍已經恢復了往昔的上下同心剽悍勁健，全軍一片求戰之聲。

李牧選擇的抗秦方略是：居中居險，深溝高壘，遲滯秦軍，以待戰機。

李牧將兵大戰，數十年一無敗績。在戰國名將中只有三人達此皇皇高度，一曰吳起，一曰白起，再曰李牧。而這三人之統兵性格，竟然驚人的相似：機警靈動如飄風，深沉匿形如淵海，猛勇爆發如雷霆，生平從無輕敵驕兵之熱昏。一言以蔽之，狠而刁，勇而韌，冰炭偏能同器。仔細分說，吳起終生七十六戰，尚有十二場平手之戰；而白起、李牧，一生大戰連綿，戰戰規模超過吳起，卻是次次完勝，根本不存在平手之戰。由此觀之，白起、李牧尚勝吳起一籌。若非李牧後來慘死，以致未與王翦大軍相持到底，而致終生無中原大戰之勝績，李牧當與白起並列戰神矣！

稟性才具使然，李牧謀定的抗秦方略，深具長遠目光。

所謂居中，依據趙國大勢決斷趙軍戰位也。

其時，趙國疆土共有五大郡，自北向南依次是：雲中郡（包括後來吞滅的林胡之地）、雁門郡（包括後來吞滅的樓煩之地）、代郡（三十六縣）、上黨郡（包括後來接納韓國的上黨郡，共計四十一縣）、安平郡（與齊、燕接壤）（註：據楊寬先生《戰國史・戰國郡表》，其中未錄縣數者，不可考也）。其時，郡縣制在各國並不完備，尤其是山東六國，不歸屬於郡的獨立縣與自治封地尋常可見。譬如目下之趙國，國都邯鄲周圍百里是王室直領，再加四面邊地常因戰事拉鋸而盈縮，故所謂郡數，只能觀其大概，而非後世國土疆域那般固定明確。五大郡中，上黨郡獨當其西，南北縱貫綿延千里，幾乎遮擋了趙國整個西部。秦國大軍西來，以太行山為主軸的南北向連綿山地橫亙在前，正是天險屏障。上黨郡東北部的井陘山地帶，若從整個太行高地構成的西部屏障看，其位稍稍居北；若從背後的東部本土看，則正當趙國中央要害，幾若人之腰眼。若秦軍從井陘山突破東進，則一舉將趙國攔腰截斷，分割為南北兩塊不能通聯，趙國立時便見滅頂之災。李牧為趙軍選定井陘山為抗秦主戰場，其意正在牢牢護住中央出入口，北上可聯結雲中郡邊軍，南下可聯結邯鄲腹地各軍，從而使趙國本土始終渾然一體，以凝聚舉國之力抗擊秦軍。只要中央通道不失，無論秦軍南路北路如何得手，都得一步步激戰擠壓，趙國便有極大的迴旋餘地。

所謂居險，依據山川形勢決斷趙軍戰法也。

太行山及其上黨山地之所以為天險屏障，在於它不僅僅是一道孤零零山脈。太古混沌之時，太行山南北連綿拔地崛起，轟隆隆順勢帶起了一道東西橫亙百餘里的廣袤山塬。於是，太行山就成了南北千里、東西百餘里甚至數百里的一道蒼莽高地。這道綿延千里的險峻山塬，僅有東西出口八個，均而論之，每百餘里一個通道而已。所謂出口，是東西橫貫的峽谷通道，古人叫作「陘」。這八道出入口，便是赫赫大名的太行八陘。自南向北，這八陘分別是：軹關陘、太行陘、白陘、滏口陘、井陘、飛狐陘、蒲陰陘、軍都陘（註：關於上黨與太行八陘之細說，見本書第三部《金戈鐵馬》）。李牧選定的井陘山，是自南向北第五陘所在的山地。井陘山雖不如何巍巍高峻，然卻在萬山簇擁中卡著一條峽谷通道，其勢自成兵家險地。趙軍只要憑險據守，不作大肆進攻，秦軍斷難突破這道峽谷關塞。而相持日久，不利者只能是遠道來攻的秦軍。

如此大勢一明，所謂深溝高壘遲滯秦軍以待戰機，不言自明瞭。

當然，若是秦軍從上黨八陘全面進擊，井陘山未必便是最佳防守戰場。然則李牧已經得到明確軍報：秦軍三路攻趙，西路主力大軍進逼方向毫無隱晦地直指井陘山，南路出河內逼邯鄲，北路出太原逼雲中。司馬尚等一班大將對秦軍路數迷惑不解。李牧指點地圖解說道：「秦軍不著意隱祕行進，大張旗鼓而來，其意至明：一不作奇戰，二不作小戰，此戰必得吞滅趙國也！三路大軍指向，其心之野更是明白：不在占地攻城，只在追逐我大軍所在。南路尋我腹地大軍，北路逼我雲中邊軍，中路對我主力大軍。設若趙國大軍全數被滅，趙國何存哉！」

「秦軍虎狼猖狂！趙軍擒虎殺狼！」大將們齊聲怒吼。

兩勝秦軍之後，邊軍將士們士氣大漲，在山東戰國的嘖嘖歆慕與國人的潮水般讚頌中大有蔑視秦軍的驕躁之勢。邊軍大將們一口聲主張：趙軍該當效法前戰，誘敵深入趙國腹地，設伏痛擊秦軍！大軍倉促開進，李牧未及對大將們備細解說方略。直到大軍在井陘山駐紮就緒，邯鄲廟堂仍一無書令，李牧這才在井陘山幕府聚集大將會商戰事。

會商伊始，司馬尚慷慨道：「大趙邊軍以飛騎為主力，善騎射奔襲，若以前策迎擊南路北路秦軍，設伏以血戰截擊，我軍必能大勝！今我軍兩勝秦軍，銳氣正在，卻棄長就短，以騎改步，於山地隘口作堅壁防守，豈有勝算哉？願大將軍另謀戰場！」司馬尚話音落點，立即引來大廳一片奮然呼應。

「戰事方略，當以大勢而定。」李牧肅然正色道，「我軍兩勝秦軍，根本因由在二：其一，秦非主力大軍北上，而是河東老軍之試探性作戰；其二，先王初位尚謀振作，朝野上下同心，糧草兵員暢通無阻，我軍故能馳騁自如。諸位且想，今日之秦軍可是昔日之秦軍？今日之趙國可是昔日之趙國？不是！今日之秦軍，精銳主力三十八萬，要的是滅國之戰！今日之趙國，廟堂昏淫奸佞當道，抗秦無統籌之令，大軍無協力之象，糧草無預謀之囤……僅有的一道王命，也隨那個豬狗韓倉的車馬沒了蹤影！時至今日，面對滅頂之災，趙國廟堂可有一謀一策？沒有！沒有！」李牧的吼聲在聚將廳嗡嗡激盪，大將們都鐵青著臉死死沉默。

「諸位將軍，兄弟們，」李牧長吁一聲，眼中淚光隱隱，「韓倉回程半月，邯鄲一無聲息。此等異象，何能不令人毛骨悚然？趙王郭開，其意何在還不分明麼？未知王命，我大軍開出抗秦，以尋常論之，是擅舉大軍之死罪。今趙國廟堂，之所以對我軍抗秦默然不置可否，實則聽任邊軍自生自滅。或者，正在謀劃後法制我……」

「大將軍，似，似有輕斷。」一將吭哧道，「畢竟，那道王書沒看到。」

「沒看到不能發第二道？滅國之危，廟堂權臣麻木若此，將軍不覺異常？」李牧冷笑搖頭，「諸位若心存僥倖，夫復何言！盡可聽任去留，李牧絕不相強。諸位若鐵心抗秦，李牧不妨將大勢說透，而後共謀一戰。」

「願聞大將軍之見！」舉廳大將拱手一聲。

「好！」李牧拍案而起，拄著長劍石雕般佇立在帥案前，對中軍司馬一揮手。中軍司馬步出大廳一聲喝令：「轅門百步之外，封禁幕府！」片刻之間，幕府大廳外守護的中軍甲士鏘鏘開出轅門，於百步之外連綿圈起長矛林帶。中央轅門口的大纛旗平展展下垂，兩輛戰車交會合攏，轅門內外之進出全部封閉。與此同時，幕府內所有侍從軍吏也悉數退出。幕府大廳之內，只有李牧與一班大將及三名高位司馬。中軍司馬則左持令旗右持長劍，肅然在大廳石門口站定。

李牧的炯炯目光掃視著大廳道：「諸位都是邊軍老將，幾乎都曾與元老大臣通聯，舉事之謀，大體人人明白。趙王之淫靡無道，郭開之大陰弄權，對諸位也不是機密。趙國大勢至明：若趙王郭開依舊在位當道，抗秦大戰凶多吉少！唯其如此，本君正式知會諸位：為救趙國，李牧司馬尚已經與龐煖將軍達成盟約：彼舉事定國，我抗擊秦軍！此事兩相依賴：若我軍能與秦軍相持半年一年，則龐煖舉事可成；若其事成，趙國得以凝聚民心國力，則我軍勝秦有望！若龐煖舉事不成，則我軍必陷內外交困之危局！若我軍未能抗秦半年以上，則龐煖舉事難有迴旋，其時趙國亦不復在焉！當此之時第一要害，在我邊軍能否抗秦一戰，遲滯秦軍於趙國腹地之外！」

「血戰抗秦！拼死一戰！」大將們一聲低吼。

「好！諸位決意抗秦，再說戰法。」李牧轉身指點著地圖道，「以我邊軍飛騎之長，若趙國政道清明如常，李牧本當親率十萬飛騎，從雲中直撲秦國九原、雲中兩郡，從秦國當頭劈下一劍，直插秦國河西！你打你的，我打我的！血性趙人，何懼之有哉！」

短短幾句，李牧已經是熱淚奔湧心痛難忍，哽咽著驟然打住了。邊軍大將們也是一片唏噓涕淚，有人竟禁不住地號啕痛哭起來。是邊軍大將誰都明白，李牧數十年錘鍊打磨出的這支精銳邊軍，若當真能大舉迴旋奔襲，其無與倫比的騎射本領必然得以淋漓盡致地揮灑，其威猛戰力絕可與秦軍銳士一見高下。更有李牧之不世將才，可說兼具趙奢之勇、廉頗之重、趙括之學、樂毅之明以及無人可比之機警靈動，趙軍必能打出震驚天下的皇皇戰績！若沒有李牧，沒有這支邊軍，人或不痛心如此。唯其有李牧，唯其有精兵，卻不能一展所長，竟要逼得不世名將與不世精銳放棄優勢所在而強打自己短處，何能不令人痛心哉！

「天意如此，夫復何言！」

李牧揮淚，慨然一歎，良久默然。及至大將們哭聲停息，李牧這才平靜心緒道：「我等既為趙國子民，國難當頭，唯灑熱血以盡人事，至於勝敗歸宿，已經不必縈繞在懷了。」

「願隨武安君血戰報國！」大將們吼成了一片。

「以戰事論之，我軍扼守井陘山，未必不能勝秦！」李牧振作，拄劍指點地圖道，「我軍雖捨其長，地形之險可補之。秦軍雖張其勢，地形之險可弱之。要緊處在於，諸位將軍務須將我軍何以捨其長而守其短之大勢之理，明白曉諭各部將士，務使將士不覺憋屈而能頑韌防守！但有士氣，必能抗秦！」

「願聞將令！」舉廳大將奮然振作。

「好！諸將聽令！」李牧的軍令一如既往地簡單明確，「旬日之內，各部依照防守地勢劃分，各自修造堅壁溝壘，多聚滾木礌石弓弩箭鏃。工匠營疏通水道，務使井陘水流入各部營壘。軍器營務須加緊打造弓弩箭鏃，並各色防守器械。輜重營執大將軍令，立即趕赴腹地郡縣督運糧草。秦軍到來之時，不得中軍將令，任何一部不得擅自出戰。但有違令者，軍法從事！」

「謹奉將令！」

戰地幕府會商之後，趙軍營地立馬沸騰起來。

夏末秋初，王翦大軍壓到了井陘山地帶。

王翦主力大軍二十萬，分作五大營地，在井陘口之外的兩條河流的中間地帶駐紮。這兩條河流不大，一曰桃水，一曰綿蔓水，綿蔓水是桃水的支流。以位置論，綿蔓水最靠近井陘關，桃水則在其西，兩水間距大約百里左右（註：井陘山水流情勢，見《水經注》卷十）。大軍久戰，水源與糧草同等重要。王翦行兵布戰極是縝密，整訓新軍之際已派出斥候數百名輪番入趙，對有可能進軍的所有通道的水源分布都做了備細踏勘，且一一繪製了地圖。出兵之先，王翦又對既定的三條進軍通道派出反覆巡查的斥候，多方監視各路水源的盈縮變化，隨時為大軍確定駐紮地提供決斷依據。

王翦所防者，趙軍堵水斷水。戰國之世，儘管藉水為戰者極其罕見，然中原各國，包括變法前的秦國在內，封地間邦國間因農事漁事而爭水者卻屢見不鮮。燕齊爭水、楚魏爭水、韓魏爭水、東周西周爭水等等等等，屢屢演變為邦交大戰甚或兵戎相見。爭水最常見者，是某國在上游堵斷河流，使下游某國或某地無法漁獵澆灌。井陘山幾道河流水量頗豐，山間水道卻頗是狹窄，若趙國徵發民力祕密堵截水道，遠道而來的秦軍便會大見艱難。王翦初戰，對李牧用兵之機變尤為警覺，深恐其綢繆在先堵絕水源而後再派重兵守護。果真如此，秦軍的進兵路徑便要改變，至少，直逼井陘山這最為有力的一路必然要改道。及至大軍行進到距井陘山二百餘里的白馬山地帶，斥候飛報說，水源上下百餘里依然未有異常，王翦這才長吁一聲：「李牧如此荒疏，寧非天意哉！」

依據事先早已踏勘好的地形，王翦將主力大軍分為五座營壘駐紮：

第一座前軍營壘，駐紮距井陘口三五里之遙的兩側山地，直接對井陘關作攻關大戰。王翦定下的攻關方略是：前軍聚集全軍之重型弓弩與攻城器械，一月一輪換，始終對趙軍構成強大壓力。首次作前軍營壘駐紮的，是材官將軍章邯的三萬人馬，外加王翦調集配屬的弓弩營、雲梯營與諸般游擊配合，總共近五萬人馬。章邯的材官營，是集中秦軍大型器械的攻堅軍，首作攻堅前軍，自是一無爭議。

第二第三兩座營壘，距前軍五里之遙，分東營西營分別駐紮綿蔓水兩岸。東營為右軍大將馮劫部三萬，西營為弓弩兼步軍大將馮去疾部三萬。王翦給這兩軍的軍令是：隨時策應前軍攻堅，並封鎖有可能從外圍進入井陘山援救趙國邊軍的兵馬，掩護並保障前軍的攻關戰事無後顧之憂。

第四座營壘，距兩馮營壘十里，駐紮在靠近桃水的一段河谷地帶。這是王翦的中軍主力八萬。這八萬人馬是步騎混編的精銳大軍，營地東西展開作諸般策應，實際便是托住了全部秦軍。王翦中軍其所以拖後，在於同時承擔另一個重大使命：截擊有可能救趙的任何山東援軍。雖說六國合縱此時已經極難成勢，然作為戰事方略謀劃，縝密的王翦是寧可信其有而不願信其無。

第五座營壘駐紮在桃水河谷，距王翦中軍三五里之遙，是秦軍的糧草輜重營。輜重營壘由馬興部的糧草軍與召平的軍器營構成，護衛鐵騎雖只有一萬餘人，然往來於太原郡與大軍之間的工匠民伕卻多達二十餘萬。臨時糧倉與臨時工棚連綿展開，車聲隆隆錘鑿叮噹，氣勢分外喧囂雄闊。

以兵法論，大凡山地攻堅，大軍營壘絕不能首尾相接擁作一體。一則，地形不容如此之多的兵力展開。二則，各軍必須留有戰場所需的機變餘地，或進或退均可自如伸展。否則便是窩軍，非但不能發揮戰力，反而可能相互擁擠掣肘。戰國之世，戰事水準已達古典戰爭之頂峰，此間之諸般講究幾乎完全為將士所熟知。尤其有相持三年的秦趙長平山地大戰在先，山地戰對秦軍業已成為經典之戰，騎兵步兵車兵弩兵與各種大型器械混編協同作戰，以及糧草輜重之輸送保障，均已嫻熟得渾然一體。大將軍令但下，整個秦軍便如同一架大型器械，立即有效運轉起來。

王翦大軍布成，對趙大戰擂起了戰鼓。

李牧大軍雖稍顯倉促，然也迅速做好了戰前準備。

趙軍雖曾在長平山地戰遭遇慘敗，但畢竟是戰國之世的強兵尚武之邦，且三勝秦軍全是山地戰，故趙軍將士絕非山東其餘五國那般畏秦怯戰。井陘山幕府會商完畢，李牧立即部署了趙軍防守戰法：全軍分為四大營壘，相互策應，作堅壁攻防戰。

李牧的四大營壘是：前出井陘關的兩翼山嶺各駐一營。此兩營的軍馬構成相同：以邊軍騎士為主力，輔以南下抗秦後歸屬李牧的腹地趙軍之步兵，以為防禦屏障。左營由司馬尚統率，邊軍騎士三萬，步兵弓弩手兩萬。右營由大將趙蔥統率，邊軍騎士三萬，步兵弓弩手兩萬。這其中的六萬邊軍騎士，是李牧最為精銳的十萬飛騎的主力，此時派為山地防守，形勢使然迫不得已也。原因在於，邊軍騎士善騎善射，山地防禦戰沒有了飛騎馳騁之戰場，只能最充分發揮邊軍騎士善射之長，與步軍弓弩營結合為壁壘，將關外兩山變成箭雨覆蓋的死亡谷。李牧下令軍器營，將弓弩長箭大量囤積到兩翼山地的石洞，並加緊趕製連發遠射的大型弩弓與能夠洞穿盾牌雲車的大箭。同時，李牧還下令在左右兩山各建一座製箭坊，隨時趕製並修葺弓箭。各式弓箭之外，李牧又徵發當地民力三萬人，採伐大樹鋸作滾木，鑿製山石打磨為兩種石製兵器——可單人搬動的尖角礌石、可數人合力推動的碾壓石滾，於兩山囤積盡可能多的巨石圓木。如是不到一月，左右兩山構筑成井陘關前兩面鐵壁，與井陘關形成一個面西張口的鐵口袋，只要秦軍攻進關前一里之地，便得陷入兩山夾擊。

正面井陘關，駐紮李牧親自率領的混編大軍八萬。這八萬大軍中，有李牧邊軍飛騎四萬，有腹地步軍四萬。李牧將八萬人馬分作十營依次駐紮，每營八千士卒，營地相隔兩里，迭次向後延伸，縱深直達關後開闊地帶。李牧對守關十營的軍令是：每兩營為一個防守輪次，前營作戰，後營輸送軍食兵器並相機策應；三日一輪換，務求士氣旺盛精力充盈。趙軍的防守器械大多集中於守關十營，關城之上處處機關，關下道邊布滿路障陷坑以及順手可用的投擲兵器。較之長平大戰的廉頗壁，井陘關壁壘更見森嚴。

關後開闊地，駐紮輜重營兩萬兵馬並十多萬車馬民伕。這是趙軍的後援命脈，李牧分外上心。長平大戰趙軍被圍於重山谷地，趙軍最為要害的錯失，是趙括被白起秦軍掐斷了糧道。李牧精通戰陣，對此慘烈教訓自是銘刻心頭。目下，郭開趙遷對李牧抗秦不置可否，各郡縣根本沒有接到向大軍輸送糧草的命令。也就是說，李牧大軍所需要的舉國後援，絲毫沒有動靜，一切都得自己籌劃。若不是與龐煖達成了祕密盟約，李牧很可能對這種戰外政局有些無所措手足。如今大事兩分，李牧心下底定，也不向邯鄲廟堂作任何稟報，便派出幾路特使趕赴鄰近郡縣，以大將軍令大舉徵發輸送糧草。其時，郭開趙遷也沒有明令禁止郡縣輸送糧草，或者說，郭開趙遷也不敢公然禁運糧草。趙國久經戰事，各郡縣久有依軍令輸送糧草的傳統，如今一得大將軍令立即全力輸送，甚或多有民眾以縣為制組成義工營開赴井陘山。一時間，糧草民力源源不絕聚來。

當此國亂國難同時俱發的非常之期非常之戰，李牧將自己的中軍幕府與親自統率的一萬最精銳飛騎，紮在了輜重營與守關十營之間。李牧之所以親自坐鎮後方，一則因為糧草是全軍命脈，二則因為關後通道可隨時策應龐煖並聯絡南北諸軍。李牧很清楚，只要趙國朝局大勢不陷入絕境，井陘山戰場不用他親臨也能扛住秦軍攻勢。目下趙國之要害，與其說在井陘山戰場，毋寧說在邯鄲廟堂，在趙國本土大勢。唯其如此，李牧決意，秦軍第一場猛攻他要親自掌控反擊，若趙軍防守之法經得起秦軍錘打，他便要將重心放到策應龐煖舉事上了。

包圍井陘山的第五日，秦軍開始了第一次猛攻。

井陘山之險要，不在井陘關，而在其關下的井陘山通道。後世名士李左車云：「井陘之道，車不得方軌，騎不得成列。」其實地形勢與秦之函谷關相類，一條長長的峽谷，一座夾在兩山的關城。形勢狹窄險要，根本不可能展開大軍。

王翦親臨前軍，在井陘口右側的高地登上了幾乎與井陘山等高的斥候雲車。今日率軍攻關的是章邯，其大纛司令雲車巍巍然矗在谷地大軍之中。王翦在斥候雲車鳥瞰，關城谷地之情勢一目了然。遙望井陘關外兩側山地，左山頂峰隱隱有旗幟飄動，然又與山地林木的隱兵地帶相距甚遠，顯然不會是臨陣大將的司令臺所在。驀然之間，王翦確信，那定然是李牧所在無疑！自來統率大軍出戰，名將極少如尋常將領那般親臨前軍衝鋒陷陣。李牧兩勝秦軍，桓齕部將士連李牧人影也沒看見，足證李牧也不是輕出前軍的尋常猛將。果真如此，今日李牧親出，其意何在？

與此同時，李牧也看見了那輛孤立於半山之上的高高雲車。

李牧曾經以為，白起蒙驁之後秦國將才乏人，縱然擴充大軍亦未必如當年戰力。尤其在桓齕部老軍第一次攻趙戰敗後，李牧曾多次派精幹斥候深入秦國探察，並多方搜集在秦國經商的趙國商賈的義報。其時，李牧的真實謀劃是：若秦軍果然將才乏人，則是趙國中興的千載良機；他將決然聯結元老勢力與龐煖等各方大將，不惜以舉事兵變的方式整肅趙國朝局，深徹推行第二次變法，使趙國成為真正堪與秦國一爭天下的強國。時日不久，各方消息漸漸匯聚，李牧這才對秦國情勢對秦軍情勢有了清晰的了解。

使李牧深為驚歎的是，秦王嬴政竟能在重起爐灶的新軍中全部起用年輕大將！李牧不是迂闊老將，絕不會以對方大將是清一色的年輕人而輕視，相反，李牧真切地覺察到了那股即將撲面而來的颶風。對於王翦為首的秦軍十大將，李牧更是多方探察根底，反覆揣摩其稟性與可能戰法。尤其對王翦蒙恬兩人，李牧所知決然不比秦國君臣少許多。之後，李牧終於認定：秦國兩位假上將軍，蒙恬成為名將尚需時日；王翦雖未統兵大戰，但其往昔戰績與作為已經清晰顯示，王翦已經是正當盛年的名將了。僅以大將而能為秦王師而言，王翦之軍政才具與明銳洞察力足見一斑。唯其如此，李牧預料率軍大舉滅趙者必王翦無疑。秦軍滅韓消息傳來，王翦大軍竟然未曾出動一兵一卒，李牧不禁一個激靈，幾乎是本能地立即感到了即將隆隆逼來的暴風驟雨。以秦國之雄厚國力，以秦軍之精良裝備，以王翦之穩健戰法，李牧隱隱預感到，這是自己最後的一次大戰，也是趙軍與秦軍真正的一次生死大決。

遙望雲車，李牧斷然下令：「王翦親出，必給秦軍以當頭痛擊！」

「李牧親出，必給趙軍以重挫！」王翦厲聲下達了同樣的軍令。

傳令司馬尚未回程，秦軍戰鼓已經雷鳴而起。

章邯軍出動三萬，其攻關部署是：兩翼各列一方五千人的強弩兵，專一對關外兩山樹林傾瀉箭雨，壓制兩山趙軍；中央谷地的攻關大軍從後向前分作三陣：後陣為五十架大型遠射弩機，每兩架大型弩機一排（每架弩機百二十人操作），連續擺成二十五排；弩機前的方陣為三千盾牌短劍的爬城銳士，每三伍（十五人）一列，排成兩百列一個長蛇陣；最前方是掃清峽谷通道的大型攻城器械兵，主要是壕溝車與大型雲梯。這是秦國新軍對趙初戰，人人發誓為秦軍兩敗復仇，士氣之旺盛無以復加。

太陽爬上了山頂，初秋的山風已經彌漫出絲絲涼意。薄薄的晨霧已經消散，谷中的黑森森軍陣與關城兩山的紅色旌旗，盡清晰可見。異常的是兩方都沒有絲毫聲息，彷彿猛虎雄獅狹路相逢，正在對峙對視中悄無聲息地審量著對方。

「起——」

正當卯時，雲車上的章邯一聲大吼。

驟然之間，口外戰鼓雷鳴號角嗚嗚，秦軍三大強弩弓箭陣一齊發動，木梆聲密如急雨，漫天長箭呼嘯著撲向兩面山頭與正面關城。當時，秦軍弓弩之強，尤其是大型遠射連發弩機之強，戰國無出其右，後世亦無可比肩。蓋大型弓弩與大型長箭為冷兵器時代之遠端兵器，由訓練有素的特定士兵群操作。其用材與工藝之精良，其士兵群訓練之艱難，其製作與修葺之繁複，都導致其造價之高昂遠遠超過春秋時代的戰車。春秋車戰之所以每每一戰決勝負定霸權，其根本原因在於戰車製造之昂貴，戰車兵訓練之艱難。一個擁有五千輛兵車的大國，一戰若折損兩三千輛兵車，其全部恢復成軍至少需要十餘年甚或更長。大型弩機亦然。沒有強大雄厚的財力人力，大型弩機的製造是極其艱難的。秦國自孝公商鞅變法之後，統一天下的雄心步步增長，對攻擊型兵器尤為重視。及至秦昭王之世，秦國的兵器製作已經遠居天下之首。這種優勢主要體現在兩方面：一則是常戰兵器之精良，二則是大型兵器之數量龐大。

此刻，秦軍的三面強弩齊射，井陘山趙軍雖是身經百戰的精銳，猶自驚駭不已。秦軍大箭粗如手臂長如長矛，箭鏃兩尺有餘，簡直就是一口短劍裝在兩丈餘長的木杆上以大力猛烈擲出。如此粗大矛箭漫天激射，其呼嘯之勢其穿透之力其威力之強，無可比擬。

強弩齊射的同時，秦軍中央的攻關步軍立即發動。第一排是壕溝車兵，清除拒馬路障，刮去遍地蒺藜，試探出一個個陷坑而後大體填平，再飛速鋪上壕溝車，在幽暗的峽谷一路向前。通道但開，大型雲梯與攻關步卒隆隆推進，緊隨其後的大型弩機也不斷推進，連番向城頭傾瀉箭雨。如此不到半個時辰，黑色秦軍已漸漸逼近關下。關下地勢稍見開闊，秦軍立即匯聚成攻城陣勢。

饒是如此，趙軍兩山與迎面關城依舊毫無動靜。
「火箭——」章邯遙遙怒吼一聲，雲車大纛立時平掠三波。
三大箭陣倏忽停射，突然梆聲復起，大片捆紮麻紗澆透猛火油的長矛大箭帶著呼嘯的焰火直撲兩山與關城，恍如漫天火龍在山谷飛舞。片刻之間，兩山樹林一片關城陷入三面火海，燒得整個山谷都紅了起來。
「攻城——」
秦軍戰鼓再次響起，前陣十架大型雲梯一字排開隆隆推向關城，恍如一道與城等高的黑色大牆迎面壓上。此等大型雲梯後世幾乎消失，只留下單兵依次爬城的極為輕便的簡單雲梯。秦軍之大型雲梯，實際上是一輛攻城兵車。雲車底部裝有兩排鐵輪，其上是一間鐵皮包裹厚木板的通地封閉儲兵倉，可容二十餘名士兵；倉上為兩層或三層可折疊伸展的寬大堅固的鐵包木梯，倉外裝有兩具可折疊可伸展的寬大鐵包木梯。攻城開始，雲梯被儲兵倉士兵從裡隆隆推進，一旦靠近城牆，倉上大梯立即打開，或鉤住城牆或獨立張梯；與此同時，儲兵倉士兵立即出倉，拆下兩邊木梯打開奮勇靠上城牆。雲梯但近城牆，後陣爬城銳士立即發動，呼嘯鼓勇衝來從已經搭好的大梯小梯蜂擁爬上，往往一鼓作氣攻占垛口。此刻，井陘關城頭一片殘火煙霧，十架雲梯已經靠近城牆兩尺處，後隊士兵已經發動衝鋒，紛紛爬上了大小三十架雲梯。
此時，一陣淒厲號角突然傳來，垛口後森森然矗立起一道紅牆。
趙軍開始了猛烈的反擊。箭雨夾雜著滾木礌石，射向攻城士兵砸向大小雲梯。更有幾輛可怕的行爐在垛口內遊走不定，見大型雲梯靠近，迎頭澆下通紅的鐵水，巍巍秦軍雲梯立時在烈火濃煙中轟隆嘩啦崩塌。行爐者，可推動行走之熔爐也。設置城頭熔煉鐵水，在危急時刻推出，從爐口傾瀉通紅的鐵水，任你器械精良也立見焚毀崩塌（註：本節所述諸種大型器械之詳細介紹，均見本書第三部《金戈鐵馬》）。

李牧軍的城頭戰法是：秦軍大箭猛烈齊射之時，城頭趙軍退進事先搭好的長排石板房與各式壁壘存身避箭；秦軍火箭射來，縮在石板房的趙軍一齊拋擲水袋，同時以長大唧筒（後世亦稱水槍）激射水柱撲滅火焰；及至殘火濃煙之時秦軍攻上，隱伏石板房的士兵立即衝出進行搏殺；潛藏甕城內的士兵，則通過兩道寬大石梯隨時救治傷兵、輸送策應。

一時之間，關城攻防難見勝負。

兩山情勢有所不同。趙軍退進壁壘壕溝躲避箭雨之時，秦軍步卒銳士開始爬山。李牧在高處鳥瞰分外清楚，一聲令下號角齊吹，趙軍營壘推下滾木礌石直撲爬山步卒。但秦軍大箭威力奇大，壁壘士卒但有現身幾乎立遭射殺。更有長大箭矛呼嘯飛來，或在半山將粗大滾木直接釘在了山體，或穿透石板縫隙直撲壁壘之內。趙軍壕溝步卒原本多是邊軍騎士，初見如此猛烈駭人之箭矛，不禁人人一身冷汗，只有尋找間隙奮力推下滾木礌石，其密度威力便大為減弱。秦軍步卒雖有損傷，卻依舊奮勇攻山。及至火箭直撲壁壘燃起大火，秦軍步卒已經挺盾揮劍隨之殺到。此時秦軍箭雨停射，趙軍在煙火中躍出壁壘奮勇拚殺。一旦實地接戰，趙軍戰力絲毫不遜於秦軍，兩軍殺得難解難分。

此時，趙軍有一樣長處立見功效，這是隨身弓箭。

趙軍以飛騎為精銳主力，其步軍攻堅器械素來不如秦軍。遠射的大型強弩更少，只在武安等幾處關塞有得些許。故，李牧軍無法與秦軍比拚箭雨，而只能在秦軍強弩齊射之時藏身壁壘。近戰不然，兩山趙軍多是騎射見長的精銳騎士，個人操弓近射，百步之內威力異常。秦軍步卒也有隨身弓箭，然射技較之趙軍，卻普遍差了一籌。更兼今日仰攻，又有箭陣掩護，攻山步卒全力衝山殺敵，幾乎沒有想到摘下長弓箭壺近射。李牧於高處看得清楚，見趙軍士卒在纏鬥拚殺中難以脫身開弓，立即下令策應後隊的神箭手們祕密出動，各自擇地隱伏於樹林之間，瞄準拚殺秦軍擇機單個射殺。如此不到半個時辰，奮勇拚殺的秦軍莫名其妙地一個個相繼倒下，壁壘前形勢漸漸便見逆轉。

「鳴金撤兵！」王翦斷然下令。

午後幕府聚將，章邯憤憤然怒叱趙軍冷箭暗算，再戰定然攻下兩山。一班年輕大將也一口聲主張連續猛攻，不拿下井陘山絕不歇戰。馮劫、馮去疾爭相要換下章邯部。章邯及其部將則堅執要再攻一陣，並提出一個新戰法：派出兩個三千人輕兵營，各從兩山之後襲擊趙軍；正面再加大猛火油箭焚燒壁壘，先占兩山再攻關城，定然一戰成功。一時之間，聚將大廳憤激求戰之聲叱喝成一片。

「諸位少安毋躁。」

一直沒說話的王翦從帥案前站了起來道：「若是要不惜代價拿下井陘山，戰法多得是。我軍堅甲重器，只要連續射燒攻殺旬日，李牧縱然善戰，諒他也守不住井陘山。然則，果真如此，則我軍因小失大也。」王翦的古銅色臉龐肅殺威嚴，點著案頭一卷竹簡，「秦王明令，滅趙不限時日。因由何在？便在力戒我軍輕躁復仇之心！兵諺云，驕兵必敗。秦趙血戰數十年，兩軍相遇人人眼紅，最易生出狂躁之心。人云，兩軍相遇勇者勝。今日我云，秦趙相遇智者勝！秦軍不是趙軍，秦軍肩負使命在於掃滅六國一統天下，而不是僅求一戰之勝。唯其如此，不戰而屈人之兵，善之善也。諸位昂昂求戰，不惜血戰也要攻關，其志可嘉，其策有錯！錯者何？有違一統天下之大局也。今趙國廟堂昏暗，李牧孑然孤立，其與我軍鏖兵，實孤注一擲以求變化也。我軍攻勢越烈，李牧在趙國根基越穩。」

「願聞上將軍謀劃！」大將們整齊一聲，顯然已見冷靜。

「我今屯兵關前，不攻不戰不可，猛攻連戰亦不可。這是要害。」王翦轉身，長劍圈點著立板地圖，「目下，我主力大軍之要務，只在拖住李牧大軍，不使其從井陘山脫身。戰法是：日日箭雨佯攻，夜夜小股偷襲，絕不使趙軍安臥養息。與此同時，我北路李信大軍、南路楊端和大軍，則可加大攻占之力多拔城池，從南北擠壓趙國。其時，趙國但有異常，則我軍從中路一舉東進，吞滅趙國主力大軍！」

「謹奉將令！」大將們完全認可了王翦的方略。

當夜，三路祕密軍使飛出了王翦幕府：兩路向南北楊端和、李信而去，一路向咸陽而去。次日清晨，秦軍喊殺攻勢又起。待趙軍退入壁壘，一陣猛烈箭雨之後卻不見秦軍攻殺。入夜，趙軍營地一片漆黑，突然有火把甲士從山林殺來，此起彼伏整夜不間斷。趙軍一陣接一陣短暫激戰，到天亮已經是疲憊不堪。

如是三日，李牧已經識破秦軍戰法，遂對趙軍下令：分隊輪換守壘，秦軍不大攻，趙軍不全守；秦軍但歇兵，趙軍立即同樣派出小股勇士偷襲秦軍營地，同樣使其不能安營歇息。如此針鋒相對，竟是誰也不能脫身了。

王翦李牧，進入了長平大戰後秦趙大軍的第二次大相持。

五、天方艱難　日喪厥國

秋去冬來，趙國的情勢漸漸變得詭異了。

郭開蟄伏不出，對各方動靜卻是分外清楚。韓倉奄奄一息回來，將諸般情形一說，郭開已經料定李牧要拋開廟堂獨自抗秦了。郭開立即做了兩步部署：其一，立即從柏人行宮接趙王遷回邯鄲；其二，派心腹門客祕密混跡元老大臣與腹地趙軍一班大將之間，竭力鼓噪兵變舉事。郭開這兩步棋的真實圖謀是：一則將趙王這面旗緊緊握在手心，萬一秦軍攻破李牧防線或國中有變，立即挾持趙遷北逃與胡人結盟；二則引誘出舉事軸心，設法趁其不備一網打盡。郭開自覺撲滅兵變是當下急務，反覆思忖，決意使用韓倉與轉胡太后兩人為誘餌，鋪排自己的密謀路數。

郭開祕密叮囑韓倉，以太后臥病為由分別召春平君與王族將軍趙蔥入宮探視。春平君對入宮探視太后，已經深知其味，聞韓倉來召，不問情由便顛顛兒登車入宮，還不忘在車中摁著韓倉混跡一番。及至入宮，韓倉將春平君帶入太后寢宮，兩人沒幾句話便滾到了一處。韓倉喝退內侍侍女，也熱騰騰混了進來。正在三人不亦樂乎之時，一臉嚴霜的郭開突然帶著一隊黑衣劍士（註：黑衣劍士，趙國王室的國君護衛劍士，見《戰國策・趙四》）開到，聲稱奉王命查究奸宄不法事，喝令立即拿下春平君與韓倉。春平君瑟瑟顫抖作一團，爛泥般不能起身。韓倉搶先跪地，哀求郭開放過他與春平君，並發誓從此兩人唯上卿馬首是瞻。郭開冷冷一笑，此話得春平君自己說，否則，老夫得依法行事。春平君大為驚恐，在韓倉扶抱下半推半就地跪在了地上對郭開發了誓。郭開依舊冷面如鐵，伸手從轉胡后胯間扯出春平君那領污漬斑斑的錦袍，陰陰笑道：「君果欲做老夫同道者，便得探察清楚兵變舉事之謀。否則，這領錦袍便是物證，韓倉便是人證，老夫依法滅你三族，天公地道也！」說罷，郭開看也不看春平君，大步去了。

春平君被郭開輕易俘獲，趙蔥卻遲遲不入羅網。

趙蔥是年逾四十的王族公子，做巨鹿將軍多年。李牧率邊軍南下抗秦之後，趙國腹地大軍有二十萬劃歸李牧統屬，趙蔥的巨鹿軍是其中主力，趙蔥本人則是這二十萬大軍的統領大將。也就是說，這二十萬腹地大軍，在李牧的抗秦大軍中事實上是相對獨立的——戰事聽從李牧調遣，賞罰升黜乃至生殺處置等卻得「共決」而行。所以如此，一則在於趙軍長期形成的邊軍與腹地大軍分治分領的傳統，二則在於戰國之世的通行軍制。從第一方面說，李牧自己的二十餘萬邊軍只南下了最為精銳的十餘萬主力飛騎，兵力尚不如歸屬自己的腹地大軍；南下作戰多為山地隘口之戰，脫離一望無際的大草原，邊軍主力騎兵較之於腹地的步騎混編大軍便不顯明顯優勢；是故，目下歸屬李牧的腹地大軍，幾乎是與邊軍戰力不相上下的同等主力。從第二方面說，戰國之世的上將軍大將軍雖比後世名稱不一的軍隊最高統帥的權力大了許多，然終究還是有諸多限制的。

從實際方面說，軍權歷來是君權的根基。是故，最高軍權事實上都掌控在國君手中，大軍的戰時使用權與日常管理權則是分開於臣下的，此所謂軍權分治。任何時代的軍制，大約都脫離不開這個根基。軍權分治，在戰國之世的實際情形是：大軍的總體所有權屬於國家（君主），主要是三方面：其一為徵發成軍權，其二為軍事統帥（上將軍、大將軍）與大軍日常管理高官（大司馬、國尉）的任命權，其三為總兵力配置權與對使用權的授予權。上將軍、大將軍雖是常設統帥，然在沒有戰事的時期，卻是沒有大軍調遣權的。但有戰事，國君決定出兵數量與出戰統帥，以兵符的形式授權於出戰統帥率領特定數量的大軍作戰。上將軍若被定為出戰統帥，則在統率大軍作戰期間享有相對完整的軍權，其最高形式是君主明確賜予的生殺大權（對部屬的處置權）與獨立作戰權（抗命權）。戰事完畢，大軍則交國尉系統實施日常管理，行使管理權的國尉系統沒有大軍調遣權。

明白如上軍制，便明白了郭開要著力於趙蔥的原因。

郭開要獨掌趙國，其最大的威脅是兩方：一是桀驁不馴的李牧，二是神祕莫測的兵變。俘獲春平君的目的，是平息兵變。著力趙蔥的目的，則是鉗制李牧。春平君有淫穢老根，郭開馬到成功。趙蔥卻是少入軍旅的王族公子，與郭開少有往來，郭開難免沒有顧忌。然則郭開有一長：但遇事端，只從自己獲勝所需要的格局出發謀劃方略，而不以既定格局為根基謀劃方略。也就是說，做好這件事需要誰，郭開便攻克誰；而不是那種我能使用誰，我便相應施展的小器局。當年著力於李牧，目下著力於趙蔥，盡皆如此。郭開為千古大奸而非尋常小人，其謀劃之深沉，其心志之頑韌，高出常人許多。明乎此，郭開能掌控趙遷並攪亂趙國，始能見其真面目也。

當年「舉薦」李牧，郭開埋下了一條引線：以趙遷王書之名，將歸屬李牧的二十萬腹地大軍統交趙蔥統率。郭開所擬王書委婉地申明了理由：「胡患秦患，皆為趙國恆久之大患也！趙國不可無抗胡大將，亦不可無抗秦大將。將軍趙蔥所部統屬李牧，若能錘鍊戰法而成腹地柱石，其後與李牧分抗兩患，則趙國無憂矣！」王書頒下，李牧始終不置可否，顯然是隱忍不發。趙蔥不然，在第一次戰勝秦軍後書簡致謝郭開，雖只限於禮儀，話語卻是真誠有加。郭開敏銳地嗅到了一絲氣息——趙蔥識得時務，解得人意！然則，其時郭開之心重在李牧，不願因過分籠絡趙蔥而使李牧不快，只祕密叮囑韓倉施展功夫。不久，身在大軍的趙蔥得自家舍人之舉薦，有了一個俊美可心的少僕隨軍侍榻。從此，趙蔥所部的諸多消息源源不斷地流入了郭開書房。然在與李牧徹底分道之前，郭開始終沒有扯動趙蔥這條線。

密召趙蔥入宮的特使，是軍中大將都熟悉的王室老內侍。

老內侍的路數是正大的：先入大將軍幕府見李牧，出王書，言趙王有疾思念公子趙蔥，請大將軍酌處。此時，井陘山趙軍與秦軍相持已有月餘，眼見秋風已起漸見寒涼，諸多後援軍務需與廟堂溝通定奪，然王室卻泥牛入海沒有消息，彷彿抗秦大軍不是趙軍。李牧心下焦急，但始終沒有與王室主動溝通，其間根由，是在等待龐煖舉事。如今龐煖沒有動靜，卻來了王室特使，說的又是如此不關痛癢的一件事體，李牧不期然便有些憤憤思緒。然反覆思忖，李牧還是壓下了怒火，派中軍司馬將老內侍護送到了關外的山地營壘。老內侍一見趙蔥，中軍司馬便匆匆返回了。也不知老內侍對趙蔥說了些甚，左右是兩日之後的清晨，趙蔥才與老內侍進關來到幕府辭行。趙蔥的稟報是：壁壘防務已妥善部署，回邯鄲至多三日便回軍前。李牧豪爽豁達地笑道：「趙王既思公子，公子無須匆忙，不妨以旬日為限也。天涼入秋，戰事吃緊，老夫不能脫身。公子可順代老夫請准趙王，盡早定奪諸般後援大事，也不枉公子戰場還都一場。」

「大將軍囑託，趙蔥定然全力為之，不敢輕慢！」

昂昂然一句，趙蔥兼程趕回了邯鄲。

日暮時分，趙蔥被迎進了王城。極少出面國事的趙遷，在偏殿單獨召見了趙蔥。趙蔥將戰事稟報了整整一個時辰，趙遷聽得直打瞌睡，天平冠隨著長長的口水在不斷的點頭中碰上王案。然無論這個趙王如何厭煩，趙蔥都沒有中止稟報，更沒有忘記申述李牧的委託請求。奇怪的是，趙遷也沒有發作，竟在半睡半醒中一直挨到了趙蔥最後一句話。及至燈火大亮，趙遷陡然精神振作，拍著王案將趙蔥著實獎掖了一番，說辭流利得彷彿老吏念誦公文。末了，趙遷霍然起身道：「本王國事繁劇，大軍後援事統交老上卿處置。李牧所請，王兄但與老上卿會商定奪。」說罷不待趙蔥答話大步匆匆而去，厚厚的帷幕後立即一陣女子的奇特笑叫聲。

「太后見召，公子這廂請。」老內侍極其恰當地冒了出來。

邊將大臣入宮而能獲太后召見，在趙國是極高的榮耀，也是不能拒絕的恩榮賞賜。趙蔥只好跟著老內侍，走進了火紅的胡楊林中的隱祕庭院。轉胡太后在茅亭下召見了這位正在盛年的將軍。金紅的落葉沙沙飛旋在青磚地面，轉胡太后身著一領薄如蟬翼的黑紗長裙，半躺半靠在精緻考究的竹編大席上，雪白光潔的肉體如同蕩漾在清澈泉水中纖毫畢見，一絲若有若無的異香飄來，令人心醉神迷。

「公子將軍辛勞，且飲一爵百年趙酒。」太后說出的第一句話，趙蔥不能拒絕。趙國酒風之烈天下有名，事事時時都會碰上大飲幾爵的場所。太后召見，賜酒一爵實在尋常。令趙蔥難堪的是，他如何接飲這爵酒？銅盤酒具以及盛酒的小木桶都擺在太后的靠枕旁，太後半躺半靠，那隻雪白秀美的手搭在兩只金黃的高爵上。不管趙蔥如何風聞太后的種種色行，太后畢竟是太后，對於他這種王族遠支公子，依然是難以接近的神祕女主。今日親見太后，竟是如此一個令人怦然心動的女子，一朵如此璀璨盛開的豐腴之花，趙蔥不敢直視了。按照大為簡化了的趙國禮儀：太后或國君賜酒，通常由內侍代為斟酒，再捧爵送於被賜臣下；受賜者或躬身或長跪，雙手接爵飲之。而眼前的情勢是，既沒有內侍，也沒有侍女，很可能是太后親自斟酒的最高賞賜。果真如此，趙蔥便得脫去泥土髒污的長靴

（腰）戰靴（註：據沈長雲等人著《趙國史稿》考證，戰靴始於趙武靈王胡服騎射，有短靴與長靴兩種）踏上精緻光潔的竹席，長跪趨前雙手接爵而飲。要如此近在咫尺地靠近太后，趙蔥一時大窘，不禁滿臉淌汗。

「人言將軍勇武虎狼，也如此拘泥麼？」太后盈盈一笑。

「臣遵命！」趙蔥只得昂昂一句。

「喲！一身血腥。」太后一手扇著鼻端一邊笑，「都脫了，都脫了。」

「敢請太后，容臣隨內侍梳洗後再來。」

「不要也。猛士汗腥可人，我只聞不得血腥。」

「太后……」

「來，脫了換上這件。」太后拉出一件輕軟的白絲袍丟了過來。

趙蔥沒有說話，紅著臉走到鄰近高大的胡楊樹後，換上絲袍走了出來。當他光著大腳走上竹席，挺身長跪在太后面前三尺處，撲面彌漫的女體異香立即使他同時嗅到了自己強烈的汗臭腳臭與殘留在貼身布衣的屍臭氣息，一時自慚形穢滿臉通紅心跳氣喘，低著頭不知所措。此時的太后親暱一笑，閉著眼深深地吸了一口氣，搖搖手低聲一句：「來，近前來，你胳膊沒那麼長。」太后說著，親自斟滿兩爵，彌漫著老趙酒醇厚香氣的酒爵已經遞了出來。太后斜靠捧爵，兩隻雪白的手臂顫巍巍不勝其力，趙蔥若不及時接住，酒爵跌地可是大為不敬。不及多想，趙蔥膝行兩步，雙手捧住了碩大的銅爵，也觸到了那令他心下一激靈的手臂。兩爵飲下，趙蔥陡覺周身血脈驟然躥起一片烈火，竟死死盯住了那具纖毫畢見的肉體。太后滿臉緋紅輕柔一笑：「就知道看麼？」呢喃低語間伸手一拉，趙蔥雄猛碩大的黝黑身軀嗷的一聲撲了上去……及至折騰得汪洋狼藉大竹席如泡水中，趙蔥才在清涼秋風旋上身體的金紅樹葉的拍打中覺出了異常——月下大竹席上是三個人！那具鑽在自己與太后中間的雪白物事，原來並不是太后神異，卻是實實在在的一個人，趙王家令韓倉！

「將軍神勇，君臣兩通，非人所能也。」笑吟吟的郭開出現了。

「！」

「君臣兩通，非人所能」八個字從那顆白頭笑口悠然吐出，如重重一錘敲在心頭，趙蔥頓時一個激靈！僅憑這八個字，彌天大罪加禽獸惡名便是鐵定了，舉族喪命也是難逃了。趙蔥想大吼一聲這是預謀陷阱，然則看著郭開身後的一片森森黑衣劍士，看著依然糾纏在自己身上的兩具肉身，趙蔥任有憤激之心萬千辯辭，也是難以出口。郭開坦然走近三具白光光肉身，坦率得只有一句話：「公子若從老夫，可長享美味。否則，天下將無公子一族。」趙蔥良久默然，硬邦邦蹦出一句話：「只憑這兩具物事，不行！」太后攬著趙蔥咯咯笑道：「我的天也，做趙國大將軍你不願意麼？」趙蔥黑著臉不答。郭開嘿嘿一笑道：「只要公子跟從老夫，大將軍自是做得。」

終於，趙蔥點頭了。

三日三夜，趙蔥沒有離開太后寢宮。末了辭行，趙蔥還帶走了太后親賜、韓倉精心挑選的兩個男裝胡女。出得王城那日，郭開特意在偏殿為趙蔥舉行了隆重的小宴餞行禮，其鋪排氣勢直如趙王賜宴大臣。趙蔥原本便有貴胄公子的浮華稟性，多年沙場征戰不得不強自抑制，而今驟然大破人倫君臣之大防而跌入泥沼，竟有一種復歸本性的輕鬆快意，索性與郭開共謀趙國共創基業。是以，趙蔥對此等有違君臣法度的鋪排再也不覺其荒謬，反是大得其樂。觥籌交錯間，兩人密商了整整兩個時辰。自然，一切都是按照郭開的步調進行的。半月之後，趙蔥所部的八千精兵祕密開到柏人行宮外的山谷駐紮。郭開立即派出頗有知兵之能的信都將軍趕赴柏人統兵，做應對兵變的祕密籌劃。

這位信都將軍名為顏聚，齊國臨淄人，曾經是齊國東部要塞即墨守軍的幕府司馬。顏聚對兵書頗熟，在司馬將軍中算是難得的知兵之才。因有諸般見識，顏聚直接上書齊王陳述振興之策，請求將兵攻燕以張國勢。不想上書泥牛入海，齊王沒有任何回覆，卻莫名其妙地回流到即墨幕府。即墨將軍素來忌才，立即對顏聚大為冷落。顏聚自知在齊國伸展無望，逃到了趙國。其時正逢悼襄王趙偃即位對燕用兵，顏聚自薦而入龐煖幕府，做了軍令司馬。由於謀劃之功，顏聚在對燕之戰獲勝後晉升為龐煖部後軍大將。後來，顏聚隨龐煖奔走合縱，並率所部作為趙軍加入了攻秦聯軍。不想最後一次合縱倉促敗北，龐煖功罪相抵不賞不罰。當時，顏聚被一班元老抨擊為「臨戰有差，致使趙軍傷亡慘重」，要將顏聚貶黜為卒。面對元老們洶洶問罪，顏聚密見龐煖，堅請龐煖為其洗刷。龐煖身處困境，對顏聚作為大是不悅，皺著眉頭道：「趙國朝局蕪雜，老夫一時無力。將軍必欲計較賞罰，老夫可指兩途：一可出走他國，二可投奔郭開。」龐煖本意原在激發顏聚的大局之心，使其忍耐一時。不想顏聚憤然離去，果然找到了郭開門下。郭開正在籠絡軍中大將之時，自然正中下懷，遂對悼襄王趙偃一番說辭，為顏聚洗刷了罪名。趙遷即位，郭開立即擢升顏聚做了信都將軍，成為與邯鄲將軍等同的高爵大將。自然，顏聚也成了郭開的忠實同道。

信都（註：信都，在今河北邢臺市西南地帶。別都，即後世之陪都，第二首都）者，趙國別都也。趙成侯時，慮及邯鄲四戰之地，遂在邯鄲北部三百餘里處修建了一座處置國事的宮殿式城堡，名曰檀臺。其後歷經擴建，趙武靈王時更名為信宮。長平大戰後，趙孝成王將信宮正式作為趙國別都，類似於西周的豐、鎬兩京，遂有信都之名。以地理形勢論，邯鄲偏南，信都則正處整個趙國的中部要害，其要塞地位甚或超出邯鄲。故此，信都將軍的重要性絲毫不亞於邯鄲將軍。顏聚得郭開信任，能為信都將軍，自然是目下應對兵變的祕密力量。

正在顏聚籌劃就緒之時，郭開得到了龐煖舊部異動的要害消息。

事實上，龐煖的密謀舉事一直在艱難籌劃。要擺脫元老勢力而單獨舉事，第一要務便是祕密聯結軍中將士。趙軍統屬多頭，李牧邊軍正在與秦軍主力作生死相持而不能分身，最可靠的辦法是以龐煖舊部為軸心，相機聯絡他部將士。龐煖舊部多為「四邑（註：四邑，邯鄲之外的四座防衛要塞，詳見第三部《金戈鐵馬》。」）將士，優勢是駐紮位置極為要害，劣勢是各方耳目也極為眾多，做到密不透風極難。唯其如此，龐煖極為謹慎周密，把定寧緩毋洩之準則，一步一步倒也沒出任何事端。及至入冬，龐煖已經與軸心將士歃血為盟，祕密約定來春會獵大典之時舉事。趙國尚武之風濃烈，春秋兩季的練兵會獵大典從不間斷，即或逢戰，也只是規模大小不同而已。會獵前後，各部將士之調遣行軍再是尋常不過，根本不會引人疑慮。唯其如此，會獵舉事是將士們最沒有異議而能夠一致認同的日期。龐煖兵家之士，心下總覺這個日期太正，絲毫沒有出人意料處。然則只要一提到任何其他日期，總會有各式各樣的異議與疑慮。為統人心，龐煖終於認定了會獵舉事這個日期，寄望於正中隱奇或可意外成事。

各色密探門客將蛛絲馬跡匯聚到上卿府，郭開立即嗅到了一種特異氣息。

郭開立斷立決，要在開春之前化解兵變災難。從各方消息揣摩，郭開斷定兵變主事的軸心人物是龐煖。為了證實這一評判，郭開特意派韓倉召春平君入宮會商對策。當郭開將重大消息明白說出幾宗時，春平君大汗淋漓滿臉脹紅憤憤然大罵龐煖不止，並咬牙切齒地發誓追隨郭開同心平亂安定趙國。郭開由此斷定，元老勢力大體被排除在兵變之外，心下大安，遂淡淡笑道：「只要足下沒有涉足兵變，便是效忠王室，老夫安矣。至於平息兵變，不勞足下費力。然則，大事共謀，不教足下效力，老夫也是心下不安。」春平君立即激昂請命，願率封地家兵襲擊龐煖府邸，以早絕兵變隱患。郭開冷冷笑道：「足下好盤算，回封地調兵再聚集趙氏元老，摸渾水之魚，屆時一舉吞滅兩頭，好獨占趙國麼？」春平君心思被郭開一語道破，大為驚懼，立即指天發誓，聲言絕無此心，回府後絕不出門唯上卿之命行事。郭開站起冷森森道：「老夫何許人也，能放出你這頭老狐？自今日起，太后臥榻便是你這只老鳥的肉窩。你敢邁下太后臥榻一步，老夫將你餵狼。」春平君已經深知郭開之陰毒，只有一臉沮喪地窩進了太后的胡榻。與此同時，一道趙王王書頒發各大官署：「春平君常駐王城，總領趙氏王族事務，與上卿郭開一道輔國。凡王族元老公子，但有國事族事不決者，皆可上書春平君決之。」王族大臣元老一時大為振作，將這道王書視為趙氏當國的重大消息，爭相向王城大殿旁的春平君署上書，其中多數稟報的竟然是龐煖一班將士的種種不軌形跡。

「老父一刀剔開元老，誠聖明哉！」韓倉膩著身子對郭開大唱頌辭。

「老夫不聖明，有你小子威風？」郭開冷冰冰地拍打著韓倉不斷晃動的秀美頭顱，「給老夫窩住了那老小子。春平君不出王城，便是你小子功勞。否則，老夫生吞了你。」韓倉一邊努力地嗯嗯嗯點頭，一邊聽著郭開對他的部署：窩死春平君，盯緊李牧與趙蔥，消息不靈唯韓倉是問。韓倉哭喪著臉對郭開稟報說，趙蔥與春平君好辦，唯李牧幕府森嚴壁壘，塞不進一個人去，只有向老父討教。郭開思忖一陣道：「只要李牧仍與秦軍相持，不理睬他也罷，待老夫平息兵變後再一總了帳。目下要留心幫襯趙蔥，務使李牧不疑。」

韓倉心領神會，立即親自帶著大隊車馬酒肉趕赴井陘山犒賞大軍。韓倉鄭重其事地就第一次下書誤事向李牧致歉，並與趙蔥在幕府聚將廳橫眉冷對相互譏諷。李牧渾然不察其意，還將趙蔥申斥了幾句。至此，李牧又埋身井陘山軍務，不再理睬軍中各種流言。李牧確信，開春之後龐煖的舉事必然成功，其時再來清理郭開韓倉這般穢物易如反掌耳。

安定了諸般勢力，郭開立即開始了對龐煖的謀劃。

趙王遷七年，一個多雪的冬天。

因秦國大軍壓境，趙國朝野分外沉悶。眼看年節將至，整個邯鄲沒有絲毫的社火驅年的熱鬧氣息。此時，邯鄲官署巷閭傳開了一則令人振奮的消息：龐煖將被趙王封為臨武君，即將率腹地大軍奔襲秦軍側後斷其糧道，與李牧合圍秦軍！消息傳開，邯鄲人彈冠相慶，年節氣氛頓時噴湧出來，滿街都是準備驅年的社火大隊在練步。其時，龐煖並未在邯鄲府邸，而是在四邑軍營輪換駐足。消息傳至四邑幕府，龐煖頗為驚訝，一時實在難分真假。不想三日之後，趙王急書飛到了龐煖幕府：擢升龐煖為臨武君，立即前往信都接受趙王頒賜的兵符，率腹地大軍與秦軍大戰！縝密的龐煖與舊部將士密商，將軍們沒有一人提出異議，都以為臨武君手握重兵更是肅清朝局的大好時機；至於趕到信都接受兵符，那是因為趙王巡視抗秦軍務已經親自北上；趙王縱然昏聵，然起用名將抗秦畢竟是正道，為大將者豈能疑慮？一番議論會商，龐煖不再遲疑，立即率領一個三百人馬隊星夜趕赴信都。

誰也沒有想到，龐煖從此便沒有了消息。

頒行朝野的趙王特書說，臨武君主張合縱抗秦，已經北上燕國再下齊楚兩國斡旋聯軍事宜，開春便當有合縱盟約成立。龐煖舊部將信將疑，然畢竟龐煖歷來宣導合縱抗秦，入宮對策再次提出也未可知，只有耐心等待臨武君親自回覆的消息。如此沉沉兩月餘，龐煖還是沒有任何消息。龐煖舊部大起疑心，祕密前往井陘山請見李牧會商。李牧也是疑惑百出，卻終究不好從大相持中斷然撤軍查究此事，只有撫慰諸將再作忍耐，待來春水落石出再定。

李牧不知道，將軍們也不知道，巨大的陰謀已經逼近了他們。

六、殺將亂政　巍然大國自戕自毀

多雪的冬天，頓弱從燕國祕密南下了。

王翦大軍將趙國最為精銳的李牧大軍牢牢拖在井陘山不能轉身。北路李信大軍，南路楊端和大軍，皆受王翦軍令，對趙軍引而不發。如此形成的態勢是：所有的趙國大軍都被釘在三個方向不能動彈，如同被牢牢鑲嵌在一個巨大的框架之中。尤其是南北兩路，趙軍不動尚可無事，趙軍但有異動，立即便會引來秦軍大舉出擊，以目下南北趙軍之實力無異於立即崩潰。大勢觀之，誰都看得明白，趙軍已經在三面秦軍形成的巨大鉗制下陷入了困境。但誰都不明白的是，秦軍何以久久不動而空自消耗，秦軍究竟在等待甚？半年僵持之中，山東四國也漸漸從秦軍威懾的恐慌下解脫出來，由蝸居自保而開始探頭探腦地派出特使趕赴邯鄲探察實情，祕密試探在趙軍死戰拖住秦軍的情勢下合縱襲擊秦軍背後的可能性。對三路秦軍而言，則由於大半年沒有重大戰果，將士們有些憤憤然急躁起來，整日嗷嗷求戰。王翦多次嚴令加以反覆申述，也仍然不能平息噴發於軍營的洶洶戰心。在秦國朝野，則漸漸彌漫出種種不耐議論，指責王翦畏趙不戰滅秦軍志氣。也就是說，大半年相持如同當年的秦趙上黨大相持一樣，已經引出了種種騷動。

諸般消息聚到咸陽王城，秦王嬴政立即召李斯、尉繚會商。

李斯尉繚不謀而合，一致認為滅趙不能急功，若能在明年下趙已經是匪夷所思，不能求戰心切，更不能催戰於王翦。秦王爽朗大笑道：「我與兩卿同謀也！不求戰，不催戰，靜觀其變，看他趙國能耗得幾多時日。」李斯道：「大謀如此，然也不能當真了無動靜。臣意，當使頓弱南下趙國，投石激變，或可使趙國自亂陣腳。」尉繚立表贊同。君臣三人遂商定部署：一則派特使北上燕國命頓弱南下激變，二則由李斯祕密趕赴井陘山與王翦共謀戰事。

頓弱雖身在燕國，事實上卻推動著掌控著趙國的種種變化。郭開總能恰如其分地接到求之不得的消息，李牧龐煖的種種掣肘，趙蔥顏聚的飛快擢升等等等等，無一不有著頓弱設立在趙國的「商社」的影子。如今，趙國情勢已經恰到火候，正在頓弱要上書稟報秦王自請南下趙國的時刻，秦王特書恰恰到了。頓弱展開竹簡便是一陣大笑：「君臣兩心如此相通，寧非天意哉！」

旬日之後的一個雪夜，頓弱馬隊飛進了邯鄲，飛進了秦國商社的祕密寓所。

次日清晨，上卿府舍人便有了回音：郭開將在胡風酒肆的雲廬會見頓弱。

胡風酒肆，是趙武靈王胡服騎射之後林胡大商所開的胡店。在邯鄲，乃至在天下列國，胡風酒肆都是赫赫其名。名之大者在三：其一占地最大，舉店六百餘畝居於邯鄲商社雲集的中心區，盡占車馬通衢之便；其二有最為本色的胡地風情，草原蔥綠胡楊金紅帳篷點點炊煙裊裊，金髮碧眼的胡女趕著雪白的羊群白雲般流過，佳客隨時可嘗野合之樂趣，亦可將牧羊胡女攬進大帳做長夜銷魂；其三有最為華貴隱祕的單于穹廬，可供大商巨賈邦交使節遊學名士縱情密商酣暢議論。近百年來，這一片胡風酒肆不知攪動了多少天下風雲。至少，呂不韋的趙國起事便是以這胡風酒肆為根基的。頓弱攜巨金北上，幾年來不知多少次在這片雲廬與趙國權臣密會，一絲一縷地撬動著趙國的河山根基，成箱成袋地揮灑著秦國的金錢財貨。今日眼見趙國這座巍巍大山根基鬆動，頓弱只要在最要害的穴位猛刺一針，這座大山便會轟隆隆崩塌沉陷了。唯其如此，輜車在漫天飛雪隱隱風燈中駛進蒼黃的草原，頓弱的心緒是奇特的。亢奮中交織著一絲悲涼，壯心中滲透著無盡感慨，頓弱不禁高聲吟誦起來：「燁燁震電，不寧不令。哀今之人，胡憯莫懲！」

被一名金髮胡女扶進穹廬後帳時，頓弱的驚詫是難以言表的。

郭開端坐在碩大的虎皮胡榻上，一個長髮披散的俊美男子以最為淫穢的舉動伏在郭開的大腿上，一個金髮碧眼的秀美胡女狗一樣趴在長髮男子後臀上……在頓弱的記憶中，郭開是天下僅見的正行巨奸，不荒政，不貪財，不近色，唯弄權算人為其獨特癖好。相交多年，郭開沒有收受過秦國的一個半兩錢，更不說金玉珠寶名馬名車古董器物。然則，郭開當說則說當做則做，從來沒有因為透露了某個消息或做了某件事情向頓弱開價。唯其如此，頓弱常有一絲疑慮閃過心頭，郭開所為莫非是趙國的反間之策？然事實的每一次進展，都迅速證實著頓弱的疑慮是多餘的。毋庸置疑，郭開實實在在是一個毀滅趙國的亂國大奸。每每印證一次這個評判，頓弱都會閃出一個頗為悲涼的念頭：如此正派正行之能才，偏成巨奸毀國之行，寧非天意亡趙哉！

「頓弱兄何其驚詫也。」郭開坦然撫摸著俊美男子的長髮，平靜地笑著。

「上卿之行非人所為，頓弱難解。」

「名家頓弱，也有難解之題？」

「上卿是說，今日當客奇行，乃有意為之？」

「老夫作為，豈能無意？」

「頓弱不能破解，上卿便另謀他途？」

「足下尚算有明。」

「反之，頓弱若能破解，上卿便成盟約。」

「愚鈍之人，不堪合謀。」

「上卿奇行，意在告我：上卿非無人欲，只在所欲非常人也！」

「足下解得老夫心意，可為一謀。」郭開一手冷冰冰地抬起俊美男子下頜，說聲下去。俊美男子順從站起，突然惡狠狠扯著金髮女子的長髮大步拖到了木屏之後，之後一陣奇異的響聲傳來，俊美男子又悠然走了出來，笑吟吟站在了郭開身側。

「此乃老夫男妾，亦為老夫子奴，官居趙王家令，韓倉是也。」

郭開若無其事地介紹著，頓弱陡然生出一身雞皮疙瘩。韓倉之名之行，頓弱熟得不能再熟，然韓倉其人，頓弱從未見過。依著尋常列國宮廷齷齪之通例，身為趙王家令的韓倉是趙王寵臣，決然不該在同樣是臣子的郭開面前成為如此卑賤的肉寵。同為大臣而如此不堪，頓弱對趙國不禁生出一種難言的厭惡與憐憫。

「上卿去李牧，須得何種援手？」頓弱對韓倉看也不看。

「趙國之事，老夫不須援手。」郭開矜持而冰冷。

「果真如此，上卿何須約秦？自立趙王是了。」

「若無秦國，老夫早是趙王矣！」

「上卿知秦不可抗，尚算有明。」

「趙國當亡，秦國當興，老夫比誰都清楚。」

「既然如此，上卿與秦聯手倒趙，正得其宜，何言獨力成事？」

「老夫為秦建功，自有老夫所求。」

「上卿但說無妨。」

「趙國社稷盡在老夫。」郭開扶著韓倉的肩膀站了起來，一步一步地走到了頓弱案前，森然怪異竟使叱吒邦交風雲的頓弱心頭猛然打了個寒噤，「無論趙王，無論太后，都是老夫掌心玩物而已。老夫生逢亂世，不能獨掌趙國，卻也要以趙國換得個安心名頭，以慰老夫生平弄權也。老夫若將趙國奉於胡人匈奴，足可為一方單于，擁地百千里而奴隸牛羊成群。老夫所不明者，奉趙於秦，秦何以待老夫？」

「上卿終顯本色，頓弱佩服！」

「老夫有欲，欲於異常。」

「上卿所求者何？」

「秦國所予者何？」

「上卿所求必大，容頓弱旬日後作答如何？」

「若非秦王親書，足下便走不出邯鄲了。」

「上卿脅迫頓弱？」

「老夫若挾趙王入胡，一顆秦國名臣人頭之禮數，總該是有的。」

「上卿不怕頓弱先取了你這顆白頭？」頓弱哈哈大笑。

「密事算人，只怕足下不是老夫對手。」郭開一如既往的冰冷。

「好！頓弱人頭先寄在上卿劍下。告辭。」

「旬日為限！」

頓弱舉步間，身後傳來韓倉柔亮美妙的聲音。頓弱情不自禁回頭，一眼掃過這個趙王家令明豔的臉龐妖冶的身段，心下又是一個激靈——天下妖孽奸佞獨聚於烈烈趙國，上天之弄人何其滑稽何其殘忍哉！

九日之後，一騎快馬密使在寒冷的冬夜抵達了邯鄲的秦國祕密商社。秦王嬴政的特急王書是：秦國滅趙，郭開可為趙國假王（註：假王，以王之名義代行治權，如後世代理之義）治趙，唯不得擁有私兵。特書外附有一管密書云：頓弱可將王書派員交付，毋得親見郭開。頓弱心頭突突大跳，如此巨奸若為趙國假王，豈非天下大大隱患？然頓弱深知秦王嬴政之長策偉略過人，更有李斯尉繚與謀，能出此等亙古未聞之大賞必有其中深意，絕不會放任郭開荼毒趙國。至於附書，頓弱認定是尉繚所謀，未免多心。素來與郭開會商，都是頓弱親自出面，今日事端更大，派員前往如何不引起郭開疑慮？一番思忖，頓弱打消了上書求改之意，立即約見郭開。

「知老夫者，秦王也！」郭開抖著王書第一次綻開了蒼老的嘴角。

「上卿將為趙王，頓弱先賀。」

「足下賀我，有得是時日。」

「不。邦交事務繁劇，上卿既無須援手，頓弱即行告辭。」

「足下意欲何往？」

「無論何往，皆不誤事。上卿若須援手，可找秦人商社傳訊。」

「老夫所需援手，只在足下一人。」

「上卿何意？」頓弱心頭驟然一動。

「足下做事可也，只是不得離開邯鄲王城，以備與老夫隨時共謀大計。」

「上卿密行拘押頓弱，不怕雞飛蛋打乎！」頓弱哈哈大笑。

「人言秦王有虎狼之心，老夫安得不防？」郭開綻開的嘴角突然收緊，陰沉獰厲之相森森逼人，「老夫謀事，雞飛不了，蛋打不了。倒是足下，斡旋列國邦交，幾曾品咂過一國王太后美味哉！足下只要跟從老夫，趙國太后便是足下奴婢一個，成群胡女便是足下一群牛羊。如此天上人生之況味，足下不欲擁乎？」

「非人之行，上卿盡可自家品咂，頓弱無心消受。」

「只要老夫有心，足下之心何足道哉！」

「上卿之意，頓弱要做人質？」

「做得如此人質，也是足下之福。」

郭開冷冰冰一句揚長而去。頓弱遂被兩名胡女扶進了一輛密不透風的高車，轔轔出了雲廬。動靜觸手之間，頓弱已經覺到兩名胡女四條臂膊的鐵石力道，尋機掙脫之意頓消，心緒立即寧靜下來——只要郭開不堵死與商社通聯之路，何懼之有也。

井陘山變成了茫茫雪原，黑紅兩片營地都陷入了廣袤曠遠的沉寂。

立馬高岡凝望關外，李牧身心寒徹直是冰雪天地。對於大軍戰場，李牧具有一種尋常將軍無法企及的敏銳感。兩軍相持半年餘，秦軍的正式攻堅卻只有開始的那一次，其後便是無休止的襲擊騷擾。

僅僅是那一次攻堅，李牧已經敏銳地洞察到秦軍戰力之強遠非今日趙軍可比。假若歲月倒轉二十餘年趙孝成王在世，李牧完全可能如同早年反擊匈奴的深遠謀劃一樣，為趙國練出一支與邊軍具有不同風貌的重甲銳師，專一與秦軍一較高下。然則，孝成王之後的趙國已經亂得沒有了頭緒，君王荒淫奸佞當道陰謀橫行，所有的實力圈子都在黑暗中摸索，死亡的氣息已經越來越濃厚地彌漫了趙國，撲上了每個人的鼻端。於今謀取雄師，無異於臨渴掘井，不亦滑稽乎！李牧所能做的，只有以目下這二十萬兵力與秦軍對抗相持，能抗多久是多久。假如龐煖尚在，兵變扭轉朝局的希望未滅，李牧對抗擊秦軍還是深具信心的。畢竟，趙國有久戰傳統，有舉國成軍的尚武之風，更有雖散處三方然終究尚存戰力的四十餘萬大軍。然龐煖這團政事火把一滅，李牧真正地冰寒入骨了。龐煖出事，意味著趙國反對昏政的勢力徹底地分崩離析，扭轉廟堂格局的希望也徹底地破滅。元老們鳥獸散了，將軍們鳥獸散了。憤懣的國人群龍無首，又被種種流言攪得昏天黑地是非難辨，縱然李牧可以登高一呼，誰又能保國人會攘臂而起？再說，縱然國人攘臂而起，不說當不得秦軍衝擊，先當不得郭開趙王的黑衣王城軍，還不是白白教庶民百姓血流成河？

國政無奈，戰場同樣無奈。

自龐煖失事，李牧夜夜不能成眠。每每眼看著連綿軍燈在稀疏的星光中沒入朦朧曙色，聲聲刁斗在淒厲的號角中陷入沉寂，李牧卻還在一片片金紅的胡楊林中遊盪著。桀驁不馴的李牧雄霸軍旅一生，第一次嘗到了四顧茫然走投無路的無奈。假如王翦的二十萬大軍能死命攻堅，使他能痛快淋漓地血戰一場，李牧的心緒或可獲得些許平靜。畢竟，將軍戰死沙場化為累累白骨，也是一種壯烈的歸宿。然則，秦軍偏偏不戰又不退，就如此這般耗著你，要活活窩死二十萬趙軍！一想到長平大戰中白起的「以重制輕，以慢制快，斷道分敵，長圍久困」而使五十餘萬趙軍一舉毀滅，李牧心頭便是一個激靈，生平第一次對戰場情勢生出了一種本能的毛骨悚然感。李牧佩服秦國能堅實支撐四十餘萬大軍遠道滅國的後援能力，僅僅是這一點，趙國便無法望其項背。李牧更佩服如此國力之下，秦國竟然不僅湧現出王翦這樣的老辣統帥，還能湧現一批諸如蒙恬李信楊端和王賁章邯這樣的謀勇兼備的年輕大將。他們不驕不躁扎實進逼，使趙軍退無可退戰無可戰，乾淨徹底地剝奪了趙軍的戰事自主權，趙軍只能窩在原地等著挨打等著崩潰等著死亡。三十餘年戰場閱歷，剽悍靈動的李牧從來是制敵而不受制於敵的。這一次，李牧卻得眼睜睜擁著二十萬大軍不能挪動半步，眼睜睜陷進說不清是秦國還是趙國抑或同時由兩方甚至多方掘成的深深泥沼，直至沒頂窒息而又無力掙扎。徒擁大軍而只能無可奈何地等死，李牧脊梁骨的寒冷與其說是恐怖，毋寧說是悲涼。

……

「大將軍，趙王特書！」

亢奮的稟報夾著急驟的馬蹄飛上了高岡，是司馬尚親自來了。

「何事？」李牧依然遙望遠方，絲毫沒有轉身的意思。

「王書在幕府。特使韓倉說，趙王召大將軍商議會戰秦軍！」

「韓倉來了？」

「對！韓倉還說，龐煖策動合縱，聯軍有望！」

「你信麼？」李牧驟然轉身，迷惘的目光充滿驚詫。

「大將軍，我軍大困……寧可信其有，不可信其無。」

「你是說，要李牧奉命？」

「大將軍若有脫困之策，或可，不奉命。」司馬尚說得很艱難。

李牧良久默然。對於司馬尚這位合力久戰的將軍，李牧幾乎是當作兄弟般看待的。司馬尚對李牧，也是景仰同心的。無論是對元老勢力還是對龐煖部屬，兩人縱然有過些許歧見，最終都絲毫沒有心存芥蒂。這支大軍的靈魂是李牧，而能走進李牧內心深處的，只有司馬尚。李牧不相信郭開韓倉，更不相信趙王遷。那般齷齪君臣果真有抗秦保國之心，豈能大半年將二十萬大軍丟在井陘山不聞不問？今日若真心要與秦軍會戰，便當親赴軍前激勵將士，如同當年秦昭王親赴河內為白起大軍督運糧草一般。果真如此，郭開趙遷縱然此前有罪，李牧夫復何言！召李牧入宮而商議會戰，能是真心會戰麼？無論李牧如何不精通君臣權謀，至少清楚地知道，趙國的許多要害人物都因為入宮而面目全非或泥牛入海。春平君如此，趙蔥如此，龐煖也如此。趙國王城在趙國朝野眼裡，早已經是神祕莫測的陷阱，那裡盤踞著一條嗞嗞吐芯的斑斕巨蟒，隨時準備吞噬走進王城的每一個獵物。明乎此，李牧還要重蹈覆轍麼？可是，李牧明白，司馬尚不明白麼？司馬尚既然明白，何以要寧可信其有，不可信其無？說到底，趙軍大困雪原是實情，而不能解困則只有空耗等死。作為大軍統帥與副帥，既沒有脫困之策，又要放棄閃爍在眼前的一絲希望，對二十萬將士如何說法？自己心下何安？

「幕府。」馬鞭一抽戰靴雪塊，李牧轉身走了。

幕府聚將，接受王書，無論韓倉如何神采飛揚地宣說趙王之志，李牧始終沒有說一句話。韓倉自覺無趣，終究灰溜溜住口。李牧這才站起身來，拄著那口數十年須臾不離其身的長劍，平靜地一揮手道：「司馬尚執掌軍務。」說罷，李牧對著滿廳大將肅然深深一躬，一轉身大步赳赳出了幕府。

嘩啦一聲，大將們都湧出了幕府，人人淚光，人人無言。趙蔥與其部屬大將，也一般地熱淚盈眶。李牧沒有一句話，再次對將軍們深深一躬，翻身上了那匹雄駿的陰山戰馬，一舉馬鞭，便要帶著生死相隨的兩百飛騎風馳電掣般去了。

「大將軍稍待！」司馬尚驟然前出，橫在李牧馬前。

李牧圈著戰馬看著司馬尚，臉色平靜得有些麻木。

「諸位將軍！我等隨大將軍一同入宮，向趙王請戰！」

隨著司馬尚的吼聲，大將們哄然一聲爆發，願隨大將軍請戰的呼喊在雪原山谷盪出陣陣迴音聲浪。韓倉看得大急，厲聲喝道：「國有國法！趙王召大將軍會商戰事，何有擁兵前往之理！你等要反叛麼！」「鳥！髒貨小人！」邊軍大將們被激怒了，一聲怒吼蜂擁搶來圍住了韓倉。趙國素有兵變傳統，大將們當真殺了韓倉，誰也無可奈何。趙蔥眼見李牧冷笑不語，心下不禁大急，一步搶前擋在韓倉面前高聲喝道：「少安毋躁！都聽我說！」邊將們稍一愣怔，趙蔥部將已經圍了過來紛紛攔擋邊將們上前。韓倉早已經嚇得兩腿發軟，靠在護衛身上不能動彈。趙蔥高聲道：「殺死韓倉事小，牽連大將軍事大！大將軍既已奉命，自家部將卻殺了王使，大將軍對趙王如何說法？陷大將軍於不忠不義，我等有何好處！趙蔥之意：聽憑大將軍決斷，大將軍不去王城，我等擁戴！大將軍去王城，我等也擁戴！」大將們紛紛嚷嚷終於匯成一片吼聲：「好！聽大將軍說法！」

「諸位，」李牧不得不說話了，「我軍久困井陘山，糧草將盡，援軍無望，退不能退，進無可進。若無舉國抗秦之勢，則我軍必敗，敗得比長平大戰還要窩囊！李牧畢生征戰，不曾窩過一兵一卒，而今卻要活活窩死二十餘萬大軍，心下何安也！將軍百戰，終歸一死。而今趙王有會戰之書，這是趙軍的唯一出路，也是趙國的唯一出路！唯其如此，縱然刀山在前，李牧死不旋踵！」

所有的大將都沉默了，唯有旌旗獵獵之聲抖動在寒冷的曠野。

「司馬尚與大將軍同往！」

「不。誰也不要同往。」

李牧對慷慨激昂的司馬尚一擺手，圈馬轉身對將士們高聲道：「兄弟們，戰死沙場才是將軍正道！誰也不要將鮮血灑在齷齪的地方！都給我釘在井陘山，扛住王翦，扛住秦軍！縱然血染井陘，也教秦人明白：趙國之亡，不在趙軍——」

「趙國之亡，不在趙軍！」

將軍們的吼聲激盪了整個軍營。片刻之間，連綿大營交相激盪起憤怒的吼聲。「趙國之亡，不在趙軍！」所有人都被這句話震撼激發起來，長期憋悶的火焰突然噴發了。兵士們湧出了帳篷，民夫們擁出了山洞，紅色的人群奔跑者匯聚著，一片無邊無際的火紅包圍了幕府包圍了李牧。

「我民威烈，天恆亡之，李牧何顏立於人世哉！」

李牧一聲喟歎輕夾雙腿，陰山戰馬長嘶一聲飛入了茫茫雪原。

趙國的最後一個冬天，李牧離開了井陘山營地，從此永遠沒有回來。

多年之後，李牧最後的故事漸漸流傳開，化成了誰也無法印證的種種傳聞。歷久沉澱，李牧的結局又進入了一片片竹簡刻成的史書。《史記・廉頗藺相如列傳》所附之〈李牧傳〉云：「秦多與趙王寵臣郭開金，為反間，言李牧司馬尚欲反。趙王乃使趙蔥及齊將顏聚代李牧。李牧不受命，趙使人微捕李牧，斬之。廢司馬尚。」《戰國策・秦策》則記載：趙有寵臣韓倉，以曲合於趙王，其交甚親，其為人嫉賢妒功臣；趙王聽信韓倉，召回李牧，命韓倉歷數其罪；韓倉說李牧見趙王而捍匕首；李牧辯說自己患有彎曲病（手腳僵硬），恐見趙王行禮不便而接了假手，並憤然對韓倉亮出了假手；然韓倉還是以王命為辭，脅迫李牧自裁了。當代歷史學家沈長雲等所著《趙國史稿》（註：中華書局二〇〇一年十一月第一版）對如上說法作了辯駁考證，結論云：「他所講述的李牧的故事（司馬遷聽馮唐所講述的李牧故事），並不比《戰國策・秦策》所載更可信。」

無論李牧之死有多少種說法，李牧確定無疑地被趙國廟堂殺死了。

李牧之死，開始了趙國最後的噩夢。

這是西元前二二九年冬天的故事。

七、滅趙大戰秋風掃落葉般開始

王翦一接到頓弱密書，立即下令全軍備戰。

對山東五國尤其是趙國的軍政態勢，王翦是刻刻上心的。除了頓弱、姚賈的伐交商社，王翦還在秦軍斥候中反覆遴選，編成了一個六百人的精悍的間士營，專一深入各國搜集軍政消息。所以如此，在於王翦是戰國末期最具政略眼光的統軍名將。王翦對秦軍大舉東出有一個根本評判：秦欲滅六國而一統天下，不戰不行，唯戰不行；此間分際，在於如何最大限度地不戰而屈人之兵，從根基上摧毀六國。也就是說，王翦是戰國之世將兵家大道與統兵征戰之才水乳交融於一身的大軍統帥，也是軍政兼明的唯一統帥。大軍開出之前，王翦夜入咸陽，與秦王嬴政專門就戰法作了一次商討。

「老臣統兵出關，欲變秦軍舊日戰法。」王翦開門見山。

「何以變之？願聞見教。」秦王沒有驚訝。

「秦軍傳統戰法，以攻城掠地殲敵大軍為要旨。是故，攻必拔城下地，戰必斬首滅軍。行之日久，遂成傳統。拔城斬首之數額，亦成軍功大小之尺度。而今，秦軍以滅國為要旨，便不能僅僅以拔城敗軍、斬首滅敵之法對山東作戰。滅國之戰，目的在摧毀其國政根基，剷除其王族廟堂，而不僅僅在戰場殲敵。是故，戰法須變。」

「上將軍怕本王以舊戰法施壓催戰，故先申明？」

「秦王之壓，老臣可辯。朝野將士施壓求戰，老臣難當。」

「滅國大戰，戰法大要何在？」

「大要在三：戰勝不求斬首，奪政不求下城，除奸不求滅貴。」

「願聞其詳。」

「其一，戰勝不求斬首。我軍對敵，務求戰勝而敗其軍、潰其心可也，不能大肆斬首殺戮，以免其舉國成軍作困獸之鬥。當年長平大戰，武安君坑殺趙軍數十萬降卒，反逼得趙國死心血戰而我軍反敗。如此覆轍，不可重蹈也。其二，奪政不求下城。滅國根基，在於奪取都城、去其廟堂、除其施政之能。是故，我軍攻占都城之後，不能如既往那般攻占掠奪財貨人口。當年樂毅攻齊，下齊七十餘城而不能滅齊，在著力過甚也。如此覆轍，不可重蹈也。其三，除奸不求滅貴。而今山東昏昧，各國都有奸佞盤踞廟堂，以致山東列國大都成為一盤散沙。我軍入都奪政，僅除奸佞而不誅殺世族貴胄。如此，可免世族追隨殘餘王族逃國抗秦，則國可安也。此為老臣三戰之法。」

「嬴政謹受教！」年輕的秦王二話沒說，挺身長跪肅然一躬。

那夜會商一了，秦王嬴政下了一道特急王書給各要害大臣並各軍大將，將王翦陳述的戰法方略全數申明，王書末了道：「上將軍之戰法，乃秦軍滅國之精要，務求實施軍前。東出大戰，但憑上將軍調遣，本王並在國大臣、軍中將士，悉數不得施壓催戰！」

唯其如此，王翦大軍在井陘山與李牧大軍相持半年未曾激戰，李信、楊端和兩路大軍逼而不進引而不發，挾雄厚軍力空耗巨額糧草亦大半年不戰，秦國朝野無強烈催戰之聲浪，當可解也。雖然如此，軍中將士對風雪半年不戰不退畢竟難以忍耐，眼看年節將近，幕府依然沒有大戰跡象，秦軍將士終於焦躁了。

「再不出戰，我等上書秦王求戰！」蜂擁而至的將士們不斷地吼叫著。

王翦走出幕府，只說了一句話：「發下令箭，老夫准許爾等赴咸陽求戰。」

將士們默然了。幕府求戰，無非焦躁之心不可耐而已。大將們誰都知道秦王特書，果真趕赴咸陽，求戰不成反倒可能耽擱了戰場立功。畢竟相持日久，大戰隨時可能迸發，將士們只是不耐風雪壁壘之清冷而尋求早戰。王翦不再如同往日那般說服，而是破例准許將士直赴咸陽請戰，將士們反倒一片沮喪沒了聲氣。

「信得過老夫，自回營壘。」又是一句，王翦走了。

在將士們請戰的旬日之後，頓弱的密書到了。此前，王翦已經從間士營得到密報：頓弱被郭開羈留邯鄲王城形同人質。所以，王翦對頓弱密書所報的李牧去軍消息不能立即斷定虛實。畢竟，郭開是天下第一大奸，頓弱其人王翦也不甚熟悉，王翦寧可等待消息印證而後斷。正在秦軍將士們走出冰雪壁壘收拾營地軍械嗷嗷備戰之時，間士營消息到了，與頓弱所報一致：李牧去軍，進了柏人行宮。

「南北軍令發出。」王翦拍案而起。

兩司馬立即帶著早已擬好的軍令飛出了幕府，向南北兩路大軍而去。

「聚將鼓！」王翦大手一揮，赳赳大步出了軍令坊。

轅門外的隆隆鼓聲未過三通，大將們已齊刷刷趕到了幕府聚將廳。

「諸位，李牧去軍，我軍戰機已到！」

王翦激昂的話音落點，大將們卻沒有慣常的亢奮神情，一陣驚訝之後反倒顯出幾分落寞，人人板著臉一片默然。王翦悠然一笑，倏忽肅然道：「李牧兩勝秦軍，諸位尋仇之心甚重，唯以李牧為對手決戰而後快。此等戰心，老夫盡知也。與天下名將一見高下，為將之雄心猛志也。老夫，也是一樣！然則，此為滅國之戰，不是尋仇之戰！滅國之戰，要的是國家功業，不是一將功業！若趙國政事清明，李牧可全力率趙軍抗秦，我軍自當與李牧放馬一戰，其時戰勝李牧，自是秦軍功業榮耀！然目下趙國廟堂昏昧，李牧大軍左右掣肘內外交困糧草匱乏後續無援，秦軍戰勝如此李牧大軍，榮耀乎！恥辱乎！反之，李牧死於趙國廟堂，可顯忠勇志節，可彰趙國惡政，青史皇皇其名！李牧死於秦軍，則秦國徒負惡名，趙人必恨秦國。其時也，趙人追隨殘餘王族死力抗秦，亦未可知！果真如此，秦國一統天下之大業何在！故此，滅國大戰，根在大局，不在是否與一將作沙場尋仇之戰！」

「不求尋仇！願奉將令！」

以軍中慣例，大將們同聲一吼，認可了主將說法。

王翦一眼掃過大廳，長吁一聲，長劍打上六尺立板上張掛的羊皮地圖道：「只要李牧去軍，不管趙軍何人為將，我軍都立即開戰滅趙！戰法是：南北兩路大軍同時猛攻，楊端和南軍合圍邯鄲，李信北軍直下代郡進逼信都與柏人行宮。其時，趙國必令井陘山趙軍出動，或救邯鄲，或保信都，兩者必居其一。我西路大軍則無論井陘山趙軍如何出動，都全力越過井陘山追擊趙軍，橫插趙國中部，將趙國攔腰截為兩段！使邯鄲、信都、柏人三處廟堂根基不能相連，根除其施政聚兵之出令軸心！」

「明白！」聚將廳一聲雷鳴。

「章邯軍攻占井陘關，而後扼守井陘關善後！」王翦拿起了第一支令箭。

「嗨！」章邯在滿廳大將熱辣辣的目光中接過了令箭。

「大軍東出井陘關後，馮劫部插入邯鄲信都之間，遮絕兩都通連！」

「嗨！」

「馮去疾部插入信都柏人之間，遮絕趙國陪都與行宮之通連！」

「嗨！」

「老夫中軍，對趙軍主力銜尾疾追，會戰滅軍！」

「嗨！」幾員中軍大將齊聲拱手。

王翦指點地圖，做最後部署道：「旬日之後，我南北兩軍可同時出動，開春之際，我兩軍可同時深入趙國。屆時，我井陘山大軍全力開戰，務須在半月之內切斷趙國中部！為此，各軍務必在一月之內清營輕裝，屆時全力出戰！」

「攻占井陘山！一戰滅趙國！」

秦軍將士的吼聲激盪著白雪覆蓋的崇山峻嶺。

趙軍連綿營地卻冷冰冰一片，沒有任何動靜。

祕密誅殺李牧之後，郭開立即開始了自己的鋪排。

兩道趙王急書連夜飛向邯鄲所有官署與趙國郡縣。第一道王書稱：大將軍李牧久處冰雪之地，覲見趙王作禮之時突發攣曲症，四肢僵直無以伸展；本王心急如焚，正親督太醫日夜在柏人行宮醫治李牧，朝野臣民少安毋躁。第二道王書稱：抗秦事急，本王決以公子趙蔥、信都將軍顏聚為井陘山趙軍大將，先行備戰；來春，本王將親出邯鄲，督導三路趙軍與秦軍決戰；朝野臣民務須各司其職各安其所，屆時舉國同心以勝秦安趙。兩道王書傳遍朝野，趙人無不雲山霧罩不知其所。信王書麼？李牧正在盛年其壯如牛，突發怪異至極的攣曲症，實在難以理解；有郭開韓倉在國，李牧十有八九是出事了。不信王書麼？王書所言似乎也有幾分道理：爬冰臥雪奔波沙場，趙軍將士患攣曲症並非一人，誰又能說李牧確實沒有攣曲症？再說趙王已經明定開春親自督戰會戰秦軍，此前縱然有過，畢竟還是滿足了朝野期盼的舉國抗秦熱望，趙王還能如何？如此紛紜之下，趙國朝野懵懂了，人們幾乎是本能地長歎一聲：「趙國艱難，且看來春如何了！」

在舉國疑惑的冬末，趙蔥、顏聚接掌了井陘山幕府。

趙王王書隨著兩位新主將抵達幕府：司馬尚被罷免副帥職務，貶為雲中將軍，即日起程回雲中大營籌劃對北路秦軍戰事，理由是「司馬尚善領邊軍為戰，當效大將軍李牧建功」。當然，司馬尚不能帶走井陘山的十萬邊軍與任何部將，而只能一人離軍北上。王書一宣，司馬尚代李牧交出兵符，一句話沒說離開了井陘山幕府。

司馬尚馬隊沒入了茫茫雪原。

從此，這位忠實輔佐李牧的趙軍名將不知所終。

趙蔥顏聚的第一道軍令是：為協力同心，十萬邊軍與十萬腹地趙軍立即混編，一律以腹地將軍為混編營大將。於是，趙軍在井陘關內外的四道壁壘間開始了紛亂龐大的流動，相互混編而重新劃分防守壁壘，一時人喊馬嘶衝突不斷，關內關外亂得不亦樂乎。匆匆月餘，眼看殘雪消融地氣轉暖，趙蔥顏聚第二道軍令傳下：放棄關外兩山壁壘，大軍退回關內整備，準備來春在趙王統率下會戰秦軍。同時，趙蔥顏聚通令南北趙軍，春二月同時出動反擊秦軍。趙軍在如此將令之下，事實上放棄了所有的壁壘要塞防守，重新匆忙集結準備作大肆反擊。一時，趙軍各部從冰冷的雪地壁壘鑽了出來，如釋重負般在忙亂中一片熱氣蒸騰。趙蔥顏聚更是亢奮萬分，只盼著大戰反擊秦軍的時日快快到來。

便在此時，秦軍攻勢如春日驚雷驟然炸開！

從趙蔥顏聚接到第一道戰報開始，未及旬日，南路楊端和軍大舉進逼邯鄲外圍要塞，北路李信秦軍一路直下逼近信都。趙蔥連趙王的王書都沒有等到，已驟然面臨已經逼近到百里之內的李信軍的威懾。趙蔥顏聚來不及謀劃，匆忙下令井陘山趙軍向信都柏人方向靠近，正面抵擋李信軍南下。不料，趙蔥大軍剛剛開始向南回收，井陘山秦軍已經潮水般開過了幾乎不設防的井陘關，猛烈地咬住了趙蔥大軍。更有秦軍馮劫部兩萬鐵騎飛兵超前，一舉插在信都與邯鄲之間的隘口，迅速構筑壁壘，截斷了井陘山趙軍的南下之路。同時，秦軍馮去疾部兩萬鐵騎飛兵插入信都與柏人之間的山地隘口，一舉截斷趙軍向東南靠近大陸澤與巨鹿要塞的通道。萬般無奈，趙蔥顏聚只有下令全軍回身死戰。

王翦親率十餘萬秦軍重甲精銳，在殘雪未消的山塬間與趙軍展開了大戰。

這時，趙軍統帥趙蔥已經完全慌亂，匆忙間想也不想便接受了司馬出身的顏聚的謀劃對策：兩人各率十萬大軍，據守南北兩廂，誘使王翦大軍從中央山地進兵，南北夾擊合圍秦軍。不想兩人分兵方完，趙軍因重行混編成步兵騎兵均有的新軍，原先的邊軍飛騎喪失了剽悍靈動，原先的腹地步軍與少量馬軍也喪失了熟悉的陣戰部伍，兩相陌生，行動大為遲緩。堪堪離營尚未展開上路，黑森森的王翦大軍已展開成巨大的扇形從遼闊的山塬逼了過來。秦軍的戰法簡單實在：兩翼鐵騎包抄，中央重甲步軍在漫天箭雨後強力衝殺。如此不到兩個時辰，趙軍全線潰退。北路趙蔥部突圍，被兩翼秦軍鐵騎截殺，趙蔥當場戰死。南路趙軍潰敗之際，早有準備而沒有深入戰場的顏聚立即突圍，落荒而去，從此不知去向。

趙國最後一支精銳大軍，自此屍橫遍野徹底潰散。

早在王翦大軍越過井陘山之際，身在柏人行宮的郭開已經明白了趙國大勢已去。郭開的謀劃只有最後一步的實施了：挾持趙王遷一行回邯鄲，以內滅趙國之功向秦王索封；若秦王食言，則郭開立即殺死秦國大臣頓弱與趙遷、太后等王室廟堂人物，使秦國滅趙因未得趙王又失大臣而變得沒有任何光彩。郭開相信，秦國正在滅國之初，絕不願戰勝世仇趙國而落得如此沒有顏面。唯其如此，趙蔥顏聚大戰未開，郭開已經統領自己掌控的黑衣王城軍，嚴密護持著王室人物及秦國大臣頓弱，連夜南下邯鄲了。

此時，楊端和大軍已經逼近邯鄲，得知趙王從北路進入邯鄲，立即急報王翦請示方略。王翦下令楊端和：逐一拔除邯鄲外圍城邑，使邯鄲成為徹底失去外力救援的孤城，下城時日待趙國北部情勢而決。南路部署妥當，王翦大軍橫斷趙國中部，擊潰趙蔥大軍之後遂與李信的北路軍會合。此時，王翦主力大軍駐紮在已經攻占的趙國北都——信都，只下令李信軍一步步南下逼近邯鄲。王翦給李信的軍令是：不求其快，唯求其穩，見戰則戰，務求擊潰沿途所有趙軍。王翦對自己統率的主力大軍的部署幾乎一樣：不求下城，唯求敗軍，三月之內掃清趙國北部的所有趙軍。

方略既定，王翦的特使飛騎日夜兼程趕赴咸陽。

未幾，秦王嬴政的王書飛到王翦幕府：「上將軍目下方略，本王深以為是。滅趙不求一鼓而定，唯求明度時勢，大定趙國。本王之意，秋冬之際安定趙國。屆時，本王將親臨邯鄲。此前方略機變，上將軍相機定奪可也。」王翦沒有片刻耽延，立即將秦王王書復刻兩卷，飛送李信、楊端和幕府，囑其不得驕躁下城。

月餘之後，李斯統領的一支三百人官吏車馬開進了信都。李斯王翦再聚軍前，兩人皆振奮欣然。夜來軍宴，李斯對王翦備細敘說了在咸陽與秦王的謀劃：先行派李斯率三百吏員入趙，意在先行廓清趙國既往政事圖籍，接掌要害府庫並謀定郡縣設置，不使趙國陷入混亂無治之狀態。王翦拍案讚賞道：「長史此舉，大明也！趙為山東屏障，理清趙國之根基，天下幾近初定也。信都為趙國北都，典籍政令悉數在焉。長史三百吏員，半年之內必能化趙國於胸腹間也！」兩人一時撫掌大笑，說到四更方才散去。

八、秦王嬴政終於昂首闊步地踏進了邯鄲

胡楊林一片火紅的十月，邯鄲陷落了。

邯鄲不是被攻破的，而是在秦軍的威勢之下自已坍塌的。面對楊端和大軍與李信大軍南北夾擊，趙國腹地的趙軍沒有一個像樣的大將領軍防守邯鄲，更兼井陘山主力大敗的消息迅速傳開，趙軍頓時亂得沒了章法。事實上，趙軍主力二十餘萬全部集結在井陘山，其餘近三十萬大軍的分布是：雲中大營留守五七萬，信都以北各要塞防守兵力十餘萬，南部邊境及邯鄲外圍駐軍十餘萬。若趙國廟堂清明，在秦軍開進之初立即將井陘山之外的全部趙軍集結為南北兩路大軍，交龐煖統領對抗秦軍，兩軍兵力大體對等，秦軍滅趙誠為難事。然則趙國政事昏昧，王翦李牧相持的大半年間，趙遷郭開一心只在翦除兵變隱患，對井陘山之外的趙軍非但不作集結，而且嚴令各軍堅守自家城邑，不奉王命不受調遣。此間全部原因，在於趙遷郭開深恐大軍集結而促成兵變。是故，秦軍南北中三路大舉猛攻之時，井陘山之外的趙軍依然陷於一盤散沙之態勢。北部趙軍被李信部分割擊潰。雲中郡留守邊軍聞訊南

下，又被九原蒙恬部截殺擊潰。邯鄲之南，楊端和軍一路北上，未遇大戰便逼近邯鄲，開始從容攻取邯鄲外圍諸要塞。九月秋風起時，邯鄲外圍駐軍城邑全部被秦軍占領，幾乎沒有一座城池作堅壁防守。如此，秦軍如三把利劍，將趙國斬為四段：王翦主力居北拊背，斬斷趙國代郡以北的草原地帶與腹地之連接；李信軍居中，斬斷邯鄲與信都兩座都城地帶之連接；楊端和軍居南，斬斷中原各國與趙國之連接，同時切斷邯鄲向南向東的兩大通道。

入秋之時，邯鄲事實上已經成為孤立無援的島城。

還在攻取外圍城邑之時，秦王嬴政便接到了頓弱密書：郭開請秦王先發王書於天下，明封郭開為趙國假王，如此可保趙國王室一人不缺全體降秦。密書同時附有郭開一支寬簡，簡單得只有一句話：「邯鄲危亂，開不能保王城王室無事，唯秦王可保也。」郭開的威脅之意是顯而易見的——秦王不明定郭開假王之位，秦國只能得到一座廢墟一片屍體的邯鄲。嬴政看得咬牙切齒，良久無策，遂登車夜訪尉繚求教。尉繚思忖一番笑道：「奸佞之術，不當君子之道。郭開大奸，天下昭著。王不妨以小人之法治之，或能得天下擁戴亦未可知也。」嬴政笑道：「何謂小人之法？」尉繚道：「先得其國，再除其人。」嬴政哈哈大笑道：「國尉之法，誠小人哉！嬴政做之何妨。」當夜回到王城，嬴政喚來趙高祕密叮囑了一番。趙高大為亢奮，立即風風火火準備去了。

旬日之後，秦王王書公告天下：「趙國將亡，上卿郭開有不世大功。本王拜郭開假趙王之位，領趙國政事民治，以為天下垂範。」隨著秦國特使的車馬，秦王王書迅速傳遍列國，自然也傳到了邯鄲。一時山東列國憤憤然咒罵譏諷不絕，無不視秦國秦王與郭開狼狽兩奸亂天下。已經失國的趙國臣民得聞秦王王書，死一般的沉寂。只有已經盤踞邯鄲王城的郭開大喜過望，立即帶著心腹黑衣劍士闖進寢宮，將趙王遷從腥臭污穢的胡榻上與一群雪白溜光的胡女剝離開拖將下來，軟囚在事先預備好的一間密室裡。事畢，郭開又立即趕到太后寢宮，將正在與春平君及韓倉胡天胡地的轉胡太后拖將出來，如例關進密室。關閉密室時，郭開啪啪啪拍著轉胡太后的白臀一陣大笑道：「太后肉臀，老夫之利器也！老夫欲將你這母狗與我子韓倉，一併獻給秦王。兩奴若能陷嬴政於胡楊爛泥，誠不世奇聞也！」轉胡太后與韓倉樂得咯咯直笑，郭開已頭也不回地去了。最後，郭開又將沒有離開邯鄲的所有王族全數拘押到王城偏殿，令春平君為監守尉，一人出事唯春平君是問。這位老王族公子非但沒有憤然作色，反倒誠惶誠恐諾諾連聲，引得罹難王族一片側目。

入夜，郭開大宴頓弱，笑不可遏道：「老夫功業就矣！頓子何賀哉？」

「膿瘡蛇冠，竟為功業，天下奇聞也！」頓弱哈哈大笑。

「一人之力滅一國，天下何人可為？」郭開分外認真。

「鼎肉不飽一夫，孤鼠可壞一倉。害國之道，小伎而已。」

「足下迂闊之徒，老夫何足與其論哉！」

郭開帶著從未有過的醺醺酒意縱情狂笑著走了。

驚愕的頓弱被黑衣劍士蒙上雙眼，押到了一個誰也無法揣摩的去處。郭開的下一步棋是：秦王必須以頓弱為趙國假相永留趙國，否則，世上便沒有了頓弱。

秦王車駕隆隆進入邯鄲的那一日，在整肅威猛的秦軍長矛甬道中，郭開帶著大隊黑衣劍士押著趙遷為首的王族降者，在王城南門前整整排開了六列。趙遷抱著銅匣王印，站在秋風中枯瘦如柴瑟瑟發抖，活似一具人乾。郭開高聲唱名之後，青銅王車上的嬴政凝視著黝黑枯瘦的趙王，緊緊皺著眉頭一臉厭惡之色，腳下一跺，連王印也沒有接受便驅車進了王城。王城大殿前，李斯鄭重宣讀了秦王王書：趙王降秦，拘押咸陽以待處置；趙國歸併為秦國郡縣，南部設立邯鄲郡，北部諸郡容後待定；趙國民治政事，由假王郭開統領。

「老臣敢請秦王，以頓弱為趙國假相襄助政事。」郭開精神大振。

「宣頓弱。」秦王嬴政平淡得毫無喜怒。

「宣頓弱領命——」護衛王車的蒙毅響亮一呼。

「老臣稟報秦王，」郭開知道秦王此舉是迫使他交出頓弱，連忙趨前一步高聲道，「上卿頓弱奔波邦交，風寒症已非一日，已在太醫署密室救治旬日，臥榻不能見王！」

「也好。待頓子痊癒，再行封賞。」

嬴政說罷逕自走了。蒙毅帶著三百精銳的鐵鷹劍士護衛著秦王與李斯王翦等一班大臣，在邯鄲王城整整巡視了一日，暮色時分才回到趙國大殿前。秋日晚霞中，雄闊的殿閣飛簷擺動著叮咚鐵馬，依山而上的趙國王城巍巍然如天上宮闕。如今，這座王城沒有了肅穆，沒有了威懾，群群烏鴉從層層屋脊飛過，蕭瑟秋風捲起飛旋的落葉，伴著內侍侍女匆匆遊盪的身影與秦軍士兵方陣的沉重腳步，宿敵趙國的王城倍顯落寞淒涼。嬴政凝望良久，不禁長長一歎：「強趙去矣，大秦獨步，不亦悲乎！」

「大秦滅趙，一統天下，老臣恭賀秦王！」

望著郭開灰白的鬚髮厚重的面容與念出頌辭時的一臉真誠，嬴政心頭猛然一個激靈——大奸若此，亙古未見也！倏忽之間，秦王一臉肅殺，一揮手大步出了王城。郭開一陣驚愕，連忙拉住李斯低聲問：「原定禮儀，秦王今夜當在邯鄲王城大宴我等降秦功臣，為何匆匆而去？」李斯殷殷笑道：「秦王國事繁劇，足下即位假王，可代秦王設宴便了。諸位功臣之封賞王書，我與蒙毅將軍屆時恭送如何？」郭開不無惋惜地歎道：「老夫尚有一絕世寶物敬獻秦王，惜哉惜哉！」李斯一時好奇心大起，笑道：「何物堪稱絕世之寶，足下可否見告？」郭開心知李斯為秦國廟堂用事大臣，遂殷殷低聲道：「此物活寶也！至尊至貴，至卑至賤，提神益壽，樂而忘憂，夜宴酒後消受最佳。王若不受，豈非暴殄天物哉！」李斯驚訝道：「此物究竟何物？足下何其雲霧哉？」郭開連連搖頭道：「不可道，不可道。絕世之物，非秦王不顯其名也！」李斯呵呵笑道：「也好。假王既有此等珍寶，容我報於秦王，秦王或可親臨亦未可知。」郭開大喜過望，殷殷叮囑李斯道：「長史若能說來秦王夜宴，老夫當另寶相贈，保足下終生樂哉樂哉！」

當夜，嬴政行營駐紮在邯鄲郊野。

一頓簡樸的戰飯之後，嬴政與蒙毅在行營密室密議諸事。及至李斯趕來，蒙毅正要起身出帳。聽李斯一說郭開之言，嬴政臉色頓時陣紅陣白，拍案切齒道：「郭開老賊竟敢如此齷齪！蒙毅，只在今夜！」李斯心下不禁一陣大跳，愣怔無措地看著蒙毅只不說話。蒙毅機敏過人，一招手道：「長史下書，我護衛，走！」匆匆出帳，蒙毅邊走邊低聲道：「郭開那個老殺才說的寶貨，是趙國轉胡太后！」李斯倏然警覺，不禁一身冷汗雞皮——秦王對母后趙姬之淫亂刻骨銘心，對太后淫行亂政更是提起來恨得咬牙切齒，如何自己竟沒想到這一層？如此看來，郭開要送給自己的那個寶貨，准定也是個膩蟲物事。

「老殺才！」李斯惡狠狠罵了一句。

這一夜，邯鄲王城大張燈火樂舞。郭開盡力鋪排出趙國數十年沒有的隆重大典場面，侍女換成了清一色的金髮碧眼胡女，正殿侍酒的內侍侍女更是由韓倉親領。郭開期待著秦王走進這座華貴奢靡的銷魂王城，從此樂不思歸。誰料，先來頒書的是李斯蒙毅，說秦王令我等先開夜宴以熱酒風，秦王片時即到。郭開欣喜過望，立即喝令開宴。趙酒本烈，趙人酒風更烈。與宴者又都是各色降臣，心思不一藉酒澆愁，不消片時一片醺醺酒氣。李斯蒙毅則拉著郭開一力鬥酒。警覺一世的郭開第一次放開大飲，心頭期盼屆時藉著酒意好向秦王獻寶。大爵連飲，不到半個時辰，郭開也飄飄忽起來。

城頭五更刁斗打起的時候，一場猛烈的大火吞滅了夜宴大殿。

與此同時，太后寢宮與趙王寢宮也燃起了熊熊大火，淫靡的園林宮闕片刻間化為灰燼。惶惶觀火而沒有一人救火的邯鄲國人都說，自家親眼看見了一片片大火從天而降，那是天火，那是上天震怒的懲罰，那是廟堂淫靡的惡報。

是夜，嬴政登上行營雲車，遙望邯鄲王城一片火海，佇立到東方發白。

剛剛下了雲車用完晨飯，行營外突然傳來一陣急驟馬蹄聲。李斯風風火火進來，稟報說趙高馬隊非但在王城濫殺無辜，且已經飛出邯鄲北上奔太后故里去了。嬴政臉色一沉，立即教行營司馬率馬隊迅速追回趙高，轉身冷冰冰道：「趙高如何濫殺無辜，長史但說無妨。」李斯這才備細敘說了夜來邯鄲王城的驚人殺戮，嬴政聽得臉色鐵青。

原來，秦王嬴政入趙之前接受尉繚之說，對趙高下了一道密令：從王城護軍中遴選三百名精銳劍士，喬裝成趙國王室的黑衣劍士隊進入邯鄲王城，先殺郭開、韓倉並趙國太后一班淫穢奸佞，再搜尋救出頓弱。當年在平息嫪毒之亂時，嬴政為了結母后與嫪毒私生兩子而給秦國帶來的羞辱尷尬，密令趙高帶著一支王城銳士隨同蒙恬馬隊攻入雍城，搜尋到太后趙姬的兩個私生子祕密殺死。那次，趙高做得乾淨利落，以致朝野天下始終不知太后兩子如何突然沒了，便流傳出秦王嬴政親自摔死兩個兄弟的奇聞。縱然惡名加身，嬴政也沒有作任何形式的辯解。因為嬴政清醒地知道，無論如何辯解，這件事都與自己脫不開干係。此後，嬴政對趙高處置密事的幹才很是讚賞。這次密殺郭開與趙國轉胡太后，嬴政本來也可以派給蒙毅去做。年輕的蒙毅縝密精悍，剛毅木訥，與其兄蒙恬之明銳聰穎多有不同。秦王入趙之前，李斯與王翦商議，特意將蒙毅的國尉丞職事交給了輜重大將馬興兼領，將蒙毅派到秦王身邊總領行營事務。如此一來，李斯主行營政事，蒙毅主行營軍事，秦王的巡視行營便是一座整肅高效的小行宮。然嬴政覺得教蒙毅做此等密殺事，一則大材小用，二則與蒙毅稟性不合，未必做得利落。當然，最要害的原因，還是嬴政對趙高的信任。這種信任，不是與大臣那般的心志相合而結成的信任，而是做事甚或主要是做那些不能為人道的密事瑣事的信任。也就是說，嬴政從來沒有將自幼閹身的趙高當作國臣，而只當作一個辦事的親信內侍。

趙高的馬隊是與蒙毅的行營護軍一起開進邯鄲王城的。進入王城，趙高的馬隊脫離了行營護軍，悄然開進了湖畔一片胡楊林。在那裡，馬隊換了裝束，趙高又做了詳細分派。趙高將馬隊分成了四支，各有一個熟悉趙國王城的間士領道：一支殺郭開韓倉，一支殺太后，一支搜救頓弱，一支隨自己各方策應。趙高的部署命令是：「王城大殿火起之時，殺郭馬隊衝入大殿，無論郭開韓倉等如何醉態，一律割下首級交來，否則不算完功！起火之前，搜救頓弱馬隊先行搜索王城所有密地密室，起火同時救人！殺後馬隊先行圍定太后宮，不許一狗一貓走脫，大殿起火，太后宮同時火攻殺之！」一騎士忐忑道：「太后宮何須火攻，一個老女子值麼？」趙高聲色俱厲道：「秦王最恨太后淫行，火殺全宮，一個不留！」

對於殺郭開韓倉，李斯蒙毅是明確的，也是事先知道的。秦王對兩人的叮囑是：「宣書之後，但將郭開夜宴促成、天火降下，你等即可撤出王城，餘事皆交趙高。」也就是說，李斯蒙毅在王城的使命只有兩個：促成夜宴，發動天火燒殿。兩人也都同樣相信，趙高做事不會走樣。為使這場大火變成「天譴淫政」的讖言，蒙毅事先謀劃了祕密火箭齊射大殿的方略，秦王李斯欣然贊同。按照預定謀劃，五更刁斗打起之時，隱藏在周邊樹林的機發連弩驟然齊射，包裹布頭又滲透猛火油的胳膊粗的火箭驟然升空，又從天撲向大殿，隨即便是一片烈焰飛騰的火海。

與此同時，趙高馬隊四路飛馳，逢人便殺。其時，李斯蒙毅正在王城南門外登上雲車瞭望。看得一時，兩人均覺有異。蒙毅立即飛步下了雲車，帶著一支馬隊飛進了王城。及至李斯趕到太后寢宮前尋見蒙毅，趙高馬隊已經不知去向了。蒙毅找來一個為趙高領道的間士詢問，間士稟報說，趙高說要為秦王太后復仇，領著馬隊去了太后故里。蒙毅一聽大急，說聲王城交給長史，飛身上馬帶著馬隊追出了王城。李斯這才踏著累累屍體，在殘火廢墟中巡視了趙國王城。郭開、韓倉、轉胡太后，自然都變成了無頭屍身。頓弱也在轉胡太后寢宮的地下密室中搜尋到了，只是已經被煙火熏嗆得奄奄一息。

內侍、侍女十之八九被殺，尤其是曾經被趙遷百般淫虐的兩百多名金髮胡女，無一例外地全部被殺。尤令李斯痛心的是，趙高馬隊還全部殺死了與宴的趙國王族大臣與子弟，春平君屍身被馬隊踩成了肉泥……

「趙高趕赴太后故里，臣料又是一場殺戮。」

「閹宦豎子！剁了他狗頭！」嬴政惡狠狠罵了一句。

「王已一錯，不可再錯。」李斯肅然正色。

「一錯再錯，長史所言何意？」

「臣思此事，也是在趙高濫殺之後，君上姑妄聽之。」

「長史有話直說。」嬴政對李斯的小心謹慎有些不快。

「誅殺郭開韓倉轉胡太后，原本堂堂正正之舉。本當在邯鄲大舉法場，將一班亂臣賊子並淫穢太后罪孽大白於天下，以法度刑殺之。不合君上拘泥於對大奸郭開一書之信，欲圖以天火讖言了結此奸。然則，密事密殺之門一開，素來難以掌控。不如依法刑殺能做到有度除奸。此為一錯。」

「再錯如何？」

「若再因此事起因而隨意處死趙高，將是再錯。」

「趙高違令濫殺，不當死？」

「縱死趙高，當依法勘審而後刑殺。君上一言殺之，如同趙政之亂也。」

「豈有此理！殺一趙高便是亂政？」嬴政冷笑。

「何謂亂政？願君上三思而後斷。」李斯說得沉重緩慢，堅實得不可動搖，「春秋之世，晉國屠岸賈欲殺趙盾，韓厥有言，『妄誅謂之亂。』何謂妄誅？不經律法而一言濫殺也。趙氏立國，妄殺迭起，兵變頻出，為山東亂政之首。趙遷即位，郭開當道，諸元老欲舉兵變殺趙遷郭開，李牧龐煖從之，而趙遷郭開則同樣欲圖密殺對方；如此上下皆行濫殺，趙國密殺之風大起，先殺龐煖，再殺李牧，終致敗亡。今趙高雖是小小侍臣，卻因常隨君上而為朝野皆知，若一言妄殺而不經法度，臣恐開亂政殺人之先河也！」

隨著李斯的慷慨直言，嬴政的臉色由煩躁冰冷漸漸變為肅然。終於，嬴政深深一躬：「先生之言，開我茅塞，嬴政謹受教。」李斯連忙一躬道：「君上襟懷廣大，臣不勝敬服也！」嬴政慨然道：「今日得先生一言，嬴政銘刻在心也！終嬴政之世，絕不妄殺一人！」李斯一時熱淚盈眶，肅然挺身長跪，一拱手道：「君上有此心志，秦國明，天下定，臣下公，大秦不朽也！」

三日之後的暮色時分，蒙毅趙高兩支馬隊風塵僕僕歸來了。

蒙毅鐵青著臉色一言不發。趙高卻是滿臉通紅一頭汗水，顯是一路爭辯之後仍壓抑不住亢奮的神色。嬴政板著臉，令趙高稟報經過。趙高這才覺察出氣氛有異，遂立即收斂小心翼翼地稟報了趕赴太后故里的作為：昔年與太后一族有仇的鄰里商賈全數被殺，尤其是一班當年蔑視戲弄少年嬴政的貴胄子弟，都被趙高馬隊尋覓追逐一一殺了。嬴政尚未聽完已是怒火攻心，卻硬生生忍住冷冷道：「如此殺人？可是我意？」

「不。小高子私度君上之心。」

「豎子大膽！」嬴政終於爆發，一腳將趙高踹翻在地，「交蒙毅勘審！」

「臣領命！」蒙毅一拱手，押著趙高出了行營。

旬日之後，蒙毅呈上了勘審趙高的書簡。蒙毅的勘審是縝密的，非但如實錄下了趙高的全部供詞，且有兩處被濫殺者的全部名錄，還有飛馬報請廷尉府核准後的廷尉定刑書。綜合諸般事實並秦國律法，蒙毅上書擬定刑罰是：趙高當處死，念其不諱罪且一直自認是私度秦王之心，擬賜自裁以全屍。

撫著一匣書卷，嬴政良久默然。思及趙高敏行任事幹練利落，嬴政心下大大不忍。自少年追隨自己，這個被嬴政呼為小高子的趙高幾乎如同自己肚裡的蟲子，冷熱寒涼喜怒哀樂無不知曉。尤其是在嬴政立為太子、秦王而尚未親政的夾縫歲月裡，趙高幾乎是嬴政唯一可信的能事者，通連蒙恬，尋覓王翦，爭取王綰，探察嫪毐與文信侯呂不韋的種種動態，沒有一件不是趙高的功勞。就實說，趙高若不是閹宦之身，以趙高諸般才具與功勞，早早便該是赫赫大臣了。然則，趙高從來沒有委屈之心，彷彿天生便是嬴政的一隻手臂一枝探杖，即便遇到生死關頭，嬴政也確信趙高能捨出性命換取秦王安然無恙。今次犯錯，趙高立即坦承自己是「私度君上之心」，第一個便將嬴政摘了出去。此舉果是趙高過人的聰敏，又何嘗不是耿耿維護秦王之心？如此功勞才具之士一罪而殺，未免失之公平。

雄雞長鳴，嬴政終於從紛繁思緒中擺脫出來，召見了蒙毅。

「趙高所殺者，可有不當殺之人？」嬴政笑著問了一句。

「王城之內，可說沒有。太后故里，臣不敢妄言。」

「能否徹查？」

「君上之意，欲赦免趙高？」

嬴政默然良久，一歎道：「一門生於隱宮，小高子可憐也！」

蒙毅不忍秦王傷感，道：「臣思此事，可過可罪，然須有法度之說。」

「何說？」

「若作過失待之，必得以趙高奉命行事，其行雖過，終非大罪。」

「你是說，須對廷尉府言明：趙高之舉乃奉本王密令？」

「唯有如此，可赦趙高。」

「原本如此，何難之有！」嬴政頓時恍然。

「然則，天下將因此而譴責秦王。」

「罵則罵矣！虎狼之名，能因一事而去之？」嬴政反倒笑了。

「君上既有此心，夫復何言！」

旬日之後，在快馬文書與咸陽廷尉府的來往中，趙高被赦免了。不功不賞，趙高還是掌管王城車馬儀仗的中車府令。趙高逢赦，李斯本欲再諫秦王，終究還是沒有開口。畢竟，秦王身邊也確實需要一個精明能事如趙高的人手。再說，趙高當年駕王車追回自己於函谷關外，那份辛勞功績，李斯又如何能忘？更有一樣，趙高遇赦，絲毫沒有驕狂之態，反倒是對李斯蒙毅更敬重了。如此掂得輕重的一個內臣，秦王尚且不惜公開密令赦其罪，大臣們又何須在滅國大戰的烽火狼煙中去認真計較。

入冬時節，秦王行營離開邯鄲回到了咸陽。

秦國大軍依舊駐紮在趙國，由正式擢升為上將軍的王翦統帥，立即開始籌劃連續攻滅燕國之戰事。李斯帶著後續抵達的官吏，也開始了穩定趙國民治的新政。其間，秦軍間士營探察得一個驚人消息：趙國廢太子趙嘉在殘餘王族護衛下祕密逃往代郡，欲立代國繼續抗秦！李斯與秦軍諸將異口同聲，都主張立即追殺公子嘉逃亡勢力。王翦卻道：「公子嘉北上代郡，顯是要與燕國結盟。代國根基在燕，滅燕則代國失卻後援。其時我軍從北邊包抄後路，滅之易如反掌。此時追殺，若迫使其逃亡匈奴反是大患。」兩方對策飛報咸陽，秦王回書曰：「上將軍之策甚是穩妥。本王已書令蒙恬：公子嘉不北向匈奴，我則不動；若其北逃匈奴，立即堵截殲滅。」於是，秦軍不理會趙嘉的代國，而只一心準備滅燕。

六年之後，公子嘉的代國滅亡，趙國最後一絲火焰也熄滅了。

這是西元前二二八年冬天的故事。

九、烈亂族性亡強國　不亦悲乎

趙國的滅亡，是戰國末期最為重大的歷史事件。

趙國歷史有三說：其一，戰國開端說。視趙襄子元年（西元前四七五年）為趙氏部族立國，到秦破邯鄲趙王遷被虜（西元前二二八年），歷經十二代十二任國君，歷時二百四十七年；其二，開端同上，以趙公子嘉之代國滅亡為趙國最後滅亡，歷時二百五十三年；其三，三家分晉說，以周王室正式承認魏趙韓三家諸侯為趙國開端（西元前四〇三年），則其歷時或一百七十五年，或一百八十一年。

從歷史實際影響力著眼，第一說當為切實之論。

邯鄲陷落趙王被俘，強大的趙國事實上已經滅亡。

趙國滅亡，真正改變了戰國末期的天下格局。

從趙武靈王胡服騎射開始，到趙國滅亡的近百年間，趙國始終都是山東六國的巍巍屏障。在與秦國對抗的歷史中，趙國獨對秦軍作長期奮爭。縱然在長平大戰一舉葬送精銳五十餘萬後，趙國依舊能從汪洋血泊中再度艱難站起並漸漸恢復元氣。此後形勢大變，山東五國懾於秦軍威勢，再也不敢以趙國為軸心發動具有真正實力攻擊性的合縱抗秦，反倒漸漸疏遠了趙國。趙國為了聯結抗秦陣線，多次以割地為條件與五國結盟，都是形聚而神散，終致幾次小合縱都是不堪秦軍一擊。當此之時，趙國依舊堅韌頑強地獨抗秦軍，即或是孝成王之後的趙悼襄王初期，李牧依然能兩次大勝秦軍。應該說，趙國的器局眼光遠超山東五國，是山東戰國中唯一與秦國一樣具有天下之心的超強大國。假若孝成王之後的兩代國君依舊如惠文王、孝成王時期的清明政局，而能使廉頗歸趙，李牧龐煖不死，司馬尚不走，秦趙對抗結局如何，亦未可知也。

然則，歷史不可假設，趙國畢竟去了。

巍巍強趙呼啦啦崩塌，其間隱藏的種種奧祕令後人嗟歎不已。

六國之亡是中國歷史上最為重大的時代分水嶺。其間原因，歷代多有探討。西漢賈誼〈過秦論〉將六國滅亡及秦帝國滅亡之因，歸結為「攻守之勢異也」。唐人杜牧的〈阿房宮賦〉則云：「滅六國者，六國也，非秦也。族秦者，秦也，非天下也。」北宋蘇洵的〈六國論〉又是另一說法：「六國破滅，非兵不利，戰不善，弊在賂秦。賂秦而力虧，破滅之道也！」蘇洵兒子蘇轍的〈六國論〉，則將六國之亡歸於戰略失誤，認為六國為爭小利互相殘殺，致使秦國奪取韓魏占據中原腹心，六國失去抗秦根基而滅亡。清人李楨的〈六國論〉，又將六國之亡歸結為不堅持蘇秦開創的合縱抗秦之道。更有諸多史家學者專論秦帝國滅亡之原因，連帶論及六國滅亡，大體皆是此類表層原因。凡此等等，其中最為爍目者，莫過於詩人杜牧首先提出的將六國滅亡根由歸結為六國自身、將秦帝國滅亡歸結為秦帝國自身的歷史方法論。這是內因論。內因是根本。儘管循著如此方法，歷代史論家依然沒有發掘到根本，也就是，歷代史論始終沒有找到這個內因的具體元素。

然畢竟不失為精闢論斷之種種。攻守之勢也好，賄賂秦國也好，戰略失誤也好，不執合縱也好，畢竟都是實實在在的具體原因。

然則，內在根本原因究竟何在？

三晉趙魏韓之亡，是華美壯盛的中原文明以崩潰形式彌散華夏的開始。歷史地看，這種崩潰具有使整個華夏文明融合於統一國度而再造再生的意義，具有壯烈的歷史美感。然則，從國家興亡的角度看去，三晉之亡則顯然暴露出其政治根基的脆弱。也就是說，三晉政治文明所賴以存在的框架是有極大缺陷的。這種缺陷，其表象是一致的：變法不徹底，國家形式不具有激勵社會的強大力量。然則，為什麼是這樣？為什麼三晉乃至山東六國，都不能發生如秦國一般的徹底變法？都有著秦國所沒有的政治文明的重大缺陷？

隱藏在這裡的答案，才是六國滅亡的真正奧祕所在。

事實上，任何部族民族所建立的國家，其文明框架的構成，其國家行為的特質，都取決於久遠的族性傳統，以及這種傳統所決定的認識能力。而族性傳統之形成，則取決於更為久遠的生存環境，及其在這種獨特環境中所經歷的具有轉折意義的重大事件。這種經由生存環境與重大事件錘鍊的傳統一旦形成，便如人之生命基因代代遺傳，使其生命形式將永遠沿著某種頗似神祕的軸心延續，縱是興亡沉浮，也不會脫離這一內在的神祕軌跡。

唯其如此，部族的族性傳統決定著其所建立的國家的稟性。

趙人之族性傳統，勇而氣躁，烈而尚亂。

趙人族性根基與秦人同，歷史結局卻不同。這是又一個歷史奧祕。

秦趙族性之要害，是「尚亂」二字。何謂亂？《史記・趙世家》所記載的韓厥說屠岸賈作了最明確界定，韓厥云：「妄誅，謂之亂。」在古典政治中，這是對亂之於政治的最精闢解釋。也就是說，妄殺便是亂。何謂妄殺？其一不報國君而擅自殺戮政敵，其二不依法度而以私刑復仇。妄殺之風濫觴，在國家廟堂，是無可阻擋的兵變政變之風，動輒以密謀舉事殺戮政敵的方式，以求解脫政治困境，或為實現某種政治主張清除阻力。在庶民行為，則是私鬥成風，不經律法而快意恩仇的社會風習。此等部族構成的國家，往往是剛烈武勇而亂政叢生，呈現出極不穩定的社會格局，戲劇性變化頻繁迭出，落差之大令人感喟。

依其族源，秦趙同根，族性同一。而在春秋之世至戰國前期，也恰恰是這兩個邦國有著驚人的相似：廟堂多亂政殺戮，庶民則私鬥成風。然則，在歷史的發展中，秦部族卻因經歷了亙古未有的一次重大事件而革除了部族痼疾，再衍生出一種新的國風，從而在很長時期內成功地避免了與趙國如出一轍的亂政危局。這個重大事件，便是商鞅變法。歷史地看，商鞅變法對於秦國具有真正的再造意義——沒有商鞅這種鐵腕政治家的戰時法治以及推行法治的堅定果敢，便不能強力扭轉秦部族的烈亂稟性。事實上，秦國在秦獻公之前，其政變兵變之頻繁絲毫不亞於趙國，其庶民私鬥擅殺風習之濃烈更是遠超趙國而成天下之最。唯橫空出世的商鞅變法，使秦部族在重刑威懾與激賞獎勵之下洗心革面，最終凝聚成使天下瞠目結舌的可怕力量。始皇帝之後，秦部族又陷入亂政濫殺，最後一次暴露出秦部族的烈亂痼疾，這是後話，容在秦帝國滅亡之後探討。

趙國沒有經歷如此深徹的強力變法。

趙氏部族的烈亂稟性，沒有經由嚴酷洗禮而發生質變。

是故，趙部族的亂政風習始終伴隨著趙國，以致最終直接導致其滅亡。

大略回顧趙部族的亂政歷史，可以使我們清晰地看到趙國滅亡的內因。

遠古之世，趙秦部族與大禹部族是華夏東方最大的兩個部族。趙秦部族能記住名字的最遠祖先是大業。這個大業，便是後來被視為決獄之聖的皋陶（**註：大業即皋陶，見沈長雲等《趙國史稿》之考證**）。第二代族領是伯益。在皋陶、伯益時代，趙秦部族、商周兩族與大禹部族結成軸心盟約，四大部族發動並完成了遠古治水的偉大事業。治水之後，大禹部族與秦人部族結成了互援軸心同盟。可是，大禹病逝之後，大局驟然發生了變化——啟代伯益繼承了最高權力，建立了夏王國。已經明確為大禹繼任者的伯益被大禹的兒子啟密謀處置，不知所終。由此，秦人部族與夏部族有了不可化解的仇恨。終夏之世，秦人部族不參夏政，游離於夏王國主流社會之外而獨立耕耘漁獵。夏末之世，商部族發動聯絡各部族滅夏，秦人部族立即呼應，加入反夏大軍並在鳴條之戰中與商部族聯合滅夏。其後，秦人部族成為商王國的方國諸侯之一。在商王國時代，秦人部族的主力分為兩支：其中一支以飛廉、惡來父子為先後首領，拱衛都城朝歌區域；一支居於「西陲」，成為商王國鎮守邊地的方國。隨著周武革命而滅商，趙秦部族的兩支力量分開了。鎮守西陲的一支因忠於商王國而疏遠周王國，遠避戎狄聚居的隴西地帶獨立耕牧，這便是後來的秦部族。仍居中原腹地的一支北上謀生。後來相對臣服周王國，其首領造父成為周穆王的王車馭手（**註：據史家考證，王車馭手地位很高，等同於大臣，並非尋常匠技庶人**），因功封於趙城，演變為周室功臣，始有趙部族。

西周末期，秦趙兩部族的命運發生了驚人的顛倒：秦部族應周太子（周平王）之邀，浴血奮戰殺敗戎狄平定鎬京之亂，成為東周的開國諸侯；趙部族卻在很長時間內，依然是蝸居晉地的尋常部族。

以上之趙氏歷史，可稱為先趙時期。

春秋（東周）中期，趙部族在晉國漸漸發展起來。及至趙衰、趙盾兩世，由於輔佐晉文公霸業極為得力，趙氏部族崛起為晉國的掌軍部族。從趙盾時期開始，趙氏部族成為晉國的權臣大部族之一，無可避免地捲入了晉國的權力主流。從此，趙氏部族開始了外爭內亂俱頻繁的血雨腥風的部族歷史。從趙盾到趙襄子立國，可稱為早趙時期。

內亂妄殺頻仍，大起大落，是早趙部族最顯著的特點。

早趙時期歷經趙盾、趙朔、趙武、趙成（景叔）、趙鞅（簡子）、趙毋恤（襄子）六代，大體一百餘年。這六代之中，發生的內亂妄殺事件主要有四次：

其一，趙盾時期部族內爭，導致趙氏部族分裂，幾被政敵滅絕（**註：趙盾之世的內亂起因於讓嫡，終致被屠岸賈勢力大肆殺戮，故事紛繁，有興趣者可閱讀史料。**）

其二，趙簡子廢嫡（太子伯魯），改立狄女所生庶子趙毋恤（襄子）為繼承人。這是趙氏部族第一次廢嫡立庶之舉，為以後的廢嫡立庶之風開了先河。

其三，趙簡子妄殺邯鄲大夫午，導致自己孤立逃亡，開政治妄殺先例。

其四，趙襄子誘騙其姊夫（代地部族首領）飲宴，密令宰人（膳食官）以銅枓（斟水器具）擊殺之。「其姊聞之，泣而呼天，摩笄（髮簪）自殺。」（**註：見《史記・趙世家》**）這是典型的內亂妄殺。

顯然，早趙部族在處置部族內政方面沒有穩定法則，缺乏常態，妄殺事件迭起，導致其部族命運劇烈震盪大起大落。趙氏立國之後，這種內亂之風非但沒有有效遏制，反倒是代有發生，十二代中竟有十一次之多：

其一，西元前四二五年，趙襄子方死，其子趙浣（獻侯）立。趙襄子之弟趙桓子密謀兵變，驅逐趙浣，自立為趙主。

其二，西元前四二四年，趙桓子死，趙部族將軍大臣再度兵變，亂兵殺死趙桓子兒子，復立趙浣，是為趙獻侯。

其三，西元前三八七年，趙烈侯死，其弟武公立。武公十三年死，趙部族將軍舉事政變，廢黜武公子，而改立烈侯子趙章，是為趙敬侯。

其四，西元前三八六年，趙武公之子趙朝發動兵變，被攻破，逃亡魏國。

其五，西元前三七四年，趙成侯元年，公子趙勝兵變爭位，被攻破。

其六，西元前三五〇年，趙成侯死，公子趙發動兵變與太子趙語（趙肅侯）爭位；趙失敗，逃亡韓國。

其七，西元前二九九年，趙武靈王傳位王子趙何（此前廢黜原長子太子趙章，改立趙何為太子），退王位自稱主父；不忍趙章廢黜，復封趙章為安陽君。其後趙章發動兵變，與趙何爭位。權臣大將趙成支持趙何，擊殺趙章。

其八，趙成再度政變，包圍沙丘行宮三月餘，活活餓死趙武靈王。

其九，西元前二四五年，趙國發生罕見的將帥互相攻殺事件：趙悼襄王命樂乘代廉頗為將攻燕，廉頗不服生怒，率軍攻擊樂乘，樂乘敗走，廉頗無以立足而逃亡魏國。這是戰國時代極其罕見的大將公然抗命事件，而趙國朝野卻視為尋常。幾年後趙國復召廉頗，即是明證。

其十，趙悼襄王晚期，廢黜原太子趙嘉，改立新后（倡女）之子趙遷為太子，種下最後大亂的根基。

其十一，趙遷即位，內亂迭起，郭開當道，誅殺李牧。

為國十二代而有十一次兵變政變內亂，戰國絕無僅有也。

戰國大爭，每個國家都曾有過內爭事件，然則如趙國這般連綿不斷且每每發生在強盛之期而致突然跌入低谷者，實在沒有第二家。歷史呈現的清晰脈絡是：趙國之亂政風習代有發作，始終不能抑制，且越到後期越加酷烈化密謀化，終於導致趙國轟然崩塌。趙國亂政痼疾，是趙國滅亡的直接內因。其更為深層的內因，則在於部族稟性。如前所述，部族稟性生成於生存環境與其所經歷的重大事件。所謂生存環境，一則是自然地理環境，二則是社會人文環境。地理環境決定其與自然抗爭的生存方式，社會環境則決定其人際族群的相處方式。對趙國兩大根基環境作以大要分析，可以使我們更深地透視這個強大國家的根基。

古人很重視對地域族群性格的概括。《史記・貨殖列傳》、《漢書・地理志》都對戰國時代的地域性格做了豐富的記載，做出了精當的概括，這便是將地理環境與民風民俗直接聯繫起來的種種分析。趙國之地，大體分為邯鄲地帶、中山地帶、太原地帶、上黨地帶、代郡地帶、雲中胡地等六大區域，其各地地理民風的大體記載是：

邯鄲地帶：處漳、河之間，一都會也，北通燕、涿，南鄰鄭、衛，近梁（大梁）、魯；土廣俗雜，大率精急，高氣勢，輕為奸，好氣任俠。

中山地帶：山地薄，人眾，民俗狷急，仰機利而食；丈夫相聚遊戲，悲歌慷慨，起則相隨椎剽（白日以木椎殺人剽掠），休則掘塚作巧奸冶（夜來則盜墓為奸巧生計）；女子則鼓鳴瑟（彈著樂器），跕屣（拖著木屣），遊媚富貴，入後宮，遍諸侯。

太原上黨地帶：多晉公族子孫，以詐力相傾，矜誇功名，報仇過直，嫁娶送死者靡。

代郡地帶：地邊胡（與胡地相鄰），數被寇（多被胡人劫掠）。人民矜懻忮（強直狠毒），好氣，任俠為奸，不事農商。其民如兕羊，勁悍而不均。自晉時中原已患其剽悍，而趙武靈王益厲（激勵）之，其俗有趙風。

雲中胡地：本戎狄地，多居趙齊衛楚之民，鄙樸，少禮文，好射獵。

綜合言之，趙國腹地山塬交錯，除了汾水谷地與邯鄲北部小平原，大多被縱橫山地分割成小塊區域，可耕之地少而多旱（薄），農耕業難以居主導地位；更兼北為胡地，狩獵畜牧遂成與農耕相雜甚或超過農耕的謀生主流。相比於趙國，其他六國均有大片富庶農耕之地：秦有關中蜀中兩大天府之國，魏韓有大河平原，齊有濱海半島平原，楚有江漢平原與吳越平原，燕有大河入海口平原與遼東部分平原。當時天下，只有趙國沒有如此大面積的農耕基地。如此地理環境的民眾，在農耕時代自然難以像中原列國那樣以耕耘為主流生計。為此，所形成的社會人文環境（民風民俗）便有兩大特徵：

其一，仰機利而食。農耕無利而不願從事農耕，崇尚智巧與其他生存之道。譬如男子「好射獵、多任俠、輕為奸、常劫掠」等；女子「設形容，奔富貴，入後宮，遍諸侯」等。也就是說，在趙國這樣一個沒有大片富庶土地的國家，人民的生存方式是不確定的，是動盪的。貧瘠多動盪。這是人類發展的普遍現象，即或在兩千多年後的今日，我們依然能在貧瘠國度與地區看到此種現象的重演。

其二，豪俠尚亂，慷慨悲歌。唯其生計多動盪，則生存競爭必激烈。唯其競爭激烈，豪傑任俠必多出，競爭手段必空前殘酷。所謂人民強直而狠毒（懻忮），所謂高氣勢而重義氣，所謂報仇過直，皆此之意也。在一切都處於自然節奏的古典社會，若無堅韌徹底的法治精神，則法治實現難度極大。其時，社會正義的實現與維持，必然需要以豪傑任俠之士的私行來補充。唯有如此社會需要，趙國才會出現民多豪俠的普遍風氣，其豪俠之士遠遠多於其他國度。豪俠多生，既抑制了法治難以盡行於山野所可能帶來的社會動盪，又激發了整個社會的「尚亂」之風。尚亂者，崇尚私刑殺人也。對於政治而言，私刑殺人就是妄誅妄殺，就是連綿不斷的兵變政變。

《呂氏春秋．介立篇》有一則評判云：「韓、荊（楚）、趙，此三國者之將帥貴人皆多驕矣，其士卒眾庶皆多壯矣！因相暴，以相殺。脆弱者拜請以避死，其卒遞而相食，不辨其義，冀幸以得活……今此相為謀，豈不遠哉！（要如此人等同心謀事，顯然是太遠了啊！）」呂不韋曾久居趙國，如此評判趙國將帥貴人與士卒眾庶，當是很接近事實的論斷。

唯有如此社會土壤，才有如此政治土壤。

唯有如此政治土壤，才有如此亂政頻仍。

中國古典思想史上的兩大驚人論斷，都是趙國思想家創立的。

慎到，首創了忠臣害國論。荀況，首創人性本惡論。

這是發人深思的歷史現象。

慎到者，趙國邯鄲人也。其主要活動雖在齊國稷下學宮與楚國、魯國，然其思想的形成發展不可能脫離趙國土壤。慎到是法家中的勢治派姑且不說，其反對忠臣的理論在中國古典思想史上堪稱空前絕後。慎到之〈知忠〉篇云：「亂世之中，亡國之臣，非獨無忠臣也！治國之中，顯君之臣，非獨能盡忠也！治國之人，忠不偏於其君。亂世之人，道不偏於其臣。然而治亂之世，同世有忠道之人，臣之欲忠者不絕世……比干子胥之忠，毀瘁君主於墨之中，遂染溺滅名而死。由是觀之，忠未足以救亂世，而適足以重非……桀有忠臣而罪盈天下……忠不得過職，而職不得過官……將治亂，在於賢使任職，而不在於忠也。故智盈天下，澤及其國；忠盈天下，害及其國！」

以當代觀念意譯慎到之〈知忠〉篇，是說：亂世亡國之臣中，不是沒有忠臣。而治國能臣，更不都是盡忠之臣。治國之能才，應當忠於職守，而不是忠於君主。亂世之庸人，則忠於君主，而不忠於職守。人世治亂，想做忠臣者不絕於世。譬如比干、伍子胥那樣的赫赫忠臣，最終卻只能使君主毀滅於廟堂，自己也衰竭而死。所以，忠臣未必能救亂世，卻能使謬誤成風。官員當忠於職守，而職守不能越過自己的職位。而忠臣自以為忠於君主而到處插手，反而將朝政搞亂。所以，夏桀不是沒有忠臣，其罪惡卻彌漫天下。治國在於賢能，而不在於忠。所以，能才彰顯天下，國家受益；忠臣彰顯天下，國家受害！

慎到反對忠臣之論，其論斷之深刻精闢自不待言。我們要說的是，這一理論獨生於豪俠尚亂的趙國而成天下唯一，深刻反映了趙人不崇尚忠君的部族稟性。唯其如此，趙國政變迭生，廢立君主如家常便飯，當可得到更為深刻的說明。

荀況也是趙人。其〈性惡〉篇云：「人之性惡。其善者，偽也。今人之性，生而好利焉，順是，故爭奪生而辭讓亡焉！生而有疾惡焉，順是，故殘賊生而忠信亡焉！生而有耳目之欲，有好聲色焉，順是，故淫亂生而禮義文理亡焉！然則，從人之性，順人之情，必出於爭奪，合於犯分亂理，而歸於暴。」

荀子性惡論的提出，是為了論證法治產生的必然性，其偉大自不待言。中國只有在戰國之世，才能產生如此深刻冰冷的學說。我們要說的仍然是，此論獨生於趙國思想家，生於豪俠尚亂的社會土壤所誕生的思想家，在某種意義上，它深刻反映了趙人之地域性格中不尚善而尚惡的一面。唯其有尚惡之風，故趙國之亂政叢生有了又一註腳。

強大的趙國已經轟然崩塌於歷史潮流的激盪之中。

但是，這個英雄輩出的國家曾經爆發的燦爛光焰，將永久地照耀著我們的靈魂。

第七章 迂政亡燕

一、燕雖弱而善附大國　當先為山東翦除羽翼

秦王嬴政離開邯鄲之前，在行營聚集大臣將軍做了重要會商。會商事項只有一件：秦軍滅趙之後，是南下滅魏還是北上滅燕？之所以有此會商，在於秦王君臣對滅趙之戰的艱難有最充分的準備，所需時日長短也沒有預先做出強制約定。唯其如此，滅趙之後天下大勢會發生何等變化，秦軍如何以此等變化為根基決斷大軍去向，都在未定之數。如今趙國已滅，用時只有堪堪兩年，且秦軍傷亡極小，其順利大大超出了秦國君臣將士預料。更為重要的是，滅趙並未引起山東其餘四國從麻木中驚醒而拚命合縱抗秦的嚴峻情勢。而這一點，曾經是秦國君臣最為擔心的。李斯、尉繚曾聯名上書著意提醒秦王：若滅趙之後合縱奮力而起，秦國寧可放慢滅國步伐而作緩圖，不宜強出強戰。當時，秦王嬴政是認可的。如今，四國非但沒有大的動靜，甚至連互通聲氣的邦交使節也大為減少，鼓動合縱更是了無跡象。

這種情勢，既出秦國君臣預料，又令秦國君臣振奮。尉繚兼程馳驅，特意從咸陽趕赴邯鄲，當夜便邀李斯共見秦王。在秦王行營的洗塵小宴上，尉繚點著竹杖不無興奮地道：「韓趙庶民未生亂，山東四國未合縱。於民，天下歸一之心可見也！於國，畏秦自保可見也！有此兩大情勢，老臣以為：連續滅國可成，一統大業可期可望！」李斯一無異議，力表贊同。秦王嬴政精神大振，連連點頭認可。於是，執掌行營事務的長史李斯立即知會王翦、蒙恬與滅趙大軍的幾位主力大將，才有了這次會商大軍去向之朝會。

「我兵鋒所向亟待商定，諸位但說無妨。」

秦王嬴政叩著大案開宗明義道：「我軍向魏向燕，抑或同時攻滅兩國，本王尚無定見，唯待諸位

共商而後決。」話音落點，北路軍主將李信立即挺身起立拱手慷慨道：「李信以為，我軍戰力遠超列國，可同時分兵三路，一鼓攻滅魏齊燕三國！如此，北中國一舉可定！其時，一軍南下，楚國必望風而降。兩年之內，中國可一也！」李信說罷，火熱的目光望著楊端和、王賁等幾位主力大將，顯然期待著眾口一聲慷慨呼應。不料，幾位大將卻都沒有說話。王賁更甚，還緊緊皺起了眉頭。王翦、蒙恬、李斯、尉繚四位軍政大員與頓弱、姚賈若有所思地沉默著。一時，李信有些惶惑。

「將軍壯勇可嘉！果能如此，大秦之幸也！」

嬴政拍案讚歎了一句，既是對李信的撫慰讚賞，也不期然流露出某種認可。從心底說，嬴政對這位年輕大將的果敢自信是極其欣賞的。此前的滅趙之戰中，李信曾多次直接上書秦王，請求早日南下襲擊李牧軍背後，以便早日結束滅趙之戰。嬴政之所以沒有首肯，與其說是對李信方略不認同，毋寧說基於事先對王翦全權調遣滅趙大戰之承諾的信守。畢竟，滅趙大戰是與最大強國的最後決戰，寧失於穩，不失於躁。對面敵手若不是趙國，依著嬴政雷厲風行的稟性，定然會毫不猶豫地准許李信軍早日南下。唯其如此，嬴政不以為李信的同滅三國是輕躁冒進，甚至以為，這是秦人秦軍該當具有的勇略之氣。

「臣有應對。」李斯終於打破了沉默。

「卿策定能鼓蕩風雲！」嬴政罕見地讚賞一句，誘導之意顯而易見。

「臣之見：依目下大勢，仍應慎戰慎進。」

李斯似乎對秦王的讚賞誘導渾然不覺，逕自侃侃道：「所餘楚齊魏燕四國，皆昔日大國，除魏地稍縮，三國地廣皆在三千里以上。我若兵分三路而齊滅三國，則各路兵力俱各十餘萬而已。但在一國陷入泥沼，勢必全局受累。更為根本者，官署民治無法從容跟進。新設官署若全部沿用所滅國之舊官吏，則必然給殘餘世族鼓蕩民亂留下極大餘地。其時縱然滅國，必有動盪之勢。我若鎮撫不力，反受種種掣肘。此，臣之顧忌所在也！」

「老臣贊同長史所言。」尉繚點著竹杖道，「夫滅國之戰，非同於尋常爭城略地之戰也！其間要害，在於軍、政、民三方鼎力協同。一國一國，逐步下之，俱各從容。多頭齊戰，俱各忙亂。當年，范雎之遠交近攻方略，其深意正在於此也！願君上慎之思之。」

兩大主謀同時反秦王之意而論，殿中又是一時沉寂。

「果如長史國尉所言，先向何國？」

這便是嬴政，雖然皺起了眉頭，然對長策方略之選擇卻有著極高的悟性，但覺其言其策深具正道，縱然不合己心，也更願意在大臣將軍們悉數說話後再做最後決斷。一句問話，顯然是要將會商引入具體對策。

「願聞兩位邦交大臣之見！」李信突兀插進一句。

「將軍之意，燕魏兩國俱各昏昧，至少可同時滅得兩國？」

「果能如此，有何不可！」李信被尉繚說破，依然一副激昂神情。

「燕國疲弱乏力，政情昏昧，定可一鼓而下！」頓弱一句作了評判。

「魏國等同，甚或比燕國更為昏昧，一鼓可滅！」姚賈也立即作了評判。

「兩卿之意，至少燕魏可同時滅之？」嬴政目光炯炯地掃視著大帳。

「君上明斷！」兩人異口同聲。

「目下之山東戰國，無一國不亂，無一王不昏！」頓弱從地下密室被搜救出來後雖頗顯病態，此時卻興奮得滿臉脹紅，「此，臣感同身受也！韓王安、趙王遷、齊王建、魏王假，是四個浮浪君王。楚王與燕王，則是兩個衰朽不堪之老王。故此，放手大打，兩三年可定天下！長史國尉之言，實足過慮也！」

「頓弱之言，英雄之志哉！」嬴政不禁拍案讚歎。

「贊同上卿之策，齊滅兩國！」楊端和終於贊同了。

「末將依舊以為：我軍戰力，同時可滅三國！」李信還是慷慨激昂。

「君上，末將有話說！」一個年輕而又響亮的聲音使舉座為之一振。

「王賁，好！但說無妨。」嬴政欣然拍案。

王賁英挺威猛而不苟言笑，站起來莊重地一拱手道：「王賁以為：目下用兵於滅國大戰，不宜過急，亦不宜過緩。過急則欲速不達，過緩則可能坐失良機。所餘四國，齊楚最大，當單獨滅之。魏燕兩國則疲弱已極，可同時滅之。以我大秦目下國力戰力，分兵兩路當無後顧之憂。王賁願率兵十萬，攻滅魏國，以與滅燕之主力大軍南北呼應！」

「兩位上將軍以為如何？」嬴政的目光終於掃到了王翦蒙恬臉上。

「王賁亡國之言，臣不敢苟同。」王翦黑著臉扎扎實實一句。

「王賁固是上將軍之子，然也未免責之過甚了。」嬴政淡淡一笑。

「君上明察：王翦正是將王賁作大秦將軍以待，方有此一責難。」王翦溝壑縱橫的臉膛毫無笑意，「自古至今，唯兵家之事深不可測。將亡之國，未嘗無精悍之兵。勃興之邦，未嘗無敗兵之師。若以枯木朽株看山東大國，臣以為遲早將釀成大患。頓弱、姚賈囚於邦交所見，失之於未見根基。李信、楊端和、王賁，則囚於戰場之見，失之於未見政情民情。凡此等等，皆非上兵之道，望君上慎之思之！」

「臣贊同上將軍之言。」蒙恬沉穩接道，「韓非〈亡徵〉云，『木雖蠹，無疾風不折；牆雖隙，無大雨不壞。』且以燕國而言，其勢雖弱，然北連匈奴，東接東胡，如今又有趙國殘餘呼應；四方俱有飛騎輕兵，快捷靈動，若結盟連為一體，秦軍全力一戰勝負亦未可知，談何兩國齊滅？臣與上將軍多經會商，皆以為：滅國大戰，切忌輕躁冒進。」

「兩上將軍之意，先全力滅燕？」嬴政心下一震，重重問了一句。

王翦對道：「臣與蒙恬主張同一，正是先滅燕國。誠如蒙恬所言，滅燕之難，不在其國力強盛，而在其地處北邊，連接諸胡與殘趙。若不能一鼓破之全力剿之，而使其與代王嘉北逃匈奴，或再度立國，中原將有無窮後患也！唯其如此，滅燕非但得出動全數大軍，且得蒙恬軍從北邊出動，遮絕燕、代與匈奴諸胡之聯結。非如此，不能盡滅燕國！」

「君上，滅燕之要，還有一端。」李斯拱手高聲。

「噢？長史但說。」

「燕雖弱而善附大國，當先為山東翦除羽翼！」

頓時，嬴政心下一個激靈，合縱連橫時期的一則有名論斷立即浮現心頭。那是蘇秦張儀退出戰國風雲之後，燕國正在惶惶無計的時候，蘇代對燕王剖析燕國處境時說出的一個著名評判。蘇代說：「凡天下之戰國七，而燕處弱焉！獨戰則不能，有所附則無不重。南附楚，則楚重；西附秦，則秦重；中附韓魏，則韓魏重。且苟所負之國重，此必使王重矣！」也就是說，燕國不能獨當一面，然卻能做舉足輕重的附屬盟約國；燕國依附於任何一國，都將使其力量陡增；燕國之重要，在於依附大國，而不在獨當一面；唯能大大增加大國分量，燕國必然也就有分量了。蘇代的說辭，本意在為燕國在七國縱橫中尋求穩定長期的方略，而避免倏忽領頭倏忽退縮的痙攣症。事實上，燕國除了燕昭王樂毅時期強盛一時，短暫破齊而獨當一面外，此前此後，大體都在強國之間尋求依附而搖擺不定。秦國在合縱連橫最激烈的時期，能多次與燕國結成盟約而破除合縱，實際上正是在燕國奉行「附國方略」的情勢下做成的。雖然，燕國對附國方略之貫徹並未一以貫之，與最經常結盟的齊、趙、秦也是陰晴無定，與楚、魏、韓更是變化無常。但無論如何，燕國隨時都可能倒向任何一個大國尋求支撐，則是不爭的事實。目下殘趙的公子嘉立了代國，燕國不是趁此良機滅掉代國增強實力，而是立即放棄了對舊趙國的仇恨與代國結成了抗秦盟約，不能不說，這也是另一種形式的附國方略。若燕國再東向附齊，或南下附楚，豈非又將使合縱抗秦死灰復燃？從此看去，燕國是所餘四國中最為游移不定的一國。唯其游移不定，便存在著天下被燕國尋求出路的舉動再次激出新變化的可能。也就是說，齊楚魏三國基於大國傳統，其一旦陷入昏昧，國策惰性很難一時改變；而燕國恰恰相反，素無定見而尋求附國以存續社稷，則完全可能不遺餘力地尋求結盟聯兵。面對如此一個七八百年老牌大國送上門來，誰敢說其餘三大國能斷然拒絕？若欣然接納，山東抗秦豈不是必然出現難以預料的局面？……

「好！本王定策：先行滅燕！」

嬴政拍案決斷之後走下了王案，對著王翦、李斯、尉繚、蒙恬逐一地深深一躬，而後肅然道：「嬴政學淺性躁，幾誤大事。自今日始，但言同時滅國者，以誤國罪論處。」

「君上明斷！」行營大廳哄然一聲，幾位年輕大將的聲音分外響亮。

長策議決，大部署立即確定：秦軍主力全數駐屯趙國歇馬整頓，來春發兵燕國。大臣將軍之職司亦同時明確：王翦統兵滅燕，楊端和軍、李信軍歸併滅燕大軍，鐵騎將軍辛勝為滅燕前軍大將；蒙恬北邊防守匈奴，並同時切斷燕國北上聯結匈奴與諸胡之通道；頓弱領一部邦交人馬入燕，姚賈領一部邦交人馬入魏，繼續以文武並重手段銷蝕其廟堂根基；馬興改任國尉丞，輔助尉繚總司糧草輜重；蒙毅改任長史丞，輔助李斯隨秦王處置國政；李斯暫留趙國，率領秦國官吏整肅舊趙國吏治，安定邯鄲郡（趙國）以為滅燕根基。

旬日之後，軍政各方安置妥當，秦王嬴政的行營車馬五千餘人離開了邯鄲，經太原、上郡回了咸陽。在已經成為過去的趙國的境內，嬴政多處歇馬，每每派出斥候探察民情。各方稟報都說，除了舊世族貴胄有許多逃亡代地，投奔公子嘉的代國外，庶民尚算安定；民眾種種議論，罵趙王郭開者多，怨恨秦國者少；代國倉促匯聚了一支軍馬，駐紮在於延水以東的上谷（註：上谷，今河北懷來之東南地帶），其地兩料無收，已經面臨大饑荒，代地民眾出現了大肆逃亡跡象。

嬴政立即歇馬駐紮，與蒙毅會商，並飛書知會王翦幕府：務必設法，最大限度地不使代地民眾北逃匈奴，而是南下回歸有秦軍駐紮的舊趙故土。三日之後，王翦飛書回覆：代地災民事已經開始全力處置，王毋憂心。嬴政這才下令行營開拔，車馬轔轔回了咸陽。

王翦治軍素來注重民情大勢，對代地災情原本早已探明，欲行接納流民，又恐眾將對趙人心存芥蒂，會以災民擾軍為名，不肯全力實施，故未下達軍令。一接秦王行營書令，王翦立即會同李斯議決：大張旗鼓地下令建立臨時營地，接納代地庶民；凡流入軍營之災民，一律作軍中民伕待之，派發軍糧，派定勞役工程。軍令頒發的同時，王翦專門在幕府聚將，邀李斯講說樂毅當年的化齊善政。一班年輕大將本來對如此接納趙人多有牢騷，然見秦王書令，又聞李斯著意解說安趙深意，遂欣然嘆服，對接納流民事再無推搪。如此，幾乎整整一個冬天，王翦大軍都在為安定趙地而與李斯率領的官吏們協同忙碌著。

倏忽開春，河消冰開，王翦大軍隆隆北上，渡過易水駐紮下來。王翦的特使飛向薊城，向燕王送達了戰書——燕國不降即戰，一任抉擇！

二、束手無策的燕國釀出了一則奇計

探馬流星穿梭，商旅紛紛離燕，四十萬秦軍的營濤聲隆隆如在耳畔。庶民惶惶，廟堂惶惶，燕國朝野慌亂了。

這年，是燕王姬喜即位的第二十八年。距離短暫強盛的燕昭王時期，已經過去五十二年了。這五十二年中，是燕國從高峰滑落低谷的衰變之期。五十二年，燕國歷經了四代燕王：燕惠王、燕武成王、燕孝王、燕王喜。四代傳承，一代不如一代。燕惠王繼承燕昭王之位，以騎劫換樂毅統率燕軍滅齊，結果被田單以火牛陣大破燕軍。從此，燕國從高峰跌入低谷。燕惠王心胸褊狹，屢屢激化朝局，即位第七年即被丞相公孫操發動兵變殺死。其後，燕武成王繼位，十四年中幾乎沒有任何建樹。這個武成王，一生只遇見了兩件大事：其一，即位第一年猝遇韓魏楚三國攻燕，勉力撐持沒有破國；其二，即位第七年，遇齊國安平君田單伐燕，燕國丟失了中陽之地，但卻是沒有被齊國攻滅。僅僅如此兩事，卻被一班逢迎之臣大肆頌揚，死後謚為赫赫然「武成」兩字。由此足見，燕國朝野已經將能夠自保作為莫大功勳，至於再度振興開拓，那是連想也不敢想了。其後，燕孝王繼位。這位孝王大約是痼疾在身，即位三年便無聲無息死了，沒有留下任何值得一提的舉動。

接著，今王姬喜即位。

即位之初，姬喜倒是雄心勃勃，決意恢復燕昭王時期的武功與榮耀。其時，秦趙長平大戰剛剛結束四年，趙國元氣尚未恢復。姬喜欲圖在強鄰趙國的身上謀事，藉以重新打出燕國軍威。姬喜尚算有心，先選擇了一個與自己同樣雄心勃勃的大臣做丞相。此人名曰栗腹，一接手丞相府，便為姬喜謀劃出一則一鳴驚人的方略：先行試探迷惑趙國，而後突然對趙國開戰！燕王喜連連稱是，立即責成栗腹依既定方略行事。

於是，栗腹以丞相特使之身入趙。晉見趙孝成王時，栗腹殷勤獻上了五百金，說明是大燕國贈給趙王的酒資。趙孝成王欣然接納，與栗腹當殿訂立了息兵止戰盟約。之後，栗腹逗留邯鄲多日，對趙國情勢做了自以為很是翔實的探察。栗腹歸來，對燕王喜稟報說：「趙國精壯全數死於長平，國中盡餘少孤，待其長成精壯，尚得數年之期。目下，完全可以起兵攻趙！」

姬喜大喜過望，立即召昌國君樂閒與一班大臣會商攻趙之策。這個樂閒，是戰國名將樂毅的長子。當年樂毅離燕入趙，燕國深恐樂毅危及燕國，故一力盛邀樂毅重新歸燕。樂毅清醒至極，回書婉轉辭謝，只將大兒子送到了燕國，以示終生不與燕國為敵。樂閒也是兵家之士，對趙國知之甚深。見燕王姬喜詢問，樂閒坦誠道：「趙為四戰之國，其民習兵尚武遠過燕國，不可伐。」姬喜皺著眉頭道：「我方兵力，以五對一伐之，不可麼？」樂閒還是扎扎實實一句：「不可。」姬喜勃然變色道：「昌國君是趙臣，還是燕臣？寧長趙國志氣，滅燕國軍威乎！」一班大臣見姬喜動怒，立即異口同聲擁戴攻趙。樂閒也只能不說話了。於是，燕王姬喜立即下令：兵分兩路攻趙，每路十五萬大軍，各配置一千輛戰車；一路由丞相栗腹親自率領，攻趙國邯鄲北部的鄗地；一路由大將卿秦率領，攻趙國代郡；燕王喜自率王室護衛軍馬五萬，居中後進策應。攻趙大軍出動，燕國朝野一時亢奮歡騰不止，舉國皆以為中興燕國的時機到了。這時，整個燕國只有兩個大臣反對攻趙，一個昌國君樂閒以稱病不出反對，一個是大夫將渠激烈明白地反對。將渠稟性剛直，夜見姬喜，慷慨直言道：「栗腹以酒資五百金打通趙國關節，方與趙王結盟，約定息兵止戰！盟約方立，又祕密探察趙國情勢，乘其不備而攻之。如此背約，大不祥也！出兵攻趙必不成功，王當立即止兵！」姬喜很是不悅，板著臉斥責將渠迂闊不足以成事，訓斥罷甩袖而去，將直愣愣的將渠撂在廳中發呆。出人意料的是，及至姬喜出兵之日，將渠又大步赳赳衝進送行圈內，撲過來扯住了燕王喜的綬帶激昂喊道：「王寧前往，往無成功——」姬喜不禁大怒，一腳踢翻了將渠，逕自威風凜凜地揚長去了。執拗的將渠在煙塵王車後猶自哭喊著：「燕王啊！老臣非以自為，老臣為王為國也——」

發生於燕王喜四年的這場攻趙大戰，結局令整個燕國瞠目結舌——趙國大將廉頗率軍二十萬，大破栗腹軍，擊殺栗腹。大將樂乘率軍十五萬，大破卿秦軍，俘獲卿秦。兩路趙軍追擊燕軍五百餘里，一舉包圍了燕都薊城。燕國唯一的可戰大將樂閒，也離開了薊城，乘亂出走到趙國去了。整個燕國，一時亂得不可收拾了。

面臨軍破國亡危局，燕王姬喜驟然委頓，昔日誇誇大言昂昂雄心，倏忽間無影無蹤。驚恐萬狀的姬喜只有一個本能的舉動：立即派出使節，連夜趕赴趙軍幕府求和。趙國上將軍廉頗已奉趙孝成王之命，厲聲斥責來使，冷冰冰地拒絕罷兵。姬喜無奈，只好連番派出特使哀哀軟磨。廉頗這才提出：非將渠大夫出面，不與燕國言和！姬喜沒有片刻猶豫，立即拜將渠為丞相，趕赴趙軍幕府求和。經這位新丞相將渠的一力周旋，燕國割地三百里，趙國才退兵罷戰。不想沒過幾年，具有自知之明的丞相將渠便死了。

燕王姬喜又漸漸從委頓中活泛了過來。

燕國割地罷兵後，前番戰事的種種真相消息也紛紛傳入燕國。原來，趙國對燕國的突然襲擊根本沒有防備，廉頗、樂乘兩軍原是開赴南趙對付秦軍，猛然回頭對燕，只是偶然而已。燕王喜由是恍然明白——其時，假若秦軍當真攻趙，燕軍的背後偷襲戰定然大獲成功！存了如此想頭，燕王姬喜心有不甘，老是覺得趙國不是不能攻破，只是要選準時機而已。如此苦苦等待了八年，在燕王喜的第十二年，燕國君臣一致認定：攻趙的真正時機終於到來了！

姬喜找到了一個老名臣知音，燕昭王時期的老臣劇辛。

燕王姬喜重新起用劇辛，任劇辛職任上卿，總領政事。此時的劇辛，已經失去了英年時期與樂毅變法的睿智清醒，變得剛愎自用而不察天下大勢。在燕王喜遍召大臣會商，尋求攻趙知音之時，劇辛一力主張攻趙，欲圖在自己手中重新振興燕國霸業，使自己成為燕國的中興名臣。由此，劇辛與燕王姬喜一拍即合，確定了燕國再度對趙作戰的國策。劇辛判定的所謂真正時機，有兩個憑據：其一，趙孝成王方死，其子趙偃即位，趙國必不穩定；其二，廉頗、樂乘自相攻擊，樂乘已經逃來燕國，廉頗也逃亡魏國，趙國腹地大軍以龐煖為將，趙國軍力必然大衰。如此情勢之下，劇辛力促燕國祕密籌劃再度攻趙，姬喜自是欣然認可。

然則，燕國君臣萬萬沒有想到，這次事情卻反著來了。

趙偃（悼襄王）也是初位欲建功業，竟先行下令李牧攻燕。燕軍尚未開出，李牧邊軍已經揮師東進，一舉攻下了燕國的武遂、方城兩地，方始歇兵。燕王姬喜大為尷尬，一心只要南下猛攻趙國腹地大軍。召劇辛會商，老劇辛傲然一句：「龐煖易與耳！」燕王姬喜大是感奮，當即下書以劇辛為主將，率軍二十萬大舉攻入趙國腹地。

原來，劇辛當年入燕之前曾遊學趙國多年，一度與龐煖同為縱橫策士，奔走合縱交往甚多。在劇辛的記憶裡，龐煖從來不知兵，也沒有提兵戰陣的經歷。如此龐煖，自然是很容易對付的。不料，龐煖實則是不事張揚的兵家名士，其戰陣才能幾乎可與李牧抗衡。劇辛大軍南下，龐煖立即率趙軍二十萬迎擊。結局是：龐煖趙軍一舉斬首燕軍兩萬餘，並在戰場擊殺了老劇辛！若非當時秦軍已經深入趙國背後，對趙國構成巨大威脅，以及趙國內政出現巨大混亂，只怕龐煖直接攻下燕國都城亦未可知。

自此一戰，燕王姬喜性情大變。

燕國原本不是倉廩殷實之邦，唯賴燕昭王時期攻破齊國七十餘城，盡行掠奪了齊國的如山財富，才積累了一時豐盛的軍資糧秣。數十年過去，燕國內政非但一無更新，反倒是每況愈下。及至姬喜即位，府庫存儲業已大大減少。姬喜再三圖謀攻趙，其意正在效法燕昭王破齊富燕之道。不想，十二年之內燕國兩次大戰均遭慘敗，糧秣輜重幾乎消耗一空，兵力更是銳減為二十萬上下。名臣名將，也是死的死走的走，國政謀劃連個得力臂膀也沒有了。國無財貨，朝無棟梁，姬喜心灰意冷了。於是，周王室老貴胄的傳統稟性發作，姬喜以寬仁厚德為名，甚事不做，奉行無為而治，整日只在燕山行宮狩獵消磨，將天下興亡當作了事不關己的過眼雲煙。

倏忽十一年過去，才有一縷清新剛勁的風吹進了燕國廟堂。

姬喜即位的第二十三年，太子丹從秦國逃回了燕國。

太子姬丹，是燕王姬喜的嫡長子。可是，這個嫡長王子在燕國宮廷尚未度過少年之期，便開始了獨有的坎坷磨難。其時，燕國已經衰弱。為結好強國，姬丹踏上了如同很多戰國王子一樣的人質旅程。戰國之世，人質邦交大體有兩種方式：其一，強國之間為保障盟約穩定，相互派出重要的王室成員作為人質進駐對方都城；一方負約，則對方有處死人質之權利。譬如秦昭王之世，秦國派於趙國的公子嬴異人，即是此種人質。其二，弱國為結附大國，派出王室成員為人質，進駐大國都城，以示忠於附國盟約。少年姬丹所做的人質，便是這種人質。就人質本身而言，以國君嫡長子為最貴。因為，國君嫡長子，大多都是事實上的太子，也是最大可能的國君繼承人。姬丹雖然年少，然卻有嫡長子地位，自然是進入大國做人質的第一人選。因了這般緣故，燕王姬喜早早將姬丹立做了太子，使姬丹以太子名義進大國做人質，以示燕國對盟約大國的忠誠。當然，太子名分對姬丹在他國的處境也有些許好處。如此，太子丹的名號，早早便為天下所知了。

太子丹的人質生涯，開始於趙國，終結於秦國。

燕王喜即位之初，強盛期的趙國尚是燕國最大的威脅。為保燕國安寧，太子丹在趙國做了許多年人質。秦趙長平大戰後，秦趙俱入低谷。呂不韋當政時，為在秦國低谷期與趙國求取平衡，著意結好燕國，以增加對趙國的制衡。燕王喜對天下第一強國的示好大是欣然，更兼其時燕國正在圖謀攻趙，遂立即在與趙國訂立休戰盟約後，又立即與秦國訂立了祕密盟約。於是，燕王喜將太子丹藉故從邯鄲召回，改派往秦國做了人質。

或是天意使然，太子丹在趙國做人質時，秦國的少年王子嬴政也在趙國尚未歸秦。嬴政外祖乃趙國巨商卓氏，其時，嬴政尚叫作趙政。趙國風習豪放，趙政雖非在朝貴冑公子，也一樣能出入王城。或是在王城之中，或是在市井遊樂之所，總之，兩個少年王子相遇了，結識了，還有了少年交誼。以年齡而言，趙政八歲時離趙歸秦，與太子丹結交之時，當在八歲之下的孩童之期。而太子丹，則肯定大得三兩歲，再小，便不可能做人質了。如此，太子丹必是童稚趙政的小哥哥，其交遊來往，也必定是純真無邪的少年樂趣。此後嬴政歸秦，歷經風雨坎坷，在十三歲時成為了不親政的虛位秦王。

倏忽二十餘年，天下風雲變幻，燕趙秦三國的格局也發生了巨大變化：秦趙血仇未消，相互攻伐不斷；燕趙兩國兩次大戰，燕慘敗而趙大勝；燕國雖與趙國結下了大仇，卻又只得忍氣吞聲地訂立盟約而成盟邦。當此之時，秦燕兩國無戰且盟約依舊，依著戰國邦交常道，秦國要借重燕國牽制趙國，燕國已經完全可以召回人質了。然則，事有奇正，此時的秦國恰恰已經走出了低谷，秦王嬴政已經親政，一統天下之志已定。於是，兩國邦交發生了悄無聲息的巨大變化：秦國對燕國的倚重不復存在，而變為秦國力圖掌控燕國，以防其在滅國大戰中輔助趙國。如此格局之下，秦燕兩國縱然盟約依舊，且燕國並未觸犯秦國，燕國還是無法召回太子丹。究其實，當然是秦國不願放回太子丹。根本原因，在秦國要掌控燕國，使燕國援趙有所顧忌。為此，秦王嬴政對這位太子丹很是冷漠，絲毫不作少年好友待之，明確下令軟囚太子丹，不使其回歸燕國。太子丹痛心疾首，屢次上書秦王請求歸燕，都是泥牛入海沒有回音。

「烏頭白，馬生角，子或可歸燕也！」

秦王唯一的回答，使太子丹徹底絕望了。

許多年後，天下風傳一則祕聞：自秦王禁令出，太子丹仰天長歎，咸陽王城的烏鴉果然白頭，馬頭果然長出了牛角；秦王得報，視為天意，遂不得不放了太子丹。事實卻遠非如此離奇神妙，而是一則驚心動魄的太子丹逃亡事件。

太子丹明白秦王政不會放他歸燕之後，不再圖謀於說動秦王，從此開始了逃離秦國的祕密謀劃。歷經半年多試探，太子丹終於通聯了在咸陽的燕國商社，謀劃出一個替身之法：由幾位燕國大商物色一個與太子丹極其相像的年輕商人，給太子丹作舍人。其人開始進入有秦國吏員兵士護衛的太子丹寓所時，須得以面目有傷為由以黑紗遮面。但有時機，即以此人為替身留於寓所，太子丹喬裝離開，由商社馬隊護送逃出秦國。密謀既定，太子丹立即付諸實施。不久，太子丹寓所便多了一個面容傷殘而終日蒙面的太子舍人。一年之後，秦國朝野忙於籌劃大舉東出滅國，秦王率領群臣趕赴藍田大營觀兵。太子丹一如謀劃行事，果然逃離秦國。及至秦國發現太子丹逃亡，已經過去了整整一月。

秦王嬴政大怒，立即飛書常駐燕國的頓弱：威逼燕王送回太子丹，否則發兵攻燕！旬日之後，頓弱回書道：「燕國沉淪不堪，縱增一太子丹，與國無補也。滅國大戰方略有序，此時既不能對燕用兵，何須威逼恐嚇而使其警覺焉！臣意：太子丹既有替身，秦當佯作不知可也。」秦王嬴政一番思忖，覺頓弱之策大是有理，遂下令執掌邦交的行人署對太子丹寓所守護如常，不予理睬，只看燕國如何處置。

久經磨難的太子丹歸燕，已經是三十餘歲的心志深沉的人物了。

太子丹精明幹練，與父王姬喜相處三月餘，便重新獲得了父王的完全信任。其時燕國仍然沒有領政強臣，姬喜又心灰意冷遊獵成習，早已經疏於政事了。於是，姬喜索性下了一道密令：太子丹鎮國總攝政事，燕國大臣勿洩於外，秦國知曉與否聽其自然。

如此，太子丹在燕國開始了獨特的施展。

太子丹最恨秦國欺壓天下，更恨秦王嬴政刻薄寡恩無情無義。逃回燕國，太子丹原只一門心思報復秦國。然，太子丹歸來，眼見邦國貧弱遠遠超出了自己預料，手中又無權力，一時竟是鬱悶無策。一朝領政，太子丹精神陡然振作，只一心思謀如何盡早凝聚有識之士報復秦國，至於國政變革，一時完全無法顧及了。太子丹清楚地知道，秦國的滅國大戰行將實施，若不及早謀劃動手，只怕燕國連最後的時機也沒有了。更有要緊者，秦國上卿頓弱坐鎮燕國，多方通聯燕臣，薊城舉動很難逃過頓弱勢力的探察，要圖謀秦國，第一要務便是嚴守祕密。好在太子丹久為人質，寄人籬下，已錘鍊出一種縝密機警的稟性，更有逃出秦國的祕密謀劃閱歷，幾年內將對秦復仇事做得絲毫不露痕跡。

第一個密商者，太子丹瞄住了少年時期的老師鞠武。

白髮蒼蒼的鞠武，已經是燕國的老太傅了。老人誠惶誠恐，接受了祕密來訪的太子丹的拜師禮。一番酬酢之後，太子丹涕淚唏噓地說了對秦復仇的心願。老鞠武沉默了，半日沒有說一句話。太子丹痛心疾首道：「秦王嬴政，天下巨患也。老師不為丹謀，寧不為天下一謀乎？」良久，老鞠武沉重開口道：「如今之秦國地廣人眾，兵革大盛，遠非昔日之秦國可比也。燕國兩敗於趙國之後，貧弱已極，太子要以昔年積怨抗秦，寧非批其逆鱗哉？」太子丹長吁一聲道：「太傅明察，我縱附秦，秦亦不能存燕也！秦不存燕，則燕秦終不兩立也。既終須與秦為仇，寧不早日謀劃哉！」鞠武思忖良久，點頭道：「太子之說也是。既然如此，太子可相機行事。」太子丹見素來固執的老師雖然未被說服，但卻已經不再反對自己，只要老師不反對自己；老師的聲望便是祕密行事的號召力量。此後，太子丹打出曾與老太傅會商的名義，又對幾位世族重臣進行了謹慎試探，竟沒有一個人反對，且幾家老世族都慷慨立誓，願意獻出封地財貨以支撐對秦復仇。太子丹精神大振，遂開始著意搜求奇異能士。

不久，一個神祕人物不期然進入燕國，使太子丹的復仇謀劃正式啟動了。

這個人，是秦國逃亡將軍樊於期。樊於期，原本是桓齕做假上將軍時的秦國大將，又是與王族聯姻的外戚，在秦國老將中資望深重，是深得秦王信任的主力大將。桓齕部兩次攻趙大敗，第二次失敗，是樊於期違反軍令所直接導致。戰敗之時，眼看著秦軍將士屍橫遍野，樊於期深恐秦國軍法嚴懲，便從戰場逃亡了。及至消息落實，秦國朝野震動，秦王嬴政怒火中燒，當即下令拘押樊於期族人，同時追查樊於期下落並懸賞重金緝拿。在戰國秦的歷史上，只有過三個叛將：一個是秦昭王時期的鄭安平，一個是嬴政即位第八年的長安君成蛟，一個便是樊於期。鄭安平是范雎因恩舉薦的大梁市井之徒，原本外邦人士，叛便叛了，秦國朝野罵歸罵倒沒甚風浪。長安君卻是嬴政甚為喜愛的異母兄弟，樊於期也幾乎是等同王族的資深老將，國人之震動，王室之羞辱便不是尋常之事了，無怪乎秦王嬴政對樊於期恨之入骨。山東六國則大為欣喜，各種傳聞紛紛不絕於耳。擇其主流，大體是三則：一說逃亡者是秦國上將軍桓齕，統帥逃國，秦國不得人如此矣；一說秦王暴虐，立即殺了樊於期九族；一說樊於期逃亡到匈奴去了，秦王正派蒙恬進入草原搜捕。

種種傳聞流播之時，樊於期突然在薊城出現了。

一個秋雨紛紛的深夜，家老進來對正在書房認真閱讀一卷兵器密典的太子丹稟報說，燕商烏氏獤求見。這個烏氏獤，是早年秦國大商烏氏裸的同宗，也是襄助太子丹逃出秦國的燕國大商。太子丹二話沒說，迎到了廊下。雨幕之中，烏氏獤見太子丹出來，回頭一揮手，道邊林中走出一個身披蓑衣面蒙黑紗的壯偉身軀。烏氏獤只低聲一句：「此乃天下危難奇人也！太子不若見，在下立即告辭。」太子丹生性機警之極，立即一拱手道：「恩公引薦之人，何言危難？請！」走進書房，此人脫去蓑衣黑紗，一個落難雄傑之相立即鮮明呈現在太子丹眼前：鬚髮灰白虬髯盤結，古銅色臉膛的溝壑寫滿滄桑，兩隻眼睛憂鬱深沉，不言而令人怦然心動。太子丹不待來人開口，一拱手道：「壯士既與我恩公同來，便是丹之大賓，請入座。」來人沒有入座，一拱手道：「太子不問在下姓名，不懼禍及自身麼？」太子丹肅然正色道：「人皆懼禍，何來世間一個義字？天下無義，不知其可也！」來人遂深深一躬道：「久聞太子高義，流士樊於期有禮。」太子丹一驚一喜，當即也是深深一躬道：「將軍危難，不疑我心，真雄傑之士也！敢問將軍何求？」樊於期慷慨道：「燕若容我，我即居燕。燕若難為，敢請資我前往東胡可也！」太子丹道：「將軍流落，其志必不在逃亡存身，敢問遠圖如何？」樊於期臉色鐵青，只硬邦邦兩個字：「復仇！」太子丹悚然動容，立即吩咐小宴為將軍壓驚洗塵。那一夜的小宴，直到天色發白方散。小宴結束，太子丹早已修造好的祕密寓所便住進了一位神祕的客人，除了家老指派的心腹侍女僕人與太子丹本人，任何人不能踏進這座石門庭院一步。

月餘之後，太子丹將這個消息告知了太傅鞠武。

太子丹本意，是要與老師商議如何最大限度地利用樊於期為燕國復仇。不想鞠武一聽太子丹收留了如此一個人物，立時憂心忡忡，板著臉道：「太子容留樊於期，老臣以為不可也！大勢而言，以秦王之暴積，怒於燕，已經足為寒心。若再將樊將軍留燕而使秦王聞之，何異於示肉於惡虎之爪，其禍不可救，雖有管仲、晏子在世，不能謀也！」太子丹道：「交出樊於期，秦國依然要滅燕，奈何？」鞠武道：「太子若當真安燕，當送樊將軍入匈奴，使匈奴殺其滅口。而後，燕國祕密聯結山東五國合縱抗秦，再北連匈奴迫秦背後。如此，大事方可圖也。」太子丹不禁皺起了眉頭道：「太傅之策，曠日彌久，遠水不解近渴也。況且，樊於期困頓，天下無敢收留，遭逢危難，獨能投奔我來，丹豈能迫於強秦威勢而棄之不顧？若將其送往匈奴殺人滅口，丹將何顏立於天下？與其如此，毋寧我死也！」太子丹說得激昂唏噓，突然顧忌老師尷尬難堪，戛然打住，長吁一聲道，「願老師再謀，有無別樣對策？」老鞠武長歎一聲道：「逢危欲求安，逢禍欲求福，寧結一人而不顧國家大害，此所謂資怨而助禍，以鴻毛燎於炭火之上而欲求無事矣！」太子丹肅然正色道：「鴻毛之災，縱不毀於炭火，亦必毀於薪火。燕國之危，終不能因樊於期一人而免之。老師不思禍端根本，而徒談國家危難，丹夫復何言哉！」老鞠武默然思忖良久，終於開口道：「老夫迂闊，不善祕事。然，老夫交得一人，或可成太子臂膀。」太子丹連忙挺身長跪，一拱手道：「得老師舉薦，燕國之幸也！」老鞠武道：「此人名曰田光，智謀深沉，勇略過人，願能與太子共謀。」太子丹道：「我若突兀見田先生，恐有不便。老師若能事先知會，我因老師而得交先生，老師以為如何？」老鞠武不禁喟然一歎：「太子之於人交，強老夫多矣！諾。」

旬日之後的一個夜晚，一個布衣之士走進了太子丹的祕密庭院。

這個布衣之士便是田光，隱身燕國的一個士俠。

戰國之世，游俠品類繁多。尋常所謂俠者，大多指純劍士出身而有俠行的武士。這種俠，戰國之世謂之俠士、任俠、游俠，更有一直白稱謂，呼曰刺客。譬如專諸、要離、聶政及下文所及蓋聶、魯句踐等等，皆為此等俠士。此等劍士刺客，並非春秋時期所生發出的俠士的高端主流。高端俠士者，居都會，遊山野，以排解政事恩怨為己任的學問豪俠之士也。唯其如此，春秋及戰國之俠，其高端主流可以稱為士俠，或者稱為政俠。士俠政俠，在實際上的最大流派，當屬以「兼愛、非攻」為旗幟的墨家團體。及至戰國中期，七大戰國分野漸漸明確，中小諸侯國越來越少，邦國之間依靠政俠排解恩怨的需要也大大減少。如此大勢之下，以士人為根基的政俠勢力也漸漸彌散分流，或融入學派團體，或融入各國政局，或隱入市井山野終成隱居名士。總歸說，戰國中期之後，士俠已經是鳳毛麟角了。是就其個人素質說，士俠必以某種精神與學說為信念根基，而將俠義之行僅僅作為信念實現之手段。是故，此等士俠多為文武兼備之士。以今人語言說，此等士俠無不是既具備思想家氣質，同時又精通劍術的大家。他們，幾乎從不作尋常的私人復仇攻殺，而唯以解決天下危難的政治目標為其宗旨。士俠的生活常態是名士，而不是尋常人一眼能看出的赳赳武士。田光，正是如此一個士俠。將要出現的荊軻，更是戰國末期冠絕天下的一個士俠。

太子丹恭敬地迎接了其貌平平的田光，以對待大賓之禮躬身側行領道進門。進入正廳，太子丹先自跪行席上，並以大袖撫席以示掃塵，而後請田光入席正座。田光絲毫沒有惶恐之情，坦然接受了大賓之禮中主人該當表現的所有謙恭與敬重，卻始終沒有說一句話。及至僅有的一個侍女與一個老僕退出正廳，太子丹這才離開坐席深深一躬。

「燕秦不兩立，先生定然留意也。」

「願聞太子之志。」田光沉沉一句。

「復燕國之仇，除天下之患，豈有他哉！」

「國力不濟，大軍駑鈍，太子欲效專諸刺僚乎？」

「禍患根基，在於秦王。虎狼不除，世無寧日也！」

「太子有人乎？」

「丹有死士三人，願先生統領籌劃。」

「太子高估我也。」田光凝重沉穩地說道，「自戰國之世，大國之王死於刺客者，幾無所見，況乎刺秦？士俠一劍，而使大國之王死，此等壯舉亙古未聞也。設若二十年之前，田光或可被身蹈刃，死不旋踵而為之。然則，光今雖在盛年，心已老矣！士俠之行，心志第一。田光自忖，不堪如此大任。」

「丹之三人如何？」

「太子三士，皆不可用也。」田光顯然對太子丹祕密收養的三個劍士瞭若指掌，一一伸著手指道，「夏扶，怒而面赤，血勇之人也。宋義，怒而面青，脈勇之人也。武陽，怒而面白，骨勇之人也。三人，皆喜怒大見於形色。此，士俠密行之大忌也。故，不可用。」

「！」太子丹愕然。

「光雖無力親當大事，然有一知音，或可成此壯舉。」

「願得先生舉薦！」太子丹恍然。

「此人，名曰荊軻。」田光簡單得沒有第二句話。

「願因先生結交荊卿。」

「敬諾。」

「先生主謀，荊軻主事，如何？」

「我才遠不及荊軻，既不主事，何能主謀哉！」

田光對一個人如此推崇，太子丹不禁大為驚訝。本欲請田光多多介紹荊軻其人其事，又恐急迫追問使田光不悅，機警深沉的太子丹不再言及此事，吩咐擺上小宴，只與田光縱酒議論天下。海闊天空之間，田光豪俠本色自然流露，侃侃說起了自己的一則奇遇。

多年之前，田光遊歷楚國，從雲夢澤搭乘一商旅大船直下湘沅之地，欲去屈原投江處憑弔。船行五日，出得雲夢澤，進入了湘水主流。兩岸青山，峽谷碧浪中一片白帆孤舟，壯美的山水，引得搭船客人都聚到了船頭。其時，田光身邊站了一個年輕的布衣之士。別人都在看山看水，唯獨這個年輕人一直冷冰冰地凝視著水面，時而輕輕一聲歎息。田光心下一動，一拱手道：「足下若有急難，願助一臂之力。」布衣士子默然不答，依舊凝視著水面。田光頗感奇異，隨著布衣之士的目光望去，心下不禁突然一動——船頭前十數丈處，一團隱隱漩渦不斷滾動向前，彷彿為大船領道一般。

田光尚在疑惑之時，江面狂風驟起，迎面巨浪城牆般向船頭打來！船頭客人們驚懼莫名，一時愣怔，木然釘在船頭不知所措。田光看得清楚，幾乎在巨浪突發的同時，浪頭中湧出一物，在彌天水霧中鼓浪而來。布衣士子大喊一聲：「雲夢蛟！人各回艙！」眾人紛紛尖叫著躲避時，年輕的布衣士子卻釘在船頭風浪中紋絲不動。田光一步衝前，揮手喊道：「足下快回艙！我有長劍！」話音未落，一浪打來，田光幾乎跌倒，急忙抓住了船欄。此時，只見那鼓浪長蛟怪吼一聲，山鳴谷應間，一口山洞血口張開，整個船頭立即被黑暗籠罩。田光血氣鼓勇，大吼一聲飛身挺劍，直刺撲面而來的怪蛟眼珠。不料，怪蛟噴出一陣腥臭的颶風，田光的長劍竟如一片樹葉漂蕩在浪花之中。與此同時，田光被一股急浪迎面一擊，也樹葉般飄上了白帆桅杆。正當怪蛟長吼，駕浪凌空撲向大船之時，彌天水霧中一聲響亮長嘯，布衣士子飛身而起，大鵬展翅般撲進了茫茫水霧中。掛在高處的田光看得清楚，水霧白浪中劍光如電，蛟吼如雷，不斷有一陣陣血雨撲濺船身。須臾之間，江面漂起了一座小山一般的鱗甲屍體。及至風平浪息，一個血紅的身影佇立在船頭……

「世有斬蛟之士，丹未嘗聞也！」（註：荊軻斬蛟故事，見《博物志》，雖頗具神話意味，亦見時人眼中荊軻之神。）

「他，便是荊軻。」

「荊軻？」

「只是，那次我尚不知其名。」

「那——」

「三年後，我又遇到了他。」

「噢——」

風浪平息，田光飛下桅杆之時，那個血紅色的布衣身影已經不見了，只給田光留下了一種無盡的感慨。三年後，田光遊歷到衛國濮陽，遇到一個叫作蓋聶的舊交劍士。其時，蓋聶正在衛國做濮陽將軍，雖只有五千部屬，蓋聶卻做得有模有樣。聞老友到來，蓋聶盛情相邀田光，給衛國國君衛元君講說劍道。當田光與蓋聶走進濮陽偏殿時，恰恰遇見一個士子正在對衛元君侃侃而論。令田光大為驚訝的是，此人正是那個斬蛟士！田光立即向蓋聶搖手止步，站在偏殿大柱後傾聽。田光又一次驚訝了——斬蛟之士講說的竟然是治國強衛之道，其氣度說辭不遜於任何一個天下名士！只聽斬蛟之士道：「衛國不滅，非以國力而存，實以示弱而存也。百餘年來，國君三貶其號，從公到侯，從侯到君，日漸成為一縣之主。荊軻以為，此為國恥也！荊軻生為衛人，願為我君聯結諸侯，招募壯士，以復衛國公侯之業！」田光清楚地記得，白髮蒼蒼的衛元君只不斷長長地歎息著，始終默然不語。斬蛟士見衛元君長吁短歎一言不應，起身一拱手，說聲告辭，大步出殿了。

「荊軻，還是策士？！」

「神勇其質，縱橫其文。質文並盛，寧非荊軻哉！」

「得與此人交，丹不負此生矣！」

「其時，我也作如是感慨。」

「噢？先生未在濮陽與荊軻結識？」

「兩年後，我在趙國又遇荊軻。」

「噫——」太子丹只一聲又一聲地感歎著。

當遊說衛元君的斬蛟士的身影消失在殿外廊柱時，田光久久凝視著那個永遠也不會忘記的身影，終於沒有追上去。田光知道，不逢其時，終不能真正結識一個奇人。可是，兩年後田光遊歷到趙國，又遇到了這個斬蛟奇士。那時，田光的舊交蓋聶已經憤然辭去了衛國的濮陽將軍，重新回到了趙國。其時，趙國抗秦正在要緊時刻。蓋聶欲圖結交天下一流劍士，結成壯勇之師，編入李牧軍抗秦。蓋聶的辦法是：邀魯國名劍士魯句踐來到故鄉榆次（註：榆次，趙國城邑，今山西榆次以北地帶），一起打出了「天下第一劍」的大旗，搭建一座較劍高臺，論劍較武以結交武士。適逢田光遊至榆次，蓋聶與魯句踐大喜過望，力邀田光共圖抗秦大計。田光委婉謝絕，卻也對蓋聶的壯勇之行很是讚賞，應諾為武士較劍做坐臺評判。不料，這時趙國民氣已見蕭瑟，數日間竟無一人來應劍。那日，田光正在臺後勸蓋聶、魯句踐收場，臺下卻來了一人。得執事稟報，蓋魯兩人精神大振，立時衝將出去，赳赳一拱手，亮出了闊長的精鐵劍。

「壯士報國，非天下第一劍麼？」來人冷冰冰一句。

「無稱雄之心，不能報國！」魯句踐激昂慷慨。

蓋聶目光凌厲地盯住來人，鐵板著臉一句話不說。

「私鬥聚士，大失士劍之道。」

「足下何人？如此聒噪！」魯句踐惱怒了。

「在下之名不足道。敢問，何為較劍？」

「取我之頭，是為較劍！」魯句踐一聲大吼。

蓋聶怒目相向，猛然一拍頭顱。

那人冷笑一聲，轉身揚長去了。

田光出來，一眼瞥見來者背影，不禁大為驚訝。

「噫！來人如何去了？」

「我怒目如電，懾他畏懼而去！」蓋聶神采飛揚。

「我怒聲如雷，喝他破膽而逃！」魯句踐志得意滿。

田光不禁哈哈大笑，一拱手走了。

……

「五年三遇！先生之與荊軻，豈非天意哉！」

「然，光與荊軻結交，終在薊城市井也。」

離開趙國，斬蛟士的身影老晃盪在田光心頭，他無心遊歷，回到燕國隱居了下來。三年後的一天，田光提著一只陶罐去市中沽酒。在小石巷的酒鋪前，遙見三個布衣大漢醉倒在地，相偎相靠，坐於街中嬉笑無度。行人止步，圍觀不去。田光走近一看，其中一人竟是那斬蛟士，不禁大為驚訝。田光正在人圈外端詳之際，圈中一人將懷中大筑晃悠悠抱起，臉泛紅光，叮咚敲打起來。另一人用瓦片敲擊著節拍，高興得哇哇大叫。斬蛟士則大張兩腿箕坐於街，兩臂揮舞，放聲唱道：「日出而作，日落而息，耕田而食，鑿井而飲。帝力何有於我哉！天下何有於我哉！」歌聲寬厚沉雄，幾同蒼涼悲壯的吶喊。周圍人眾不禁一片感慨唏噓。唱著唱著，斬蛟士笑得一臉醉意，不期然撲在擊筑者身上，一陣鼾聲大作睡去了。另兩人也癱作爛泥，鼾聲一片。指指點點的人群，不禁一陣哄然大笑……田光心下大動，走進人圈，深深一躬道：「敢請三位壯士，到我草廬一飲。我，薊城酒徒是也。」話音方落，呼呼大睡的斬蛟士猛然睜開雙眼。倏忽之間，一道閃亮的目光掠過，田光心頭猛然一震。斬蛟士隨即大笑道：「高漸離，宋如意，走！到先生家痛飲了！」沒有任何聲息，地上兩人一躍而起，跟著斬蛟士走了。

……

「自此，先生與荊軻善也！」太子丹不勝欣羨。

「然則，光與荊軻之交，素不謀事。」

「先生之心，丹明白也。」

太子丹知道，士俠之友道，分寸是重交不輕謀。也就是說，意氣相投者盡可結交，但不會輕易共謀大事。畢竟，士俠所謀者，大體都是某國政局，若非種種際遇促成，決然不會輕易與謀，更不會輕易地共同行動。田光之言，是委婉地告知太子丹：即或太子丹經他而與荊軻結識，能否共謀共事，亦未可知。太子丹多年留心士俠，心下明白此等分寸，不再與田光說及荊軻，痛飲之下又是一番天南地北。

不期然，兩人說到了天下利刃名器。太子丹以為，短兵以吳越名劍為最。田光沒有說話，輕輕搖了搖頭。太子丹饒有興致，討教田光，何種利刃為短兵之最。田光淡淡一笑道：「天下長兵，以干將、莫邪等十大名劍為最。若言短兵，則以趙國徐夫人匕首為最也。」太子丹大是驚訝：「一女子，有此等利器？」田光道：「徐，其姓也。夫人，其名也。徐夫人，男子也。天下劍器，徐夫人大家也。」太子丹不敢顯出疑惑，一笑道：「如此短兵，定然是削鐵如泥了。」田光目光一閃，面無表情道：「削鐵如泥，下乘也。」太子丹心頭一顫，立即挺身長跪一拱手道：「願先生襄助，得此利器！」

長長一陣沉默，田光終究吐出了一個字：「諾。」

……

秦國大舉滅趙之時，太子丹的幾年密謀籌劃已經很扎實了。

恰在此時，秦國兵臨易水，燕國朝野惶惶無計。燕王喜顧不得狩獵遊樂，多年來第一次大召朝會，會商抗秦存燕之策。不料，大臣無一人應對，整個大殿一片死寂。

「方今國家危亡，丹有一謀，可安燕國。」太子丹說話了。

「願聞太子妙策！」舉殿目光大亮，立即異口同聲。

「有謀還等甚？快說快說！」燕王喜更是連連拍案。

「大事之謀，不宜輕洩。」太子丹面無表情。

「啊——」大臣們茫然了。

「子有何謀，竟不能言？」燕王喜不悅了。

「丹有一請：舉國財貨土地，由丹調遣。否則，此謀無以行之。」

「啊——」大臣們長長地驚歎一聲。

「散朝。」燕王喜板著臉，終究一拍案走了。

回到寢宮，在座榻愣怔半日，燕王喜還是緊急召進了太子丹。

「子有何策，竟要吞下舉國土地財貨？」燕王喜劈頭一句。

太子丹望瞭望左右侍女，默然不語。

「說！沒有一個人了！」

燕王喜屏退了所有內侍侍女，混濁的目光中充滿了對兒子的生疏。

「刺殺嬴政，使秦內亂，無暇顧及天下。」太子丹一字一板。

「甚甚甚……」燕王喜急得咬著舌頭連說了不知多少個甚，這才板著臉訓斥道，「如此大事，豈能心血來潮？刺秦，你小子倒真敢想！真敢說！你只說，秦王千軍萬馬護衛重重，誰去刺？作夢！還不是要刮老夫土地財貨！……」

「此事，已謀劃三年有餘，一切就緒。」

「甚甚甚甚甚……謀劃三年餘？」

「土地財貨之說，惑眾之辭耳。」

「惑眾？惑誰？」

「父王不要忘記，秦國頓弱在薊城，耳目覆蓋整個燕國。」

姬喜兩眼瞪得銅鈴一般，大張著嘴愣怔著說不出話來，良久，才軟軟倒在座榻上長長一聲喟歎：「燕有我兒，國之福也！」

「父王留意，此謀不可對人言。」

「要你小子說！」燕王喜霍然起身，一揮手高聲道，「御書下書：本王老疾多多，國事交太子丹全權領之！國逢危難，不同心者斬！」下書完畢，鬚髮灰白胖大臃腫的姬喜終於癱倒了。太子丹顧不得撫慰父王，深深一躬，匆匆出了王城，立即驅車趕到了薊城唯一的一片大水邊。

三、風蕭蕭兮易水寒　壯士一去兮不復還

這是一座幽靜神祕的莊園。

薊城東南，有一片碧藍的汪洋水，一片火紅的胡楊林。水曰燕酪池，林曰昌國苑。燕酪池，是從流經城南的治水引進的活水湖泊，清澈甘甜，歷來是燕國王室釀酒坊所在地。所以，叫作了燕酪池。

昌國苑，是燕國當年下齊七十餘城後，燕昭王賜給樂毅的園林。因樂毅爵號昌國君，所以叫作了昌國苑。樂毅出走於趙，樂閒入燕承襲昌國君爵位，仍居昌國苑。後來，樂閒因與燕王喜政見不合而離開燕國，昌國苑便成了一座幾近荒廢的王室林苑。在燕經商的六國商人無不垂涎此地，各國商社聯具上書燕王：請以燕酪池、昌國苑劃作商賈之地，由六國商賈共同籌金，建造一片如同咸陽尚商坊一般的天下大市。商賈們以為，如此好事，燕王定會欣然應允。不料，上書一個月後，燕王王書頒下：燕酪池與昌國苑乃王室苑囿，可賞功臣，可為國用；用於商賈，則見利忘義有失王道，從此勿請。商賈們碰了釘子，憤憤然議論蜂起，莫不指斥燕國蔑視商旅一事無成。然議論歷來多有折衝，也有人說，寧失財貨之利而不失周室老王族尊嚴，確實只有燕國這種八百年老諸侯才能如此，迂闊是迂闊，不失為王道風範。於是，商旅們終究眾口一詞，如此迂闊王室，夫復何言！於是，議論也就漸漸沒有了。

然則，近幾年來，外邦商賈與薊城庶民的有心之人卻發現，這片水這片林不期然發生了悄無聲息的變化。王室的釀酒坊搬走了，彌漫池畔而常常令路人迷醉的醇香酒氣沒有了，靜悄悄的火紅的胡楊林，也偶爾可見車馬出入了。於是，市井酒肆間人們紛紛揣測，這片佳地究竟賞賜給了哪家功臣？諸般猜測揣摩，終究莫衷一是。畢竟，多年來，燕國已經沒有一個大功臣可以當得起如此封賞了。

這片園林水面，成了一片撲朔迷離的雲霧。

太子丹的垂簾輜車所去者，正是這片神祕幽靜的所在。

幾年前，太子丹由太傅鞠武開始，結識了田光，又由田光而結識了荊軻，密謀大計才漸漸步入扎實的籌劃。本來，田光是一個軸心人物。以太子丹內心的擺布：田光，可為大計實施之總籌劃，譬如齊國孫臏的軍師職位；荊軻，可為大計實施的前軍大將，譬如田忌之為上將軍臨敵決戰；有此兩人，自己便能做齊威王那樣的興燕明君。

然則，事情乖戾得不可思議，田光卻因為太子丹一句話死了。那是當年太子丹初次與田光相見，小宴聚談之後的清晨薄霧中，太子丹送田光出門，低聲叮囑了一句：「你我所言，國之大事，願先生勿洩也。」太子丹記得很清楚，田光似乎並沒在意這句話，只淡淡一個字道：「諾。」此後，田光很快造訪了荊軻，與荊軻敘談至三更時分。及至荊軻承諾了面見太子並與之為謀，兩人方始痛飲。飲得一陣，田光慨然歎道：「士俠為行，不使人疑之。今太子叮囑我勿洩大事，是太子疑田光也！為行而使人疑之，非士俠也。」事後，太子丹始終不解的是，荊軻竟然一句疏導之話也不說，聽任田光鑽了牛角。田光最後對荊軻說：「足下可立即面見太子，言田光已死，以明不言之心也！」說罷，一口不足一尺的短兵一閃，田光喉頭一縷鮮血，倒地身亡了。

太子丹第一次見到荊軻，是荊軻自己找來的。

荊軻請見，平靜地敘說了田光之死的經過，絲毫沒有悲痛之情，冰冷得如同一尊石雕。太子丹驚愕得無以復加，良久說不出一句話來。他想問荊軻，為何不攔阻田光自刎？以田光講述的荊軻故事，荊軻的神奇，當足以阻擋任何事情的發生。他也想問，荊軻為何不勸阻疏導田光？畢竟，那句叮囑只是必須而已，決然不關乎懷疑與否，難道明銳如荊軻者也不能理解麼？可是，太子丹機警過人，在這電光石火般掠過心頭的種種責難疑慮之中，他突然明白了一個道理：對天下名士之俠，只要得其一諾，便只能無條件信任，而不能有任何疑慮之辭！他們不是自己的部屬官吏，他們無所求於自己，他們將自己的承諾看得比生命還重！無所求人而只為人付出，若再被人疑，豈不悲哉……

太子丹驚愕良久，突然放聲大哭道：「丹所以告誡先生，實恐秦國間人耳目也！今先生以死明不言之心，丹何堪也！」令太子丹不解的是，對他這個名為太子實同國王之人的痛心大哭，荊軻依然無動於衷，一句話也沒有，依舊冷冰冰如同一座石雕。太子丹立即警覺，他若再哭下去，這個冷冰冰的石人完全可能逕自離開。

太子丹適時中止了痛哭，肅然請荊軻入座，離席深深一躬道：「田先生不以丹為不肖，使君得與我見，願與君一吐所謀，而後奉君之教。」太子丹記得，當時的荊軻連頭也沒點一下，還是冷冰冰地坐著。太子丹沒有絲毫猶豫，先備細敘說了燕國的危亡困境與秦王贏政的貪鄙之心，而後和盤托出了自己的全部謀劃：以勇士攜重利出使秦國，在秦王接見時相機處置——上策，效曹沫劫持齊桓公訂立休戰盟約之法，迫秦王放棄滅國並全部歸還列國土地；下策，刺殺秦王以使秦國內亂，列國趁機合縱破秦！

太子丹整整說了一個時辰，荊軻一動沒動地聽了一個時辰。

太子丹耐心等候了一個時辰，荊軻還是一動不動地坐著。

「前述，皆丹之願也。可否？願君教我。」終於，太子丹忍不得了。

「此，國之大事也。在下，不足任使。」荊軻明確地拒絕了。

「田先生捨丹而去，荊卿亦捨我乎！」太子丹痛悲有加，一時大哭。

荊軻還是冷冰冰地坐著，沒有一句勸阻說辭。太子丹終於忍不住心頭憤激，悲愴地哭喊一聲道：「大事不成，又累先生喪命，丹何顏立於人世也！」搶過荊軻手中的短兵，便要拉開劍鞘自刎。在這瞬息之間，荊軻的白布大袖突然平展展伸出，疾如閃電靈如猿手掠過太子丹面龐。太子丹尚在愣怔，手中短兵已經無影無蹤。

「此乃田光所獻徐夫人匕首，太子寧加先生之罪乎！」

便是這短暫一瞬，便是這冷冰冰一問，太子丹對荊軻心悅誠服了。

「先生已去，丹何獨生於世哉！」太子丹嘶聲一哭，驟然昏厥了。

倏忽醒來，太子丹看見了蹲在面前的荊軻，看見了一雙淚光閃爍的眼睛。

「太子之事，荊軻敬諾。」

太子丹未及頓首一謝，荊軻的白色身影已消失了。

及至次日，太子丹尋訪到一條小巷深處一座低矮的茅屋庭院，荊軻依然在案前凝神沉思。太子丹說：「君之所在不宜祕事，須得有變。」荊軻說：「當變則變，盡由太子。荊軻所思者，同道人也。」太子丹再沒說話，告辭了。旬日之後，燕王王書頒下：名士荊軻才具過人，拜上卿之職，襄助太子丹同理國事。此後，太子丹出動了王室儀仗，將荊軻隆重地迎進了王城外東側長街的上卿府邸。所有這一切，荊軻都欣然接受了。在群臣競相趕來的慶賀大宴上，荊軻也與所有謀求立身的名士一樣，與燕國大臣們侃侃談論著種種治國之道，豪爽的大笑陣陣掠過廳堂。與宴者的種種質詢之辭，都在荊軻的雄辯對答中消解了。自此，燕國大臣們完全認可了這位新上卿。

大宴完畢，太子丹以會商國事為名，與荊軻在書房做了密談。一進書房，荊軻又成了一尊冷冰冰的石雕。太子丹試探說：「先生已為燕國上卿，何以處之，但憑先生。」荊軻淡淡一笑，第一次說出了一番長話：「太子謀事，鋪排縝密，荊軻心知也。所謂上卿，不過後來出使秦國之正當名義而已，不幹實事。是以，荊軻坦然受之。然則，荊軻還要將這上卿做得非同常人。至少，來日出使，要使秦王相信：荊軻足堪王使之身。此中之意，亦望太子解得。」太子丹說：「卿欲如何，丹受教。」荊軻說：「不忠。不能。唯以上信立足。」太子丹會心地大笑一陣，眼角泛著淚花道：「先生之才，真上卿也！奈何燕國危難，竟使先生穢行隱身，不亦悲乎！」荊軻慨然道：「一國大臣，能獻重利於秦者，豈能忠臣義士哉！我忠，我能，秦王焉得信也！」太子丹良久無言，最後說：「我欲為卿謀一祕密所在，專為祕事籌劃，卿意如何？」荊軻淡淡點頭說：「祕事多謀，該當如此。」

這片碧藍的大池，這片火紅的胡楊林，便成了一處神祕所在。

從那時開始，太子丹與荊軻默契得如同一個人。太子丹以王室名義，大肆修繕了上卿府邸，又經常賜予荊軻以尋常臣子根本不可能得到的太牢具，也就是太廟祭祀後的三牲祭品以及祭祀器具。太子丹又經常邀精通聲色犬馬，又與秦國駐燕特使頓弱相通的幾位大臣，每每到上卿府飲宴。其間，荊軻縱酒無度，高談闊論，全然一個仗恃燕王恩寵而揮霍無度的利祿豪士。於是，種種傳聞便在薊城的官場市井流傳開來。有人說，太子丹與荊軻遊東宮池，荊軻撿起瓦片投擲池中老鼃（蛙），太子立即賜給荊軻以金彈擊蛙。有人說，太子丹賞賜給荊軻一匹千里馬，荊軻說千里馬的馬肝最美，太子丹立即派人殺了千里馬，取出馬肝賞賜給荊軻。還有人說，太子丹邀樊於期與荊軻飲宴，美人鼓琴瑟，荊軻死死盯著鼓琴之手說：「好手也！」於是，太子丹立即下令剁去美人之手，盛在玉盤中賞給荊軻，連荊軻都驚訝得幾乎不敢接受了。凡此等等，都活靈活現地流傳開來。於是，燕國朝野有了一則民謠：

「蛙承金彈，馬成馬肝，美人妙手，竟盛玉盤。上卿之能乎，燕人之悲乎！」

「趙有郭開，燕有荊軻。天下悲哉！天下幸哉！」

秦國上卿頓弱的大笑喟歎，太子丹是許久之後才知道的。

太子丹佩服荊軻，也暗暗地佩服著自己。

垂簾輕車進入胡楊林時，荊軻正在一幅地圖前凝神沉思。

從薊城到咸陽，荊軻一路看去，思謀著諸般路途細節。目光掃過羊皮地圖上的濮陽，荊軻不禁輕輕一聲歎息。衛國的濮陽城，是荊軻的出生地。少年時的荊軻，自然而然地以為，濮陽是自己的祖地故鄉。然則，在荊軻十歲那年發生的一場變故，使荊軻再也不能將濮陽當作故里了。那年深秋的一個夜晚，老父親迎來了一個風塵僕僕白髮蒼蒼的尋訪者。兩位老人竟夜聚酒敘談，及至雞鳴刺破了秋霜濃霧，小荊軻起來做例行晨功，才看見老父親抱著一具嘴角流血的屍體坐在門前石墩上發呆。小荊軻驚訝莫名，卻也並沒有害怕，只默默地守在父親身旁。父親帶著小荊軻，以最簡單的葬禮，在濮陽郊野安葬了那個老人。當夜秋月明朗，一生節用的父親，竟然在後園設置了最隆重的三牲頭香案，帶著小荊軻肅然連番拜祭。小荊軻記得很清楚，父親念叨的祭文是祭祖上、祭父母、祭功臣、祭義士。祭奠完畢，父親指著天上的月亮，教小荊軻發誓：今夜之後，要將父親講說的故事永遠刻在心頭。小荊軻發誓罷了，父親便在明亮的月光下講說了一個漫長的故事。父親的話語平板得沒有任何起伏，然則，每一個字卻都如同釘子一般釘進了荊軻的心頭。

荊軻記住了其中每一個人物，每一個細節。

父親說，多年多年之前，楚國有個將軍名叫荊燕，因私放戰俘而獲罪，舉家被罰做官府奴隸。在將軍夫婦被賣給一家項氏世族後，主人在山坡竹林公然姦淫了已經是奴隸的將軍夫人。其時，一個名叫侯嬴的商旅義俠不期然撞見了這醜陋的一幕，殺了項氏主人，欲救將軍夫婦北上魏國。可是，將軍夫婦慮及舉族被殺，便將自己唯一的兒子交義士帶走，將軍夫婦當場雙雙撞死於山石之上。將軍的兒子叫荊南，已經被割去了舌頭，也是一個小奴隸。荊南隨侯嬴進入了魏國安邑，讀書習武之年，卻被墨家總院祕密相中祕密帶走。多年後，荊南又回到了侯嬴身邊。後來，商鞅進入秦國變法，因與侯嬴有交，侯嬴遂將一身卓絕劍術的荊南，舉薦給商鞅做了衛士。又是多年之後，商鞅蒙難，私妻白雪殉情。荊南奉商鞅囑託，為其善後，遂與白雪的侍女梅姑一起，帶商鞅白雪的兒子進入了墨家總院安身。後來，荊南與梅姑成婚，生下一個兒子叫荊墨。荊南夫婦便離開墨家，定居在了齊國。荊墨秉承父母遺訓，不入官，不經商，只以漁獵農耕為本。又是多年之後，荊墨生下一子，叫荊炌。後來，荊炌又生一子，叫荊雲。荊雲為人豪俠，又兼一身絕技，遂成齊東幾百里漁獵庶民排解糾紛疑難的軸心人物，號為魚鷹游俠。齊湣王暴政之時，荊雲率眾抗賦，被官府罰為終身刑徒苦役。便在荊雲與刑徒們密謀暴動之時，燕國大軍攻入齊國，要將全部刑徒押往燕國做苦役。正在此時，一個名叫呂不韋的商賈，為了建立自己的護商馬隊，重金救出了荊雲。後來，荊雲成了這個呂不韋的馬隊首領。再後來，呂不韋以商謀政，決意襄助在趙國做人質的秦國公子嬴異人逃回秦國。便在那次逃回秦國的路上，荊雲的馬隊義士為截擊追來的趙軍，全部戰死了……

「我是荊雲的兒子！你不是我父親！」

小荊軻驚人的機敏，將老父親大大嚇了一跳。

「聽我說。」老父親長吁一聲，又平板板地繼續說話。

父親說，荊雲的確是你的父親。你的母親名叫莫胡，原本是荊雲救出的一個女奴，後來一直跟隨荊雲在馬隊中長大。再後來，荊雲將聰敏的莫胡舉薦給呂不韋，做了呂不韋的貼身侍女。此前，莫胡曾經被呂不韋送給華月夫人做女掌事。做華月夫人女掌事期間，莫胡尋找到荊雲馬隊，與荊雲在密林篝火旁熾熱地野合了。不久，荊雲戰死，華月夫人也獲罪被殺。莫胡在豐京口山洞中，生下了一個兒子。因此山洞有一輛破舊的接軸戰車，所以母親給他取名荊軻。後來，莫胡母子都被呂不韋救回了府中。

「那我如何到得齊國慶氏邑？」

「聽我說。」老父親不再驚訝，繼續著他的平板話音。

父親說，齊國慶氏是公卿部族，當年的荊氏則是慶氏封地的最大庶族。自荊雲帶領封地各部族聚眾抗暴而失去蹤跡，荊氏族便與慶氏封主結下了仇怨。後來燕軍破齊，封主慶氏的老族人幾乎傷亡殆盡。田單復國後，殘存的慶氏與殘存的荊氏又走到了一起，重新回到故地，兩族仇恨也因為六年國破家亡的抗燕久戰而泯滅。荊氏族人便以封地「慶邑」為姓，融入了慶氏部族，號為新慶氏。多年之後，荊雲的故事流傳到齊國，新慶氏族長便派出父親帶領了幾個精幹族人進入秦國，探察荊雲有無血脈之傳。在咸陽幾經探察，終於清楚了：呂不韋府邸的女家老莫胡生的小荊軻，是荊雲的兒子（註：唐人司馬貞之《史記索隱》云：「軻先齊人，齊有慶氏，則或本姓慶。春秋慶封，其後改姓賀。次下以至衛而改姓荊。荊慶聲相近，故雖在國而異其號耳。」此謂一說，或來自傳聞）。

一個月黑風高的夜晚，小荊軻失蹤了。

……

「如此說，你是我叔父還是伯父？」

父親沒有回答，只說將小荊軻帶回齊國後的第三年，一相學之士偶見小荊軻，喟然一歎曰：「此子將驚絕天下，誠雄傑之冠也！」族長聞言，與族老們反覆計議，一致贊同給小荊軻找個名師打磨。後來，族長便派父親帶著小荊軻遊歷天下尋找名師了。父親聽說鬼谷子隱居河內某處大山，便帶著小荊軻在衛國濮陽住了下來。多年來，父親多方尋覓，都沒有找到鬼谷子的蹤跡。

……

「正在此時，那個老人來了？」

「對。」

「他是鬼谷子？」

「不。他是當年呂不韋商社的一個老執事。」

「他在找我？」

「對。一直在找，奉呂不韋之命。」

「他為何要死？」

「呂不韋一門皆死，他做完了最後一件事，心下安寧了。」

「最後一件事？他找見了鬼谷子？」

「不。老執事說鬼谷子已經歿了……」

「那我自己遊歷天下！」

「不。他要我帶你去吳越南墨。」

小荊軻不說話了，畢竟，父親的決斷他還無法評判高下。

次日，父親帶著小荊軻跋涉南下了。歷經大半年，他們終於憑著呂不韋老執事留下的密圖，找見了墨家最後的一支隱居士俠。父親將荊軻留在了墨家，便永遠地沒有消息了……十五年後，荊軻踏出了吳越大山，遍尋列國，竟再也沒有父親的蹤跡。從此，荊軻對吞沒了呂不韋以及自己親生父母的秦國，有了一種深深的仇恨。依天下大勢，荊軻清醒地知道，只有投奔秦國，才能建功立業。可是，依著墨家的獨立抗霸傳統，依著自己的仇恨之心，荊軻對秦王對秦國都有著一種很難說清楚的逆反之心。如此，荊軻多年漂泊，始終沒有遇到值得認真去做的一件事，直到燕國……

荊軻從來沒有想到，以經邦濟世為己任的他將成為一個刺客。

從心底說，無論專諸、要離、聶政、豫讓等一班刺客如何名動天下，荊軻都不會選擇刺客這條路。假如不是田光，不是太子丹，他決然不會有此一諾。當然，更根本的一點在於，假如所刺不是秦王，他決然不會接受這一使命。唯其是刺秦，唯其是除卻列國公敵而使天下重回戰國大爭之世，荊軻終於答應了。荊軻明於天下大勢，又對秦王嬴政作了多方揣摩，深深知道，秦王嬴政遠非尋常君王。且不說護衛之森嚴，畢竟，再森嚴的護衛在荊軻眼裡都是無足輕重的。荊軻在意的，是嬴政本人的稟性特質。秦王嬴政，雖不是軍旅出身的王子，但卻是少年好武且文武兩才皆極為出眾的通才，其機變明銳見事之快，天下有口皆碑。荊軻相信，無論六國人士如何咒罵嬴政，但沒有一個人敢於蔑視秦王嬴政的膽略才具。如此一個已經鼓起飀風而正在席捲天下的君王，要以之作為刺殺對象，荊軻不能不有所忐忑。儘管戰國歷史上曾經有過曹沫、毛遂、藺相如等不惜血濺五步而脅迫會盟君王的先例，但在荊軻看來，那不過是一種彼此會心的認真遊戲而已；與其說是名士膽略的成功，毋寧說是會盟君王有意退讓；畢竟，君王會盟的宗旨是結盟成功，諸多難堪的讓步包藏進突然而來的脅迫之中，不亦樂乎！刺殺秦王則不同，那是真實地要取秦王嬴政的性命，要掀翻業已形成勢頭的天下格局，要中止秦國大軍的隆隆戰車。這一切，都寄希望於一支短短的匕首，當真是談何容易！然則，唯其艱難，唯其渺茫，唯其事關天下，荊軻胸中之豪氣才源源不斷地被激發出來。甚或可以說，假如沒有如此艱難渺茫，荊軻根本不會做這個刺客。

荊軻的籌劃是極其縝密的。

第一要件，是絕世利器。荊軻將田光獻出的徐夫人匕首交給了太子丹，請太子丹祕密物色了最出色的工匠，給徐夫人匕首鋒刃淬入劇毒。匕首淬成那日，太子丹請荊軻趕赴密室勘驗。三個行將被斬的匈奴人犯被押進密室時，太子丹沒有將匕首交給荊軻。太子丹自己執著匕首，站在五步之外，對三名人高馬大的匈奴壯漢一掠而過。荊軻清楚地記得，一道碧藍清冷的光芒閃過，三名壯漢的胳膊立即滲出一道暗紅的血印，三名尚在兀自哈哈大笑的壯漢瞬間轟然倒地，一個響亮急促的打嗝聲，三張面孔一臉青黑陡然死亡！看著那猙獰無比的面孔，生平第一次，荊軻心頭猛然劇烈地跳動了。那一刻，他分明看見了頭戴天平冠的秦王嬴政轟然翻倒在地……荊軻接過徐夫人匕首，二話沒說便走了。

第二要件，是能夠踏上咸陽大殿，並能被秦王親自召見的大禮。邦國之間，最大的禮物便是土地。太子丹本意，是要將與秦國雲中郡相鄰的全部畜牧之地八百里，獻給秦國為禮物。荊軻說不行，那是燕國事實上已經不能有效控制的地域，作偽之象一目了然；要獻地，只能是燕南之地。燕南之地，是燕國易水之北、薊城之南的最為豐腴的平原丘陵地帶，也就是後來的廣陽郡。這燕南之地，原本是古老的薊國土地，古地名叫作督亢。春秋時期，燕國吞滅薊國之後，燕國中心從遼東地帶遷入薊國，薊城便做了燕國都城。從此，燕國有了兩翼伸展的兩大塊沃土根基：西南曰燕南，東北曰遼東。遼東雖肥，卻失之寒冷，漁獵農耕受制頗多。燕南之地氣候溫潤多雨，土地肥沃宜耕，便成為最為金貴的腹心糧倉。燕國能立足戰國之世，十有八九是燕南之地的功勞。

太子丹雖然大為心痛，最終還是贊同了。

荊軻立即下令亞卿署、境吏署、御書署（註：三署皆燕國官職：亞卿執掌實際政務，境吏掌邊境，御書掌文書）繪製新的燕南地圖。對這卷地圖，荊軻親自做了精心籌劃，提出了製作樣式：粗糙牛皮繪製，貼於三層絹帛之上，兩端銅軸，作舊作古；製成之後，裝於一尺三寸寬、三尺六寸長的銅匣之中。對於地圖繪製之法，荊軻提出了一個獨特的要求：地圖名稱用古稱——督亢地圖，地圖中所有的地名與畫法，必須使用最古老的春秋燕國時期的名稱與尺寸；總之，要做到不經解說，無人看得明白。此圖之外，荊軻提出，再製一幅材質尋常而內容相同的地圖，只是尺寸稍小。太子丹對荊軻的種種奇特要求大是疑惑，卻也一句話沒說，只下令一切依上卿之令行事。如此一來，這幅督亢地圖竟整整製作了半年，方才完工。交圖之日，荊軻邀來太子丹，在密室中將徐夫人匕首脫鞘，小心翼翼地放置進地圖捲起，而後捧起捲成筒狀的地圖，豎在胸前輕輕搖動一陣，見無異狀，這才長吁了一聲。

「粗糙牛皮帶住了匕首，不使其滑脫，妙！」太子丹一陣大笑。

「刺客之要，細務絲毫不得有差。」

荊軻面無表情地對太子丹講述了諸般謀劃奧祕，樁樁小事件件有心，將素來機警過人的太子丹聽得目瞪口呆。最後，荊軻說了專諸刺僚的故事，一聲感喟道：「以魚腹藏魚腸劍而蒸之，將一道蒸魚呈現於案而內藏短兵，此千古奇思妙想也！刺秦者，曠古之舉也。若無奇謀妙算，豈非兒戲哉？」

太子丹對荊軻佩服得五體投地了。

然則，對荊軻提出的另一件大禮，太子丹遲遲不能決斷。

這件大禮，是秦將樊於期的人頭。

對於一個富強的燕國，一個久經沙場的大將的意義是不言自明的。可是，對於瀕臨絕境的燕國，樊於期卻幾乎是毫無用處的。以老太傅鞠武的說法，反倒是個禍根。雖則如此，太子丹畢竟是個歷經坎坷而守信重義的王子，交出一個絕路來投者的人頭，對任何一個戰國豪俠之士，都是不可忍受的折節屈辱。尤其，對於以養士著稱的王子公子，更是難以接受的。戰國四大公子名滿天下，其最大的感召力便是豪俠義氣。孟嘗君一無大業，名頭卻響噹噹震動天下，其軸心，其根基，便是重士尚義。當此戰國之風，要教太子丹這樣一個義氣王子交出樊於期的人頭給秦王，無異於毀了太子丹在天下立足的根基，太子丹的痛苦是必然的。凡此等等，荊軻自然是再清楚不過。然則，荊軻相信，樊於期不是愚昧顢頇之人，他一定會明白全大義而必得犧牲小義這番道理。荊軻本欲親自造訪樊於期，然思忖一番，還是先行告知了太子丹。

「樊將軍末路投我，安忍以己之用而傷長者，願先生另謀之！」

太子丹明確地拒絕了。荊軻也就心安了。

踏進樊於期的祕密寓所時，荊軻是平靜的。荊軻說：「秦國與將軍有厚恩，而將軍叛之。秦王殺將軍舉族，又出重金、封地，懸賞將軍人頭。將軍孤身漂泊，如之奈何？」樊於期唏噓流淚說：「老夫每念及此，常痛於骨髓也！所難處，生趣全失，復仇無門，惶惶不知何以自處耳！」荊軻坦然地說：「若有一舉，既可解燕國之患，又可復將軍之仇，將軍以為如何？」樊於期頓時目光大亮，急促膝行而前問道：「此舉何舉？」荊軻平靜地說出了自己謀劃，末了道：「此中之要，荊軻須得以秦王所欲之物，而能面見秦王。太子不忍。荊軻相信將軍之明察。」樊於期默然良久，站起身來，對荊軻深深一躬道：「幸聞得教也！」說罷，樊於期坦然跪坐，一口長劍當頸抹過，一顆雪白的頭顱滾到了荊軻腳下……荊軻一眼瞥見了樊於期脖頸極是整齊的切口，不禁長吁了一聲——沒有坦然的心境，沒有穩定的心神，一個人的自裁斷不會有如此的乾淨利落。

那一刻，荊軻真正佩服了這個身經百戰的秦國老將。

樊於期的人頭，裝進了一方特為打磨的玉匣。

太子丹聞訊趕來，整整痛哭了兩個時辰，連聲音都嘶啞了。

荊軻特意訂製了一顆玉雕人頭，使太子丹能以大禮安葬樊於期。

第三要件，是物色同行副使。荊軻清楚地知道，刺秦，實則赴死；無論成與不成，刺客本人幾乎都是必死無疑。刺殺未遂，死是必然的。刺殺成功，你能逃得出大咸陽的千軍萬馬麼？唯其如此，同行副使與其說是邦交禮儀之必須，毋寧說是士俠赴死之同道。對於如此重大的刺客使命，荊軻所需的同道無須多麼高深的劍術功夫。劍術之能，荊軻深信自己一人足以勝任。同道之要，在於心神沉靜，而不使秦國朝堂見疑而已。若能心智機警，相機能助一臂之力，自然是上之上矣！反覆思忖，荊軻選定了自己與高漸離的好友宋如意。

宋如意是衛國人，自幼生於桑間濮上的樂風彌漫之地，生性豪放不羈，好劍，好樂，好讀書，平生不知畏懼為何物。宋如意與高漸離，是荊軻遊遍天下結識的兩個知音。去冬三人聚酒，當荊軻吐出了這個祕密時，宋如意立即一陣大笑：「咸陽宮一展利器，血濺五步，天下縞素，人生極致也！快哉快哉！」高漸離卻痛苦地皺起了眉頭道：「早知今日，漸離當棄筑學劍也！」三人一陣哈哈大笑。火焰般的胡楊林彌漫著淡淡的輕霜薄霧，三人將散之時，宋如意說他要回一趟濮陽，開春之時歸來。荊軻知道，宋如意要回去對自己的父母妻兒做最後的安置，甚話沒說便送宋如意上路了。

雪消了，冰開了，宋如意將要回來了。

荊軻知道，自己上路的時刻也將到了。

……

「先生，秦軍已經逼近易水了！」

太子丹的匆匆腳步與驚恐聲音，使荊軻皺起了眉頭。平心而論，荊軻對太子丹的定力還是有幾分讚賞的，這也是他能對太子丹慨然一諾的因由之一。士俠謀國，主事者沒有驚人的定力，往往功敗垂成。

「太子何意？」荊軻擱下了手中地圖，眉頭還是緊緊地皺著。

「再不行事，只怕晚矣！」

「太子要荊軻立即上路？」

「先生！燕國危矣！……」太子丹放聲痛哭。

「太子是說，決意要荊軻起程也。」

「先生！丹知你心志未改……然則，沒有時日了！」

荊軻長吁一聲，冷冰冰板著臉，顯然不悅了。

「先生副使，遣秦舞陽可也。」太子丹的催促之意毫無遮掩。

「太子能遣何人？」荊軻終於憤怒了，「秦舞陽無非少年殺人，狂徒豎子而已！縱然去了，亦白送性命！提一匕首而入強秦，若能殺人者皆可，何須荊軻哉！」荊軻怒吼著。太子丹不說話了。猛然，荊軻也不說話了。沉默良久，荊軻長歎一聲道：「我之本意，要等一個真正堪當大任者，好同道上路也。今日，太子責我遲之。荊軻決意請辭，後日起程。」

太子丹抹著眼淚深深一躬，嘴角抽搐得好一陣說不出話來。

第三日五更雞鳴，白茫茫薄霧彌漫了薊城郊野，三月春風猶見料峭寒意。待特使車馬大隊開出薊城南門，荊軻已經完全平靜了。看著副使後車威猛雄壯的秦舞陽似一尊石柱矗立在戰車緊緊抱著銅匣的模樣，荊軻一時覺得頗是滑稽。太子丹心思周密，三更時分送來一簡，說為避秦國商社耳目，已經與一班大吏及高漸離等，先行趕到易水河谷去了。上卿出使秦國，堂堂正正送別全然正道。荊軻不明白太子丹為何一定要趕到易水去，而且約定了一處隱祕的河谷作餞行之地。倉促上路，荊軻心緒有些不寧，也不願意去揣摩此等小事了。一過十里郊亭，荊軻立即下令車馬兼程飛馳。

堪堪暮色時分，終於抵達了事先約定的易水河谷。

荊軻在青銅軺車的八尺傘蓋下遙遙望去，只見血紅的殘陽下一片白衣隨風舞動，心頭不禁怦然一動。及至近前，卻見河谷小道邊一片白茫茫人群——太子丹與知道這件事的心腹大吏們人人是一身白衣一頂白冠，肅然挺立著等候。遙見車馬駛來，所有人都是深深一躬。突然，荊軻眼前浮現出為樊於期送葬的情形，那日，太子丹人等也是這般白衣白冠……

一路麻木驟然驚醒，荊軻心頭驀然湧起一種莫名的悲壯之情。生平第一次，荊軻眼角湧出了一絲淚水。荊軻一躍下車，對著太子丹與所有的送別者深深一躬，一拱手一陣大笑道：「諸位活祭荊軻，幸何如之也！」

可是，沒有一個人跟著笑，河谷寂靜得唯有蕭蕭風聲。終於，一位大吏顫抖的高聲劃破了死一般的沉靜：「太子，為先生致酒壯行——」太子丹捧起了一尊碩大的銅爵，肅然一躬，送到了荊軻面前。荊軻大笑道：「荊軻生於人世，從來未曾祭祖……今日這酒，敬給祖宗了！」一句話未了，荊軻猛然哽咽，及至一爵百年燕酒嘩嘩灑地，荊軻的大滴淚水也情不自禁地打到了地上。淚水湧流的片刻之間，荊軻心頭一震，舉起大袖一抹而過，及至抬起頭來，已經又是豪俠大笑的荊軻了。

叮咚一聲，高漸離的渾厚筑音奏響了。

高漸離沒有說一句話，只對著荊軻掃了一眼。

那是一簇閃亮的火焰！荊軻心頭驟然一熱，激越的歌聲便撲滿了河谷。

「風蕭蕭兮易水寒，壯士一去兮不復還——」

高漸離的激越筑音，猶如戰鼓激盪著荊軻。在太子丹與送行者們的悲壯和聲中，荊軻不能自已地反覆唱著，悲涼淒然處，如同吟唱自己與世間的無盡苦難，太子丹與大吏們都哭成了一片；慷慨激越處，氣貫長虹如同勇士臨陣搏殺，所有的送別者都怒目圓睜，鬚髮撲上了頭頂白冠……

歌聲還在迴盪的時候，荊軻大步轉身登車。

荊軻一跺車底，轀車轔轔去了。

哭聲風聲縈繞耳畔，荊軻再也沒有回頭。

四、提一匕首欲改天下　未嘗聞也

若非李斯尉繚，秦王嬴政對燕國獻地實在沒有興致。

三個月前，頓弱的信使飛馬報來消息：燕國迫於秦國大軍滅趙威勢，太子丹與上卿荊軻力主向秦國獻上燕南之地，以求訂立罷兵盟約。當時，嬴政只笑著說了一句，太子丹不覺得遲了麼？再也沒有過問。嬴政很清醒，即便弱小如韓國，滅亡之際也是百般掙扎，況乎燕國這樣的八百年老諸侯，割地云云不過緩兵之計而已，不能當真。及至開春，王翦大軍揮師北上兵臨易水，頓弱又是一函急書稟報：太子丹正式知會於他，申述了燕國決意割地求和的決策，不日將派上卿荊軻為特使趕赴秦國交割土地，懇望秦軍中止北進。頓弱在附件裡說了自己的評判：「燕之獻地，誠存國之術也。然則，秦之滅國，原在息兵止戰以安天下，非為滅國而滅國也！唯其如此，臣以為：秦軍臨戰，未必盡然揮兵直進，而須以王師弔民伐罪之道，進退有致。今，燕國既願獻出根基之地求和，當緩兵以觀其變。若其有詐，我大軍討伐師出有名也！」嬴政看得心頭一動，立即召來王綰、李斯、尉繚三人會商。王綰、李斯贊同頓弱之策，認為可緩兵以待。尉繚於贊同之外，另加提醒道：「燕國獻地，必有後策跟進。我須有備，不能以退兵作緩兵。君上下書王翦，不宜用緩兵二字，只云『隨時待命攻燕』即可。」嬴政欣然點頭。於是，君臣迅速達成一致。嬴政立即下令蒙毅，依照尉繚之說下書王翦，令易水大軍屯駐待命。

旬日之後，頓弱信使又到。

這次送來的，是太子丹親手交給頓弱的燕南地圖。頓弱書簡說，上卿荊軻已經在踏勘燕南之地，一俟地圖與實地兩相核準，立即赴咸陽獻地立約。嬴政當即打開了地圖，卻看得一頭霧水不明所以，立即召來了執掌土地圖籍的大田令鄭國求教。鄭國端詳一番，指點著地圖道：「此圖，乃春秋老燕國初滅薊國時之古圖。圖題『督亢』兩字，是當年薊國對燕南地之稱謂。督，中央之意也。督亢者，中央高地之謂也。此地有陂澤大水，水處山陵之間，故能澆灌四岸丘陵之沃土，此謂亢地。此地又居當年薊國之中央腹心，此謂督。故云，督亢之地。」嬴政不禁笑道：「分明是今日燕南之地，卻呈來一幅古地圖，今日燕國沒有地圖麼？」鄭國素來不苟言笑，黑臉皺著眉頭道：「此番關節，老臣無以揣摩。也許是燕國丟不下西周老諸侯顏面，硬要將所獻之地說成本來便不是我的……老臣慚愧，不知所以！」嬴政聽得哈哈大笑道：「也許啊，老令還當真說中了。老燕國，是死要顏面也！」可是再看地圖，連鄭國也是一頭霧水了。這幅地圖的所有地名，都是不知所云的一兩個古字，水流、土地、山塬，黑線繁複交錯，連鄭國這個走遍天下的老水工也不明所以了。鄭國只好又皺起眉頭，指點著地圖連連搖頭道：「怪亦哉！天下竟有此等稀奇古圖？老臣只知，此處大體是陂澤。其餘，委實不明也。」嬴政心頭猛然一動，吩咐趙高立即召李斯尉繚前來會商。不料，李斯看得嘖嘖稱奇，尉繚看得緊鎖眉頭，還是看不明白。兩個不世能才，一個絕世水工，再加嬴政一個不世君王，竟然一齊瞪起了眼睛。

「天外有天也！老燕國在考校秦國人才？」嬴政呵呵笑了。

「豈有此理！這般鬼畫符，根本不是地圖！」

老尉繚點著竹杖憤憤一句，話音落點，竟連自己也驚訝了。誠如尉繚憤然不意之言，豈不意味著這裡大有文章？果然大有文章，又當是何等奧祕？一時之間，君臣四人都愣住了。李斯拍著書案兀自喃喃道：「燕國瀕臨絕境，莫不是上下昏頭，圖籍吏將草圖當作了成圖？」鄭國立即斷然搖頭道：「不會。此圖劃線很見功力，毫無改筆痕跡，精心繪製無疑，豈能是草圖？」尉繚一陣思忖，疑惑不定道：「燕人尚義，不尚詐，此舉實在蹊蹺之極。」嬴政看著三個能才個個皺眉，不禁哈哈大笑道：「不說這鬼畫符了，左右是他要獻地，我不要便了。」李斯搖頭道：「王言如絲，其出如綸。既已回覆燕國，接受獻地還是該當也，不能改變。」尉繚篤篤點著竹杖道：「更要緊者，此中奧祕尚未解開，不能教他縮回去。」嬴政疑惑道：「先生如何認定，此間定有奧祕未解？」尉繚道：「兵諺云，奇必隱祕。如此一幅古怪地圖，誰都不明所以，若無機密隱藏其中，不合路數也。」嬴政不禁大笑道：「他縱有鬼魅小伎，我只正兵大道，他能奈何！知會燕國，教他換圖，否則不受獻地。」

正在此時，蒙毅匆匆進來，又交來頓弱一函急件。打開讀罷，君臣五人立即沸騰起來。頓弱信使帶來的消息是：燕國將交出叛將樊於期人頭，由上卿荊軻連同督亢之地的古圖原件一起交付秦國。假如說，此時的秦國對於土地之需求，已經在統一天下的大業開始後變得不再急迫，那對於以重金封地懸賞而求索的叛國大將的人頭，則是迫切渴望的。秦之戰國史，樊於期叛國對秦國秦人帶來的恥辱，可以說絲毫不亞於嫪毐之亂帶給秦國朝野的恥辱。尤其是秦王嬴政，對於王弟成蛟的叛國降趙與樊於期的叛國逃燕，刻刻不能釋懷，視為心頭兩大恨。嬴政早已下令蒙恬：若樊於期逃往匈奴，立即捕殺！嬴政也同時下令王翦：滅燕之後第一要務，捕獲樊於期！嬴政之心，只有在咸陽對樊於期明正典刑，才能一消此恨。頓弱曾經請命秦王，要在薊城祕殺樊於期。嬴政毫不猶疑地制止了。嬴政發下的誓言是：「非刑殺叛將，不足以明法！非藏叛之國殺叛將，不足以正義！樊於期若能逃此兩途，天無正道也！」

而今，樊於期由賴以隱身的燕國殺了，嬴政的心情是難以言表的。

「誅殺叛將，燕國之功也！秦國之幸也！」

嬴政奮然拍案感喟，當即決斷：接受燕國獻禮，休戰盟約事屆時會商待定。李斯尉繚也毫不猶豫地贊同了。秦國君臣的決策實際上意味著，已經給燕國的生存留下了一線生機。因為，從實際情勢而言，秦國君臣當時對於一統天下，還沒有非堅持不可的一種固定模式，而是充分顧及到諸侯分立數百年的種種實際情形，對滅國有著不同的方略準備。以戰國歷史看：大國之間即或強弱一時懸殊，也沒有出現過滅國的先例；唯一的滅國之戰，是樂毅攻齊而達到破國，終究還是沒有滅得了齊國。秦國之強大，及其與山東六國力量對比之懸殊，雖然遠遠超過當年的燕齊對比，然則以一敵六，誰能一口咬定對每個大國都能徹底滅之？唯其如此，秦國從對最弱小的韓國開始，便沒有中斷過邦交斡旋，更沒有一味地強兵直進。對趙國燕國，更是如此。從根本上說，燕國若真正臣服，並獻出腹心根基之地，秦國也不是不能接受的。畢竟，此時的秦國君臣，還不是滅掉韓趙燕魏之後的秦國君臣，堅定的滅國方略還沒有最終清晰地形成。如今燕國獻地求和，又要交出降將人頭，不惜做出對於一個大國而言最有失尊嚴的臣服之舉，秦國君臣的接納，便是很容易做出的對應之策。

「東出以來，君上首次面見特使，當行大朝禮儀。」李斯鄭重建言。

「彰顯威儀，布秦大道，以燕國為山東楷模。」尉繚欣然附議。

「一統天下而不欺臣服之邦，正理也。」老成敦厚的鄭國也贊同了。

嬴政當即欣然下書：著長史李斯領內史署、咸陽署、司寇署、衛尉署、行人署、屬邦署、宗祝署、中車府等官署，於旬日之內擬定一切禮儀程序，並完成全部調遣，以大朝之禮召見燕使。李斯受命，立即開始了忙碌奔波。尋常大朝會，儘管也是李斯這個長史分內之事，然卻不須動用如此之多的官署連同籌劃。此次之特殊，在於大朝會兼受降受地受叛將人頭，實際是最為盛大的國禮。李斯不是單純的事務大臣，非常清楚這次大朝國禮的根本所在：若能在此次大朝會確定燕國臣服之約，實際便是不戰而屈人之兵，以最穩妥平和的方式統一了燕國。唯其如此，種種禮儀程序之內涵，自然要大大講究了。李斯的統籌調遣之能出類拔萃，三日之內，各方有條不紊地運轉起來：內史郡，職司部署關中民眾道迎燕國特使；咸陽令，職司都城民眾道迎，並鋪排城池儀仗；司寇署，限期清查流入秦國的山東盜賊，務期不使燕國特使受到絲毫挑釁威脅；衛尉署，部署王城護衛，並鋪排王城兵戈儀仗，務期彰顯大國威儀；執掌邦交的行人署、執掌夷狄的屬邦署，職司諸般迎送程序與特使之起居衣食；中車府，籌劃調集所需種種車輛，尤其是秦王王車之修繕裝飾；宗祝署，確定大朝之日期、時辰，並得籌劃秦王以樊於期人頭祭拜太廟的禮儀程序。凡此等等，李斯都辦理得件件縝密，無一差錯。

旬日未到，諸般妥當。

在第八日的晚上，李斯在秦王書房的小朝會上作了備細稟報。嬴政對李斯的才具又一次拍案讚歎，沒有任何異議便點頭了。尉繚卻突然一笑道：「對時日吉凶，老太卜如何說法？」李斯不禁眉頭一聳，道：「唯有此事，使人不安。老太卜占卜云：吉凶互見，卦象不明。」嬴政一笑道：「大道不占，兩卿何須在心也。」尉繚兀自嘮叨道：「吉凶互見，究竟何意？以此事論之，何謂吉？何謂凶？」李斯道：「吉，自然是盟約立，諸事成，一無意外。凶，則有種種，難於一言論定。」尉繚搖著白頭良久思忖，突然一點竹杖道：「那個特使，名叫甚來？」李斯道：「荊軻，燕國上卿。頓弱說，其人幾類趙國之郭開。」尉繚頗顯神祕的目光一閃，笑道：「荊軻荊軻，這個『荊』字，不善也。」李斯心頭一動道：「老國尉何意？不妨明言。」尉繚緩緩搖著白頭道：「荊者，草側伏刃，草開見刀，大刑之象。其人，不祥也。」嬴政不禁一陣大笑道：「先生解字說法，荊軻豈非一個刺客了？」尉繚平板板道：「兵家多講占候占象，老臣一時心動而已。」李斯道：「論事理，燕國不當別有他心。試想，荊軻當真做刺客，其後果如何？」嬴政連連擺手道：「笑談笑談！太子丹明銳之人，如何能做如此蠢事？果然殺了嬴政，燕國豈不滅得更快？」尉繚道：「論事理，老臣贊同君上、長史之說。然則，卦象字象，也非全然空穴來風。老臣之意，防人之心不可無，還是謹慎為好。」李斯道：「老國尉之見，大朝部署有疏漏？」尉繚道：「秦國大朝會，武將歷來如常帶劍。」李斯立即接道：「對！然則，這次大朝會，改為朝臣俱不帶劍。意在與山東六國同一，彰顯秦國大道文明。」尉繚正要說話，嬴政頗顯煩躁地一揮手：「不說不說！天下大道處處順乎小伎，秦國還能成事麼？燕王喜、太子丹若真是失心瘋，嬴政聽天由命。」

秦王煩躁，李斯尉繚也不再說話了。

「君上，新劍鑄成了。」正在此時，趙高輕步進來了。

「國尉老兵家，看看這口劍如何？」嬴政顯然在為方才的煩躁致歉。

趙高恭敬地捧過長劍道：「君上那口短劍，刃口殘缺太多，這是尚坊新鑄之秦王劍。」尉繚放下竹杖，拿起長劍一掂，老眼驟然一亮！這口長劍，青銅包裹牛皮為劍鞘，三分寬的劍格與六寸長的劍柄皆是青銅連鑄而成，劍身連鞘闊約四寸、長約四尺、重約十斤，除了劍格兩面鑲嵌的兩條晶瑩黑玉，通體簡潔乾淨，威猛肅穆之氣非同尋常。尉繚一個好字出口，右手已經搭上劍格，手腕一用力，長劍卻紋絲未動。趙高連忙笑道：「這是尚坊鑄劍新法，為防劍身在車馬顛簸中滑出劍鞘，暗箝稍深了半分。」尉繚再一抖腕，只聽鏘然一陣金鐵之鳴，一道青光閃爍，書房銅燈立即昏暗下來。

「老臣一請。」尉繚捧劍起身，深深一躬。

「好！此劍賜予國尉！」嬴政立即拍案。

「老臣所請：君上當冠劍臨朝，會見燕使，以彰大秦文武之功！」

嬴政一陣愣怔，終於大笑道：「好！冠劍冠劍，好在還是三月天。」

「冠劍臨朝，此後便作大朝會定規。如何？」李斯委婉地附議尉繚。

「這次先過了。再說。」嬴政連連搖手，「威風是威風了，可那天平大冠、厚絲錦袍、高靴、十斤重一口長劍，還不將人活活悶死？兩卿，能否教我少受些活罪也！」眼見秦王少年心性發作，窘迫得滿臉通紅，李斯尉繚不禁大笑起來。

三月下旬，燕國特使荊軻的車馬終於進了函谷關。

一路行來，荊軻萬般感慨。整肅的關中村野，民眾忙於春耕的勃勃蒸騰之氣，道邊有序迎送特使的婦幼老孺，整潔寬闊的官道，被密如蛛網的鄭國渠的支渠毛渠分隔成無數綠色方格的田疇，都使荊軻對「誅秦暴政」四個字生出了些許尷尬。然則，當看到驪山腳下一群群沒有鼻子的赭衣刑徒，在原野蠕動著勞作時，「秦人不覺無鼻之醜」這句話油然浮上心頭，荊軻的一腔正氣又立即充盈心頭。一個以暴政殺戮為根基的國家，縱然強大如湘水怪蛟，荊軻都是蔑視的，都是註定要奮不顧身地投入連天碧浪去搏殺的。及至進入咸陽，荊軻索性閉上了眼睛，塞上了耳朵，不再看那些令他生出尷尬的盛景，不再聽那些熱烈木訥而又倍顯真誠的喧囂呼喊。一直到轀車駛進幽靜開闊的國賓館舍，一直到住定，一直到秦舞陽送走了那個赫赫大名的迎賓大臣李斯，荊軻才睜開眼睛扒出耳塞，走進池邊柳林閒晃去了。

當晚，丞相王綰要為燕國特使舉行洗塵大宴，荊軻委婉辭謝了。

秦舞陽高聲嚷嚷著，顯然不高興荊軻拒絕如此盛大的一場夜宴。可荊軻連認真搭理秦舞陽的心情都沒有，只望著火紅的落日，在柳林一直佇立到幽暗的暮色降臨。晚膳之後，那個李斯又來了。李斯說，咸陽三月正是踏青之時，郊野柳絮飛雪可謂天下盛景，上卿要否踏青一日？荊軻淡淡一笑，搖了搖頭。於是，李斯又說，上卿既無踏青之心，後日卯時大朝會，秦王將以隆重國禮，接受燕國國書及大禮。荊軻點了點頭，便打了一個長長的哈欠。李斯說，上卿鞍馬勞頓，不妨早早歇息。一拱手，李斯悠悠然去了。

次日正午，李斯又來了。這次，李斯只說了一件事：燕國要割地、獻人、請和，是否有已經擬定的和約底本事先會商？抑或，要不要在覲見秦王之後擬定？荊軻這才心頭驀然一驚：百密一失，他竟然疏忽了邦交禮儀中最為要緊的盟約底本！畢竟，他的公然使命是為獻地立約而來的。雖然如此，荊軻畢竟機警過人，瞬息之間，做出一副沉重神色道：「燕為弱邦，只要得秦王一諾：燕為秦臣，餘地等同秦國郡縣，萬事安矣！若燕國先行立定底本，秦國不覺有失顏面乎？」李斯笑道：「上卿之言，可否解為只要保得燕國社稷並王室封地，則君臣盟約可成？」荊軻思忖道：「不知秦王欲給燕國留地幾多？」李斯道：「不知燕王欲求地幾多？」荊軻佯作不悅道：「燕弱秦強，燕國說話算數麼？」李斯一拱手道：「既然如此，容特使覲見秦王之後，再議不遲。」

李斯走了。荊軻心頭浮起了一絲不祥的預感。

三月二十七清晨卯時，咸陽宮鐘聲大起。

秦國鋪排了戰國以來的最大型禮儀——九賓之禮，來顯示這次秦燕和約對於天下邦交的垂範。九賓之禮，原本是周天子在春季大朝會接見天下諸侯的最高禮儀。《周禮．大行人》云：「（天子）春朝諸侯而圖天下之事……以親諸侯。」所謂九賓，是公、侯、伯、子、男、孤、卿、大夫、士，共九等賓客。其中，前四等賓客是諸侯，後五等賓客是有不等量封地的各種大臣朝官。九賓之禮繁複紛雜，僅對不同賓客的作揖的方式，就有三種：天揖、時揖、土揖，非專職臣工長期演練，不足以完滿實現。及至戰國，歷經春秋時期禮崩樂壞，這種繁複禮儀，已經不可能全數如實再現。李斯總操持此次大禮，之所以取九賓大禮之名，實際所圖是宣示秦國將一統天下、秦王將成為天下共主（天子）的大勢，所以將接見燕王特使之禮儀，賦予了「天子春朝諸侯，而圖天下之事」的九賓大禮意涵。就其實際而言，無非是隆重地彰顯威儀，顯示秦國將王天下的氣象而已，絕非如儀再現的周天子九賓之禮（註：《史記正義》劉云：「設文物大備，即謂九賓，不得以周禮九賓義為釋。」是為切實之論）。

李斯準時抵達國賓館舍，鄭重接出了荊軻與秦舞陽。

一支三百人馬隊簇擁著三輛青銅軺車，轔轔駛出館舍駛過長街時，咸陽民眾無不肅然駐足，燕使萬歲的喊聲此起彼伏不絕於耳。後車的秦舞陽，亢奮得眉飛色舞。八尺傘蓋下的荊軻，卻又一次閉上了眼睛。軺車進入王城南門，丞相王綰率領著一班職司邦交的行人署大吏，在白玉鋪地的寬闊車馬場彬彬有禮地迎接了荊軻。王綰在呂不韋時期原本便是行人，如今雖已鬢髮灰白，卻有著當年呂不韋的春陽和煦之風，對荊軻拱手禮略事寒暄，又一伸手作請，笑道：「群臣集於正殿，正欲一睹上卿風采，敢請先行。」荊軻這才第一次悠然一笑，一拱手道：「丞相請。」王綰笑道：「上卿與老夫同爵，老夫恭迎大賓，豈可先行？上卿請。」若依著九賓之禮，每迎每送都要三讓三辭而後行。故此，兩人略事謙讓，原是題中應有之意，並非全然虛禮。荊軻遂不再說話，對著巍巍如天上宮闕的咸陽宮正殿深深一躬，轉身對秦舞陽鄭重叮囑一句道：「副使捧好大禮，隨我覲見秦王。」

荊軻肅然邁步，一腳踏上了丹墀之地。

丹墀者，紅漆所塗之殿前石階也。春秋之前，物力維艱，殿前石階皆青色石條鋪就，未免灰暗沉重，故此塗紅以顯吉慶也。戰國末期，秦國早已富強，咸陽王城的正殿石階是精心遴選的上等白玉，若塗抹紅漆，未免暴殄天物。於是，每有大典大賓，咸陽宮正殿前的白玉石階便一律以上等紅氈鋪之，較之紅漆尤顯富麗堂皇。此風沿襲後世，始有紅地毯之國禮也。此乃後話。

荊軻踏上丹墀之階，雖是目不斜視，卻也一眼掃清了殿前整個情勢。秦國的王城護軍清一色的黑色衣甲青銅斧鉞，肅立在丹墀兩廂，如同黑森森金燦燦樹林，凜凜威勢確是天下唯一。荊軻對諸般兵器的熟悉，可謂無出其右，一眼看去，便知這些禮儀兵器全都是貨真價實的銅料，上得戰場雖顯笨拙，單人撲殺卻堪稱威力無窮。僅是那一口口三十六斤重、九尺九寸長的青銅大斧，任你鋒利劍器，也難敵其猛砍橫掃之力。驀然之間，荊軻心頭一動！秦王殿前若有兩排青銅斧鉞，此事休矣……

「我的髮簪——」正在此時，身後一聲驚恐叫喊。

荊軻猛然回身，不禁大為驚愕。

秦舞陽四寸玉冠下的束髮鐵簪，正如一支黑色箭鏃直飛一根石柱，叮啪一聲大響，牢牢吸附在石柱之上！頓時，秦舞陽一頭粗厚的長髮紛亂披散，一聲驚叫爛泥般癱在了厚厚的紅地氈上瑟瑟發抖，緊緊抱在懷中的銅匣也發出一陣突突突的怪異抖動。與此同時，丹墀頂端的帶劍將軍一聲大喝：「查驗飛鐵！特使止步！」兩廂整齊的一聲吼喝，兩排青銅斧鉞森森然鏗鏘交織在丹墀之上，罩在了荊軻與秦舞陽頭頂。

電光石火之間，荊軻正要一步過去接過突突響動的銅匣。王綰一步搶前一揮手道：「殿前武士，少安毋躁！」轉身對荊軻笑道，「此乃試兵石，磁鐵柱也。當年，商君為校正劍器箚合是否適當，立得此石。凡帶劍經過，而被磁鐵吸出劍器者，皆為廢劍。不想今日吸出副使鐵簪，誠出意外也。上卿見諒，副使見諒。」堪堪說罷，後來的李斯已經上前，一伸手要來扶秦舞陽起身。秦舞陽面色青白，慌亂得連連揮手道：「不不不，不要……」王綰李斯與一班吏員不禁笑了起來。荊軻早已經平靜下來，笑著看看秦舞陽，對王綰李斯一拱手道：「丞相長史，見笑。北蕃蠻夷之人，未嘗經歷此等大國威儀，故有失態也。」又轉身對秦舞陽一笑揶揄道，「自家起身，莫非終歸扶不起哉！」秦舞陽眼見無事，一挺身站起，紅著臉嘎聲道：「我我我，我髮簪還給不給？」李斯忍住笑一揮手，帶劍將軍大步過來，遞過一支鐵簪，目光向李斯一瞥。李斯接過鐵簪一看，不禁笑道：「副使真壯士也！一支髮簪也如匕首般沉重鋒利。」秦舞陽原本氣惱自己吃嚇失態而被荊軻嘲笑，此刻牛勁發作，昂昂然揮著一隻空手道：「這髮簪，原本俺爹獵殺野豬的殘刀打磨！俺做髮簪，用了整整二十年，送給你這丞相如何？」王綰李斯見此人目有凶光，卻又混沌若此，身為副使，竟連眼前兩位大臣的身分也沒分辨清楚，不禁一齊笑了。王綰一拱手道：「鐵簪既是副使少年之物，如常也罷。上卿請。」荊軻雖則蔑視太子丹硬塞給他的這個副使，卻也覺得這小子歪打正著化解了這場意外危機，心下一輕鬆，笑著一拱手，又邁上了丹墀石階。

經過殿口平臺的四只大鼎，是高闊各有兩丈許的正殿正門。

此刻正門大開，一道三丈六尺寬的厚厚紅氈直達大殿深處王臺之前，紅氈兩廂是整肅列座的秦國大臣。遙遙望去，黑紅沉沉，深邃肅穆之象，竟使荊軻心頭驀然閃出「此真天子廟堂也」的感歎。瞬息之間，大鐘轟鳴九響，宏大祥和的樂聲頓時彌漫了高闊雄峻的殿堂。樂聲彌漫之中，殿中迭次飛出司儀大臣（註：司儀，周時官職，《周禮・秋官・司寇第五》云：「司儀掌九儀之賓客擯相之禮。」沿襲後世）與傳聲吏員的一波波聲浪：「秦王臨朝——秦王臨朝——」接著又是一波波聲浪奔湧而來：「燕使覲見——燕使覲見——」荊軻回身低聲一句叮囑道：「秦舞陽毋須驚怕，跟定腳步。」聽得秦舞陽答應了一聲，荊軻在殿口對著沉沉王臺深深一躬，舉步踏進了這座震懾天下的宮殿。

荊軻行步於中央紅氈，目不斜視間，兩眼餘光已看清了秦國大臣們都沒有帶劍，連武臣區域的將軍們也沒有帶劍，心下不禁一聲長吁。紅氈甬道將及一半，荊軻清楚地看見了秦王嬴政正從一道橫闊三丈六尺的黑玉屏後大步走出——天平冠，大朝服，冠帶整肅，步履從容，壯偉異常，與山東六國流傳的佝僂猥瑣之相直有天壤之別。然則，真正使荊軻心頭猛然一沉的是，秦王嬴政腰間那口異乎尋常的長劍！依荊軻事先的周密探察，秦王嬴政在朝會之上歷來不帶劍。準確的消息是：自從嬴政親政開始，從來帶劍的秦王便再也沒有帶劍臨朝了。片刻之間，荊軻陡地生出一種說不清楚的奇特預感。

驟然之間，身後又傳來熟悉而令人厭惡的袍服瑟瑟抖動聲。

兩廂大臣們不約而同地將目光瞄向荊軻身後，其嘲笑揶揄之情是顯然的。

荊軻驀然回頭，平靜地接過秦舞陽懷中的銅匣，大踏步走到了王階之下。荊軻捧起銅匣深深一躬道：「外臣，燕國上卿荊軻奉命出使，參見秦王！」荊軻抬頭之間，九級王階上的嬴政肅然開口道：「燕國臣服於秦，獻地獻人，本王深為欣慰。賜特使座。」話音落點，一名遠遠站立在殿角的行人署大吏快步走來，將荊軻導引入王階東側下的一張獨立大案前，恭敬地請荊軻就座。

此時，司儀大臣又是一聲高宣：「燕國進獻叛臣人頭——」

話音尚未落點，行人署大吏已經再次走到了荊軻案前。荊軻已經打開了大銅匣，將一個套在其中的小銅匣雙手捧起道：「此乃樊於期人頭，謹交秦王勘驗。」行人署大吏雙手捧著銅匣，大步送到了秦王的青銅大案上。荊軻清楚地看見，嬴政掀開銅匣的手微微顫抖著。及至銅匣打開，嬴政向匣中端詳有頃，嘴角抽搐著冷冷一笑，拍案喟歎道：「樊於期啊樊於期，秦國何負於你，本王何負於你，竟自白頭叛秦，寧作秦人千古之羞哉！」嬴政的聲音顫抖，整個大殿不禁一片肅然。寂靜之中，嬴政一推銅匣道，「諸位大臣，都看看樊於期了……」荊軻銳利的目光分明看見了嬴政眼角的一絲淚光，心頭不禁微微一動。

大臣們傳看樊於期人頭時，舉殿一片默然，沒有一聲惡語咒罵，沒有一句喜慶之辭。荊軻聽到了隱隱唏噓之聲，還聽到了武臣席區一個老將昏厥倒撞的悶哼聲。實在說，秦國君臣見到樊於期人頭後的情勢，是大大出乎荊軻與太子丹預料的。依太子丹與荊軻原來所想，秦王既能以萬千重金與數百里封地懸賞，見到樊於期人頭，必是彈冠相慶舉殿大歡，其種種有可能出現的失態，以及可能利用的時機必然也是存在的。荊軻也做好了準備，此時秦王若有狂喜不知所以之異常舉動，便要相機提前行刺。畢竟，要抽出那支匕首是很容易的。然則，秦國君臣目下竭力壓抑的悲痛之情，卻使荊軻茫然了。山東投奔秦國的名士，個個都說秦王看重功臣，荊軻從來沒有相信過。可是，今日身臨其境，荊軻卻有些不得不信而又竭力不願相信的彆扭了。畢竟，荊軻也曾經是志在經邦濟世的名士，對君王的評判還是有大道根基的。一時之間，荊軻有些恍惚了……

「燕國獻地——」司儀的高宣聲劃破了大殿的寂靜。

荊軻驀然一振，神志陡然清醒，立即站了起來一拱手道：「燕國督亢之地，前已獻上簡圖於秦王，不知秦王可曾看出其中奧祕？」秦王嬴政道：「督亢之圖，非但本王，連治圖大家亦不明所以，上卿所言之奧祕何在？」荊軻道：「督亢，乃是古薊國腹地，歸燕已經六百餘年。督亢之機密，不在其土地豐腴，而在其祕密藏匿了古薊國與後來燕國之大量財貨也！」嬴政一陣大笑道：「燕國疲弱不堪舉兵，焉有財貨藏於地下以待亡國哉！」荊軻高聲道：「秦王只知其一，不知其二！燕國曾破齊七十餘城，所掠財貨數不勝數。燕昭王為防後世揮霍無度，故多埋於督亢山地。而今燕王唯求存國，臣亦求進身之道，故願獻之秦王，秦王何疑之有也！」秦王嬴政凌厲的目光一掃，帶著顯然的鄙視淡淡笑道：「人言足下行事，幾類郭開之道，果然。也好，你且上前指於本王，燕國財寶藏於何處？」

荊軻說聲外臣遵命，捧起細長的銅匣上了王階。

秦王案形制特異：五尺寬九尺長，恍若一張特大臥榻。當荊軻依照邦交禮儀，被行人署大吏引導到王案前時，只能在王案對面跪坐。嬴政面色淡漠地挺身端坐，距離荊軻少說也在六尺之外，一大步的距離。嬴政冷冷地看著這個頗具氣度的賣燕奸佞，好大一陣沒有說話。荊軻氣靜神閒，坐在案前的倏忽之間，已經謀劃好了方略。在秦王冷冰冰打量時，荊軻不看秦王，逕自打開了細長的銅匣，徐徐展開了粗大的卷軸，始終沒說一句話。嬴政掃一眼正在展開的牛皮卷軸，非但絲毫沒有顯出渴望巨大寶藏的驚喜，反倒是厭惡地皺起了眉頭。

「秦王請看，寶藏正在此處。」

嬴政聞聲，不期然傾身低頭。

在這一瞬間，卷軸中驟然現出一口森森匕首！

陡然之間，荊軻右手順勢一帶，匕首已經在手。荊軻身形躍起之間，左手已經閃電般伸出，滿滿一把摟住了秦王衣袖而不使其掙脫。與此同時，荊軻右手匕首已經揕（註：《史記•刺客列傳》在此處用了一個「揕」字。揕者，刺也。然則，太史公卻沒有用「刺」字。太史公治史嚴謹，有「刺」字而不用「刺」字，必有原因。我的推理是：揕，可能是淬毒匕首殺人的一種獨特手法，西漢尚知，後世失傳，遂不知其意。史家對此，亦無翔實考證。若有武術史家知之，當公諸社會以彰其意）到了秦王胸前。即或是將軍武士，面對這一疾如閃電而又極具偽裝的突襲，也斷難逃脫。因為，殿中大臣們在荊軻身後看去，完全以為是荊軻起身指點地圖；而在對面秦王傾身趨前，低頭看來之時，完全可能不及反應已經被刺中，即或想逃，也根本不可能掙脫荊軻的大力揪扯。

然則，奇蹟恰恰在最不可能的時候發生了。

嬴政自幼便是危局求生的奇異少年，膽略才具甚或騎射劍術都遠非尋常。當年遴選太子，嬴政以少年身手獨戰已經是千夫長的王翦而不甚明顯處於下風，其勇略可見也。當此之時，嬴政第一眼看見森森匕首，倏地渾身一緊，確實不及反應。及至厚厚的衣袖被猛然拽住，匕首閃亮刺來，嬴政本能地一聲大吼，全身奮力一掙，身形猛然一滾向後掙出，其力道之猛之烈，竟使尚坊工匠精織精紡的絲錦朝服在奇異的裂帛之聲中瞬間斷開！袖絕之際，嬴政已從王案前滾出三尺之外，大吼一聲爬了起來。嬴政未及站穩身軀，荊軻已經如影隨形趕至身前。嬴政急切拔劍，不料竟然一拔不出。此時，森森匕首又一次刺出。倉促之間，嬴政全力一扯帶劍銅鏈，銅鏈嘣地裂斷，連同束腰板帶也一起扯開，寬大的袍服頓時散開，腰身手腳處處牽絆。嬴政大急，身形本能地突然一轉，寬大的袍服猛然甩成了一個大大的扇形，擋過了森森一刺。與此同時，嬴政就勢一甩雙臂使袍服脫身，又一步跳開袍服牽絆，再一把扒下沉重的天平冠操起來猛力砸向荊軻，再次擋開一擊，慌忙撿起長劍轉身疾步便走。

雖手忙腳亂狼狽不堪，嬴政終究躲過了最為致命的第一波突刺。

幾個回合的本能躲避，荊軻對嬴政的奇快反應深為驚訝。依著士俠大刺客的傳統氣度，一擊不中，便視為其人天意不當死，刺客當就此收手。然刺秦太過重大，荊軻心下早已做好不以傳統規矩行刺的準備。不料連續三刺，竟都被嬴政連爬帶滾躲過，最後竟還踉踉蹌蹌地跑開。一時之間，巨大的羞辱陡然湧上荊軻心頭，不由分說已經如飛追來直撲嬴政。此時的嬴政，已經是短打衣衫，腳步大為靈便。眼見荊軻緊追不捨，嬴政心思倏地一閃，縱身跳下王臺，在殿中粗大的石柱間飛快遊走。

這時，大臣們才完全明白了，眼前的燕國特使確實是刺客！

今日大朝彰顯文明，將軍大臣們都沒有隨帶兵器，一時紛紛驚呼，殿中大亂。王綰、李斯情急紅眼，高聲吼叫著撲過去追逐荊軻。大臣們頓時醒悟，立即亂紛紛撲上四面堵截。然則，荊軻何許人也，其輕靈勁健其勇略膽魄，天下無出其右。幾個近身追逐者，根本不經荊軻連帶追擊秦王中的順手一擊。縱然舉殿身影四處堵截，繞柱奔走的秦王仍然被荊軻緊緊追逐，危機仍然是近在咫尺迫在眉睫。恰在此時，殿前侍醫夏無且正遇荊軻轉彎照面，抬手便將手中藥囊猛然砸去。這一砸，力道不大，更沒有準頭。荊軻不躲，根本無事。然荊軻不知黑乎乎飛來何物，閃身一躲，卻恰恰正被藥囊擊中面門。瞬息之間，一股刺鼻的草藥味直衝腦際，荊軻猛然鼻癢無比，及至一個噴嚏狠狠打出，嬴政已經繞過了兩道石柱。

「王負劍——」

此時，正好趙高聞訊趕來，一聲尖亮地呼喊立時響徹殿堂。隨著喊聲，趙高已經奮力撲向荊軻。趙高之奔走馳驅剽悍靈動天下聞名，一撲過去，便緊緊黏住了荊軻。急切之間，荊軻竟然無法擺脫這個若即若離又時時出手的內侍奇人。若用匕首擊出，趙高自然會立地斃命。然則，跑了秦王，殺死一百個內侍又有何用？荊軻何其清楚，只能緊追秦王，不時虛手應對趙高。如此一來，荊軻不能全力追擊，嬴政急迫之勢頓時稍緩。

此時的嬴政，在趙高奇異尖亮的喊聲中渾身一激靈，立即想起此劍暗箱較深，須得用力拔之；而只有趙高，才知道自己少年練劍時因使用成人長劍，往往負劍於背才能拔出長劍的祕密。心念閃動間，嬴政左手將長劍一順，貼上背後，右手從肩頭握住劍格猛力一帶，鏘然一聲金鐵之鳴，三尺餘長劍一舉出鞘。

「小高子！閃開——」

嬴政怒不可遏，挺著長劍膽氣頓生，一躍過來，揮動十斤重的秦王劍大力一個橫掃。其時，荊軻正被趙高糾纏得不耐，心下一狠，瞬間破了不對這個內侍使用淬毒匕首的心思，突然一沉手便向趙高飛來的腳踝劃去。趙高機靈無比，順勢倒地一滾堪堪躲過。恰在荊軻張臂劃出之時，嬴政的長劍橫空掃過，荊軻的一隻胳膊血淋淋啪嗒落地！

荊軻驟然受此重傷，腳下一個踉蹌，頓時頹然跌坐在地。胳膊落地的瞬息之間，荊軻身形一虛，心頭彌漫過了一片冰涼的悲哀。絕望的同時，荊軻手中匕首已經循聲擲出，呼嘯著飛向嬴政。舉殿只聽「叮」的一聲異響，六尺開外的銅柱濺起了一片碧藍的火花，匕首顫巍巍釘在了銅柱之上，刀尖周圍立時一片森森然黑暈。

「短兵淬毒！王莫上前——」夏無且尖聲喊著。

群臣驚愣四顧，卻不見了秦王，立時亂紛紛搶步過來。

「君上——」趙高一聲哭喊，撲向石柱下。

「哭個鳥！」躺在地上的嬴政翻身躍起，一腳踢翻趙高，提著長劍赳赳大步過來，嘶啞著聲音一連串吼道：「荊軻！你非郭開賣燕！你乃大偽刺客！你要殺我麼？許你再來！公平搏殺！嬴政倒想看看，你這個刺客有多高劍術！起來——」

一身鮮血的荊軻，本來靠著一道石柱閉目待死。聞秦王怒聲高喝，荊軻雙目驟然一睜，單臂不動，一挺身竟靠著石柱霍然站起。四周群臣不禁大為驚愕，不約而同地輕輕驚呼了一聲。不料，荊軻靠著石柱勉力一笑，卻又立即順著石柱軟了下去。荊軻一聲長吁，伸開兩腿箕踞大坐，傲然罵道：「嬴政毋以已能！與子論劍，不足道也！今日所以不成，是我欲活擒於你，逼你立約，以存天下之故也！」

見荊軻噴著血沫怒罵不已，嬴政反倒平靜下來，冷冷一笑道：「提一匕首而欲改天下，未嘗聞也！嬴政縱死，秦國縱滅，豈能無人一統天下哉！」荊軻喘息一聲冷冰冰道：「有人無人，不足論。只不能教你嬴政滅國，一統天下。」嬴政不禁哈哈大笑道：「原來如此也！足下之迂闊褊狹，由此可見矣！刺客尤充雄傑，不亦羞哉！」荊軻淡淡一笑道：「今日天意，豎子何幸之有也？」嬴政盯著荊軻端詳了一陣，冷冷道：「足下迂闊，卻有猛志，本王送足下全屍而去。」

「謝過秦王……」荊軻艱難地露出了最後的微笑。

嬴政長劍一挺，猛然向荊軻胸前刺來。

「秦法有定，王不能私刑！」

隨著李斯一聲大喊，尉繚對趙高飛過一個眼神。趙高立即搶步過來，奪過嬴政手中長劍，向荊軻猛然刺去。因秦王有全屍一說，趙高不能斬取頭顱，只一口氣狠狠連刺了不知幾多劍，活活將荊軻戳成了一個渾身血洞的肉篩子。

「左右護君，斬殺刺客，合乎國法！」尉繚高喊了一句。

秦王嬴政沒有離開，一直臉色鐵青地木然站在死去的荊軻面前。

……

荊軻刺秦震動天下，多少年後，人們仍在紛紜議論乃至爭辯不休。其中，曾經與荊軻相識者的評說及其後來之行，頗是引人注目，有兩則被太史公載入了史冊。

一則，是戰國末期著名劍士魯句踐的獨特評論。

魯句踐萬般感慨地說：「嗟乎！惜哉其不講於刺劍之術也！甚矣！吾不知人也！曩者（往昔）吾叱之，彼乃以我為非人也！」魯句踐的話有三層意思：其一，刺秦失敗，是荊軻不認真修習劍術。也就是說，魯句踐認為荊軻的劍術並不是很高，才導致刺秦失敗身死。其二，對當年不知荊軻壯志，甚是後悔。其三，同時後悔的是，當年因叱責荊軻，而被荊軻視為「非人」的愚昧者。魯句踐的評判，很可能是當時六國劍士游俠的普遍心聲：既高度認可荊軻刺秦之壯舉，又歎息其劍術不精而失敗。

二則，是荊軻好友樂師高漸離的曲折行蹤。

《史記・刺客列傳》云：秦國統一天下而秦王稱始皇帝後，秦國追捕太子丹與荊軻的昔年追隨者。這些人，都紛紛逃亡隱匿了。高漸離更改姓名，在舊趙國的宋子城（註：宋子城，趙國城邑，今河北趙縣〔舊謂趙州〕以北地帶）一家酒鋪做了僕役。一日，聽得店主家堂上有擊筑之聲，高漸離彷徨徘徊，久久不願離去，情不自禁地評論說：「筑聲有善處，諸多處尚有不善也！」旁邊僕役將高漸離的話說給了主人。主人大奇，於是邀集賓朋，召高漸離於廳堂擊筑。一擊之下，主人客人都是大加稱讚，立即賞賜了高漸離許多酒肉。高漸離尋思長久藏匿而不能見人，終無盡頭，遂到自己小屋取出木箱中的筑，換上了壓在箱底的唯一一套舊時錦衣，重新回到了廳堂。高漸離的舉止氣度，使舉座主客大為驚訝，一齊作禮，尊高漸離為上客。高漸離肅然就座，重新擊筑高歌，舉座賓客無不感奮唏噓。故事漸漸流傳開來，有人便說：「此人，高漸離也！」

高漸離的行蹤，被人稟報給了咸陽。始皇帝愛惜高漸離善擊筑，念其是天下聞名的大樂師，於是特意赦免了高漸離追隨荊軻的死罪，下令將高漸離解到了咸陽。抵達咸陽，秦始皇下令將高漸離處以矐目之刑，也就是以馬尿熏其雙目而使失明。矐目之後，高漸離被留在咸陽皇宮做了樂師。每次擊筑，始皇帝都大加讚賞。日久，始皇帝聽高漸離擊筑時，坐得越來越近了。一日，高漸離擊筑之時，始皇帝聽得入神，高漸離突然舉起灌了鉛的大筑猛然砸向始皇帝。傳聞與史書中，都沒說嬴政如何閃避，終歸是高漸離沒有擊中始皇帝。於是，高漸離最終還是被處死了。據說，從此之後，秦皇帝終身不復見山東六國人士了。

如此等等，皆為刺秦餘波，皆為後話。

刺秦事件後三日，秦國君臣重新朝會，議決對燕新方略。朝會伊始，李斯對自己的大朝會部署深切痛悔，自請貶黜。秦王嬴政連連搖頭，拍案感喟道：「先生之策，唯以天下大局為計，何錯之有哉？鼠竊狗偷之輩，世間多矣！若一味防範，閉門塞人，何能一天下也？國家長策大略，因一刺客而變，未嘗聞也！」秦王這一番話語，使大臣們萬般感慨，李斯更是唏噓流涕不已。議及善後具體事宜，李斯以執事大臣名義，提出對侍醫夏無且與趙高論功行賞，諸臣無不贊同。秦王嬴政當即拍案，賞賜夏無且黃金二百鎰，晉爵兩級。賞賜夏無且完畢，嬴政淡淡一笑道：「趙高，不說了，已經是中車府令了。內侍為官，到此足矣！」見秦王於此等重大事件之後猶能節制有度，大臣們一番感慨，也便默認了。

不料，旁邊侍立的趙高卻猛然撲倒在王案前，重重叩頭高聲道：「君上始呼臣之正名，臣永世銘刻在心——」一時，大臣們無不驚訝，這才想起了方才秦王確實說了「趙高」兩字，而在既往，秦王從來將趙高呼為「小高子」的。今秦王不呼小高子，而稱其正名趙高，是無意之舉，還是以獨有方式宣示廟堂：中車府令趙高，從此也是秦國大臣了？再一想，趙高叩拜，秦王也沒有說甚，而只是笑了笑，便可能是無意有意間了。只這趙高心思透亮，立即以謝恩之法，使大臣們明白了此中意蘊，也實在是機靈過甚了。

嬴政轉了話題，開始了對燕方略的會商。

次日，李斯率領一支精銳飛騎兼程北上，趕赴易水大營去了。

五、易水之西　戰雲再度密布

幕府聚將完畢，王翦獨自走進了河谷柳林。

令王翦思緒難平者，滅國長策終究是明晰地確立了。還在頓弱與咸陽之間快馬信使穿梭往來時，王翦便上書秦王，申述了自己的評判。王翦著意提醒秦王：燕國是有八百年根基的西周老諸侯，其傲慢矜持天下聞名，不可能真正臣服於秦國；邦交斡旋可也，不能過於當真，更不能因此而鬆懈國人戰心。上書中，王翦舉出了燕國對待趙國的先例：「以趙國之強力抗秦，以趙國之屏障山東，燕國尚不記趙恩，屢屢背後發難。如此昏政廟堂，何能臣服於老諸侯眼中之蠻夷秦國也？貧弱而驕矜，昏昧而瘋癡，燕人為政之風也！君上深思之。」

然則，秦王雖然並沒有下令中止戰事，卻來了一道「攻燕之戰，隨時待命」的王書。對王翦的上書，秦王也沒有如同既往那般認真回書作答。顯然，秦王是有著別樣方略的。王翦也明白，秦王的方略，一定是與在國大臣們一起會商的，不會是心血來潮之舉。但是，王翦還是悵然若有所失。這種失落，與其說是自己主張未被秦王接納而生出的鬱悶，毋寧說是對未來滅國大戰有可能出現的波折而生出的隱憂。身為秦王嬴政之世的秦國上將軍，王翦的天下之心，已經超越了前代的司馬錯與白起。也就是說，王翦籌劃秦國征戰，已經不再是司馬錯白起時期的攻城掠地之戰，而是一統天下的滅國之戰了。以戰國話語說，此乃長策大略之別也。用今人話語說，這是戰爭所達成的政治目標的不同。

目標不同，必然決定著戰爭方式的不同。

從大處說，這種不同主要在於三處：其一，攻城下地而不壞敵國。此前，包括秦國在內的各國間的所有戰事，都帶有破壞敵國根基的使命。司馬錯破六國合縱，焚毀天下第一糧倉敖倉；白起攻楚，火燒夷陵；樂毅破齊，盡掠齊國財貨……凡此等等，皆為戰國兵爭之典型也。從戰事角度說，這種仗顧忌少，得利明顯，在同樣條件下好打許多。而王翦麾下的今日秦軍則不然，所攻邦國的城池土地人民，實際便是日後與自己同處一個國家的城池土地人民。如此，自然不能無所顧忌地燒殺搶掠。此等不同，必然須得以改變種種戰法，並重新建立軍法，來實現這種由掠奪戰向滅國戰的轉變，其中艱難，自不待言。

其二，擊潰敵軍，而未必全殲敵軍。秦為耕戰之國，以斬首記功的律法，已經延續一百餘年。此等律法之基礎，固然在於激勵士卒戰心，同時，也在強烈地強調一種戰法——完全徹底的斬首殲滅戰！長平大戰，白起大軍一舉摧毀趙軍五十餘萬，俘獲二十餘萬而坑殺之。其根本，深藏在這種全殲敵軍的酷烈戰法之中。而今日秦軍，卻不能如此了。理由只有一個，所有作戰國的軍兵人口，都將是秦國臣民，都將是未來一統大國的可貴人力，恣意殺戮，只能適得其反，給未來一統大國留下無窮後患。這一變化，對素以斬首殲滅戰為根基的秦軍，其難度是異常巨大的。

其三，不能避戰，必須求戰。歷來戰事，多以種種因素決定能否開戰。若對己方不利，則應多方尋求避戰。然則，一統天下之戰不同，無論敵國是否好打，都必須打。不能摧毀敵國之抵抗力，則敵國必然不會自己降服。唯其如此，不經大戰而能滅國，亙古未聞也！兵法所云之「不戰而屈人之兵，上之上也」，在相互對抗的局部戰事中，這是有可能實現的。譬如以強兵壓境，迫使對方不敢大戰而割地求和等等。然在滅國之戰中，事實上是不可行的。也就是說，要一個國家滅亡而又企圖使其放棄最後的抵抗，至少，亙古至今尚無成例。夏商周三代以來，沒有不戰而能一統天下者，而只有經過真實較量打出來的一統天下。

在秦國君臣之中，可以說，王翦是第一個清醒地看到這種種不同的。

「滅國必戰，戰而有度。」這是王翦對大將們宣示的八字方略。

自滅趙大戰之後，王翦已經是天下公認的名將了。作為戰國兵家的最後一個大師，尉繚子曾經備細揣摩了王翦在秦軍中的種種舉措，深有感喟道：「王翦之將才，與其說在戰場制勝，毋寧說在軍中變法也！有度而戰，談何容易！」以後來被證明的史實說話：秦一天下，王翦三戰，滅趙滅燕滅楚，恰恰是最為關鍵的三次大戰；趙最強，燕最老，楚最大；三次大戰，王翦都以其獨有的強毅、堅韌、細膩的戰法順利滅國。不戰則已，戰則沒有一次驚心動魄的大反覆。這是後話。

面臨燕國局勢，王翦所憂者，在於秦國廟堂對「滅國必戰」尚無清醒決斷。王翦很清楚，由於燕國熱誠謙恭，獻地獻人加稱臣，使秦王與李斯尉繚等一班用事大臣，不期然生出了另外一種期冀實現的謀劃：以燕國不經兵戈而臣服，給天下一個垂範警示——只要各國能如燕國這般臣服，便可保留部分封地，以小邦國的形式存留社稷！當王翦接到待命王書，也知道了秦王將以春朝九賓大禮接受燕國稱臣盟約時，閃過心頭的第一個想法是：秦王有懷柔天下之意了，如此可行麼？此等疑慮，王翦並沒有再度上書申明，覺得應該看看再說。畢竟，秦王與王綰、李斯、尉繚等一班廟堂運籌君臣，都不是輕易決策之庸才，如此部署，或可能有意料不到的奇效。再說，駐守北邊的蒙恬也沒有信使與他會商。這說明，蒙恬是沒有異議的。既然如此，等得幾個月無妨。無論如何，在秋季最佳的用兵季節到來之前，必然會有定論的。

可是，事情竟迅速發生了驚人的變化！

荊軻赴秦，途經易水，太子丹率心腹白衣白冠送別的祕密情形，王翦的反間營探聽得一清二楚。當時，王翦對此事的評判是：燕太子丹臣服秦國而保存社稷，很可能只是與這個上卿荊軻的密謀，未必得到燕王喜與一班元老世族之首肯，故有祕密送別之行，故有壯烈悲歌之聲。果真如此，燕國廟堂不久必有內亂，不妨靜觀以待。不想，荊軻離開易水南下，僅僅旬日之間，咸陽便有快馬特使兼程飛來，向王翦知會了一個驚人消息：燕使荊軻，昨日行刺秦王，已經被當場處死！攻燕大軍立即做好戰事準備，秦王特使不日將到。

驚愕之餘，王翦恍然明白了燕太子丹種種密行的根底。

不待秦王特使到達，王翦立即開始了一系列祕密部署：第一則，當即派出反間營精幹斥候三十人，喬裝商旅，祕密進入薊城，立即接應頓弱回歸易水大營。第二則，立即於幕府聚將，宣示了荊軻刺秦的驚人消息，嚴令在秦王特使到達之前不得洩露軍中。第三則，立即派出王賁率五萬鐵騎，插入燕國與殘趙代國之間的咽喉要地於延水河谷，割斷兩國會兵通道。第四則，快馬特使知會蒙恬部，令其派出精銳飛騎，遮絕燕國北逃匈奴之路徑。

王翦大軍悄無聲息地緊張運行之際，李斯趕到了。

洗塵小宴上，李斯對王翦備細敘說了在咸陽發生的那場驚心動魄的刺殺事件。縱然王翦深沉不動聲色，額頭也冒出了涔涔細汗。之後，李斯又詳盡地敘說了廟堂重新會商的新方略。李斯說，秦王與大臣們一無異議地認定：一統天下必經大戰，不戰而欲圖滅人之國，無異於癡人說夢也！此間，秦王特意提到了上將軍王翦對秦軍將士宣示的「滅國必戰，戰必有度」的八字方略。李斯心細，特意帶來了從史官處抄錄的君臣會商卷宗。王翦看到秦王那段慷慨激昂的說辭時，眼睛不禁濕潤了。

史官錄寫的「王云」是這樣一段話：

「燕國詐秦稱臣，我欲懷柔待之，實乃嬴政欲作周天子大夢也！燕國獻地獻人，掩飾行刺之舉，足以證實：沒有議出之一統天下，只有打出之一統天下！燕國刺秦，好！破去了嬴政天子大夢！也立起了上將軍『滅國必戰』之長策偉略！好事，大好事！自今而後，嬴政不做周天子，不圖以王道虛德使天下臣服。秦國，要實實在在地一統天下！嬴政，要做實實在在的天下君王！不是打出來的江山，嬴政不坐！」

良久默然，王翦長長地吁了一聲。

「上將軍寧無對乎？」李斯有些驚訝了。

「秦王明銳如此，夫復何言！唯戰而已！」

如果說，此前的王翦對秦王及一班廟堂之臣能否在荊軻刺秦後深徹頓悟尚有疑慮，此刻看完這段「王云」之辭，諸般疑慮已經蕩然無存了。王翦深知，這位秦王一旦認清事實本來面目，其天賦悟性遠非舉一反三者可比，其深徹明晰，往往遠遠超出臣下之意料。面對如此秦王，王翦當真是沒有話說，只有心無旁騖地準備攻燕了。

次日清晨，易水幕府的聚將鼓隆隆響起。王翦升帳，先請李斯對刺秦事件與廟堂新方略作了宣示。秦軍大將們怒火中燒，異口同聲憤然喊打。之後，王翦指點著燕國地圖，下達了對燕戰事的總體部署：先期出動的王賁部不動，繼續掐斷燕代會兵通道；楊端和、李信兩大將各率五萬輕裝步騎，前出易水之西作兩翼駐紮，直接威脅燕國下都武陽與最富庶的督亢之地；王翦親自率領二十餘萬中軍主力，以大將辛勝為副，攜帶大型攻堅器械，從中央地帶西進，選定最合適的時機渡過易水北上。

旬日之後，諸般預備就緒。在王翦主力正要渡過易水之際，從薊城被祕密接回的頓弱卻帶來一個出人意料的消息：燕國太子丹正在全力祕密聯結殘趙勢力，又從遼東調回了十萬邊軍，要三方會兵與秦軍決戰。

「太子丹瘋了麼？」李斯簡直不敢相信。

「春秋戰國以來，燕國清醒過幾回？」頓弱一陣大笑。

「刺客之後又出大兵，太子丹也算得人物！」王翦倒是讚歎了一句。

「上將軍如何應對？」對燕國的掙扎，李斯實在有些匪夷所思。

儘管，在咸陽會商時，李斯與尉繚是一力贊同王翦滅國必戰方略的。然則，對燕國在刺秦失敗後的情勢評判，李斯始終都不贊同秦王對燕國打大仗的想法。原因在於，李斯有一個堅定清晰的判斷：荊軻刺秦慘遭失敗之後，燕國必然舉國震恐慌亂，不是舉國降秦，便是北逃匈奴或東逃遼東；縱然秦軍想打大仗，也沒有大仗可打！唯其如此，對王翦的大舉部署，李斯在心底裡是有小題大作之非議的，只不過自己畢竟不是大軍統帥，不宜直然否定罷了。如今，頓弱帶來燕國竟要大舉會戰的消息，李斯半日都回不過神來——燕國殘破若此，還要撲過來與秦軍會戰，世間當真有這等飛蛾投火之舉？

「他要會戰，會戰便是。」王翦只是淡淡地一笑。

薊城陷入了緊張慌亂而又亢奮無比的巨大漩渦之中。

荊軻刺秦慘遭斃命，對燕國朝野不啻當頭一聲驚雷。當那具血肉模糊的屍體被副使秦舞陽運回薊城時，太子丹驚愕攻心，欲哭無淚，還沒哼一聲便昏厥了過去。夜來，太子丹突然醒來，撲到荊軻屍身，捶胸頓足大放悲聲，一直痛哭到了天亮。後來，太子丹宣召秦舞陽，要詢問荊軻身死的詳細情由，得到的稟報卻是：秦舞陽已經瘋傻了。太子丹大怒，驅車趕去燕酩池，立即便要殺了這個使燕國蒙羞的宵小之輩。不想一到燕酩池，太子丹卻又一次驚愕愣怔欲哭無淚了。破衣爛衫的秦舞陽，披散著長髮，揮舞著一根短小的樹枝，呵呵有聲地吼叫著，刺殺著，追逐著，笑罵著。最後，秦舞陽大張兩腿，箕坐於地，連連戳刺著自己的胸口與全身，吼叫得奄奄一息之時，竟猛然跳起來一下子撲進了碧藍的池水……太子丹終於明白了，秦舞陽的瘋癲追逐，分明正是荊軻在咸陽王城的刺殺場面。眼睜睜地看著秦舞陽投水，太子丹這才想起荊軻對秦舞陽的蔑視，禁不住罵一聲懦夫狗才，踽踽回去了。

荊軻刺秦，原本是驚世密謀，被包藏得嚴嚴實實。如今驟然在燕國朝野哄傳開來，市井鄉野廟堂，無不驚訝萬分聚相議論，紛紛回想當年的種種神祕跡象。一時之間，連面臨的亡國危局也似乎沒人顧及了。此刻，只有太子丹是清醒的。太子丹連夜趕赴父王在燕山深處的行宮，向父王稟報了荊軻刺秦失敗的全部經過，末了沮喪道：「荊軻刺秦，必激怒秦王。燕國危亡已迫在眉睫，唯請父王決斷國策。」

「沒殺成便沒殺成，也叫嬴政吃一大嚇！」

燕王喜非但絲毫沒有責怪太子丹，反倒是一陣哈哈大笑。至於危亡國策，燕王喜一邊在厚厚的遼東地氈上轉著，一邊這樣說：「我大燕自召公立國，危絕者不知幾數次也！可誰滅了燕國？沒有，一個沒有！凡欲滅燕者，終歸自滅！何也？天命使然也！德行使然也！趙國不強大麼？燕國攻趙多少次，沒有勝過趙國一次！可他趙國，縱然戰勝，又能奈何？終歸還不是自家滅亡！我祖燕昭王破齊七十餘城，尚且沒有滅齊。他秦國，能滅我大燕？不能！秦軍縱然占我督亢，我還有遼東，照樣聚兵存國！其後光復故地，依舊還是大燕國！我大燕立國八百餘年，是周天子王族唯一的主幹餘脈，天命攸歸，秦國奈何我哉！你但放手去做，當真危局之時，老父自會出面化險為夷也。」

「父王方略，令丹大振心志！」

「子能振作，老父之心也！」燕王喜又一次大笑起來。

「我欲聯結代國合縱抗秦，父王以為如何？」

「好！合縱抗秦，原本便是我祖燕文公首創，正當其時也！」

「只是，燕國腹地只有二十萬將士，兵力稍嫌單薄。」

「作速調回遼東十萬邊軍，有兵三十餘萬！代國若能出動十萬兵馬，我便有四十萬大軍，與秦軍便是勢均力敵！會戰擊秦，一戰而滅秦軍主力，功績何其大也！」燕王喜抖動著雪白的頭顱，比太子丹還要慷慨激昂幾分。

「遼東邊軍，原是為父王預留後路，兒臣……」

「子知其一，不知其二也！」燕王喜大笑一陣道，「秦開當年平遼東，留下了十五萬大軍。你調十萬過來，還有五七萬。縱然戰敗，我等進入遼東，還可再發高句麗軍。後路多有，子只放手抗秦！」

走出王城，太子丹麻木的心又漸漸活泛起來。自他從秦國逃回，老父王的鬱悶衰老是顯而易見的，將國事交給他時，也分明流露出一種暮年之期的無可奈何。此後每遇太子丹稟報國事，老父王不是靠在臥榻上打盹，便是坐在獵場的山頭上看士兵追逐野獸，目光中的那種茫然，每每教太子丹心頭一陣震顫。也就是說，自從太子丹逃秦歸燕，所接觸的老父王，處處都是一個行將就木的奄奄一息的老人。如今，燕國面臨危局，老父王卻驟然顯出一種傲視天下的崢嶸面目，其勃勃傲世之心，竟使做兒子的太子丹有些臉紅起來。顯然，支撐父王的，是天子血統的貴冑之氣，是篤信先祖陰德可以庇護社稷於久遠的坦然，是對秦國以蠻夷諸侯坐大的一種其來有自的蔑視。認真想起來，太子丹又覺得老父王有些迂闊，如同那個篤信禪讓制的先祖燕王噲。畢竟，太子丹久在秦國為質，知秦之深，甚或過於知燕。然則，太子丹還是為老父王的這種獨特的執著所感動。畢竟，這種執著能使老父了無畏懼之心，面對滅國危局而能將命運託付於天命陰德，罕見地坦然應對之。說到底，何草不衰？何木不萎？何人不死？何國不滅？能在將死將滅之時不降不退，而一力鼓噪與強大的秦軍會戰，奄奄一息的老父王能，血氣壯勇的太子丹反倒不能麼？……

回到自己官署，太子丹立即忙碌起來。

此時，正逢荊軻好友宋如意回到薊城求見太子丹，請為荊軻大行國葬。聞得太子丹決意與秦軍會戰，宋如意精神大振，立即為燕國謀劃出一個成事之局：大肆鋪排荊軻葬禮，祕密邀集代國、齊國、魏國、楚國並匈奴單于會葬，達成合縱聯軍，大舉會戰秦國！太子丹當即拍案決斷：派宋如意為特使，趕赴最要緊也是最可能達成盟約的代國；其餘四名能事大吏，分別趕赴齊、魏、楚與匈奴，約期一月之後會葬荊軻。與此同時，太子丹以燕王名義下書朝野：上卿荊軻為天下赴義，大燕舉國服喪，以彰烈士志節。王書頒行三日，燕國城鄉觸目皆白，國人憤激流涕大呼復仇之聲幾乎淹沒了薊城。太子丹趁勢而上，立即下令各郡縣徵發義勇，入軍抗秦。這時，宋如意從代國匆匆歸來，非但帶來了代國將以十萬之眾結盟會戰秦軍的好消息，還帶來了代王趙嘉的祕密特使。太子丹精神大振，連夜舉行大宴，為代王趙嘉的特使洗塵。

這場小宴密商，一直持續到曙光初上。

代王特使，是舊趙國平原君趙勝之孫，名曰趙平。這個趙平，在趙國滅亡之前已經承襲了平原君封號。趙嘉出逃代地，大半原因在於趙平的謀劃擁戴。趙嘉做了代王，趙平便做了代國的丞相。趙平氣宇軒昂，全無故國破滅後的委頓之相，一如既往的豪氣勃勃，談吐之間氣度揮灑，儼然大國名臣。太子丹一見之下，竟是大為歆慕。趙平先大體敘說了代國情勢：秦軍破趙之後，趙國有封地的貴冑悉數逃亡，漸漸匯聚到代郡；去歲立冬之時，擁立趙嘉為代王，號為代國；目下之代國，有土地三百餘里，民眾五十餘萬，官吏軍兵與王城君臣合計二十餘萬。末了，趙平慷慨激昂道：「趙國，根基尚在也！代地全部人口近百萬，仍算得一個中等諸侯國也！會戰抗秦，代王將出精兵十萬，連同燕國三十萬大軍，戰勝秦軍大有成算！」

「代國以何人為將？」太子丹最擔心沒有大將統軍。

「便是在下！」

「平原君不是代國丞相麼？」太子丹驚訝了。

「將相一身者，戰國之世何其多也！」

「平原君誠能為將，勝秦有望！」宋如意著意讚歎了一句。

「兩國聯兵，存燕復趙，全賴平原君也！」太子丹鄭重起身，深深一躬道，「丹請平原君為聯軍統帥，統一調遣會戰秦軍，君幸勿復燕國之誠也！」

「太子信平，夫復何言哉！」

觥籌交錯中，會戰大計決斷了：代國趙平為聯軍統帥，燕國宋如意為軍師；無論他國出兵與否，兩國都將在秋八月會戰秦軍！其後半月之間，四路特使接踵回燕，果然一無所成。齊國已經淪為偏安避戰之海國，篤信齊秦互不攻戰盟約，多年疏離中原，根本不想捲進對秦戰事。魏國倒是有大臣躍躍欲試，誰知剛剛即位的新魏王魏假畏秦如虎，連燕國特使見也不見，便一口回絕了。楚國的春中君已經死了，楚國也如同齊國一樣，抱定了迴避秦國之策，以山遙水遠鞭長莫及為說辭，回絕了燕國。匈奴單于倒是雄心勃勃，無奈卻被蒙恬大軍卡住了南下咽喉，根本無法越過陰山；老單于便以相機助戰為名，答應拖住蒙恬大軍，不使其南下助戰王翦的主力大軍。

太子丹立即趕赴燕山行宮，對燕王喜稟報了諸般進展。太子丹特意申明，不擔心四方拒絕合縱，只擔心燕國三十萬大軍沒有統軍名將。燕王喜頗為神祕地一笑，極其自信地搖著一顆雪白的頭顱道：「國運昌盛，非在名將，而在借力也。當年，先祖燕文公首創合縱聯軍，燕國有名將麼？沒有！目下，有趙代之平原君足矣！趙人國史雖短，卻是好勇鬥狠之邦。我軍交給趙將統領，無論戰勝戰敗，皆有好處也！」「父王此說何意？」太子丹有些困惑了。「子何蠢也！」燕王喜一臉笑容地呵斥一句，接道，「戰勝，天下皆知燕軍為會戰主力，功自在燕！戰敗，天下皆以趙人為將，屈我燕國大軍而罵之，罪不在燕！你說，這不是兩樣好處麼？」太子丹大為驚愕，默然躊躇一陣，終究還是吞回了想說出的話。

事實上，老父王是不可理喻的。

太子丹之所以將大軍交給趙人統率，實在是因為人才凋零，自己尋覓不到一個足以率軍會戰的大將。派宋如意做軍師，也同樣是無奈之舉。畢竟，燕國出動三十萬大軍，不能在統帥幕府一個人沒有。可是，父王卻將燕國的無奈，看作一種最好的逃罪奪功的權謀之道，不亦悲乎！爭辯麼？沒用。不爭辯麼？心頭實在不是滋味。畢竟，燕國不能沒有這個老父王。雖在兩次慘敗於趙國之後荒疏國事，然則，老父王對遼東卻從來沒有放鬆過。太子丹雖執掌了國事，但實際軍權，卻還是在父王手裡。譬如遼東究竟有多少兵馬，太子丹是說不清楚的。其實，荊軻做上卿時，也未必整日謀劃刺秦，而曾多次與太子丹祕密會商強燕之策。荊軻說，燕國要中興，必須效法樂毅變法強軍，只要太子丹決意興燕，老燕王阻力不須顧忌。從荊軻明亮閃爍的目光裡，太子丹分明看到了一股驟然閃現的殺氣。

是的，只要他點頭決斷，以荊軻之能，使父王銷聲匿跡是很容易的。但是，太子丹還是斷然拒絕了。畢竟，他在離國二十餘年後歸來，父王還是器重他，甚至依賴他；縱然父王不交出兵權，太子丹也不能生此內亂。荊軻一死，心痛得快要瘋狂的太子丹在最初的一閃念竟然是：若將荊軻留在燕國變法強軍，或許才是正道！……然則，一切都過去了。唯一既能激勵人心，又能承擔大任的荊軻，已經死了。此刻，太子丹是真正的孤掌難鳴了，除了與父王一心協力保全燕國，他還能做何等事情？至於燕國能否保全，或許當真要看父王篤信的那個天意仁德了……

「天若亡燕，夫復何言哉！」

曙色初上，太子丹木然坐起，看見了榻前侍女驚恐無比的眼神。正要發作，太子丹驟然愣怔了——侍女身後的六尺銅鏡中，一顆鬚髮霜雪的白頭正直愣愣睜著雙眼！他是誰？是自己？倏地，太子丹心頭轟然一聲頭疼欲裂，陷入了無邊無際的黑暗……

八月秋風起，燕代兩國的聯軍隆隆開向燕南之地。

還在燕代密謀聯結的時候，李信楊端和一班大將便提出先行攻燕而後再破代軍的對策。對此，李斯也是贊同的。王翦卻篤定道：「燕代調集大軍會戰，正是我軍一戰定北之大好時機，安可急哉？我若先行攻燕，燕國自可一戰而下。然，代趙軍若是不戰而逃，顯然便是後患，兩戰三戰，何如一戰決之也！」李斯憂心忡忡道：「果真齊楚魏三國利令智昏而出兵，再加匈奴南下，我軍豈不四面陷敵？不如先下燕國，以震懾他國不敢北來。」王翦大笑道：「果真燕國能促成六方合縱，老夫求之不得也！戰場越少越好，敵軍越多越好。此目下秦軍之所求，長史何慮之有哉！」李斯不禁有些惶惑道：「自來用兵，皆以不多頭作戰為上，何上將軍反求多路敵軍同時來攻？」王翦道：「長史所言，常道也。目下之勢，非常道也。天下大國盡成強弩之末，縱然六方齊出，皆疲惰烏合之眾，何懼之有哉！

譬如燕國，兵馬號稱三十萬，實則一無統兵大將，二無實戰演練，三無堅甲利器，四無豐厚糧草；彼所以延遲至秋來會戰，實則欲在戰敗之後逃入遼東，使我軍不能在風雪嚴寒之季追殲而已。未戰而先謀逃路，其心之虛可見也！代國更是驚弓之鳥，十萬大軍至少有三四成是傷殘士卒；將相一身之趙平，貴胄公子未經戰陣，卻被燕代定為統帥，不足慮也！凡此等等，縱有大軍百萬開來，老夫只拿四十萬破他。謂予不信，長史拭目以待也！」李斯默然了。他不明白，素以穩健著稱的王翦，如何突然變得豪氣縱橫，視天下敵國如草芥，莫非這便是兵家奇正之道？

此後探馬縱橫，各種消息連綿不絕地飛入秦軍幕府。

燕國遼東與高句麗的獵民步騎十萬西進了，督亢腹地的二十萬大軍西進了，代國的十萬步騎也開始南下了，趙平宋如意的幕府已經進駐燕南地帶，等等。其中最令王翦李斯驚訝的消息是：太子丹一夜白頭，猶率一軍親自赴戰；這支軍馬人皆白衣素盔，全數是燕國劍士與王室精銳護軍。

「此為哀兵，須得分外留意。」李斯著意提醒王翦。

「以刺客之仇激勵戰心，太子丹何其蠢也！」王翦輕蔑地笑了。

「上將軍，我軍固然多勝，亦不能驕兵！」李斯有些急了。

「長史試想，」王翦叩著帥案道，「國家危亡而不計，卻以一刺客之死為名目大張仇恨，公仇也？私恨也？以刺客私仇激勵將士，太子丹明智麼？」

「也是一理。」李斯不無勉強地贊同了王翦。

「傳令工匠營，趕製三百面有字大纛旗備用。」王翦轉身下達了軍令。

「旗面何字？」軍令司馬高聲問。

「長史，如此八字可否？」王翦壓低聲音頗見神祕地笑了笑。

李斯湊過來側耳細聽，恍然大笑連連點頭。

燕代聯軍集結於燕南涿地，幕府立定，已經是八月將末。一個月明風清的秋夜，太子丹率領三千精銳星夜趕赴燕南幕府，要與趙平、宋如意會商戰事方略。兩軍倉促匯集，「會戰抗秦，存燕保代」的宗旨是毋庸置疑的。但是仗如何打，兵力如何部署，兩方卻從未有過認真的會商。太子丹雖不是燕軍統帥，卻也知道燕代兩軍的軍法、軍制與作戰風習有很大不同。代軍是天下銳師趙軍的根基延續，目下雖是強弩之末，然對於燕軍而言，代軍十萬仍然是無可爭議的主力。燕國出動的兵力有兩支，一支是腹地主力二十萬，一支是遼東輕騎十萬。開戰在即，太子丹才驀然發覺，自己對燕國的兵事與大軍竟然是如此陌生，陌生得連兩支大軍的統兵大將也一無所知。太子丹只知道，燕國本無強兵傳統，唯在樂毅時期變革軍法，練成了一支以遼東騎士為主力的輕騎雄師。之後歷經燕惠王、武成王、燕王喜三代數十年，那支雄師早已經消耗得沒了影子。而十萬遼東步騎，實際根基是當年樂毅秦開遠征齊國時留下的鎮守遼東的獵戶民軍。燕軍主力被齊國的汪洋大海吞沒後，燕惠王將這支獵戶民軍大為擴充，改為王室直領的王師，以為燕國危機之時的退路。就實說，這支遼東軍是不為天下所知的「隱師」。父王至今猶能鎮靜揮灑，根本因由，正在於這支鮮為人知的大軍。如今，父王贊同調來「隱師」之中的十萬大軍與秦軍會戰，太子丹感喟之餘，更多的是茫然。燕國腹地二十萬主力大軍的大體情勢，太子丹尚算略微知情：傷殘多，老弱多，兵器劣，甲冑薄，在往昔與趙軍的戰事中連連大敗，士氣已經低落得很難經得起激戰了。

這樣的兩支人馬與代（趙）合軍，太子丹如何不心下忐忑？

更有一層，趙國大將率領趙軍作戰，歷來自有獨特戰法，即或是在當年的六國合縱聯軍中也是自成一體，不屑與他軍協同。趙軍名將廉頗曾一度出走楚國，率領楚軍作戰，竟一戰不能勝，不禁萬般感慨說：「老夫離趙，方知率趙軍如臂使指之貴也！」對於燕國燕軍，趙國大將幾乎是無一例外地人人蔑視，名將廉頗、李牧、龐煖等更甚。目下這個趙平雖不是名將，甚或不是經歷過戰場錘鍊的有為將軍，而僅僅是承襲了平原君爵號的「知兵」公子而已，其在燕國的談吐氣度，儼然已是百戰名將了。太子丹確信，假若趙國不滅，趙軍任何一個大將都不會願意與燕軍聯兵會戰。如今時移勢異，燕軍兵力遠遠超過代（趙）軍，代王趙嘉才不得已有了如此抉擇，不論趙平如何蔑視燕國，三十萬兵力畢竟是誰都不敢輕慢的巨大力量。唯其如此，太子丹不怕趙軍蔑視燕國的痼疾，坦然將燕國大軍交給趙平統領了。太子丹沒有父王的逃罪之心，在他看來，這只是兩相便利：代（趙）兵力微薄，需要燕國大軍；燕國沒有大將，需要代國將才統軍。畢竟，以目下情勢論，即或是代國的尋常將軍，也在燕國的主力大將之上了。然則，趙平能迅速整合兩軍三方於一體麼？會戰方略趙平心中有數麼？

這一切，太子丹一直沒有定數。

……

「趙平若不能一戰勝秦為太子雪恥，寧為戰場死屍！」

晨曦之下，看著太子丹驟然雪白的頭顱與身後一片縞素的三千馬隊，迎出幕府的趙平不禁感慨萬端，四手相執，雙眼閃爍著淚光，由衷迸發出一句錚錚血誓。太子丹大為心動，淚眼唏噓地拉著趙平的雙手，良久說不出一句話來。及至進入幕府，兩人的神色才明朗起來。

「太子且坐，容趙平稟報。」

聯軍幕府寬闊整肅井然有序，確實有著舊趙雄師的不凡遺風。趙平吩咐中軍司馬擺下了洗塵軍宴，又派軍令司馬飛馬召回了去遼東軍營會商軍務的軍師宋如意。三人共飲了一大碗代趙軍的馬奶子酒，趙平便走到側牆大圖板下，長劍指點著圖板說將起來：「目下，合縱聯軍面對淶水，分作三大營混編駐紮：西路主力大營，駐涿城以西山地；中路大營，駐方城（註：先秦「方城」之名有四，三處在北楚〔今河南省南部〕，一處在燕國。《詩・召月》云：「侵鎬及方。」朱熹註：「鎬、方，皆地名，疑皆朔方也。」據歷史地理學家譚其驤考訂，這一方城在燕國涿縣東南地帶）以南山地；東路大營，駐淶水東北山地。本君所率之中軍兵力，五萬趙軍帶十萬燕軍，共十五萬主力大軍；其餘兩營，各為兩萬餘趙軍帶十萬燕軍，各有十二三萬步騎大軍。此，目下我軍之大勢也！」

「平原君之見，此戰如何打法？」太子丹急迫問了一句。

「秦軍欲滅燕代，必得越過易水淶水，而後向西滅代，向北滅燕。合縱聯軍目下駐紮之地，正在面對淶水之三大要害地：涿城、方城、淶水東北山（註：秦軍滅燕之進軍會戰路線，史無詳載。《史記・秦始皇本紀》云：「秦軍破燕易水之西。」《史記・燕召公世家》「集解」徐廣注云，秦軍出涿郡故安。兩說不同，當互有聯繫，實際可能是戰場攻防轉化造成）。屆時，秦軍若渡易水淶水攻我，則我聯軍從西北東三方向秦軍發起合圍猛攻！以兵家之道，合縱聯軍必勝無疑！」

「我軍四十萬，秦軍也是四十萬，能合圍猛攻？」

「太子知其一，不知其二。」趙平頗有氣度地笑著，「兵法雖云，十則圍之，倍則攻之。然則，也當以形勢論。戰場無常法。當年，白起以五十萬秦軍，圍困趙軍五十萬於長平谷地，也是兵力對等。何以成功？形勢使然！山川使然！今我合縱聯軍與秦軍兵力等同，然山川形勢卻對我軍大為有利，對秦軍大為不利。此，我之所以能以對等兵力合圍秦軍也！」

「平原君深諳奇正之道！」宋如意拍案讚歎。

「軍師之意，也能合圍？」太子丹頗感意外。

「如此戰法，乃臣與平原君共謀也！」宋如意先行申明一句，霍然起身，走到地圖前指點道，「太子且看，淶水從西北向東南而來，兩條易水從西向東而來，在涿地之南交匯，三水夾成一個廣約百里的大角。秦軍兵臨南易水，若不能越過淶水，終不足以威脅燕代！秦軍果真北上，則我軍只在淶水以北之燕南山地卡住咽喉要道，三路大軍同時猛攻，秦軍背後是易水淶水，退不能退，只能被我軍三面夾擊！如此形勢，豈不是合圍猛攻乎！」

「王翦乃當世名將，寧不見此危境？」太子丹依然一臉疑雲。

「王翦滅國，不過一戰耳！」趙平很有些不以為然。

「滅趙之後，王翦已經驕狂不知所以了。」宋如意補了一句。

「也好。但願上天護佑，存我燕代！」終於，太子丹首肯了。

幕府散了飲宴，宋如意送太子丹到了燕軍幕府，兩人又祕密會商到暮色降臨。太子丹著意問了燕代兩軍的諸般情形。宋如意回稟說，遼東精銳配給趙平作了中軍主力，老燕軍二十萬分作兩部，作了另外兩大營的主力。太子丹皺著眉頭問了一句，既然燕軍是三大營主力，何以三大營主將都是舊趙大將？宋如意說，以人數論，燕軍是主力；以戰力論，只怕還得說代趙軍是主力；三大營主將是趙平一力所堅持的，不好變。為甚大燕國出兵三十萬，沒有一個主將？太子丹滿頭白髮下的黑臉很有些不悅。宋如意說趙平認為燕人不會打仗，他實在不好辯駁。豈有此理！燕人不會打仗，當年齊國七十餘城是誰家破的？太子丹更是不悅。宋如意不說話了。默然良久，太子丹突兀又問一句，先生寧不為荊軻復仇乎？宋如意一聲哽咽，聲淚俱下地訴說了自己的處境：趙平原本倒是下了軍令，教他做東路軍主將；奈何他這般任俠之士從來沒有過軍旅閱歷，初次聚將分配軍營駐紮地，他連騎兵營地與步兵營地的區別都不清楚，各營之間的方位、距離與金鼓號令之間的呼應更是不明，惹得趙軍大將們一片嘲笑，燕軍大將們人人羞憤不語。無奈，他只有回到中軍幕府，還是做了案頭謀劃的軍師。

「雖則如此，臣已決意效法太子，以慰荊軻魂靈！」

「先生能自領一軍？」

「不！臣已祕密相約燕趙劍士百人，衝鋒陷陣死戰易水！」

太子丹沒有說話，默默點頭之際，麻木僵硬的臉龐抽搐了一下。宋如意知道，那不是太子丹的悲傷，而是太子丹綻開的一絲笑容。這個心如死灰的燕國領政太子，已經沒有任何事值得他悲憫了。默然良久，宋如意解下酒袋，深深一躬道：「邦國危難，太子自領三千縞素死士而來，臣無以為敬，敢請與太子作訣別之飲！」太子丹還是沒有說話，只霍然起身，摘下帳鉤上的酒袋，對宋如意相對深深一躬，不待宋如意說話便舉頭汩汩大飲，雙手顫抖，酒水噴灑得脖頸衣甲處處都是。宋如意靜靜地看著，眼前驀然浮現出太子丹與荊軻在易水壯別的情形，心頭平靜得沒有一絲波瀾。大約只有在這等生離死別的關頭，如荊軻宋如意這般士俠才能顯現出異乎常人的冷靜坦然。太子丹飲完，宋如意再次深深一躬，雙手將酒袋一舉倒過，一股清亮潔白的馬奶子酒準確無誤地灌進了腹腔，一口氣如長鯨飲川般吸乾，一滴酒不灑，乾淨利落得令人驚訝。太子丹愣怔一陣，陡然伏案放聲慟哭：「若得荊軻在國，先生襄助，燕國何得如此危局也！」

宋如意淡淡一笑，深深一躬，頭也不回地去了。

九月初三，燕代聯軍的特使飛馬抵達秦軍幕府。

趙平的戰書激昂備至，秦軍大將們聽得頭皮發麻，想笑不能笑想罵不能罵，只能黑鐵柱般矗著不動。原因只有一個，上將軍王翦沒有一絲表情，板著臉睜著眼彷彿釘在帥案前一般。特使將戰書念誦完畢，王翦對身旁矗立的中軍司馬淡淡一句道：「回書，旬日之後會戰。」特使高聲道：「敢問上將軍，究竟何時？戰場何地？」不料，王翦站起身已經走了。特使正欲趨前追問，大將辛勝猛然跨前一步，攔在了當面道：「回去稟報趙平姬丹，甭當真以為這是古人打仗！你打你的，我打我的，想哪裡打哪裡打！想甚時打甚時打！」特使黑紅著臉正要說話，卻見秦軍大將們人人怒目相視，再不說話，轉身騰騰騰出了幕府。

晚飯之後，聚將鼓咚咚咚連響。待秦軍大將們陸續趕進幕府大廳，王翦已經拄著長劍站在了那幅兩人高的燕南地圖前。中軍司馬一聲稟報：「三軍大將全數到齊！」王翦長劍點上地圖，沉穩利落地說了起來：「諸位，燕代聯軍本是弱勢，今卻急切求戰，此中必有機謀！敵軍謀劃不明，我軍滅燕便無必勝成算，而大好戰機，也會稍縱即逝。何以如此？今秋不能滅燕，燕國便有喘息之機穩定國勢；代趙，亦有藉燕之力死灰復燃之可能。為此，我軍必得一戰而滅燕代軍力，安定北方！此中之要，在明白破解燕代軍之圖謀，而後確定我軍戰法。」

「趙平機謀，不難明白！」

「李信且說。」王翦歷來嘉許部將直言。

「燕代聯軍合兵四十餘萬，分作三路守在淶水西、東、南三面。僅此駐紮之勢，其圖謀一目了然。」李信看著地圖，手臂遙遙指點，「以趙平、太子丹謀劃，必欲我軍渡過易水，再渡過淶水，而後開赴燕南涿地會戰；如此，則我方重兵兩次涉水之後人馬疲憊，燕代必然圖謀乘此時機強兵襲擊。」

「正是！」大將們異口同聲。

「既然如此，我軍該當如何？」

大將們見上將軍沒有下令，卻認真問策，目光不禁一齊盯住了李信。畢竟將軍們對燕代聯軍的圖謀，誰也沒有這個司馬出身多讀兵書的李信看得透徹，彼既洞察，必有成算。可是，李信卻滿臉通紅道：「末將只揣摩敵之圖謀，至於破敵之策，尚無定見。」王翦一點頭道：「無妨。將軍已經料敵於先機，誠為難得也！」一轉身走向帥臺，便要下達軍令。卻聽背後一個粗厚嗓門高聲道：「此戰不難！誘他南下，就我戰場便是！」王翦腳步猛然站定在石階，沒有回身便冷冷道：「王賁，戰事無大言，你且說個備細。」說罷走上帥臺插好長劍，一張黑臉森森然盯住了自己的兒子。王賁熟知父親稟性，一步跨出將軍行列，走到大板地圖前指點道：「上將軍、列位將軍，請看燕代聯軍部署：主將趙平親率最大一支主力，駐紮在聯軍西北方；這一大營，距離燕代另外兩大營足有兩舍，六十餘里，距離我軍也最遠。原因何在？此地最靠近代國，正是越過淶水進攻代國的咽喉通道！也就是說，代軍名為聯燕抗秦，實則以護衛代國為第一要務。或是太子丹、宋如意等燕國將士懵懂不知兵法，或是趙平以統帥名義自行其是，總歸是此等部署一直沒有變化。」

「敵軍情勢圖謀，李信將軍已經說清，你只說如何打法。」

大將們正聽得入神，卻被王翦冷冷一句插斷，不約而同地一愣，倏忽之間，卻又釋然：這是上將軍嚴於責親，不想教王賁過分張揚，故而將料敵洞察之功記在了李信頭上。李信正要說話，王賁指點著地圖又昂昂然說了起來：「此戰之要，只在我軍一部先行佯攻代國！如此，趙平必率聯軍南下尋戰，以求保全代國！如此，我軍可不過易水淶水，而在易水之西坐以會戰！」

「好——」滿廳大將齊聲一吼。

「王賁將軍妙算！」李信特意高聲讚歎了一句。

「也好。誰願作佯攻之師？」王翦不加評判，立即進入了部署。

「我部願為佯攻之師！」又是王賁慨然請命。

這次沒有人爭。歷來軍中傳統，將士皆願正面戰場殺敵立功，極少有人在沒有將令的情勢下自請長途佯動奔襲，以斬首記功的秦軍更是如此。王賁所出戰策，既已經為上將軍與大將們一致認可，自請佯攻也在情理之中。當然，更重要的一條是，王賁部剽悍靈動，其時祕密駐地又正在燕代兩軍之間的隱祕河谷，向代國進軍位置最佳，實在是最合適不過。凡此等等，大將們便沒有一個人再來爭令了。王翦目光巡睃一遍，立即抽出一支令箭道：「好！王賁部明晨立即起程，大張旗鼓進逼代國！待燕代聯軍南下，王賁部立即回師，襲其側後！其餘各部，全力備戰，修筑壁壘，等候燕代聯軍南下會戰！」

「嗨！」舉帳一聲吼應，王翦的調遣部署便告完畢了。

次日清晨，王賁的三萬鐵騎從易水東岸的河谷地帶大張旗鼓地出動了。王賁選定的進軍路線是：先向淶水上游進發，若燕代軍仍不南下，則渡過淶水猛攻代國，逼聯軍做出抉擇。這次奔襲若是真實的滅國之戰，僅行軍也得旬日之久。然則，唯其佯動，王賁不計其餘，只以趙平知道秦軍北上滅代消息為要。為此，王賁部虛張旗幟聲勢，浩浩蕩蕩若十餘萬大軍一般。

自此，滅燕大會戰拉開了序幕。

秦軍攻代的消息傳開，燕代聯軍大營頓時出現了奇妙的格局。最大的變化，是聯軍原定的守株待兔戰法完全無用了。因為，以代軍為事實主力的聯軍絕不能聽任秦軍滅代，必須改變戰法，而如何改變，倉促之間實難達成共識。聽了宋如意密報，太子丹頓時恍然：與燕國相比，趙國後續勢力代國才是秦國的勁敵。秦人與趙國血戰多年，自然將趙國當作最大禍患，不攻代而先來攻燕，本來就是違背常理。如今秦軍大舉北上攻代，這才是秦軍兵臨易水的真實圖謀！一明白此中奧祕，太子丹立即飛馬聯軍幕府，要與趙平重新商定戰法。此時，趙平接到消息兩個時辰不到，剛剛與幾名代軍大將緊急商議完畢，正要擊鼓聚將，恰逢太子丹與宋如意飛馬趕到。

「來得正好！太子何意？」迎出幕府的趙平當頭一句。

「秦軍異動，平原君如何應對？」太子丹反問了一句。

「圍魏救趙：他攻代，我攻秦！」

「時勢不同，還是直接催兵救代好！」

邊走邊說進了幕府大廳，兩人這才不約而同地問了一句：「為何如此？」一語落點，自覺尷尬，兩人一時默然。軍師宋如意對戰事部署素不多言，今日破例作為，下令兩名司馬將大板地圖搬到帥案前立定，而後對太子丹與趙平肅然一躬道：「太子，平原君，敢請兩位各陳戰法，而後慎斷。」趙平大手一揮，一個好字落點，人已經走到地圖前說將起來：「秦軍以銳師十餘萬攻代，已經行軍一日走出百餘里。我軍縱然回兵，趕到代地，也已經是疲憊之師。若王翦主力在我回軍之時從後掩殺，我軍幾乎必敗無疑！與其如此，不如效法孫臏圍魏救趙之戰：我軍立即南下，猛攻秦軍主力！秦軍王賁部必然回援，如此依然是兩方會戰，不過換了戰場而已！」說罷，趙平目光炯炯地看著宋如意不說話了。宋如意一句話不說，對太子丹正色一躬。沉思不語的太子丹恍然點頭，也大步走到地圖前指點道：「目下情勢是，秦軍已經先行攻代，而代國全部大軍都在此地，代城幾無防守兵力！唯其如此，我意：平原君可自領精銳代軍回援，若王翦部從後追殺，自有我燕國三十萬大軍截擊秦軍主力！如此兩相兼顧，秦軍必左右支絀，聯軍或可戰勝！」趙平冷笑道：「燕軍若能截擊秦軍主力，何待今日聯軍抗秦哉！」太子丹淡淡道：「此一時，彼一時。燕有新來之遼東飛騎，戰力或可勝任。」趙平臉色一沉道：「如此說來，太子一心要分兵？」太子丹頗見難堪，卻也正色道：「分兵是戰法，不是所圖。究竟如何，尚在會商，平原君無須多疑也。」趙平長劍猛然一跺地面道：「趙人不畏血戰！只要太子決意分兵，趙平立即開拔！」

「太子、平原君，容在下一言。」眼見兩位主事人物僵持，軍師宋如意第一次顯出了士俠本色，一拱手慷慨道：「北國之地，僅存殘趙弱燕，兩國脣齒相依也！脣亡齒寒，天下共知。宋如意不知兵，卻明天下大義所在。目下大局：只有兩國合縱結盟，同心抗秦，燕代之存才有希冀！」

「代軍當得獨自一戰，不賴燕軍之力。」趙平很冷漠。

「平原君何出此言也！」

太子丹外豪俠而心極細，知道這個心結再化不開，與代國結仇便是必然，遂一拱手高聲道：「我觀代軍營地靠西，本以為平原君隨時準備分兵回代，故有此一說，絕非我本心要分兵！若我決意分兵，何須趕來幕府會商也！」趙平淡淡一笑道：「既然如此，何不早說？」太子丹臉一紅正要說話，宋如意一拱手道：「稟報太子，代軍駐紮靠西，平原君當初已向眾將申明，臣亦盡知。臣以為，平原君並無不妥。」趙平正色道：「兩國聯軍合縱抗秦，代軍主力靠近代國，燕軍主力靠近燕國，各自方便救助，有何不妥？若是秦軍先攻燕國，莫非我軍也可以此理由逃戰不成？」宋如意道：「平原君此等部署，原本極是正當。太子誤解而已，並無責難之意。平原君切莫計較過甚。方才，太子已經言明，並無分兵之心。平原君當會商當下戰事，不涉其餘。」

「好！會商戰事。」兩位主事人物異口同聲地應了。

會商很是迅速，三人一致認同了趙平戰法：當夜起兵，渡過淶水易水，兼程疾進，以燕國南長城為依託，猛攻易水之西的秦軍主力，逼秦軍王賁部回師救援；若王賁部堅不回師而攻代，則在開戰之後分兵救代，至少可免此時救代而被王翦主力追殺之危。戰法商定之後，已經是太陽偏西的未時三刻。趙平立即下令聚將，在幕府大廳下達了兼程進軍會戰的十餘道將令。大將們離開幕府，整個聯軍營地立即忙碌起來。暮色時分，聯軍四十萬分別從西、中、東三路開進，夜半時分渡過淶水。

次日正午，聯軍渡過南易水，立即紮營，構筑壁壘。

趙平進入幕府的第一件事，是派出快馬特使向王翦幕府下戰書，約定來日清晨決戰。之所以如此急迫，是趙平要王翦明白知道，燕代聯軍並沒有中秦軍攻代以分化聯軍之計，而是公然前來大舉會戰！趙平心存一絲期冀：也許秦軍王賁部能聞訊回程，可免代國慘遭屠戮。

六、易西戰場多生奇變　王翦軍大破燕代

王翦的軍令雲車，矗立在易水西岸一座孤立的山頭。

從遠處遙遙看去，這座山頭只舒捲著一面巨大的黑色纛旗，除此一片蒼黃的樹林。而從這座孤山

峰頂看去，視野卻極為開闊。縱然是晨霧秋霜天地朦朧，西面的燕國下都武陽城也遙遙在望，北面的燕國南長城則盡收眼底；待到日光劃破霜霧，東面北面的兩條易水波光粼粼如在眼前，西北方的淶水也如遠在天邊的一道銀線，閃爍著進入了視野。王翦之所以將戰場選在這裡，原因只有一點：易水之西的山川地勢，最適合打一場聚殲戰。打聚殲戰的方略，既是王翦的謀劃，也是李斯帶來的秦王嬴政的意圖。李斯轉述的秦王說法是：趙殘燕弱，俱成驚弓之鳥，若不能一戰滅其主力，則其必然遠逃，或向遼東，或向北胡，其時後患無窮矣！李斯反覆申明了秦王的顧忌：九原、雲中的蒙恬軍兵力只有十餘萬，既要北抗匈奴林胡，又要堵截燕代殘餘逃竄，廣宇漠漠，縱然全力應對，亦可能力有不逮；為此，攻滅燕代之戰，務求聚殲其主力大軍。對於秦王的大局方略，王翦深為贊同，反覆揣摩之下，只有這片戰場最適合秦軍施展。

先得說說這片戰場的地理大勢。

整個燕南之地，易水流域最為要害。西周與春秋時期，這片地域原是胡人與華夏族群的皮毛鹽穀交易區，因其無名，遂被當時的燕國與薊國逕自呼為「易地」。這片易地，北南兩條水流，當時都被燕人薊人稱之為「易水」。後來，燕國吞滅了薊國，將兩條易水分別稱為北易水、南易水。戰國之世，燕南成為燕國最富庶的區域，易水也日見大名。但是，易地仍然是沒有定界的一片地域，既沒有設置郡縣，也沒有修筑城池。直至後世的隋代，方在易水之地設置了易縣，或稱為易州。是故，後人誤以為（戰國）易水是因為發源於（戰國）易縣而得名。這是後話。

兩條易水（註：今日易水為北、中、南三條，皆為大清河上源支流。然《水經注》與歷史地理學家譚其驤之《中國歷史地圖》，皆云戰國易水為北南兩條。古今差異，當為水流演變之故）的流向是：北易水由西向東，入淶水，再入大河，大體是東西流向而略呈西北東南；南易水則是由北向南，入淶水下游，再入大河，流向為西北至東南的大斜形。故此，時人以為南易水是一條南北走向的水流，便有了易水東西之說。

易水流域之重要，在於兩處：其一，北易水北岸，有燕國南部最大的要塞武陽城。這武陽城（註：中國歷史上有三個武陽，一為此處的燕國武陽，二為東漢設置於四川的武陽縣，三為隋代設置於河北的武陽郡。燕國武陽，在今河北易縣之易水上游地帶）乃當年燕昭王修筑的南部重鎮，東西二十里，南北十七里，堅固異常。因其咽喉地位，武陽也是燕國的下都，即燕國的陪都。其二，南易水東岸，有一道燕國南長城，是燕國防備南來之敵的屏障。這道燕南長城，沿南易水流向修筑，蜿蜒直向東南，抵達燕齊邊境的「中河」，長達四百餘里。戰國時期，黃河入海段分作三流入海，西河北上燕國而東折在今天津地帶入海，中河、東河均在齊國邊境，即今山東半島入海。燕國南長城的東界，便在燕齊交界地的「中河」終止。至此完全清楚，燕南的三個要害點是：南易水，燕長城，武陽要塞。

「稟報上將軍，燕代聯軍探察清楚！」

聽完斥候將軍的稟報，司令雲車上的王翦深深皺起了眉頭。

斥候營報來的敵情是：燕代聯軍已經連續渡過淶水與北易水，分三部駐紮：以腹地燕軍為主的十餘萬人馬，騎兵進駐武陽城外，步軍駐屯燕南長城；以代趙軍與燕國遼東精銳組成的二十餘萬主力，前出南易水東岸，正在構筑壁壘。

「辛勝，依此情勢，成算如何？」王翦問了自己的副手一句。

「上將軍，我軍必能聚殲聯軍！」辛勝沒有絲毫猶豫。

「有何憑據？」

「其一，聯軍部署失當！其二，我軍戰力遠超聯軍！」

「縱然如此，難矣哉！」

「臨戰狐疑，為將之大忌。上將軍當有必勝之心！」

山風迴盪著辛勝的慷慨激昂，舒捲著軍令大纛旗的啪啪連響。王翦遙望著東方晨曦中火紅色的茫茫聯軍營地，良久沒有說話。在秦軍歷代大將中，王翦是「雄風」最弱的一個。不管大仗小仗，王翦從來沒有慷慨激昂的必勝宣示，更多向將軍們說的，恰恰是此戰的難處。唯其如此，王翦的幕府聚將每每多有奇特：年輕的大將們嗷嗷一片，灰白鬚髮的王翦卻總是黑著臉。若非王翦的論斷無數次被戰局戰場的實際演變所證實，大約王翦這個上將軍誰也不會服氣。縱然如此，每遇大戰，仍然不可避免地重複著部將昂昂而統帥踽踽的場景。譬如目下，攻燕副統帥辛勝，對王翦的擔憂便很有些不以為然。

此時的秦軍大將，當真是英才薈萃。自王翦蒙恬以下，三十歲上下的年輕統軍大將個個出類拔萃：李信、王賁、辛勝、馮劫、馮去疾、楊端和、章邯、羌瘣、屠睢、趙佗。還有專司關隘城防與輜重糧草輸送的國尉府大將：蒙毅、召平、馬興、杜赫等一班軍政兼通的專才。這些年輕大將，無一不是後來大帝國的柱石人物。尤其是李信、王賁、楊端和、辛勝四人，一致被軍中呼為「少壯四柱」，直與白起時期的王齕、蒙驁、王陵、桓齕四大名將相比。

唯其如此，秦軍幕府的軍情會商，沒有一次不是多有爭論而洞察戰局的。

目下，秦軍大將們幾乎人人明白聯軍統帥趙平的真實圖謀：聯軍前出的二十萬主力，將要渡過易水拖住秦軍主力鏖戰，構筑壁壘作防守狀，恰恰只是「示形」而已；駐屯長城的幾萬步軍，則是在防備王賁部回師；駐守武陽城外的騎兵，則是隨時準備救援代國。也就是說，趙平心有狐疑，對自己的圍魏救趙戰法吃不準，機變以對的背後，是統帥自信心的缺乏。趙平狐疑的要害，是吃不準王賁部的真實動向——當真滅代與誘敵疑兵，究竟著力何在？為此，趙平擺出了一個看似機變兼顧的陣式：王賁若不攻代而回師助戰，則武陽軍與長城軍可合圍擊之；王賁若果然攻代，則武陽軍可放手北上救援；長城軍則可相機策應，兼顧易西會戰與救代之戰，既保會戰，又保救代。至於易西會戰，趙平的打算也是顯而易見的：王賁部十餘萬北上，秦軍主力只剩二十餘萬，與燕代聯軍兵力相當；而聯軍是本土衛國之戰，天時地利人和無不具備，當有極大勝算。對於不諳軍事的太子丹與宋如意等，這或可稱為一個機變靈活的英明方略。但在日趨老辣的王翦眼裡，在一群秦軍英才大將的眼裡，這卻是一個透露著狐疑之心的大有破綻的戰法。統帥心有顧忌而不敢投入絕大部分主力於主戰場會戰，實際便是主戰場不明，從方略上已經輸了一籌。若再從兩軍戰力說，燕代聯軍更無法與秦軍銳士抗衡，即或占兵力優勢，聯軍也未必戰勝，況乎是兵力相當的會戰。

所以，秦軍大將們沒有一個人擔心秦軍能否聚殲燕代聯軍。

作為此戰副統帥，辛勝的說法是：「易西戰場不會逃敵！武陽與燕南長城，則有王賁部從後堵截，也不會逃敵！如此戰場，如何不能聚殲！」唯其如此，辛勝與大將們對王翦的沉重與擔憂感到不可思議。

「稟報上將軍，聯軍特使來下戰書！」司馬的高聲稟報飛上了雲車。

「走！幕府聚將。」王翦大手一揮，立即走進了雲車升降廂。

辛勝對軍令司馬一點頭，黑色大纛旗大幅度掠過天空搖擺出特有號令。及至辛勝踏進升降廂跟著王翦出了雲車，聚將鼓已經響過了兩通。踏進幕府，大將們堪堪聚齊。王翦看也沒看聯軍特使捧過來的戰書，提起大筆便批了「來日會戰」四個大字。聯軍特使一出幕府，王翦黑著臉道：「聚殲燕代軍尚有變數，各部務須上心！」

「敢問上將軍，變數何在？」李信高聲問了一句。

「敵分兩岸三地，方圓百餘里，逃離戰場較前便利。」

王翦話音落點，幕府大廳驟然沉默了。應該說，這是被秦軍大將們共同忽視了的一個事實——聯軍分作三處在易水兩岸作戰，秦軍兩路縱然鐵鉗夾擊，也難保聯軍戰敗後不從山峁溝壑中逃離戰場；大將們原本認定的勝仗，與其說是聚殲，毋寧說是擊潰。應該說，沒有豐厚的實戰閱歷，很難洞察到這一點。而王翦比帳下年輕大將所多者，正在於數十年征戰的實際閱歷與異常冷靜的稟性。而敏銳的年輕大將們所缺乏者，也正在這種需要時日與實戰積累的血的經驗。

「上將軍所言大是！趙平分三部駐軍，我等沒有仔細揣摩！」

「三部駐紮，弊在分散軍力，利在便於逃戰！」

「王賁將軍只有三萬餘騎，難以攔截十餘萬人馬！」

「我軍主力在易水西岸決戰，戰勝後渡河追擊必有延緩，不利圍殲！」

「斥候新報：聯軍南來，全數輕裝。其圖謀，必在利於脫身！」

王翦不點明則已，一旦點明，年輕的大將們立即恍然醒悟，你言我語人人補充，片刻便將有可能發生的戰場大局說了個透亮。王翦雖然依舊板著臉，那雙藏在帥盔護耳裡的耳朵卻捕捉著每個人的簡短話語，心頭也飛快地掠過一個又一個可能的新方略。可是，他沒有捕捉到一個可以聚殲聯軍的方略啟示，飛掠心頭的新方略也沒有一個立定根基。

「此戰，只能就實開打。」大廳已經肅靜了，王翦終於站了起來。

「願聞將令！」聚帳肅然一聲。

「各部強兵硬戰，最大縮短易西會戰，盡早渡河圍殲逃敵！」

「嗨！」

「也就是說，原定部署不變，各部加大殺敵威力。」

「嗨！」

聚將完畢，王翦將斥候營將軍喚進了幕府軍令室。一番叮囑，斥候將軍在暮色中飛出了幕府，飛向了西北方的王賁大軍。

晨曦初露，霜霧濛濛，易水東岸人喊馬嘶地喧囂起來。

聯軍涉水的時刻，是趙平親自決斷的。抵達燕南長城後，聯軍幕府得斥候急報：秦軍王賁部沒有回師跡象，依然大張旗鼓隆隆北進。與此同時，代王趙嘉的快馬特使飛到，要趙平務必北上保代，若三日之內不能回軍，則代國君臣只有攜帶民眾北逃匈奴。趙平心下大急，來不及與太子丹會商謀劃，立即對中軍主力下達了軍令：次日清晨，涉水求戰！此刻，趙平的目的只有一個，逼王賁部回師，至於此等戰法之利弊，已經無暇揣摩了。太子丹與宋如意，一隨混編騎兵駐紮下都武陽，一隨混編步軍駐紮燕南長城，號為「節制兩軍相機出動」。兩人一進駐地，各自聽完主將的駐紮配置稟報，便各自忙碌著與追隨死戰的任俠劍士會商參戰之法，根本來不及趕赴幕府與趙平會商總體方略。及至接到趙平的中軍司馬的軍令知會，已經是次日拂曉時分了。雖然，兩位燕國主軍人物不在一處，處置之法卻驚人的一致：思忖一陣二話不說，便率領著死戰馬隊各自渡過易水，逕自趕赴戰場。

無論聯軍大將們多麼匆忙，一場生死存亡的大戰終於開始了。

太陽還沒有穿破朦朧霜霧，紅色衣甲的燕代聯軍在寬闊的河面展開，湧動著漫上易水西岸的平野谷地，天地間一片混沌金紅。當趙平的司令雲車矗立起來的時候，他卻驚異得說不出話來。整個谷地戰場沒有秦軍，依稀可見的遠處三面山坳裡，隱隱飄盪著黑色旗幟，卻聽不見人喊馬嘶與鼓號聲混雜的營濤之聲。

「稟報平原君！秦軍營地虛空！河谷未見秦軍！」

「飛騎三十里！再探再報！」

探馬飛去，趙平臉色陰沉得可怕。王翦分明在戰書上批了來日會戰，今日戰場卻一無大軍，這分明是一場陰謀之戰。並非趙平相信那羊皮紙上的四個大字，而是趙平認定，秦軍不可能就地遁去，秦軍正在他看不見的地方覬覦著戰場！既有陰謀，不是偷襲，便是伏擊，捨此又能如何？趙平揣摩不透的是，秦軍若想作陰謀之戰，只要在聯軍渡河時作「半渡擊之」，則聯軍必敗無疑；如今不作半渡出兵，教聯軍從容渡河布好陣勢，而秦軍竟不見蹤跡，這算甚個陰謀？你縱有奇兵埋伏，也得誘我進入險峻山谷方可。如今我軍距離秦軍營地山谷至少有三五里地，且不說我在山外，便是入山，那低矮平緩的兩面小山能埋伏得幾多人馬？趙平一面思忖揣摩，一面搖頭苦笑，漸漸地，他的狐疑越來越重了——莫非王翦丟下空營，兼程北上會合王賁部攻代了？若非如此，二十餘萬大軍能憑空遁身了？

「稟報平原君！方圓山地未見秦軍！」

當探馬斥候流星般再度飛來稟報時，趙平驟然滲出了一身冷汗——他確信，秦軍主力一定北上了！片刻之間，趙平來不及細想便大吼下令：「穿過山谷！北上代國！」發令完畢，趙平飛步下了雲車飛身上了戰馬，帶著護衛幕府的三千精銳馬隊飛向前軍。燕代地理趙平極熟：一旦渡過易水，北上代國最近的路徑便是穿越秦軍營地所在的山谷，再渡過涞水上游進入代國；若回渡易水再從武陽北上，路程至少遠得一日兩日，對於追擊已經出發一夜或者至少大半夜的秦軍，回渡之路等於完全無望截殺。如此大半個時辰之間，燕代聯軍的二十餘萬主力已經轟隆隆開進了虛插秦軍旗幟的山谷。只有太子丹與宋如意的兩支白衣馬隊堪堪趕到，尚未進入谷口……

突然之間，隆隆戰鼓完全淹沒了山谷河谷，殺聲四面連天。

山口外的太子丹與宋如意，驚愕得完全不知所以了。放眼方才還是空蕩蕩的河谷，瞬息之間黑色秦軍遍野捲來，恍如從地下噴湧出來的狂暴洪水；山谷中的喊殺聲更是震耳欲聾，兩道原本低矮的山梁竟然森森然猙獰翻起一片片劍矛叢林。更為恐怖的是，易水西岸神奇地矗立起了一道黑森森的壁壘，一面「章」字大旗獵獵勁舞。太子丹一看便清楚，那是秦軍的大型弓弩陣。也就是說，秦軍章邯部的強弓硬弩已經封鎖了易水退路，聯軍主力若不能突破秦軍山谷伏擊，只能聽任這駭人暴風驟雨般的大箭射殺乾淨。

「軍師！殺進山谷！與平原君會合！」太子丹大吼了一聲。

「不行！」但臨戰場搏殺，士俠宋如意畢竟清醒，一把扯住了太子丹馬韁大喊，「人馬擁擠，找不見靠不攏！為今之計，只有殺回長城再作計較！」太子丹立即醒悟高聲道：「好！馬隊聽軍師調遣！殺回長城！」宋如意喊道：「王室馬隊護衛太子！俠士馬隊我五十騎前衝，魯句踐五十騎斷後！跟我殺——」長劍一舉，雪白戰馬一道閃電般飛了出去。

此時山谷之內，趙平主力大軍眼看谷口遙遙在望，突然戰鼓如雷殺聲四起。趙平雖是統軍主將頗具膽識，然畢竟缺乏統率大軍實戰之閱歷，匆忙而又百般狐疑之際陡聞戰鼓殺聲如驚雷當頭炸響，片刻之間不禁有些發懵。一個軍令還沒有發出，趙平便被身邊久經戰陣的一群老司馬裹到了馬隊核心。及至趙平清醒過來連聲怒吼，要指揮大軍突出山谷，兩山秦軍已經山呼海嘯般壓來，整個大軍立即陷入了身不由己的混亂搏殺。趙平的中軍護衛馬隊，是當年趙軍殘存的精銳飛騎，人人都是戰場勇士，不待護衛大將發出號令，已經將整個中軍幕府的司馬們與趙平裹在核心向山口颶風般捲去。混編在聯軍主力中的六萬餘代軍見「趙」字將旗飛掠向前，立即心領神會，大將們不約而同連聲怒吼，代軍將士紛紛擺脫身邊的燕軍自整隊形，奮然死戰殺向山口。編入聯軍主力的燕軍，正是頗為神祕的遼東獵騎。此時的遼東騎士，從來沒有過與代趙軍聯兵戰場的閱歷，更沒有過與秦軍交戰的閱歷；此刻見代軍脫開盟軍自顧衝殺而去，遼東燕軍大為惱恨，一面高聲咒罵，一面奮然聚結各自為戰，要與這黑森森的秦軍見個高下。

山頭雲車上，王翦的軍令大纛旗連連飛掠，秦軍已經撲向了整個戰場。

秦軍山谷伏擊戰的大部署是：李信所部堵截出口，楊端和所部截殺入口，馮劫所部與馮去疾所部從兩山掩殺攻擊。這四支秦軍全數是步軍，原部所屬的騎兵也改作了步軍。之所以如此，在於王翦對伏擊戰的將令：「四面構筑壁壘，務使燕代軍不能脫逃！」堅不可摧的壁壘戰，自然是步兵優於騎兵。主戰場之外的易水河谷，王翦部署了兩支銳師追殲殘敵：一是由副帥辛勝親自率領的兩萬精銳鐵騎，一是章邯所部的弓弩營。如此部署，在實際上就形成了戰場分統：統帥王翦主司伏擊主戰場，副帥辛勝主司河谷戰場。與此同時，王翦給王賁部的將令是：飛騎回師，攻取武陽與燕南長城，務期不使兩部燕軍北逃！在整個大格局中，李信部的谷口堵截與王賁部的回師抄後最為要害，兩部但有紕漏，則燕代聯軍便可能逃亡甚多，要害人物如太子丹趙平宋如意等也可能突圍而去。

山谷之中，秦軍事先已經有充分準備，兩山壁壘構筑得既隱祕又堅固，堆積了滿當當的滾木礌石箭鏃與備用刀矛。戰鼓殺聲與淒厲的牛角號一起，兩山箭雨黑壓壓傾瀉入谷，滾木礌石從山坡激盪跳躍著撲來，威勢著實駭人。燕代聯軍尚在驚駭懵懂之中，黑色的秦軍銳士方陣已挺著幾有兩丈的長矛從山坡轟隆隆壓下，森森之勢令人不寒而慄。燕軍的遼東輕騎與代趙軍的飛騎一樣，皆以靈動快速見長，壓迫在山谷做拼死決殺，其戰力大大弱於結陣成勢的重甲步兵。從戰鼓響起到秦軍壓下山坡突入谷地，前後不到半個時辰，燕代聯軍已經被分割成了各自為戰的無數的大塊小塊，恍如飄盪在黑色叢林的一片片血紅色的殘雲晚霞。饒是如此，燕代兩軍仍然在拚命嘶吼搏殺。燕軍遼東輕騎初戰秦軍，心有不甘。代軍則更是全力拚殺——這支代軍若葬身此地，則新建的代國無異於滅亡；代軍統帥趙平若戰死或被俘，代國也同樣等於滅亡。所不同的是，燕軍向後殺，要過易水回薊城再回遼東；代軍向前殺，要衝出山口，渡過淶水，回救代國。

兩軍衝殺方向不同，戰場便生出了意料不到的變化。

敵軍分流，山谷的秦軍馮劫部與馮去疾部，出現了短暫的不知所措。向來埋伏作戰，伏擊方都是全力衝殺一個方向，逼迫敵軍逃向己方的堵截壁壘。而今局面突變，代軍向前撲，燕軍向後捲；兩山掩殺的秦軍若仍然一個方向壓下谷底，則必然有可能走脫一方。急切之間，馮劫馮去疾各在一面山坡不及會商，衝殺秦軍一時猶豫，不免短暫散亂各自喊殺著撲向不同方向。

「左山前殺！右山後殺！」

王翦司令雲車上的大纛旗兩個翻飛橫掠，發出了明白的攻殺將令。專一接受統帥雲車旗號的兩軍軍令司馬連聲高呼，左山的馮劫與右山的馮去疾立即清醒，各自大吼一聲，立即向前向後掩殺下去。

片刻間隙，趙平的死戰飛騎已經飆風般捲到了谷口。

堵截谷口的李信部三萬餘人馬，專一配備了一千架大型連弩、五百架大型拋石機。李信將大型連弩陣，設置在了山口外的兩座小山包前。這兩座小山，恰恰在山口外兩三里處，與伏擊山谷遙遙相對，形成一片四面出口的谷地。大型連弩射程可達一二里左右，向這片谷地回射鎖敵，有極大的殺傷力。五百架拋石機，李信則部署在谷口地帶，對逃敵作迎頭一擊。其餘三萬精銳步卒，李信則將兩萬步卒部署在兩側山坡的樹林中，一聞谷內戰鼓號角，兩萬步卒便開下山坡分作兩大方陣作兩道防線截殺；所餘一萬步卒，則由李信親自率領，守在兩面山坡，防止殘敵衝上山坡突圍。如此部署，從地理形勢與大型兵器的利用，到秦軍戰力的發揮，都可說是萬無一失。

然則，代軍飆風般捲到面前時，由於身後沒有了強兵追殺，這支死戰飛騎頓時顯出了舊時趙軍的剽悍戰力。面對剛剛衝下山坡尚未結成整肅陣勢的秦軍步卒，代軍騎士不待任何將令，齊刷刷摘下長弓搭上羽箭一齊勁射，箭雨飛出的同時，戰馬彎刀幾乎是如影隨形呼嘯撲來。以威力論，馬上弓箭遠不如秦軍大型連弩，甚至不如秦軍步卒的腳踏上箭弩。但是，今日秦軍連弩集中在山口外，兩山掩殺的步卒一律摘下單兵弩機而只操長矛。也就是說，面前為堵截殘敵而只作專一衝殺的秦軍步卒，目下沒有弓箭在身。當此之時，這些精於騎射的強悍騎士的密集箭雨威力大顯，秦軍步卒紛紛倒地的同時，飆風般的紅色馬隊已經潮水般衝過了堤壩。山口高坡的李信大急，大吼一聲，五百架拋石機頓時發動，斗大的石塊密匝匝向山口代軍砸來。與此同時，李信的大旗急促擺動，遠處兩山前的一千架大型連弩也接踵發動，萬千長矛大箭激盪著駭人的尖厲呼嘯聲壓向逃出山口的散亂飛騎。及至山谷中的秦軍步兵黑壓壓殺出，代軍的戰馬騎士的屍體已經層層疊疊地鋪滿了谷地。

「趙平逃脫！隨我追殺！！」李信暴聲如雷，飛身上馬。

「上將軍將令──」

軍令司馬飛騎趕到，對李信轉述了王翦的將令：停止追殺代軍，立即回軍東渡易水，合擊燕太子丹殘部。李信雖則心有不甘，還是氣咻咻一揮大手，喝令全軍立即出山殺向易水谷地。

此時的易水西岸，亂得沒有了頭緒。

燕軍遼東輕騎拼死向後，一路殺到山口，已經折損了大半人馬。截殺燕軍退路的秦軍有兩部，一部是辛勝的兩萬鐵騎，一部是章邯的大型連弩營。依照正常戰法，突圍的燕軍一旦衝出後山口，第一陣截殺的是辛勝鐵騎；截殺之後殘餘的燕軍，全部由部署在易水岸邊的章邯連弩營堵截射殺，或逼其全部投降。連弩營施展的前提是，秦軍鐵騎退出射程之內，不與燕軍殘敵作追殺糾纏，否則，連弩無法漫天激射。山谷戰場一開，太子丹與宋如意部立即回身殺向易水渡口。後山山頭的辛勝遙見一片白衣白旗，心知便是太子丹所部的王室飛騎。辛勝沒有片刻猶豫，下令其餘鐵騎截殺突圍的遼東輕騎，自己翻身上馬率領五千鐵騎來追殺太子丹。辛勝很清楚，此戰走了誰也不能走了這個太子丹，刺殺秦王的太子丹若逃出秦軍重圍，就是秦軍無法容忍的最大恥辱。太子丹的結局只能有一個：被秦軍俘獲，交秦王處置。即或太子丹被章邯射殺，也不是秦軍的榮耀。此時，易水西岸尚無混戰局面，辛勝部飛兵追殺太子丹，章邯在高高雲車上看得分外清楚。章邯立即對連弩營下令：連弩只對突出谷口的紅衣燕軍，不對白衣人馬。如此一來，辛勝的五千鐵騎與太子丹宋如意的三千餘飛騎，在易水西岸展開了風馳電掣的追逐拼殺。太子丹雖非戰場之士，然在燕國卻深得人心。這支護衛飛騎軍，全部是太子丹昔日與荊軻一起精心遴選的騎士，人人半俠半兵，立誓護衛太子。此刻面臨強兵追殺，這支飛騎非但沒有慌亂，反而拋掉了所有的旗幟甲冑，迅速變作人人布衣散髮的輕裝騎士，在戰場左衝右突尋覓涉水時機。不可忽視的是，宋如意的百名任俠騎士更是人人出色，間或以小股馬隊游離出去與秦軍鐵騎作近戰搏殺，對辛勝部的追殺造成很大干擾。

但是，若沒有易水東岸的意外變化，太子丹仍然不能逃此一劫。

東岸情勢變化，由秦軍王賁部的武陽之戰而起。王賁北上，聲勢大而腳下慢，未過淶水便在一道隱祕的山谷祕密駐紮下來，每日只派出喬裝斥候深入代地，散布秦軍北上的種種消息，使得代國一片風聲。燕代聯軍渡過易水的前夜，王賁部隱祕地向回程進發。依據父親的將令，王賁南下有兩戰：一戰攻克燕國下都武陽，為秦軍徹底掃滅燕代之根基；一戰攻克易水東岸的燕南長城，堵截燕軍回逃之路。依秦軍戰力與目下燕軍狀況，王賁部兩戰必是秋風掃落葉之勢，不會耽延。王賁以秦軍鐵騎的腳力戰力，做了環環相扣的部署：清晨進逼武陽城下，在主戰場伏擊發動之時，始攻武陽；午時前後，飛兵南下燕長城攻克老弱燕軍，以燕長城為壁壘截殺殘餘燕軍。如此部署，留給攻克武陽的時段最多只能是兩個時辰。不料，夜來行軍陡遇一場大雨，王賁部進發到武陽城下時天雖放晴，時辰卻已經將近正午。此時的主戰場已經開打整整一個早晨，武陽守軍的情勢已經發生了意外的變化——趙平的代軍飛騎突破重圍後逃進武陽，與燕軍聯結死守。一波猛攻不能奏效，王賁急火攻心，立即分開兵力兩面兼顧：留下萬餘人馬繼續攻城，不使趙平殘部脫逃；自率萬餘鐵騎飛馳燕南長城，要截殺太子丹後路。

可是，王賁部趕到易水東岸的燕南長城時，大部燕軍已經逃走，留下的只有傷兵與老弱，太子丹的白衣馬隊更是沒有了蹤跡。王賁尚在火爆爆怒吼，章邯的中軍司馬已經飛馬過來稟報了。章邯司馬說，太子丹被辛勝飛騎追殺時，東岸長城沒有受到攻殺的燕軍立即派出僅有的數千騎兵涉水增援：燕軍騎兵剛剛涉水上岸，恰逢太子丹部與尾隨追殺的辛勝部一起捲到；燕軍騎士堪堪放過太子丹馬隊，與辛勝的秦軍鐵騎糾纏廝殺到了一起；西岸章邯見白衣馬隊涉水，易水中再沒有黑色秦軍，立即下令連弩轉向猛烈射殺；白衣馬隊丟下了一大半屍體，最終還是上了東岸逃脫了；救援太子丹的燕軍馬隊，全部死在了辛勝鐵騎的長劍下。

「姬丹！且教你白頭多長幾日！」

王賁惡狠狠罵得一句，立即率領萬餘鐵騎趕赴武陽——太子丹脫逃，不能教趙平也逃了。王賁馬隊西去不到半個時辰，西岸主戰場的辛勝部也越過易水殺向了武陽。可是，王賁趕回武陽時，情勢又發生了變化：武陽城攻破了，趙平殘部卻殺出城逃跑了。

「破城逃敵，你作何說！」王賁黑著臉問本部副將。

「騎對騎，趙軍不弱！」副將硬邦邦回了一句。

及至辛勝趕到，查勘罷戰場只說了一句話：「撂下武陽！回易西營地！」

暮色時分，幕府聚將。王翦二話沒說，下令中軍司馬稟報匯集之戰果。司馬稟報說，三處戰場共斬首燕遼東軍六萬八千餘、代軍四萬三千餘，俘獲兩軍十四萬餘，攻克燕國下都武陽與燕南長城；逃脫燕太子丹、軍師宋如意，逃脫代軍主將趙平；燕代兩軍，總計逃脫十餘萬人馬。

「甚個鳥仗！處處有錯！」李信先憤憤然罵了一句。

「怪也！兩頭跑！誰知道逮哪頭！」馮劫馮去疾異口同聲。

「走脫太子丹！我領罪！」辛勝紅著臉嚷嚷。

「誰也不怪！全在我貽誤戰機！」王賁臉色鐵青。

「打了敗仗麼？」王翦沉聲一句，大將們都不說話了。王翦站了起來，拄著長劍走到大板地圖前道，「滅國之戰，絕非尋常攻城掠地。邦國不同，戰況便不同。希圖戰戰全殲一戰滅國，無異於白日大夢！運籌謀劃，自要以全殲為上。然戰場生變，依然拘泥於謀劃計較戰果，便是趙括！便是紙上談兵！此戰，雖未全殲燕代兩軍，也走脫了太子丹與趙平，仍然是破燕之戰！因由何在？根本之點，燕代兩軍主力喪失殆盡，燕代兩國從此不足以舉兵大戰！只要我軍繼續追殺，燕代兩國何以抗之，何以存之！」

「願聞將令！追殺燕代！」滿廳一聲吼喝。

「追殺之戰，謀定而後動。」王翦冷冷一句，散了聚將會商。

當晚，王翦向秦王擬就了戰事上書。

案前一提筆，王翦便想到了李斯。李斯若在，此等事要容易許多，也許王翦說幾句話，李斯便代勞草就了。李斯既是極好的談伴，一動手寫字更教人看得入神。可惜，李斯在易水之戰前就被秦王緊急召回咸陽了。留下的頓弱雖說也是大才，然頓弱當年在趙國已經被郭開折磨得一身病，能挺在軍營已經不容易了，如何還能作經常夜談？這篇上書很長，直到刁斗打響五更，主書司馬才將王翦寫好的書文謄刻完畢，裝進銅管上了封泥。王翦在上書中備細稟報了此戰經過，末了提出了自己的滅燕安燕方略：時近冬令，大軍北進艱難，當開進燕國下都武陽歇兵過冬，來春北上滅燕滅代；冬季之內，李斯最好能率領安燕官吏入燕，妥為謀劃燕國民治；燕國古老，風習特異，若李斯不能北上，則請秦王下書蒙恬入燕，與頓弱共商治燕之策。

半月之後的一個夜晚，咸陽王使姚賈飛車北來。

秦王的回書很簡單：「將在外，君命有所不受。滅燕滅代之方略，悉聽上將軍鋪排。餘事不盡言，姚賈可與上將軍會商決之。」很顯然，戰事之外，秦王尚有需要姚賈與王翦當面會商的祕事。接風小宴上，王翦略事寒暄切入了正題，要姚賈盡說無妨。姚賈素來幹練，一爵酒未曾飲完，已將待決之事說了個明白：韓國滅亡之後，由於王室貴胄仍然居留在舊韓之地，而只將韓王安遷徙到了秦國本土；是故，韓國老世族有異動跡象，密謀與魏國、代國聯結，在「老三晉」勢力支撐下恢復韓國；很可能在明春祕密舉兵，擁立新韓王，李斯不能北上，也是全力籌劃應對此事；安定燕國，秦王已經下書蒙恬在一個月內趕赴武陽。凡此等等，因為姚賈長期主持對三晉邦交，又熟諳政事，所以將諸般消息來源與決斷依據都說得清清楚楚，顯然不是空穴來風。

「秦王欲如何應對？」王翦大皺眉頭。

「一句話，後發制人！」

「待其舉兵，我再平亂？」

「正是！師出有名，對天下好說話。」

「秦王要我大將？幾個？」

「上將軍何其明銳也！不多要，一個！」

「有人選？」

「王賁！」

「要否兵馬？」

「秦王請上將軍斟酌。」

良久默然，王翦只說了一句話：「容我明日再定」。姚賈熟悉軍旅，更知道近日秦軍戰況不盡如人意，王翦分外慎重當在情理之中。於是，姚賈沒有多說，起身告辭了。王翦送走姚賈，立即吩咐軍令司馬調王賁來幕府。自任上將軍以來，這是王翦第一次單獨召見兒子。軍令司馬頗感意外，生怕聽錯，連問兩遍無誤，這才去了。

「王賁見過上將軍！」昂昂一聲，兒子來了。

「坐了說話。」

與父親一般厚重的王賁，侷促得紅著臉依舊站著，顯然對父親的單獨召見很不適應，只搓著雙手低聲一句：「仗沒打好，我知道。」王翦淡淡一揮手道：「打好沒打好，不在這裡說。秦王有書令，公事。」一句話落點，王賁立見精神抖擻，「嗨」的一聲挺直腰板高聲道：「願聞將令！」王翦道：「韓魏有異動，秦王欲調你南下。老實說，自己如何想？」話語很平靜，王翦心頭卻不平靜。王翦始終認定這個兒子醉心兵事而稟性耿介，長於戰場而弱於政事，唯其如此，留在自己身邊只做個戰將，會安穩得多；而一旦南下，則是獨當一面，既要處置戰事又要處置與民治軍情相關的政事，局面便要繁雜得多。

「回稟上將軍！這是好事！」

「好在何處？」

「獨當一面！少了父子顧忌，我可放手做事！」

「噫！老夫礙你手腳了？」

「不礙。也不放。」

「好！放你。」王翦的黑臉分外陰沉。

「謝過上將軍！」

「這是去做中原砥柱。自己揣摩，要多少人馬？」

「五萬鐵騎！」

「五萬？」

「若是燕代戰場吃緊，三萬也可！」

「輕敵！慢事！」王翦生氣了，帥案拍得啪啪響。

「稟報上將軍，不能以五萬鐵騎安定三晉，王賁甘當軍法！」

王翦不說話了。站在面前的，就私說是兒子，就公說是三軍聞名的前軍大將。王賁的將兵之才、謀劃之才、勇略膽識等無一不在軍中有口皆碑。以秦王用人之能，指名只要王賁一人南下，秦王選擇了兒子，而兒子恰恰只要五萬人馬，這是巧合麼？以王翦之算，震懾中原至少需要三員大將十萬精銳，目下，能僅僅因為王賁是自己的兒子，就一口否定他的膽略麼？平心而論，自己果真沒有因為王賁是兒子而放大對王賁的疑慮麼？王翦畢竟明銳深沉，思忖良久，只板著臉說了一句話：「回去再想，明日回話。」逕自到後帳去了。

次日清晨，王翦請來姚賈共同召見王賁。王賁沒有絲毫改口，還是只要五萬，且再次申明三萬也可。王翦還沒有說話，姚賈已大笑起來：「天意天意！秦王謀劃，也是良將一名鐵騎五萬也！」王翦再不說話，立即吩咐軍令司馬調兵。

三日之後，王賁部與姚賈一起起程南下了。

七、衍水蒼蒼兮　白頭悠悠

漫天皆白，薊城陷入了深深的沉寂。

太子丹佇立在南門箭樓的垛口，白衣白髮與茫茫雪霧渾然一體。他在這裡一動不動地凝望了一個時辰，腿腳已經麻木，心卻亮得雪原一般。易水兵敗，他歷經九死一生殺回薊城，兩支馬隊只剩下了三百餘人。宋如意死了，所有的任俠騎士都死了。涉水之時，為了替他擋住急風暴雨般的秦軍長箭，任俠騎士們始終繞著他圍成了一個緊密的圈子，呼喝揮舞著長劍撥打箭雨。即將踏上岸邊時，一支長矛般的連弩大箭呼嘯著連續洞穿三人，最後貫穿了正要伸手扶他上馬的宋如意。他還沒直起腰來，便被幾股噴射的血柱擊倒了。及至醒來，天色已經黑了，四周只有瀟瀟秋雨中一片沉重的踩泥聲。應該說，沒有那場突如其來的暮雨，縱然秦軍的連弩箭雨沒有吞沒他們，秦軍的追擊馬隊也會俘獲了他們。一路北上，逃出戰場的殘兵漸漸匯聚，走到薊城郊野，他吩咐幾名王室騎士粗粗點算了一番，大體還有四萬餘人。那一刻，他分外清醒，想也沒想便下令將士全數入城。城門將軍眼看遍野血糊糊的傷殘兵士怒目相向，連王命也沒有請示便開城了。按照燕國法度，戰敗之師是不許進入都城的，必須駐紮城外等候查處。但是，當他帶著四萬餘傷殘將士開到王城外時，父王沒有絲毫的責難，反而派出了犒軍特使，將逃回將士們的營地安置在了王城外的苑囿之內。當他一個人去見父王時，父王靠在座榻上，嘴角流著長長的口水正在鼾聲如雷。

「稟報父王，兒臣回來了。」

「嗯！」燕王喜猛然一顫，鼾聲立止。

「父王，戰敗了……」

「敗了？」燕王喜嘟囔一句，又嘟囔一句，「敗了敗了。」

「父王，遼東獵騎只有兩萬逃回……」

「不少。不少。」燕王喜還是面無表情地嘟囔著，一句戰況也不問。

「兒臣以為，父王當親率餘部精銳，盡速退向遼東！」

「都走。燕國搬到遼東去。」似乎想好了的，燕王喜沒有絲毫難堪。

「不！兒臣要守住薊城，否則，父王不能安然退走！」

一陣長長的默然，父王終於點了點頭道：「你的人都留下。」說罷便被侍女扶著去沐浴了。太子丹找來一個熟識內侍一問，才知道父王正在準備告祭太廟，今夜起便要做三日齋戒。太子丹悲傷莫名，突然覺得自己對父王的關切很是多餘。父王老了，父王睡覺流口水了，但父王不糊塗，在保命保權這兩件事上尤其不糊塗。戰敗了，父王無所謂。太子丹一路如何殺出戰場，父王也無所謂。然則，只要說到退路，父王立即就清醒了。更有甚者，在他逃回薊城之前，父王就已經做退出薊城的準備了，此時告祭太廟，還能有何等大事？儘管悲傷，儘管心下冷漠得結成了冰，太子丹還是沒有停止實際事務。因由只有一個，他不能丟下這四萬多傷殘士兵。太子丹沒有兵權，也沒有過親臨戰場親自統兵死戰之閱歷。這次易西之戰，不期然成為燕軍事實上的統帥，太子丹才第一次知道了燕軍將士對自己的死心擁戴。護衛將軍說，在渡過易水之後的大雨中，燕軍殘兵沒有作鳥獸散，反而漸漸聚攏，只是因為聽到了太子還活著，只是因為看見了那支白衣白甲的馬隊，連戰前對自己很是疏離的遼東獵騎殘部，也忠實地護衛著自己沒有離開。殘存將士們流傳的軍諺是：「太子在，燕國在，燕人安無荊軻哉！」如此與自己浴血戰場的殘存將士，自己能丟下不管而去照拂並不需要照拂的父王麼？

齋戒告祭太廟之後，老父王終於頒下了東退王書。

也就是在那日晚上，太子丹最後一次見到了父王。父王說，王城府庫與不能走的人，都留下，若是堅守，至少可支撐三五年。父王最後說了一句話：「自明日起，你是西燕王。」太子丹說：「不。兒臣還是太子，一國不能兩王。」父王說：「也好。不稱王，秦軍還不會上心。趙嘉做了代王，分明是自找禍端。」太子丹沒有再在這些虛應故事上與父王糾纏，轉了話題問：「兒臣欲心下有底，遼東兵力究竟多少？」太子丹記得，父王只嘟囔了一句：「十餘萬，不多。」便扯出了鼾聲流出了口水。沒有任何生離死別的哀傷，父王的車馬大隊在次日清晨走了。

太子丹的第一件事，是清理父王留下來的整個薊城。三日之後，新薊城令稟報說，整個薊城還有兩萬餘「半戶」百姓，人口大體在十萬之內。所謂半戶，是沒有成軍男丁的人家。也就是說，可以做士兵的男丁人口，不是戰死，便是被父王帶走了，留下的只有老弱婦幼人口。緊接著，王城掌庫稟報說：王城府庫的財貨糧草大體還有一半，最多的是殘破舊兵器，最少的是弓箭與甲胄。太子丹在王城正殿聚齊了百夫長以上的將士，舉行了鄭重的抗秦朝會，親自宣示了薊城的人口財貨狀況，徵詢將士願否死戰抗秦？將士們分外激昂，一口聲大吼：「誓與太子共生死！」太子丹精神大振，與大殿將士們歃血為誓：決意仿效田單抗燕，作孤城之戰，浴血薊城，死不旋踵！

然則，一個冬天即將過去，薊城陷進了一種奇異的困境。

原本預料，秦軍戰勝後必將一鼓作氣北上，薊城血戰將立即展開。沒有想到的是，半秋一冬，秦軍竟然窩在武陽沒有北進一步。各路斥候與商旅義報紛紜傳來的消息，都在反覆證實著一個變化：韓國遺民與魏國祕密聯結，圖謀發動復韓兵變，開春後秦軍將南下安定中原，不可能繼續進兵燕代了。太子丹的評判是，這是秦國慣用的流言戰，從長平之戰開始，從來沒有停過；目下的頓弱姚賈，也同當年的范雎一樣是離間山東的高手，一定不能上當！然則，無論他多麼果決地反覆申明，都無法扭轉燕人的鬆懈疲憊。一個冬天消息蔓延，遼東以西的大半個燕國莫名其妙地癱軟了。將士們劫後餘生，傷殘者紛紛打探家人消息設法隨時回鄉，健全者則忙於同族同鄉之間的聯結以謀劃後路。留下的兩萬餘遼東獵騎，也有了思鄉之心，多次請命要回遼東。薊城庶民也開始逃亡，出城的理由多得無法分辨真假也無法攔阻。事實上，父王撤出之後，薊城商旅已經絕跡，城內物資財貨的周流全部癱瘓，百姓生計大為艱難；縱是將庶民圈在了城裡，也是硬生生教人等死。若是戰時，一切都好說。當年田單堅守即墨孤城，眼見燕軍在城外挖掘齊人祖墳，田單不是也嚴令齊人不許出城麼？可目下偏偏沒有戰事，消息還說春天也沒有戰事。當此之時，你若不能將府庫僅存的軍糧拿出來救濟百姓，又如何能阻攔庶民自謀生路？

「上天也！周人王道大德，寧滅我召公之餘脈哉！」

太子丹想大吼一聲，卻石俑一般重重地倒在了茫茫風雪之中。

……

太子丹醒來時，冰雪已經融化了，庭院的楊柳也已經抽出了新枝。老太醫說，他被兵士們抬回來時，已經僵硬得無法灌進任何藥汁了；情急之下，一個遼東獵戶出身的將軍用了遼東巫師的解凍之法，堆起一座鬆散的雪丘，下令一百名士兵輪換抬著僵硬的他像石樁一樣在雪中塞進拔出，如此反覆整整一夜，他才鬆軟了紅潤了有氣息了；之後，老太醫使用藥眠之法，教他昏睡了整整兩個月，每日只撬開牙關給他灌進些許藥汁肉湯。

「太子復活，若非天意，無由解之也！」

「幾，幾月了？」

「三月，初三。」

「扶，扶我起來。」

被兩名侍女結結實實架著站起來時，太子丹只覺整個身子都不是自己的了。老太醫跟著，一群侍女輪番架著，一會兒走走一會兒歇歇一會兒吃藥一會兒飲水一會兒睡睡一會兒醒醒，如此反覆折騰三日，太子丹才漸漸活泛過來。自覺精神好轉的那一日，太子丹堅執要看看薊城情勢。馬是不能騎了，只有坐在六名士兵抬著的座榻上慢慢地走。料峭的春風捲起殘雪，整個街市只遇到了幾個夢遊一般的老人。薊城蕭疏得他都不敢認了。往昔最是繁華熱鬧的商旅坊，連一個人影也沒有，空曠寂涼得像墓場。城頭上倒是還有士兵，只是都在靠著垛口曬太陽打盹捉蝨子。見太子巡城，士兵們倒是都站了起來圍了過來。可是，那一排排麻稈一般的細瘦身影，卻教人不忍卒睹。

「還有多少兵力？」

「稟報太子：薊城兵力三萬餘……」

太子丹只問了這一句，再也沒有開口。回到王城，太子丹宣來了薊城將軍與薊城令，吩咐即日開始籌劃，放棄薊城，全軍退往遼東。兩位新任大員沒有絲毫異議，立即欣然接受了部署。顯然，誰都明白了困守薊城的可怕結局：縱然秦軍不來，守在薊城也是等死。原因不在別的，只在於父王挖走了燕國根基，秦國大軍又遮絕了燕國與中原的通道，農夫沒有了，工匠沒有了，商旅沒有了，薊城的生機也就斷絕了。

可是，撤離籌劃尚未就緒，秦軍便大舉北上了。

秦軍北上來得很突然，太子丹接到消息時，王翦大軍已經渡過涞水越過督亢，進逼三舍之外了。顯然，此時倉促撤離，正有利於秦軍鐵騎大舉掩殺，無疑自投虎口。陡臨危境，太子丹很是清醒，斷然下令打開府庫分發甲冑兵器，全城庶民全部為兵，連夜開出薊城在治水北岸構筑壁壘迎敵！如此部署，不是太子丹知兵通戰，而是基於一個最簡單不過的事實：出城為戰，便於逃離；困守孤城，則註定要做秦軍的俘虜。身處戰時的庶民將士，人人明白這個道理，沒有任何阻力便動了起來。殘存的真正燕軍連夜出城，及至著了戎裝的庶民陸續開到治水北岸，已經是次日正午時分。兵民一體布防，擺開陣式竟然將近十萬之眾，鋪開在新綠的原野倒也是浩浩蕩蕩。

當部伍整肅的秦軍黑色潮水般撲來時，戰場形勢是不言自明的。

太子丹的燕軍幾乎沒有作像樣的搏殺，便大舉退向了北方山野，繞過薊城東走了。王翦當機立斷：前軍大將李信率五萬鐵騎追殺太子丹，主力立即占據薊城，安定民治。此前，蒙恬已經從九原南下，咸陽派來的安燕官吏也已經抵達軍中；蒙恬與頓弱會合，率一班官吏隨軍北進，開進薊城後立即開始了整肅燕地。而王翦所關注的，是李信的追殺進展。

太子丹東逃，路徑原本是勘定好的：繞過薊城向北進入燕山，再東渡灌水奔向遼東。一開始尚有數萬百姓追隨，可隨著秦軍不殺無辜庶民的消息傳開，庶民百姓漸漸潰散了。旬日之後，追隨太子丹的人馬只有萬餘。李信部緊追不捨，太子丹部根本沒有喘息之機，只有不捨晝夜地向東逃亡。如此兩軍銜尾，一個月之間奔馳千餘里，越過遼水進入了燕國東長城地帶的衍水河谷。奔馳月餘，太子丹人馬個個枯瘦如柴疲憊異常，再也無法與秦軍較量腳力了。這日進入一片山谷，騎士們倒在草地上，再也爬不起來了。太子丹欲哭無淚，長歎一聲，拔出長劍搭上了脖頸。此時，一個遼東將軍哭喊著抱住了太子丹，奪下了長劍，哽咽著說出了一條生路：向前十餘里的衍水河谷，有一個祕密營地可以藏匿，秦軍不可能找到。這個祕密營地，是當年樂毅在遼東練兵時開闢的一片山岩洞窟，屯有大量糧草乾肉，後來也成了燕國遼東軍的祕密駐屯地之一。

「既有此地，何不早言？」太子丹很是不解。

「燕王早有嚴令，遼東營地不得對任何人洩露。」

太子丹不說話了。這便是父王，對他這個兒子放權任事，卻在任何時候都不忘記嚴守兵權機密，縱然離國東去，也沒有給他交代一處遼東路上的救命所在。這一時刻，心灰意冷的太子丹突然明白：多年以來，自己對這個昏聵的父王太過仁慈了，假若聽從荊軻謀劃早日宮變，何有今日燕國之絕境？心念及此，太子丹陡然振作，立即下令馬隊進入祕密營地，並當即下令那位遼東將軍做了燕國亞卿——當年樂毅的最初官職。

「萬歲——」

太子丹話音落點，這支氣息奄奄的馬隊突然活躍了。擁立太子即位燕王，原是這支九死一生的死士馬隊之希望所在。目下太子此舉，其心意人人明白，如何能不生出絕處逢生的歡呼。及至進入祕密營地駐紮旬日，太子丹人馬已經神奇地變成了一支精悍的勁旅。

這樣，太子丹的逃亡馬隊突然在秦軍眼前失蹤了。

接到李信的快馬軍報，王翦又一次皺起了眉頭。太子丹能在秦軍緊迫之下突然失蹤，印證了燕國在遼東之地多有祕密營地的傳聞。這種營地有多少？燕王喜的駐地，是否也是這種無法在急切中探察清楚的祕密所在？果真如此，秦軍縱然出動主力，燕國之殘部立足地能在短期內找到麼？而如果短期內不能根除燕國殘部，燕代勢力會死灰復燃麼？思忖良久，王翦找來了蒙恬頓弱，說明情由，會商問計。

「遼東廣袤，根除燕國須作長久謀劃。」蒙恬一如既往地穩健。

「燕王喜，緩圖可也。然，太子丹不能不除！」頓弱明朗至極。

「上卿有謀劃？」王翦知道，頓弱久駐燕國斡旋，很可能胸有成算。

「借力打力，逼出太子丹！」

「上卿是說，利用代國？」蒙恬目光大亮。

「然！我軍可對代趙施壓，逼趙嘉再施壓燕王喜交出太子丹！」

「嗯。可行。」王翦略一思忖拍案了。

次日，辛勝部五萬精兵大舉壓向代國。王翦給代王趙嘉的戰書是：「太子丹主謀刺秦，秦必欲得太子丹首級而後快。而代王藏匿太子丹，實與秦國不兩立也！今我大軍北上攻代，代若不交太子丹，則與我舉兵一戰！」代王趙嘉一接戰書，立即派出特使趕赴辛勝軍前，申明太子丹並未逃奔代地，秦軍不當加罪於代國。辛勝根本不為所動，依然揮師北上，直逼代城之下。代國大臣情急，一口聲主張代王急發國書與燕王喜，逼燕國交出太子丹了結這場亡國之患。趙嘉無奈，長歎一聲點頭了。

旬日之後，遠在遼東長城腳下的燕王喜接到了代王使者的特急羽書。

趙嘉羽書云：「戰國之世，手持利刃而刺秦王於咸陽者，唯燕也。秦所以尤追燕急者，以太子丹主謀刺秦之故也！燕以刺秦之仇獲罪於秦，又累及代國，何以對燕代盟約哉！今，王若誠殺丹以獻秦王，秦王必解兵，而燕國社稷幸得血食焉！」燕王喜看完趙嘉羽書，一句話未及說出，跌倒在案邊昏了過去。一陣手忙腳亂的救治，燕王喜終於醒來，第一個舉動是向遼東大將招了招手。遼東大將輕步趨前，燕王喜低聲說得幾句，又老淚縱橫地昏了過去。

三日之後，兩萬遼東輕騎包圍了衍水河谷的祕密營地。及至騎士們警覺有異，退路已經全部被堵死了。太子丹沒有絲毫的慌亂，甚至連馬也沒騎，便淡淡漠漠地站到了大軍陣前。來將宣示的燕王書令是：「太子丹密謀作亂，著即斬立決！」騎士們大為驚愕，哄然一聲便要拼殺。「不能！」太子丹一聲大喝，阻止了與他一路生死與共的騎士們的抵抗。在騎士們愣怔不知所措之際，太子丹說出了最後一番話：「諸位將士，父王不會疑我作亂，無論我是否真的要作亂。父王之令，是要我必死而已！若以秦軍施壓教我死，我必不死，且要抗爭！父王之心，不亦可惡哉！八百餘年之燕國，斷送於如此昏聵君王之手，丹愧對先祖，愧對臣民也……諸位記住，今日丹死，不怨秦國，不怨代國，唯怨姬燕王室之昏聵君王——」

長長的吼聲中，一道劍光貫穿了腰腹。

太子丹久久搖晃著，始終沒有倒下。

多年以後，太子的故事依然流傳在燕國故地，流傳在遼東的白山黑水之間。不知從何時起，這道古老的洐水叫作了太子河，直到兩千多年之後的今日。

這是西元前二二六年夏天的故事。

四年之後，即西元二二二年，殘燕殘趙再度聯結，欲圖起事復國。秦王得聞消息，決意徹底根除燕趙之患，遂派大將王賁率十萬大軍北上。王賁部深入遼東，一年內先擒獲燕王喜，再回師西來俘獲代王趙嘉，乾淨利落地結束了遼東之患。自此，燕趙兩國徹底從戰國消失了。

八、迂闊之政　固守王道傳統的悲劇

燕國的故事，很有些黑色幽默。

一支天子血統的老貴族，尊嚴地秉承著遙遠的傳統，不懈地追求著祖先的仁德；一路走去，縱然一次又一次跌倒在地，縱然一次又一次成為天下笑柄，爬起來依然故我；直至滅頂之災來臨，依然沒有絲毫的愧色。

在整個戰國之世，燕國是一個極為特殊的個例。

特殊之一，燕國最古老，存在歷史最長。從西周初期立諸侯國到戰國末期滅亡，燕國傳承四十餘代君主，歷時「八九百歲」（由於西周初期年代無定論，燕國具體年代歷史無考，八九百歲說乃太史公論斷）。若僅計戰國之世，從西元前四〇三年的韓趙魏三家立為諸侯算起，截至燕王喜被俘獲的西元前二二二年，則燕國歷經十一代君主，一百八十一年。與秦國相比較，燕國多了整整一個西周時代。

特殊之二，燕國是周武王分封的姬氏王族諸侯國。春秋之世，老牌諸侯國的君權紛紛被新士族取代，已經成為歷史潮流。田氏代齊，韓趙魏三家分晉，中原四大戰國已經都是新士族政權了。當此之時，唯有秦、楚、燕三個處於邊陲之地的大國沒有發生君權革命，君主傳承的血統沒有中斷。而三國之中，燕國是唯一的周天子血統的老牌王族大國。燕國沒有「失國」而進入戰國之世，且成為七大戰國之一，在早期分封的周姬氏王族的五十多個諸侯中絕無僅有。

特殊之三，燕國的歷史記載最模糊，最簡單。除了立國受封，西周時期的燕國史，幾乎只有類似於神話一般的模糊傳說，連國君傳承也是大段空白。《史記》中，除召公始封有簡單記載，接著便是一句：「自召公以下九世至惠侯。」便了結了周厲王之前的燕國史。九代空白，大諸侯國絕無僅有！春秋之世與戰國初期的燕國史，則簡單得僅僅只有傳承代次。可以說，燕昭王之前的燕國歷史，線條極為粗糙，足跡極為模糊。中華書局橫排簡體字本《史記・燕召公世家》的篇幅僅僅只有十一頁，幾與只有百餘年歷史的韓國相同；與楚國的三十二頁、趙國的三十七頁、魏國的二十二頁、田齊國的十八頁相比，無疑是七大戰國中篇幅最小的分國史。這至少說明，到百餘年後的西漢太史公時期，燕國的歷史典籍已經嚴重缺失，無法恢復清晰的全貌了。而之所以如此，至少可以得知：燕國是一個傳統穩定而衝突變化很少的邦國，沒有多少事件進入當時的天下口碑，也沒有多少事蹟可供當時的士人記載，後世史家幾乎無可覓蹤。

雖然如此，燕國的足跡終究顯示出某種歷史邏輯。

燕國歷史邏輯的生發點，隱藏在特殊的政治傳統之中。

戰國時代，是一個多元化的時代。在那個時代，整個華夏族群以邦國為主體形式，在不同的地域進行著各種各樣的創造與探索。無論是七大戰國，還是被擠在夾縫裡的中小諸侯國，每一個國家都在探索著自己的生存競爭方式，構建著自己的國家體制，錘鍊著自己的文明形態。此所謂求變圖存之潮流也。也正因為如此，各個地域（國家）的社會體制與文明形態，都呈現出各種各樣的巨大差別。「文字異形，言語異聲，律令異法，衣冠異制，田疇異畝，商市異錢，度量異國」的區域分治狀態，是那個時代獨具特色的歷史風貌。所有這些「異」，可以歸結為一點，這就是文明形態的差別。文明形態，無疑是以國家體制與社會基本制度為核心的。因為，只有這些制度的變革與創造，直接決定著國家競爭力的強弱，也直接決定著一個國家的基本行為特點。而作為文明形態的制度創新，則取決於一個國家的統治層如何對待既定的政治傳統。或恪守傳統，或推翻傳統，抑或變革舊傳統而形成新傳統，結果是大不相同的。

一個國家的歷史命運，其奧祕往往隱藏在不為人注意的軟地帶。

要說清楚燕國的悲劇根源，必須回到燕國的歷史傳統中去。

如此一個時代已經遠去，我們對那個時代的國家傳統差異的認識，已經是非常的模糊，非常的吃力了。其最大難點，便是我們很難擺脫後世以至今日的一個既定認識：華夏文明是一體化發展的，其地域特徵是達不到文明差異地步的。我們很容易忘記這個既定認識的歷史前提：這是秦帝國統一中國之後的歷史現實。客觀地說，要剖析原生文明時代的興亡教訓，我們就必須意識到，那是一個具有原創品格的多元化的時代，只有認真對待每個國家的獨有傳統與獨有文明，才能理清它的根基。

所以，我們還是要走進去。

因為，那裡有我們今天已經無法再現的原生文明的演變軌跡。

立國歷史的獨特性，決定了燕國後來的政治傳統。

據《荀子・儒效》，周武王滅商後陸續分封了七十一個諸侯國，其中姬姓王族子弟占了五十三個。後來，周室又陸續分封了許多諸侯，以至西周末期與東周（春秋）早期，達到一千八百多個諸侯國，這姑且不論。在周初分封的姬姓王族中，有兩個人受封的諸侯國最重要，也最特殊：一個是周公旦，一個是召公奭；周公受封魯國，召公受封燕國。所謂最重要，是因為周公、召公都是姬姓王族子弟中的重量級人物。周公是周武王胞弟，乃姬氏嫡系，史有明載。召公身分卻有三說：一則，太史公《史記》云，召公與周同姓，姬氏；一則，《史記》集解引譙周云，召公乃周之支族（非嫡系）；一則，東漢王充《論衡》云，召公為周公之兄。三說皆有很大的彈性，都無法據以確定到具體的血統座標。對三種說法綜合分析，這樣的可能性最大：召公為姬姓王族近支，本人比周公年長，為周公之族兄。所謂特殊，是這兩位人物都是位居三公的輔政重臣：召公居太保，周公居太師。在滅商之後的周初時期，周公召公幾乎是事實上代周武王推行政事的最重要的兩位大臣。周武王死後，兩人地位更顯重要，幾乎是共同攝政領國。

唯其兩公如此重要，燕國、魯國的始封制產生了特殊的規則。

周初分封制的普遍規則是：受封者本人攜帶其部族就國，受封者本人是該諸侯國第一代君主，其後代代世襲傳承；受封諸侯之首任君主，不再在中央王室擔任實際職務。譬如第一個受封於齊國的姜尚，原本是統率周師滅商的統帥，受封後親自趕赴齊國，做了第一代君主，而且再沒有在中央王室擔任實際官職。而魯國燕國的特殊規則是：以元子（長子）代替父親赴國就封，擔任實際上的第一代君主；周公召公則留在中央王室，擔任了太師、太保兩大官職，虛領其封國。這一特殊性說明：周公召公兩人，在周初具有極為重要的政治地位與巨大的社會影響力，是安定周初大局的柱石人物，周中央王室不能離開這兩個重臣。周武王死後的事實，也證實了這兩個人物的重要性。周召協同，最大功績有三：其一，平定了對周室具有極大威脅的管蔡之亂；其二，周公制定周禮，召公建造東都洛邑（洛陽）；其三，分治周王室直接統轄的王畿土地，「自陝以西，召公主之；自陝以東，周公主之」。

單說召公，此人有周公尚不具備的三大長處。

其一，極為長壽，近乎於神異。東漢王充的《論衡．氣壽篇》記載了姬氏王族一組驚人的長壽數字：周文王九十七歲死，周武王九十三歲死，周公九十九歲死，召公一百八九十歲死。召公壽數，幾乎趕上了傳說中的兩百歲的老子。古人將召公作為長壽的典型，「殀若顏淵，壽若召公」，此之謂也。史料也顯示，召西歷經文、武、成、康四世，是周初最長壽的絕無僅有的權臣。這裡，我們不分析這種說法的可信程度。因為，能夠形成某種特定的傳說，必然有其根源以及可能的影響。而這種根源與影響，才是我們所要關注的焦點。

其二，召公另有一宗巨大功績。周成王死時，召公領銜，與畢公一起受命為顧命大臣，安定了周成王之後的局勢，成功輔佐了周康王執政。這一功績，對周初之世有巨大的影響。在周人心目中，召公此舉沒有導致「國疑」流言，比周公輔佐成王還要完美。這是召公神話中獨立的輝煌一筆。

其三，召公推行王道治民，其仁愛之名譽滿天下。《史記．燕召公世家》云：「召公之治西方，甚得兆民和。召公巡行鄉邑，有棠樹，決獄政事其下，自侯伯至庶人各得其所，無失職者。召公卒，而民人思召公之政，懷棠樹不敢伐，歌詠之，作〈甘棠〉之詩。」這段史料呈現的事實是，召公巡視管轄地，處置大小民事政事都不進官府，而在村頭田邊的棠樹下，其公平處置，得到了上至諸侯下至庶民的一致擁戴，從來沒有失職過。所以，召公死後民眾才保留了召公經常理政的棠樹，並作甘棠歌謠傳唱。這首〈甘棠〉歌謠，收在《詩・召南》中，歌云：

蔽芾甘棠　勿翦勿伐　召伯所茇
蔽芾甘棠　勿翦勿敗　召伯所憩
蔽芾甘棠　勿翦勿拜　召伯所說

需要注意的是，召公推行王道的巡視之地，不是自己的燕國，而是周王室的「陝西」王畿之地。唯其如此，召公之政的影響力遠遠超越了燕國而垂範天下。可以說，周公是周室王道禮治的制定者，而召公則是周室王道禮治的實際推行者。從天下口碑看去，召公的實際影響力在當時無疑是大於周公的。

我們的問題是，召公的王道禮治精神，對燕國構成了什麼樣的影響？

一個可以確定的事實是，無論是魯國還是燕國，其在初期階段的治國精神，無疑都忠實而自覺地遵奉著周公、召公這兩位巨擘人物的導向。兩位巨擘人物在世時，魯國燕國的治道完全必然隨時稟報兩公，待其具體指令而執行。兩公皆以垂範天下自命，自然會經常地發出遵循王道的政令，不排除也曾經以嚴厲手段懲罰過不推行王道德政的國君。作為秉承其父爵位的長子，始任國君的忠誠於乃父，更是毋庸置疑的。燕國的特殊性更在於，召公活了將近兩百歲，召公在世之時，周室已經歷經四代，燕國也完全可能已經到了第四第五甚或第六代；在召公在世的這幾代之中，不可能有任何一代敢於或者願意背離召公這個強勢人物的王道禮治法則。即或是召公在世只陪過了燕國四代國君，也是驚人地長了，長到足以確立穩定而不容變更的政治傳統了。

這裡，恰恰有另外一個極為重要的史料現象：燕國自召公直至第九代國君，都沒有明確的傳承記載。為什麼？唐代司馬貞在《史記》索隱中解釋，說這是「並國史先失也」。意思是說，國史失載，造成了如此缺環。可是，我們的問題是，燕國史為什麼失載？魯國史為什麼就沒有失載？客觀分析，最大的原因可能有兩方面：其一，燕國在召公在世的幾代之中，都忠實地遵奉了召公王道，國無大事風平浪靜，以至於沒有什麼大事作為史跡流傳。於是，其國史史料，也就不能吸引士子學人在大爭之世去搶救發掘了。這一點，燕國不同於魯國。魯國多事，也就有了孔子等平民學者的關注。燕國無事，自然會被歷史遺忘。其二，史料缺失本身，帶有周、召二公的風格特徵。周公顯然具有比較強的檔案意識，譬如，曾經將自己為周武王祈禱祛病的誓言祕封收藏，以為某種證據，後來果然起到了為自己澄清流言的作用。而召公卻更注重處置實際政務，不那麼重視言論行為的記載保留。至少，召公長期在民間的口碑，就比周公響亮得多。如此這般，兩國的史官傳統，很可能也會有著重大差異。相沿成習，終於在歲月流逝中體現出史料留存的巨大差別。

立國君主的精神風貌，往往決定著這個國家的政治傳統。

歷史邏輯在這裡的結論是：燕國的政治傳統，被異常長壽的召公凝滯了。

燕國的政治傳統，就是王道禮治的治國精神以及與其相配套的行為法則。

何謂王道？何謂禮治？這裡需要加以簡單地說明。

王道，是與霸道相對的一種治國理念。古人相信，王道是黃帝開始宣導的聖王治國之道。王道的基本精神是仁義治天下，以德服人，亦稱為德政。在西周之前，王道的實行手段是現代法治理論稱之為習慣法的既定的社會傳統習俗。西周王天下，周公制定了系統的禮（法）制度，將夏商兩代的社會規則系統歸納，又加以適合當時需要的若干創造，形成了當時最具系統性的行為法度——周禮。周禮的治國理念依據，便是王道精神。周禮的展開，便是王道理念的全面實施。所以，西周開始的王道，便是以禮治為實際法則而展開的治國之道。王道與周禮，一源一流，其後又互相生發，在周代達到了無與倫比的精細程度。直到春秋時代（東周），王道治國理念依然有著巨大的影響力。

王道禮治，在治國實踐中有三方面的基本特徵：

其一，治民奉行德治仁政，原則上反對強迫性實施壓服的國家行為。

其二，邦交之道奉行賓服禮讓，原則上反對相互用兵征伐。

其三，國君傳承上，既實行世襲制，又推崇禪讓制。

當然，上述基本特徵，都是相對而言，不可絕對化。在人類活動節奏極為緩慢的時代，牧歌式的城邑田園社會是一種大背景，任何人都不可能逾越這個社會條件。統治者與被統治者的依附關係，因為空間距離的稀疏而變得鬆弛；社會階層劇烈的利害爭奪，因人口的稀少與自然資源的相對豐厚而變得緩和；太多太多的人欲，都因為山高水遠而變得淡漠；太多太多的矛盾衝突，都因為鞭長莫及而只能寄希望於德政感召。所以，「鄰里相望，雞犬之聲相聞，民老死不相往來」的圖畫，在那個時代是一種現實，並非老子描繪的虛幻景象。同樣，明君賢臣安步當車以巡視民間，樹下聽訟以安定人心，也都是可能的現實。如此背景之下，產生出這種以德服人的治國理念，意圖達到民眾的自覺服從，實在是統治層的一種高明的選擇。高明之處，在於它的現實性，在於它能有效克服統治者力所不能及的尷尬。當然，那個時代也不止一次地出現過破壞這種治國理念的暴君。但是，暴君沒有形成任何治國理念。王道德政，是中國遠古社會自覺產生的政治傳統。這一點，至少在春秋之前，沒有任何人企圖改變。

可是，時代已經發生了劇烈的變遷，昔日潮流已經成為過去。

所有的諸侯國，都面臨著自己的政治傳統面對緊迫而又尖銳的種種問題。

當此之時，讓我們先看看燕國在春秋戰國之世的基本作為。

春秋時期，燕國見諸史籍的大事大體有四件：

一、吞滅薊國（年代無考），以薊城做了燕國都城，此後一直未變。

二、燕莊公二十七年，燕國遭遇北方山戎攻擊，齊桓公率兵救援。解除燕國危機後，齊桓公提出要燕國共同尊王朝貢，並敦促燕國「復修召公之法」。由此可以推斷：當時燕國與周王室有所疏離，對召公德政傳統也有所偏離，是可能變化之跡象，卻被霸主齊桓公遏制。

三、燕惠公因多養寵姬而起內亂，逃奔齊國，失政四年；後齊國伐燕，護送惠公回燕，剛剛回國燕惠公即死。

四、燕釐公三十年，進攻政權已經由姜氏變為田氏的新齊國，占據林營之地。

戰國之世，燕國的大事主要有：

一、燕文公時期任用蘇秦，首倡六國合縱，為縱約長國。之後，秦國連橫，秦惠王以女嫁燕太子，秦燕結盟，燕國自此反覆進出於合縱。

二、燕易王時期，齊宣王攻燕，占據燕國十城，後得蘇秦斡旋，十城復歸。

三、燕王噲禪讓子之，致燕長期內亂，燕國大衰。

四、燕將秦開平定遼東，年代不可考。

五、燕昭王任用樂毅變法，大舉攻齊，下七十餘城，歷時六年，幾滅齊國。

六、燕惠王廢黜樂毅，齊國大舉反攻復國，燕國衰弱。

七、燕武成王七年，遭齊國田單攻燕，燕失中陽之地。

八、燕王喜之時，屢次對趙發動戰事均遭大敗，失地失軍不可計數。

九、燕秦結盟，太子丹在秦為人質。

十、太子丹主謀，策劃荊軻刺秦。

十一、秦軍攻燕，燕代聯軍抗秦大敗，燕王喜逃亡遼東。

十二、燕王喜殺太子丹獻於秦國。

十三、燕王喜三十三年，秦攻遼東，俘獲燕王喜，燕國滅亡。

從歷史的大足跡可以看出，在整個西周時代，燕國是平定散淡的，是沒有大作為的。春秋之世，則曾經有過兩次方向不同的變化跡象。第一次，是燕莊公時期偏離召公德政，被奉行「尊王攘夷」的齊桓公遏制，應該說，這次變化是趨於進取的，是力圖靠近潮流的。第二次，則是燕釐公進攻新生的齊國，應該說，這是燕國面對新生地主族群取代老貴族諸侯的潮流，內心所產生的不滿與躁動，是逆潮流的一次異動。

戰國之世，興亡選擇驟然尖銳化，燕國面對古老的政治傳統與不變則亡的尖銳現實的夾擊，表現出一種極其獨特的國家稟性。其總體狀態是搖擺不定的：一方面，在政治權力的矛盾衝突與邦交之道的國家較量中，依然奉行著古老的王道傳統，企圖以王道大德來平息激烈的利害衝突，處置重大的社會矛盾時暴露出明顯的迂腐，形成一種濃烈的迂政之風；另一方面，在變革內部體制與增強國家實力的現實需求面前，則迫不得已地實行有限變法，稍見功效淺嘗輒止。這種搖擺不定的狀態，造成了極為混亂的自相摧殘。王道迂政帶來嚴重的兵變內亂，變法所積累的國家實力輕而易舉地被衝擊得蕩然無存；變法勢力因不能與迂政傳統融合，隨即紛紛離開燕國，短暫的變法迅速地消於無形，一切又都回到了老路上去。於是，國家屢屢陷入震顫癱瘓，國家災難接踵而來。司馬遷的說法是：「燕迫蠻貉，內措齊晉，崎嶇強國之間最為弱小，幾滅者數矣！」

戰國時期，最能表現燕國王道迂政的是四大基本事件：

其一，反覆無常的邦交之道。

其二，攪亂天下的禪讓事件。

其三，強兵復仇而一朝瓦解的破齊事件。

其四，長期挑釁強鄰的對趙消耗戰。

先說邦交之迂。

秦國變法後，驟然崛起為最強大國家，使戰國格局發生了重大變化。當此之時，山東名士蘇秦宣導「六國合縱抗秦」的邦交戰略。從歷史主義的高度看，這是整個人類文明史上第一次由精英之士個人推動實現的外交大戰略。蘇秦推行合縱，首先瞄準的最佳發動國是中原三晉中的趙國。原因只有一個，秦國東出，三晉首當其衝，而趙國在三晉之中最硬朗。但是，種種原因，趙國卻拒絕了蘇秦。需要關注的是，蘇秦在首說趙國失敗之後選擇了燕國。蘇秦為何放棄了繼續以直接與秦國對抗的魏國、韓國為說服對象，而選擇了距離秦國最遠的燕國作突破口？從《戰國策》所記載的蘇秦說燕王篇章中，我們可以看出最根本的原因。這個原因就是：在秦國成為超強大國而對山東構成巨大威脅的大形勢下，燕國在山東六國中具有最明顯的邦交戰略失誤。這個失誤，恰恰是對秦國威脅完全不自覺。

蘇秦點出的事實，具有濃烈的嘲諷意味：「……安樂無事，不見覆軍殺將之憂，無過燕國矣！大王知其所以然乎？夫燕之所以不犯寇被兵者，以趙之為蔽於南也！……秦趙相弊，而王以全燕制其後，此燕所以不犯難也……秦之攻燕也，戰於千里之外；趙之攻燕，戰於百里之內。夫不憂百里之患，而重千里之外，（失）計無過於此者！」蘇秦所諷刺的這種「不憂百里之患，而重千里之外」的邦交政策，正是典型的燕國式的政治迂闊症。這種迂政邦交，最大的症狀是沒有清醒的利益判斷，時時事事被一種大而無當的想法所左右，邦交經常地搖擺不定。歷史的事實是，雖然燕文公這次被點醒，但其後不久，燕國立即退出合縱而與秦國連橫，重新回到「不憂百里之患，而重千里之外」的迂闊老路上去了。再後來的燕國邦交，更是以反覆無常而為天下公認，獲得了「燕雖弱小，而善附大國」的口碑。也就是說，燕國邦交的常態，是選擇依附大國而不斷搖擺。春秋時期，這種搖擺主要表現在附齊還是附晉。戰國時期，燕國的搖擺則主要表現於對遙遠的大國（楚國、秦國）時敵時友，而對兩個歷史淵源深厚的鄰國（齊國、趙國）則刻意為敵。乍看之下，這種邦交貌似後來秦國奉行的極其有效的遠交近攻戰略，似乎是英明的強國邦交戰略。但是，可惜燕國不是強國，更不是要自覺統一天下的強國。燕國的遠依附而近為敵，更實際的原因在於迂闊的王道精神，在於老牌王族諸侯的貴胄情結——齊國、趙國是新地主國家，與我姬姓天子後裔不能同日而語！這種對實際利害缺乏權衡而對強大鄰國的「身世」念茲在茲的國家嫉妒，導致了燕國邦交的長期迂腐，也導致了幾次行將滅亡的災難。

再說禪讓之迂。

燕國任用蘇秦首倡合縱之後，地位一度得到較大提高。可是，正在這個時候，燕國發生了一次令人不可思議的政治事件，從而導致了一次最嚴重的亡國危機。這個事件，是燕王噲禪讓事件。燕易王之後，繼位者是燕王噲。史上大凡沒有謚號而直呼其名的國君，不是亡國之君，便是喪亂之君，總之已經喪失了追謚的宗廟條件。這個姬噲，與後來亡燕的姬喜，是燕國歷史上兩個沒有謚號的君王。姬噲之所以歷史有名，是因為在位期間做了這一件令天下瞠目結舌的大事——仿效聖王古制，禪讓國君之位。這件事發生在西元前三一六年，其造成的嚴重內亂持續了五年之久，是燕國「幾亡者數矣」中最具荒誕性的一次亡國危機。事件的經過，都在本書第二部《國命縱橫》中備細敘述了。我們在這裡所要關注的，是燕王噲的迂闊與整個荒誕事件如何生成。《史記》、《戰國策》與《韓非子》都記載了這次事件的四個關鍵人物的關鍵言論，很能說明一些問題。

第一個關鍵人物，當然是姬噲。從他與其他臣子的應對中完全可以看出姬噲最關注的是兩件事：一則是如何使自己成為聖王，二則是如何使燕國像齊國一樣王天下。應該說，姬噲的動機無可厚非。

但是，在變法強國成為潮流的時代，姬噲沒有想如何搜求人才變法強國，卻一味在聖王之道上打圈子，不能不說，這是燕國的迂政傳統起了決定性作用。

第二個關鍵人物是子之。《韓非子．內儲說上》記載了子之一次權術行為：「子之相燕，坐而佯言曰：『走出門者何，白馬也？』左右皆言不見。有一人走，追之（門外），回報曰：『有。』子之依此知左右不誠信。」後來的趙高指鹿為馬以測試同黨，完全與子之權術相同。這件事可以看出，子之並非是商鞅、樂毅那般具有治國信念的變法人士，而是具有政治野心的權術人物。後來，子之當政而國家大亂的事實也證明了這一點。

第三個關鍵人物是蘇代。蘇代是蘇秦的弟弟，入燕後與子之結盟，成為促成子之當政的關鍵人物之一。蘇代促成姬噲決策重用子之的言論，《史記》的記載是：蘇代出使齊國歸來，姬噲問齊王其人如何？蘇代回答說，「必不能成就霸業。」姬噲問，「為什麼？」蘇代回答說，「齊王不信其臣。」蘇代的目的很明顯，「欲以激燕王以尊子之也。於是燕王大信子之。子之因遺蘇代百金，而聽其所使。」顯然，這是一筆很不乾淨的政治交易，蘇代騙術昭然。《韓非子．外儲說右下》記載相對詳細，蘇代著意以齊桓公放權管仲治國而成就霸業為例，誘姬噲尊崇子之，姬噲果然大為感慨：「今吾任子之，天下未知聞也！於是，明日張朝而聽子之。」可見，蘇代促成姬噲當權的方式，具有極大的行騙性，說蘇代在這件事上做了一回政治騙子，也不為過。而姬噲的對應，則完全是一個政治冤大頭在聽任一場政治騙術的擺弄，其老邁迂闊，令人忍俊不能。

第四個關鍵人物是鹿毛壽。此人是推動姬噲最終禪讓的最主要謀士，其忽悠術迂闊遼遠，繞得姬噲不知東南西北。鹿毛壽對姬噲的兩次大忽悠，《戰國策》與《史記》記載大體相同。第一次提起禪讓，鹿毛壽的忽悠之法可謂對症下藥。鹿毛壽先說了一個生動的故事：堯讓許由，許由不受。於是，「堯有讓天下之名，實不失天下」，堯名實雙收，既保住了權力，又得到了大名。無疑，這對追慕聖王的姬噲是極大的誘惑。之後，鹿毛壽再擺出了一個誘人的現實謀劃：「今王以國相讓子之，子之必不敢受；如是，王與堯同行也！」姬噲素有聖王之夢，又能名實雙收，立即認同，將舉國政務悉數交給了子之。顯然，這次交權還不是子之為王。於是，過了幾多時日，鹿毛壽又對姬噲第二次忽悠設謀。鹿毛壽說，當初大禹禪讓於伯益，卻仍然教太子啟做了大臣。名義禪讓，實際上是教太子啟自己奪位；今燕王口頭說將燕國交給了子之，而官吏卻都是太子的人，實際是名讓與之，而太子實際用事（掌權）。顯然，這次是鹿毛壽奉子之之命向姬噲攤牌了，忽悠的嘴臉有些猙獰。大約姬噲已經有了聖王癖，或者已經是無可奈何，於是立即作為，將三百石俸祿以上的官印（任免權）全數交給了子之。之後，姬噲正式禪讓。「子之南面行王事，而噲老不聽政，顧（反）為臣。」

在治國理念與種種政治理論都已經達到輝煌高峰的戰國之世，一個大國竟然出現了如此荒誕的復古禪讓事件，其「理論」卻是如此的迂闊淺薄，實在令人難以理解。這一幕頗具黑色幽默的禪讓活劇，之所以發生在燕國，而沒有發生在別的任何國家，其重要的根源，便是燕國的王道傳統之下形成的迂政之風。燕國君臣從上到下，每每不切實際，對扎扎實實的實力較量感到恐懼，總是幻想以某種貌似莊嚴肅穆的聖王德行來平息嚴酷的利益衝突，而對真正的變法卻退避三舍敬而遠之。這種虛幻混亂的迂政環境，必然是野心家與政治騙子大行其道的最佳國度。

再說燕國破齊之迂。

燕國最輝煌的功業，是樂毅變法之後的破齊大戰。對於燕昭王與樂毅在燕國推行的變法，史無詳載。從歷史實際進展看，這次變法與秦國的商鞅變法遠遠不能相提並論，其主要方面只能是休養生息、整頓吏治、訓練新軍幾項。因為，這次變法並沒有觸及燕國的王道傳統，更不能說根除。變法二十八年之後，燕國發動了對齊國的大戰。樂毅世稱名將，終生只有這一次大戰，即六年破齊之戰。燕國八百餘年，也只有破齊之戰大顯威風，幾乎將整個齊國幾百年積累的財富全部掠奪一空。否則，燕國後期的對趙之戰便沒有財力根基。但是，破齊之戰留下了一個巨大的謎團：為什麼強大的燕軍能秋風掃落葉一般攻下七十餘城，卻在五年時間裡攻不下最後的兩座小城而致功敗垂成？世間果然有天意麼？

歷史展現的實際是：在最初的兩次大會戰擊潰齊軍主力後，樂毅遣散了五國聯軍，由燕軍獨立攻占齊國；一年之內，燕軍下齊七十餘城，齊湣王被齊國難民殺死，齊國只留下了東海之濱的即墨與東南地帶的莒城兩座小城池。這兩座城池，樂毅大軍竟五年沒有攻克，最終導致第六年大逆轉。戰爭的具體進程，本書第三部《金戈鐵馬》有詳細敘述，不再重複。我們的問題是：五年之中，燕軍分明能拿下兩城，樂毅為什麼要以圍困之法等待齊國的最後堡壘自行瓦解？後世歷史家的研究答案是：樂毅為了在齊國推行王道德政，有意緩和了對齊國的最後攻擊。

《史記・樂毅列傳》集解，有三國學者夏侯玄的一段評判云：「……樂生之志，千載一遇……夫兼併者，非樂毅之所屑，強燕而廢道，又非樂生之所求……夫討齊以明燕王之義，此兵不興於為利矣！圍城而害不加於百姓，此仁心著於遐邇矣！舉國不謀其功，除暴不以威力，此至德全於天下矣！……樂生方恢大綱，以縱二城；收民明信，以待其弊（斃）……開彌廣之路，以待田單之徒；長容善之風，以申齊士之志。使夫忠者遂節，勇者義著，鄰國傾慕，四海延頌，思戴燕主，仰望風聲，二城必從，則王業隆矣！……敗於垂成，時運固然。若乃逼之以威，劫之以兵……雖二城幾於可拔，而霸王之事逝其遠矣！……樂生豈不知拔二城之速了哉，顧拔城而業乖也！……樂生之不屠二城，未可量也！」

我們得說，夏侯玄分析的實際原因完全切中燕國實際。

但是，夏侯玄的評論卻比燕昭王與樂毅更為迂闊。夏侯玄之迂闊，在於將燕國攻齊說成一開始就很明確的彰顯王道的義兵，且將其抬高到不是以利害為目標的道義戰爭而大加頌揚，「舉國不謀其功，除暴不以威力，此至德全於天下矣！」甚至，夏侯玄將圍城不攻也說成是為了「申齊士之志」的善容之德。

歷史的事實是：燕昭王奮發圖強的長期動機，一直是為了復仇。樂毅後來對燕惠王的書簡已經明說了：「先王命之曰，我有積怨深怒於齊，不量輕弱，而欲以齊為事！」後來的燕惠王也說：「將軍為燕破齊，報先王之仇，天下莫不震動。」事前事後，絲毫沒有一句論及，破齊是為了推行先王之義。唯其如此，樂毅破齊初期並沒有推行不切實際的王道德政，而是毫不留情地大破齊軍數十萬、攻下齊國全部城池、搶掠了齊國全部府庫的全部物資財富。應該說，這是強力戰爭所遵循的必然規律，無可厚非。可是，在戰爭順利進展的情勢下，燕國的對齊方略忽然發生了重大變化。這個變化，就是以即墨、莒城兩座城池的死命抵抗為契機，燕國忽然在齊國採取了與開始大相逕庭的王道德政。這種王道德政，能在齊國推行五年之久而沒有變化，與其說是樂毅的自覺主張，毋寧說是燕國王族的王道理念舊病復發，燕昭王又有了要做天下聖王的大夢所致。因為，沒有燕昭王的支持甚至決策，作為一個戰國時代著名的統帥，很難設想樂毅會自覺自願地推行一種與實際情勢極為遙遠的迂腐德政。樂毅在對燕惠王回書中回顧了攻齊之戰，說得最多的是攻伐過程與如何在齊國獲得了大量財富並如何運回了燕國，對於五年王道化齊，卻幾乎沒有說一句話。假若是樂毅力主燕惠王推行王道，樂毅能不置可否麼？同樣一個令人深刻懷疑的事實是：在燕惠王罕見致歉的情況下，樂毅為什麼堅絕不回燕國、終生不回？合理的答案只能是，樂毅對燕國迂政傳統的危害的認識至為清醒，明知無力改變而不願意作無謂的犧牲。

不以戰爭規則解決戰爭問題，而以迂闊遼遠的王道解決殘酷的戰場爭端，不但加倍顯示出自己前期殺人攻城劫掠財富的殘酷，而且加倍顯示出此時推行王道的虛偽不可信。這既是齊國人必然不可能接受的原因，也是燕國迂政用兵必然失敗的原因。相比於秦國的鮮明自覺的兵爭戰略，這種迂政之兵更顯得荒誕不經。

再說燕國的對趙之迂。

整個戰國時代，燕國邦交的焦點大多是對趙事端。也就是說，除了燕昭王對齊國復仇時期，燕國的鬥爭軸心始終是對趙之戰。燕國糾纏挑釁趙國之危害，幾乎當時所有在燕國的有識之士都剖析過反對過。但是，燕國的對趙挑釁卻始終沒有改變，這實在也是燕國歷史的最大謎團之一。邦交大師蘇秦最先提出了燕國對趙之錯誤，其後，蘇代也以「鷸蚌相爭，漁人得利」的寓言故事再度強調燕國對趙之錯誤。應該說，蘇氏兄弟時期，燕國君主還是有所克制的，幾次燕趙之戰都因聽從勸諫而避免，燕國地位因此而改善。可是，燕惠王之後，燕國對趙方略又回到了老路。沒有任何理論理念支撐，就是死死咬住趙國不放。整個燕王喜時期，燕國政局的全部核心就是挑釁趙國。昌國君樂閒反對過，為此被迫逃離燕國。大夫將渠反對過，被燕王一腳踢翻。燕國只有一個名臣支持了燕國攻趙，這就是晚年的劇辛，結果是劇辛在戰場被趙軍殺死。若非趙國晚期是昏君趙遷在位，只怕名將李牧早滅了燕國。

歷史形成的謎團，其根源往往在於我們已經無法理解當事者的思維方式。

分明是害大於利，燕國還是要對趙國長期作戰，為什麼？

具體原因固然復雜多樣，譬如秦國間離燕趙，暗中支持燕國與趙國為敵，從而達到削弱強大趙國的目的，就是一個重要原因。可是，歷史邏輯展現出的根源卻只有一條：燕國以天子號老貴族自居，對這個後來崛起的強大鄰國抱有強烈的嫉妒與蔑視，必欲使其陷於困境而後快。只能說，這是王道迂政之風在最後的變形而已。

王道政治傳統，曾經在秦國也有深厚的根基，但結果卻截然不同。

秦穆公之世任用百里奚治國，使秦國一度成為春秋霸主之一。由此，王道治國在秦國成為不能違背的傳統。直到秦孝公的「求賢令」，依然遵奉秦穆公，明確表示要「修穆公之政令」。《商君書·

更法》記載的秦國關於變法決策的論戰，當時的執政大臣甘龍、杜摯反對的立足點很明確，就是維護秦國傳統：「聖人不易民而教，知者不變法而治。因民而教者，不勞而功成；據法而治者，吏習而民安。今若變法，不循秦國之故，更禮以教民，臣恐天下議君！」另一反對派大臣杜摯則云：「利不百，不變法。功不十，不易器。法古無過，循禮無邪。君其圖之！」兩派激烈爭論，都沒有涉及變法之具體內容，而都緊緊扣著一個中心——如何對待本國的政治傳統？成法該不該變？

商鞅的兩次反駁很犀利，很深刻。

商鞅反駁甘龍云：「子之所言，世俗之言也！夫常人安於故習，學者溺於所聞。此兩者所以居官而守法，非所論於法之外也。三代不同禮而王，五霸不同法而霸。故知者作法，而愚者制焉。賢者更禮，而不肖者拘焉！拘禮之人，不足與言事。制法之人，不足與論變。君無疑矣！」

商鞅反駁杜摯云：「前世不同教，何古之法！帝王不相復，何禮之循！伏羲神農教而不誅，黃帝堯舜誅而不怒，及至文武，各當時而立法，因事而制禮。禮法以時而定，制令各順其宜，兵甲器備各便其用。臣故曰：治世不一道，便國不必法古！湯武之王也，不修古而興；殷夏之滅也，不易禮而亡。然則反古者未必可非，循禮者未必多是也。君無疑矣！」

商鞅的求變圖存理論，是戰國時期變法理論的代表。從某種意義上說，一個國家的變法派能否成功，既取決於其變法內容是否全面深刻，又取決於對該國舊政治傳統背叛的深刻程度。唯其商鞅自覺清醒，而能說服秦孝公決然地拋棄舊的政治傳統，在秦國實行全面深刻的變法。由此，秦國強大，秦國確立起了新的政治理念，從此持續六世之強而統一華夏。

燕國則不同，樂毅與燕昭王的變法沒有任何理論準備，沒有對燕國的政治傳統進行任何清理，只是就事論事地進行整頓吏治、休養生息、訓練新軍等等事務新政。顯然，這種不涉及傳統或者保留了舊傳統的表面變革，不可能全面深刻，也不可能穩定持續地強大，一旦風浪湧起，舊根基舊理念便會死灰復燃。

燕國的悲劇，就在這種迂政傳統的反覆發作之中。

無論是處置實際政務，還是處置君臣關係，燕國君王的言論中都充滿了大而無當的王道大言，於實際政見之衝突往往不置一詞。王顧左右而言他，誠所謂也！燕惠王尤其典型，對樂毅離燕的德義譴責，根本不涉及罷黜樂毅的冤案與對齊國戰略失誤的責任承擔；對樂閒離燕的德義譴責，如出一轍地既不涉及對趙方略之反思，又不涉及樂閒離趙的是非評判，只是大發一通迂闊之論，繞著誰對不起誰作文章。兩千餘年後讀來，猶覺其絮叨可笑，況於當時大爭之世焉！司馬遷在〈燕召公世家〉之話感慨云：「召公奭可謂仁矣！甘棠且思之，況其人乎！燕迫蠻貉，內措齊晉，崎嶇強國之間最為弱小，幾滅者數矣！然社稷血食者八九百歲，於姬姓獨後亡，豈非召公之烈邪？」司馬遷將燕國長存之原因，一如既往地歸結於「天下陰德」說，姑且不論。然則，司馬遷對燕國滅亡之原因，卻沒有涉及。

這，正是我們關注的根本所在。

國家圖書館出版品預行編目資料

大秦帝國．第五部，鐵血文明／孫皓暉著．-- 初版．-- 臺北市：麥田出版：家庭傳媒城邦分公司發行，2013.02
冊； 公分．--（歷史小說；50-51）
ISBN 978-986-173-877-2(上冊：平裝)
ISBN 978-986-173-878-9(下冊：平裝)

857.7 101027948

歷史小說 50

大秦帝國 第五部 鐵血文明（上）

作　　者／孫皓暉
責任編輯／黃暐勝　吳惠貞　林怡君
校　　對／陳雅娟

副總編輯／林秀梅
編輯總監／劉麗真
總 經 理／陳逸瑛
發 行 人／涂玉雲
出　　版／麥田出版
104 台北市民生東路二段 141 號 5 樓
電話：(886)2-2500-7696　傳真：(886)2-2500-1966；2500-1967
部落格：http://blog.pixnet.net/ryefield
發　　行／英屬蓋曼群島商家庭傳媒股份有限公司城邦分公司
104 台北市民生東路二段 141 號 2 樓
書虫客服服務專線：(886)2-2500-7718；2500-7719
24 小時傳真服務：(886)2-2500-1990；2500-1991
服務時間：週一至週五 09:30-12:00・13:30-17:00
郵撥帳號：19863813　戶名：書虫股份有限公司
讀者服務信箱 E-mail：service@readingclub.com.tw
歡迎光臨城邦讀書花園 網址：www.cite.com.tw
香港發行所／城邦（香港）出版集團有限公司
香港灣仔駱克道 193 號東超商業中心 1 樓
電話：(852) 2508-6231　傳真：(852) 2578-9337
E-mail：hkcite@biznetvigator.com
馬新發行所／城邦（馬新）出版集團【Cite(M)Sdn. Bhd.】
41, Jalan Radin Anum, Bandar Baru Sri Petaling,
57000 Kuala Lumpur, Malaysia.
電話：(603) 9057-8822　傳真：(603) 9057-6622

封面設計／小子設計
印　　刷／一展彩色製版有限公司

■ 2013 年 2 月 1 日　初版一刷　Printed in Taiwan.

定價／450 元

ISBN 978-986-173-877-2